Mihkel Mutt

Das Höhlenvolk

Lebensbilder aus der estnischen Gesellschaftschronik

Roman

Aus dem Estnischen von Cornelius Hasselblatt

Kommode
Verlag

Sanken ganze Heldenstämme
Welkten hin die wackern Gaue
In das Grab der grauen Vorzeit

Fr. R. Kreutzwald, *Kalevipoeg* (1857–1861),
übersetzt von Ferdinand Löwe, 1900

VORWORT DES ERZÄHLERS

Meine Person tut nichts zur Sache, wenigstens vorerst nicht. Ich heiße Juhan, mit Nachnamen Raudtuvi. Das steht auch unter meinen Übersetzungen und anderen Schriften (manchmal schlicht J.R.). Bekannte nennen mich meistens Juku. Ich bin in einem Flecken in Südestland geboren. Mein Vater war ein Vertreter der technischen Intelligenz, meine Mutter hatte Berufsschulbildung. Als ich die vierte Klasse abgeschlossen hatte, zogen meine Eltern nach Tartu, wo ich später an der Universität Buchhaltung studierte. Nach meinem Studium an der Wirtschaftsfakultät bekam ich eine Anstellung in einer staatlichen Einrichtung, wo ich zwar keine kreative Führungsaufgabe innehatte, wo ich aber ein Amt bekleidete, das mehr bot als eintönige Papierarbeit. Ich war ein normaler Mensch.

Von meinem zwanzigsten Lebensjahr an hatte ich eigenständig (aus Leidenschaft, aber auch im Sinne eines geistigen Zufluchtsortes) eine Fremdsprache erlernt, die bei uns nur wenige beherrschen, und allmählich ein akzeptables Niveau erreicht. Literarische Übersetzungen aus jener seltenen, aber auch aus anderen Sprachen haben mir abgesehen von seelischer Befriedigung auch ein Zubrot verschafft, und natürlich erhielt ich Zutritt in die Kreise der geistigen Elite und pflegte Umgang mit Menschen, die mir weit voraus waren. Ohne diesen Umstand hätte ich nicht die geringste Möglichkeit gehabt, das vorliegende Werk abzufassen.

Meinen künstlerischen Neigungen habe ich des Weiteren in einem Amateurtheater nachgehen können, anfangs in einem Kindertheater, dann in einem Studententheater (daher kenne ich auch Hasso Miller schon seit langem), später in einer freien Truppe. Von der Schauspielschule wagte ich indes nicht einmal zu träumen, ich kannte meine Grenzen.

Über die Bekanntschaft mit dem gelehrten Freund, die in den letzten Jahren an der Universität ihren Anfang nahm und die meinen geistigen Horizont erheblich erweiterte, werde ich zu gegebener Zeit sprechen, wie auch über die Umstände, die mich zu meiner Tätigkeit als Gesellschaftsjournalist führten.

Jetzt zum Wichtigsten – warum schreibe ich? Und dann in einer solchen Form? Offen gestanden wollte ich ursprünglich einen richtigen Roman schreiben, wie ein großer Meister. Einen Roman mit ausgearbeiteten Charakteren und plastischen Figuren, die sich im Lichte dramatischer Ereignisse entfalten, die mit elegantem und gefühlvollem Pinselstrich auf einen historisch wahrheitsgetreuen Hintergrund gemalt wurden. In solchen Romanen sprechen alle mit ihrer individuellen Stimme, begleitet von den geistvollen und klugen Erörterungen des Autors (oder seines Wortführers).

Was daraus wurde? Einen Absatz hielt ich durch, vielleicht sogar einige Seiten – so wie das erste Kapitel über die Kindheit der Jungen. Der Text enthielt wahre Perlen, zum Beispiel entwarf ich für eine Frau eine glänzende Figurenbeschreibung, einige Personen traten mit sehr ausgefeilten politischen Statements auf (darin bin ich generell ziemlich gut) und das eine oder andere war auch noch gelungen. Alles in allem geriet ich jedoch schnell ins Stocken. Mein Werk umspannt eine lange Zeit, beinahe ein halbes Jahrhundert. Darüber zu schreiben wie ein großer Meister, würde zehn Bände erfordern. Wer würde die heutzutage noch lesen? Die Zeiten ändern sich schnell, und es ist gut möglich, dass man mich in Zukunft nicht mehr verstünde und sagen würde, der Autor befasse sich mit Pseudoproblemen, sei in seiner Zeit stecken geblieben und würde der Nostalgie verfallen.

So hatte ich also die Wahl, gar nicht zu schreiben oder es weniger abgerundet und vollkommen zu machen. Gar nicht zu schreiben war keine Option, das verbot mir mein Gewissen. Ich habe zwanzig Jahre – so lange, wie wir diese neue Freiheit und Unabhängigkeit nun haben – darauf gewartet, dass sich ein Schriftsteller der Dinge annähme, aber es hat den Anschein, dass dies niemand vorhat. Die einen sind gestorben oder altersschwach, die anderen schwächeln, weil sie zu jung sind. Letztere haben keine persönlichen Erinnerungen an die Vergangenheit, und sich selbst in diese Zeit zurückzuversetzen, sich im Interesse der Sache ein bisschen anzustrengen, dazu haben sie offenbar keine Lust. Wenn sie älter und reifer werden, interessieren sie sich allen Voraussetzungen nach schon für ganz andere Dinge.

Was jetzt herausgekommen ist, ist keine vollständige Skulptur und auch kein Traktat, sondern ein Mittelding. Manche Episoden sind schriftstellerisch gestaltet, beispielsweise viele Gespräche und Dialoge – diese Fähigkeit habe ich noch aus der Zeit des Amateurtheaters, als ich Dialoge manchmal umschreiben und bearbeiten musste. Ein großer Teil des Textes ist aber schnörkellos direkt. Und über manche Dinge schreibe ich überhaupt nicht, weil ich davon ausgehe, dass der Leser sie sowieso kennt, wie den politischen Hintergrund zum Beispiel. Es gibt eindeutig zu viele Personen – dessen bin ich mir bewusst –, der Text ist überfrachtet, aber was konnte ich tun; es gab so viele, deren Schicksal ich wenigstens flüchtig vorstellen wollte.

Mir selbst gegenüber bezeichnete ich mein Werk als Chronik. Dann kam mir aber der Gedanke, dass dies irreführrend sein könnte, weil der Leser an meinen Text herangehen würde wie an die Chroniken von Heinrich von Lettland, Kelch, Russow oder von anderen. Wäre es nicht korrekter, ihn als Gesellschaftschronik zu bezeichnen? Ich zögerte, weil ich befürchtete, dass dies möglicherweise mein Vorhaben zu einer Klatschchronik degradieren würde. Zudem könnte dies beim Leser falsche Erwartungen wecken, denn ich schreibe ja nicht über die Gesellschaft im Allgemeinen, oder wenigstens nicht nur. Dann beschloss ich aber, dass es so korrekt war. Denn ist in Gottes Augen nicht jede Chronik eine Gesellschaftschronik?

»Der da ist also euer berühmter Schriftsteller?«

Dies fragte ein Mann mittleren Alters, offenkundig wohlgenährt und von stattlichem, formvollendeten Äußeren. Die Frage selbst war rhetorisch, denn allem Anschein nach kannte der Mann die fragliche Person, so dass seine Achtung eher vorgetäuscht war und man dahinter ein nach innen gerichtetes überhebliches Schmunzeln erahnen konnte. Der kurze dunkelgrüne Kaschmirmantel des Mannes war offen, darunter war ein Armani-Anzug zu sehen, aus dessen Ärmeln mit Brillanten besetzte Manschettenknöpfe hervorlugten. Am Zeigefinger prangte ein dicker, klotziger und sehr maskuliner Siegelring, der mit Smaragden besetzt war. Die Haare lagen modern gekräuselt auf seiner gebräunten Stirn, was ihn jünger wirken ließ, und mit der Zugluft der sich ständig bewegenden Tür des Cafés verbreitete sich sein Nachmittagsduft von Paco Rabanne. Seine echte Vuitton-Mappe hatte der Mann achtlos hinter sich auf einen Stuhl geworfen, ohne sich darüber weitere Sorgen zu machen, denn er war sich sicher, die Bedienung würde schon ein Auge darauf haben, auch wenn es nicht zu deren Aufgaben gehörte. Aber Karl Maiden war ein besonderer Gast, der einzige in der hiesigen Gesellschaft, der mit einer goldenen American Express bezahlte.

Karl war ein Jurist, der in der russischen Zeit in der Staatsanwaltschaft gearbeitet hatte, nach der Wende aber Rechtsanwalt geworden war. Er war in Mode und gefragt, denn unter den Vermögenden hielt man ihn für etwas Besonderes (»ein Bohemien, aber brillant!«, seufzten die Damen, »ein geistvoller Kerl«, stimmten die Herren zu). Im Café, genauer gesagt, in dem, was von der einstigen berühmten »Höhle« übriggeblieben war, war er jedoch ein Botschafter aus der besseren Gesellschaft, aus der Welt der Schönen und Reichen. Das Honorar eines Prozesses von Karl überstieg das Jahreseinkommen eines Durchschnittsbesuchers von hier.

Karl kam gerne in die Höhle, denn hier traf er auf Menschen, die ihn verstanden, gleichzeitig aber zu ihm aufsahen. Ein Teil tat das, weil sie hofften, in ihm einen Mäzen zu finden (was Karl bisweilen tatsächlich war) oder wenigstens einen, der eine Runde ausgab (was er beinahe immer tat), ein Teil nur so, aus Gewohnheit oder abwechslungshalber. Die Grenze, wo die uralte Überheblichkeit des Künstlers gegenüber dem Geld und Wirtschafskreisen umschlug in ungezügelte Kriecherei, war auch für die Beteiligten selbst nicht leicht dingfest zu machen.

Die Person, auf die sich Karls Frage bezog, war Mati Tõusumägi, der an einem runden Cafétisch in sich zusammengesackt dasaß und den Kopf auf den ausgebreiteten Unterarmen ruhen ließ. Mati hatte eine bräunlich-graue raschelnde Jacke an, aus deren Kragen ein graugelber Baumwollschal heraushing, dessen Fransen beinahe den Boden abfegten. Selbiger war in dieser ansonsten anständigen Kneipe entsprechend der Jahreszeit (es war Ende April) vom Dreck, den die Gäste mit ihren Schuhen hereintrugen, ziemlich schmuddelig, obwohl eine Kellnerin ihn stündlich fegte und trocken wischte, als würde sie um den guten Namen und den ehemaligen Glanz des Lokals kämpfen. Die verschlissene kleine Aktentasche von Mati stand neben dem Stuhl auf dem Boden, eine beige Lederschirmmütze lag auf dem Tisch, mit der Spitze in einer kleinen Bierpfütze, die aus irgendeinem Humpen geschwappt war. Neben der Schirmmütze stand Matis halbvolles Glas Wodka-

Orange, das bei der erstbesten ruckartigen Bewegung umzufallen drohte.

Ich schob das Glas in einen etwas sichereren Abstand und räusperte mich. Keinerlei Reaktion. Ich legte meine Hand auf Matis Schulter – ebenfalls keine Reaktion. Mati tat mir leid. Wenn man nur daran dachte, wer er einmal war! Und jetzt – in solch einem Zustand ... Gleichzeitig empfand ich neben Mitleid auch Verachtung, denn wie konnte ein Mensch so tief fallen? Ehrlich gesagt war ich auch böse. Warum hatte Mati sich so gehen lassen, warum hatte er sich zur leichten Beute gemacht für Spötter und Leute, die die geistige Kultur ohnehin belächelten, oder – was keinen Deut besser war – solche wie Karl hier, der Künstler für infantil hielt? Ich wusste, was Mati antworten würde: Das interessiere ihn nicht mehr. Und sollen sie doch alle zur Hölle fahren!

Fein, soll er das doch denken, wenn er will, aber er könnte ja auch Rücksicht auf uns andere nehmen, uns Normalsterbliche, die noch nicht mit dem Leben abgeschlossen haben – uns geht sein Zustand und sein Schicksal etwas an, wir müssen mit der Tatsache seines Niedergangs weiterleben, ihn rechtfertigen und beschützen. Und die Erniedrigungen, die ihm widerfahren, übertragen sich unweigerlich auch auf uns, die wir uns daraufhin unwohl in unserer Haut fühlen und leiden.

Noch größere Wut empfand ich in jenem Moment aber Karl gegenüber. Oh ja, ich kannte solche wie ihn nur allzu gut, was ja logisch war, da ich aufgrund meiner Position tagtäglich mit ihnen zu tun hatte, als Gesellschaftsjournalist ist der Umgang mit solchen wie diesen mein tägliches Brot. Gucci und Gabbana, Boss und Rolex – alles bei ihm stank nach Geld, hinter allem, was er sagte, war die Selbstsicherheit, die ihm sein Geld verlieh, spürbar; alles, was er sagte, schien aufgrund seines Reichtums selbstverständlich richtig zu sein. Ich bedauerte, dass ich nicht die Kraft eines Andres aus Vargamäe hatte – das ist der Held unseres berühmtesten Romans von Anton Hansen Tammsaare –, um Karl für sein widerliches Grinsen hier an Ort und Stelle auf den Boden in den Dreck zu drücken. Wie kann er es wagen? Wer ist er denn schon? Vor ihm befindet sich immerhin eine Koryphäe der estnischen Kultur, ein einstiger Star von uns, nun gut, momentan nicht in bester Verfassung, aber doch ein Flaggschiff. Aber ich hatte keine Kraft, außerdem musste ich an meine Stellung und meinen Arbeitsplatz denken. Die Aufgabe eines Gesellschaftsjournalisten ist es, über die Skandale zu berichten, nicht, sie zu arrangieren. Karl werde ich in Zukunft bestimmt noch nötig haben, denn in seinem Leben geschehen immer aufregende Dinge, überdies war Mati schwierig zu verteidigen.

Plötzlich schienen Matis Lebensgeister zu erwachen, denn er fing an, etwas zu murmeln. Zwecklos. In diesen Lauten hätte man beim besten Willen keine bedeutungsvollen Worte erahnen oder gar glänzende Alltagsweisheiten heraushören können, so dass mein Gefühl der Erniedrigung und mein Missmut nur wuchsen.

Dann hob Mati den Kopf. Sein Gesicht war aufgedunsen, auf den roten Wangen hatten die Fingerknöchel weißliche Spuren hinterlassen, die Augen waren eitrig-verquollen und halb geschlossen. Dieses Gesicht war primitiv, unverschämt und dämlich.

»Was glotzt der denn so?«, fragte Mati mit krächzender Stimme, präzisierte aber nicht, wen von uns er meinte.

»Der hier ist also euer berühmter Schriftsteller?«, wiederholte Karl seine Frage, schüttelte mit geheucheltem Mitgefühl seinen Kopf und winkte die Kellnerin herbei: »Eine Flasche Wodka Gorbatschow!«

Mit einem süßlichen Lächeln streckte die Bardame ihren Arm nach dem Kühlschrank aus.

Mati war nun wach geworden. »Hihi, ein Schriftsteller, schaut mal, ich bin ein Schriftsteller!«, gackerte er und äffte ein Huhn nach, indem er mit den Flügeln schlug. »Einfach so umsonst will ich keinen Schnaps, ich mach auch ein paar Faxen dafür!«

»Machen Sie keinen Krach, seien sie wenigstens still«, wies die andere Bardame ihn zurecht.

»Was denn, Elli, kennst du mich nicht mehr?«, fragte Mati.

»Ob ich dich kenne oder nicht kenne«, antwortete die Elli Genannte ausweichend und tat so, als wäre sie eifrigst mit dem Sortieren der Brötchen und Blätterteigpasteten in der Vitrine beschäftigt.

Mir war ganz elend zumute. Warum war das alles so gekommen? Wie war das bloß möglich? Und die ganze Vergangenheit erhob sich wieder vor meinen Augen.

I
Altertum

DER STERN DES KREMLS

Der Jahreswechsel war nun vorüber, die Ferien waren vorüber, und der neue Lehrabschnitt hatte wieder begonnen. Um den Dreikönigstag herum hatte es noch einmal tüchtig geschneit, und die hohen Wälle, die von den Schneepflügen und Schaufeln aufgehäuft worden waren, versperrten den Blick, so dass die links verlaufende große Landstraße nicht mehr sichtbar war. Rechts lugten die schwarzen Zaunpfähle vom Fußweg aus dem Schnee hervor, und der kleine Teedu hatte auf dem Schulweg das Gefühl, als laufe er in einer weißen Regenrinne oder auf dem Grund eines Grabens.

Teedu Tärn schritt munter voran und summte vor sich hin: *Des Morgens, wenn im frühen Gold das Land erstrahlt, weckt mich der Hahn mit seinem Lied.* Das war ein lettisches Volkslied, das sie vor langer Zeit einmal gelernt hatten, in der zweiten Klasse, aber Teedu summte es manchmal noch heute, in der fünften Klasse. Er hätte am liebsten laut gesungen, aber er konnte den Ton nicht halten. Das war erst vor ein paar Jahren deutlich geworden. In der ersten und auch noch der zweiten Klasse schien es so, als könne er singen. Gesangunterricht hatten sie bei der Klassenlehrerin, die das so nebenher machte. Teedu hatte eine schöne klare Stimme und sang sehr laut und mit Hingabe. Die Melodien für kleinere Kinder sind ja im Allgemeinen auch etwas simpler. Erst als sie in der vierten Klasse komplizierter wurden und sich ein Pädagoge, der auf dem Konservatorium gewesen war, der musikalischen

Ausbildung annahm, stellte sich heraus, dass Teedu eigentlich gar kein Ohr für Musik hatte. Das war ein herber Schock für ihn. Von da an sang er nur noch ganz im Stillen für sich, wenn niemand in der Nähe war. *Hahn, weck mich früh auf, sing schön laut!*

Als er sich der Kreuzung näherte, sah er, wie auf dem von links einmündenden Weg ein dunkler Gegenstand von Zeit zu Zeit zwischen den Schneewehen nach oben flog und mit einem dumpfen Aufprall landete, und er hörte eine Stimme. Bald darauf kam jemand zwischen den Schneehaufen zum Vorschein. Das war ein Junge aus der Parallelklasse, Mati, der seinen Schulranzen in die Luft warf und wieder auffing und dabei laut sang: *Heiho, heiho, wir sind vergnügt und froh. Heiho, heiho!* Das hatten die Zwerge in dem Film *Schneewittchen* gesungen, den die Kinder sich in den Ferien im Kino angeschaut hatten. Zwischendurch brüllte Mati in Abständen: »Ich bin ein Urwaldaffe! Ein schrecklicher behaarter Urwaldaffe!« Und dabei machte er einen Kehllaut, der einem Tarzanschrei ähnlich war.

Mati Tõusumägi war kein Freund von Teedu, aber auch nicht sein Feind. Er überfiel ihn nicht mit einer Bande, wie das andere Jungs manchmal taten. Mati wohnte im gleichen Stadtteil wie Teedu, auf der anderen Seite der großen Landstraße. Einmal, als Teedu mit seinen Eltern auf dem Weg zum Friedhof zu Großvaters Grab war, hatte Teedu gesehen, wie Mati vor einem Einfamilienhaus mit seinem Vater Holz aufstapelte. Sein Vater war ein großer vierschrötiger Mann in einer straffen Trainingshose. Matis Mutter hatte etwas weiter weg beim Blumenbeet Laub geharkt, sie hatte einen hellen Kittel oder Staubmantel an. Sie war sehr schlank, fast wie ein Mädchen. Ihre Mütter hatten einander gegrüßt, weil sie sich von einem Elternabend kannten. Neben seiner Mutter stand ein blondes Mädchen. Das war Matis Zwillingsschwester Anu. Teedu war erst im Herbst auf diese Schule gekommen und hatte noch keine Freunde. Vorher hatten sie am anderen Rande der Stadt in einem dreigeschossigen Holzhaus gewohnt. Jetzt hatte Vater über die Arbeit eine Zweizimmerwohnung in einem großen Plattenbau bekommen. Dort erfuhren sie einen nie gekannten Luxus – eine Badewanne und fließend Warmwasser. Auch Mati war neu in der Schule, hatte aber schon einen Haufen Freunde. Sie waren aus einem Flecken im Binnenland nach Tartu gekommen – aus dem nördlichen Landkreis Viljandi – und bei Verwandten eingezogen. Da war im Hof sogar ein Schuppen mit einer Sauna.

Teedu beschloss so zu tun, als würde er nicht wirklich warten, sondern als müsse er das Band an einem seiner Filzstiefel schnüren, so dass es logisch war, gemeinsam weiterzugehen, wenn der andere ihn einholte. Die Jungen begrüßten einander. Sie waren gleich groß, und wirklich groß, nicht klein. Mati war blonder und hatte ein paar Sommersprossen auf seinem forschen, breiten Gesicht. Teedu war etwas dunkler, hatte ein sanftes Kinn und war vom Gesichtsausdruck her trauriger und ergebener. Jeder hätte sofort gesagt, dass Teedu ein gutes und ordentliches Kind war, Mati dagegen ein Lausbub.

»Wie habt ihr Weihnachten gefeiert?«, fragte Mati.

»Weihnachten?« Teedu geriet in Verlegenheit. Er hatte das Wort in Erzählungen von seinen Eltern mal gehört, aber es war zum einen Ohr herein und zum anderen wieder hinausgegangen. Das war etwas, was der Vergangenheit angehörte.

»Nicht besonders«, antwortete er. »Wie wird das denn gefeiert?«

»Oho!?« Mati machte große Augen. »Wie jetzt, willst du mir sagen, dass bei euch kein Weihnachten gefeiert wird?«

»Nein«, antwortete Teedu zögernd.

»Bei dir war also nicht der Weihnachtsmann zu Besuch?« Mati fand das so unglaublich, dass er zu stottern anfing. »Du hast keine Geschenke bekommen?«

»Nein, der war nicht da«, musste Teedu zugeben, fügte aber sogleich hinzu: »Aber Knecht Ruprecht war da. Er hat Geschenke gebracht.«

»Wer ist das denn, Knecht Ruprecht?«, fragte Mati.

»Ach, der hat einen roten Mantel und einen weißen Bart«, erzählte Teedu.

»Das ist doch genau dasselbe«, sagte Mati verwundert. »Wie feiert ihr dann das Ruprechtfest?«, fragte er nach einer Weile.

»Wir stellen eine Fichte ins Zimmer. Mutter und ich haben sie geschmückt. Mit Glaskugeln und Tannenzapfen, Kerzen und Girlanden und ... Oben auf der Spitze war ein Stern ... aus Silberpapier. Mit Schokolade. Vater sagte, das ist der Stern des Kremls.«

»Bei uns wurden auch Schokoladenpralinen an den Weihnachtsbaum gehängt. ›Karakumm‹ und ›Eisbär‹«, sagte Mati. »Und was habt ihr gegessen?«

»Sauerkraut und Schweinefleisch und Kartoffeln. Mama hat Heringssalat gemacht. Und Sülze und Blutwurst gab es auch.«

»Genau wie bei uns«, sagte Mati erstaunt. »Und habt ihr auch dicke Gardinen vorgezogen?«

»Nein.«

»Wir schon.«

»Wozu?«

»Damit man nichts sieht.«

»Wer darf denn nichts sehen?«

»Die Spitzel.«

Sie gingen schweigend ein Stück weiter. Nur wenige Autos, die eigentlich gar nicht sichtbar waren, fuhren auf der anderen Seite des Schneewalls mit knirschenden Reifen vorbei.

»Und habt ihr auch gesungen?«, fragte Mati.

»Nein, das nicht. Aber Radio gehört. ›Volkstümliche Lieder und Melodien‹ und eine Humorsendung auch. Leena Liivak und …«

»Was, willst du sagen, dass ihr nicht ›Stille Nacht, heilige Nacht‹ und ›Kommet ihr Hirten‹ und ›Uns ist ein Kindlein heut geborn‹ gesungen habt?« Mati wurde wieder ganz lebhaft.

»Nein, das haben wir nicht«, gab Teedu zu.

»Naja, wir haben dieses Jahr auch weniger gesungen«, sagte Mati, als wolle er den anderen trösten. »Wo wir früher gewohnt haben, wurde mehr gesungen. Jetzt war Großmutter die Hauptsängerin, aber sie sang ganz leise, so vor sich hin. Aber Papa grölte ganz laut, als er schon viel Schnaps getrunken hatte, und Mama sagte dann, dass er ruhig sein muss, man würde das ja auf der Straße hören, stell dir vor, jemand geht vorbei und hört das, dann schmeißen sie dich in hohem Bogen aus dem Kombinat.«

»Warum darf man denn nicht singen?«, fragte Teedu erstaunt.

»Das geht nicht«, sagte Mati wichtig. »Wegen der Spitzel.«

»Was ist ein Spitzel?«, fragte Teedu.

»Einer, der der Miliz Bericht erstattet«, belehrte ihn Mati und rückte sich die Mütze zurecht.

»Und da, wo ihr früher gewohnt habt, waren keine Spitzel? Da durfte man singen?«, wollte Teedu wissen.

»Da gab es auch Spitzel, aber dort verstanden nicht alle Estnisch.«

»Wo dort?«

»In Sibirien natürlich.«

»Du warst in Sibirien?«, fragte Teedu verblüfft.

»Ja. Vor drei Jahren sind wir zurückgekommen.«

»Du bist ja weit rumgekommen«, sagte Teedu neidisch.

»Ja, das bin ich«, stimmte Mati zu.

»Ich bin nur in Tallinn gewesen. Warum seid ihr aus Sibirien zurückgekehrt?«

»Ich war dort auf einer russischen Schule. Wir wären gerne früher hierhergekommen, aber das durften wir nicht.«

Schweigend gingen sie weiter.

»Du hast eine tolle Mütze«, meinte Teedu.

»Das ist sibirischer Pelz«, sagte Mati stolz. »Haben wir mitgebracht.«

Der festgestampfte Schnee knirschte unter ihren Filzstiefeln.

»Wann ist das Ruprechtfest denn?«, wollte Mati wissen.

»Am letzten Tag des Jahres, am einunddreißigsten Dezember.«

Mati rechnete im Stillen nach, während sie in der Schule ankamen. »Weihnachten war eher«, sagte er bestimmt. »Eine Woche früher.« In der Garderobe trennten sich ihre Wege.

Der Gedanke an Weihnachten ließ Teedu den ganzen Tag nicht los. Er erinnerte sich daran, dass sein Vater und seine Großmutter eine Weile vor dem Silvesterabend anders ausgesehen hatten, irgendwie verzückt, aber auch ein wenig bekümmert. Teedu hatte dem weiter keine Beachtung geschenkt, denn bei Erwachsenen weiß man ja nie. Jetzt hatte er von seinem Mitschüler gehört, dass zu jenem Zeitpunkt manche Menschen Weihnachten feierten. War das genau eine Woche vor Silvester passiert?

Beim Abendbrot brachte Teedu das Thema zur Sprache.

»Warum feiern wir kein Weihnachten?«

Die Eltern schwiegen verdutzt. Nur die schwerhörige Großmutter lächelte vor sich hin wie immer und sagte: »Jaja, das ist schon richtig.«

Vater stand auf und schloss die Küchentür.

»Warum fragst du das?«

Teedu merkte, dass sein Vater sehr erregt war, auch wenn dieser es zu verbergen versuchte.

»Nur so«, antwortete er.

»Nein, nein, erzähl«, befahl sein Vater. »Woher hast du das? Hat dir jemand aufgetragen, das zu fragen? Nichts verheimlichen, sonst …«

Teedu berichtete von seinem Gespräch mit Mati, was seinen Vater offenbar erleichterte. »Du bist noch zu klein dafür, dass wir dir von Weihnachten erzählen. Wenn du groß bist, wirst du selbst verstehen, warum das so ist. Aber von diesem Jungen, diesem Mati, hältst du dich fern«, trug er ihm auf. »Mit dem darfst du nichts zu tun haben. Sag ihm nicht, dass ich es dir verboten habe, aber sorge dafür, dass ihr keinen Umgang miteinander habt.« Teedu nickte.

Auch bei Mati zu Hause kam das Thema Weihnachten zur Sprache. Er erzählte seinem Vater, was er von Teedu gehört hatte, und wollte eine Erklärung dafür, warum bei den einen Ruprechtfest war und bei den anderen Weihnachten. Sein Vater saß am Küchentisch, hatte ein Schnapsglas vor sich und ein rotes, sorgenvolles Gesicht.

»Wie bitte, Stern des Kremls? Das hat er gesagt?«, fragte er ungläubig.

»Das hat er gesagt«, versicherte Mati. »Er sagte, dass an der Spitze des Baumes der Stern des Kremls war, aus Silberpapier. Und Schokolade drum herum.«

»Das ist doch zum Teufel noch mal ... Wie kommt ein junger Mensch denn auf so etwas? Was hat er für Eltern? Warum wollen sie ihn nicht zu einem Esten erziehen? Wo soll das denn hinführen? Sag du auch mal was, Mutter!«

Mutter trug ihre Haare in einem Knoten unterm Kopftuch und stand bei den Bratkartoffeln am Herd. Sie winkte ab und summte nur vor sich hin: *Um mich ist's still geworden ... Und plötzlich liegt alles darnieder, was vorher so schön erschien ...*

Vater schenkte sich nach und trank. »Verdammt nochmal, ich sage euch, wenn schon die Kleinen rot geworden sind, dann ist es mit der estnischen Sache wirklich vorbei. Mati, mein Junge, sieh zu, dass du keinen Umgang mit diesem Jungen hast. Verdammt nochmal, der verkauft dich sofort an die Russen ... Bah! Ich gehe in den Wald, ich gehe zurück in den Wald!«

Mutter nahm ihm die Flasche weg und stellte sie resolut in den Schrank. »Jetzt reicht's! Wenn du in den Wald gehst oder dich totsäufst, was soll dann aus uns werden? Daran könntest du vielleicht auch mal denken, egal ob du ein Este oder ein Roter bist.« Matis Mutter arbeitete im Kombinat als Lagergehilfin.

Der Vater seufzte: »Wenn du, mein Junge, irgendwann in deinem Leben einmal anfängst das Ruprechtfest zu feiern, dann merk dir eines, mein Sohn bist du dann nicht mehr.« Und er fing an, vor sich hin zu singen. *O Tannenbaum, o Tannenbaum ...*

Und noch eine Episode aus dieser Zeit steht Teedu Tärn klar vor Augen.

Ein Samstagvormittag im Herbst, die Jungen drängen sich nach der Schule an der Bushaltestelle und warten auf den kantigen grünen »Ikarus«, der einen Teil der Kinder in Richtung Innenstadt bringt. Beim Raufen mit den Jungen ist Mati in eine Pfütze gestolpert, die wie ein großer Schmutzsee von der nicht asphaltierten Straße bis zum Fußweg reicht. Seine ganze Seite trieft und tropft. Er scheint ziemlich empört zu sein, geht von einer Jungengruppe zur anderen, weist auf sein tropfendes Äußeres und zetert: »Womit soll ich jetzt aufs Land fahren? Wie kann ich mit diesen Hosen denn jetzt aufs Land fahren?« Als wäre die ganze Welt an seinem Unglück Schuld und ein himmelschreiendes Unrecht geschehen. Er ist völlig von der Rolle, dieser Junge. Jemand sagt etwas zu ihm, und die Jungenbande bricht in Lachen aus. Mati selbst lacht dabei am lautesten. Nein, er ist nicht wütend, Hauptsache man hat seinen Spaß. Aber er fährt wirklich zum Wochenende aufs Land. Matis Tante, die Schwester seiner Mutter, war eine der wenigen aus ihrer Familie, die der Deportation entkam. Sie wohnt in der Gegend von Konguta. Sie helfen ihr dort hin und wieder ein wenig aus. Umgekehrt versorgt das Stückchen Land der Tante sie mit Winterkartoffeln und anderen Lebensmitteln.

Um mich nicht in einem besseren Licht darzustellen, erzähle ich kurz, wie es sich bei uns zu Hause mit Weihnachten und Ruprechtfest verhielt. Ehrlich gesagt gab es beides, das heißt, es gab das eine, aber auch das andere. In die Kirche sind wir zu Weihnachten nicht gegangen, und es gab zu Hause keinen Weihnachtsbaum. Aber immerhin, die Kinder bekamen Süßigkeiten, und es wurde erzählt, dass Weihnachten war und dass die Christenheit das feierte. Auf dem Tisch brannte eine Kerze, und man saß still beisammen. Am Silvesterabend stellten wir einen Baum auf, aber den Stern des Kremls befestigten wir nicht an seiner Spitze. Wie das bei den anderen Familien aus meiner Klasse war, weiß ich ehrlich gesagt nicht.

MATIS JUGEND

Mati war als Schüler gut in Sport und allgemein ein männlicher Jüngling. Er knatterte auf Vaters Motorrad mit Beiwagen über Seitenstraßen, polterte auf Festen in der Stadt herum (wo man sich selbstverständlich auch prügelte, entweder mit den Russen oder einfach so), und trotz seines Trainings (er machte Fünfkampf) schlug er auf einem Schulfest ein Glas Wein nicht aus und rauchte auch schon mal eine Zigarette. Er riss gerne Witze, und die waren immer spritzig und übermütig, sie kamen von Herzen und wirkten ansteckend. In Gesellschaft sang er immer mit, er hatte einen schönen kräftigen Bariton, den Text behielt er wie von selbst, und wenn er beim Singen jemanden ansah, begann derjenige unmerklich mitzusingen oder wenigstens mit der Hand oder dem Fuß zu wippen. Überhaupt sang Mati gerne, und mitunter sang er auch ganz alleine vor sich hin, zum Beispiel wenn er auf jemanden oder etwas wartete, wenn er zu Hause im Garten arbeitete oder im Gras lag und die Wolken betrachtete. Er kannte viele Lieder, und zwar sowohl solche, die alle kannten, also Volkslieder oder welche aus der Fernsehserie »Horoskop«, als auch solche, die er von Freunden seines Vaters gehört hatte, wenn die bei der Tante auf dem Lande zu Arnold Tõusumägi in die Sauna kamen und danach beim Bier anfingen zu singen. (Matis Mutter machte sich wegen dieser Lieder gelegentlich Sorgen, weil die Männer entsetzlich laut sangen.) Kein Wunder, dass er Erfolg bei Mädchen hatte.

Auf der Oberschule konnte er wählen, ob er sich auf Biologie und Geografie oder auf Kraftfahrzeugmechanik spezialisieren sollte. Mati entschied sich für letzteres. Als der »Auto-Alte« ihnen den Motor erklärte und fragte, ob jemand wisse, was ein Kurbelgehäuse sei, meldete sich Mati. Der »Auto-Alte« hatte das nur aus Spaß gefragt, weil er sicher war, dass solche Milchgesichter kaum etwas von einem Motor verstanden. Aber Mati hatte im Sommer von seinem Onkel, der Mechaniker in der Sowchosenwerkstatt war, die Zusammensetzung eines Motors beigebracht bekommen, und erklärte nun den Aufbau und die Funktionsweise eines Kurbelgehäuses dermaßen gründlich, dass der verdutzte Lehrer sagte: »Du bräuchtest eigentlich gar nicht in meine Stunden zu kommen, aber leider müssen wir uns an die Regeln halten, Ordnung muss sein.« Warum entschied sich Mati nicht für die Naturwissenschaften, wo er noch etwas Neues hätte lernen können? Wer weiß, vielleicht lag es an der Schuljungenmentalität, immer den Weg des geringsten Widerstandes zu gehen. In seinem späteren Leben interessierte er sich jedenfalls sehr für Biologie, eine Zeitlang trug er sogar eine grüne Segeljacke und einen Rauschebart und engagierte sich im Naturschutz.

Eine Überraschung war auch, dass er sich nach dem Abitur an der Universität für den Studiengang Geschichte bewarb. Erstens war sein Zeugnis ziemlich mittelmäßig, bei Geschichte gab es aber großen Andrang, er schien also wenig Chancen zu haben. Und zweitens war ein derartiges Interesse bei ihm während der Schulzeit keineswegs sichtbar gewesen, er hatte nicht mal an der Geschichtsolympiade teilgenommen. Aber gerade das bewies, dass seine Umgebung nur die äußere Seite von Mati kannte. Hinter der Fassade des Dorfhelden und Machos versteckte sich ein nachdenklicher und aufmerksamer Charakter. Geschichte wollte er vor allem deswegen studieren, weil er sich einen allgemeinen Überblick über das Weltgeschehen verschaffen wollte. Er wollte sich und sein Volk in die Historie einordnen, er wollte Deutlichkeit und Sicherheit und nicht einfach in den Tag hinein leben wie ein Tier ohne Zeitgefühl. In dieser Hinsicht hielt er Geschichte für das wichtigste Basisfach.

Sein Ziel war eng gefasst und praktisch: Mati wollt so viel wie möglich über die Vergangenheit seines Volkes erfahren, um denen entgegenzutreten, die diese Geschichte gefälscht hatten und noch weiter verfälschen wollten. Er hatte schließlich schon frühzeitig bemerkt, dass zwischen dem, was ihm zu Hause über die Vergangenheit erzählt wurde oder was er von Vaters Freunden hörte, was er selbst hier und da in einem alten Buch oder einer Zeitschrift entdeckt hatte, und dem, was über all das in der Schule erzählt wurde, eine große Kluft lag. Er ahnte instinktiv, dass sein Vater und dessen Freunde Recht hatten, ahnte, dass in den neueren Büchern und Zeitungen alles umgeschrieben war und die Menschen immer mehr in Lüge lebten. Aber ihm war schon damals klar, dass man der Lüge nur schwer einfach so, indem man sich bloß auf den Verstand und sein Gerechtigkeitsgefühl berief, entgegentreten konnte. Wenn es auf der einen Seite das gedruckte Wort und das Radio, das Fernsehen und das Kino und überhaupt die ganze Propagandamaschine des Staates gibt, die von bewaffneten Männern und Gefängnissen, Angst, Bespitzelung und den Menschen eingepflanzter Niedertracht unterstützt wird, auf der anderen Seite die von Vater auf Sohn weitergegebene mündliche Überlieferung, dann sind die Kräfte offenkundig ungleich verteilt. Deswegen bedarf es auch Menschen, die die Fälscher entlarven, indem sie sich auf wissenschaftliche Argumente stützen, und die die Dinge auf Basis der ursprünglichen Quellen kennen und die bildlich gesprochen wissen, nach welcher Seite sich die Türen der Archive und der anderen Informationsdepots öffnen. Um dorthin zu gelangen, wo die Wahrheit vor dem Volk verborgen gehalten wird, muss man sich von Zeit zu Zeit selbst unterdrücken, muss man sogar fremde Gebete sprechen und sich an einer fremden Liturgie beteiligen. All das wird sich eines Tages auszahlen, natürlich nur dann, wenn man das Ziel nicht aus den Augen verliert.

Ich weiß noch, dass einer von Matis Mentoren, ein kluger Mann aus der Zwischenkriegszeit, ihm eintrichterte, dass es nicht genügte, wenn man sein Herzblut opferte, obwohl man auch dazu bereit sein musste. Um mit dem mächtigen Gegner fertig zu werden, braucht man außer Kraft auch Weisheit. Über Herzblut verfügen viele, über Weisheit dagegen nur wenige. (Der das sagte, hieß Meigas, und auch ich habe ihn mal im Café Werner gesehen, obwohl ich nicht mit ihm gesprochen habe, denn er redete nicht mit jedem. Er hatte beinahe zwanzig Jahre im Lager verbracht und war alterslos, hager und zäh, auch wenn er keine Zähne mehr hatte, die er zusammenbeißen konnte. Er rauchte Priima mit einer Zigarettenspitze. Er hatte immer eine Aktentasche bei sich und manchmal nahm er ein Buch heraus und las es mit einer Lupe. Meigas war möglicherweise sein Untergrundname, obwohl er nicht im klassischen Sinne im Untergrund war oder konspirative Vereinigungen ins Leben rief. Aber ganz legal war er auch nicht, irgendwas dazwischen. Man kann ihn als Matis akademischen Vater bezeichnen, und sie hatten in den kommenden Jahren viel Umgang miteinander.) Mati wollte jetzt also klug werden und legte die Aufnahmeprüfung für Geschichte ab, die er bravourös mit neunzehn von zwanzig möglichen Punkten bestand – nur in Deutsch erzielte er nicht die Höchstnote.

Auf der Universität hielt sich Mati zunächst relativ im Hintergrund und ließ durch nichts seine Gesinnung erkennen. Er klebte keine Flugblätter an die Wände, machte sich nicht lauthals über die Dozenten der roten Fächer lustig (obwohl einige von ihnen dermaßen unbedarft waren, dass es zum Lachen war), selbst Witze erzählte er kaum, jedenfalls nicht mehr als andere. Er nahm ohne die Nase zu rümpfen an allen Absurditäten teil, zu denen ihn das Lehrprogramm verpflichtete, und besuchte unter anderem auch Seminare über die Geschichte der KPdSU. Ich kann mir zwar schwer vorstellen, wie er dort mit ernstem Gesicht Lenins Artikel zusammenfasste. Aber bei Prüfungen und Klausuren hatte er keine Probleme.

Außerhalb der Universität bildete sich für Mati ein Beziehungsgeflecht heraus, das sich deutlich von dem seiner Kommilitonen unterschied. Eigentlich hatte das schon auf der Oberschule begonnen. Sein Vater war ein Waldbruder gewesen, und das öffnete ihm einige Türen. Außer Meigas gehörten noch andere hartgesottene und kluge Männer zu Matis Bekanntenkreis, zum Beispiel diejenigen, die die estnische Universität Tartu direkt vor dem großen Krieg oder während des Krieges absolviert hatten, denen aber nie gestattet wurde, in ihrem Fachgebiet auf einer entsprechenden Position zu arbeiten. Es gab solche, die es nicht einmal bis zur Universität geschafft hatten, da sie ihre Jugend in sibirischer Verbannung verbracht hatten, und als sie Anfang der sechziger Jahre zurück nach Estland kamen, sahen sie keinen Sinn mehr darin, sich eine Hochschulbildung anzueignen, weil ihnen viele Berufe sowieso verschlossen blieben. Manche waren in den fünfziger Jahren aus politischen Gründen von der Oberschule geflogen und inhaftiert worden. Jetzt waren das Menschen, die offiziell über keine besondere Ausbildung verfügten, aber augenscheinlich fähig und begabt und sehr belesen waren und selbstständig etliche Sprachen erlernt hatten. Die Mehrheit von denen, die im Lager gewesen waren, fürchtete sich nicht mehr direkt, hielt sich aber im Hintergrund. Außerdem hatte Mati noch Umgang mit einigen Pastoren, die neben ihrer Arbeit in ihrer Gemeinde auch an der kirchlichen Hochschule oder dem Konsistorium unterrichteten. Über sie bekam er allerlei Lehrmaterial zu lesen, das größtenteils maschinenschriftlich auf dünnem Pauspapier vervielfältigt worden war. Sie waren nicht direkt antisowjetisch, sondern es ging um die Bibel und ihre Interpretation, Patristik, Geschichte der Philosophie und andere Allgemeinbildung. Mati hatte auch Uku Masings Schriften gelesen. Alles in allem erhielt er auf diese Weise zweifellos eine vielfältigere Bildung als das offizielle Universitätsprogramm vorsah.

Aber noch mehr als durch das Lesen wurde er geformt von dem persönlichen Umgang mit diesen Menschen. Er kannte damals schon den größeren Teil derjenigen, die später als Freiheitskämpfer bezeichnet wurden. Das waren nicht sehr viele, und der größere Teil von ihnen verdiente sich seinen Lebensunterhalt in sehr bescheidenen Positionen. Der Einfluss der Freiheitskämpfer auf ihre Umgebung war nicht besonders groß, denn sie hatten praktisch keinerlei Sprachrohr in der Öffentlichkeit, schließlich handelt es sich hier um eine Gesellschaft, in der es noch kein Internet gab. Das Volk stand auf ihrer Seite, aber niemand bekundete dies öffentlich.

Die Vertreter der neuen Macht saßen schon zwanzig Jahre an ihren Schreibtischen, und ihre Position war gefestigt. Spitzel gab es – gemessen daran, wie viel von ihnen geredet wurde – eine ganze Menge, aber wenn es konkret wurde, kannte die Mehrheit der Menschen keinen einzigen Spitzel persönlich, bloß waren alle von ihrer Existenz überzeugt. So gesehen war ein Spitzel ein mythologisches Wesen, ungefähr wie ein Proletarier. Hauptsächlich war es doch eher so, dass die Menschen allmählich das Gefühl hatten, dass die herrschende Ordnung von nun an bis in alle Ewigkeit bestehen bleiben würde und dass sie ihr eines und einziges Leben in dieser Ordnung verbringen müssten und daher auch aus den schlechten Umständen so viel wie möglich zu machen versuchten. Den Eindruck hatte ich jedenfalls.

Mati hatte auch Umgang mit jüngeren Freidenkern, von denen viele aus politischen Gründen von der Universität geflogen waren. Das war übrigens eine ziemlich bunte Gesellschaft, sie waren nicht alle national eingestellt, unter ihnen gab es auch Buddhisten und Taara-Anhänger, Vegetarier und Dichter, die den freien Vers pflegten; ferner Ufologen, Wunderheiler und Zauberer, Spiritisten, abstrakte Maler, Pendelschwinger, Falschspieler und wen nicht noch alles. Trotzdem war das eine Art Gemeinschaft, denn alle, die dazugehörten, hoben sich von der akzeptierten Linie ab und wagten es, in Opposition zur offiziellen Lebensnorm zu treten.

Zusammenfassend lässt sich sagen, dass Mati sehr wohl frühzeitig ein Schnaps- und Frauenfreund und lustiger Geselle war, aber bei weitem nicht nur das. Er konnte sich anfangs »im Interesse der Sache« zurückhalten, aber seine Beherrschung währte nie lange, es war ihm fremd mit dem Gewissen zu schachern.

Mati hatte sich schon als Schuljunge mit den russischen Jungen seines Stadtteils geprügelt, wenn es auch damals nicht für größeres Aufsehen sorgte und mit der nationalen Frage nicht in Verbindung gebracht wurde. Eine Jungsangelegenheit halt, die stoßen sich doch immer die Hörner ab – so schienen die Lehrer darüber zu denken. Und in gewisser Hinsicht hatten sie vielleicht sogar Recht, denn diese Prügeleien waren vor allem getragen von unbewusstem Groll und nicht direkt mit der Okkupation verbunden. Man prügelte sich eben mit denen, die anders waren.

Mati hatte mir auch beigebracht, abends niemals mit den Händen in der Tasche herumzulaufen, weil sonst der Gegenschlag zu spät komme, und ich solle immer in der Mitte der Straße gehen. Ich konnte mit seinen Ratschlägen nicht allzu viel anfangen, denn ich war im Kindertheater des Kulturhauses der Stadt, wo wir hauptsächlich Stücke von zeitgenössischen sowjetischen Autoren über das Schulleben spielten. Die Proben hörten um acht auf und dann ging ich immer direkt vom Kulturhaus zum Bus.

Als Mati anfing zu studieren, streunten nachts Jugendbanden durch die Stadt, und das hatte schon eher einen politischen Beigeschmack. Es gab zum Beispiel die berühmte Kolpakov-Bande, die die Esten im Stadtteil auf der anderen Seite des Flusses terrorisierten (dort haben immer relativ viele Russen gewohnt, teilweise wegen des Militärflughafens). Dagegen waren die Kurg-Truppe sowie einige andere Gruppen aktiv, und der Geschichtsstudent Mati war bei den Schlagereien dabei. Einmal erschien er mit einem blauen und rotunterlaufenen Auge im Seminar über den dialektischen Materialismus. Er flunkerte zwar, dass er beim Training vom Pferd auf die Kante des Hindernisses gefallen sei (er machte immer noch Fünfkampf), aber in Wirklichkeit hatte er ordentlich eins auf die Nase bekommen.

Alles in allem waren die ersten Universitätsjahre abwechslungsreich und lustig. Während anderswo in der Gesellschaft die Daumenschrauben angezogen wurden, war die Universität noch vergleichsweise freisinnig. Einen großen Einfluss auf die Jugend (auch außerhalb der Universität) hatten die Geistesgrößen von früher, Schriftsteller und Künstler, die in der Stalinzeit schweigen mussten und die damals keine richtige Erwerbsquelle hatten, die sich jetzt aber vergleichsweise frei ihrer schöpferischen Tätigkeit widmen und auch im alltäglichen Bereich ein normales Leben führen konnten. Viele Wohnungen oder Ateliers von solchen Menschen entwickelten sich zu einer Art Salon, wo man sich traf und unterhielt. Die jungen Besucher nahmen sich ehrfurchtsvoll Werke aus der Unabhängigkeitszeit aus den Büchervitrinen und blätterten mit einem verklärten Blick in ihnen, betrachteten andächtig Originalgrafiken von Wiiralt und Gemälde aus der Pallas-Schule.

In einigen dieser Salons traf ich manchmal auch Mati. Außerdem hatten wir Kontakt in der Jugendsektion des Schriftstellerverbandes. Er war nach damaligen Begriffen nicht hundertprozentig eine schöpferische Person, denn er schmiedete »nur« Artikel und Essays (einige seiner Schriften, zum Beispiel über das Studententheater, erschienen in der Universitätszeitung); diese Tätigkeit hielt man damals nicht für so wichtig wie Dichten oder das Verfassen von Erzählungen, was reine Schöpfung und gleichsam »gottgegeben« war.

Die jungen Autoren aus der Hauptstadt und aus Tartu pflegten intensiven Umgang miteinander und besuchten sich gegenseitig. Es hat keinen Sinn, länger von diesen Zusammenkünften zu erzählen, denn sie verliefen offenkundig auch nicht anders als alle anderen Gelage von jungen Leuten – mit dem einzigen Unterschied, dass man das Trinken und Geschlechtsleben mit Gesprächen über Literatur auflockerte und sich gegenseitig aus seinen Werken vorlas. Auf einem solchen Beisammensein sah ich einen Jungen (jedenfalls sah er ziemlich jung aus), der die ganze Zeit plapperte und hüpfte und herumsprang und generell zappelig war. Das war mein erster Kontakt mit Klaus, von dem noch die Rede sein wird. Besonders ist mir in Erinnerung geblieben, wie Klaus einmal in der Morgendämmerung auf das Dach des Literaturhauses kletterte.

Der Komsomol organsierte damals für junge schöpferisch Tätige Sommerlager, wozu auch ich ein paarmal eine Einladung erhielt. Eines fand in Viitna statt, und es versammelten sich dort ungefähr dreißig Schriftsteller, Schauspieler, Künstler und andere Geistesmenschen. Der Alkohol floss reichlich, denn jeder hatte eine ordentliche Menge Flaschen mitgebracht. In diesem Lager traf ich zum ersten Mal Manglus, einen damals noch schlanken, ganz in schwarz gekleideten jungen Mann, mit einem kleinen silbernen Kreuz um den Hals, der herumspazierte, ohne sich mit jemandem zusammenzutun. Er war uns schon damals weit voraus.

LEHRER KULU

Von allen Lehrerinnen und Lehrern war einer Teedu besonders in Erinnerung geblieben. Noch Jahrzehnte später musste er häufig an einen Lehrer mittleren Alters denken, der Kulu hieß. Das auffälligste am Äußeren von Lehrer Kulu war sein Kopf: ein Gesicht mit einem offenen, ein wenig einfältigen Ausdruck, sehr gründlich rasiert, so dass sein Antlitz in grellem Licht zu glänzen schien, dazu ein sich frühzeitig zurückziehender satinartiger Haaransatz. Im Vergleich zu dem Rest des Körpers war der Kopf von Lehrer Kulu verhältnismäßig groß, so wie bei einem Zukunftsmenschen. Und das stand ihm, denn ein Mensch der Zukunft war Lehrer Kulu ohne Zweifel. Mit seinen eher kurzen Beinen machte er kleine, aber rhythmische und sichere Schritte. Kulu unterrichtete Russisch und gab in der Mittelstufe außerdem Arbeitslehre. Er sprach ein weiches Russisch mit deutlich estnischem Akzent, doch er sprach es mit missionarischem Eifer. Russisch war recht ausführlich auf dem Lehrplan vertreten, aber rein äußerlich war es ein Fach wie jedes andere, ihm haftete an sich nichts »Ideologisches« an. In den Unterrichtsstunden kam es – besonders in der mittleren und höheren Stufe und gar nicht in Zusammenhang mit dem Russischen – immer wieder vor, dass man bei der Behandlung des Stoffes einen Abstecher ins Alltagsleben machte. Lehrer Kulu wich dem nicht aus, sondern ermunterte sogar zu solcherlei Gedankenaustausch und opferte ihnen bisweilen Zeit, die man auf die Verbesserung der Sprachkenntnis hätte verwenden müssen. Er tauschte sich gerne mit den Schülern auch außerhalb der Stunden aus, zum Beispiel bei der Kartoffelernte in der Kolchose oder bei Pflanzungen im Wald, oder wenn er auf dem Schulfest Aufsicht hatte. Er unterhielt sich behutsam mit den Schülern, ohne sich aufzudrängen, aber immer mit dem Wunsch, sie zu formen und in die richtige Richtung zu beeinflussen. Er spürte die Notwendigkeit, besonders in der heutigen Zeit. Die gesellschaftliche Lage schien sich anzuspannen, und die Zukunft hing davon ab, ob die Schüler Wichtiges von weniger Wichtigem unterscheiden könnten und ob sie hinter einzelnen Mängeln die Korrektheit der Hauptrichtung sähen. Damals, ab Mitte der sechziger Jahre, stieg der Lebensstandard des Volkes nicht mehr wie bisher, sondern sank allmählich. Der Esstisch wurde von Jahr zu Jahr karger gedeckt, mitunter sogar von Monat zu Monat. Die Schüler der fünften Klasse (damals kam Teedu zum ersten Mal in Berührung mit Lehrer Kulu) waren schlau genug, um das zu merken. Viele Lebensmittel waren in kürzester Zeit von den Ladentischen verschwunden. Auch in Teedus Familie hat man noch vor kurzem Wurst aus dem Laden geholt. Räucherwurst wurde zwar selten gekauft, hauptsächlich zu Feiertagen, aber die preislich gesehen nächste Halbrauchwurst gab es ziemlich oft. Jetzt waren die Fleischtheken leer, dort gab es Blutklöße und unappetitlich aussehende Klumpen, die Kutteln hießen. Wenn es zufällig Butter gab, wurde gleich ein halbes Kilo als Vorrat gekauft. Manchmal musste Teedu zur Straßenecke laufen und gucken, ob sich vor ihrem Laden eine Schlange bildete, denn falls ja, bedeutete dies, dass es Weißbrot zu kaufen gab. Normalerweise wurden nur Schwarz- und Graubrot verkauft. Wenn vor der Ladentür Menschen standen, rannte Teedu nach Hause und rief seine Mutter, um gleich wieder zurückzurennen und sich anzustellen. Mutter oder Großmutter kamen dann eine Weile später, und jede kaufte ein Weißbrot, wie die Norm es vorsah.

Einmal erhob sich in der Unterrrichtsstunde die Frage, warum es so viele Lebensmittel nicht mehr gab. Weil bekannt war, dass man vor Lehrer Kulu keine Angst zu haben brauchte, ließ sich manch einer zu Witzen hinreißen. »Das ist also der Kommunismus!«, rief jemand. War es nicht Mati? Aber der Lehrer gebot ihm nicht zu schweigen, sondern machte sich ruhig ans Erklären. Seine reine Stimme, die vom Klang her an eine Trompete erinnerte, war klar und gespannt.

»In unserem Staat gibt es alles. So viel, dass es für alle reichen würde. Wir sind reich. Daher – immer, wenn irgendwo etwas fehlt, wenn es irgendwo nicht ankommt, dann bedeutet dies, dass es irgendwo jemanden gibt, der seine Arbeit nicht gut gemacht, der seine Pflicht nicht erfüllt hat. Es gibt immer einen Schuldigen. Jemand muss die Verantwortung übernehmen. Anders kann das nicht begründet werden, denn ich wiederhole, in unserem Staat gibt es alles, mehr als anderswo auf der Welt, und wir müssen alles tun, dass im Räderwerk des Staates keine Pannen vorkommen. Wir müssen unsere Pflicht erfüllen.«

Lehrer Kulu klang nicht böse, aber durchaus ernst und nachdenklich. Er war herzlich, denn die Kinder sollten die Dinge richtig verstehen, sie durften nicht dem Einfluss von Spöttern und Abweichlern ausgesetzt werden – der Willkür jener, die wünschten, dass es dem Staat schlecht ginge. Lehrer Kulu wollte die Funktionsweisen der Gesellschaft jenen erklären, die keine Kinder mehr waren, aber auch noch keine Jünglinge und junge Frauen. Ihnen musste man erklären, warum in der Zeitung geschrieben wurde, dass der Kommunismus näherkomme, obwohl oberflächlich betrachtet der Eindruck entstehen konnte, dass er sich eher entferne.

Natürlich hatte auch Lehrer Kulu seine schwachen Momente, in denen er von dunklen und ärgerlichen Zweifeln erfasst wurde. Wahrhaftig, warum schrieben die Zeitungen das, wodurch sie vergebens Hoffnungen in den Menschen hervorriefen, fragte er sich in solchen Momenten. Gab es auch dort, in den Zeitungsredaktionen und Herausgebergremien jemanden, der seine Pflicht nicht erfüllt hatte? Jemanden, der Unwahrheiten verbreitete und damit Gerüchten und Spöttereien Vorschub leistete? Kulu war der Meinung, dass man ehrlich und streng mit dem Volk reden müsse, ohne Beschönigungen. Denn eine größere WAHRHEIT, an die Kulu fest glaubte, war letztlich so mächtig und erhaben, dass sie durch nichts umgestoßen werden konnte. Und von dieser Wahrheit gab es tatsächlich so viel, dass sie für alle gereicht hätte. Lehrer Kulu schien es sogar, dass je mehr negative Meinungen er um sich herum hörte, desto sicherer und teurer für ihn diese große WAHRHEIT würde, umso fester würde sein Glauben. Und warum sollte das nicht mit anderen Menschen genauso sein? Aber stopp, er war nicht der richtige Mann das zu sagen! So weit durfte er nicht denken, denn er wusste nicht alles, er hatte noch keinen vollen Überblick über die Angelegenheit. Und was die Hauptsache war, er hatte keinen staatsmännischen Verstand. Das fühlte er sehr genau, und manchmal sagte er sich sogar: »Du, Kulu, hast nur den Verstand von Kulu und beschäftigst dich lieber nur mit den Angelegenheiten von Kulu.«

Dessen ungeachtet war er sich sicher, er befände sich auf dem richtigen Weg. Und er glaubte aufrichtig an die Gesellschaft als ein Ganzes und rechnete insgeheim damit, dass er noch vor seinem Tod wenn nicht den Kommunismus selbst (er war diesbezüglich vorsichtig geworden), so doch ein deutlich lichtvolleres Leben als jetzt sehen würde. Er würde den Kommunismus nicht erleben, aber er würde auf einen Berggipfel gelangen, von dem der Kommunismus in erreichbarer Nähe erschiene, schimmernd am sonnigen Horizont. Was ist das für ein Leben, das sich dort in der Ferne in der Luft spiegelt? Das Geld musste natürlich verschwinden, das war allgemein bekannt. Aber was noch? Von mehr hatte Kulu keine fest umrissene Vorstellung, und er dachte sowieso nicht gerne an konkrete Dinge. Den Kommunismus durfte man nicht im Detail diskutieren, das verdarb den ganzen Reiz. Es ging um die Idee, um das Prinzip, um neue menschliche Beziehungen. Gleichzeitig ahnte er, dass für den Sterblichen gerade die Details nötig waren, Wunder nötig waren, und deswegen musste man ihnen, den Schwachgläubigen, schon jetzt Beweise des Kommunismus an die Hand geben. Aber wie, wenn es keine Wurst gab? Persönlich brauchte Kulu keine Wurst. Er mochte Wurst gerne, aber er war bereit, in aller Ruhe darauf zu warten. Denn einst wird es ohnehin so viel Wurst geben, dass man sie gar nicht aufessen kann. Aber das war ja nicht das Wichtigste, das war kein Ziel an sich. Wichtig war vielmehr, dass in Zukunft das Leben als ganzes reichhaltig und freundschaftlich sein musste, voller geistiger und seelischer Werte.

Kulu mochte den Kommunismus hauptsächlich wegen der neuen Verhältnisse und Werte. Und wenn er ganz ehrlich war, dann gefiel ihm vor allem das Hinleben auf den Kommunismus am meisten. (Das war freilich sündhaftes Geschwätz, eine kleine Ketzerei, aber hin und wieder wurde er von der Furcht ergriffen, dass wenn der Kommunismus da wäre, das Leben nicht mehr so spannend und romantisch wie jetzt wäre. Für Kulu war jeder Moment seines Lebens erfüllt von froher Erwartung, und er dankte seinem Schicksal von ganzem Herzen, dass er gerade jetzt geboren war, wo er sich noch auf den Kommunismus zu bewegte.) Darin lag eine besondere Ruhe. Kulu hatte ohnehin Achtung vor ideellen, hingebungsvollen Menschen, die sich einer Sache vollkommen widmeten. Ihm gefiel es, wenn sich Menschen mit etwas verbanden, das größer war als sie, und etwas Übergeordnetem dienten. Deswegen imponierten ihm insgeheim sogar Gläubige, wenngleich sie auf dem falschen Weg waren.

Das Schlimmste auf der Welt war, keine Ideale zu haben, als Außenstehender zuzuschauen und zu grinsen. Schaute ihn nicht auch jetzt der eine oder andere Junge spöttisch von der Seite an? Zum Beispiel dieser Mati dort, dessen Eltern in Sibirien gewesen waren. Bestimmt wurde bei denen zu Hause schlecht über die Sowjetgesellschaft gesprochen. Nein, der Junge hat wohl doch nicht gegrinst. Aber auf ihn musste man ein Auge haben und mal ein ernstes Wort mit den Eltern reden. Mädchen schienen sich für solche Angelegenheiten zum Glück noch nicht zu interessieren.

Vater und Mutter Kulu waren relativ alt gewesen und strenggläubige Menschen, die vor den Mahlzeiten ein Tischgebet sprachen, niemals fluchten und zur Kirche gingen. Sie waren in ihrem Glauben schlicht und ohne Tücke, sie dachten nicht mit ihrem eigenen Kopf. Kulu erinnerte sich daran, wie er seine Großmutter einmal nach dem Paradies gefragt hatte, als sie ihm aus einem dünnen Buch eine gekürzte Bibelgeschichte vorgelesen hatte. Großmutter konnte ihm keine Antwort geben. Auch Vater konnte es nicht. Zum Beispiel wusste er nicht, ob es im Paradies eine große Sauna für alle gäbe, so wie eine Stadtsauna, oder ob jede Familie ihr separates Badezimmer hatte. Mit dem Paradies war die Sachlage also etwas undeutlich, wie mit den Details des Kommunismus. Als Kulu ein bisschen älter war, bat er einen Glaubensmann, der ein paar Straßen weiter ein Bethaus betrieb, um eine Erklärung. Der sagte ihm, dass wir uns das Paradies nicht genau vorstellen könnten, weil es etwas vollkommen Andersartiges sei als unser tägliches Leben. Das Paradies übersteige unser Vorstellungsvermögen, und es sei nicht möglich, in Alltagskategorien (er dachte hier an Sauna und Badezimmer) darüber nachzudenken, wir hätten schlichtweg nicht genug Geisteskraft dazu.

Eine solche Erklärung gefiel Kulu mit der Zeit mehr und mehr, und bisweilen schien ihm, dass das auch auf den Kommunismus zutraf. Wir haben noch nicht hinreichend Verstand, um uns den Kommunismus in seinen Einzelheiten vorstellen zu können.

Andererseits begriff er sofort, dass eine solche Erklärung sich nicht für Schulkinder eignete. Wie ihnen sagen, dass wir keinen Verstand haben, um den Kommunismus zu begreifen? Obwohl sie inhaltlich ja sogar der Wahrheit entsprach, war mit dieser Aussage etwas verkehrt. Denn die Partei verfügte doch über alles, in der Losung hieß es ja auch, dass »die Partei die Ehre und der Verstand und das Gewissen unserer Zeit war«. Ja, auch der Verstand.

Außerdem hatte der Betreiber des Bethauses Kulu gesagt, es bestehe keine völlige Einigkeit darüber, ob das Paradies ein Ort oder ein Zustand sei – genauso wie wir das auch nicht über die Hölle sagen könnten. Auch diese Herangehensweise gefiel Kulu sehr, und als er sich später in den Kommunismus verliebte, schien ihm, dass der Kommunismus ebenso ein Ort wie ein Zustand war. Mit dem Älterwerden fand er aber, dass sein Kulu-Verstand hier wieder an seine Grenzen stieß, und er hatte damit aufgehört, sich über die Details des Kommunismus – wie früher über die des Paradieses – den Kopf zu zerbrechen.

Kulu seufzte und schaute erschreckt auf die Uhr. Der *nesoverschennyi vid*, der unvollendete Aspekt, musste jetzt schnell durchgenommen werden. Dieser Begriff war schwierig auszusprechen, ohne dass die Jungen zu kichern anfingen. Kulu sprach nämlich ein so rustikales Russisch, dass die russische Bezeichnung dieser Form an ein bestimmtes hässliches estnisches Wort erinnerte. Er hatte die Aussprache trainiert und sogar mit der anderen Russisch-Lehrkraft der Schule, mit Anastassia Petrovna, die kein Estnisch konnte, geübt. Aber da stellte sich heraus, dass sie doch einzelne estnische Wörter verstand und argwöhnte, dass Kulu ihr Avancen machte.

Und noch an eine andere Stunde erinnerte sich Teedu. Das war einige Jahre später, in der achten Klasse. Sie hatten ein Gedicht aus dem Lesebuch gelesen, das »Lied von der unruhigen Jugend« hieß. Es handelte sich um einen populären Liedtext der Komponistin Pachmutova. Sie übersetzten den Text Strophe für Strophe und hörten das Lied auf einem Grammophon, das Lehrer Kulu für diesen Zweck mitgenommen hatte. Ein Bariton ohne Begleitung sang mit Pathos und Hingabe, wobei er ebenso angespannt wie sanftmütig war.

Den Text des Liedes konnte Teedu mehr oder weniger auswendig: »Und der Wind und die Stürme und der Flug eines fernen Sterns, mein Herz ist erregt, denn in die Ferne lockt der Weg.«

Kulu mochte das Lied sehr, das merkte man. Er wurde geradezu wehmütig – innerhalb der Grenzen, die es einem Mann gestatteten, wehmütig zu werden. Teedu hatte den Eindruck, dass in seinen Augen, deren Blick durchs Fenster in die Ferne gerichtet war, ein besonderer Glanz lag.

Kulus russische Aussprache wurde trotz des Trainings von Jahr zu Jahr weicher (wegen einer vitaminarmen Nachkriegsjugend hatte er frühzeitig Parodontose, und das Lehrergehalt reichte nicht für ein vollständiges Kunstgebiss, dafür sparte Kulu noch) und er hatte vor kurzem aufgegeben, sie zu verbessern. Aber sein Geist war gefestigter denn je.

»Und wie im Leben häufig, einmal triffst du die aufrichtige Liebe, sie geht immer neben dir her, wie ein Freund und Genosse.« So sang der Bariton, und Lehrer Kulu verspürte den süßen Schmerz in seiner Seele, denn all das war so richtig. Genau, ein Freund und Genosse. Kulu selbst wartete noch

auf seinen Freund und Genossen, denn er hatte hohe moralische Ansprüche. Frühmorgens und spät abends spazierte neben ihm auf der Parkallee der kleinwüchsige Hund Sturmvogel, der eine breite Brust und einen langen Schwanz hatte.

»Das sind großartige Worte«, sagte Kulu. »Euch steht das alles noch bevor.«

Am Abend des gleichen Tages war Teedu spät noch einmal rausgegangen. Normalerweise war er um diese Zeit nicht mehr draußen, aber heute sehnte sich seine von erhabenen Gefühlen ergriffene Seele nach Freiheit, frischer Luft und Weite. Eine kühle und erstarrte lautlose Nacht hatte sich über das Land geworfen. Teedu hielt auf der Außentreppe inne und wandte den Blick auf das sich grenzenlos ausbreitende Himmelsgewölbe, an dem unzählige kleine funkelnde Sterne prangten. Vom Zenit bis zum Horizont war verschwommen die Milchstraße zu erkennen. »Ja, genauso muss es gehen«, überlegte er und dachte an die Schulstunde von vor ein paar Jahren, als Kulu ihnen erzählt hatte, dass in unserem Staat alles vorhanden war. »Ja, wir haben doch auch alles, man muss die Dinge nur besser organisieren«, dachte Teedu und spürte das Glück in seiner Brust anschwellen. Dass sie zu Hause auf dem Klo Papierfetzen hatten, die aus der Zeitung zurechtgeschnitten waren, hatte nichts zu sagen. Das war vorübergehend. Jemand war schuld daran, dass dort Zeitungsschnipsel waren und kein Toilettenpapier. Er wusste, dass es solches Papier gab. Der Vater von seinem Klassenkameraden Uudo fuhr zur See, und die hatten zu Hause die wundersamsten Dinge. »Auch zu uns, auch zu uns wird das Papier einmal kommen …«, da war sich Teedu ganz sicher. Er wandte den Blick erneut gen Himmel, und ihm schien, als wären die unsichtbaren Fäden von jenen Millionen von Welten dort hinter den Sternen mit einem Male in seiner Seele zusammengekommen. Er spürte deutlich und völlig greifbar, wie etwas so Sicheres und Unumstößliches wie dieses Himmelsgewölbe sich auf seine Seele senkte. Und wie aus ihm selbst heraus dem etwas kraftvoll entgegendringt und sich sehnt, es zu treffen. Er hätte am liebsten die ganze Welt umarmt und allen etwas Gutes getan.

Dieser Gefühlsmoment war nicht allein von Lehrer Kulus Musik, sondern noch von einem anderen Umstand hervorgerufen worden. Es war nämlich so, dass Teedu Anu mochte, die blonde Haare hatte, ein kleines spitzes Kinn und eine Wespentaille, die immer Einsen schrieb und in kleinen zierlichen Schritten von der Tafel (wo sie ihre nächste Eins bekommen hatte) auf ihren Platz trippelte. Das einzige Problem war, dass Anu Matis Schwester war, Mati aber bei ihnen zu Hause nach wie vor nicht erwünscht war. Hier bahnte sich etwas an, das an die Capulets und Montagues erinnerte. Unter gemeinschaftlichem Einfluss von Anus schmaler Taille und der Lyrik von Pachmutova brachte Teedu in jener Nacht sein erstes Gedicht zu Papier. Von dem Moment an blieb er eine Weile beim Gedichteschreiben. Er tat das heimlich, denn in ihrer Klasse gab es schon viel berühmtere Dichter.

TEEDUS IRRUNGEN

In der zehnten Klasse erhielt ich eine Einladung zu einem Treffen, das Literaturfreunde aus der ganzen Republik in Klooga zusammenbrachte. Ich unternahm damals meine ersten Versuche als Übersetzer und hatte die Adaption einer Kindergeschichte von Hans Fallada aus dem Deutschen übersetzt, die in der Zeitschrift *Sternchen* gedruckt wurde. Auf dem Treffen war auch Teedu, der den Eindruck eines lebendigen und gutherzigen Jungen hinterließ. Er redete viel, und was er sagte, war im Allgemeinen kindlich unschuldiges Geschwätz. Abends wurde ein Fest unter freiem Himmel organisiert, und es gab einen Holzfußboden zum Tanzen, und da in der Natur merkte ich dann, dass er weder rauchte noch Wein trank. Zu tanzen traute er sich auch nicht, er ging einfach so auf dem Platz umher und machte ein Gesicht, als würde Tanz ihn nicht interessieren. (Zum Tanz spielte übrigens ein Mädchen-Gitarren-Ensemble, die »Erbsenmäuse«, auf, was in unserer Gesellschaft damals eine Seltenheit war.)

Seine Mitschüler bezeugten, dass Teedu in der elften Klasse ein netter und freundlicher Junge war, ein klein bisschen naiv, aber gesellig. Die Mädchen mochten ihn, weil er in ihrer Anwesenheit nicht provozierend schmutzige Witze riss und auch niemanden begrapschte (damals sagte man »betastete«). Im Gegenteil, er war vielmehr höflich – wenn zum Beispiel jemandem etwas hinfiel, hob er es schnell auf, bevor die Person, die es hatte fallen lassen, zur Stelle war. Deswegen fing eine kleine Gruppe Mädchen – »Durchgeistigte«, wie wir sie nannten – an, ihn einzuladen zu spätabendlichen Zusammenkünften, die in der geschlossenen Glasveranda eines Einfamilienhauses von einem der Mädchen stattfanden. Bislang hatte nur ein junger Mann eine Einladung dorthin bekommen, ein etwas finsterer Typ mit schlaksigen Gliedmaßen, der für sein Alter weit entwickelt war und auch etwas Weibliches an sich hatte. Er wurde Ippe genannt. Jetzt gab es zwei junge Männer in der Gesellschaft, was die Sache in einem anderen Licht erscheinen ließ. Einige Mädchen haben im Nachhinein behauptet, dass Teedu in Ippe verliebt war.

Das ist aber kaum zu glauben, denn Teedus Herz war ja für Anu reserviert. Manchmal ging er gemeinsam mit Ippe weg und sie spazierten in den Straßen nur umher, weil Teedu mit einem klügeren Menschen Herzensangelegenheiten besprechen wollte und dieser sich gnädig bereit erklärte, sich begleiten zu lassen.

Obwohl Teedu die Oberschule nicht mit einer Medaille abschloss – er konnte das Wesen der physikalischen Gesetze nicht durchdringen, in Chemie und Biologie dagegen kam er großartig zurecht –, war sein Zeugnis sehr gut, er hatte nur wenige Zweien. Natürlich wollte er weiter lernen, aber aus irgendeinem Grunde passten ihm die heimatlichen Hochschulen nicht, er wollte etwas Großartigeres und Höheres. Und so verbreitete sich das Gerücht, dass er Weltraumforschung studieren wollte. Das lag daran, dass Teedu sein Leben unbedingt den wichtigsten Angelegenheiten im ganzen Universum widmen wollte, und Weltraumforschung erschien ihm als das allumfassendste Basisfach, denn schließlich gehörte ja auch der Planet Erde zum Weltraum. Leider wusste er nicht genau, an wen er sich wenden und welche Kanäle er nutzen musste. Beispielsweise wusste er nicht, dass er sich um einen so genannten Republiksplatz bewerben konnte, die für nichtrussische Untertanen bestimmt waren und die es damals schon gab. Er fuhr einfach nach Moskau, fragte sich durch und trieb die Sache eigenhändig voran. Er übernachtete bei einem Kriegskameraden seines Großvaters, Ain Gvorkin, Oberstleutnant der Nachrichtentruppe. Natürlich bekam er keinen Studienplatz, denn auf einen gab es mindestens hundert Bewerbungen – wobei fraglich ist, ob Teedu sich überhaupt in die richtige Schlange eingereiht hatte ... Und weil er über keinerlei Beziehungen unter der Ärzteschaft verfügte, konnte er der russischen Armee nicht mehr entgehen. So musste er, ohne Studienplatz, seine Dienstzeit ableisten.

Aber selbst wenn er diese Beziehungen gehabt hätte – es ist zu bezweifeln, ob er sie genutzt hätte. Seine Eltern waren gesetzestreue Menschen, treue Staatsbürger, die fanden, dass einerlei um welchen Staat es sich handelte, man ihm Folge leisten und sich an die Gesetze halten musste. So ist das Leben. Vater hatte Angst davor, dass es »noch schlimmer« würde, wenn herauskäme, dass man sich um den Dienst herumdrückte.

»Alle sind da gewesen«, sagte er, um Teedu zu trösten. »Auch du wirst deinen Dienst ableisten. Was soll denn da schon passieren.«

Und das tat Teedu.

Niemand weiß, was mit ihm beim russischen Militär geschah. (Vielleicht geschah auch gar nichts Besonderes.) Nicht einmal im engsten Freundeskreis war es damals üblich, dass junge Männer über ihre Militärzeit klagten, ganz zu schweigen von einer größeren Gesellschaft. Alle schienen diese Periode ihres Lebens totschweigen zu wollen, um sie schneller zu vergessen. Wenn überhaupt, dann sprach man in herablassendem Ton von der Dienstzeit und erzählte hauptsächlich irgendwelche lustigen, schlüpfrigen oder absurden Einzelheiten. Aber Teedu erzählte von seinen zwei Jahren nicht einmal das.

Nur eine Geschichte ist einigen aus dieser Periode seines Lebens bekannt, und die hängt mit Matis Schwester zusammen. Zwar war Anu nicht offiziell »sein« Mädchen, denn trotz seiner ordentlichen Sitten mochte Anu ihn nicht besonders, aber sie war eine großherzige junge Frau und gestattete, dass man mit ihr befreundet war. Das erschien ihr human für die

Zeit, die der junge Mann in der Armee war. Hinterher würde sowieso alles in Vergessenheit geraten, hoffte Anu.

Teedu hatte Anu Gedichte aus der Armee geschickt. So wie damals üblich, waren sie im freien Vers abgefasst und handelten von der Liebe. Nun verhielt es sich so, dass Anu in gewisser Hinsicht schon in den Untergrund hineingezogen worden war, wenn auch höchst indirekt und ohne, dass sie selbst es wusste. Sie half nur ihrem Bruder Mati, der studierte und gemeinsam mit ein paar Kommilitonen einen maschinenschriftlichen Almanach zusammenstellte. Anu tippte dafür Texte ab, denn in einem Büro, wo sie in den Sommerferien die Hauptangestellte vertrat, hatte sie freien Zugang zu einer Schreibmaschine. Auf dünnem Pauspapier erstellte sie mit einmal Tippen acht Exemplare, wenn sie es also drei- oder viermal abtippte, war es beinahe schon genug. Gleichzeitig korrigierte sie – immerhin hatte sie die Schule mit einer Silbermedaille abgeschlossen – die Texte orthographisch vor dem Abtippen und setzte die Kommas an die richtigen Stellen. Die Herausgeber des Almanachs bezahlten ihr ein bisschen weniger, als eine normale Maschinenschreiberin gekostet hätte, denn die jungen Dichter und national eingestellten Studenten waren arm. Für die verdienten Rubel ging Anu ins Kino und schaute sich ernste Filme an und kaufte sich Schokolade. Als Anu an einem heißen Nachmittag beim Tippen eine Pause machte, kam sie auf die Idee, Teedu den Vorschlag zu machen, seine Gedichte in diesem Almanach zu veröffentlichen. Sie wollte wirklich nur das Beste für Teedu und ging davon aus, dass eine Gedichtveröffentlichung das Selbstgefühl bei einem jungen Mann heben würde, der eine Zeitlang fremdbestimmt leben musste. Teedu wusste nicht, was *Samisdat* bedeutete. Er dachte, ein maschinenschriftlicher Almanach wäre ungefähr dasselbe wie die Poesiealben der Mädchen, in denen sie ihre Liedtexte hineinschrieben. Und es war ja Anu, die ihn gefragt hatte! Sie hätte wer weiß was fragen können, Teedu hätte immer zugesagt. Als Antwort kam also ein überschwängliches Ja.

Ein paar Monate später erschien dann sein Liebesgeschwafel in der ersten Ausgabe des Almanachs *Entelechie*, gleich hinter einem Artikel von Mati mit dem Titel »Die Wurzeln des Estentums. Historische Etüde.« Das geschah ein halbes Jahr vor Teedus Entlassung aus dem Militär.

Zurückgekehrt von seiner langen Reise in die Welt des russischen Militärs nahm Teedu ein Bad, zog sich Ausgehkleidung an und machte sich auf den Weg. Er hatte Anu frühzeitig geschrieben und sie zu einem Treffen eingeladen. Sie tranken zunächst einen Saft-Cocktail im »Tempo« und machten dann einen Spaziergang im Dompark. Beide waren lebhaft und schwatzten munter drauflos, und sie erzählten sich, was in der Zwischenzeit alles passiert war. Sie lachten viel. Allmählich wurde Teedu stiller und ernster, suchte Blickkontakt mit Anu und sagte plötzlich: »Reden wir jetzt auch über uns.« Daraufhin fing Anu noch fröhlicher an zu plappern, darüber, was ihre ehemaligen Klassenkameraden machten, wie ihr junges Kätzchen schnurrte, dass die Markthalle zwischenzeitlich renoviert worden war und über Dutzende andere Dinge. Teedu schwieg geduldig, bis Anu Luft holte, und wiederholte seine Bitte: »Reden wir jetzt auch über uns.« Aber nun zeigte Anu plötzlich großes Interesse dafür, was Teedu nun vorhatte, ob er sich eine Arbeit suchen oder irgendwo »reinkommen« wolle, sie, Anu, könne ihm Lehrbücher und anderes Lehrmaterial leihen. Sie empfahl Teedu, Agrarwissenschaften zu studieren, denn das würde »zu seinem Charakter passen«, und fragte, ob bei ihnen im Garten denn dieses Jahr Äpfel kamen.

Als Teedu ihr zum dritten Mal gefühlvoll in die Augen geschaut hatte und beinahe gefleht hatte »Reden wir jetzt auch über uns«, brach Anu ein wenig genervt in Lachen aus, machte »Hm!« und schien überrascht zu sein: »Du bist wirklich merkwürdig, wir reden doch die ganze Zeit über uns. Was ›über uns‹ gibt es denn noch zu besprechen?«

Da begriff Teedu, dass etwas nicht stimmte und drang nicht weiter in sie ein, und bald musste Anu auch schon zur Vorlesung eilen. Teedu begleitete sie zum großen Auditorium in der Vanemuine-Straße (Anu studierte Wirtschaftswissenschaften).

Im Moment des Abschieds durchschoss ihn der Gedanke, Anu kurz an sich zu drücken, sah aber ein, dass dies »unbegründet« wäre.

Als er nach Hause schlenderte, dachte Teedu, dass er nicht mehr leben wollte, so unerträglich schien ihm der Schmerz aus dieser unerwiderten Liebe. Er traf den Entschluss, auf Anu zu warten und ihr, wenn es sein musste, jahrzehntelang die Treue zu halten.

Als er am gleichen Abend die *Volksstimme* von der letzten Woche durchblätterte, fiel sein Blick auf einen Artikel, in dem die maschinenschriftlichen Almanache der Jugendlichen streng kritisiert wurden. Diese Drucke im Selbstverlag seien ein schwerwiegender ideologischer Fehler. Das war nicht der einzige Artikel. In der *Jungen Stimme*, in *Vorwärts* und *Hammer und Sichel* fand Teedu noch weitere Verrisse. Es drang schnell zu ihm durch, dass das hier kein Spaß war. (Woher hatte er plötzlich den Instinkt, derlei Dinge zu begreifen? Eben war er noch ein naiver und unschuldiger Jüngling gewesen. Hatte tatsächlich der Dienst beim russischen Militär, obwohl dort ja nichts Besonderes mit ihm geschehen war, bei ihm solche Spuren hinterlassen, ihn mit all seiner Rohheit dermaßen scheu gemacht?) Er wurde von Entsetzen erfasst und geriet in Panik. Schließlich waren doch auch seine überbordenden Verse in einem solchen Almanach erschienen. Man kann noch von Glück reden, dass er in den Artikeln nicht beim Namen genannt wurde! Teedus erster Impuls war, irgendwohin zu gehen und dort die Sache aufzuklären, zu erzählen, dass er unschuldig war und dass er keine bestimmte Absicht verfolgt hatte. Aber auf Anhieb wusste er nicht, an welche Instanz er sich wenden sollte, und er quälte sich anderthalb Tage mit dem Gedanken. Es waren Sommerferien, andernfalls wäre er vielleicht in seine alte Schule gegangen, um Lehrer Kulu um Rat zu fragen.

Im Laufe dieser anderthalb Tage waren die Gedanken an Anu – wie er später leicht beschämt feststellte – in seinem Bewusstsein in den Hintergrund geraten und der Liebesschmerz in Anbetracht eines noch mächtigeren Gefühls der Angst nahezu verschwunden. Aber auch Anu war in großer Gefahr. Teedu überlegte, ob er »dort« (wenn er den entsprechenden Ort gefunden hätte) nicht auch erzählen sollte, dass Anu unschuldig war. Oder war das doch nicht nötig, denn letztlich war Anu bei der ganzen Angelegenheit nicht schöpferisch tätig gewesen. Trotzdem hätte man sie wenigstens warnen müssen, so etwas machten doch Freunde. Teedu nahm sich vor, sie zu warnen, fand aber keine passende Gelegenheit. Er hatte Angst zu schreiben, Telefon hatten sie beide nicht, und Anu eigens dafür zu einem Treffen einzuladen, erschien ihm zu aufdringlich. Teedus Liebesschmerz kam zurück, aber in einer etwas leichteren Form.

Nach ungefähr einem Monat wurde seine Sehnsucht, Anu auch nur aus der Ferne zu sehen, allmählich schwächer. Bei Licht besehen war Anu bei ihrem letzten Treffen eigentlich zu gesprächig gewesen. Wenn sie ihr ganzes Leben vorhat so viel zu reden, was dann? Ja, und ihr Kinn, an sich sehr süß, war doch ziemlich spitz. Wie spitz würde das im Laufe des Lebens noch werden? Teedu fasste schweren Herzens den Entschluss, das Verhältnis mit Anu zu beenden. Er wusste natürlich, dass es für ihn hier in Wirklichkeit gar nichts zu beenden gab. Einerseits verbitterte ihn das, andererseits bot es auch Erleichterung, denn er brauchte sich nicht für Anu aufzuopfern. Man musste nicht mit dem Kopf durch die Wand.

Weil man Teedu nicht gleich verhaftete, beruhigte er sich allmählich auch im Hinblick auf die maschinenschriftlichen Almanache, und die ganze Angelegenheit geriet in Vergessenheit.

TEEDUS SCHICKSAL BEKOMMT SEINEN PLATZ

Alle, die Teedu Tärn von früher kannten, hätten behauptet, dass er nach seiner Rückkehr vom Militär ein anderer Mensch war. Sein Interesse an der Weltraumforschung war erloschen. Vielleicht hatte er beim nächtlichen Wacheschieben genug vom Sternenhimmel gesehen und begriffen, dass er zwar hinter den Sternen eine Erleuchtung suchen mochte, die Weltraumforschung in der Praxis aber doch eine höchst wissenschaftliche Angelegenheit war, und um sich damit zu befassen, musste man sehr gut sein in Physik und Mathematik, woran es bei ihm haperte.

Vielleicht hatte er eine Ahnung bekommen, dass er zwei

Jahre seines Lebens verschwendet hatte, und deswegen wollte er keine weiteren Fehler machen und auf Nummer sicher gehen. Auf Nummer sicher bedeutete im Allgemeinen ein Medizinstudium, was auch Teedus Vater sehr empfahl, oder ein technisches Fach, im Notfall Jura. Arzt wollte Teedu nicht werden, weil er kein Blut sehen konnte, mit technischen Berufen wäre er nicht fertig geworden, wieder wegen Physik und Mathematik natürlich, Jurist erschien ihm niederträchtig, weil er es mit Gesetzesverdrehungen verband. Also reichte er seine Papiere für Geschichte ein, denn jede Art von Geschichten gefiel Teedu sehr, er hatte eine blühende Fantasie. Die philologische Fakultät wählte er nicht, weil ihm das schon ein wenig zu weit ging, übertrieben nebulös und luftig, das passe als Hobby, aber nicht als Beruf. Sein Vater warnte ihn allerdings vor Geschichte: »Eine glitschige Angelegenheit, glitschig, glitschig.« Aber Teedu ahnte, dass Geschichte auf ihre Art wichtig war, und wenn man richtig vorging, konnte man sich in ihrem Schutz sehr erfolgreich im Leben einrichten. Das sagte er auch seinem Vater. Trotzdem schüttelte der mit dem Kopf und seufzte: »Hoffen wir, hoffen wir, dass das alles einmal bestehen bleibt. Das ist sowieso das wichtigste, dass etwas bestehen bleibt. Selbst wenn es an sich schlecht ist, aber wenn alles sich alle zwanzig Jahre verändert, dann kann ein Mensch ja nicht leben.« An etwas Nationales dachte Teedu bei seiner Wahl nicht, da kam er schlichtweg nicht drauf. Er schaffte es als fünftletzter hinein, weil er in der Militärzeit viel vergessen hatte.

Damals war es üblich zu sagen, das Militär mache einen zum Mann. Wenn man darunter versteht, dass ein Mensch langsamer und bedächtiger wird und weniger lacht, dann war Teedu in diesen zwei Jahren zum Mann gereift. Der Glanz aus seinen Augen war verschwunden, von Zeit zu Zeit blickte er wie ein Hund, der etwas angestellt hatte. Teedu hatte angefangen zu rauchen und hustete beim Sprechen. Sein Sinn für Humor, der nie besonders ausgeprägt gewesen war, war jetzt völlig verloren, und Ironie verstand er schon mal gar nicht. Allerdings hatte er von der Militärzeit die Angewohnheit mitgebracht, Witze zu erzählen. Dabei pflegte er sie sehr lebendig vorzutragen. Er sprach mit tiefer Stimme, wenn er einen Mann darstellte – fluchte und kratzte sich sogar –, während er bei einer Frauenrolle piepste und mit dem Kopf nickte und so weiter. Aber seine schauspielerische Begabung hielt sich in Grenzen, so dass er, wenn er laut Drehbuch im Namen einer Ziege sprechen musste, eher klang, als würde er Tschapajew oder Nadeschda Konstantinowna nachäffen. Manchmal stampfte er am Ende eines Witzes mit den Beinen auf die Erde und verdrehte die Augen, um seiner Vorstellung mehr Ausdruckskraft zu verleihen. Die Geschichten waren meistens nicht witzig, eher abgegriffen oder kindisch. Den Gipfel seines Repertoires bildeten ein paar Stücke mit Kloakenhumor. Bisweilen schaute er nach seinem Auftritt skeptisch in die Runde, weil er offenbar selbst gemerkt hatte, dass es nicht witzig war. Nach so einem Vorfall sagte er dann normalerweise den ganzen Tag nichts mehr. Gelegentlich erwischte der eine oder andere Kommilitone Teedu dabei, wie er ihn mit einem traurigen, geradezu glasigen Blick anstarrte. Das hinterließ meistens einen unangenehmen Eindruck.

Oberflächlich und längerfristig betrachtet, könnte man meinen, Teedus Karriere sei ruhig und geradlinig verlaufen. Aber nur oberflächlich betrachtet! Nun gut, er bereitete sich von Anfang an auf eine akademische Karriere vor und träumte von einer Anstellung am Katheder für gesellschaftspolitische Fächer an der Universität Tartu oder im äußersten Falle an einer anderen Hochschule. Mit diesem Ziel vor Augen schrieb er in seinen Seminaren eifrig Referate, die manchem älterem und einflussreicherem Dozenten gefielen. (Ich erinnere mich zum Beispiel an sein Referat über die Kindheit des Revolutionärs Alexander Repson.) Schon für seine erste Abschlussarbeit wählte er sich einen Abschnitt aus der Geschichte der Arbeiterbewegung in Narva. Er wusste, dass er auch die nächsten Arbeiten über das gleiche Thema schreiben würde, ebenso seine Diplomarbeit, die er später erfolgreich zu einer Dissertation und danach zu einer Habilitation ausbaute – alle über die Arbeiterbewegung in Narva.

Seine Kommilitonen durchschauten das und ahnten, worauf Teedu mit seiner Zielstrebigkeit hinauswollte, weswegen die Einstellung ihm gegenüber negative Züge annahm. Ihr Jahrgang war im Allgemeinen europäisch eingestellt, in gewisser Weise sogar nationalbewusst, aber ein Nationalbewusstsein im deutschen oder sogar französischen Geist, also doch eher vor allem europäisch. Trotzdem fehlte auch ein konservativer Flügel nicht, der auf Konstantin Päts, den letzten autoritären Präsidenten des freien Estland, ausgerichtet war. Die Elite des Jahrgangs behandelte Teedu so, wie Aristokraten jemanden behandelten, der einen schmutzigeren Beruf bekleidete.

Die meisten von ihnen kannten aber eine Episode nicht, die in Teedu im Winter des ersten Studienjahres einen seelischen Erdrutsch verursachte und ihn beinahe ins Verderben stürzte. Ansonsten hätte man wirklich annehmen können, dass wir es hier mit einem waschechten Karrieristen zu tun hätten. Von dieser Episode erzählte mir Mati, und ihm glaube ich. Er war zwar einige Semester über ihm, aber Studenten des gleichen Fachs hatten recht intensiven Kontakt untereinander, häufig wurde im Wohnheim gemeinsam gezecht, auch mit jenen, die nicht dort wohnten. Auf Grundlage dieser Geschichte muss man schlussfolgern, dass Teedu politisch wirklich sehr naiv war und viele Sachen glaubte, worauf man gar nicht kommen würde. So hörte er vom Hitler-Stalin-Pakt zum ersten Mal erst an der Universität, als seine Kommilitonen ihn beiläufig im Gespräch erwähnten wie eine Sache, die allgemein bekannt ist. Früher hatte Teedu das überhört, wie auch das Wort »Weihnachten« in seiner Kindheit und noch vieles mehr. Jetzt aber schien ihm auf einmal, dass es sich hierbei um etwas Wichtiges handeln könnte. Er wollte sein Unwissen aber nicht zur Schau stellen und versuchte selbstständig herauszufinden, worum es bei dem Hitler-Stalin-Pakt ging. Natürlich verwendete er dazu die offiziellen sowjetischen Quellen.

Überflüssig zu sagen, dass bei Mati zu Hause ständig über diesen Pakt gesprochen worden war, für ihn war das in seiner Kindheit ein genau so bekanntes Thema wie das Märchen von Däumelinchen. Später hatte er darüber Näheres von älteren Männern zu hören bekommen, die sich noch daran erinnerten, wie der überraschende Vertrag zwischen Hitler-Deutschland und Stalins Russland seinerzeit in der estnischen Öffentlichkeit aufgenommen worden war.

Eines Tages brach dann auch im Wohnheim ein Streit über dieses Thema aus. Wie immer waren jüngere und ältere Studenten anwesend, unter letzteren auch Mati. Teedu vertrat die Standpunkte, die aus der *Geschichte des Großen Vaterländischen Krieges* stammten. Die wurden von den anderen (darunter Mati) so gnadenlos niedergemacht, dass Teedu völlig benommen das Zimmer verließ. Ein paar national eingestellte

Schönheiten riefen ihm noch hinterher: »Hau ab und hol dir einen runter, Kommunist!« Als Teedu Mati am nächsten Tag zufällig in der Toilette des Hauptgebäudes traf, sagte er ihm: »Ich werde dich nicht beim Dekanat verpfeifen, aber du verdienst nicht den Namen eines sowjetischen Studenten!«

Mati betrachtete ihn eine Weile und fragte (Schwejk beinahe wörtlich zitierend): »Sag mal, spielst du den Idioten oder bist du wirklich ein Idiot?«

»Weder das eine noch das andere!«, verkündete Teedu trotzig. »Aber ich glaube nicht an Gerüchte. Stalin musste seinem Staat eine Atempause verschaffen. Zeig mir eine Stelle, wo so über den Hitler-Stalin-Pakt geschrieben ist, wie du es erzählst. Wenn nicht, werde ich weiterhin sagen, dass das Altweibergeschwätz ist.«

»Aber was tust du, wenn ich dir das wirklich zeige? Und es wahr ist?«

»Zeig's mir, dann sehen wir weiter,« sagte Teedu standfest.

Und das tat Mati. Er besorgte sich über Bekannte einige Artikel in klitzekleiner Schrift auf Fotopapier, die im Sonderfonds der Bibliothek heimlich fotografiert worden waren. Die Artikel waren auf Estnisch, Englisch und Deutsch verfasst. Teedu las sie. Danach erschien er tagelang nicht zu den Vorlesungen. Als er endlich wieder auftauchte, ging er zu Mati und sagte ihm: »Ich entschuldige mich. Du hattest Recht.« Er zögerte und schwankte, war vermutlich am Rande des Selbstmords. Mati wusste sogar, dass er sich auf eine Flucht über Karelien nach Finnland vorbereitet hatte, sich aber im letzten Moment dagegen entschloss, wenn auch schweren Herzens. Er setzte seine Studien der Arbeiterbewegung fort. Von diesem Moment an war Teedu wirklich ein bewusster Karrierist. Aber einen kleinen Knacks auf seiner äußerlich betrachtet steilen Karriere hatte es doch gegeben.

MATIS HOCHZEIT

Im Frühherbst des dritten Studienjahres heiratete Mati zum ersten Mal. Die Eltern der Braut wünschten eine kirchliche Trauung, und Mati hatte nicht das Geringste dagegen, obwohl er meines Wissens nicht im engeren Sinne gläubig war. Eine derartige Heirat war damals ziemlich selten, besonders bei jüngeren Leuten. Die Kirche war völlig aus dem öffentlichen Leben verdrängt und in Misskredit. Korrekter wäre zu sagen, dass die Kirche reduziert worden war auf ein Nichts. Wir hörten ja nicht, dass Kirchen geschlossen oder eingerissen worden wären, dass man religiöse Aktivisten an den Schandpfahl gestellt, bestraft oder deportiert hätte. Aber genau das war es, wir hörten überhaupt nichts. Immer wenn ich an einer Kirche vorbeikam, überlegte ich mir, ob drinnen wohl noch Leben herrschte oder nicht. Keine Ahnung. Von außen konnte man da häufig nicht schlau werden. Autos gab es damals wenig, auf Grundlage dessen, ob ein paar bei der Kirche parkten oder nicht, konnte man also keine Schlüsse ziehen (anders als heutzutage, wo vor einem Pastorat immer ein paar Autos stehen). Nur einmal im Jahr, an Heiligabend – da erwachten die Kirchen zum Leben. Alle wussten, dass an diesem Nachmittag die Lehrer in die Kirche gingen und kontrollierten, ob dort nicht am Ende Kinder von ihrer Lehranstalt waren. Manche Lehrer wurden dorthin abkommandiert, andere, die in der Partei waren, gingen selbst, um ihre Treue kundzutun, wieder andere verbanden offenbar das Angenehme mit der Pflicht. Auch ich war damals ein paarmal in der Kirche (ich stand heimlich ganz hinten), denn mir gefiel die besondere Erregung, die auf dem Antlitz der Menschen erschien, wenn sie über die Kirchenschwelle traten. (Es erinnerte mich ein wenig an den Gesichtsausdruck der Kinder zu Beginn eines Schulfests, wenn das Orchester sein erstes Stück spielt.) Die Predigten der Pastoren waren meiner Meinung nach dermaßen kindisch und uninteressant, dass ich eine ganze Weile nicht wagte, mich mit jemandem darüber zu unterhalten, weil ich befürchtete, es läge an mir, dass Gottes Wort bei mir einfach nicht ankam.

Die Universität stand im Hinblick auf die Freiheit auf einer höheren Stufe als die Oberschule, die Studenten hingen weniger von zu Hause und den Dozenten ab, aber Probleme bereitete ihnen die bevorstehende Hochzeit trotzdem. Einige von Matis Mitstudenten bekamen es regelrecht mit der Angst zu tun und überlegten sich, ob man die eigene künftige Karriere wegen einer so relativ kleinen Sache wie der Anwesenheit bei einer kirchlichen Zeremonie in Gefahr bringen sollte. Der Komsomolbeauftragte des Jahrgangs, Villu Ebeljalg, ein hochgewachsener Junge, der beim Militär gewesen war, warnte davor und sagte, dass er es nicht empfehlen könne, weder als Angehöriger des Komsomols noch persönlich, wie er schnell hinzufügte. Was sollten wir also machen, fragte man sich gegenseitig. Besonders die Mädchen schwankten, denn Kirche und Trauung kamen ihnen so schön vor. »Verdammt noch mal, dein Freund heiratet, da muss man doch dabei sein, hol's der Teufel?!«, sagten die Jungen verzweifelt. Der Komsomolbeauftragte Ebeljalg meinte, es sei angemessen, draußen zu warten, vor oder neben der Kirche, solange drinnen die Zeremonie laufe. Sofort erhob sich die Frage, wie weit entfernt man von der Tür oder der Kirchenmauer stehen müsse, so dass man es einerseits noch als Anwesenheit bei einem wichtigen Ereignis (man kann ja nicht in einem Kilometer Abstand lauern!), andererseits aber nicht als aktive Teilnahme an der Zeremonie interpretieren könne. Ebeljalg kratzte sich im Nacken und sagte, er wolle die Verantwortung dafür nicht übernehmen, und es sei klüger, den Parteiorganisator der Universität zu befragen. Am nächsten Tag verkündete er dann, dass sechs Meter eine vollkommen angemessene Entfernung seien.

Etliche Wagehälse gingen aber dennoch in die Kirche. Ansonsten waren vor allem ältere Menschen dort, unter anderem alte Waldbrüder, Pastoren, Offiziere und Polizeibeamte aus der estnischen Zeit, betagte Tanten und Onkel. Danach war für diese Gäste ein Hochzeitsmahl in einem Restaurant am Stadtrand organisiert, das vom Menü her an einen Leichenschmaus erinnerte, nur wurde mehr Schnaps ausgeschenkt und waren die Reden lustiger. Für das jüngere Volk fand abends bei Mati zu Hause ein Fest statt, wo man völlig unter sich war. Die Verwandten, zu denen Matis Eltern vor dreizehn Jahren aus dem nördlichen Kreis Viljandi gezogen waren, waren mittlerweile gestorben und hatten ihnen das Haus vermacht. Auch Matis Vater, ein kräftiger vierschrötiger Kerl, war nach seinem runden Geburtstag im 61. Lebensjahr unerwartet an einem Herzinfarkt gestorben. Matis Mutter hatte für die Heirat ihres Sohnes am Vorabend Kartoffel- und Heringssalat bereitet und fuhr nach dem Hochzeitsmahl im Restaurant zu ihrer Schwester aufs Land. Es war wieder einmal Herbst, und es musste ausgeholfen werden, damit man Winterkartoffeln und noch das eine oder andere bekam – in dieser Hinsicht hatte sich nichts geändert. Mati tauschte eiligst seinen Hochzeitsanzug gegen seine polnischen Jeans ein, warf das alte Motorrad mit dem Beiwagen von seinem Vater an und brachte seine Mutter weg, bevor das Fest losging.

Ungefähr ein Drittel des Jahrgangs war eingeladen, Mitglieder von der Jugendsektion des Schriftstellerverbandes, zusätzlich noch ein paar Bohemiens aus der Stadt und andere undurchsichtige Gestalten – alles in allem vierzig oder fünfzig Leute. (Teedu war nicht unter den Hochzeitsgästen, aber als anständiger Mensch wünschte er Mati am nächsten Tag viel Glück.) Der Abend entwickelte sich zu einem ganz gewöhnlichen angenehmen Gelage, nur dass mehr gegessen wurde. Stühle gab es nicht genug, so dass sich einige mit einem deutlichen Gefühl der Erleichterung auf den Boden setzten. Es wurde viel gesungen, zunächst heitere und zweideutige Lieder, später, als man schon mehr getrunken hatte, traurige und nachdenkliche, und ganz am Ende, nach Mitternacht, Lieder, die de facto verboten waren, wie »Unsere Legion marschiert, und fest ist unsre Haltung«. Mati war ein großer Sänger und vergaß zwischenzeitlich vermutlich, dass er auf seiner eigenen Hochzeit war. Als beispielsweise die letzte Dreiliter-Korbflasche Wein leer war und man sich Taxischnaps besorgen musste, stand er wild entschlossen auf und erklärte, er würde was besorgen. (Ich habe übrigens niemals jemanden gesehen, der so gut mit Taxifahrern reden konnte wie Mati. Er sagte ihnen nichts Besonderes, redete nicht um den heißen Brei herum und schmeichelte ihnen nicht, aber sie vertrauten ihm bis aufs Letzte und argwöhnten niemals, dass er ein Provokateur sei oder Unsinn redete.) Aber dann sagte jemand, dass es nicht anginge, dass der Bräutigam sich seinen eigenen Taxischnaps besorgte, er müsste seine Braut bewachen, damit die nicht gestohlen würde, jemand anders sollte gehen. Daraufhin wurde sich Mati gleichsam seiner Situation bewusst und sagte: »Ach ja, natürlich!« Alle um ihn herum brachen in Lachen aus, weil er es so rührend gesagt hatte. Auch die Braut lächelte schwach, wie aus Pflichtbewusstsein. Sie hieß übrigens Piibe, war eine schlanke Blonde, ich glaube ein Jahr älter als Mati, und recht sympathisch, offenbar sehr belesen und gebildet. Sie hatte einen durchgeistigten Gesichtsausdruck, war allerdings meiner Meinung nach ein klein wenig zu blass (was an diesem Abend natürlich auch an der Beleuchtung gelegen haben konnte). Vielleicht rührte mein Gesamteindruck daher, dass Piibe wahnsinnig ernst war, fast elegisch. Ich glaube übrigens, dass Mati sie gerade deswegen mochte. Mati brauchte keine Frau im herkömmlichen Sinne – er hatte sowieso an jedem Finger eine Menge –, sondern als Symbol. Er wollte unbewusst etwas Tragisches in seiner näheren Umgebung, in seinem Zuhause haben, eine Frau, die ihn mit ihrem traurigen Wesen ständig an die nationale Tragödie und die verlorene Freiheit erinnerte. Vielleicht war alles auch viel einfacher, und Mati wollte ein Ehrenmann bleiben und das Mädchen heiraten. Piibe war die Enkelin eines Pioniers der Unabhängigkeitszeit, ihr Großvater war Leutnant im Freiheitskrieg gewesen. Braut und Bräutigam hatten in dieser Hinsicht denselben Hintergrund und vielleicht auch den gleichen Verhaltenskodex. Piibe wünschte sich ein Kind von Mati, denn der Junge hatte so viel Vitalität in sich, von solchen Männern wünschten sich Mädchen häufig ein Kind. Piibe war auch schon schwanger, obwohl man es noch nicht sah. Vielleicht hatte das Mädchen gar nicht auf eine Ehe zu hoffen gewagt und war jetzt ein wenig verwirrt angesichts ihrer neuen und unerwarteten Rolle.

Ich erinnere mich daran, wie die Uhr elf schlug. Wie damals üblich, redeten wir über Geschichte und Politik. Ich wollte mich nicht beteiligen, denn Aarne Kelberg war auch dabei, und den hielten manche für einen Spitzel. Kelberg nickte die ganze Zeit, auf jeden Satz hin, selbst sagte er aber nichts. Klar, er nickte immer, wenn er betrunken war. Und betrunken war er mehr oder weniger die ganze Zeit.

»Historische Gerechtigkeit ...«

»Die ist keine Kopeke wert. Es gibt überhaupt keine Gerechtigkeit. Seltsam, dass du so was sagst, wo du doch Geschichte studierst.«

»Das Land gehört doch den Esten!«

»Das ist keine Kopeke wert. In der Geschichte gilt das Recht des Stärkeren!«

»Oho, schau einer an, und was in der Erklärung der Menschenrechte steht, dass jedes Volk das unveräußerliche Recht auf Selbstbestimmung hat, das zählt nichts?«

»Das ist etwas für naive Menschen. Die Amerikaner selbst haben sich auch nur daran gehalten, wenn es ihnen selbst genützt hat, schau dir Mexiko an, schau die Philippinen an.«

»Aber wird Russland uns freilassen?«

»Moment, schenk mir auch noch nach ...«

»Natürlich nicht. Ich habe mich im Sommer mit einem Engländer unterhalten, einem Bekannten meiner Mutter. Der sagte, im Westen glaubt niemand, dass Estland sich friedlich von der Union abspalten kann. Das ist gegen den gesunden Menschenverstand.«

»Nimm die Hand da weg ... bitte, nimm die Hand da weg ...!«

»Man kann nicht über seinen Schatten springen. Die Geschichte ist so gelaufen. Wir müssen unsere Größe und unsere Kräfte berücksichtigen. Ado Grenzstein war gar nicht so blöde.«

»Grenzstein ... dieser Verräter.«

Plötzlich hörte man aus einer murmelnden Gesprächsgruppe heraus einen Ausruf: »Verdammt noch mal, gehen wir raus, den ersten Russen, der uns entgegenkommt, knöpfen wir auf.«

Der das rief, hatte den Kosenamen Schopf, den er bekommen hatte wegen seines kriegerisch aufgerichteten pechschwarzen Haarschopfes. Schopf war ein Hänfling, ein kleiner Junge eigentlich, der wegen seiner schwachen Lungen sogar vom Militärunterricht befreit war, aber manchmal wirkte er kraftstrotzend. Die Mehrheit schmunzelte über seine Aufforderung.

»Ach, laber doch nicht«, sagte jemand.

»Was, ihr glaubt mir wohl nicht?«, fauchte Schopf und stand auf.

»Hör mal, ich glaube du hast genug«, sagte die neben ihm sitzende Heidi erschrocken und zerrte an ihm. Die kleine Heidi war sein Mädchen. Sie hatte noch nie einen Freund gehabt, weil sie so klein war (ein Meter achtundvierzigeinhalb), und jetzt hatte sie fürchterliche Angst, dass sie auch ihn verlieren würde, wenn ihr schrecklicher Schopf rausginge, um Russen aufzuknöpfen.

Doch Schopf winkte ab. »Ach, können wir später immer noch machen!«

»Was können sie mir denn anhaben?«, war im selben Moment aus einer anderen Ecke zu vernehmen. »Ich war beim Militär, hab sogar die Schulterschnur eines Starschina, ich habe keine Angst. Aber ihr könntet natürlich fliegen ...«

»Nicht Starschina, sondern Kompaniefeldwebel ...«, knurrte jemand.

Jemand stimmte die »Waldbrüder« an.

Ich trat für einen Moment auf den Korridor, weil das Zimmer völlig verqualmt war. Ich habe nie geraucht. Am Ende des Korridors war ein kleiner nischenartiger Raum, eine Garderobe oder ein Abstellraum. Ein Mädchen, das Marje hieß, nicht aus Matis Studiengang, sondern von der städtischen Kunsthochschule, kam mir hinterher. Sie war groß und hatte etwas Katzenartiges. Marje schaute sich vorsichtig um und drückte mich dann in die Ecke. Ich dachte, die liebe Marje wollte mich küssen, und geriet in Panik, denn ich wusste nicht, wie ich darauf reagieren sollte. So ist das, wenn man unvorbereitet von einer Sternstunde überfallen wird. Statt mich zu küssen nahm Marje jedoch eine beliebige Jacke vom Haken, warf sie uns über den Kopf, drückte dann ihre Lippen fest auf mein Ohr und flüsterte: »Dieser Arbeiterstaat kann nicht mehr lange fortdauern.«

Sie macht Scherze, dachte ich, wie soll er denn so plötzlich verschwinden, dieser Staat? Aber ich nickte, damit Marje nicht wegging.

Und tatsächlich sprach sie weiter: »Ich will nicht mehr länger in diesem Arbeiterstaat leben.«

Aha, nun verstand ich. Alles ist voll mit Mikrofonen hier, deswegen flüstert sie. Die Jacke über meinem Kopf roch ein wenig muffig. Aber dann küsste sie mich doch (damals tat man das noch).

Marjes Bruder war ausgewandert. Aksel hatte am Theaterinstitut in Leningrad studiert und eine Schwedin geheiratet, fiktiv natürlich, und wohnte nun in Göteborg. Marje wartete darauf, dass ihr Bruder ihr einen »Bräutigam« schickte, der sie abholte. Warum erzählte sie mir das? Vielleicht wollte sie mir einen Dienst erweisen, indem sie mich fragte, ob ich nicht auch von dort eine »Braut« geschickt bekommen wollte. Ich war noch so dumm, dass ich es nicht einmal kapierte. Aber wenn ich jetzt darüber nachdenke ... Hätte ich gewollt, dass man mir eine »Braut« schickte? Na, ich weiß nicht. Wahrscheinlich nicht. Es ist seltsam, jetzt die Menschen zu betrachten, die damals fortgegangen sind. Ich glaube, dass ein Teil von ihnen durchaus zufrieden ist, aber ein Teil eben auch nicht, obwohl sie das nicht einmal sich selbst gegenüber eingestehen, und deswegen prahlen sie mit ihren Erfolgen und machen diejenigen schlecht, die hiergeblieben sind. Besonders übel ist es denen ergangen, die schon als relativ Alte und kurz vor dem Machtantritt von Gorbatschow weggegangen sind. Denn sie haben den Moment verpasst, in der neuen Zeit richtig Fuß zu fassen, und sitzen nun zwischen zwei Stühlen. Klar, wenn jemand als junger Mensch weggegangen ist und im neuen Land Karriere gemacht hat, dann war es der richtige Schritt. Aber wer wusste das denn zuvor? Und in einem kleinen Teich ein großer Frosch zu sein, ist in mancherlei Hinsicht doch angenehmer als in einem großen Teich ein kleiner Frosch zu sein – so denke ich heute.

Aber damals dachte ich darüber nach, was Marje mit Arbeiterstaat meinte. Was ist denn, mal genauer betrachtet, an Arbeit so schlecht? Alle arbeiteten doch. Ihre eigenen Eltern arbeiteten, der Betreiber des Bethauses arbeitete, auch Arnold Tõusumägi hatte gearbeitet. Und im Westen mussten die Menschen ebenfalls arbeiten, auch Marjes Bruder Aksel arbeitete in Göteborg. Manche liebten ihre Arbeit, andere nicht, so war das eben. Aber auch hier galt, dass das auf beiden Seiten so war, auch im Westen liebten nicht alle ihre Arbeit wie wahnsinnig. Denn warum kämpften sie dort sonst immer für eine kürzere Arbeitswoche? Mir schien, dass der

Arbeiterstaat eigentlich im Westen lag. Da gab es Streiks und Demonstrationen, dort wurden Lohnforderungen gestellt und Rechte verlangt, die Gewerkschaften verhandelten mit den Fabrikbesitzern. Aber konnte in der Sowjetunion die Arbeiterschaft etwas verlangen? So blöd war ja wohl niemand. Darüber, dass niemand etwas verlangte, wachte das Parteikomitee. In der Sowjetunion bekam die Arbeiterschaft in Wirklichkeit die Knute stärker zu spüren als anderswo. Darin irrte sich die katzenartige Marje also, aber das war nicht ihre Schuld, denn die Losung »wir haben einen Arbeiterstaat« war bloß an ihr haften geblieben und bedeutete für sie all die Absurdität und die Unordnung, die man im russischen Staat antraf.

Mati war schon damals fest davon überzeugt, dass der russische Staat einst von hier verschwinden würde. Er sprach nicht vom »Arbeiterstaat«, sondern nur vom »russischen Staat«. Mati zweifelte keinen Moment. »Sie kommt, sie kommt, die Freiheit«, sagte er uns, die wir in der Mehrheit schwachgläubig und skeptisch waren – zumindest den größten Teil der Zeit, denn vielleicht hatten auch wir unsere Momente der Begeisterung. Woher nahm er das, war das bei ihm Glauben oder Wissen? Ich habe über diese beiden Dinge, über das Verhältnis zwischen Glauben und Wissen im Stillen nachgedacht. Es war bei Mati offenbar eine besondere Art von Wissen, die nicht auf der tatsächlichen Ordnung der Dinge der Welt und der praktischen Logik der Ereignisse beruhte, sondern vielmehr darauf, wie es richtig war (oder wäre). Freiheit ist an sich richtig und schön. Und wenn das so ist im Staat der Gedanken und Ideen, dann muss die Wirklichkeit dem unausweichlich folgen, weil die Wirklichkeit dem Reich der Ideen untertan ist, von ihm abhängt und hinter ihm herhinkt. Der biblische Ausdruck, dass man »das Recht vollständig tun muss«, ist in diesem – platonischen – Sinne zu verstehen. Nun war diese Schlussfolgerung für mich selbst nicht besonders wichtig, ich dachte nicht Tag und Nacht darüber nach. Aber trotzdem wollte ich meinen Standpunkt doch einmal Mati vorstellen, um zu hören, was er davon hält. Aber das war schwierig, denn Mati hatte nie Lust, seinem Gesprächspartner lange zuzuhören. Das geschah bei ihm nicht aus Stolz oder Überheblichkeit, sondern war schlicht eine angeborene Eigenschaft. Außerdem war Piibe erneut schwanger.

TEEDUS KARRIERE

Im Frühjahr des zweiten Jahrganges wurde Teedu von der Parteizelle der Abteilung der Vorschlag gemacht, sich den Reihen der KPdSU anzuschließen. Teedu konnte geradezu fühlen, wie sich das große Glück näherte, und sagte zu. Aber am Abend desselben Tages fiel ihm wieder sein Liebesgeschwafel ein, das seinerzeit in freien Versen in einem maschinenschriftlichen Almanach erschienen war, und die Gewissensbisse, die zwischenzeitlich abgeklungen waren, erwachten erneut. Taugt ein Mensch zum Parteikandidaten, der sich im *Samisdat* geäußert hat? Teedu quälte sich lange, dann hielt er es nicht mehr aus und verabredete sich mit der Person, die ihm eine Empfehlung für den Eintritt in die Partei geschrieben hatte. Der Parteiorganisator Mandri war ein Erziehungswissenschaftler mit einer sanften Stimme – ruhig, bescheiden und immer korrekt gekleidet. Er hörte sich Teedu an und nickte verständnisvoll.

»Gut, dass du das erzählt hast,« sagte Mandri. »Wir haben ehrlich gesagt schon lange darauf gewartet, dass du mit uns darüber redest. Ich jedenfalls. Natürlich wussten wir, dass du an diesem Druck beteiligt warst. Hast du wirklich auch nur eine Sekunde daran gezweifelt, dass wir das nicht wussten?« (Genau das musste Teedu zu seiner Schande gestehen, obwohl er das Mandri nicht sagte.) »Du kannst davon ausgehen, dass wir alles wissen. Wir wissen sogar, mit wem du beim Militär nach den Übungen deine Zeit verbracht hast. Wir wissen auch, welche Gefühle dich überkamen, als du begriffen hast, wohin du deine Gedichte geschickt hast, und wie du danach den Kontakt zu einem Mädchen abgebrochen hast. Aber diese Furcht gereicht dir zur Ehre, denn du zittertest wegen der Reinlichkeit deines Herzens. Oder glaubst du, dass wir nicht wissen, wie du nicht an den Hitler-Stalin-Pakt geglaubt hast? Und wie du mit einem Studenten aus dem dritten Jahr über dieses Thema auf der Toilette des Hauptgebäudes einen Wortwechsel hattest? In dir ist Idealismus. Übrigens, Lehrer Kulu hat dich wärmstens empfohlen. Kulu war mein Mitschüler. Wir haben immer wieder über dich gesprochen.«

Dass Teedu vorhatte über Karelien nach Finnland zu fliehen, wusste der Parteiorganisator dann aber doch nicht, und das erfüllte Teedu mit besonderer Erleichterung.

Alles in allem war der Jahrgang Teedu gegenüber nicht übermäßig ablehnend eingestellt, er wurde nicht als ein Paria angesehen, eher hatte man sich mit ihm als einem Sonderling abgefunden. Es kursierten im Zusammenhang mit ihm zum Beispiel keine Gerüchte, dass er ein Spitzel wäre (was bei vielen anderen Personen der Fall war). Und das, obwohl Teedu für die Anwerber des Geheimdienstes eine leichte Beute zu sein schien. Aber vielleicht auch zu leicht, und das bewahrte ihn eben davor. Teedu gehörte nicht zur goldenen Jugend, er war kein geistreicher Trinker und kein glänzender Student. Sein Stipendium erhielt er dank sorgfältiger und konsequenter Arbeit. Er hatte wenig Geld, seine Eltern waren nie reich gewesen, und sein Vater war überraschend arbeitsunfähig geworden, weshalb er von zu Hause kaum Unterstützung bekam. (Zwar erhielt der Vater eine Rente, die wegen irgendwelcher Verdienste ein bisschen höher als normal war; dennoch war das Geld knapp.) Doch immerhin wohnte Teedu zu Hause und umging damit die Mietkosten und teilweise auch die für Lebensmittel. Doch hatte er die ersten vier Jahre dieselben Hosen und dasselbe Jackett an, rauchte zwar, trank aber selten – hauptsächlich, wenn man nicht drum herum kam, das heißt, wenn alle gleichviel einzahlen mussten oder wenn es umsonst war, etwa bei einer Geburtstagsfeier. Dann konnte er ordentlich tanken, wenn auch nicht bis zur Besinnungslosigkeit. Selbst kaufte er aber nie etwas, sondern sparte sein Geld, ohne zu wissen, wofür.

Es gab aber noch einen Grund, warum Teedu sich für eine Karriere entschied (und das zeigt seine Weitsicht). Es ging um Frauenbeziehungen. Teedu hätte den Mädchen durchaus gefallen können, denn er war hochgewachsen und hatte einen kräftigen Körperbau, dunkelhaarig und ein wenig mit östlichen Zügen. Aber er war weich und glanzlos, in ihm fehlten das »Tier« und die Angriffslust, zumal er auch den jungen Frauen seine einfältigen Witze erzählte.

Jedenfalls hatte er offiziell keine Freundin. Und doch war Teedu die ganze Zeit verliebt – in ein und dasselbe Mädchen, seit dem Eröffnungsakt an der Universität. Es hatte ihn wie der Blitz getroffen, und deswegen fiel es ihm auch nicht sonderlich schwer, auf Anu zu verzichten, die sich als ideologisch unpassend herausgestellt hatte. Anfangs hatte niemand von Teedus Schwarm einen Schimmer, es kam erst im Frühjahr des ersten Studienjahrs an die Öffentlichkeit.

Merle Lootus war das Spitzenmädchen des Jahrgangs: groß, blond und hübsch, mit einer stolzen weiblichen Figur, ihr Busen war fast ein wenig zu üppig. Und dabei war sie auch noch gescheit, es war ein Vergnügen, in den Seminaren ihren gut aufgebauten, flüssig und mit einem angenehmen Sopran vorgetragenen Wortmeldungen zu lauschen. Merle musste zunächst lachen, als sie erfuhr, dass einer wie Teedu hinter ihr her war, denn viele warfen ein Auge auf sie, darunter auch wichtige Figuren aus dem Komsomolkomitee, berühmte Protestsänger und vielversprechende junge Wissenschaftler. Eine Verbindung zwischen ihr und Teedu wäre auffallend ungleich gewesen. Bei manchen Außenstehenden rief diese Ungleichheit Mitleid hervor, andere aber gaben zu, dass »ihnen schlecht würde«. Aber Teedu war hartnäckig und versuchte es immer wieder. Die Sache ging so weit, dass Merle die Straßenseite wechselte, wenn sie Teedu in der Ferne ankommen sah. Und obwohl sie alles andere als ein boshaftes Mädchen war, machte sie mitunter ziemlich böse Witze über Teedu. Als sie aber sah, dass sie damit in ihm eher gewisse Hoffnungen weckte (was sich neckt, das liebt sich!), ignorierte sie ihn völlig. Aber Teedu ließ sich nicht beirren. Er wartete beständig darauf, Merle die Tür aufhalten zu können. Versuchte ihr Komplimente zu machen. Bedrängte und belagerte sie. Das war manchmal wirklich erbärmlich mitanzusehen. Wenn bei Merle eine Beziehung zu Ende war, versuchte Teedu mit ihr zu reden und sie zu trösten. (Ich kam einmal zufällig dazu, als er mit ihr auf dem Treppenabsatz des Universitätscafés saß. Merle flossen die Tränen über die Wangen und Teedu versuchte sie wegzuwischen. Einer weinenden Frau ist es vermutlich völlig egal, wer sie tröstet.) Wenigstens in diesen Fällen nahm Merle vor Teedu nicht Reißaus. Und wie lange schafft man es schon, vor jemandem wegzulaufen? Besonders wenn dieser Jemand beschlossen hat, Dozent für Parteigeschichte zu werden? In so einem können nämlich viel Zähigkeit und der Hang zur Selbstverleugnung stecken. Bei Teedu war das jedenfalls so. Und so kam es auch. Ganz allmählich wurden sie doch in gewisser Hinsicht Gefährten, mindestens auf einem Bruder-Schwester-Niveau. Von mehr wollte Merle nichts hören. Teedu schrieb dem Mädchen altmodische Briefe (mit dem Dichten hatte er aufgehört) und versprach nötigenfalls Dutzende Jahre zu warten.

Dann kam die Abschlussfeier der Universität. Teedu war in der Partei und dabei, seine Promotionsstelle anzutreten. Merle würde in der Provinz Lehrerin werden, wo sie auf alles verzichten musste, was ihr in den letzten fünf Jahren in der geistigen Hauptstadt ans Herz gewachsen war. An dessen Stelle traten jetzt mit einem Mal Kleinstadttratsch und Intrigen, hoffnungslos langweilige Winterabende und Annäherungsversuche von Lokalgrößen, die von sich selbst eine hohe Meinung hatten, aber beschränkt waren.

Teedu besuchte sie auch in der Provinz. Brachte Geschenke mit und beschrieb anschaulich, wie interessant das Leben in der Universitätsstadt war, was der eine oder die andere aus dem Jahrgang machte, der auch das Glück hatte, in Tartu bleiben zu können. Unterbewusst erzählte er das bestimmt mit einem Hintergedanken, und tatsächlich knickte Merle bald ein.

Im nächsten Sommer spazierten sie Hand in Hand durch Tartu. Auf Merles Antlitz lag ein glückliches Lächeln, Teedu aber strahlte über das ganze Gesicht. »Ein Arbeitssieg«, sagte jemand dazu. Fünf Jahre Belagerung hatten sich gelohnt. Teedu hatte den geistreichen Trinkern und glänzenden Wissenschaftlern die schöne vollbusige Merle weggeschnappt.

MATI WIRD VON DER UNIVERSITÄT GESCHMISSEN

Mati Tõusumägi wurde im vierten Jahr von der Universität verwiesen. Er war nach wie vor verbunden mit den maschinenschriftlichen Almanachen, von denen noch drei weitere erschienen waren. Während die übrigen wenigstens teilweise literarisch waren und man sie, wenn man ein Auge zudrückte, einfach für die künstlerische Selbstverwirklichung junger Menschen halten konnte, so war der letzte, die vierte Ausgabe von *Entelechie*, ganz offenkundig sowjetkritisch. Er setzte sich ausschließlich aus Artikeln zusammen, was an sich schon gefährlicher war als Gedichte oder Geschichten. Gleich nach dem Vorwort kam ein Essay von Mati mit dem Titel »Der totalitäre Staat, die humanistische Gesellschaft«. Das konnte man nicht mehr zulassen, und der Geheimdienst beschloss zuzuschlagen. Ich sah die Anzeige der Exmatrikulation am Schwarzen Brett gegenüber dem Dienstzimmer des Rektors mit eigenen Augen. Während bei anderen Exmatrikulationen als Grund gewöhnlich »Studiumstagnation« angegeben war, stand bei Mati »wegen eines Studenten unwürdigen Betragens«.

Matis Rauswurf wurde in weiteren Kreisen der Gesellschaft natürlich gar nicht bemerkt. Aber unter den Studenten und Lehrenden war das doch mehr oder weniger ein Ereignis. In der Jugendsektion des Schriftstellerverbandes plante man sogar Protestaktionen, und nur Mati selbst gelang es, die Hitzköpfe zum Schweigen zu bringen. Warum sollten andere seinetwegen auch noch rausfliegen? Wegen seiner selbst schien Mati nicht besonders traurig zu sein, weil er von der Universität mehr oder weniger alles bekommen hatte, was sie ihm vom Gesichtspunkt seiner persönlichen Ziele zu bieten hatte: Ihm war der Umgang mit der Geschichte in allgemeinster Bedeutung klar geworden, er wusste, wo und wie Wissen aufbewahrt wurde, kannte Archive und Depots, und hatte eifrig Deutsch, Englisch und Latein gelernt. Nicht ohne Bedeutung war auch, dass er eine sowjetische Universität und ihre Akteure kennengelernt hatte, er hatte eine Vorstellung davon, wer sofort mit jedem mitlief und wer so etwas nur schweren Herzens tat – also wusste er, was man von wem in Zukunft erwarten und erhoffen könnte. Er verspürte nicht mehr die Notwendigkeit, ein Staatsexamen über den wissenschaftlichen Kommunismus abzulegen oder zu diesem Thema eine Diplomarbeit zu schreiben.

Wie zu hören war, geriet sein Fall auch ins Parteikomitee der Universität. Bei dieser Angelegenheit sei eine Person erwähnt, ein brünetter junger Mann, der aussah wie ein Filmstar und einen Körperbau hatte wie ein Basketballspieler und von allen Hasso genannt wurde. Es handelte sich um Doktorand Miller, der die Universität vor zwei Jahren im Fach Soziologie cum laude abgeschlossen hatte. Das Fach gab es offiziell gar nicht, Miller hatte nach einem so genannten Sonderprogramm studiert – Begleiter war ein berühmter Professor aus Leningrad gewesen – und hielt momentan an der Universität diverse gesellschaftswissenschaftliche Seminare ab. Miller war so etwas wie der Anführer der legalen Opposition. Zu dieser sehr diffusen und informellen Gesellschaft gehörten einige jüngere und aufgewecktere Dozenten der Gesellschaftswissenschaften, Mitglieder des Komsomolkomitees, aber auch schöpferische Intellektuelle. So kam Miller beispielsweise mit der Theatertruppe der Universität sehr gut aus, und die Dirigentin des Frauenchors war seine Freundin. Miller schaute Passanten, die ihm entgegenkamen, immer durchdringend an, mit aufrichtiger Neugier, wie ein echter Gesellschafts- oder sogar Naturwissenschaftler. »Was für eine Erscheinung ist das eigentlich, die mir da entgegenkommt«?, schien er sich jedes Mal zu fragen. Dieser selbe Miller war im Parteikomitee der Universität für die Verteidigung von Mati eingetreten, wenn auch nur indirekt. Er behauptete, in Matis Artikel sei eigentlich nichts, was den Klassikern des Marxismus-Leninismus widersprach. Das war natürlich Demagogie, denn – wie ihm sogleich geantwortet wurde – »auch unsere Feinde zitieren Marx und Lenin«. Und jeder Mensch musste begreifen, dass es nicht bloß und vielleicht nicht einmal in der Hauptsache darum ging, was geschrieben worden war, sondern darum, dass es inoffiziell veröffentlicht wurde, außerhalb des Systems und letzteres damit ignorierend, das war die größte Sünde. Miller verdiente sich mit seiner durch die Blume gehaltenen Verteidigungsrede eine Parteistrafe, die nicht in die Personalakte eingetragen wurde, was nicht sehr streng war, ihm aber die Aureole des Märtyrers verschaffte. Manche hielten ihn und Mati sogar für politische Gesinnungsgenossen. Mati fauchte daraufhin böse und sagte, er benötige keine rote Patronage.

Vorwegnehmend sei gesagt, dass Mati später die Erlaubnis zum Fernstudium erhielt und die Universität fünf oder sechs Jahre nach Teedu abschloss.

II
Mittelalter

NACH TALLINN! DAS HÖHLENLEBEN

Der eine ein Jahr früher, der andere ein Jahr später, aber am Ende landeten ungefähr zwei Drittel meiner Bekannten aus der Studienzeit in der Hauptstadt. In Tartu blieben diejenigen, die von hier oder generell aus Südestland stammten oder deren Wesen als solches zum hiesigen Lebensstil passte. In Tartu war es ruhiger, die Wellen schlugen nicht so hoch. Es wäre etwas seltsam das Wort »Kloster« auf eine Stadt anzuwenden, in der sich eine sowjetische Universität befand und in der es viele Fabriken gab (darunter auch so eine geheime wie den so genannten »Briefkasten«, wo Apparate zu militärischen Zwecken produziert wurden). Und doch herrschte in Tartu die Atmosphäre eines geistigen Klosters, die Stadt hatte etwas Hermetisches im besten Sinne des Wortes.

Natürlich blieben einige auch aus anderen Gründen in Tartu. Teedu zum Beispiel, um hier den Studenten Vorlesungen in Parteigeschichte zu halten. Man hatte ihm vorgeschlagen, in die Hauptstadt zu gehen und im Parteiapparat zu arbeiten, selbstverständlich zunächst auf einer niedrigen Stufe, als Instrukteur. Aber Teedu entschied sich für die Universität, denn einer seiner Träume war, einst den Professorentitel vor seinem Namen zu sehen. Seine vollbusige Merle war jetzt Assistentin im Laboratorium für kommunistische Erziehung und legte ihre Prüfungen für eine Doktorandenstelle ab, wobei ihr Betreuer derselbe Parteiangehörige mit der sanften Stimme war, der ein Mitschüler von Lehrer Kulu war und Teedu angeworben hatte.

Sie heirateten, und allem Anschein nach ging es ihnen ganz gut. Sie bekamen zwei Kinder, Tiina und Margus. Ein Mensch gewöhnt sich an alles. Bald war Teedu Dozent. Zusätzlich zu den Vorlesungen gab er an der Abendhochschule für Marxismus-Leninismus Kurse über die Geschichte der Arbeiterbewegung nicht nur in Narva, sondern in ganz Estland. Pflichtbewusst besuchte er hin und wieder Schulen, um den Schülern über die Kindheit des Revolutionärs Repson zu erzählen, wobei er sich darum bemühte, dessen menschliche Züge zu zeigen.

Wovon aber niemand etwas wusste, nicht einmal Merle, das war Teedus Hobby. Er erforschte nämlich alte Hausmarken. Das tat er heimlich, weil er meinte, es stünde nicht im »Einklang mit der Hauptideologie«. Er besuchte Museen und Archive, offiziell zu ganz anderen Zwecken, und nebenbei widmete er sich dann auch seinem Hobby. Die Zeichen waren verhältnismäßig alt, aus der Zeit vor dem Livländischen Krieg. Auch damals hatten in Estland schon Menschen gelebt, und manche von ihnen waren recht vermögend gewesen. Die Hausmarken wurden von Generation zu Generation weitergegeben. Sie waren die Adelswappen des Landvolks. Gelegentlich wurden sie auch Hofzeichen oder Hauszeichen genannt. Sie waren nicht bloße Verzierungen auf der beweglichen Habe einer Familie, sondern bargen vor allem Informationen über den Besitzer eines Gegenstandes und seine verwandtschaftlichen Beziehungen zu anderen. Und sie vermittelten den Nachkommen wichtige Informationen in einer einfachen Sprache. Teedu interessierte sich nicht so sehr dafür, warum ein Gefäß nun gerade drei Kerben hatte, sondern bewunderte einfach, dass sie dort überhaupt waren. Gegenstände mit einer Hausmarke hatten gleichsam eine Seele, was daher kam, dass man durch die Marken eine Verbindung zur Heimat und den Vorfahren erkannte. Das Zeichen war ein Symbol für Einheit und Zusammenhalt, Kontinuität, Vergangenheit, Gegenwart und Zukunft, es verlieh der Familie und den Grundwahrheiten des Lebens Wert. Teedu spürte die Nähe uralter Traditionen, wenn er sich mit ihnen beschäftigte. Das brauchte seine Seele zuweilen, wenn er tagaus, tagein über Parteitage, Verfassungen und die Klassiker des Marxismus-Leninismus gesprochen hatte. Dabei empfand er sich nicht im Entferntesten als Ketzer, er kam nicht einmal auf die Idee, dass es hier ein größeres Dilemma geben könnte, dass das eine dem anderen widerspräche, dass Parteitage Hausmarken ausschlössen oder umgekehrt. Sie gehörten schlicht zu verschiedenen Welten, verschiedenen Ebenen. Das eine war die Ewigkeit, das andere vergänglich. Er beschloss, irgendwann auch die Hausmarken seiner eigenen Vorfahren zu erforschen. Aber das würde er später machen, wenn er schon eine gefestigte Stellung hatte. Bis dahin musste man einfach leben. So besuchte er ein- oder zweimal im Semester kleine Landkreismuseen, offiziell um die Geschichte von örtlichen »Roten« zu erforschen, in Wirklichkeit schaute er sich aber volkskundliches Material an und suchte nach Hausmarken, zählte Zacken und Kerben, Striche und Punkte, Kreise, Sternchen und Nummern.

Wir verlassen Teedu jetzt für eine ganze Weile, denn obwohl er zwischenzeitlich ebenfalls die Epoche verkörperte, so tat er das doch relativ unauffällig und stabil, illustrierte sie sozusagen unillustriert.

Mati Tõusumägi wurde, nachdem er von der Universität geflogen war, nicht ins Militär eingezogen, da er zwei kleine Kinder hatte. Er wohnte nach wie vor in Tartu und fand eine

Anstellung als Landvermessungsgehilfe. Dann aber ging seine Mutter eine neue Partnerschaft ein, vielleicht war es aber auch nur eine Freundschaft, mit jemandem von der Arbeit – einem normalen estnischen Mann mit langen Hosen und Aktentasche, der auf den Namen Olev hörte. Er war im Schützenkorps gewesen, einer vorwiegend aus Esten bestehenden Einheit der Roten Armee, aber das war für Mati nicht von Bedeutung. Er kannte die Geschichte und wusste, wie jemand seinerzeit auf der einen oder auf der anderen Seite in den Krieg geraten war, und hegte gegen niemanden Groll allein auf dieser Grundlage. So kann ich mir zum Beispiel nicht vorstellen, dass er verlangen würde, alle Parteimitglieder an die Wand zu stellen – ungeachtet der Tatsache, dass Mati von der Seele her zweifellos ein radikaler Nationalist war. Und auch in anderer Hinsicht war Mati nicht kleinlich. Seine Mutter ehrte er, wie es die Bibel vorschrieb und wie es in einem anständigen Haus üblich war, wenn er auch keine besonders große Nähe zu ihr hatte. Seit Vaters Tod waren sieben Jahre vergangen, und seine Mutter hatte sich eine lange Zeit nur der Erziehung der Kinder gewidmet. (Außer einer Zwillingsschwester hatte Mati einen acht Jahre jüngeren Bruder, Vello, der Medizin studierte und ein anerkannter Neurochirurg wurde. Oder war er Geologe? Das ist nicht wichtig, jedenfalls waren alle in der Gesellschaft erstaunt, als sie hörten, dass Mati einen Bruder hatte. Und man kann umgekehrt davon ausgehen, dass dieser Bruder Vello seinerseits von seinen Bekannten nur selten mit einer gleichnamigen, ziemlich bekannten Person in Zusammenhang gebracht wurde.) So konnte also Mati seine Mutter verstehen, sie war damals schon achtundvierzig, da war es in der russischen Zeit für eine Frau schon beinahe zu spät. In Bezug auf Olev empfand

Mati also keinen ödipalen Konflikt. Aber er kam mit diesem Mann nicht so recht aus, weil er zu still und vernünftig erschien. Mati konnte nicht verstehen, wie seine Mutter einen Radaubruder, wie sein Vater Arnold Tõusumägi es gewesen war, gegen einen solchen Leisetreter eintauschen konnte. Arnold hatte Bärenkräfte gehabt, er konnte den Stuhl mitsamt der Mutter ergreifen und durch irgendeinen Trick an einem Bein in der Höhe halten. Olev tat so etwas nicht, sondern zog sich beim Hinsetzen sittsam die Bügelfalten hoch. Er grölte nicht fröhlich herum, wenn er Schnaps getrunken hatte, Schnaps trank er nämlich gar nicht, höchstens ab und zu mal ein Bier.

Einmal sagte Mati mir: »Ich kann Melancholiker nicht ausstehen!«, aber das war auch alles, weiter äußerte er sich nicht zu dem Thema. Er wollte seine Mutter nicht verletzen und begründete seinen Fortzug aus Tartu damit, dass seine Behörde hier in de Gegend alles vermessen hätte und ihn seine Arbeit nun woanders hinführen würde. Mati nahm seine Familie und sein Hab und Gut mit und zog mit Hilfe eines befreundeten Pastors nach Risti im Landkreis Lääne. Von dort aus fuhr er jeden Tag nach Tallinn zur Arbeit, eine Stunde mit dem Zug hin, eine zurück. Richtig gehungert hat in der russischen Zeit niemand. Mati arbeitete im Zoo, vielleicht hat er das ein oder andere Mal auch dem Löwen ein Stück Fleisch stibitzt. Dennoch glaube ich, dass bei ihnen zu Hause manchmal Schmalhans Küchenmeister war. Mati hatte eine großzügige Ader und gab in der Kneipe gerne einen aus. Seine Frau arbeitete im örtlichen Kindergarten und wurde immer gläubiger. Mati brachte sie selten mit in Gesellschaft. Dann hatte ich jedes Mal den Eindruck, dass Piibe völlig »weggetreten« war. Weder ich noch unsere gemeinsamen Bekannten konnten uns eine rechte Vorstellung davon machen, wie sie zusammen lebten oder was sie taten. Ein fröhlicher Lebemann bei besten Kräften und ein vom Körper her feenhaftes und von der Seele her nichtirdisches Wesen – diese Verbindung klang nach einer Gruselgeschichte oder einer Novelle von Edgar Allan Poe.

Wie gesagt hatte ich selbst eine Arbeit, die nicht direkt mit der Kultur verbunden war. Dafür traf ich mich außerhalb der Arbeit, hauptsächlich abends, häufig mit Intellektuellen. Auch in Tallinn gab es eine aktive Jugendsektion des Schriftstellerverbandes. Man verbrachte viel Zeit in Cafés. Bald besuchte ich regelmäßig einen Ort, der von allen die »Höhle« genannt wurde. Es war ein halböffentliches Café oder Restaurant in der Innenstadt, das von Künstlern, Schriftstellern, Schauspielern, Komponisten, Filmleuten und anderen schöpferisch Tätigen besucht wurde. Eintritt erhielt man mit einer Mitgliedskarte. Gäste durfte man mitbringen, aber nicht mehr als zwei. Die Kontrolle war streng, die Türsteher beobachteten die Leute, die reinkamen, unauffällig, aber aufmerksam. Stammkunden erkannte man natürlich, aber neue Mitglieder mussten anfangs ihre Karte vorzeigen, bis auch sie den Türstehern im Gedächtnis haften blieben und zu altbekannten Gästen wurden. Die Höhle befand sich in einem Keller, zu dem zwei Treppenabsätze hinabführten. (Komischerweise habe ich nie die Stufen gezählt, obwohl ich ohne Übertreibung tausende Male diese Treppen rauf- und runtergestiegen bin.) Es war nicht leicht, unter die Erde zu gelangen, aber wenn man einmal dort war, genoss man eine große Freiheit.

Das Leben dort unten war in vielerlei Hinsicht anders als oben. Dieser Eindruck entstand vor allem dadurch, dass es die eigenen Leute waren, die die Höhle besuchten, Menschen mit den mehr oder weniger gleichen Gedanken und Sehnsüchten. Gemeinsam mit ihnen befand man sich sozusagen in einem anderen Zeitraum. Ich sage es ganz ehrlich, das Sowjetsystem war in der Höhle relativ wenig zu spüren. Nicht dass dort von morgens bis abends staatsfeindliche Gespräche geführt und wer weiß was geplant worden wäre. Nein, genau darum ging es nämlich, dass man dort einfach lebte, ohne daran zu denken. Oben stach einem alles, was mit der Sowjetordnung zusammenhing, viel schmerzlicher ins Auge und rief eine Trotzreaktion hervor. Unten konnte man natürlicher sein. Für uns war zwei plus zwei die ganze Zeit vier, um mit Orwell zu sprechen. Wogegen die Menschen hier waren, war unendlich viel größer als das, was sie voneinander trennte, und dieses Gefühl der gemeinsamen Front überdeckte die Unterschiede. Obwohl auch Differenzen hervorbrachen, wie könnte es anders sein. Bisweilen wurde heftig diskutiert und sogar gestritten, aber alles in allem immer gutherzig, und diese Wortgefechte gerieten in Vergessenheit, sobald man sich wieder des gemeinsamen großen Gegners bewusst war.

Der zweite Grund, warum die Menschen hier verhältnismäßig freundlich und einträchtig erschienen, war, dass es oben, wo man sein Geld verdiente und sein normales Leben lebte, nicht gerade viele Chancen gab – und das im weitesten Sinn. Es gab keine Möglichkeit, etwas Besonderes zustandezubringen, weder innerhalb des Kunstlebens (ich meine hier dessen Organisation, Gruppierungen, den Kunstmarkt und anderes dergleichen), noch im politisch-gesellschaftlichen Leben im weiteren Sinne, wo das noch viel unmöglicher war. Deswegen waren die Barrieren innerhalb des Kunstvolks (in ihrem Berufsstatus) verhältnismäßig niedrig. Natürlich war bekannt, wer eine große oder eher kleine Nummer war, es gab Meister, Gesellen und Lehrlinge, aber doch – sie alle schien etwas sehr stark zu vereinen. Und weil es oben eigentlich niemanden gab, bei dem man sich herumtreiben konnte (ich denke hier zum Beispiel an Besuche bei Mäzenen, Verhandlungen mit Agenten und dergleichen), so fand man sich recht häufig hier unten in gegenseitiger Umarmung.

Im Nachhinein bezeichne ich das als Höhlenleben. Ich selbst und viele meiner Bekannten wurden von diesem Leben ergriffen und gerieten in seinen Bann. Man hielt das für natürlich, und manch einer lebte jahrzehntelang auf diese Weise und besuchte die Höhle tagaus, tagein – nicht unbedingt um sich zu besaufen oder auch nur einen zu genehmigen, sondern wegen der Gesellschaft. Dort fand man Bekannte, Freunde, eine Pseudofamilie. Und – was merkwürdig war – das Höhlenleben kam ein klein bisschen auch mit nach oben, begleitete einen Menschen dort und gestaltete seine Beziehungen und Auffassungen. Das Höhlenleben hatte sich überall ausgebreitet, obwohl die Höhle selbstverständlich das Zentrum dieses Lebens blieb.

Weil das Höhlenleben angenehmer als das normale, alltägliche Leben war, fühlte es sich auch wahrhaftiger an. Über so manchen langjährigen Höhlenbewohner konnte man sicher sagen, dass das Leben unten für ihn das echte und hauptsächliche war; oben dagegen war ein Ort, zu dem man von Zeit zu Zeit hinaufklettern musste. Das wurde dann wie eine unangenehme Unumgänglichkeit empfunden, und man musste so schnell wie möglich von dort zurück in die schützende und angenehme Grotte schlüpfen. Mit einem Wort: Dieser Ort im Keller war eine wahre Zauberhöhle.

Und erst als sich eines Tages oben alles änderte, standen die Höhlenbewohner dem echten Leben gegenüber und blinzelten gegen das grelle Tageslicht. Dann konnten sich plötzlich die unerhörtesten Dinge herausstellen. Dass zum Beispiel ein Mensch, mit dem du zehn Jahre lang freundschaftlich an einem Tisch gesessen und gemeinsame Gefühle durchlebt hast, in vielen Dingen ganz anders ist als du dachtest, andere Überzeugungen hatte, einen anderen Ehrbegriff und generell eine andere Lebensstrategie. »Das ist nicht möglich«, sagten sich die Menschen dann. »Ich kenne den Menschen doch!« Aber es stellte sich heraus, dass es möglich war, sehr gut sogar. Nicht wenige Höhlenbewohner wären am liebsten zurück in ihre beschützende Grotte geschlüpft, aber die Höhle gab es nicht mehr.

Alles in allem hatte ich Glück, dass ich in eine solche Gesellschaft geriet, denn so war das Leben in geistiger Hinsicht recht erträglich. Und was den materiellen Aspekt des Lebens betrifft, so ist ja alles relativ. Interessant ist doch, dass wir uns damals wie heute einig sind, dass die Freude über einen Morgenspaziergang größer sein kann als die Freude über eine Kreuzfahrt. Denn der eine genießt jeden Morgen den Park, der andere denkt mit Widerwillen an die Ozeanüberquerung. Ebenso gestehen wir uns ein, dass die Freude, die wir als Kind angesichts eines Stücks Konfekt empfanden, größer war als der Genuss, den wir heute empfinden, wenn wir eine ganze Packung verschlingen. Aber dass die Freude in der Sowjetzeit über ein Stück gute Wurst relativ gesprochen größer war als die Freude, die uns heutzutage im Supermarkt überkommt, – das zuzugeben verbietet uns der gute Ton.

Aber ich trete gar nicht ein für völlige Relativität. In derlei Überlegungen wird auch manchmal der Fehler begangen, alles relativ zu betrachten und nur darauf zu reduzieren. Eine Tonne Freude ist trotz allem größer als ein Kilo Freude, egal aus welchem Blickwinkel heraus man das betrachtet, in welchem Verhältnis wozu oder ohne jegliches Verhältnis. Der Mensch, der anfangs nicht auf die Ozeankreuzfahrt gehen wollte, überwindet seinen Widerwillen innerhalb von einem Abend, fängt an Tango zu tanzen und Champagner zu trinken, schaut sich vor dem Schlafengehen im Fernsehen einen Film an, der Somerset Maughams Wandergeschichten nachspielt, und ist ab dem zweiten Tag vielleicht überglücklich. Aber der morgendliche fröhliche Parkspaziergänger kommt eine halbe Stunde später nach Hause, wo ihn ein mageres Frühstück erwartet sowie vom Briefträger oder per Mail übermittelte Rechnungen, die zu bezahlen er eigentlich kein Geld hat, übermütige Kinder und eine verwelkte und nörgelnde Frau, die man nirgendwo vorzeigen kann. Ich erwähne das nebenbei, weil ich in meiner Chronik bei der materiellen Seite des Lebens nur verharren will, wenn es unbedingt nötig ist.

Natürlich ist auch der seelische Aspekt des Lebens relativ, und auch in diesem Bereich stößt man auf sehr merkwürdige Details. Um das zu bekräftigen, erzähle ich kurz, was Mati von seiner Tante berichtete. Er hatte nämlich noch eine zweite Tante, neben der, zu der er mit seinen Eltern im Herbst aufs Land fuhr, um ihr zu helfen. Bloß wurde von dieser anderen Tante zu Hause nicht gerne gesprochen, denn sie war – aus politischen Gründen – so etwas wie das schwarze Schaf der Familie. Diese Tante hatte einst, als sie in Minsk auf der Parteischule war, mit einem Schwarzen geschlafen. Das war für sie ein einzigartiges Erlebnis gewesen, eine der Sternstunden ihres Lebens. Es handelte sich dabei um einen waschechten Sohn eines Stammeshäuptlings und späteren Landwirtschaftsministers eines mit der Sowjetunion freundschaftlich verbundenen Staates, der in Weißrussland Traktorwissenschaften studierte. Danach hat die Tante angeblich mit keinem Mann mehr einen Orgasmus gehabt (selbst nannte sie es vornehmer »Klimax«), was sie ständig und allen – Bekannten und Arbeitskollegen – erzählte; anfangs in einem Tonfall des Bedauerns, später mit vorwurfsvoller Stimme, aber nach ihrem fünfundfünfzigsten Geburtstag erzählte sie beinahe triumphierend, dass sie schon dreißig Jahre keinen »Klimax« mehr gehabt habe.

Ihre Geschichte hatte eine politische Note. Die Tante wusste natürlich, dass ein Beischlaf mit einem Schwarzen in jedem anderen System kein Ding der Unmöglichkeit gewesen wäre; zu diesem Zweck hätte ja der Kauf eines Flugtickets in den Schwarzen Kontinent gereicht. Aber damals, als sie sexuell im Zenit war, war das einem Sowjetbürger eben nicht möglich. Insofern ist keineswegs sicher, dass meiner Tante der Beischlaf mit einem Schwarzen auf eine andere Weise geglückt wäre als mit Unterstützung der Parteischule. Denn dort in Minsk, auf einem Metallbett im Zimmer des Wohnheims mit dem Namen Völkerfreundschaft, hatte die Sache stattgefunden. Es war Zufall, feiner ausgedrückt eine Koinzidenz, aber doch war es Wirklichkeit. Deswegen hegte die Tante gegenüber der ehemaligen Sowjetunion eine gewisse Sympathie, jedenfalls lehnte sie sie nicht vollständig ab. Sie legte die Okkupation, die Deportationen, den GULAG und die anderen Verbrechen von Stalin in die eine Waagschale, in die andere das unermüdliche Werkzeug des schwarzen Mannes. So simpel war es. Sie hatte immer noch ein Album mit Ansichten von Minsk im Regal stehen, das voller gräulich-schwarzer Fotos war. Sie wusste, dass dort momentan der Diktator Lukaschenka wütete. Übrigens stand sie auch Lukaschenka nicht vollends ablehnend gegenüber.

Mati erzählte das schmunzelnd, ohne Hass. Er erzählte auch von seinem Großonkel, der zwar deportiert worden war, der aber Anfang der sechziger Jahre eine Ehrenurkunde vom Präsidium des Obersten Sowjets der ESSR erhielt.

Sein Großonkel hatte dazu folgendes berichtet: »Ich habe das in der Landkreiszeitung gelesen. Ich ging zum Parteiorganisator und fragte ihn, ob es sich dabei nicht um einen Druckfehler handelte, worauf der Parteiorganisator in der Kreisverwaltung anrief. Dort hieß es, über solche Dinge mache man keine Witze. Als ich das Zimmer verlassen wollte, öffnete der Parteiorganisator mir die Tür. An sich war das ein Scheißkerl. Maina, unsere Buchhalterin, kam danach wieder nachts zu mir, in der Zwischenzeit war sie mit Ahto, unserem Veterinär, der auf der Estnischen Landwirtschaftsakademie studiert hat, zusammen gewesen. Dann erhielt ich die Nachricht, ich müsse nach Tallinn fahren, um die Urkunde in Empfang zu nehmen. Ich fragte vorher die Schuldirektorin Helene Merivälja, wie ich mich dort benehmen sollte. Ich wusste nicht einmal, was ich anziehen sollte. Aber es war gar nicht auf dem Domberg, wie ich angenommen hatte, sondern in Kadriorg. Da waren sehr viele Menschen. Müürisepp war ein dicker Mann, der über seine Brillenränder schaute wie der Küster in dem Film *Frühling* … Naja, und dann wurde Torte angeboten.«

Mati wusste viele Geschichten, und er erzählte sie gerne. Mitunter wiederholte er sich zwar, aber das machte nichts, auch in seinen Wiederholungen war er gemütlich.

Zusätzlich zu den alten Bekannten aus Tartu, die zu verschiedenen Zeitpunkten nach Tallinn gezogen waren, bekam ich nun auch Umgang mit vielen Hauptstädtern. Manche davon waren völlig neue Bekanntschaften, mit anderen hatte ich in der Studienzeit sporadisch Kontakt gehabt, in Literaturseminaren oder Sommerlagern für die schöpferische Jugend oder bei Veranstaltungen der Jugendsektion des Schriftstellerverbandes, wo ich beispielsweise Klaus kennenlernte.

In meiner Erinnerung taucht ein altes Bild auf, offenbar aus den Ur-Anfangszeiten. Wir saßen in der Höhle, wo sonst. Wieder einmal waren wir für einen Abend der Sowjetmacht entflohen und unter der Erde verschwunden. Es herrschte das übliche Durcheinander – dicker beißender Rauch, lautes Stimmengewirr, Schreie, Lachen. Alte Böcke aus dem Kunstleben mit geschwollenen Adern an den Schläfen schwangen auf dem schmalen Fußbodenstreifen zwischen den Tischreihen selbstvergessen mit jungen Kunstnymphen das Tanzbein.

Ich habe mich schon immer gewundert, wie viele Leute in die Höhle passten. Und nicht nur in die Logen, wo man die Menschen auch in zwei Schichten hineinzwängen konnte, so dass die eine Hälfte teilweise auf dem Schoß der anderen saß. Aber auch zum Tanzen fand sich Platz, sogar für Dutzende von Paaren, und das ging ja nicht in zwei Schichten, obwohl … Es kam vor, dass man um drei Uhr nachts einander auf den Rücken sprang und huckepack durch den Raum trabte, als würde man eine besondere Art von Polo spielen. Alles Mögliche wurde veranstaltet. Und inmitten dieser klug daherredenden, sich scharfsinnig fühlenden, gackernden, wiehernden, brüllenden, lebhaft gestikulierenden, einander auf die

Schultern und die Schenkel klopfenden, saufenden und hopsenden Masse wuselten die Kellnerinnen lebhaft umher, riefen ihre Bestellungen in Richtung Bar oder Küche, die wie Anordnungen von Kranführern oder Luftakrobaten klangen. Und ich kann mich nicht daran erinnern, dass mal was daneben gegangen wäre. Natürlich schwappte einem von dem Tisch, auf dem zahllose Flaschen herumstanden, hin und wieder etwas auf die Kleidung, und die von Zigaretten gebrannten Löcher in Hosen und Jacketts verschafften den Kunststopfern Arbeit, aber daran waren die Gäste selbst Schuld.

Wir saßen da – unter uns Mati, Manglus, Sõrgats, Maulwurf, Pepe, Kirill, Alja und Mascha – und diskutierten die letzte Premiere im Dramatheater. Gerade tanzte an unserem Tisch jener schwatzhafte junge Heißsporn vorbei, an den ich mich von einer Tartuer Orgie her erinnerte und der auf das Dach des Schriftstellerhauses klettern wollte. Er hatte beim Tanzen den Körper nach vorne gebeugt, hielt die Hüften in künstlerischer Haltung steif und schwang die Ellenbogen vor und zurück. Gleichzeitig flüsterte er seiner Partnerin, einer jungen Frau mit milchiger Haut und langen roten Haaren, etwas ins Ohr, worauf die Frau den Kopf in den Nacken warf und laut lachte wie in einer Operette. Möglicherweise deklamierte Klaus ihr eines seiner Unsinnsgedichte oder Bühnensketche, aber vielleicht setzte er ihr auch nur so Flausen in den Kopf. Klaus war höchst geistreich, manchmal in einem Maße, dass man sich gar nicht mehr mit ihm unterhalten konnte. Dann erinnerte er an eine glühend heiße Pfanne, von der einem bei der kleinsten Berührung das Fett ins Gesicht spritzt. Das konnte richtig wehtun. Manchmal war es das Beste, Klaus einfach nur zuzuhören, statt zu versuchen, mit ihm in Dialog zu treten.

Der Vater von Klaus war ein Intellektueller aus der Zwischenkriegszeit, den die Sowjets während des Juniumschwungs »mitgezogen« hatten, das heißt, sie nutzten seine Autorität, um dadurch der Marionettenregierung in den Augen des Volkes mehr Gewicht zu verleihen. Er wurde sogar in den Stand eines Akademiemitglieds erhoben, bevor er kurz danach zum Volksfeind erklärt wurde. Sein Hauptverdienst war die Herausgabe eines großen Wörterbuchs, das Philologen und andere Kulturschaffende sehr gerne nutzten: »Ich schaue im *Puiatu* nach«, hieß es dann. Klaus' Mutter war eine ziemlich bekannte Dichterin, weiblich und heimatverbunden, und sie wurde von Kennern bisweilen als »kleine Anna Haava« bezeichnet.

Die Eltern erhofften sich viel von ihrem einzigen Sohn, und es gefiel ihnen gar nicht, als Klaus die Oberschule abbrach und in die Abendschule eintrat, die man damals allgemein für ein Zeichen des Abstiegs hielt, denn dort lernten Leute, die in der normalen Schule nicht zurechtkamen, im Gefängnis gesessen hatten oder anderweitige Versager waren. Aber Klaus mochte die normale Schule nicht, er schwänzte häufig, und ging statt zum Unterricht ans Meer auf die Mole. Dort saß er auf einem Stein und träumte, während sein Blick die Schiffe am Horizont verfolgte. Man sah geradezu, dass er gerne mitgefahren wäre. Meistens waren es russische Kriegsschiffe, aber das wusste er nicht. Gleichzeitig knüpfte er »zweifelhafte« Freundschaften unter dem einfachen Volk oder sogar mit Ausgestoßenen. Gerne schlenderte er auf dem Markt herum, wo er sich mit Leuten vom Lande zusammentat, und unterhielt sich mit den Blumenverkäuferinnen und Straßenfegern am Anfang der Viru-Straße.

Weil er den Erwartungen seiner Eltern nicht gerecht zu

werden schien, soll sich die »kleine Anna Haava« sogar von ihm losgesagt haben, aber das wird kaum der Wahrheit entsprechen, denn die Mutter musste ja gesehen haben, dass ihr Sohn frühreif und begabt war und in Zukunft vieles erreichen könnte. Klaus zeichnete Karikaturen oder Comics, deren grafisches Niveau nicht sehr hoch war, die aber immer einen scharfsinnigen, meist doppelbödigen Inhalt hatten. Er verfügte über schauspielerisches Talent und konnte Menschen nachahmen. Selbst die Pädagogen konnten ein Lachen nicht unterdrücken, wenn er in der neunten Klasse bei einer Inszenierung des Schultheaters ein Mitglied des Kollegiums (unter anderem den Direktor!) imitierte. Er konnte auch sehr gut reimen, so dass er, wenn er wollte, reden konnte, als würde er ein Gedicht vortragen. Schon in der Grundschule fing er an, Gedichte zu schreiben, und einige von ihnen wurden auch in maschinenschriftlichen Almanachen veröffentlicht (die mit der Schule nichts zu tun hatten). Ein paar von ihnen erschienen auch in jener Ausgabe von *Entelechie*, wo Teedu Tärns Liebesgeschwafel enthalten war und die Matis Schwester Anu in der Sommerhitze auf der Optima auf Pauspapier abgetippt hatte. Klaus bekam wegen seiner Gedichte keinen Ärger. Erstens weil er zu jenem Zeitpunkt schon nicht mehr auf der normalen Schule war, zweitens, weil seine Texte oberflächlich betrachtet so unschuldig waren, dass die aufmerksamen Organe getäuscht wurden, und drittens war dieser Almanach noch nicht der oppositionellste. Später veröffentlichte er dann im Staatsverlag viele Bücher mit Gedichten und Kurzprosa. Viele seiner Texte waren legendär in gewissen Kreisen, und sie waren die Quellen von Parolen und Schlagwörtern.

Nach dem Abschluss auf der Abendschule lebte Klaus als Vagabund oder Hippie, wer weiß, wovon er sich ernährte, vielleicht aß er doch hin und wieder zu Hause. Dann traf er ein paar andere freidenkerische Männer, wie er selbst einer war, die auch schrieben. Sie alle veröffentlichten hin und wieder etwas – Knittelverse oder Feuilletons –, auf der Witzseite von *Hammer und Sichel* oder in der Satirezeitschrift *Donner*. Die schärfsten Sachen kamen nicht durch, es reichte nicht zur Selbstverwirklichung. Das Leben plätscherte so dahin. Im Sommer lungerte man im Spatzencafé herum, wenn es kalt wurde, zog man um ins Café Moskau. Man trank maßvoll trockenen Wein und rauchte viel, fluchte auf die Zensur und las sich gegenseitig aus den nicht publizierten Werken vor, quatschte einfach so und schlug die Zeit tot. Ein paar Mädchen gehörten auch zu der Clique. Es wurden allerlei Pläne geschmiedet, die meistens unrealistisch waren.

Dann kamen die jungen Männer auf die Idee, ein Ensemble zu gründen – oder eine Band, wie man damals sagte – und öffentlich aufzutreten. Dafür gab es etliche praktische Gründe. Erstens wollten sie ihrem Werk zu größerer Bekanntheit verhelfen. Zweitens waren sie alle von zu Hause ausgezogen, eine feste Stellung hatte keiner von ihnen, aber irgendwie musste man sich natürlich über Wasser halten.

Sie nannten sich »Herzen aus Gold«. Die Mitglieder lasen ihre Texte vor und sangen, einer der Männer, Olavi, zupfte auf einem Banjo, ein anderer, Jürka, spielte Ziehharmonika. Keiner von beiden war auf musikalischem Gebiet ein großes Licht, aber zur Begleitung von lustigen Stücken reichte es. Sie debütierten auf dem Fastnachtsfest der Studenten des Kunstinstituts. Der Erfolg war wider Erwarten groß. Dann kamen das Jugendsommerlager am Võrtssee auf dem Trepimägi und das Abschlusskonzert der studentischen Baubrigade in Kaagjärve. Allmählich verbreitete sich ihr Mythos. Eine wahrhaft stürmische Aufnahme widerfuhr ihnen im selben Herbst in Tartu auf den Studententagen. Im Dezember traten sie im Schriftstellerhaus in Tallinn im Rahmen des Literarischen Mittwochs an einem Abend für junge Talente auf (allerdings gemeinsam mit vielen anderen), der damals auch im Staatsfernsehen übertragen wurde. Anfangs waren Schüler und Intellektuelle ihr Hauptpublikum. Aber allmählich vergrößerte sich ihre Zielgruppe, und sie traten überall in Estland auf.

Ihr Repertoire ging bis an die Grenze des Erlaubten. Manche Dinge, die weniger heikel waren – wie zum Beispiel die Bürokratie und Absurditäten des Alltagslebens, die auch offiziell kritisiert wurden, beispielsweise in der sowjetweiten Kinorundschau *Zündschnur* – wurden direkt angegangen, während es andere Themen gab, deren Botschaft vermittels eines Sketches durch die Blume und in Allegorien dem Publikum vermittelt wurde. Wenn zum Beispiel der Eisgang behandelt wurde, dann begriffen alle, was darunter zu verstehen war. Wenn eine Sonnenfinsternis erwähnt wurde, die nicht vorübergehen wollte, weswegen die Astronomen aufgeknöpft wurden, dann kapierten alle, worauf verwiesen wurde. Verglichen mit den Möglichkeiten des offiziell gedruckten Wortes, war das hier ein anderes Kaliber. Ich weiß nicht, ob sie ihr Programm genehmigen lassen mussten. Normalerweise hätte das der Fall sein müssen, aber Klaus erwähnte nie etwas Diesbezügliches. Jedenfalls hat die Zensurhauptverwaltung bestimmt nicht jede Aufführung zuvor genehmigt, das wäre praktisch unmöglich gewesen. Es ist anzunehmen, dass hin und wieder Nachzensur angewendet wurde. Wenn sie in einem Kolchosklub oder einem Dorfhaus waren, konnte es passieren, dass der örtliche Ideologiesekretär sie vor dem Auftritt zu sich ins Büro rief und gutherzig sagte: »Jungs, ihr versteht, wir wollen weder für euch noch für uns Ärger. Singt und spielt, aber überspannt den Bogen nicht!« Es kam vor, dass die Jungs ihm zur Beruhigung ihre Texte zeigten. Aber am Abend sangen und trugen sie natürlich immer das vor, was sie selbst für richtig hielten. Manchmal wurden sie dann nach der Vorstellung wieder ins Büro gerufen, wo ihnen die Leviten gelesen wurden. Und sie erzählten dem Ideologiesekretär dann mit unschuldiger Miene, dass sie beschlossen hatten, an dem Publikum die eine oder andere neue Nummer auszuprobieren. Genau das, sie lasen oder sangen nämlich nicht, sie »probierten aus«. Was soll man mit solchen Leuten anfangen!

Ein paar Mal hatten sie ernstere Zusammenstöße mit den Machthabern, einmal erhielten sie sogar ein halbjähriges Auftrittsverbot. Ärger gab es, wenn im Saal eine wachsame Person saß, die es für ihre Pflicht hielt, den Behörden mitzuteilen, dass die Künstler »sowjetfeindlich aufgetreten« sind. Aber das geschah selten. Im Allgemeinen verfolgten auch die örtlichen Parteimitglieder ihre Auftritte mit Sympathie und lachten mit – das habe ich mit eigenen Augen gesehen. Niemand runzelte die Stirn. Die Gefahr, dass man die Jungen in den Knast gesteckt hätte, bestand nicht im Geringsten.

Die »Herzen aus Gold« wurden sehr schnell zu einer Legende, und sie hielten sich eine lange Zeit im Zenit ihres Ruhms. Die damalige mittlere Generation und selbst die Schüler erinnern sich bestimmt an sie. Die Gruppe erhielt mehr Auftrittsangebote, als sie annehmen konnte, denn obwohl sie in drei bis vier Jahren ganz Estland bereist hatten, wollte man sie bald überall noch einmal haben. Klaus erzählte mir mal, dass es ein Jahr gegeben hat, in dem sie über dreihundert Auftritte hatten.

Sie wurden von den unterschiedlichsten Instanzen eingeladen. Damals waren zum Beispiel Caféklubs sehr angesagt, vor allem in ländlichen Gegenden, in Landwirtschaftszentren und abgelegenen Orten, wo die Bevölkerung aus der Umgebung leichter hinkam als zum Theater oder Konzert in die Stadt. Das Publikum versammelte sich meistens mittwoch- oder freitagnachmittags in der Kantine oder im Kulturhaus und hatte sich sogar ein wenig herausgeputzt. Es wurde gegessen und getrunken, aber nicht hemmungslos gesoffen. Im Anschluss wurde auch getanzt. Aber im Mittelpunkt standen immer die Gäste – ein Schriftsteller, ein Schauspieler, ein Korrespondent, Wissenschaftler oder eine anderweitig bekannte Person. Die »Herzen aus Gold« traten in vielen solchen Klubs auf.

Und sie erhielten weitere Angebote. Sie wurden sowohl von Intellektuellen zu ihren Versammlungen eingeladen als auch von einfachen Menschen zu Hochzeit, Jubiläum oder irgendeiner anderen Festivität. In der Stadt oder auf dem Lande. Interessanterweise entstand niemals eine Barriere zwischen den »Herzen« und dem Publikum. Gebildete Zuschauer genossen natürlich die künstlerisch-literarischen Feinheiten ihrer Auftritte, einfachere Menschen nahmen sie direkter auf, lachten Tränen und waren gerührt. Die Jungs trugen ihre Couplets vor oder lasen Witze, zur Abwechslung beantworteten sie Fragen und plauderten einfach so über Alltagsthemen. Die Menschen redeten gerne mit ihnen, denn die »Herzen« sprachen klar und verständlich, ohne rhetorische Kniffe. Und auch wenn sie nichts Neues erzählten, so erhielten die Menschen doch die Bestätigung, dass es auch andere gab, die so dachten wie sie. Selbst wenn nicht jeder alles auf dieselbe Weise verstand, den Kern haben doch alle mitbekommen. Und selbst wenn es mal einen richtig beschränkten Hansel gab, der beinahe nichts kapierte, so schnallte der doch wenigstens so viel, dass vor ihm estnische Männer standen, die Estnisch redeten und auf Estnisch sangen. Und obwohl sie selbst nicht so denken, sprechen oder singen konnten, siehe da, jemanden gab es, der das konnte. Das bedeutete, dass das Estentum noch nicht ausgestorben war, seine geistigen Führer waren am Leben, und deswegen konnten vielleicht auch sie selbst und das ganze Volk die Hoffnung hegen, einst wieder in freiem Geist zu leben. Sie sahen, dass der ehrliche estnische Gedanke nicht vollends niedergedrückt war, sondern vor ihnen seine Flügel spreizte, folglich würde auch der Tag kommen, an dem sie selbst mit diesem Gedanken davonfliegen würden.

Ich stelle mir vor, dass sie sich ungefähr so fühlten, und was braucht denn ein einfacher Mensch schon zum Glücklichsein, wenn man ihn ansonsten – in geistiger Hinsicht – von allen Seiten einengt und es im Leben ziemlich viel Deprimierendes gibt? Jedenfalls redeten die Leute nach einem Auftritt der »Herzen« auf dem Nachhauseweg freier über die estnische Sache als sonst. Das taten sogar die Parteisekretäre und Leute, die dieses Thema eigentlich ganz aus ihrem Bewusstsein verdrängt hatten. Für eine halbe Stunde richtete sich auch ihr Rücken auf, und aufs Ganze gesehen erleichterte es ihre Seele.

Obwohl Klaus der einzige von den dreien war, der kein Instrument spielte, war er doch der berühmteste des Trios. Zumindest von den Schülern kamen viele zu den Vorstellungen, um vor allem ihn zu hören. Klaus war nur ein wenig jünger als die übrigen, aber er sah deutlich jünger aus, als er war. Auch sein Dichter-Image tat sein übriges, und er hatte bestimmt das künstlerischste Äußere von allen und verkörperte so etwas wie ein Wunderkind. Es sei gesagt, dass Klaus ein feiner Mann war, sowohl was die Kleidung betraf als auch seine Manieren. Er trug auch alltags eine Fliege und einen originellen halblangen schwarz-grau melierten Samtrock. Seine flachsblonden Haare reichten ihm beinahe bis auf die Schultern, und auf sie hatte er sich einen breitkrempigen dunklen Hut gedrückt. Letztlich war das eine Kombination aus der Viljandier Volkstracht und der Kleidung eines europäischen Dandys aus dem neunzehnten Jahrhundert. Und er hatte selbst das Design für sein Äußeres entworfen!

Klaus hatte die Angewohnheit, vornehm mit dem Mund zu schmatzen, bevor er eine Frage beantwortete. Seine Finger waren ausgesprochen fein, wie von einem Klubmenschen, seine Umgangsformen salonartig und seine Bewegungen gestochen scharf mit einem kulturellen Einschlag. Er wog nicht mehr als fünfzig Kilo, obwohl er ein Meter siebzig war. Er aß sehr wenig, ernährte sich manchmal nur von Wein und Kekskrümeln (er mochte Butterkekse, diese kleinen, die im Mund zergehen, und sagte, das sei eine Angewohnheit, die er von seiner Mutter geerbt habe).

Wie konnte es trotzdem geschehen, dass einer wie er auch mit dem Dorfvolk gut konnte? Möglicherweise spiegelte sich in seiner allgemeinen Erscheinung oder Haltung etwas aus der estnischen Zeit wider, also aus den Tagen der unabhängigen Republik in der Zwischenkriegszeit, die im Bewusstsein des Volkes mehr und mehr die Form eines goldenen Zeitalters annahmen. Eine große Menge war in den Westen geflohen oder in Sibirien umgekommen, es gab immer weniger, die sich erinnerten, und ringsum, rein physisch, erinnerten nur noch einige wenige erhaltene Gegenstände an diese Zeit. Der größere Teil der Menschen mittleren Alters kannte diese Zeit nur noch aus Fragmenten aus der Kinochronik oder von alten Postkarten. Woher nahmen sie es also, dass gerade das Auftreten von Klaus wie »in der estnischen Zeit« war? War diese estnische Zeit nicht ohnehin etwas Mythisches? Ich bin mir nämlich nicht sicher, wie viele echte Salons mit Dandys und Klubmitgliedern es bei uns in der Zwischenkriegszeit wirklich gab. Vielleicht ist das genauso eine Legende wie die von den Bauernhöfen im Landkreis Viljandi, wo Hofeigentümer im Frack in den dreißiger Jahren ihre Havanna geschmaucht haben – solche Überlieferungen habe ich tatsächlich gehört. Aber offenbar gibt es ja keinen Unterschied mehr zwischen Mythos und Realität, denn sonst wäre es ja nicht möglich gewesen, dass ein Mensch, der derartig raffinierte Texte schrieb und auch ansonsten ein feiner Mann war, sie so vortragen konnte, dass auch das weniger feine Volk begeistert war. Die Menschen konnten viele von Klaus' Couplets auswendig. Im übrigen war seine Stimme laut und ausdrucksstark, durchdringend wie ein Nebelhorn.

Weil die »Herzen aus Gold« so berühmt waren, entwickelte es sich zu einer Prestigefrage, ob man sie engagieren konnte, die Konkurrenz war groß. Den Männern selbst bereitete das gelegentlich Spaß, meistens aber Unannehmlichkeiten und Peinlichkeiten, denn es fiel ihnen schwer abzusagen. Die reicheren Landwirtschaftszentren reservierten sie sich schon Anfang des Jahres für das Erntefest, das Mittsommerfest oder den Tag der Fischer. Bei solchen Gelegenheiten wurde selbstverständlich heftig gezecht, und dann spielten sie kein allzu kompliziertes Repertoire, denn sonst hätten die Leute gar nichts mehr kapiert.

Teils wurden sie vom Auftraggeber abgeholt und zurückgebracht, teils fuhren sie mit Jürkas Auto.

»Komisch, dass wir keine Trinker geworden sind«, sagte mir Jürka neulich. »Wir wurden ja ständig verköstigt, der Tisch stand ewig voll mit Flaschen, und ab und zu bekamen wir auch noch eine Flasche mit auf die Reise.«

»Aber du musstest doch fahren?«, erwiderte ich verwundert.

»Klar, aber sobald wir in der Stadt waren, hätte man weiterfeiern können. Alle Türsteher kannten uns, und wenn wir uns vor einer Kneipe in eine Schlange stellten, wurden wir sofort herbeigewunken – ›Sie dort, kommen Sie bitte!‹ – und an Geld herrschte kein Mangel. Wir erhielten meistens einen Umschlag nach der Vorstellung. Für die damalige Zeit war das eine ganz hübsche Summe.«

Ihre »Goldgrubenzeit« begann in der zweiten Hälfte der siebziger Jahre und dauerte bis Anfang der neunziger, insgesamt also fast fünfzehn Jahre.

Dass Klaus tatsächlich berühmt war, davon konnte ich mich überzeugen, als wir mit unserer Gesellschaft einmal auf eine kleine Insel kamen. Als Transportmittel hatten wir zwei Motorräder mit Beiwagen, der eine von ihnen gehörte Mati. Als wir zu dem einzigen Laden der Insel fuhren, kamen wir an einer Gruppe Studenten vorbei, die hier ihren Ernteeinsatz hatten und sich nach dem Mittagessen am Wegesrand ausruhten. Klaus lugte kaum aus dem Beiwagen hervor, aber man erkannte ihn trotzdem.

Als wir mit unseren Einkäufen aus dem Laden kamen und wegfahren wollten, traten zwei junge Männer in Arbeitseinsatzuniform zu uns heran und luden uns höflich ein, ob wir nicht am Abend ihre Gruppe besuchen wollten, dort fände die feierliche Vereidigung der Erntebrigade statt. Es wäre ihnen nämlich eine große Ehre, wenn Klaus dort erschiene. (Klaus selbst war übrigens niemals auf einer Hochschule gewesen.)

Wir gingen dann tatsächlich dort hin. Die Studenten hatten sich blitzschnell ein Programm ausgedacht, was sich hauptsächlich um Klaus drehte (wir Übrigen kamen nur der Form halber vor), den sie augenzwinkernd parodierten.

Seltsam dass dies alles schon stattfand vor jeglichem Starkult und Medienrummel, vor den Tratschzeitschriften und all den albernen Unterhaltungsprogrammen im Fernsehen. Klaus war bisher eigentlich nicht einmal im Fernsehen zu sehen gewesen (wenn man von dem einen Abend der jungen Autoren im Schriftstellerhaus absieht), und doch reichte es, dass er im Beiwagen eines Motorrads vorbeijagte, und er wurde erkannt (um der Wahrheit die Ehre zu geben, es geschah in einer Kurve, wo wir nicht schneller als fünfundzwanzig fuhren). Alles in allem war das wirklich rührend. Die Jugend wollte von der Nähe eines Intellektuellen profitieren.

Moment mal, war das wirklich auf der Insel? Je länger ich darüber nachdenke, desto mehr will mir scheinen, dass es in Südestland war. Ja, denn Mati, der das Fernstudium an der Universität abgeschlossen hatte, war zu jenem Zeitpunkt nicht mehr beim Zoo und hatte eine Stellung beim Heimatmuseum in Setumaa angenommen. Ich glaube, dass wir ihn damals besuchten. Der Laden war noch der berühmte Ruusamäe-Laden. Dann muss es aber viele Jahre später geschehen sein, denn Mati schrieb damals an seinem Werk. Dazu zog er sich in das Museum in Setumaa zurück, um vom Lärm und den Bohemiens der Hauptstadt in Ruhe gelassen zu werden. Und sein Roman erschien 1986. Drei Jahre vorher war Klaus aber schon lange eine allgemein bekannte Berühmtheit, so dass es uns nicht besonders hätte überraschen müssen, dass er erkannt wurde. Aber weiter, wo war dann Matis neue Frau, wenn es wirklich in Setumaa passierte? Die hatte er zu jenem Zeitpunkt doch schon, wenn auch nicht als richtige Frau, sondern als Freundin? Bloß erinnere ich mich an keine Frau. War es vielleicht doch schon früher?

Auf Klaus werde ich noch einmal zurückkommen.

Erst muss ich noch eine Menge anderer Personen vorstellen, die auf die eine oder andere Art und Weise die Epoche verkörperten. (Ich habe im Zusammenhang mit diesem Ausdruck einen Leitgedanken – alles danach einzuordnen, ob es die Epoche verkörperte, nicht verkörperte, ein wenig verkörperte und so weiter).

ENDLOSER REIGEN

Alle Menschen in dieser neuen Welt, in die ich nun geraten war, schienen sich gegenseitig zu kennen, und das Gesellschaftsleben pulsierte. Viele junge Poeten oder Künstler wohnten in Kellern oder auf Dachböden, die sie den Hausverwaltungen abgeschwatzt hatten und deren Miete symbolisch war. Diese Räume wurden großspurig Atelier genannt und offiziell waren sie nur zum Arbeiten gedacht, wohnen oder übernachten durfte man dort nicht. Aber niemand kontrollierte das und in den Ateliers geschah ständig etwas, was nicht direkt mit künstlerischem Schaffen zu tun hatte. Die Jahre verstrichen schnell, und die jungen Poeten und Künstler waren gar nicht mehr so jung, sondern schon anerkannte Figuren. Manche zogen in bessere Ateliers um. Aber das Gesellschaftsleben blieb prinzipiell dasselbe.

Es mag im Jahr 1979 gewesen sein … Ich weiß nicht, den

wievielten Tag das Fest schon andauerte, als ich im Atelier des Monumentalmalers Elgar Tuudleja aufkreuzte. Vermutlich war es erst der zweite oder im Extremfall der dritte Tag, denn die Anwesenden waren noch klar im Kopf und an Gesprächsstoff mangelte es nicht, auch war noch niemand in totaler Schräglage. Aber das braucht an sich noch nichts zu bedeuten, vielleicht hatte die Zusammenkunft schon viel früher begonnen. Diese langen Feste – naja, Fest, eher eine unschuldige Beschönigung zur Bezeichnung von Zechgelagen oder Besäufnissen! – hatten eine Besonderheit. Obwohl an ihrer Teilnahme nichts Ungewöhnliches war oder etwas, dessen man sich hätte schämen müssen (man konnte dort sogar auf Männer in Schlips und Kragen und Damen mit streng geschnittenem Kostüm stoßen), kam es selten vor, dass jemand ein ganzes Fest von Anfang bis Ende mitgemacht hätte. Nein, die Zusammensetzung des Gästeschar wechselte ständig, ein Fest oder Gelage war ein kontinuierliches Projekt, weshalb jemand es einmal sogar mit dem Weg des olympischen Feuers verglich. Man schaute dort vorbei, kam und ging, ruhte sich kurz draußen etwas aus, um danach mit voller Fahrt weiterzumachen. Andere arbeiteten zwischendurch eine Woche und schlossen sich dann wieder an. So konnte es leicht geschehen, dass am Ende des Festes niemand anwesend war, der den Anfang mitgemacht hatte. Selbst der Gastgeber konnte zwischenzeitlich verschwinden, zum Beispiel zu einem internationalen Festival fahren (wie das der Monumentalmaler Tuudleja getan hatte, den niemand der bei meinem Eintreffen Anwesenden gesehen hatte) und für die Zeit den Schlüssel und die Verantwortung an seine Lebensgefährtin oder eine sonstige Vertrauensperson übergeben. Eine Beendigung des Festes vor seinem normalen Ausklang oder ein Rauswurf der Gäste kam meistens nicht in

Frage, das wäre schlechter Stil gewesen. Ein Fest war schließlich etwas Wichtigeres als irgendein internationales Festival.

Obwohl die Zusammensetzung fluktuierte, war die Atmosphäre auf solchen Festen sehr intim. Abgesehen davon, dass die meisten der Anwesenden sich von Dutzenden gleichartigen Zusammenkünften kannten, waren alle auch gut auf dem Laufenden, was die Ereignisse der vorangegangenen Tage betraf: was und wie viel getrunken worden war, welche Themen besprochen wurden und zu welchen Schlussfolgerungen man gekommen war. Die Anwesenden referierten den Neulingen die geistreichsten Witze und lustigsten Ereignisse, jene wiederum ihrerseits den Folgenden, bis alle den Eindruck hatten, als wären sie selbst dabei gewesen.

Wie wurde man Teil einer solchen Zusammenkunft? Internet und Handys gab es nicht, von Twitter und Facebook ganz zu schweigen, selbst ein normales Telefon bestand für viele nur in Gestalt einer Telefonzelle. Und doch – in der Stadt und in der Höhle – war meistens bekannt, wo gerade ein größeres Fest stieg, und wer Lust und Laune hatte, ging da dann eben einfach hin. Niemand wunderte sich in dem Sinne, dass er sagte »Woher wusstest du denn von dem Fest?« oder »Was machst du denn hier?« Meistens hatte ein Neuankömmling eine Flasche als Mitbringsel dabei, aber wenn jemand seinen Nachdurst löschen musste und kein Geld hatte, wurde er nicht weggeschickt. Alle waren sie doch estnische Männer und Frauen, die gegen die Okkupation kämpften. So ein Fest glich einem lebendigen Organismus, beispielsweise einem Ameisenhaufen oder einem Bienenstock. Gleichzeitig erinnerte es an das Brotbacken früher, wo man für einen neuen Laib ein Stück Sauerteig vom alten nahm, so dass das Brot niemals zu Ende war; oder an ein Feuer, das man ständig in Gang hielt.

Bisweilen kam mir als Metapher aber auch ein Wald- oder Moorbrand in den Sinn, den zu löschen unendlich viel Zeit beanspruchen würde.

In einem großen Raum mit Dachfenstern, der speziell als Atelier gebaut war, weil ein Monumentalmaler nicht in einem normalen Keller oder auf einem Dachboden arbeiten könnte, hatte es sich ein Dutzend Menschen bequem gemacht. Man saß auf einem alten quietschenden Ledersofa und ebensolchen Sesseln, manche mussten sich mit einem Hocker begnügen. Ein junger blonder Mann im Anzug hatte sich auf den Boden gesetzt oder war dahin gerutscht, ein Arm war zur Lehne des Sofas ausgestreckt, als wollte er sich mit dessen Hilfe aufrichten, und von Zeit zu Zeit sagte er mit geschlossenen Augen etwas vor sich hin. Eine krausköpfige junge Frau mit Riesenohrringen klickte mit stoischer Beharrlichkeit auf einem Kassettenrekorder herum, der offenbar nicht laufen wollte. Die übrigen unterhielten sich träge. Es hinterließ den Eindruck eines halbfertigen Projekts in seinem morgendlichen Stadium, bei dem sich alle, die da zusammengekommen waren, noch nicht kannten, was sie aber nicht daran hinderte, freundschaftlich die Zeit miteinander zu verbringen. Außer Mati kannte ich noch Arvi und Tobi, die Schriftsteller waren, den Kritiker Endel, den Grafiker Toomas und oberflächlich auch den Sänger Klarion – einen jungen und national eingestellten Mann mit einem Brustkorb wie Caruso. In der Ecke saß Naaskel, ein Puppentheaterspieler und Meister des Absurden. Die drei übrigen Männer sah ich zum ersten Mal. Alja, Mascha, Lipsik und Anks bildeten die Frauengruppe.

Alja hieß eigentlich Alvi und Mascha Mare, aber es war in unserer Gesellschaft gerade angesagt, sich einander mit den russischen Entsprechungen der richtigen Namen anzureden. Der Hintergrund dieser Mode war mir nicht völlig klar, ich begriff sie in erster Linie intuitiv. Natürlich war ein Russe im sowjetischen Kontext keine sympathische Erscheinung, sondern eher ein Gegner oder Feind. Durch die Umbenennung wurde etwas ins Gegenteil verkehrt. Vielleicht ging es hierbei um eine Art Abwehrmagie: Der Gegner wurde alltäglich gemacht, heimisch, regelrecht banalisiert, denn dann braucht man keine Angst mehr vor ihm zu haben. Vielleicht demonstrierten einige auf diese Weise ihre Todesverachtung und ihren Mut mit dem Feuer zu spielen. Vielleicht wollte man zu verstehen geben, dass man dermaßen nationalbewusst war und bereits eine solche Stufe der Heiligkeit erlangt hatte, dass man sich sogar derartige Russifizierungsspiele leisten konnte. Bestimmt aber gab es auch ganz einfach Liberale, für die die Verwendung von slawischen Namen ihrer Meinung nach ein demokratisches Fleckchen in einer ansonsten weltanschaulich allzu schwarz-weißen Palette war. Nun betonten sie, dass sie über Engstirnigkeit und Blindheit standen. So oder so sollte ein derartiges Kokettieren das hohe Niveau der Gesellschaft zeigen.

Im Zusammenhang damit fällt mir ein, dass einige lokale hohe Parteimitglieder die entgegengesetzte Sitte hatten und die Namen einiger Intellektueller verwestlichten. (Das ist ein wenig bekanntes Faktum, denn solche Funktionäre konnte man an den Fingern einer Hand abzählen, generell hatten die Parteiführer ausgesprochen wenig Umgang mit der geistigen Elite.) Das Phänomen erscheint umso merkwürdiger, als viele estnische KP-Spitzen sich gegenseitig nach slawischer Manier mit Vor- und Vatersnamen anredeten, was nur als übermäßige Schleimerei interpretiert werden konnte (ein Teil der Genossen wollte mit der Russifizierung seiner Zeit voraus sein).

Und doch hatte Mati selbst erzählt, dass ein Mann des Zentralkomitees ihn mit »Matthew« (!) angeredet hätte, sogar mit korrekter Aussprache. Ein Andres wurde André genannt, ein Mihkel Michel und so weiter. Mich, Juku, der ich wahlweise Ivan, Wanja oder sogar Iwanuschka hieß, nannte ein Parteimensch mit befremdlicher Beharrlichkeit John, und sein Stellvertreter rief mich Jacques.

Was steckte hinter dieser Gewohnheit der Parteileute? Manche taten es vielleicht aus Ironie, um ihre Überlegenheit zu demonstrieren oder uns sogar zu verspotten. Andere aber dachten offenbar auch, auf diese Weise offener zu wirken als ein traditioneller alter Knacker und sich in einem besseren Licht zu zeigen.

Alja war nach allgemeiner Ansicht eine attraktive junge Frau, fein gebaut und von einer grazilen Kühle. Sie hatte ein rundes Gesicht, und ihre Augenpartie erinnerte an eine Kasachin oder Tatarin. Der auffallend große Abstand zwischen ihren Augen ließ sie ein wenig wie eine Löwin aussehen (Lästermäuler nannten sie dementsprechend die »tatarische Löwin«). Ihre langen dünnen Arme hielt sie ein wenig vom Körper entfernt, mit nach oben gekehrten Handflächen, als würde sie gleich etwas auf den Schoß nehmen. Alja war die berühmteste Dichterin dieser Generation. Als Geliebte wählte sie sich nur solche aus, die niemand anders gewählt hatte. Damit gab sie zu verstehen, dass sie frei sei und über allem stehe, dass sie sich um niemandes Meinung zu scheren brauchte. Ihre Freundin Mascha oder Mare war nicht direkt eine schöpferische Person, sondern bloß ein Blaustrumpf und eine Hetäre, die in der Bibliothek arbeitete. Sie war Alja treu bis in den Tod und kämpfte immer an ihrer Seite, egal in welcher Frage. Während Alja flüsterte, hatte Mascha die Angewohnheit, die Wörter abfällig in die Länge zu ziehen. Ihre übelste Beleidigung war zu sagen: »Du bist so eindeutig ...« Das letzte Wort klang dann wie »ein-deu-tig«. Das bekam von Zeit zu Zeit beinahe jeder von ihr zu hören. Eine größere Sünde als Eindeutigkeit gab es in Maschas Augen nicht.

Mascha, also Mare, war keine Schönheit, eher sogar ein bisschen hässlich, aber sie wirkte warm, sympathisch und sexy. Sie sammelte ihre Liebhaber hinter Aljas Rücken auf, angenehme begabte junge Männer, die eigentlich ein Auge auf Alja geworfen hatten, aber leer ausgingen, weil sie nicht schwächlich genug waren. Nun versuchten sie sich über Mascha an deren Freundin heranzumachen. So hatte Mascha also den Vorteil auf ihrer Seite. Toomas, der als Grafiker Autodidakt war und eigentlich gelernter Biologe, sagte einmal, dass das Verhältnis zwischen Alja und Mascha eine Symbiose war wie bei dem Krokodil und dem Vogel, der ihm die Zähne reinigt. Wir begriffen bloß nicht, wer von beiden welche Rolle einnahm.

Ich erinnere mich daran, wie Doktor Muld, ein den Kunstkreisen nahestehender Psychiater und Zyniker, einmal behauptete, dass Alja eigentlich die Königin der Versager sei, was er nüchtern begründete: Alja würde sich vor einer Beziehung mit einem begabten normalen Mann fürchten, weil sie selbst dominieren wollte und befürchtete, dass der Mann sie in seinem künstlerischen Schaffen ausnutzen und Intimitäten ausplaudern könnte. Daraufhin wurde Alja ganz rot im Gesicht, fauchte und verschwand so schnell aus dem Raum, dass alle überrascht waren. Mascha ging ihr hinterher, nachdem sie vorher Doktor Muld mit besonderer Verachtung ins Gesicht gebrüllt hatte: »Mein Gott, wie ein-deu-tig du bist ...«

Aber bald war alles vergessen, denn Alja und Mascha

waren feste Mitglieder der Gesellschaft, wohingegen der Psychiater nur ein Gelegenheitsbesucher war; Mascha war danach ein ganzes Jahr mit ihm zusammen, eine sehr lange Zeit.

Ich war tagsüber gegen ein Uhr eingetroffen, als alle gerade mit einem »Hellen Saku« ihren Kater weggespült hatten. Zwei leere Plastik-Bierkästen standen in der Ecke und ein paar halbvolle und fünf bis sechs ungeöffnete Bierflaschen standen auf dem Sofatisch. Allmählich bewegte man sich auf die härteren Drinks zu. Neben der so genannten Langspielplatte, also einer Literflasche Moskau-Wodka, lagen aufgeschnittene saure Gurken sowie Wurst-, Käse- und Brotscheiben auf einem Teller. Auch stand dort eine Flasche lieblichen Weins, aber vermutlich nur der Form halber, niemand schien davon zu trinken.

Ich setzte mich auf einen Hocker und hörte zu.

»Oh, Jungs, Jungs, wenn ihr wüsstet«, sagte Arvi zähneknirschend. »Wenn ihr nur wüsstet.«

Wenn Arvi anfing, mit den Zähnen zu knirschen, war das normalerweise ein Zeichen dafür, dass er alsbald von düsterster Depression ergriffen werden würde. Die Freunde waren daran gewöhnt.

Als wolle er Arvi trösten, sagte Endel: »Du bist ein guter Junge, Arvi. Und du bist auch ein guter Junge.« Das war für den neben ihn sitzenden Toomas gedacht. »Wir sind eigentlich alle gute Jungen.«

Es folgte Stille. Alle waren gerührt, niemand hatte die Absicht Witze über das Gesagte zu machen.

»Ich würd's schon gerne machen«, sagte Toomas nach einer Weile.

»Ja, würde ich auch gerne machen«, stimmte Endel zu.

»Aber es geht nicht, sie lassen einen nicht«, sagte Arvi und raufte sich die Haare.

»Verdammte Teufel!«, presste Tobi durch die Zähne hervor.

Die Tür knallte. Sass, der offenbar Schnaps holen gegangen war, trat mit einem triumphierenden Lächeln ins Zimmer und wedelte mit beiden Händen, die jeweils eine Papiertüte hielten.

»Ratet mal, ratet mal …« Als er auf den Gesichtern der anderen die Grabesstimmung sah, fragte er erschrocken: »Jungs, was ist los?«

»Ach, nichts«, sagte Toomas abwehrend. »Wir würden schon gerne was machen, aber sie lassen einen nicht.«

»Schwierig, schwierig«, seufzte Arvi.

»Na«, sagte Sass erneut fröhlich. »Du solltest es ja nicht so schwer haben. Du bist doch bei uns … im Verband.«

Als Verband wurde untereinander die Kommunistische Partei bezeichnet. Das war eine freundlich gemeinte Ironie, Sass selbst lachte dazu »Ha-ha-ha«, zwinkerte den anderen zu und klopfte Arvi auf die Schulter. »Ich mein ja nur so …«

»Hör auf«, sagte Frau Elfriede Liidel und knuffte ihn. Alle nannten sie Lipsik, sie war Elgar Tuudlejas Lebensgefährtin und Kampfgenossin. Die alterslose und angesehene Lipsik, bekannt als wilde Partylöwin, war Innenarchitektin. »Glaubst du, dass die, die in der Partei sind, es nicht schwer haben? Ein estnischer Mann hat es in der Partei sehr schwer.« Lipsik hatte rotbraun gefärbte Haare, dicke Wangen und kleine weiche Hände wie Brötchen.

Arvi setzte eine übertriebene Leidensmiene auf. »Ach, Jungs, wenn ihr wüsstet«, widerholte er.

Er war in Sibirien geboren, seine Eltern waren in der

Zwischenkriegszeit Großindustrielle gewesen. Manchmal, wenn Arvi ordentlich getrunken hatte, nahm er seine Gefährten ins Schlepptau und ging zu einem Kombinat, das nicht weit vom Zentrum entfernt war und dessen Ausrüstung sein Großvater vor dem Ersten Weltkrieg aus Deutschland beschafft hatte. Der Direktor des Kombinats stellte sich nicht quer, legte Arvi aber ans Herz, so leise wie möglich zu sein, wenn sie in der Fabrik herumliefen. »Männer, begreift doch, das ist kein Witz hier«, sagte Ülo, ein ordentlicher estnischer Mann und großer Kunstliebhaber. Mal gehorchte Arvi, mal knuffte er während des Rundgangs die anderen in die Seite, hustete und verkündete mit lauter Stimme: »Seht ihr, wie gut die Maschinen meines Großvaters funktionieren!« Eine Frau mit Schürze, die sich bei einer Maschine zu schaffen machte, verstand das natürlich nicht und lächelte nur ehrfurchtsvoll, denn das eine oder andere Gesicht der Gruppe war allgemein bekannt. Danach schauten sie normalerweise in Ülos Büro vorbei. Ülo wollte weltanschauliche Fragen diskutieren, aber die anderen hatten keine Lust dazu. Ülo hatte immer eine Kollektion feiner Schnäpse in seinem Schrank, das lohnte sich schon, also machte man ein freundliches Gesicht. Zum Schluss sagte Arvi immer: »Nun gut, Sie können die Maschinen meines Großvaters noch eine Weile benutzen, wenn Sie es zum Wohle des estnischen Volkes tun. Sie haben dazu von mir, als dem gesetzlichen Erben, mein mündliches Einverständnis.« Das ereignete sich in der zweiten Hälfte der siebziger Jahre und klang sehr mutig.

Zu Arvi noch so viel, dass er in den 1960er-Jahren in Moskau Astrophysik studiert hatte und dort auch als Doktorand geblieben war. Deswegen war er seinerzeit auch in die Partei eingetreten. Aber die Prager Ereignisse hatten ihn wachgerüttelt. Ungefähr in der gleichen Zeit hatte er seine literarischen Neigungen entdeckt. Jetzt erschien ihm die Parteimitgliedschaft als verabscheuungswürdige Last, obwohl er das nicht so direkt aussprach. Er arbeitete auf einem verantwortungsvollen Posten im Kinokomitee, den er nie im Leben bekommen hätte, wenn er nicht in der Partei gewesen wäre.

Die Zeit verging ruhig. Man hob das Glas, aber maßvoll, mit einem Gefühl für Perspektive, alle waren in großartiger Stimmung. Allmählich drang zu mir hindurch, dass von den drei Typen hier, die ich nicht kannte, einer ein Freiheitskämpfer war, der zweite ein Exileste und der dritte ein national eingestellter Kommunist. Obwohl ich nicht wusste, unter welchen Umständen sich die drei heute hier getroffen hatten, war an ihrem Aufenthalt im Atelier des Monumentalmalers Tuudleja an sich nichts Besonderes. Sie schienen sich nicht näher zu kennen, wenigstens kannte der Nationalkommunist die anderen beiden nicht. Es blieb aber der Eindruck, als glaubte er, in das Hauptquartier der Widerstandsbewegung geraten zu sein, denn er machte ein ausgesprochen andächtiges Gesicht, hörte allem mit äußerster Aufmerksamkeit zu und versuchte sich vorbildlich zu benehmen. Der Freiheitskämpfer war offenbar zusammen mit Mati gekommen, mir kam sein Gesicht bekannt vor aus dem Tartuer Werner-Café. Der Exileste stellte sich als Gast von Arvi heraus, ein Dokumentalist bei einem amerikanischen Fernsehsender, der an einem Film über die baltischen Staaten arbeitete.

Künstler und Freiheitskämpfer empfanden damals generell eine gegenseitige Sympathie, und viele hatten Umgang miteinander, wenn auch nicht alle. Im Nachhinein hat es den Anschein, dass Freiheitskämpfer damals ungefähr das gleiche bedeutete wie Künstler oder Intellektueller, jedenfalls hatten sie etwas gemeinsam. Sowohl die einen wie die anderen strebten auf ihre Weise nach Freiheit, die einen sozial und national, die anderen geistig. Auch die Einstellung der schöpferischen Intelligenz gegenüber Exilesten und Ausländern allgemein war positiv, weil sie Anteil an der Freiheit hatten, sie beherrschten und vertraten sie sozusagen. Deswegen wurden auch Exilesten und Ausländer unbedingt in die Künstlerhöhlen und auf solcherart Zusammenkünfte gebracht. Ich fürchte, dass Außenstehende dadurch durchaus einen Kulturschock bekamen, handelte es sich doch bei ihnen meistens um Unternehmer, Geschäftsleute und anderweitig aktive Menschen, die früher mit künstlerischen Intellektuellen nicht allzu viel Umgang hatten und daher häufig nicht wussten, wie sie auf deren Aktivitäten reagieren sollten. Manche von ihnen hatten möglicherweise auch keine allzu hohe Meinung von Künstlern. Selbst jene Exilesten, die positiv gegenüber Kulturmenschen eingestellt waren, schienen verblüfft, wenn sie in die Höhle kamen, weil sie noch niemals zuvor Kunstmenschen in einer derartigen Zusammenballung gesehen hatten. Das hier war für sie wie eine Traube oder eine Kolonie. Gleichzeitig konnten sie darüber erstaunt sein, dass die Leute dort öffentlich über staatsfeindliche Dinge sprachen. Das entsprach nicht ihren Vorstellungen von einem Polizeistaat. Trotzdem zeigte sich ein Gast niemals allzu lang befremdet. Wenn die Stimmung schon etwas gehobener war, schaute der einheimische Künstler den ausländischen Unternehmer (oder wen er gerade vor sich hatte) kühn an, hob das Glas und verkündete: »Es lebe das freie Estland!« Daraufhin wurde der andere sofort gerührt, und schon war man einer Meinung. Wozu mehr Worte verschwenden? Überhaupt reichte es wohl damals »Es lebe das freie Estland« zu sagen, und alles war in Ordnung.

Was das Verhältnis zwischen Nationalkommunisten und Kunstmenschen betrifft, so war in gewisser Hinsicht auch hier die Freiheit das verbindende Element. Erstere kämpften gegen dogmatisches Denken und forderten eine größere Unabhängigkeit von Moskau. Die Künstler wünschten sich in erster Linie Ausdrucksfreiheit. Bei der Interpretation der Vergangenheit, insbesondere der estnischen, gab es aber häufig Meinungsverschiedenheiten, und daher wurde das Thema Vergangenheit meistens auch vermieden, da man auf dieser Ebene in Streit geraten wäre, und das wünschte keine von beiden Seiten. Die Künstler und die Nationalkommunisten lebten für den Moment, die Anstrengungen im Hier und Jetzt brachten sie einander näher. Obwohl beide von einer besseren Zukunft träumten, war dies nicht unbedingt ein und dieselbe Zukunft. Die Roten waren rationaler, planten längerfristig und systematischer, sie vertraten in dieser geistigen Allianz gleichsam das Vaterelement, während die Künstler weiblich-kindisch waren. Interessanterweise pflegten die Künstler sowohl mit Freiheitskämpfern als auch mit Nationalkommunisten Umgang und kamen mit beiden gut aus, während die beiden letztgenannten untereinander gar nicht miteinander konnten.

Es kam auch vor, dass sich ein Asozialer oder sogar ein Krimineller auf derlei Beisammensein verirrte. Zunächst kam man auch mit so einem ganz gut zurecht, da schließlich auch ein Krimineller außerhalb des Systems stand, er war »dagegen und frei«. Aber wenn man die beiderseitigen Ansichten einer Prüfung unterzog und die allgemeine Lage detaillierter besprach, wollte keine rechte Freundschaft zustande kommen. Zu verschieden waren die Ausgangspositionen, und einem Kriminellen mangelte es an einem größeren positiven Programm. Vielleicht hätte ein verarmter Adliger in unsere Gesellschaft gepasst, der nach dem langen Genuss aller möglichen Privilegien Schwierigkeiten mit der Akzeptanz der neuen allgemeingültigen Verhaltensnormen hatte. Leider gab es in Estland keine echten Adligen.

PEKKA

Die Tür des Ateliers ging auf und Pekkas Kopf kam zum Vorschein. Das erste Mal hatte ich ihn vor ungefähr einem Jahr in der Höhle gesehen, als in Tallinn das zweite weltweite Treffen der Estophilen stattgefunden hatte. Der Schriftstellerverband hatte beim ZK der EKP die Erlaubnis erstritten, derlei Treffen zu organisieren. Alle, die sich in der weiten Welt für die estnische Kultur interessierten, erhielten eine Einladung. Das waren wider Erwarten viele Personen, über zwanzig, und sie bildeten hinsichtlich Bildungsniveau, Alter und sonstigem Hintergrund eine bunte Mischung, unter denen sich sogar ein Feuerländer vom argentinischen Teil der Insel befand, ein Nachkomme von kroatischen Auswanderern.

Nach dem offiziellen Teil des Treffens landete ich in einer kleinen Gruppe, die sich für einen Moment der Entspannung in die Höhle zurückgezogen hatte, bevor der endgültige Abschied erfolgte. Die zentrale Figur unserer Gesellschaft war die legendäre Brückenbauerin der finnisch-estnischen Beziehungen, die livische Vorfahren hatte und die Ruosu-Tante genannt wurde. Ich weiß noch, dass es gegen fünf war, also mitten am Tag. Die Mehrzahl der Logen war leer, die Kellnerinnen saßen an der Bar, ließen ihre Beine von den Barhockern baumeln und plauderten mit dem Barkeeper Ingvar. Es war dämmerig, die Luft war wie immer in einem gelüfteten Bunker, das heißt frisch, sogar kühl, aber trotzdem verdächtig.

Der einzige bemerkenswerte Gast war ein zahnloser Alter, ein ehemaliger Vortänzer des Nationalballetts, der in einer Ecke kauerte und vor sich hin jammerte: »Jaja, so geht das, einer seiner Söhne war in der kommunistischen Partei, einen zweiten hat er auch gehabt, und so lebten sie einträchtig zusammen, kein Problem. *Understand*?« Das war sein Mantra, das er alle fünf Minuten wiederholte. Sein Spitzname war Understand.

Wir nahmen Platz, die andern fingen an, sich lebhaft zu unterhalten, während ich als der Jüngste und das Leichtgewicht still war. Ich hörte, was in Helsinki in der Tuglas-Gesellschaft passierte, was für Polemiken es auf den Seiten der *Helsingin Sanomat* gab, was für spannende Bücher ins Finnische übersetzt worden waren und andere Neuigkeiten von unserem nördlichen Nachbarn.

Ich hörte, dass ihre Kulturzeitschrift *Apollo* kürzlich einen neuen Chefredakteur bekommen hatte und dass der sich gerade in unserer Mitte befand! Lasse-Martti war knapp siebenundzwanzig, blond, mit Brille und einer Frisur, als hätte er sich irgendwo gewälzt. Ants, der Chefredakteur unserer Literaturzeitschrift, der ebenfalls am Tisch saß, wunderte sich naiv darüber, dass ein so jungen Mensch auf einen so wichtigen Posten »gesetzt« wurde. Aber der neben ihm sitzende Eposübersetzer Nikodemus Orgussaar, der einer der Organisatoren des Estophilentreffens war, lächelte gnädig. Er war schon zweimal in Finnland gewesen und wusste, wie die Dinge anderswo laufen.

Er wechselte einen Blick mit der Ruosu-Tante und erklärte: »Ants, so geht das im Ausland nun einmal! Dort sind die Jüngeren in Führungspositionen. Nur hier bei uns herrscht Gerontokratie. Dort ist fünfundzwanzig genau das richtige Alter, eine Firma zu leiten oder Chefredakteur zu werden, Ants!«

Ants schmatzte daraufhin nur und schwieg schuldbewusst. Ehrlich gesagt war auch ich verwundert und froh darüber, dass ich mir das nicht hatte anmerken lassen. Ich bestellte mir zur weiteren Bewahrung meiner Selbstsicherheit einen kleinen Wodka mit Saft, so wie ich es immer tat. Aprikosensaft war es. So war der Wodka durchaus trinkbar. Ich war selbst gerade siebenundzwanzig und spürte mit einem Mal, wie sehr dieses Alter verpflichtete.

Ja, und damals war eben auch Pekka am Tisch gewesen. Er war jung, offenkundig noch jünger als ich, obwohl das schwer zu sagen war. Bei uns hieß es, dass man sich beim Alter von Ausländern nicht so sicher sein konnte, weil sie andere Dinge aßen als wir. Weiter hieß es noch, dass sie alle – sogar die Armen – mit Vitaminen »vollgestopft« würden, weswegen sie weder Kälte noch Krankheiten fürchteten. Woher sie diese Vitamine bekamen, besonders die Armen, und wer sie »vollstopfte« und auf welche Art und Weise das geschah, war unklar. Jedenfalls gaben die, die so daherredeten, überheblich zu verstehen, dass im Westen alles viel fortschrittlicher war als hier. Meiner Meinung nach entsprach das nicht hundertprozentig der Wahrheit (ich hatte mit eigenen Augen an einer Taxihaltestelle in Kopli eine Frau gesehen, die Finnisch sprach, sich aber mit der Hand ihre laufende Nase abwischte und aufs Ganze gesehen ziemlich verlottert aussah). Auch unter Ausländern gab es sowohl Jüngere, Ältere und Leute mittleren Alters. Prinzipiell hatte ich den Eindruck, dass die Menschen »von dort« uns trotz allem doch recht ähnlich waren, wenngleich es natürlich Unterschiede gab. So fehlte ihnen beispielsweise eine Eigenschaft, die ich in Ermangelung einer besseren Bezeichnung nur als zähe Eingeweichtheit bezeichnen kann. Damit meine ich nicht nur Zähigkeit (nicht das so genannte finnische *Sisu*), sondern die Fähigkeit, absurde und raue Umstände zu ertragen, ohne den Drang zu verspüren, darüber gallige Witze reißen zu müssen. Man machte es einfach mit, ließ es über sich ergehen und ging danach zur Tagesordnung über. Wie ein Hund, der sich nur einmal kräftig schüttelte, wenn er Schläge bekommen hatte.

Pekka hatte an der Universität Helsinki Estnisch studiert und sprach es recht gut. Er hatte das Studium noch nicht abgeschlossen, denn parallel dazu verdiente er sich sein Brot als Reiseführer. Dieser Tourismus (wie all das »finnische Zeug«) hatte ungefähr vor fünfzehn Jahren angefangen, als die Fährverbindung zwischen Helsinki und Tallinn eingerichtet wurde und einige Jahre später im Zentrum von Tallinn das damals höchste Gebäude, das Hotel Viru, erbaut wurde. Von da an kamen regelmäßig finnische Gruppen, die alle ihren eigenen Reiseführer dabei hatten. Sie konnten übrigens alle ein wenig Estnisch, aber das hieß noch nicht, dass jeder von ihnen Estland wahnsinnig geliebt hätte. Ein Job ist ein Job, weiter nichts. Aber manche interessierten sich etwas mehr für die estnische Kultur und allgemein für die Esten. Pekka war einer von ihnen.

Er hatte als Seminararbeit eine Kurzgeschichte von Mati Unt übersetzt. Darin gab es eine umgangssprachliche Redewendung, deren Bedeutung er nicht kannte, weswegen er sich brieflich direkt an den Autor gewandt hatte. Mati erklärte ihm die Redewendung und fügte hinzu: »Wenn's passt, schau doch mal vorbei«, so wie er es allen sagte. (Vorauseilend sei mitgeteilt, dass Pekka tatsächlich allmählich anfing, estnische Literatur zu übersetzen.)

Pekka war jeden Monat in Estland, oder noch häufiger. Immer kam er dann in Begleitung von jemandem in die Höhle, wo er schnell neue Bekanntschaften schloss, und so ging es beständig weiter. Bald hatten sich alle in unserer Gesellschaft an ihn gewöhnt, so dass er mit fröhlichen Zurufen begrüßt wurde, als er jetzt seinen Kopf beim Monumentalmaler Tuudleja zur Tür hereinsteckte.

Pekka war ein blonder, hoch aufgeschossener Jüngling mit leicht verfilzten Haaren, weder dick noch dünn, mit rosafarbenen Wangen, einem gewinnenden Wesen und unschuldigem Gesichtsausdruck. Nicht gerade besonders schön, aber sauber, höflich und sympathisch. (Mir war damals recht schnell aufgefallen, dass man es bei den Bohemiens nicht ganz so genau nahm wie bei uns, das heißt, sie sind nicht grundsätzlich schmutzig, sondern geben sich als schmutzig.) Pekka hatte einen beigen Wollpullover an, den er hier gekauft hatte (um die estnische Wirtschaft zu unterstützen, wie er selbst sagte), Jeans und eine Tasche oder einen Rucksack über der Schulter, woraus er nun zwei Drittelliterflaschen Koskenkorva-Schnaps hervorzauberte – mit einer sehr natürlichen Bewegung, alles andere als großkotzig, was mit Gebrumm und Kreischen begrüßt wurde.

Pekka war ruhig und zurückhaltend wie viele Finnen. Er nahm Platz, lächelte, und es verging eine ganze Weile, während die anderen redeten, bevor er selbst den Mund aufmachte. Hinsichtlich seiner eigenen Person war er die Zurückhaltung selbst, weshalb vermutlich keiner von uns wusste, dass er dichtete.

Doch jetzt kam es heraus, weil der neben ihm sitzende Mati plötzlich verkündete: »Pekka hat mir gerade seinen Gedichtband gegeben!« Aller Blicke wandten sich zu ihnen.

Mati fuhr dramatisch fort: »Er probierte das so zu machen, dass es keiner sieht, und das ist ihm offenbar auch gelungen. Einerseits sollten wir eine derartige Zurückhaltung akzeptieren, aber andererseits sollte es uns nicht daran hindern, unsere Aufmerksamkeit auf ein aktuelles Literaturereignis zu lenken.« Mati hob ein blaues Heft über seinen Kopf, wedelte damit und reichte es dann Tobi, der als Urtallinner fließend Finnisch las.

Alle wollten das Heft sehen und anfassen, deswegen ließ Tobi es herumgehen. Auch ich warf einen Blick hinein. Der Band war schmal, darin enthalten etwa zwanzig Gedichte. Das Papier und der Druck waren mäßig, viel schlechter als bei den Gedichtsammlungen unserer Jungs oder Mädchen. Gleichzeitig war es aber echt gedruckt, nicht so wie unsere maschinenschriftlichen Almanache damals, *Entelechie* und die anderen.

»Wann hast du die geschrieben?«, fragte Endel, der mal in einem Verlag gearbeitet hatte.

»Diesen Sommer. Vor drei Wochen habe ich sie in die Druckerei gebracht«, antwortete Pekka. Die anderen jammerten los, denn bei uns erschienen Bücher frühestens ein Jahr nach Einreichung des Manuskripts beim Verlag.

»Was haben Sie gezahlt?«, fragte Endel.

»Gar nichts«, gab Pekka lachend zurück. Er antwortete auf alle Fragen sehr hilfsbereit, und man merkte ihm an, dass er sich freute, Estnisch zu sprechen.

»Das verstehe ich nicht«, sagte der Essayist Maulwurf kopfschüttelnd. Er war noch am nüchternsten und generell ein rationaler Mensch. »Du hast dafür keinen Pfennig bekommen?«

»Nein.«

Jemand hüstelte, die übrigen schwiegen. Pekka selbst schien nicht zu verstehen, dass an seinen Worten etwas Besonderes sein könnte.

»Wer will noch einen Koskenkorva?«, fragte er und hob die Flasche. Tobi beschloss, das Thema zu wechseln und brachte das Gespräch auf die letzte Premiere im Dramatheater – wurde im *Hamlet* nun der heutige Totalitarismus dargestellt oder nicht? Pekka hörte gespannt zu, nur ein paarmal hob er sein Glas flüchtig an die Lippen. Nach ungefähr einer Stunde stand er auf, nahm seinen Rucksack und sagte, dass er gehen müsse.

»Gehen? Wohin?«, fragte Mati verblüfft.

»Zur Arbeit«, erklärte Pekka.

»Was für eine Arbeit?«, fragten die anderen verwundert.

»Ja, schau uns an, wir brauchen nirgendwo hinzugehen«, sagte Tobi.

»Ich habe eine Reisegruppe, vierzig Touristen, deren Mittagessen und Freizeit ist jetzt vorbei. Ich muss mit ihnen auf Exkursion.«

»Sag mal, Pekka, wieso musst du arbeiten?«, sagte Tobi verständnislos. »Du bist doch ein Künstler. Ein Künstler arbeitet nicht. Oder wenn doch, dann nur, wenn er selbst es unbedingt will.«

Daraufhin musste Pekka lachen: »Weder das eine noch das andere.«

»Nein, jetzt mal im Ernst. Warum arbeitest du?«, flüsterte Alja auf ihre tragische Art.

»Um Geld zu verdienen.«

»Wozu? Wozu brauchen Sie Geld?«, fragte Lipsik mütterlich. »Mein Kind, glauben Sie mir, Geld macht nicht glücklich.«

»Musst du mehrere Familien unterhalten, dass du so viel Geld scheffeln musst?«, flüsterte Alja und alle lachten.

»Sag mal, du hast bestimmt eine Geliebte«, pflichtete ihr Mascha bei, die allmählich in Fahrt kam. Sie mochte diesen sauberen und ordentlichen Jungen und spürte, dass sie sich seiner annehmen musste. Umso mehr, als es sich um einen Ausländer handelte, auch wenn er arm war und nicht einmal Honorar bekam.

Pekka brach in Lachen aus. »Ich habe weder eine Geliebte noch eine Familie. Ganz zu schweigen von zwei, ich könnte momentan nicht mal eine unterhalten. Ich bin ein armer Student und ein noch ärmerer Dichter. Ich muss Geld verdienen, um die Studiengebühren zu bezahlen, mir was zu Essen zu kaufen und meine Ein-Zimmer-Wohnung in Helsinki zu bezahlen.«

»Ist das Honorar nicht ausreichend?« Sass war auf dem Klo gewesen und hatte ein paar dazwischenliegende Sätze nicht gehört.

»Ich kriege kein Honorar«, erklärte Pekka geduldig. »Ich bin schon zufrieden, wenn ich für eine Veröffentlichung nicht draufzahlen muss.«

»Aber wieso kriegen wir dann Honorar?«, fragte Sass.

»Das weiß ich nicht«, sagte Pekka. »Ich weiß nicht, warum ihr bezahlt werdet. Mir zahlt niemand etwas.«

»Du lebst doch in der freien Welt?«, meinte Sass.

»Ja«, stimmte Pekka zu.

»Warum verlangt ihr dann kein Honorar?«

»Von wem?«

»Ich weiß nicht. Vom Staat.«

»Warum sollte der Staat mich für diese Gedichte bezahlen, wenn der Staat sie nicht bei mir in Auftrag gegeben hat?«

»Wer hat denn den Auftrag gegeben?«, fragte Naaskel heimtückisch, worauf Mascha ihn angiftete: »Ach, sei doch nicht so EINDEUTIG ...«

Aber Pekka spürte vermutlich, dass Naaskel der einzige war, der den Sinn des Gesprächs kapierte.

»Niemand hat sie bestellt. Deswegen kann ich ja auch von niemandem Honorar verlangen.«

Sass runzelte die Stirn. »Aber wer kümmert sich bei euch um die kulturellen Angelegenheiten. In eurem Staat, meine ich.«

»Och, das tun viele. Alle möglichen Gesellschaften und Büchereien und Leseklubs und was weiß ich für Einrichtungen. Aber die zahlen kein Honorar. Wenn ein Dichter irgendwo hinfährt und dem Volk seine Gedichte vorliest, bekommt er möglicherweise Honorar für seinen Auftritt. Aber dafür muss er schon einigermaßen bekannt sein. Für die bloße Veröffentlichung wird nichts gezahlt.«

Im Atelier des Monumentalmalers Tuudleja machte sich eine seltsame Stille breit. Hier hatten sie nun eine harte Nuss zu knacken – besonders wenn man die derzeitige Stimmung bedachte. Einerseits schien es richtig, was Pekka sagte, warum hätte er auch flunkern sollen. Andererseits war es doch unbegreiflich.

Pekka glaubte wohl, dass es sich hier um eine Kulturbarriere handelte, und fragte dennoch leicht ungeduldig:

»Kann ich hier ein Taxi bestellen?«

»Ein Taxi? Wir sind hier nicht in Helsinki, wo man sich einfach ein Taxi bestellen kann.« Der Sänger Klarion wurde immer aggressiv, wenn er getrunken hatte.

»Aber natürlich kann man das«, sagte Pekka bestimmt. »Man hat mir erzählt, dass das geht, nur dass es lange dauert. Das habe ich eingerechnet. Gibt es hier ein Telefon? Ja? Gut. Dann versuche ich es.«

Er versuchte es. Die Leitung war wie üblich besetzt. »Hör mal, Arvi, kannst du nicht über deine Parteifreunde ein Taxi organisieren?«, fragte Sass.

»Mein Gott, wie ein-deu-tig …«, seufzte Mascha.

»Soll er bei Intourist fragen. Die haben eigene Leitungen«, schnaufte Arvi, dem es nicht gefiel, wenn ihm seine Parteimitgliedschaft ins Gedächtnis gerufen wurde. Er nannte eine Nummer.

»Hallo, ich hätte gerne … Danke!« Pekka legte den Hörer auf. »Eine Dreiviertelstunde, haben sie gesagt.«

»Was machst du denn mit deinen Schutzbefohlenen?«, fragte Toomas.

»Ich bringe sie nach Rocca al Mare ins Freiluftmuseum und danach zur Liederbühne«, antwortete Pekka.

»Wozu? Lade sie lieber hierher ein«, schlug Toomas vor. »Ich weiß nicht, ob ich interessanter bin als ein Bauernmuseum, aber Tobi ist auf jeden Fall interessanter als eine Liederbühne.«

»Ich glaube nicht, dass das eine gute Idee ist«, sagte Pekka vorsichtig.

»Das ist eine sehr gute Idee«, warf Maulwurf nun im Brustton der Überzeugung ein. »Du kannst deinen Touristen unsere geistige Elite zeigen – die würden sie sonst nie zu Gesicht bekommen.«

»Ja, damit könntest du Recht haben,« stimmte Pekka zögernd zu.

»Bloß … ich bin nicht sicher, ob sie das zu schätzen wüssten. Oder ob sie das überhaupt interessieren würde. Ihr müsst wissen, das sind normale Menschen. Egal, vielleicht ein andermal. Ich bespreche das mit meinen Vorgesetzten. Jedenfalls muss ich mich jetzt an meinen Arbeitsvertrag halten. Danke für die Bewirtung und auf Wiedersehen!«

Es war unmöglich, ihn aufzuhalten.

Beim Hinausgehen schlug er im letzten Moment die Tür nicht zu, weil jemand die Treppe heraufkam. Der Neuankömmling war eine sehr bemerkenswerte Persönlichkeit, von der, wie von Pekka, noch die Rede sein wird, weswegen ich etwas länger bei ihm verweilen muss.

MANGLUS

Für die Mehrheit der Menschen gibt es eine glückliche Zeit im Leben, eine Sternstunde, an die sie alle übrigen Jahre mit Wehmut zurückdenken. Manch einer ist ein Wunderkind gewesen, ein anderer wurde Anführer einer Jungenbande, die dritte hatte ihre Glanzzeit auf der Universität (wo sie »die Seele des Jahrgangs« wurde), ein vierter wurde nach dem Schulabschluss ein Lebemann, ein Krösus oder der Vater begabter Kinder. Und dann bleibt noch die letzte Hoffnung – man kann ein netter tadelloser Alter oder ein strahlender Greis oder eine großartige alte Dame werden. Natürlich gibt es alle möglichen Kombinationen und Übergangsformen, und wenige Auserwählte mögen auch mehrere Sternstunden haben. So kann es vorkommen, dass ein Wunderkind in der Pubertät zwar ins Hintertreffen gelangt, aber im mittleren Alter wieder den Durchbruch schafft. Dass jemand sein ganzes Leben an der Spitze bleibt, geschieht jedenfalls ausgesprochen selten.

Es hatte den Anschein, dass Manglus einer der Auserwählten war, dessen Schicksal es besonders gut mit ihm meint. Seine Kindheit ist mir nicht genauer bekannt, aber er war wohl kein richtiges Wunderkind, davon habe ich nichts gehört. Doch weil er über eine bemerkenswerte physische Kraft verfügte und im besten Sinne ein durchschnittliches Äußeres hatte – das heißt, er hatte keine physischen Mängel wie zum Beispiel Schlappohren oder ein schielendes Auge, womit Kinder einen ja so grausam hänseln können –, kann man davon ausgehen, dass auch die Kindheit von Manglus durchaus angenehm war. Damals und auch noch ein wenig später konnte er den Umgang mit Gleichgesinnten genießen, das Zusammengehörigkeitsgefühl, das berauschte Aufgehen in der Masse, was sicherlich zu jeder glücklichen Kindheit gehört. (Tatsächlich *ist* die Kindheit schon an sich eine glückliche Zeit, per Definition, die nur zerstört werden kann, wenn jemand sich grundsätzlich von seinen Gefährten unterscheidet – einerlei in welcher Hinsicht.) Das Wissen um seine Besonderheit ist bei Manglus nicht zu früh entstanden, so dass es seine Seele nicht spaltete und für das Folgeleben keinen tragischen Unterton in die Persönlichkeit einpflanzte. In seinem Fall kam alles zur rechten Zeit.

Auf der Oberschule war er bereits eine bekannte Persönlichkeit, informell der Anführer, doch sein Bekanntheitskreis beschränkte sich nicht auf die Schule und die heimatliche Straße. So nahm er zum Beispiel Zeichenstunden bei einem bekannten Künstler, und der machte ihn mit seinen anderen Lehrlingen und erwachsenen Kollegen bekannt. Manglus soll auch im Umgang mit Frauen fähig und frei gewesen sein, man munkelte sogar von einer Affäre mit einer Studentin, die zum Hospitieren in der Schule gewesen war. Es folgte die Kunsthochschule, lange Haare und Avantgarde, Gruppenauftritte und die erste individuelle Ausstellung, hohe Ämter und staatliche Auszeichnungen. Alles lief wie am Schnürchen. Jetzt, dreißigjährig, war er berühmt und ein Mann mit Lebenserfahrung, der schon in der Welt herumgekommen war (ungeachtet der Tatsache, dass er nicht in der Partei war). Er konnte gut mit Menschen umgehen, er war entgegenkommend und hilfsbereit und hinterließ den Eindruck, dass sein Ziel gerade darin bestand, mit anderen Menschen einen gemeinsamen Nenner zu finden. Seine scheinbare Versöhnlichkeit und sein diplomatisches Auftreten bezauberten beinahe alle, mit dem sich seine Wege, und sei es auch nur für ein Mal, kreuzten. Rein äußerlich hinterließ er einen vergleichsweise gewöhnlichen Eindruck: ein bisschen größer als der Durchschnitt, eher breitschultrig als schmächtig, die Haare leicht gewellt, aber nicht voll gelockt, die Augen graublau, aber nicht im Stile eines Filmstars, die Stimme eher ruhig als laut, und so weiter – man würde nicht gerade sagen, dass einem dieser Mensch unbedingt im Gedächtnis blieb. Aber er brauchte nur den Mund aufzumachen, und schon musste man ihm zuhören. Seine Gesprächspartner waren ihm innerhalb von fünf Minuten völlig unterworfen.

Wie schaffte er das? Er strahlte Kraft und Selbstbewusstsein aus, er beherrschte alles um sich herum, sowohl lebendige Wesen als auch – was viel bemerkenswerter war – die materielle Welt. Zum Beispiel hatte er sehr reine Bewegungen. Nicht übertrieben zierlich wie bei Frauen oder kräftig-grob wie bei Männern, sondern fein austariert; weder zu lang noch zu kurz, nicht hastig, dabei aber nicht schlaff. Wenn er nach einem Gegenstand, und sei es nur nach einem Feuerzeug, griff, dann musste man, ob man wollte oder nicht, bewundern, wie er das mit einer so exakten, korrekten und gelungenen Bewegung zustande brachte. Er tastete nicht umher, stieß niemals etwas um, wühlte, kramte und stöberte nicht, seine Hand traf millimetergenau an der richtigen Stelle ein. Alles war sehr schön, harmonisch und suggestiv, als hätte ein sich behaglich rekelnder Löwe das getan – falls wir uns einen sich eine Zigarette ansteckenden Löwen vorstellen könnten.

So wie Manglus das Feuerzeug ergriff, so tat er auch alles andere im Leben, und in seiner Hand gediehen die Dinge. Er selbst genoss zweifellos, dass er überaus fähig war. Uns gegenüber pflegte er zu sagen, dass »ihr halt Männlein ein und derselben Organisation seid«. Damit meinte er nicht eine politische Organisation, sondern die Arbeits- und Lebensorganisation. Wir protestierten natürlich, aber insgeheim mussten wir uns eingestehen, dass er in gewisser Hinsicht Recht hatte. Der eine mehr, der andere weniger, waren wir nämlich entweder a oder b oder c. Manglus aber war sowohl a als auch b als auch c (und x und y obendrein). Wir waren so genannte Kultur- oder Geistesmenschen (natürlich waren wir keine »Männlein« und »Weiblein«, hier hatte Manglus den Bogen überspannt). Außer uns gab es noch die Menschen der Tat – im besten Sinne –, die Bahnhöfe bauten und Geschäfte machten, sich am Operationstisch über einen geöffneten Brustkorb beugten, Schiffe steuerten und vieles anderes taten, was notwendig war, um die Dinge am Laufen zu halten und umzugestalten. Und dann gab es noch Politiker, die in der Partei waren, obwohl die bei niemandem in Ansehen standen. Auch die Menschen der Tat waren bisweilen in der Partei, aber das war in ihrem Fall nicht bestimmend, denn ein Schiff und der Ozean oder der geöffnete Brustkorb eines Menschen hatten nichts mit der Partei zu tun. Dann gab es noch Penner, Asoziale und Kriminelle, die zwar nicht sonderlich ins Auge stachen, auf die man aber in Kneipen, bei den Mülltonnen, in den Holzhaussiedlungen am Stadtrand und anderswo stieß. Und am Ende kamen die Massen oder die gewöhnlichen Bürger. Alle Menschen gehörten zu einer der genannten Gruppen, nahmen deren Verhaltensmuster und seelische Haltung an. Aber Manglus wollte diese Grenzen negieren und sprengen, ihm war eine Gruppe nicht genug. Er wollte sowohl Künstler als auch Beamter sein, Gefährte und Vorgesetzter, ein Mann der Tat und ein Betrachter, Fleisch und Geist – seine Feinde fügten hinzu, dass Manglus gleichzeitig im Untergrund und im Präsidium sein wollte – und in der Hauptsache natürlich ein Sieger.

Wahr ist, dass Manglus »oben« Dinge regelte und Umgang mit den Machthabern hatte. Und zwar sowohl offiziell, was bei ihm als einem recht hohen Funktionär verständlich war, als auch als Privatperson (so war er beispielsweise ein gern gesehener Gast auf Geburtstagen von Gattinnen hochgestellter Persönlichkeiten), was manche für verschroben hielten. Mit künstlerischen Bohemiens ging er auf deren Weise um, indem er »ihre Sprache« sprach, wie er schmunzelnd selbst behauptete, so dass sie ihn für einen der ihren hielten. Mit den Machthabern wiederum pflegte er einen anderen Umgang und hinterließ den Eindruck eines jungen und effektiven Menschen, der ein »realistisches Lebensgefühl« hatte und »sich benehmen« konnte. Mit wem oder womit Manglus noch Beziehungen hatte, weiß ich nicht genau, aber es kursierten alle möglichen Gerüchte, zum Beispiel dass er jemanden erpresse oder dass vielmehr er selbst erpresst würde. Es hieß, dass er ein heimliches Kind habe mit einer Generalstocher und vieles mehr.

Ebenso wahr ist, dass Manglus sich »unten« gut auskannte, denn er trieb sich gerne mit Pennern herum (darauf komme ich später noch zurück). Wenn er diesbezüglich gefragt oder er gewarnt wurde, nickte Manglus zustimmend und sagte tiefsinnig: »Wirklich besser, wenn ihr keinen Umgang mit ihnen habt. Das verheißt nichts Gutes.«

»Und du?«

»Bei mir ist es was anderes«, sagte er ganz einfach. Manglus hatte eine wahnsinnige Vorliebe für jegliche Art von Risiko. Ich werde nie vergessen, wie er einmal von Kose-Risti nach Tallinn fuhr und dabei das Auto nur mit den Beinen steuerte, indem er das Lenkrad zwischen den Knien hielt. Dabei rauchte er eine Zigarette und summte »La Cucaracha«, was natürlich ironisch gemeint war. Die Damen auf der Rückbank kreischten. Erst bei der Schleife am Übergang von der Järvevana-Chausee zur Leningrader Chaussee gelang ihm die Kurve nicht mehr richtig, so dass er im letzten Moment die Hände zu Hilfe nehmen musste.

Was sein künstlerisches Schaffen anbetrifft, so hatte Manglus es weit gebracht, und sicherlich verdientermaßen, obwohl ich kein Sachkenner bin. Äußerlich war er meistens jovial und unbeschwert, aber in Arbeitsperioden, vor einer Ausstellung zum Beispiel, konnte er sehr hektisch sein, asketisch streng, penibel und anspruchsvoll. Er arbeitete nur zu bestimmten Zeiten in seinem Leben mit Herzblut, dann aber auf ebenso hohem Niveau wie die besten seines Faches, wenngleich es vermutlich die eine oder andere Ausnahme gab.

Manchmal hatte es den Anschein, als wolle Manglus zeigen, dass wenn er Feuer finge, er ein noch größerer Künstler wäre als diejenigen, die tagtäglich als Kunstschaffende tätig waren und von morgens bis abends ihr Herzblut in die Sache legten – so als würden sie einem Beruf nachgehen. Wer ihn aber nur von der repräsentativen Seite her kannte und sah, wie er in feierlicher Amtstracht »Glasperlenspiele« dirigierte oder ausländische Delegationen empfing, wusste das nicht.

Über ihn hieß es auch, er sei ein kühler, geradezu kalter Verstandesmensch, der zu den Musen nur in einem Höflichkeitsverhältnis stünde, und unter jüngeren Künstlern hörte man hin und wieder recht vernichtende Urteile über ihn. Obwohl er sich in seinem künstlerischen Werk nicht durch die Darstellung großer oder aufregender Themen hervortat, waren diese Themen bei ihm im technischen Sinne glänzend umgesetzt und in formaler Hinsicht unübertroffen. Sachkennern bewiesen sie, wie gut er sich in den geheimen Problemen der Kunstwelt auskannte.

Darüber hinaus schrieb Manglus ganz passable Artikel zu Kunstthemen, und hin und wieder dichtete er sogar.

Was machte er in der Zeit, wenn er nicht mit Herzblut arbeitete, nicht mit der Macht oder dem Abschaum flirtete? Dann stürzte er sich aufs Fleisch. Manglus war lüstern wie ein böses Insekt. Er hatte eine Schönheit zur Frau, die ihn vergötterte, eine Bilderbuchfamilie mit zwei begabten und gehorsamen Kindern, die ihn ebenfalls vergötterten. Seine Lieben gehörten zu Manglus' Bild von Vollkommenheit wie der Knopf an ein Jackett (nun gut, ein wenig mehr, sagen wir wie ein Revers an ein Jackett). Dann hatte er noch eine Geliebte, die noch schöner als seine Frau war und ihn noch mehr vergötterte. Darüber hinaus hatte er weibliche Bekannte jeden Standes und Alters, die seinetwegen den Verstand verloren hatten und mit denen er lose verkehrte. Man darf davon ausgehen, dass der Reichtum seiner Frauenbeziehungen in seinem Falle auch hohen Symbolwert hatte. Er war einer, der es sich leisten konnte. Ich bewunderte, mit welcher Selbstsicherheit er Frauen benutzte. Er befriedigte sich schlichtweg mit ihnen, sie aber waren zum Großteil geschmeichelt, dass er sich mit ihnen zu befriedigen beliebte. Während Manglus nur den Mundwinkel hochzog.

Ab und an störte seine Frauen- und allgemeine Lebenssimultanität doch den einen oder anderen von uns, und dann zogen wir ihn damit auf. Meistens betraf das seinen Umgang »oben«. Man stelle sich vor: Alle sitzen in einer freundschaftlichen Zechrunde beieinander, es ist ziemlich spät, plötzlich taucht Manglus in einem Dreiteiler auf. Woher kommt er? Von einem Empfang für Arbeitsaktivisten, den Partei und Regierung gegeben haben!

»Wie kannst du bloß zu solchen Veranstaltungen gehen?«, fragte Tobi ihn einmal vorwurfsvoll.

»Ich kann mir das leisten«, antwortete Manglus ganz schlicht, aber so, dass eine ungeheure Arroganz durchklang. »Mir kann das nichts anhaben.« Und als Tobi im ersten Moment nichts darauf zurückzugeben vermochte, fügte Manglus mit gekünstelter Rücksicht und Besorgnis hinzu: »Aber du gehst da besser nicht hin … solltest du jemals eine Einladung bekommen. Dir könnte das tatsächlich schaden. Das steigt einem zu Kopfe. Du bist ja schließlich ein Künstler. Am Ende fängst du noch an, das Dogma zu lieben. Und rennst herum und verkündest es allen wie ein gläubiges Mütterchen.«

Die anderen lachten, aber Tobi gab sich nicht geschlagen.

»Du sagtest Künstler. Muss ich das so verstehen, dass du außerhalb stehst? Du bist also kein Künstler, oder was?«

Nun spitzten alle die Ohren, jetzt schien es um Prinzipien zu gehen.

»Ich bin ein Geistesmensch«, sagte Manglus. »Das ist ein kleiner Unterschied. Es gibt Künstler, und es gibt Geistesmenschen.« Es folgte eine Pause, die Manglus wie ein guter Schauspieler durchhielt. »Denk zu Hause mal darüber nach«, fügte er hinzu. Und zum Zeichen, dass das Thema damit erschöpft sei, wandte er sich dem neben ihm sitzenden Sänger Klarion und dessen gewölbter Brust zu, der durch die unerwartete Aufmerksamkeitsbekundung die Fähigkeit zu denken verlor und ihn nur noch mit schmatzendem Mund anstarrte.

Aber ich war mit Manglus' Behauptung einverstanden. Und je weiter die Zeit fortschritt, als desto prophetischer erwiesen sich seine Worte. Eine große Menge Künstler sind wahrlich keine Geistesmenschen. Das Umgekehrte gibt es natürlich auch: Geistesmenschen brauchen keineswegs Künstler zu sein.

Was machte Manglus, wenn er weder mit Herzblut arbeitete noch dem Fleisch diente? Dann feierte er. Er aß und trank gerne. Beides konnte er in enormem Ausmaß. Sein Tag zählte schließlich achtundvierzig Stunden.

Im Bekanntenkreis von Manglus fanden sich Menschen, die weder nach »unten« noch nach »oben« gehörten und mit denen wir meistens keinen Umgang hatten. Einer von ihnen war der bereits erwähnte Hasso Miller, ein jüngerer Tartuer Soziologe oder Sozialpsychologe (er beschäftigte sich mit beidem), der seinerzeit im Parteikomitee der Universität für die maschinenschriftlichen Almanache eingetreten war. Danach hatte er die Geschicke eines Forschungslabors geleitet (im Verborgenen, offiziell stand eine andere Person an der Spitze), das die Behörden aber Ende der siebziger Jahre geschlossen hatten, weil sie dort den Einfluss westlicher Theorien vermuteten. Miller durfte dennoch an der Universität bleiben, denn er hatte sehr bekannte Revolutionäre in seiner Familie und diese wiederum einflussreiche Fürsprecher. Gleichzeitig hielt Miller Vorlesungen an diversen Hochschulen in der Hauptstadt. Einen Kurs hatte er als Dozent sogar am Theaterinstitut abgehalten, wo er über Psychodrama las. Die künftigen Schauspieler waren begeistert von ihm. Miller war keine allgemein beim Volk bekannte Berühmtheit, sein Name tauchte zwar hier und da auf, aber vornehmlich in Fachpublikationen. Dafür hielt man in manchen Kreisen große Stücke auf ihn. Es gab Leute, die ihn verachteten, während andere ihn gleichzeitig vergötterten. Letztere meinten, wenn Müller bloß wollte, könnte er mit seinen Arbeiten weltweit die Fundamente der Soziologie ins Wanken bringen. Nur wollte Miller das aus unerfindlichen Gründen nicht; seine Anhänger behaupteten, er hielte absichtlich den Ball flach, weil er nicht den Hass der Machthaber auf sich ziehen wollte, was auch wahr sein konnte. Stattdessen schrieb er für die wöchentlichen Kulturspalten einer Zeitung faszinierende und elegante Betrachtungen (Kolumnen im heutigen Sprachgebrauch), die exakt zwei maschinengeschriebene Seiten lang waren. Darin stellte er abstrakte Hypothesen auf und illustrierte sie anhand konkreter Details, die häufig unschuldige und schelmische sexuelle Anspielungen enthielten. Miller verfügte über ein extrem logisches Denkvermögen und schätzte eine klare Ausdrucksweise. Auch seine kurzen Kolumnen waren völlig verständlich, in einer klaren Sprache abgefasst und immer eine angenehme Leseerfahrung.

Ich vermag nicht zu sagen, ob Miller die Epoche verkörperte. Er war einfach interessant. Zu seinem dreiunddreißigsten Geburtstag hatten sich seine bisher wenig auffallenden semitischen Gesichtszüge vertieft. Jetzt war er ein schlanker krausköpfiger Herr aus der Levante mit einem schönen Oberlippenbart und kleinem Mund. Miller rauchte lange dünne Mentholzigaretten und trug eine gepunktete Fliege. Über Manglus soll er gesagt haben, dass »obwohl wir in den meisten Fragen einen diametral entgegengesetzten Standpunkt einnehmen, verstehe ich wenigstens, was er meint. Aber die anderen kann man unmöglich verstehen, weil sie nicht systematisch denken können.« Die anderen, das waren das Höhlenvolk und die Kunstszene im Allgemeinen.

Aber um auf Manglus zurückzukommen: Warum war er so, wie er war? Normalerweise werden seine hohe Intelligenz und seine außergewöhnliche Alkoholverträglichkeit als Gründe angeführt. Erstere verleitet einen dazu, alle Möglichkeiten durchzuspielen, letztere verstärkt dies, weil sie die Fantasie anheizt und verhindert, dass man halbwegs auf der Strecke bleibt. Beide Eigenschaften bringen einen Menschen dazu, alle Möglichkeiten auszuprobieren, Varianten zu testen, angeheizt durch die Fantasie. Und doch ist damit nicht alles erklärt. Ich kannte auch andere sehr intelligente Menschen, die an einem Abend zwei Flaschen Wodka trinken und aufrecht nach Hause gehen konnten, und auch die machten mitunter derartigen Krawall, dass man sich besser fernhielt. Aber einen solchen Lebensmehrkampf wie Manglus pflegten sie nicht, sie blieben in ihrer Gruppe, das heißt sie waren entweder a oder b oder c.

Manchmal gab Manglus zu verstehen, dass ihn das klassische humanistische Ideal inspirierte, so etwas wie Leonardo. Und dass er dementsprechend heute der letzte Mensch der Renaissance sei. Aber an diesen selbstgemachten Mythos glaube ich nicht. Die Sache war gewiss einfacher. Das alles kam von einer entsetzlichen Überheblichkeit: »Ich kann das, denn ich habe das so beschlossen«.

Manglus hatte einen eisernen Willen und er bewahrte immer die völlige Selbstbeherrschung. Das einfachste Beispiel: Nachdem er seit der Oberschule geraucht hatte, und er war kein gewöhnlicher Raucher, sondern ein leidenschaftlicher, der sich mit Vergnügen zwei Päckchen am Tag reinzog, hörte er von einem Tag auf den anderen damit auf und steckte sich nie mehr eine an. Warum? Rauchen wurde damals noch für eine männliche Angewohnheit gehalten und über die Hälfte der Künstler rauchte. Sich selbst mit Nikotin kaputt zu machen gehörte ebenso zur Boheme wie der übliche Raubbau an der Gesundheit. Ganz bestimmt hörte Manglus nicht aus gesundheitlichen Gründen mit dem Rauchen auf. Obwohl es im Sowjetland schon ein wenig Gesundheitsbewusstsein gab, wurde das in gewissen Kreisen vor allem als offizielle Propaganda des Regimes betrachtet. Rauchen hatte während der Okkupation gewissermaßen den Beigeschmack des sozialen Protests. Manglus war damals erst achtundzwanzig – ein Alter, in dem die Mehrheit nicht ans Aufhören denkt, weil sie morgens noch nicht röchelte. Er aber hörte damit auf, weil er es so beschlossen hatte.

Manglus schien niemals so blinden Hass zu empfinden, in dessen Folge ein Mensch den Verstand verliert. Er rächte sich klar und effektiv, unter Umständen auch nachlässig und gelangweilt, aber ungestraft ließ er nichts. In ihm lauerte Boshaftigkeit, aber das war eine kalte, ruhige und verstandesmäßige Boshaftigkeit. Und zur Krönung von allem verfügte Manglus immer über viel Geld, verdächtig viel.

»Wie kriegst du das hin?«, konnte ihn ein einfältiger Neuling fragen, ohne zu spezifizieren, was er mit »das« eigentlich meinte.

»Mit ihm muss man gut auskommen«, sagte Manglus und wies mit dem Daumen über seine linke Schulter.

»Was?«, erwiderte der Fragende verständnislos. »Mit wem? Mit dem Direktor der Kulturabteilung der Partei, Olaf Utt?«

Manglus schüttelte den Kopf: »Na mit ihm.« Und drückte beide Hände mit zwei Fingern an die Schläfe, um Hörner anzudeuten. Zusätzlich wedelte er mit der flachen Hand unter seinem Rücken, als hätte er dort einen Schwanz. Er tat dabei blasiert, weil er eine in seinen Augen so elementare Sache auch noch erklären musste. Zwar wurde darauf gelacht, aber ich bin mir keineswegs sicher, ob alle, insbesondere die Damen, dies als Scherz auffassten. Ich fürchte, dass einige für den Bruchteil einer Sekunde einen kalten Atem spürten. Und bekanntlich vergrößern derlei Dinge das Interesse der Damen nur, die Anziehungskraft eines Menschen wächst in ihren Augen. Dasselbe tut Blut, das an jemandes Händen klebt.

Verständlicherweise hatte Manglus Neider und Gegner, die ihn für einen Halunken hielten. Jemand warf einmal wutschnaubend in den Raum, dass er »Küchenmädchen Kinder mache«. Ein anderer flüsterte, seine ganze künstlerische Bildung habe Manglus dadurch bekommen, dass er im Wartezimmer der Behandlungsstelle für Geschlechtskrankheiten in Hiiu ausländische Zeitschriften durchgeblättert habe. (Das ist sicherlich Unsinn, denn wie konnten dort zu Sowjetzeiten ausländische Zeitschriften herumliegen?) Ich habe auch später gehört, er habe Projekte von anderen Künstlern geradezu gestohlen und für sich selbst proklamiert. Ebenso, dass er sich bei betagteren Damen prostituiert habe, um seine ersten höheren Positionen zu erlangen.

Wenn er eine Sache zu einem gelungenen Abschluss gebracht hatte, rieb Manglus sich genüsslich die Hände und sagte: »Männer machen Sachen, Schwachköpfe romantisieren vor sich hin.« Zuweilen modifizierte er das und drückte es einfacher aus: »Es gibt Männer und es gibt Männlein.«

Einmal, als er ziemlich viel getrunken hatte, fragte er mich hänselnd: »Und was bist du für einer?« Ich geriet schrecklich in Verlegenheit, denn das war eine der wenigen Male, dass Manglus sich direkt an mich wandte. Er erwartete auch gar keine Antwort. Natürlich wusste ich, was für einer ich war, und er wusste, dass ich wusste, dass er es wusste. Ich bin nämlich ein Männlein. Genauer gesagt nicht ein Männlein, sondern ein Würmchen. Ich hatte damals vor dem öffentlichen Leben Angst, er nicht.

Nun trat also Manglus ins Atelier von Monumentalmaler Tuudleja und lächelte einfach. Er war anständig gekleidet, trug einen weichen bräunlich-grau karierten Anzug und einen Schlips (also kam er irgendwoher oder war auf dem Wege irgendwohin). Er sprach wenig, wie fast immer, wenn er nüchtern war. Trotzdem machte sein Erscheinen augenblicklich Eindruck auf die Gesellschaft. Als wäre ein frischer Hauch hinzugekommen, alle wollten sich von ihrer besten Seite zeigen. Selbst Arvi wurde mit einem Mal freundlich. Das Gespräch ging dort weiter, wo es aufgehört hatte, also bei Pekka.

»Ein netter Kerl an sich«, sagte Toomas.

»Ja, finde ich auch. Aber ein bisschen naiv«, stimmte Endel zu.

»Naiv wie ein Finne«, ergänzte jemand. »Sie sind nett, aber naiv.«

»Ja, wir sind schon pfiffiger«, sagte Sass. »Wir sind viel listiger geworden, weil wir so im Kreuzfeuer der Geschichte leben.

Wir sind tückische Promenadenmischungen.« Sass war ein großer Hundefreund.

»Die Finnen sind so eindeutig«, meinte Mascha und zog das Wort diesmal nicht in die Länge.

»Das ist nicht bloß mit den Finnen so. Mit der Mehrheit der Leute aus dem Westen ist das so«, meinte Tobi. »Bei ihnen allen ist im Kopf immer nur für einen Gedanken gleichzeitig Platz. Das kommt daher, dass sie ein normales Leben leben können. In ihrer Gesellschaft herrscht keine Doppelmoral, sie müssen nicht die ganze Zeit doppelt denken.«

»Ist das nun wirklich eine so große Errungenschaft – die ganze Zeit alles doppelt zu denken?«, fragte Endel zweifelnd.

»Das braucht keine große Errungenschaft auf der Richter-Skala zu sein, aber es ist ein Faktum, dass es die Persönlichkeit verfeinert und die Entstehung eines guten Kunstwerks begünstigt«, stellte der Essayist Maulwurf die Sache klar. Er war eine Autorität in Sachen Geistesverfeinerung.

Damit gaben sich alle zufrieden. Sie waren unterdrückt und erniedrigt, dafür aber verfeinert und interessant! Und dass gerade sie es waren, die Verfeinerten und Interessanten, die in einem solchen Abtritt leben mussten, wie dieser Staat es war, erfüllte sie einerseits mit Selbstmitleid, andererseits mit Stolz und einem Märtyrergefühl.

»Ob Pekka wohl ein guter Dichter ist?«, sinnierte Tobi, der auch selbst dichtete, und gab sich gleich eine Antwort: »Ehrlich gesagt glaube ich das nicht. Wenn er trotzdem arbeiten muss … Ich würde verstehen, wenn er arbeitet, weil ihm die Arbeit so wahnsinnig gefällt. Oder dass er nach Estland kommt, um seine Sprache zu praktizieren. Aber dass er sich damit seinen Lebensunterhalt verdienen muss … Dann ist er wohl doch nicht der beste.«

»Tja, wer kann schon in einen anderen Menschen hineinschauen«, kommentierte ein Nationalkommunist diplomatisch. Das war auch das einzige, was er während des ganzen Beisammenseins von sich gab.

»Was heißt hineinschauen?«, widersprach Tobi. »Hören Sie, wenn er kein Honorar bekommt? Erzählen Sie mir nicht, dass in ganz Finnland keinem einzigen Dichter ein Honorar gezahlt wird. Manchen wird schon was gezahlt.«

»Ach, trinken wir lieber auf Finnland und die Finnen«, schlug ein Freiheitskämpfer vor. »Trinken wir zum Gedenken an die Finnlandjungs.«

Dem widersprach niemand, und man trank mit einem eigenartigen wohlwollenden Gesichtsausdruck.

»Aber warum gibt es bei uns denn ein Honorar?«, fragte Endel, als wäre er das erste Mal auf eine so wichtige Sache gekommen.

»Wir kriegen Honorar, weil wir halt so gut sind«, verkündete Sass resolut. Dem wollte niemand widersprechen. Alle – abgesehen von Mati, der im übrigen schon ganz selig dreinschaute und die angenehme Gesellschaft genoss – schienen sich stillschweigend mit der Untersuchung ihres Glasinhalts zu befassen, insgeheim aber schielten sie zu Manglus und wollten wissen, was er dazu sagte. Der verzog jedoch keine Miene.

»Hast du dir schon mal vorgestellt, wie es wäre, wenn wir hier den Kapitalismus hätten?«, fragte Sass Tobi.

»Ja, schon«, antwortete der. »Wenn ich nachts nicht schlafen kann, denke ich an den Kapitalismus.«

»Wie würden wir dann leben! Ach, wie würden wir dann leben!« Sass versank in Träumereien und Toomas spann den Faden weiter: »Mann, stell dir vor, dann kannst du über alles schreiben. Absolut. Du kannst alles kritisieren. Nicht auszumalen, wie gut wir dann erst wären!« Toomas' Gesicht sah selig aus. »Ach, Freiheit!«

Tobi, der als Nordeste problemlos Finnisch las, war skeptischer. »Dort, in der freien Welt, gibt es an Literatur ja alles Mögliche. Man kann nicht gerade sagen, dass alles auf Niveau ist. Zum Beispiel diese ...« Und Tobi zählte eine Reihe von Autoren auf, deren Bücher uns unbekannt waren und die seinen Worten zufolge im Westen sehr erfolgreich waren, wenn auch nicht sehr wertvoll. »Bei uns ist einiges besser«, meinte er.

»Was geht uns das an?« Sass ließ sich nicht einschüchtern. »Wir würden die Latte nicht tiefer legen und anfangen Trivialliteratur aufs Papier zu klecksen. Wir wollen nur Kunst machen. Und wenn Kapitalismus herrscht, können die, die es wollen, Kunst machen, und das werden sie auch tun.«

»Warte mal«, widersprach Endel. »Wir können auch jetzt Kunst machen und beinahe über alles schreiben, wenn wir nur listig genug sind. Darum geht es nicht.«

»Worum geht es denn dann, bitte schön?«, fragte Sass mit nachdrücklicher Höflichkeit.

»Nun, es geht darum, ob man in der freien Welt als Schriftsteller seinen Unterhalt bestreiten könnte. Mir ist nicht zu Ohren gekommen, dass es in Finnland besonders viele Freiberufler gäbe. Die Mehrheit hat doch den einen oder anderen Beruf.«

»Du denkst an Pekka?«

»Nein, ganz im Allgemeinen.«

»Man muss halt ein guter Schriftsteller sein, sagte Sass überzeugt. »Geld ist für einen schöpferisch Tätigen nicht das Ziel, das kommt mit dem anderen von selbst. Warum sollte ich im Kapitalismus keinen Erfolg haben?«

»Nein, warum nicht, ich wollte nur die Frage aufwerfen«, lenkte Endel diplomatisch ein.

»Wie werden die in Finnland denn bezahlt?«, fragte Toomas, der die freie Welt nicht kannte.

Tobi erklärte es ihm: »Nehmen wir mal an, ein Buch kostet im Laden 150 Finnmark. Der Autor bekommt ungefähr zehn Prozent vom Ladenpreis.«

Sass rechnete im Kopf und rief aus: »Dann hätte ich mit meinem *Hottentottenwalzer* über eine halbe Million verdient!« Der *Hottentottenwalzer* war sein jüngster Roman, der in einer Auflage von fünfzigtausend Exemplaren erschienen war. »Das ist eine ganze Stange Geld. Und dann nicht in wertlosen Lappen, sondern in echten Valuta. Verdammt noch mal, was würde ich mit dem Geld anfangen!«

»Aber wenn nur fünftausend verkauft werden?«, zweifelte Toomas.

»Wir beide würden in jedem System gekauft,« sagte Sass überzeugt. »Wir beide würden überall Erfolg haben.« Auch Toomas war ein erfolgreicher Schriftsteller.

»Wenn unsere Jungs nur ins Ausland gelassen würden. Wir würden das Spiel gewinnen«, seufzte jemand.

»Absolut«, stimmte Sass zu und schenkte Wodka nach. »Das steht außer Frage. Wir würden auf jedem Gebiet einschlagen.«

»Stell dir mal vor, du kannst deine Bücher selbst herausgeben, wenn du Dollars hast«, träumte Toomas. »Dann bist du dein eigener Herr.«

Alle schwiegen und rechneten im Stillen, wie viel Geld sie verdienen würden, wenn sie im Ausland lebten. Dann rührte Manglus sich plötzlich, und sofort hefteten sich alle Augen auf ihn. Alle schienen auf etwas zu warten. Manglus nahm mit einer zelebrierten Bewegung einen kleinen Schluck, stellte das Glas auf den Tisch und stand auf: »Ich entschuldige mich.«

»Wohin die Eile, du bist doch gerade erst gekommen?« Alle verfielen in eine Art Wehklagen und schienen sich an ihn zu klammern.

»Ich muss noch bei jemandem vorbeischauen«, antwortete Manglus unbestimmt.

»Gar nichts musst du«, sagte Tobi. Manglus kicherte darauf hin nur freundlich.

»Sehen wir uns heute Abend vielleicht noch?«, fragte jemand hoffnungsvoll.

Manglus schmunzelte und versprach nichts.

»Hör zu, sag uns erst noch, was du davon hältst!«, verlangte Tobi.

»Wovon?«, fragte Manglus einfältig.

»Davon, worüber wir hier gerade gesprochen haben. Von den Gelddingen. Wie viel würden wir in der freien Welt verdienen?«

»Ja, warum hast du nichts gesagt?«, flüsterte Alja. »Du musst auch etwas sagen, wenn du ein Mann sein willst.«

»Was gibt's da zu sagen?«, sagte Manglus lachend, wurde aber sogleich ernst. »Plaudertaschen seid ihr. Einfache Plaudertaschen.«

Stille griff um sich. Was meinte er damit?

»Nein«, sagte er und schaute auf seine Uhr, »ich muss jetzt wirklich gehen.«

»Geh nur, geh nur, komplizierter Kerl«, sagte Mati wie zu sich selbst, worauf Manglus kurz aufschaute. An sich kam er mit Mati ganz gut aus, den Eindruck hatte ich jedenfalls. Manglus versuchte ihn manchmal ein wenig aufzuziehen, aber Mati machte eine Miene, als würde er gar nicht verstehen, worum es ging. Eine gewisse Spannung herrschte zwischen den beiden, das schon. Warum? Manglus war ein Alphatier und konnte schon vom Charakter her kein anderes Alphatier neben sich ertragen. Mati aber ertrug das sehr gut, denn er war viel freundlicher und kein neidvoller Mann. Und je mehr er ertragen konnte, desto weniger konnte Manglus es.

Was Manglus und Klaus betrifft, kann ich mich wirklich nicht daran erinnern, dass sie jemals Umgang miteinander hatten, obwohl das in einem so kleinen Kreis, wie der unsrige es war, normal gewesen wäre. Manglus ging ihm wohl aus dem Weg. Klaus' Reaktionsvermögen war übermenschlich schnell, außerdem hatte er eine viel lautere Stimme, so dass er ganze Arbeit leisten konnte, während Manglus tiefsinniger war und ihn ein wenig verachtete. Jedenfalls gab es wohl eine gewisse Rivalität zwischen ihnen. Aber wie auch Tiger und Löwe gegenwärtig in der Natur nicht mehr aufeinander treffen, so hatten auch sie keinen Umgang miteinander, obwohl sie einander natürlich kannten. Bei uns in der Höhle war Klaus gerne, aber nicht besonders oft, denn er hatte einen vollgepfropften Auftrittsplan.

NAASKEL

Alle schauten Manglus aufmerksam hinterher.

»Ihr alle wäret im Kapitalismus Pekkas«, sagte Naaskel in die entstandene Stille hinein. Zunächst schien niemand zu begreifen, woher diese Stimme kam und was mit dem Gesagten gemeint war. Also ein paar Worte zu Naaskel, immer noch im Zusammenhang mit der Epoche und ihrer Verkörperung.

Der Puppenspieler Naaskel war in vielerlei Hinsicht eine

ungewöhnliche Figur. Es gibt Menschen, die sind nüchtern wortkarg und werden redselig, sobald sie nur einen Tropfen intus oder einen in der Krone haben. Dann können sie einem auf die Nerven gehen, und nicht nur weil sie platt oder sprunghaft daherreden, sondern weil das Umschalten schwer fällt.

Naaskel dagegen redete wenig, wenn er nüchtern war, bewegte sich aber noch im normalen Bereich und galt lediglich als wortkarg. Aber wenn er trank, erlosch er vollkommen, wurde immer stiller und stiller. Dann schaute er aus seiner Ecke seine Gefährten mit einem Blick an, als sei er stumm geworden, als wolle er unbedingt etwas sagen – strengte sich an, dass die Gesichtsmuskeln sich verkrampfen –, aber kein Sterbenswörtchen kam über seine Lippen. Und dann plötzlich, im unvorhergesehensten Moment, wenn sich alle an sein Schweigen gewöhnt hatten, öffnete Naaskel den Mund und gab etwas von sich, was so merkwürdig, unpassend und grob war, dass es für einen Moment allen die Stimmung verdarb. Als hätte man einen Teelöffel kaltes Spülwasser in den Kragen gegossen bekommen, hatte mal jemand gesagt. Manch anderer hätte mit solchen Splittern sogar spaßig gewirkt, aber im Falle von Naaskel konnte keiner lachen. Zum Beispiel fragte er einmal aus heiterem Himmel: »Könnt ihr mir sagen, warum ein Seelöwe sieben Beine hat?« Oder: »Wer war Kalevipoeg mütterlicherseits?«

Oder man stelle sich die folgende Situation vor: Es ist Mittag, die Gesellschaft versammelt sich allmählich. Man erinnert sich an den letzten Abend und die Nacht, wiederholt geistreiche Sentenzen, erinnert sich wieder an Ereignisse, nimmt die besten Stellen noch mal durch und lacht – alle nehmen das ganz entspannt hin. Jemand streichelt schon jemanden, andere fangen an vor sich hin zu singen, wieder andere versinken schon fröhlich in einem neuen Rausch – alles ganz normal. Naaskel hat sich so tief in eine Sofaecke gedrückt wie irgend möglich und hängt dort wie ein Stofftier, das die Kinder letztes Jahr im August im Sommerhäuschen vergessen haben. Er hat sich aus der Gesellschaft zurückgezogen, und niemand nimmt Notiz von ihm. Aber plötzlich wird Naaskel lebendig. Er sagt nichts, bewegt nur den Mund. Alle zucken zusammen – der Tote ist aufgewacht! Dann schaut dieser Tote die Leute um ihn herum einen nach dem anderen aufmerksam an und fragt: »Was ist das Wichtigste?« Natürlich kann niemand darauf etwas Vernünftiges erwidern. Man kann nicht sagen, dass die allgemeine Stimmung verdorben wäre oder dass jemand sich schämen würde, weil er sich im Vergleich zur angespannten Gehirntätigkeit seines Mitmenschen der Oberflächlichkeit seines eigenen Bewusstseinsinhalts gewahr geworden wäre. Alle wissen ja schließlich, dass es sich hier um Naaskel handelt, also um Pets. Aber ein wenig mulmig wird einem doch. Mascha schnauzte ihn einmal wütend an: »Was dir auch immer einfällt! Wahrscheinlich fragst du im Bett auch an einem bestimmten Moment ›Was ist das Wichtigste?‹.«

War Naaskel wirklich an dem, was er fragte, interessiert oder war das nur so eine Art zu fragen von ihm? Meiner Meinung nach war er ein besonderes Männlein, das das übliche »Herunterbeten« nicht mitmachte, sondern (wenn auch unbewusst) sein eigenes Leben führte. Über die Witze von anderen lachte er selten. Nicht dass er sie missbilligt hätte, nur überhörte er sie geflissentlich. Bisweilen fing er an zu lachen, wenn niemand anders lachte. Und wenn jemandes Lachen so ansteckend ist (wie das von Mati), dass man unweigerlich mitlachen muss, obwohl es eigentlich gar nichts zu lachen gibt, so fühlten sich im Falle von Naaskels Lachen alle auch dann unbehaglich, wenn eine Sache wirklich – wie es so schön heißt – zum Schreien war. Dann wurde zögernd mitgelacht, mit einem gewissen Bedauern, denn »irgendwas stimmte nicht bei der ganzen Sache«. So etwas wie der »Orgasmus einer Vergewaltigten«, hatte Doktor Muld mal gesagt. Und doch waren alle an Naaskel gewöhnt, und wenn er sich in der Gesellschaft befand, hatten alle das Gefühl, dass die ganze Mannschaft versammelt war.

Vom Standpunkt meiner Chronik aus ist Naaskel vor allem wichtig wegen einer Frage, die er häufig stellte. Sie lautete folgendermaßen: »Wird Estland jemals frei werden?« Damals klang das fast ebenso schwachsinnig wie die Frage nach »Kalevipoegs Mutterlinie«. Mit dem Unterschied, dass man die Frage von Estlands Befreiung nicht ignorieren konnte wie die Geschichte von den sieben Beinen des Seelöwen oder selbst »das Wichtigste«. Manche sagten, dass sie daran glauben würden, aber im Allgemeinen war die Antwort negativ oder ausweichend. Ich glaube selbstverständlich nicht, dass alle ehrlich und frei von der Leber weg geantwortet hätten. Obwohl man sich generell nicht mehr vor Spitzeln fürchtete (man hatte einfach keine Lust an sie zu denken), meinten einige Schlauköpfe, dass es auf jeden Fall besser sei, seine Meinung nicht allzu offen zur Schau zu tragen.

Manchmal versteckte man sich hinter Scherzen. »Ach, trink lieber Wodka«, hieß es dann genervt. Die Freundlicheren setzten sich zu Naaskel und sagten: »Reg dich ab, Pets.« Schlauköpfe, die zum ersten Mal mit Naaskel in Berührung kamen und ihn nicht kannten, legten ihm unter Umständen ernsthaft und haarklein dar, warum diese Fragestellung für einen Geistesmenschen nicht die richtige sei. Ein Mensch könne sich nämlich selbst überall vom Geiste her frei fühlen. Dann wurde der Klassiker zitiert, dass man überall lieben und dichten könne und nirgendwo davon leben könne. (Ich erinnere mich daran, wie jemand das nachdenklich dahingehend kommentierte, dass diese Feststellung zwar an sich richtig sei, dass es aber doch ein Unterschied sei, ob das Nicht-davon-leben-können hier, auf dem Abtritt, also in einer totalitären Gesellschaft, oder in der freien Welt stattfände.)

Naaskel selbst reagierte nicht recht auf die Antworten, er überhörte sie. Auch stellte er seine Frage niemals zweimal ein und derselben Person. Er hatte seine eigene Buchführung.

Nun also hatte Naaskel eine heilige Kuh angerührt, indem er in Zweifel zog, dass die estnischen Schriftsteller in einer freien Gesellschaft Millionäre würden und das Spiel für sich entscheiden würden. Man widersprach ihm nicht, sondern schaute ratlos in die Runde. Was sollte man auf so etwas antworten? Da ist man freundschaftlich beieinander und erfährt ein Gemeinschaftsgefühl – und dann mit einem Mal so ein schriller Missklang.

»Du musst auch immer querdenken, im Gegensatz zu uns,« sagte jemand wutschnaubend.

»Du hast gestern wohl einen schlechten Tag gehabt«, sagte Lipsik und lachte mütterlich. Sie hatte ein sonniges Gemüt und nahm die Dinge niemals allzu schwer. »Deswegen nörgelst du hier so rum.«

Aber Naaskel bewegte seinen Mund, verdrehte die Augen und fuhr hartnäckig fort: »Wieso glaubt ihr, dass das estnische Volk eure Bücher kaufen wird?«

»Aber warum sollten sie das nicht tun, erklär uns das mal!«, wurde Naaskel von allen Seiten angegriffen.

»Aber wieso kauft das finnische Volk nicht?«, fragte Naaskel.

»Das estnische Volk ist ein besonderes Volk«, sagte Mati.

»Das Volk kauft nie echte Kunst und echte Literatur. Kunst wird von Mäzenen unterstützt«, sagte jemand skeptisch.

»Na na, wer sind denn im Moment unsere Mäzene? Und ob ihr's glaubt oder nicht, mein letzter Roman ist ohne jeglichen Mäzen vierzigtausend Mal verkauft worden.«

»Aber sind denn nicht Partei und Regierung unsere Mäzene?«, fragte dieselbe skeptische Stimme.

»Bist du bescheuert?! Partei und Regierung hassen uns.«

»Ja, aber sie vergolden uns auch.«

Der Streit lief auf vollen Touren, aber bereits ohne Naaskel, der wieder in seiner Sofaecke versunken war und seinen eigenen Gedanken nachhing. Plötzlich wurde er erneut lebhaft:»Ihr sagt die ganze Zeit ›wir‹ und ›uns‹. Wer ist dieses ›wir‹?« Sass hatte nämlich von »unserer Generation« gesprochen. Jetzt zog Naaskel auch diesen Begriff in Zweifel!

»Sind wir denn nicht wir?«, fragte Sass verblüfft.

»Ja, aber wer genau ist das?«, insistierte Naaskel.

Endel kam Sass zu Hilfe. »Wir, na ja, wir, die wir hier sind, wir eben. Unsere Generation. Wir haben unseren Geschmack, unsere Überzeugungen. Wir haben gemeinsame Ideale.«

»Woher willst du wissen, was meine Ideale sind? Vielleicht gefallen mir deine Ideale überhaupt nicht.«

»Wie bitte? Sie gefallen dir nicht?«, fragten die anderen verwirrt.

»Das habe ich nicht gesagt, ich theoretisiere nur. Wir haben über diese Ideale ja nie gesprochen.«

»Gesprochen? Wozu? Ist das nicht sowieso klar?« Sass schien nun ernsthaft verwirrt.

»Wieso glaubst du, dass wir dieselben Dinge mögen müssen, nur weil wir hier gemeinsam Wodka trinken?«, konnte Naaskel sich nicht verkneifen zu sagen.

Wodka trinken? Was hatte das zu bedeuten? War das, was sie hier taten, nur Wodka trinken?

Wenn nicht, was war es dann?

Das konnte Sass so schnell nicht sagen, auf jeden Fall aber kein banales Wodkatrinken. Ein Witzbold, dieser Naaskel. Sie waren ja viel feinere Jungs, die strahlenden Vertreter ihrer Generation. Durch sie verlief die Frontlinie der Epoche. Sie trugen die Schwere des Seins auf ihren Schultern.

»Wie ist es möglich, dass jemand sein ganzes Leben lang mit dem falschen Fuß aufsteht?«, flüsterte Alja.

»Und warum stellt er das Bett nicht um?«, fragte der Sänger Klarion und brach in Lachen aus. Er wollte noch etwas sagen, aber aus dem Treppenhaus erklang Gepolter und die Tür flog auf. Hereinmarschiert kamen zwei Männer, einer entsetzlich groß, der andere klein und gewandt. Sie waren berühmte Sportler, ein Schwergewichtler und ein Segler. Ihr Erscheinen war nun wirklich etwas Besonderes, denn Sportler und Intellektuelle hatten damals wenig Kontakt miteinander. Aber so gesehen war das nicht unlogisch, denn eine Elite ist eine Elite, egal auf welchem Gebiet. Der Lebensstil unterschied die Sportler natürlich von den Bohemiens, so dass sie gar nicht sehr häufig hätten zusammen sein können, selbst wenn sie sich nach der Gesellschaft der anderen gesehnt hätten. Die Sportler mussten sich ständig in Trainingslagern herumtreiben, von denen sie nicht einmal nach Hause zu ihren Frauen gelassen wurden, denn kein Fünkchen ihrer sportlichen Form durfte verschwendet werden. Die Künstler dagegen verbrachten grenzenlos viel Zeit bei Frauen, sie suchten bei ihnen geradezu ihre Form und Inspiration. So verhielt sich das mit Frauen, Künstlern und Sportlern.

Aber die beiden Männer hier waren keine richtig aktiven Sportler mehr, ihre großen Erfolge lagen bereits Jahre zurück, als sie Mitglieder der sowjetischen Nationalmannschaft waren. Jetzt rissen sie ihre letzten Saisons auf Amateurniveau ab und führten ein viel weltlicheres Leben, wobei sie die ihnen zuteil werdende Aufmerksamkeit genossen, die ihr Auftauchen in der Gesellschaft hervorrief.

Wessen Bekannte sie waren und wer ihnen den Weg zum Monumentalmaler Tuudleja gewiesen hatte, weiß ich nicht. Vielleicht waren sie auch niemandes Bekannte und einfach so gekommen, »weil sie es gerochen hatten«. Ich wiederhole, diese Zufälligkeit und Unwissenheit war gerade einer der Reize derartiger Zusammenkünfte.

»Dürfen wir Platz nehmen?«, dröhnte der große Mann. Die Gesellschaft murmelte zustimmend. Niemand machte ein überraschtes Gesicht, obwohl mindestens die Hälfte die Männer erkannt hatte. Nur Mascha schrie kurz auf und presste sich die Hand vor den Mund.

»Was möchtet ihr?«, fragte Endel höflich. »Klaren? Bier ist auch noch da.«

»Für uns immer noch den guten alten Klaren«, donnerte der Große und kippte den ihm angebotenen Wodka genüsslich herunter.

Schon bald entstand ein lebhaftes Gespräch, das von dem Wunsch getragen war, sowohl die eigenen Probleme darzulegen als auch von denen anderen zu hören. Alle waren sehr aufmerksam und freundlich. Man fand, dass es auf jeden Fall besser sei, wenn Estland unabhängig wäre, denn dann könnte Estland seine eigene Olympiamannschaft nominieren. In jeder Disziplin hätte man ein paar Sportler. Momentan konnte man nur innerhalb des sowjetischen Teams an den Olympischen Spielen teilnehmen, und da hineinzukommen erforderte entsetzliche Anstrengungen.

»Du kannst dir nicht vorstellen, wie wir in den allsowjetischen Trainingslagern getriezt worden sind«, sagte der kleine Mann. »Wenn die Trainer die Wahl hatten, ob sie mich oder den Russki nehmen, haben sie immer den Russki genommen. Ich musste zweimal so gut sein, dann konnte er nicht mehr an mir vorbei. Und die Letten und Litauer wurden genauso getriezt. Aber wenn wir frei wären, verdammt noch mal, was würden wir dann erst alles fertigbringen! Dann erst würde die Welt von estnischen Sportlern hören! Und jetzt sitzen wir hier, wie im A– (er konnte sich gerade noch beherrschen) wie in einer Dachshöhle.« Er seufzte und kippte seinen Wodka hinunter.

»Genau«, sagte Sass und öffnete eine neue Flasche. »Und weißt du, wie schwer es für einen estnischen Schriftsteller ist, in eine Fremdsprache übersetzt zu werden? Nur über das Russische und über Moskau. Stell dir das mal vor, direkt geht es nicht, nur über Moskau.«

Der große Mann, Weltmeister im Ringen oder Gewichtheben, wurde beinahe rührselig und umarmte Sass. »Wir alle haben es schwer, aber wir geben nicht nach, verdammt noch mal, wir halten drauf. Weißt du, du bist ein klasse Typ. Sind alle Schriftsteller so tolle Männer wie du? Ich kannte bisher keinen einzigen Schriftsteller.«

Sie umarmten einander und verbrüderten sich. Schließlich hatten sie ein vergleichbares tragisches Schicksal, beide waren sie in eine grausame Zeit und an einen grausamen Ort geworfen. Wenn die Verhältnisse anders wären, dann würden sie es der Welt schon zeigen!

»Hör mal, Mäuschen«, wandte sich der kleine Mann nach einer Weil an Mascha. »Ist hier irgendwo ein Telefon?« Und nachdem er dorthin geführt worden war, fing er an zu reden: »Elvi, weißt du, ich bin hier mit Schriftstellern zusammen ...«

Plötzlich grölte Arvi, der lange still gewesen war und offenbar ein Nickerchen gemacht hatte: »*Raus, raus, raus aus der Republik ...!*«

Niemand stimmte ein, und es war auch gar nicht als gemeinschaftlicher Gesang gedacht. Die Mehrheit der Anwesenden kannte den Text nicht und selbst Arvi sang immer nur die erste Zeile der ersten Strophe. Damit war sein Umnachtungsmoment definitiv angebrochen.

Weiter ging alles wie gehabt. Man bestellte Taxis, um in die Höhle zu fahren.

Während man auf sie wartete, erwachte Naaskel wieder aus seiner Lethargie und wandte sich an den Freiheitskämpfer: »Sagen Sie mir, glauben Sie, dass Estland frei wird?« Offenbar wusste er nicht, wer dieser Mann war. Aber der Freiheitskämpfer war weder beleidigt, noch fing er an zu lachen, sondern nahm die Frage ernst.

»Das glaube ich!«, sagte er schlicht.

Wir brachten Arvi nach Hause und schoben ihn über die Schwelle seiner Frau in die Arme, die versuchte uns anzulächeln. In der Höhle gesellten sich alle möglichen geistreichen Trinker und sonstigen tollen Typen zu uns, unter anderem auch die Stammkunden Doktor Koobalt und Herr »Verdammt«. Letzterer arbeitete im Handel und sagte alle fünf Minuten: »Solche estnischen Männer gefallen mir!« Und bestellte eine neue Flasche.

Um Mitternacht fingen alle mit dem Ententanz an, der

gerade in Mode war, flatterten mit den Ellenbogen und beugten den Oberkörper nach beiden Seiten, wobei sie mit den Fingern in Schläfenhöhe schnipsten. Das verkörperte nicht direkt die Epoche, sondern war nur ihr Zeichen.

Ich merke, dass ich zu viele Dinge in einen Topf geschmissen habe. Das Gedächtnis führt Jahre und Ereignisse zusammen, Menschen und Textfragmente, die in Wirklichkeit zeitlich und räumlich getrennt sind. Ganz bestimmt ist all das nicht während einer Zusammenkunft geschehen. Allein schon deswegen nicht, weil Arvi sein »Raus aus der Republik« schon nach einer halben Stunde anfing, sobald er betrunken war, jedoch das, was auf den vorangegangenen Seiten festgehalten ist, beim besten Willen nicht in eine so kurze Zeitspanne passt. Aber prinzipiell ist das nicht von Bedeutung. Ob es nun das eine oder andere Mal geschah, irgendwann geschah es auf jeden Fall. Je mehr Jahre ins Land gingen, desto mehr schmilzt die ganze Epoche in der Erinnerung zusammen zu einem permanenten Beisammensein, das in meinem Falle sieben Jahre oder noch länger andauerte.

ZEIT UND GELD

Pekka lud auch die nächsten Male seine finnischen Touristen nicht in die Gesellschaft der Künstler und Bohemiens ein, sondern brachte sie wie gehabt nach Rocca al Mare und zur Liederbühne und spazierte mit ihnen durch die Altstadt. Oder sie fuhren frühmorgens mit dem Bus nach Tartu, wo er ihnen die Universität zeigte und die Kirchenruine auf dem Domberg. Am gleichen Abend fand die Rückreise statt, denn Ausländer durften wegen des nahegelegenen russischen Militärflugplatzes nicht in Tartu übernachten.

Die Reisen der Finnen dauerten gewöhnlich drei Tage, und am Abend des ersten, manchmal auch des zweiten Tages kam Pekka in die Höhle, vor- und nachher saß er bei jemandem im Atelier oder zu Hause. Auf diese Weise lernte er in relativ kurzer Zeit einen großen Teil der estnischen Kulturelite kennen, denn sein Interesse an ihnen war methodisch, außerdem trank er wenig und hatte ein gutes Gedächtnis.

Pekkas Estnisch, das schon von Anfang an gut war, war inzwischen auf einem Niveau, dass niemand mehr ausmachen konnte, ob er ein Este oder ein Finne war.

Pekka nahm aus Estland immer Literatur mit und half unseren Intellektuellen auf der anderen Seite des Finnischen Meerbusens, Auftritte zu organisieren. Auch half er beim Verlegen von Büchern, die die estnische Kultur behandelten. In Finnland war ein kleiner Kreis entstanden, zu dem außer Finnen auch noch ein paar junge Leute aus Deutschland und anderswoher gehörten, die zum Studieren nach Helsinki gekommen waren und sich auch Vorlesungen über Estnisch anhörten. Sie wurden Estophile genannt und sie fingen an, Tallinn zu besuchen, sowohl zu offiziellen Veranstaltungen – wie die, von denen weiter oben die Rede war – als auch einfach so. Häufig kamen sie das erste Mal im Schlepptau von Pekka. Bald aber schlossen sie eigene Bekanntschaften und fanden sich ohne ihn in der Gesellschaft zurecht. Ein paar Jahre später gründete Pekka mit ihnen in Finnland eine Zeitschrift, die Material zu Estland veröffentlichte. Pekka war als Chefredakteur verzeichnet.

Die Jahre gingen ins Land, aber Pekka machte immer noch Hektik wegen seiner Touristen und stand mitten in einem Beisammensein auf und bestellte ein Taxi.

»Wo hetzt du denn hin, du bist doch Chefredakteur?«, fragte ihn Tobi einmal. »Schau mich an, ich bin nur stellvertretender Chefredakteur, aber ich habe massenhaft Zeit. Ich brauche morgen und übermorgen nirgendwo hinzugehen. Ich rufe einfach an und sage, dass ich nicht komme.«

Alle mussten lachen, denn das entsprach der Wahrheit.

»Die anderen müssen hektisch sein, nicht du!«, belehrte ihn Mascha.

»Ach, eigentlich bräuchte überhaupt niemand Eile zu haben«, warf Pepe ein. »Ein feiner Herr hat es nie eilig.«

»Was bin ich schon für ein Chefredakteur, das ist nicht so wie bei euch«, sagte Pekka gutherzig und lachte mit. »Ich allein bin schon die ganze Redaktion. Und Gehalt bekomme ich auch nicht. Seht ihr, ich bin so geizig, dass ich nicht einmal mich selbst bezahle!« Bisweilen machte Pekka ein wenig einfältige Scherze.

»Wie kann denn der finnische Staat so arm sein, dass er nicht mehr Leute einstellt, das will mir nicht in den Kopf«, sagte der Filmkritiker Sõrgats kopfschüttelnd.

Pekka winkte ab. »Bei uns sind die Dinge anders organisiert.«

Niemand widersprach ihm. Pekka war einer von uns. Das war die Hauptsache.

Pekka veröffentlichte noch etliche Gedichtsammlungen in Finnland. Irgendwann machte er auch seinen Universitätsabschluss. Aber die Touristengruppen blieben, mit ihnen kam er nach wie vor mindestens einmal im Monat nach Estland. Erst ein Dutzend Jahre später, unmittelbar bevor Estland frei wurde (obwohl es hier keinen direkten Zusammenhang gab), kam er ein paarmal auch alleine, ohne Gruppe, und sagte, dass er sich jetzt auch schon mal kleinere Ausgaben leisten könne.

Im Zusammenhang mit Pekka gibt es noch ein paar Erinnerungssplitter.

Einmal kam das Gespräch – ich weiß nicht mehr, wie – auf das Arbeits- und Privatleben.

Pekka sagte zurückhaltend, aber mit Nachdruck: »Bei uns ist es nicht üblich, jemanden in Arbeitsangelegenheiten am Wochenende anzurufen.«

»Ach, Blödsinn, anrufen kann man immer«, meinte Endel.

»Wieder solche Vorurteile ...«, flüsterte Alja.

»Man muss immer mit Herzblut dabei sein«, meinte der Filmkritiker Sõrgats.

Pekka schwieg diplomatisch, aber dickköpfig.

»Ich muss sagen, also ich muss jedenfalls sagen, dass ihr da in Finnland irgendwie offiziell geworden seid. Irgendwie ... bürokratisiert. Und nicht äußerlich, sondern innerlich, von der Haltung her«, bemerkte Tobi paternalistisch.

»Naja, Bohemiens machen bei uns natürlich auch alles Mögliche«, gab Pekka zu. »Da kann einer morgens um vier bei dir einbrechen, weil er mit deiner Frau schlafen will.«

»Hihihihi«, lachte Angelina – oder Anks. (Sie verkörperte die Epoche nicht.)

»Entschuldigung, habe ich das richtig verstanden, eure Künstler sind also keine Bohemiens, bei euch sind das sozusagen zwei verschiedene Gruppen?«, fragte Sõrgats interessiert.

»Ich kenne nicht alle«, antwortete Pekka. »Aber wahrscheinlich ist es so.«

»Aber bei uns sind sogar diejenigen Bohemiens, die gar keine Künstler sind«, sagte Sõrgats stolz.

Eines Abends saßen wir bei Üllar in seiner Wohnung in Mustamäe. Das Zimmer war rappelvoll. Üllar hatte in Finnland etwas publiziert und Pekka bevollmächtigt, das Honorar beim Verlag abzuholen und über die Grenze zu bringen. Nach dem Mittagessen waren sie in den Valutaladen auf der Tartuer Chaussee gegangen. Pekka musste dabei sein, weil dort nur an Ausländer verkauft werden durfte. Und jetzt warteten wir auf sie. Üllars Frau Epp hielt uns bei Laune, so gut sie konnte, und die Gäste versuchten so auszusehen, als hätten sie Spaß, aber in Wirklichkeit waren alle ein wenig angespannt.

Dann hörte man Schritte und Gelächter im Treppenhaus, und schon bald stand Üllar auf der Schwelle. Er hatte drei paar Schuhe gekauft. Natürlich hatte er in der Valutabar danach den Kauf mit einem Koff-Bier begossen, und jetzt hatte er ein glühendes Gesicht und war in bester Stimmung. Bevor er selbst ins Wohnzimmer trat, warf er seine Schuhe hinein: Zuerst purzelte ein Paar schwarzer Lackschuhe auf den blauen Kunststofffußboden, danach rötlich-braune Straßenschuhe mit Riesenabsätzen, die bestimmt teuer waren, und schließlich noch ein paar gelöcherte Sommersandalen. Eine mir unbekannte Dame mittleren Alters hob die Schuhe auf und stellte sie ordentlich vors Bett. Später stellte sich heraus, dass es sich um eine Schwedin handelte. Wir betrachteten die Frau mitleidig – sie haben dort wahrhaftig kein Verständnis für die große Geste! Die Dame merkte vermutlich auch selbst, dass sie etwas verkehrt gemacht hatte, errötete, nahm die Schuhe wieder hoch, betrachtete sie und stopfte sie dem neben ihr sitzenden Mann in den Schoß, der sie seinerseits weitergab, bis die Schuhe wieder auf dem Boden landeten. Niemand hob sie dort mehr auf, obwohl im Laufe des Abends noch viele Menschen über sie stolperten. Auf diese Art und Weise gab Üllar zu verstehen, wie sehr er über den materiellen Dingen stand, und die anderen beteiligten sich an seiner heiligen Schändung der Materie mit Eifer und Hingabe. »Wir mögen dann arm sein, aber wir haben unsere Ehre« – ungefähr das wollten sie wohl ausdrücken. Das war ein stolzer Anblick, und ich schielte in die Runde, um herauszubekommen, ob die in unserer Mitte weilenden Ausländer das zu schätzen wussten. Aber das konnten sie wohl nicht. Ein Ausländer bleibt ein Ausländer, ob er nun ein Bohemien oder ein Künstler war – so dachten wir.

Und noch eine Episode, vermutlich aus der Höhle, woher sonst.

Wir wollten zu einer Geburtstagsfeier gehen und überlegten, was wir als Gastgeschenk mitnehmen sollten. Das Gespräch kam dann auf die Besuchskultur ganz allgemein.

»Mein Gott, wie sie doch im Ausland immer auf das Geld schauen«, seufzte Lipsik, die oft bei ihren Kolleginnen auf Besuch war. »Gehen auf Besuch und nehmen ihr eigenes Essen und Trinken mit. Mir ist erzählt worden, dass das in Deutschland an einigen Orten so üblich ist. Danach wird mit den Gastgebern abgerechnet, wer wie viel bezahlt hat.«

»In Belgien machen sie das auch, zumindest in dem Teil, der an Deutschland grenzt und wo Deutsche leben«, ergänzte jemand.

»Ja, sie sind dort wirklich ziemlich anders«, stöhnten wir gemeinsam. Die Armen da in Deutschland und Belgien!

»Generell läuft da ohne Geld rein gar nichts. Da muss man für jede Bewegung bezahlen«, versicherte Tobi.

»Aber dir selbst wird dann ja auch für jede Bewegung gezahlt«, meinte Toomas.

»Das ist unwürdig«, sagte Endel. »Für alles kann man kein Geld verlangen. Ein Geistesmensch lässt sich nicht für alles bezahlen. Es ist ein Wesenszug von ihm, dass er manches auch umsonst macht.«

»Wie das wohl in Finnland ist?«

»Müsste man Pekka fragen, wenn er mal wieder kommt.«

»Ich bin nicht sicher, ob er den Sinn der Frage versteht.«

»Jungs, warum redet ihr so gemein?« In Maschas Stimme war ein Vorwurf zu hören.

»Aber es ist wahr,« sagte Manglus leise.

Das war das entscheidende Argument. Daraufhin erzählte Tobi, wie er mal in London in einem Nachtclub war. Natürlich nicht in einem der teuersten, aber auch nicht in einer ganz üblen Spelunke. »Da habe ich einen Typen getroffen, gebildet, aber ein Säufer. Ich hatte hundert Pfund in der Tasche, die ich aus Moskau als Tagegeld mitbekommen hatte, damit ich mich auf dem Kongress vor den Abgesandten der anderen Länder nicht zu schämen brauchte.«

»Ihr habt also echt von Moskau Geld mitbekommen, das ist ja Wahnsinn«, sagte Endel lachend.

Tobi fuhr fort: »Ich sagte zu diesem Typen, dass wir in Estland ein anderes Verhältnis zum Geld hätten als sie. Schau her, ich habe hier hundert Pfund, die kann ich mit gutem Gewissen anzünden oder wegwerfen, das kostet mich nicht mal ein Hüsteln. Er gab zurück, dass er das nicht glaube. Ich sagte ihm, ich könne ihm auch ein Bier ausgeben. ›Zwei!‹, bat er daraufhin mit Engelszungen. ›Gib mir zwei Bier aus! *Please!*‹ Ich gab zurück: ›Sag das gleiche auf Estnisch, dann mache ich es.‹ Ich sagte ihm vor, wie es klingen musste. Das

Aas hatte eine ziemlich gute Ader für Sprachen, sprach es tatsächlich nach und bekam seine zwei Pint.«

Wir hörten uns Tobis Erzählung an wie ein schönes Märchen und fühlten uns als etwas zehnmal Besseres als jener unbekannte ausländische Säufer, dieser unglückliche Nachtclubgast. Sogar Manglus, der viel gesehen hatte, kicherte und verkündete dann: »Ich gebe eine Flasche Gremi aus.« Das war ein Markencognac, der zweihundertfünf Rubel kostete, was eine Stange Geld war.

»Zwei! Gib zwei aus!«, krähte Maulwurf. »Ich sage es dir in klarem Estnisch.«

DER KUSS DER SCHÖNEN

Ich habe in meinen Beschreibungen Mati Tõusumägi verhältnismäßig wenig erwähnt. Erstens weil ich den Hintergrund verewigen und ein Bild von der Welt, in der er sich bewegte, malen wollte. Zweitens weil er, auch wenn er häufig die Seele einer Gesellschaft war, doch nicht eine von jenen Gestalten war, die immer und bewusst im Vordergrund stehen wollte – oder, wie man so schön sagt, auf jeder Hochzeit Bräutigam und auf jeder Beerdigung der Entschlafene sein wollte. Nein, er konnte auch ganz ruhig in der Ecke sitzen, schmunzelnd lächeln und sich an den anderen erfreuen. Er betrachtete die Menschen mit wohlwollendem Blick, gerade so, wollte mir scheinen, als liebte er die Menschen. Drittens weil Mati offiziell damals ein Niemand war. Viele der Menschen in seiner Umgebung hatten einen höheren Status, sie hatten es auf ihrem Gebiet zu mehr gebracht.

Mati wurde von seiner Vergangenheit überschattet. Er

übersetzte in seiner Freizeit aus dem Russischen, das er sehr gut beherrschte, da er in Sibirien in einem russischen Kindergarten gewesen war. Er übertrug Kinderliteratur, aber auch einige Texte mit historischer Thematik wie zum Beispiel ein Buch über die Einwohner von Papua-Neuguinea und deren Erforscher Miklucho-Maklai. Im Allgemeinen ließen die Verlagsdirektoren ihn nicht an historische Texte, aber Papua-Neuguinea erschien ihnen sowohl zeitlich als auch räumlich in sicherer Entfernung zu liegen. Niemand hatte gehört, dass es dort einen nationalen Freiheitskampf gäbe. So konnte also nicht einmal ein politisch illoyaler Übersetzer bei der Übertragung die Grundrichtung der Partei in Gefahr bringen. Ferner übersetzte Mati eine kleine Monografie über das wenig bekannt Vorinkaimperium und über eine bestimmte Periode aus der Geschichte Grönlands, als dort noch keine Menschen lebten, sondern nur Seehunde. Zusätzlich produzierte (das ist das exakte Wort) Mati Artikel zu den verschiedensten Themen. Richtig »an die Sache heran« wurde er natürlich auch hier nicht gelassen, aber er schrieb über Puppenfilme, eine Ausstellung von Hobbyfotografen, Übersichten über Museumskonferenzen und anderes, was den Machthabern ideologisch unbedeutend erschien. Im Bereich der Literatur kam er über Erläuterungen zu den Aktivitäten von Lyrikclubs nicht hinaus. Auch diese Arbeit erhielt er dank Freunden und Fürsprechern in Redaktionen, die ihm mit stillschweigender Billigung ihrer Vorgesetzten (solange nichts Außergewöhnliches geschah) die Mitarbeit und damit ein Zubrot gestatteten. Freilich war er auf den Gebieten, über die er schrieb (zum Beispiel über neuere Tendenzen bei der Anfertigung von Strickwaren) kein Sachkenner, sondern blieb eher im Allgemeinen, aber er schrieb bestimmt nicht schlechter als viele andere.

Während bei Buchtiteln Matis Name als Übersetzer angegeben war, musste er bei Artikeln lange Zeit ein Pseudonym verwenden. Davon hatte er viele, unter anderem auch »Zahler« (das ging bei der Zensur durch, weil als Vorname »Ein« verwendet wurde, so dass die Zensur es für Humor hielt). Erst die Liberalisierung unter Gorbatschow ermöglichte es Mati, unter die Artikel seinen richtigen Namen zu setzen.

Ob er in dieser Zeit auch etwas anderes schrieb, weiß ich nicht. Aber bestimmt las er viel. Obwohl sein Status offiziell betrachtet bescheiden war (ein gehässiger Mensch hätte ihn als einen Schreiberling mit breitem Profil bezeichnen können), war er in gewissen Kreisen bekannt, geschätzt und geliebt. Ja, Mati wurde geliebt (so stieß seine Liebe den anderen gegenüber also auf Gegenliebe, was selten vorkommt und ergreifend ist). Einerseits weil er eine Unbeschwertheit und einen Übermut an sich hatte, wie man sie häufig beim so genannten einfachen Volk findet, bei Intellektuellen aber weniger, vor allem, wenn diese sich ganz oben auf der Geistespyramide befinden; immer wieder geschah es, dass Mati anfing zu singen und dabei jemanden anschaute, und dass dieser jemand dann einfach mitsingen musste (wenn auch nicht alle, bei Manglus funktionierte das nicht). Andererseits weil alle wussten, dass er klug war, ein Freidenker und Nationalist, auch wenn er seine Standpunkte und Ansichten nicht im Druck oder im Äther veröffentlichen konnte. Er verkörperte gewissermaßen eine Vorstufe des echten Freiheitskämpfers.

Freiheitskämpfer war ein sehr starkes Wort. Ich hatte festgestellt, dass eine Gesellschaft ernst wurde, wenn ein echter Freiheitskämpfer in der Höhle an den Tisch kam – was selten genug geschah, denn ein Teil von ihnen war emigriert, und der Rest lebte zurückgezogen, so dass man die sich frei umherbewegenden Freiheitskämpfer an den Fingern einer Hand abzählen konnte. Die Männer hörten für eine Weile auf mit ihren debilen Faxen oder zynischem Spott, und die Frauen unterließen ihr leichtfertiges Geschwätz. Alle versuchten sich vernünftiger zu benehmen, richteten sich innerlich auf und gaben sich auch physisch einen Ruck. Als hätte man einen Altar oder ein Heiligenbild durch den Raum getragen, als wäre ein Tabernakel ins Blickfeld geraten, so dass die Menschen unter seinem Einfluss kurz erwachten, als ob eine Erinnerung aus der Vergangenheit zu ihnen gelangt wäre: »Ja, wir sind wir, wahrhaftig!« Natürlich hielt so ein Zustand nicht lange an, und sobald sich die betreffende Person wieder vom Tisch entfernt hatte, vernahm man unbewusste Seufzer der Erleichterung, und schon bald war das ausgelassene Beisammensein noch zügelloser als vorher.

Die nächste Erinnerung mag lächerlich daherkommen, aber doch ist sie charakteristisch.

Wir saßen in der Höhle. Am Tisch war wie gewöhnlich eine bunte Gesellschaft versammelt: Mati, Endel, Maulwurf, Naaskel, der Filmkritiker Sõrgats, Pekka und ein ganzer Schwarm Damen. Es war vielleicht neun Uhr. Wir hatten lange gequasselt, und Mati war besonders in Fahrt. Eine der Damen war die Steinmalerin Astrid Ulp, eine Schönheit in den Dreißigern, eine Frau in den besten Jahren, mit mächtigen Formen, großen blauen Augen und einem sinnlichen Mund. Sie hatte eine skandalumwitterte Vergangenheit. In ihrer Jugend war sie Kunstturnerin gewesen und als Abiturientin hatte sie in einem Varieté getanzt. (Schülerinnen war offenbar nicht gesetzlich verboten, im Varieté das Tanzbein zu schwingen, aber es wurde bestimmt nicht allgemein gebilligt, denn weitere Fälle sind mir nicht bekannt. Astrids Vater war Oberst bei der Miliz, vielleicht erklärt das die Sache.) Dann ging sie auf die Kunstakademie, um Steinmalerei zu lernen, und wurde auf ihrem Gebiet ziemlich bekannt. Aber noch größer war ihre Berühmtheit als Partylöwin. Mir ist der Eindruck geblieben, dass sie eine Frau war, die vor nichts zurückschrak, und wenn sie etwas begehrte, musste sie es auch bekommen.

Jetzt stellte ich fest, dass die Schöne mit benebeltem Blick Mati beobachtete. Zunächst saßen sie sich beide gegenüber, aber jedes Mal, wenn jemand aufstand, um zur Toilette zu gehen, manövrierte Astrid sich einen Platz näher an Mati heran, und bald saßen sie nebeneinander. Ich ahnte mehr als dass ich es sah, dass die Schönheit unter dem Tisch Matis Wade liebkoste. Dann ergab sich mit dem neben mir sitzenden Sõrgats ein Gedankenaustausch über Michelangelo Antonioni, so dass ich eine Weile nicht mehr zu ihnen hinsah. Als ich erneut schaute, waren dort aber weder Mati noch die Schönheit. Alles klar, dachte ich, sie hat sich Mati geschnappt. Ich stand in aller Stille auf, spazierte ein wenig im Raum umher und warf einen Blick auf die Nebentische. In der Höhle geschah es nämlich häufig, dass man mit einem Bekannten kurz ein paar Worte wechseln wollte und sich erhob, dann stand man da eine Weile mit dem Glas in der Hand, aber das Gespräch zog sich in die Länge, man nahm »kurz mal« Platz und die ganze Geschichte endete damit, dass man an dem anderen Tisch blieb. Aber Mati und Astrid waren nicht im Saal. Ich schaute in der Garderobe nach – ebenfalls nichts. Sie werden doch nicht weggegangen sein? Nein, dem Türsteher zufolge waren sie das nicht. Neben der Toilette war noch ein Raum, wo bisweilen kleinere Banketts abgehalten und die kaputten Stühle abgestellt wurden. Etwas in mir sagte mir, dass sie dort waren, und ich hatte Lust, mir einen unschuldigen Scherz zu erlauben. Mit einer schnellen Bewegung öffnete ich die Tür des Abstellraums. Der Raum war dunkel. Kurz hörte man eine Bewegung, dann wieder Stille. Ich tastete an der Wand entlang und fand den Lichtschalter. Hinten schossen zwei Menschen auseinander. Es waren tatsächlich Mati und die Schönheit. Sie sahen ein wenig zerzaust aus und schauten verdutzt drein. Bestimmt hatten sie sich im Dunkeln geküsst, nein, ganz sicher.

»Nur zu, Freunde!«, sagte ich und entfernte mich diskret.

Ein paar Minuten später erschien Mati mit einem gleichgültigen Gesicht an unserem Tisch. Nach einer gewissen Zeit traf auch die Schöne ein.

»War da eine so lange Schlange vor dem Klo?«, fragte Mascha.

Die Schöne nickte und setzte eine Leidensmiene auf, und als Astrid mehr getrunken hatte, fiel sie Mati in aller Öffentlichkeit um den Hals, aber da waren alle sowieso schon blind.

Diese Episode kommt mir mittlerweile völlig unglaublich vor. Die Astrid von heute würde erstmal drei Fotografen anheuern, bevor sie dort in die Abstellkammer kletterte, und ein Zeichen geben, wann sie zum Fotografieren kommen sollten.

Kurzum: Mati wurde geliebt wegen seiner offenen und fröhlichen Art und seiner Wahrheitsliebe. Manglus wurde geliebt wegen seiner Macht und seines aristokratischen Gehabes. Klaus wurde wegen seiner Begabungen geliebt. Pekka wurde (teilweise) geliebt, weil er ein Finne war. Die Mädchen wurden dafür geliebt, was eine jede war.

»Das ist prinzipiell eine falsche Einteilung«, sagte Manglus, als ich ihm Jahre später wagte, meine Beobachtungen vorzustellen. »Das Seelische braucht immer materielle Unterstützung. Frauen kann man nicht einteilen in die, die Liebe wollen, und die, die Geld wollen. Alle wollen alles.«

Manglus war natürlich ein Sachkenner und jemand, der immer auch für die materielle Seite sorgte. Er erzählte einmal, wie er eines Morgens einem Mädchen – das im Übrigen sehr anständig war – einen Fünfundzwanzigrubelschein in die Hand gedrückt und gesagt hatte: »Nimm, du hast ja sowieso nichts.«

Das Mädchen war zwar rot angelaufen, gleichzeitig freute sie sich aber auch sehr über die Gabe.

RUI

Damals kam ich auch mit Rui in Kontakt. Ich erinnerte mich an ihn vom ersten Studienjahr, vom Wohnheim, wo er gerne nachts mit aufgesetzter Denkermiene umherwanderte. Er hatte ein Jahr studiert und war dann von der Uni geflogen. Selbst behauptete er, es sei aus politischen Gründen gewesen, aber das glaube ich nicht. Es muss auch nicht unbedingt daran gelegen haben, dass er nicht genug Grips hatte. Eher handelte es sich um die allgemeine Ausrichtung seiner Persönlichkeit. Rui war ein wenig kindlich, emotional, er konnte Feuer und Flamme für etwas sein und dann alle anderen Dinge vergessen. So konnte zum Beispiel passieren, dass ihn vor dem Frühjahrsexamen jemand dazu einlud, einen Viehtransport nach Zentralasien zu begleiten, und erst Tausende Kilometer entfernt von zu Hause fiel ihm beim

Betrachten des samtschwarzen Himmelszelts vor dem Einschlafen ein, dass er ja eigentlich für seine Prüfungen hätte lernen müssen.

Danach war Rui ein Mittelding zwischen Hippie und Punker, soweit das in der Sowjetzeit möglich war. Als ich ihn jetzt in Tallinn traf, sah er genau so aus wie vor zehn Jahren – lange strähnige Haare, eine kleine Nickelbrille, enganliegende ausgefranste Jeans und Rucksack. Ruis Position war am Rande der intellektuellen Gesellschaft, er war nicht richtig drinnen, aber auch nicht außen vor. Viele kannten ihn.

Hin und wieder verirrte Rui sich in die Höhle, und dann hatte ich Gelegenheit, ihn eingehender zu betrachten. Er war ein Typ, der gerne Witze riss. Manchmal sagte er etwas Absurdes, woraufhin alle in Lachen ausbrachen, ganz besonders wenn man gerade dabei war, seinen Kater auszukurieren. Natürlich wiederholte er seine gelungenen Scherze. Man lachte ein zweites Mal, vielleicht auch ein drittes Mal, später wurde nur noch gegähnt. Dann begriff Rui, dass es reichte, und versuchte sich neue absurde Geistesblitze auszudenken. Es war so, als ob er davon lebte, den Kasper spielen zu müssen. In Wirklichkeit duldete man ihn aber nicht so sehr wegen seiner Originalität, sondern weil er offenbar die Witze der anderen verstand, zumindest lachte er an der richtigen Stelle. Er hatte das eine oder andere gelesen oder sich eingeprägt, was andere erzählt hatten. Jedenfalls reagierte er auf kulturelle Stichwörter (wenn man ihm beispielsweise einen Buchtitel oder den Namen eines Autors nannte) und machte kein dummes Gesicht. Übrigens kannte auch Mati ihn und schien ihn sogar zu protegieren – aus irgendeinem Grund glaubte er, dass Rui ein Unglückswurm war.

Mich begrüßte Rui immer sehr kurz, aber mit einer ungeheuren Familiarität, er sagte sein »Hallöchen«, als würde er einem ein schlüpfriges Geheimnis ins Ohr flüstern. Wir hatten uns gelegentlich flüchtig miteinander unterhalten, aber immer im Beisein anderer. An jenem Tag kam ich vom Ende der Pikk-Straße, wo sich die Honorarkasse des Verlags befand. Ich hatte für eine längere Übersetzung etliche hundert Rubel erhalten, was für mich ein ansehnlicher Betrag war, und hing allerlei angenehmen Gedanken nach, was ich mit dem Geld anfangen würde. Mit einem Mal sah ich in der Ferne, wie Rui mit seiner damaligen unzertrennlichen Gefährtin, der dicken Umbu, auf mich zu kam. Diese Umbu sagte nie etwas, sondern lachte nur unaufhörlich. Ich nickte höflich, aber kühl, und wollte weitergehen. Aber Rui stellte sich mir in den Weg.

»Ich bin nicht näher mir Ihnen bekannt, mein Herr,« sagte ich so ausgewogen wie ich konnte. Mitunter hilft ein solcher Ton.

»Ich auch nicht mit Ihnen, aber was soll's«, antwortete Rui kopfschüttelnd, und Umbu brach in Lachen aus. »Ich habe einen entsetzlichen Kater«, verkündete Rui. »Dagegen muss unbedingt etwas getrunken werden, könnten Sie mir einen kleinen Kredit geben? Wir können natürlich auch gemeinsam wo reingehen, um das Erscheinen Ihrer unsterblichen Übersetzung zu feiern. Dann könnten Sie selbst für Ihr eigenes Geld auch etwas trinken.«

Das war eine für Rui typische Unverschämtheit. Ich spielte in Gedanken einige Varianten durch, wie ich reagieren sollte. Nur eines wollte ich nicht – mit ihm irgendwo »reingehen« oder länger mit ihm zu tun haben. Sollte ich mich vielleicht freikaufen?

Rui schien meine Gedanken zu lesen.

»Gib mir einen Fünfer«, sagte er suggestiv. »Mir muss man etwas geben, das ist wie ein Opfer auf dem heiligen Altar. Dann werden wir beide glücklich. Weißt du, mit einem schlauen Menschen wie dir ist der Umgang immer angenehm.«

Ich hüstelte auf das Kompliment hin und bemerkte, dass das eine Menge Geld sei. Würden drei nicht reichen, um sich in der Kneipe ein paar Bier hinter die Binde zu gießen?

»Drei?«, rief Rui aus, so dass sich die Passanten umdrehten und uns neugierig betrachteten. Ich kam mir schäbig vor, aber genau darauf hatte Rui es abgesehen. »Drei!«, rief er noch lauter aus. »Wohin gehe ich denn mit drei Rubeln?!« Dann nahm er aber wieder seine ursprüngliche Haltung ein, das heißt er spulte seine kameradschaftlich-beschützende Leier ab.

»Widersetz dich nicht. Weißt du, es war das Schicksal, das dich jetzt getroffen hat. Es passiert halt, na ja, Pech gehabt, heute war nicht dein Tag. Hör mal, wem viel gegeben wird, dem wird auch viel abverlangt. Du begreifst doch, was ich meine? Nicht Begabung, sondern Geld.«

Ich schmunzelte ungewollt: Woher wusste er von meinem Honorar? Er konnte mir beinahe auf den Rubel genau den Betrag nennen, der mir ausbezahlt worden war. Was für ein Typ, dachte ich, dass er anderer Leute Geld zählt. Aber den Fünfer gab ich ihm.

Später kapierte ich, dass er sein »wem viel gegeben wird, dem wird auch viel abverlangt« allen sagte, die er anschnorrte. Immer gab es jemanden, für den es das erste Mal war und der daraufhin lachte – als handelte es sich um eine einzigartige geistreiche Bemerkung eines großartigen Menschen.

Rui konnte auch ziemlich scharfsinnig oder wenigstens fantasievoll sein. So behauptete er zum Beispiel einmal, dass Parteimitglieder die Kraft von zwölf Männern hätten und auf eigenen Wunsch überall in Gestalt von Regen, Nebel oder Ratten erscheinen könnten. Aber sie müssten von Zeit zu Zeit den Keller ihres Parteihauptquartiers aufsuchen, um dort an ihrem ovalen Konferenztisch zu sitzen. Wenn sie eine Weile nicht dort gewesen seien, verlören sie ihre Kraft.

DAS JUBILÄUM DES KLASSIKERS

Wenn ich an jene Jahre zurückdenke, so schien uns in der Höhle, dass sich in politischer Hinsicht in der Gesellschaft nichts ereignete und alles stillstand, wie bei einem stehenden Gewässer. Und doch gab es gewisse Strömungen, bloß kannten wir die Jugend nicht. Wie hätten wir sie auch kennen können, die Zeit in der Höhle war schnell vergangen und wir dachten, dass wir selbst die Jugend seien und es außer uns keine andere Jugend gebe.

Es war Mitte der achtziger Jahre, die Perestroika hatte noch nicht ihren Anfang genommen, und oberflächlich betrachtet deutete so gut wie nichts auf ihren baldigen Beginn. Die Öffentlichkeit feierte einen runden Geburtstag unseres namhaftesten Schriftstellers. Dieser Mann war mit seinen Gedichten und Romanen schon vor einem Dutzend Jahren zu unserem Vorzeigeschriftsteller und Symbol der nationalen Kultur geworden.

»Wenn ich so schreiben könnte wie er …«, flüsterten die jungen Autoren mit flammender Begeisterung in den Augen.

»Doch, doch, noch haben wir ein paar große Männer«,

konstatierten ehrwürdige Geistesgrößen lebensklug und voller Stolz. Weil der große Schriftsteller so weiträumig gekauft, gelesen und geliebt wurde, musste auch sein Geburtstag auf vielen Niveaus und schrittweise abgehalten werden. Im repräsentativen Saal des Staates, dem Estonia-Theater, wurde ein Galaabend organisiert, wo sich die Crème de la crème der Gesellschaft versammelte, unter anderem auch Partei- und Regierungsmitglieder. Die zweitwichtigste Veranstaltung fand in Tartu statt, wo der große Schriftsteller zur Schule gegangen war. Zusätzlich wurden im ganzen Land literarische Abende veranstaltet, in Bibliotheken, Schulen und wer weiß wo, sogar in Kindergärten, denn die Koryphäe hatte auch ein Kinderbuch geschrieben. An der Stelle des ehemaligen Geburtshauses des Schriftstellers in einem Walddorf wurde ein Gedenkstein enthüllt, und ein Trawler erhielt seinen Namen. In Moskau wurde zu seinen Ehren eine Briefmarke emittiert. Das Jubiläum wurde auch vielerorts im Ausland begangen, wohin der Meister dann anlässlich der Veröffentlichung von neuen Übersetzungen seiner Werke eingeladen wurde.

Aber das intimste, geistreichste und patriotischste Beisammensein fand im Schriftstellerhaus statt. (Diese Veranstaltung war ausschließlich für Schriftstellerkollegen vorgesehen, meine Freunde aus Schauspiel-, Sänger- oder Künstlerkreisen waren nicht dort, was auf eine Weise ganz gut war, denn ich muss zugeben, dass ich vor ihnen ein wenig verheimlicht hatte, dass ich von der Seele her Nationalist bin.)

Wie üblich bei solchen Veranstaltungen, wurden auch jetzt zu Beginn Reden gehalten, nur waren sie ein Grad freisinniger und geistvoller als im Estonia oder anderswo. Die Kollegen glänzten und übertrumpften einander mit ihrem Esprit, jeder wusste mit witzigen oder tiefsinnigen Erinnerungen an den Meister aufzuwarten. Unter anderem war auch eine kleine Delegation von Schülern gekommen. Ehrlich gesagt waren sie als erste im Schriftstellerhaus eingetroffen, eine Stunde vor Veranstaltungsbeginn, als Leo Vims vom literarischen Propagandabüro, ein gemütlicher alter Schluckspecht, noch dabei war, die Stühle im Saal aufzustellen. (Das war seine Aufgabe, wie auch die Kontrolle darüber, ob das Wasser in der Karaffe auf dem Rednerpult noch frisch war. Um das zu prüfen, nahm der alte Vims normalerweise einen Schluck direkt aus der Karaffe, schmatzte mit dem Mund und sagte: »Ach, hab' schon Schlimmeres getrunken!«) Die Jungs waren beinahe noch Kinder, obwohl sie fünfzehn oder sechzehn waren. Sie sagten, dass sie Mitglieder der Jugendsektion der Muttersprachengesellschaft seien und dem Meister im Namen der lernenden Jugend gratulieren wollten. Sie fragten Vims, wo sie sich ausziehen könnten. Er verstand die Frage zunächst nicht und sagte, sie könnten ihre Mäntel bei der Garderobe lassen. Dann bedeuteten die Jungs ihm aber, dass sie mehr ausziehen wollten, worauf Vims sie in einen kleinen Raum hinter der Bühne geleitete, wo ein Verstärker für das Abspielen der Nationalhymne an Feiertagen lagerte (der beinahe niemals gebraucht wurde).

Als die Jungs mit ihrem Auftritt an der Reihe waren, kamen sie in weißen Turnhemden und schwarzen Turnhosen, wie man sie damals im Sportunterricht trug, im Gänsemarsch aus dem Kabuff heraus. Ihr Gesichtsausdruck war etwas verlegen, aber festentschlossen. Sie hatten ein ganzes Programm von literarischen Pyramiden einstudiert, mit denen die Etappen der estnischen Literaturgeschichte versinnbildlicht wurden. Die Jungs nahmen am Rand der Bühne auf dem Fußboden Platz und begannen von dort aus mit ihrem Auftritt. (Einer von ihnen, offenbar ihr Chefideologe oder künstlerischer Leiter, der einen Anzug anhatte, saß in der Ecke und gab unauffällig Anweisungen, indem er mit dem Finger schnipste.) Zunächst blieb der längste der Jungen als einziger auf der Bühne, er stand mit der Seite zu den Zuschauern und hatte zum Zeichen des Wanderns ein Bein vor das andere gesetzt. Über der Schulter trug er einen Stock mit einem Bündel dran und auf dem Kopf einen alten Hut, worunter schulterlange Bauernhaare, die aus einer Perücke stammten, sichtbar waren. Das war natürlich Kristian Jaak Peterson, der von Tartu nach Riga wanderte. Es folgte der bekannte Schwur von Kreutzwald, Faehlmann und Nocks auf dem Schlossberg von Rakvere. Ebenso wenig fehlten die Entstehung des *Kalevipoeg*, des estnischen Nationalepos', sowie der literarischen Gruppierungen »Jung-Estland« und »Siuru«. Als man beim Jahr 1944 angelangt war, machte einer der Jungen am Heck eines imaginären Bootes Ruderbewegungen, während zwei andere traurig dem sich entfernenden heimatlichen Strand hinterherblickten und dabei schön und klagend sangen. Danach stellte sich ein Teil der Truppe mit dem Rücken zum Publikum auf und hielt die Hände mit gespreizten Fingern über dem Kopf, auf diese Weise eine mit Stacheldraht besetzte Mauer symbolisierend. Davor krochen auf allen Vieren die daheimgebliebenen Schriftsteller, die von Parteiorganisatoren an den Füßen festgehalten wurden. Ganz zum Schluss kletterten ihnen noch »der Arbeiter und die Kolchosbäuerin« auf den Rücken, und der ganze Plunder sackte in sich zusammen, wobei dies so geschickt angestellt wurde, dass der Eindruck entstehen konnte, als wäre es unbeabsichtigt geschehen. Die Jungen entschuldigten sich und wiederholten den Auftritt, aber wieder stürzte alles ein. Auch beim dritten Mal lief es nicht besser. Das Publikum verstand und schmunzelte.

Die jungen Männer waren nicht besonders sportlich, sondern eher etwas dicklich, manche hatten sogar regelrecht Falten (wir nannten solche Durchgeistigte). Der in der Ecke mit den Fingern schnipste und den man für ihren Wortführer oder inoffiziellen Anführer halten konnte, war ein vollkommener Hänfling. Aber das Publikum war begeistert, denn das war etwas wirklich Erfrischendes. Die älteren Schriftstellerinnen seufzten beim Anblick der Jungen gerührt.

Ob ihnen jemand den Auftrag für diesen Auftritt gegeben hat, weiß ich nicht. Ich werde die Vermutung nicht los, dass es damals gar keine Jugendsektion der Muttersprachengesellschaft gab.

Auf dem ausgesprochen herzlichen und intimen Gelage, das dem Programm folgte, standen die Jungen verschämt in einer Traube in der Ecke, probierten etwas Kartoffelsalat und salzige Pastetchen, rührten den Alkohol aber nicht an. Sie trugen Schüleruniformen und hatten einen zarten Flaum am Kinn, den sie sich vermutlich einen Monat lang vor dem Auftritt herangezogen hatten, um gewichtiger zu wirken. Sie wussten über alles erstaunlich gut Bescheid und hatten beispielsweise sogar die Essays von Mati Tõusumägi in den maschinenschriftlichen Almanachen gelesen. Mati selbst war auch da. Anfangs schien er sie ein wenig zu belächeln, aber als er sah, wie gebildet die Jungs waren, wurde er sehr freundlich.

Als ich spät am Abend für alle Fälle in der Höhle vorbeischaute, saß Mati mit dem Wortführer der Schuljungen zu zweit an einem Tisch. Mati war schon ziemlich am Ende, der Wortführer dagegen hatte einen gequälten Gesichtsausdruck, den er mit aller Gewalt zu verbergen suchte. Übrigens herrschte an jenem Tag klirrende Kälte, denn bekanntlich ist der große Schriftsteller in einem kalten Monat geboren. Aber die Jungs waren ohne Mantel zu seinem Festabend gekommen und im bloßen Jackett von der Trolleybushaltestelle am Siegesplatz zum Schriftstellerhaus gelaufen. Als wir sie darauf ansprachen, sagten sie ohne Großspurigkeit, dass sie für Sibirien trainierten, falls »das nötig sein sollte«. Es bleibt zu hoffen, dass Mati den Wortführer mit dem Taxi nach Hause brachte, um Mitternacht ohne Mantel herumzulaufen geht doch ein wenig zu weit.

Alles in allem hinterließen die Jungs einen respektvollen, ordentlichen und gebildeten Eindruck. Wenigstens drei von ihnen gehörten nach der Wiederherstellung der estnischen Unabhängigkeit der neuen Regierung an.

In der Regierung sind tatsächlich drei Männer, die ich seit Ewigkeiten kenne. Ebenso fand die oben beschriebene Ehrung des Meisters zweifellos statt. Aber waren die Dinge wirklich miteinander verbunden? Manchmal will mir scheinen, dass ich mir etwas zurechtgelegt und konstruiert habe, um den Lebenslauf einer Person geradliniger darzustellen und aufzuzeigen, dass sie schon frühzeitig etwas bewerkstelligt hat. Ich bin mir nicht ganz sicher, ob ich die Jungen wirklich dort, auf dem Geburtstag des großen Schriftstellers, der übrigens selber nicht anwesend war, getroffen habe. Je länger ich nun darüber nachdenke, desto mehr will mir scheinen, dass das Ganze eher auf der Fähre nach Saaremaa geschah. Und dass es nicht Mitglieder der Jugendsektion der Muttersprachengesellschaft waren, sondern des Naturschutzbundes (denn die gab es wirklich), die auf dem Weg zum Viiduberg waren, um dort ganz wichtige und patriotische Bäume zu pflanzen, die anderswo in Estland im Aussterben begriffen waren. Denn sich im Saal des Schriftstellerhauses halb auszuziehen, kommt mir ein wenig übertrieben vor. Auf einer Fähre dagegen sind im Sommer viele halbnackt. So muss es aller Wahrscheinlichkeit nach gewesen sein. Umso mehr, als Naturschutz damals eine der Hauptersatzbeschäftigungen und heimliche Ausdrucksform der Widerstandsbewegung war.

War dann aber der große Schriftsteller auch auf der Fähre? Sehr gut möglich, denn sein Sommerhaus war in der Nähe der Windmühlen von Sangla gelegen, wie allgemein bekannt war. Kommt also alles hin.

Aber was ist mit dem »Trainieren für Sibirien«? Das muss mir wohl von einer anderen Situation im Ohr hängengeblieben sein. Es kam immer wieder mal vor, dass ein Mann aus der Höhle stürmte, sich kopfüber betrunken in eine Schneewehe stürzte und antirussische Losungen schrie. Woher aber kommen die Pyramiden? Wirklich vom *Discovery*-Kanal?

Das war die Welt, in der Mati Tõusumägi sich bewegte. Ich könnte noch vieles in Erinnerung rufen, aus dem Gedächtnis steigt eine endlose Kette von Ereignissen auf, als würde das Land auf den Feldern von Vargamäe Steine aus seinem Schoße hervorbringen.

Merkwürdig war, dass parallel zur Höhlen-Welt in einer Entfernung von zweihundert Kilometern noch eine andere Welt existierte, in der Teedu mit seiner vollbusigen Merle lebte. Einen Teil dieser Welt oder eine Art Unter-Welt machte das Katheder für Parteigeschichte der Universität aus, wo etwas gelehrt wurde, woran abgesehen von einigen Rentnern niemand mehr richtig glaubte.

Natürlich hatte Teedu im Laufe der Zeit gemerkt, dass ein Teil der Menschheit ihn und seine Kollegen für einfältig hielt, für Leute, die sich dem Volk entfremdet hatten, in ihrem Schneckenhaus lebten und ihre Hirngespinste für die Wirklichkeit ansahen. Teedu war jedoch der Meinung, dass die Dinge komplizierter waren. Dass er nicht protestierte und bereit war, ein Auge zuzudrücken, geschah nicht so sehr und nicht in erster Linie aus Karriereinteresse, sondern aus höheren Erwägungen heraus. Ebenso schien es sich bei etlichen seiner Kollegen zu verhalten. Über Dogmen wurde in Privatgesprächen überhaupt nicht geredet. Sehr wohl wurden aber die vielfältigsten Meinungen über die gesellschaftliche Organisation im weiteren Sinne, abstrakt und philosophisch, geäußert. Was ist eine zweckmäßige Gesellschaft und für wen – das war die Frage. *Cui bono?*

Als der junge Teedu dieses *cui bono* zum ersten Mal hörte – offenbar aus dem Munde Hasso Millers, diesem zwischen den Stühlen sitzenden Schlaukopf –, hatte er davon nicht die Bohne kapiert. Aber er machte sich schlau und dachte darüber nach. Bei ihm ging alles langsam. Teedu wusste, dass ein Teil dessen, was er in seinen Vorlesungen erzählte, strenggenommen nicht der Wahrheit entsprach. Aber war bei Fragen, die eine so unscharfe Sache wie das menschliche Leben betrafen, strenge Wahrheit überhaupt möglich? Und wenn sie möglich gewesen wäre, wie wichtig wäre sie gewesen? War denn nicht zum Beispiel wesentlich, dass schon seit bald dreißig Jahren kein Krieg mehr in Estland gewesen war? Wenn man die Deportationen außen vor lässt, hatte man schon ein Vierteljahrhundert ein friedliches Leben geführt, in dem feste Regeln galten.

Selbst wenn es die Wahrheit gab – wie viele konnten

damit umgehen? Wie viele konnten sie ausgewogen und nicht nur von ihrem eigenen Interesse ausgehend behandeln? Nein, Wahrheit allein konnte nicht das Ziel an sich sein. Auch bei der Religion konnte man nicht fragen, ob sie wahr war. Und doch war der Glaube in der Geschichte zuweilen von Nutzen. Teedu sah immer mehr Ähnlichkeiten zwischen dem Glauben und dem Sozialismus, behielt das aber für sich. Wahrheit und Weisheit waren nicht so wichtig wie Nächstenliebe, Freundschaft, Solidarität. Wichtig ist Mensch sein. Ein guter Vater zu sein, ein guter Gatte zu sein. Ein guter Kolchosvorsitzender zu sein, Brigadier, sogar ein guter Parteiorganisator. Alles andere war im Vergleich dazu unwesentlich. Sich davor zu hüten, anderen Übel zuzufügen, soweit das möglich ist. Ein Fabrikdirektor, der seine Untergebenen wie eine Familie liebte, war Gott (also für den Fall, dass er existiert hätte) gefälliger als ein Freiheitskämpfer, der den Menschen bloß beweisen wollte, dass sie sehr viele Rechte haben.

Obwohl Teedu aus wesentlich irdischeren Erwägungen heraus, eigentlich unbewusst und im Dunkeln umhertastend, Dozent für Parteigeschichte geworden war – aber Parteigeschichte war im weiteren Sinne schließlich auch Gesellschaftswissenschaft –, hatte er mittlerweile das Gefühl, dass es doch eine gute und richtige Wahl war, denn er verrichtete in seiner Position eine wichtige und äußerst nützliche Arbeit, er wachte darüber, wie sich die Menschen das Leben eingerichtet hatten. So war letztendlich doch alles ganz gut gelaufen. Denn nur das Leben, das Leben zählte. Das Leben des Menschen war alles, nur darum ging es. Man musste nicht zu viel Mitgefühl mit den Menschen haben. Teedu war klar geworden, dass die Menschen Herrscher lieben. Glaube war notwendig für die richtige Organisierung des menschlichen Lebens. Die

Sowjetmacht war nötig, damit die Menschen ihre Ruhe hätten. Wenn man den nationalen Aspekt beiseite ließ, so war das eine in jeder Hinsicht funktionierende Gesellschaft. (Einmal war Teedu auf die Idee gekommen, den Wortschatz, der die Parteigeschichte betraf, zu estisieren. Dazu wurde er von der allgemeinen Neologismusbegeisterung der Gesellschaft angestachelt. So war der Begriff »Diktatur des Proletariats« im Volk nicht besonders beliebt, zumal es auch Fremdwörter waren, das hätte man anders ausdrücken können, vielleicht mit Ableitungen von Dialektwörtern. Solcherlei Begriffe gab es ziemlich viel. Er brachte sein Vorhaben einmal beim Leiter des Katheders zur Sprache, der anfangs von der Idee begeistert war, dann jedoch bald einen Rückzieher machte und empfahl, den Gedanken fallen zu lassen. Vermutlich hatte er sich in der Zwischenzeit irgendwo schlau gemacht.)

Teedu hielt in der Woche durchschnittlich zehn Vorlesungen und gab acht Seminare. Die Vorlesungen waren ganz nach seinem Geschmack. Das Reden fiel ihm nicht schwer, nur musste er sich häufig zügeln, weil er die Neigung hatte, sentimental zu werden und gegenüber den Studenten zu viel von seinem Inneren preiszugeben. Aber er schöpfte auch Energie aus dem Auditorium und fühlte sich nach einer Vorlesung häufig frischer als vorher.

Auch die Kathederwelt bestand nicht nur aus Unterricht und Theorien. Teedu arbeitete häufig in der Bibliothek. Zusätzlich zu den Hausmarken (auch jetzt besuchte Teedu einoder zweimal im Semester kleine Landkreismuseen, offiziell um die Geschichte von örtlichen »Roten« zu erforschen, in Wirklichkeit schaute er sich aber volkskundliches Material an und suchte dort runenförmige Gebilde, zählte Zacken und Kerben, Striche und Punkte, Kreise, Sternchen und Nummern) hatte er sich noch ein zweites Hobby zugelegt, nämlich die Kultur Chinas, genauer gesagt der Ming-Dynastie. Das war die längste stabile und friedliche Periode in der Geschichte Chinas. Millionen von Menschen führten jahrhundertelang ein sicheres, geregeltes und angenehmes Leben. Auch Teedu führte derzeit zweifellos ein solches Leben. Bisweilen fühlte er sich glücklich, und dieser Zustand dauerte sieben Jahre oder noch länger.

Zur gleichen Zeit hielt immer noch Lehrer Kulu seine Russischstunden ab. Mittlerweile hatte er genügend Geld zusammengespart und sich Goldzähne anfertigen lassen, dank derer sich seine russische Aussprache verbesserte, wenn auch nicht in dem Maße, wie er es sich erhofft hatte. Er spielte nach wie vor seinen Schülern Pachmutovas *Lied von der unruhigen Jugend* vor, wenngleich nicht mehr auf Vinyl, sondern von einem Kassettenrekorder. Immer noch schaute er dabei mit glänzenden Augen aus dem Fenster in die Ferne.

Seine Botschaft für die Kinder hatte sich ein wenig verändert. Statt zu wiederholen, dass wir eigentlich alles hatten, dass aber irgendwo die Schuldigen waren, die ihre Pflicht nicht erfüllten, weswegen nicht alles zu den Menschen gelangte, hatte er sich darauf verlegt zu sagen, dass wir alles haben *könnten*. Lehrer Kulu war vom Indikativ auf den Konjunktiv übergegangen. Diese grammatikalische Nuance war in weltgeschichtlicher Hinsicht vielsagend, und so verkörperte er also weiterhin seine Epoche.

Kulu war zwischenzeitlich mit einer seiner ehemaligen Schülerinnen verheiratet gewesen, aber seine Frau hatte ihn nach ein paar Jahren verlassen, denn Kulu war ihrer Meinung nach »idiotisch ehrlich«. Der kleine Hund Sturmvogel mit der breiten Brust war gestorben.

Das Gesellschaftsleben riss mich mit sich und drohte mich zu verschlucken wie ein Strudel. Zum Glück ließ mich mein nüchterner Geist nicht völlig im Stich, und ich machte mir klar, dass ich keine hundertprozentig schöpferische Person war. Wenn die Wellen zu hoch schlugen und meine Begeisterung über das Leben zu groß zu werden drohte, sagte ich mir: »Sollen die schöpferischen Leute leben, wie sie wollen, du bist dazu nicht auserkoren und musst dich auf andere Art und Weise zurechtfinden! Du darfst dich nicht so verausgaben, sondern musst klug und bedächtig handeln. Du bist kein strahlender Held, der mit voller Ladung feuert, sondern ein konsequenter und eifriger Malocher, ein energischer Laufgrabenkriegspezialist der Kultur!«

Ferner war es noch eine ungewöhnliche Verbindung, die mir in jenen Zeiten half, mein geistiges Gleichgewicht zu bewahren.

Als ich an einem Vormittag im Januar 1984 mal wieder eine Arbeit (wie immer eine Übersetzung) bei der Zeitschrift *Sowjetjugend* abgeliefert hatte, überreichte mir die Sekretärin Lhea einen Brief. Ich öffnete ihn ziemlich gleichgültig, sogar widerwillig, denn normalerweise kamen in der Redaktion Briefe von Leuten an, deren Verbindung mit dem Kulturleben nicht besonders intensiv war und die manchmal regelrechte Dummbacken waren. Vor Jahren hatte ich schon mal den einen oder anderen Brief, der lobende Worte enthielt, aufbewahrt und in eine Pralinenschachtel getan, aber bald kapierte ich, dass das nicht wesentlich klüger war als Fahrkarten aufzubewahren, Preisschilder von Kleidungsstücken, Strafzettel und anderes Zeug, das den Lauf des Lebens auf Papier festhält. Gleichwohl las ich mir die Briefe, die ich bekam, durch, bevor ich sie in den Papierkorb warf, denn so viele waren es auch wieder nicht, und auf ein paar vernünftigere reagierte ich sogar.

Die Anrede des fraglichen Briefes lautete »Sehr geehrter Chronist!«, unterzeichnet – das schaute ich sofort nach – war er mit »Ein gelehrter Freund«. Die Formulierung kam mir bekannt vor, aber woher, aus welcher Zeit? Ich musste eine ganze Weile in meinem Gedächtnis herumstöbern, ehe es mir einfiel. Ja, natürlich! Es war vor zehn Jahren gewesen …

Weil meine Eltern sich nach meinem Abitur hatten scheiden lassen und ein neues Leben begonnen hatten, bei dem ich sie nicht stören wollte, um so mehr, als sie beide gerne bereit waren, mich in meinen Studien zu unterstützen, wohnte ich in der Studentenzeit in einem Wohnheim (erst im Herbst des fünften Studienjahrs mietete ich ein Zimmer im so genannten Suppenviertel in Tartu, um in aller Ruhe meine Diplomarbeit zu schreiben). Dort lernte ich einen verschrobenen Kerl kennen (Sonderlinge gab es überall). Ich weiß bis heute nicht, was Illimar Robinson studierte, Slawistik oder Psychologie, auf jeden Fall etwas Geisteswissenschaftliches, denn wir wohnten im Wohnheim der historisch-philologischen Fakultät. Illimar sah nicht im Geringsten wie ein Intellektueller aus: ein langer Lulatsch mit riesigen Füßen und Händen (letztere hätte man eher Pranken nennen können, weil sie gut einen Fußball fangen konnten und zum Schwimmen keine Schwimmflossen nötig waren). Er hatte das Gesicht eines Bauern, rund und mit hohem Jochbein, ein spitzes Kinn, verfilzte Haare, kleine, schmale und listige Augen, die einem mitzuteilen schienen: »Oh, das wissen wir schon selbst, versucht uns bloß keinen Sand in die Augen zu streuen.« Seine Arme und Beine schlenkerten ungewöhnlich, das heißt, sie bewegten sich nicht synchron wie bei normalen Menschen. Bei uns bewegt sich beim Gehen gemeinsam mit dem rechten Bein der linke Arm nach vorne, und umgekehrt. Aber bei Robinson gingen der linke Arm und das linke Bein gemeinsam nach vorne, dann rechtes Bein und rechter Arm, und so die ganze Zeit. Im alltäglichen Leben fiel das nicht weiter auf, weil er sehr verhalten ging und die Arme ruhig hielt, an der Seite, in der Tasche oder auf dem Rücken. Aber bei der Militärschulung hatte er Schwierigkeiten mit dem Gleichschritt, denn dort müssen sich die Arme schwungvoll nach einem bestimmten Muster bewegen. Die russischen Offiziere versammelten sich am Rande des Exerzierplatzes, betrachteten Illimar wie ein wundersames Tier und schüttelten den Kopf: »Das ist ja ungeheuerlich!« Anfangs wollte man ihn sogar zur Medizinkommission oder ärztlichen Untersuchung schicken, weil man in Erwägung zog, dass er simulierte. Dann aber wurde entschieden, Illimar vom Marschieren im Gleichschritt zu befreien, denn einer wie er hätte mit seinem Hin- und Herschwanken die ganze Formation in Unordnung gebracht. Während also die anderen wild mit den Absätzen auf dem Asphalt stampften und Begrüßungen herausposaunten, musste er am Rande des Platzes für sich alleine trainieren. Was er dort zustande brachte, erinnerte an einen in aller Stille verrückt gewordenen Tanzlehrer.

Dieser komische Kauz wohnte auf derselben Etage wie ich. Er war kein geselliger Typ, er grüßte die anderen nicht einmal und schlug sich im Allgemeinen wie ein Autist durch. Genau so, er war nicht eingebildet, sondern lebte einfach in seiner eigenen Welt und an den anderen vorbei, er kam einfach nicht darauf, dass man seine Mitmenschen grüßen könnte.

Am Ende des Korridors im Wohnheim war eine kleine Ecke mit ein paar Sesseln und einem Tischchen, die Ruheecke genannt wurde. Illimar stand gerne dort und schaute aus dem Fenster. Deswegen konnte er Liebespaare nicht ausstehen, die sich in der Ruheecke küssen und begrapschen wollten. Illimar stand zu sehr verschiedenen Zeiten in der Ruheecke, woraus man schließen konnte, dass er einen unregelmäßigen Tagesablauf hatte. Jedenfalls hatte ich manchmal in der Morgendämmerung, wenn ich von einer nächtlichen Zusammenkunft in der Stadt nach Hause kam, den Eindruck, als hätten ein paar Scherzbolde eine Skulptur vors Fenster geschleppt, die die Vorübergehenden nun mit steinernem Gesichtsausdruck anstarrte. In Wirklichkeit war das Illimar, der die Welt betrachtete. Einmal stellte ich mich zum Spaß neben ihn. Ich weiß nicht, was mich umtrieb, ganz bestimmt nicht der Wunsch ihn zu hänseln. Und was passierte? Wenn man zehn Minuten neben ihm stand und ganz nebenbei zu reden begann, fing er unbemerkt an mitzureden, und nicht zu irgendeinem nichtigen Thema. Ganz im Gegenteil, wenn du zum Beispiel bemerktest, dass die Zweckmäßigkeit von Bäumen zweifellos unstrittig sei, konnte daraus ein langes und gehaltvolles Gespräch entstehen. Dennoch kam häufiger vor, dass wir einfach so dastanden und kein Wort wechselten. Ich merkte, dass es sehr interessant war, mit jemandem gemeinsam zu schweigen – für den Fall, dass du wusstest, dass der andere in gewisser Hinsicht so war wie du und ein wenig so fühlte und dachte wie du.

Einmal standen wir eine Dreiviertelstunde da, und danach gingen wir ein jeder in seine Richtung, nicht ohne uns vorher höflich einander zugewandt und leicht, wie zum Dank, zugenickt zu haben. Danach kam ich auf die Idee, ihm einen

Brief zu schreiben – offiziell, mit Briefmarke. Er antwortete freundlich und mit geschliffenen Formulierungen, keineswegs wortkarg, sondern ausgiebig, mit Höflichkeits- und anderen Formeln, wie in einem literarischen Werk. So begann unsere Korrespondenz. Als ich mich einmal entschied, einen Brief nicht zu schicken, sondern ihn direkt in das entsprechende Postfach zu legen – sie befanden sich in alphabetischer Reihenfolge neben dem Schwarzen Brett im Foyer des Wohnheims –, erhielt ich im nächsten Brief einen versteckten Vorwurf – für Illimar schien es wichtig zu sein, dass ein Brief wie es sich gehört auf der Reise gewesen sein musste. Dabei blieben wir dann auch.

Ein solcher Umgang mag befremdlich erscheinen, aber wenn man bedenkt, dass sogar Ehepaare schriftlich miteinander kommunizieren oder mit dem Handy im Nebenzimmer anrufen, ist das gar nicht so merkwürdig.

Worüber schrieben wir? Wir beratschlagten – tatsächlich legte jeder von uns seinen Standpunkt dar – über Dinge, die für junge Intellektuelle, die die Welt erst entdeckten, wichtig waren. Die Themen waren nahezu ausnahmslos geistiger Art und abstrakt (zum Beispiel die Subjektivität von Glück und Unglück, die Unsterblichkeit der Seele, die Rationalität der Welt, Liebe als Sinnestäuschung). Ich gebe zu, dass es für mich ein bisschen ein Spiel war, ein Ritual, für Illimar kann ich nicht sprechen. Unser Briefwechsel dauerte über ein Jahr. Eine Freundschaft anderer Form entstand zwischen uns nicht, und wir wussten nichts vom Privatleben des anderen.

Nach dem Abschluss der Universität versäumten wir es, uns unsere neuen Adressen mitzuteilen. Da wir unser Schulpraktikum in verschiedenen Städten hatten und uns im Wohnheim nur selten trafen (obwohl ich mir meine Post noch ins Wohnheim schicken ließ, als ich schon meine Wohnung im Suppenviertel hatte, weil ich so einen Grund hatte, einen altbekannten Ort aufzusuchen), verloren wir einander aus den Augen, und der Briefwechsel wurde für beinahe acht Jahre unterbrochen.

Ich hatte Illimar Robinson am Beginn meiner Briefe mitunter als »gelehrten Freund« tituliert. Ich meinte diese Anrede nicht ernst und eher ein wenig hänselnd, andererseits war sie auch begründet, denn Illimar hatte meistens ein Buch unter dem Arm, und gelehrt war er sicherlich, auf eine ganz andere Art und Weise als wir Übrigen. Ich war bald dazu übergegangen, anstelle meines echten Namens am Ende der Briefe mit »Chronist« zu unterzeichnen (was sich als prophetisch erwies). Am Anfang schrieb ich aber meinen richtigen Namen. Möglicherweise hatte Illimar den nun gedruckt gesehen – zum ersten Mal nach acht Jahren. Estnischsprachige Presse oder Literatur las er sehr selten.

Während ich da am Tisch der Sekretärin stand und die gelangweilte Lhea mich mit unverhohlener Neugier beobachtete, wurde mir klar, wer der Absender des Briefes war, und ein warmes Gefühl durchströmte mich – teurer gelehrter Freund! Illimar war zweifellos ein Sonderfall. Ich denke jetzt nicht an seine verhaltensmäßigen oder psychologischen Verschrobenheiten, von seinem Äußeren ganz zu schweigen, sondern daran, was man als Dominante der inneren Welt, als eigenen Ton oder Fixbild bezeichnen könnte. Illimar hatte von klein auf ein Interesse an allen möglichen romantischen Erscheinungen. Genauer gesagt nicht nur ein Interesse, sondern eine Anhänglichkeit, eine Seelen- und Blutsverwandtschaft. Sein ganzes Wesen zog es dahin, er durchlebte sie ständig und identifizierte sich mit ihnen.

Romantik ist vielleicht ein zu weiter Begriff. Was Illimar fesselte, war der geistige Elan, der das Leben weiterbrachte, der Seelenbrand, der die Menschen auf seinem Wellenkamm trägt. In Situationen, die von derartigen Bränden inspiriert sind, benehmen sich die Menschen anders als sonst, sie handeln nicht mehr aufgrund der bloßen alltäglichen Bedürfnisse. Statt von Fortpflanzung und Ernährung, von der Lebenserhaltung, aber auch von Zerstreuung oder gegenseitiger Konkurrenz werden sie nun getrieben von Visionen und Vorstellungen. In den Augen der Menschen entflammt ein Feuer und ihnen wachsen Flügel.

Dabei mag in mancherlei Hinsicht überraschen, dass Kunst im engeren Sinne für Illimar eher im Hintergrund blieb. Ich glaube, dass die Innigkeit und das Visionäre, was mit der Kunst einherging, für ihn allzu selbstverständlich waren. Das war ja die ureigenste Domäne der Kunst. Darin verbargen sich gleichzeitig ihre Stärke und Schwäche. Wenn der Einfluss der Kunst auf die Gesellschaft groß war und sie mit dem übrigen Leben stark verwoben war wie in der deutschen Romantik oder in der Zeit unseres nationalen Erwachens, rief das gewaltige allgemeine Visionen hervor, die auch die Massen beeinflussten. Wenn die Kunst aber für sich blieb, sozusagen eine Spielwiese für Spezialisten und Leute, die sich ihre eigenen Erlebnisse bastelten, konnte sie leicht in den Verruf technischer Trickserei kommen. Während die Kunst mit Leichtsinn und Prahlerei Aufmerksamkeit einforderte, konnte damit das Format einer anderen Unternehmung völlig ins Lächerliche gezogen werden. So oder so, in Illimars geistiger Buchhaltung war die Kunst ausgeklammert.

Ihn fesselte die Romantik und der geistige Keim im Leben als Ganzes und im weitesten Sinne, sogar in der Sphäre, die historische Schöpfung genannt wird, und in der Politik als deren Werkzeug. Das betraf sowohl »das Einzelne«, also Personen und Ereignisse, als auch »das Allgemeine«, zum Beispiel Epochen oder geistige Strukturen, die über sie hinausreichten und außerhalb der Zeitalter standen.

Um einen schwachen Eindruck von den Personen, die er bewunderte, zu geben, kann ich erwähnen, dass in seinem persönlichen Pantheon zum Beispiel Perikles, Leonidas und Marcus Aurelius, Meister Eckhart und William Blake, Amerikas »Gründerväter«, Garibaldi, die Polarforscher Scott und Amundsen, der Astronaut Neil Armstrong und Mutter Teresa, Martin Luther King und Mary Baker Eddy, der Adventistenprophet White, Albert Schweitzer, Nestor Machno und wer nicht noch alles Platz fanden. Aber er fühlte auch Bewunderung für den Spartakusaufstand und die Kreuzzüge, das Vordringen der amerikanischen Kolonisten nach Westen und der russischen nach Osten. Ihm waren Druiden, Samurais und die Roten lettischen Schützen lieb, ebenso die aufopferungsvollen Mitarbeiterinnen der estnischen Landbibliotheken und die Wanderschauspieler aller Zeiten, Streiter für die Rechte der Tiere und die drei Schwestern von Tschechow. Dabei störte ihn nicht, dass es sich hierbei in der Praxis um gegensätzliche oder sogar feindlich gegenüberstehende Erscheinungen handeln konnte. Er ehrte sowohl den Inquisitor Torquemada als auch Jan Hus und Jeanne d'Arc, sowohl Wallenstein als auch Karl XII., Napoleon und Metternich, Jesuiten und Freimaurer. Ich erinnere mich daran, wie seine Augen zu leuchten begannen, wenn er eine Nonne erblickte, die sich nach Tartu verirrt hatte, und wie er eine Träne wegdrückte, wenn er die Marseillaise auf Französisch hörte. Er hatte im Allgemeinen eine Schwäche für Nationalhymnen, Kirchenmusik und revolutionäre Lieder. Zur weiteren Präzisierung: Obwohl viele Personen aus dem religiösen Bereich zu Illimars Lieblingen zählten, taten sie das nicht aufgrund der Religion.

Einmal schrieb er:

Es ist nicht wichtig, was du glaubst. Wichtig ist überhaupt zu glauben. Zu glauben, dass es noch etwas gibt außer unserem irdischen Leben und der materiellen Welt. Zu glauben, dass unsere Existenz damit nicht endet. Glauben, das heißt Widerstand leisten, die Weigerung anzuerkennen, dass wir eine Bläschen auf der Oberfläche einer Pfütze sind. Warum bloß wird es für außerordentlich würdevoll angesehen, wenn man sich aufrichtet und lauthals verkündet, »Ich bin ein Mensch und stolz darauf, denn ich weiß, dass ich die Hülle von allem bin und dass alles mit mir endet, ich nehme die Schlacht an, ich greife das Gewitter an« und anderes hohles Geschwätz? Warum ist das würdiger als – im Gegenteil – zu sagen: »Ja, ich weiß, dass es etwas gibt, das größer ist als ich, ich will dazugehören und ein Soldat in dessen Dienst sein, ich unterwerfe mich dessen Befehl«? Die Materie oder das, was wir sinnlich erfassen, ist ja eine Vorgabe, die erhalten wir sozusagen von selbst, was ist es dann für eine Kunst, dies anzuerkennen? Was für eine Leistung! Wahrlich erhaben ist gerade das Gegenteil – gegen die spontane Naturkraft in Aufstand zu geraten. Die Romantik ist die Unfähigkeit und der Unwille sich mit der banalen Vorgabe abzufinden, mit dem traurigen Urzustand, mit der erniedrigenden Wirklichkeit.

So etwas schrieb er nach dem dritten Studienjahr, und es klang ein wenig pueril. Später sagte er sich dann auch teilweise von seiner Formulierung los, indem er behauptete, er habe sich weiterentwickelt. Und präzisierte, genauer gesagt wiederholte, dass ihn nicht Religion per se, Seligkeit und ein

Leben nach dem Tode interessierten, sondern jener gemeinschaftliche Teil, der einen religiös gebundenen Menschen mit anderen Menschen verband, deren Leben gleichfalls von einer geistigen Dominante geleitet wurde. Ich betone, dass für Illimar die Hauptsache immer die lebendige Begeisterung war, die entstand, wenn man sich auf seine Träume zu bewegte, wenn man irgendwohin strebte, einerlei was für ein Ziel man hatte. Als letzteres taugte natürlich auch das Paradies oder das Seelenheil, aber das Paradies selbst interessierte Illimar nicht. Ich bekam den Eindruck, dass ihm das langweilig vorkam, denn es war ein Endbahnhof, also etwas Statisches.

»Wohin geht es nach der Seligkeit noch weiter?«, fragte er und schaute durchs Wohnheimfenster auf die Straße, wo ein junger Mann und ein Mädchen aneinandergeschmiegt standen und die ersten Schneeflocken auf sie fielen, während man in der Ferne den Wasserturm sah.

Illimars Diplomarbeit behandelte formal betrachtet den amerikanischen Schriftsteller Saul Bellow. Eigentlich hätte ihr Titel *Romantik und Christentum* lauten müssen. Soweit ich mich erinnere, war die Hauptfigur des Romans »Herzog« mit der Anfertigung einer gleichnamigen Untersuchung befasst. Worum genau es in der Untersuchung ging, hat Bellow jedoch nicht detaillierter enthüllt. *Romantik und Christentum* war für ihn eher eine literarische Kulisse oder ein Markenname – ein Bild zur Charakterisierung des geistigen Niveaus der Hauptperson. Es entstand der Eindruck, als wollte mein gelehrter Freund dieses Traktat nun wiederherstellen, wobei er dazu ein Gesicht machte, als würde die Angelegenheit ausschließlich die Literatur betreffen. In Wirklichkeit trickste er, weil ihn Bellow nämlich nicht interessierte, sondern gerade Romantik und Christentum.

Seine Hauptthese lautete, dass das Christentum die größte romantische Erscheinung der Geschichte war. Im Laufe von anderthalb Jahrtausenden eroberte es die Sinne der Menschen dermaßen, dass sie in einer geistigen Welt lebten – wenn man Geist auffasste als Gegenstück zur fleischlichen Welt beziehungsweise zum normalen Leben. Während all dieser Jahrhunderte war für die Menschen etwas am wichtigsten, was man weder anrühren noch sinnlich erfassen konnte und was niemand gesehen hatte. Weil dieses Etwas die ganze Gesellschaft erfasste, all ihre Aspekte und Stufen, war das ein Triumph der Vorstellungskraft. Die Hauptsache war – wieder einmal –, dass der Mensch von der geistigen Urkraft angespornt wurde.

Natürlich konnte Illimar in einer Diplomarbeit an einer sowjetischen Hochschule nicht so eindeutig darüber schreiben. Obwohl Bellow nicht verboten war, weil er kritisch-intellektuell zur amerikanischen Gesellschaft eingestellt war, und auch die Romantik nicht verboten war – manche ihrer Strömungen wie die revolutionäre Romantik mit Gorki an der Spitze stand sogar in hohem Ansehen –, war das Christentum doch in jedem Fall passé. (Es sei daran erinnert, dass man viele Dinge damals ohnehin nur in Gestalt von Kritik behandeln konnte. Eine Dissertation handelte beispielsweise nicht von der »westlichen Philosophie«, sondern war eine »Kritik der westlichen Philosophie«. Diese Binsenwahrheit der sowjetischen Geisteswissenschaft kannten wir Zwanzigjährigen schon gut.) So gestaltete Illimar den Hauptteil seiner Arbeit als einen Monolog von Moses Herzog, indem er ihn von Anfang bis Ende in Anführungszeichen setzte! Zum Schluss widerlegte er dies aber mit zwei Sätzen als »die Utopie eines bürgerlichen Intellektuellen der westlichen Gesellschaft«. Obendrein flambierte er es noch mit den obligatorischen Leninzitaten. Das alles war so durchsichtig, dass man kaum glauben mochte, dass man damit seinen Betreuer hinters Licht führen konnte, eher war dieser wohl stillschweigend einverstanden.

Jedenfalls kam Illimar mit seiner Arbeit durch. Ein paar Jahre später erschien eine komprimierte und weiter entwickelte Artikelversion der Arbeit in der Literaturzeitschrift *Looming*, nun schon ohne all die Widerlegungen und Leninzitate. Aber der Geschichte wurde nicht viel Aufmerksamkeit geschenkt, man hielt sie für eine speziellere literarische Untersuchung oder für das Bußschreiben eines Kirchenmannes, der eine Kehrtwendung vollzogen hat.

Obwohl Illimar nicht gläubig war, empfand er dem Glauben gegenüber eine gewisse Sympathie, das Christentum war für ihn Romantik im Quadrat. Mönche waren die größten Romantiker, und ihnen galt Illimars Sympathie, egal ob Einsiedler-, Kloster- oder Wandermönche. Mönche waren Profis, sie waren den anderen zuvorgekommen. Er hielt das Mönchtum für die größte Errungenschaft der Menschheit, weshalb er an Mönchen nicht einfach so vorbeigehen konnte, sondern an sie herantreten und das eine oder andere lateinische Wort aussprechen musste (er hatte Latein als Autodidakt gelernt), woraufhin der Mönch dann das Kreuzzeichen über ihm machte (sofern es sich um einen christlichen Mönch handelte). Gleichzeitig liebte er alle, die wie Mönche lebten, auch wenn sie selbst nicht offiziell einem Orden angehörten. Er hatte die Möglichkeit erwogen, als Laienbruder in ein Kloster einzutreten, war aber zu der Erkenntnis gelangt, dass das für ihn »nichts hinzufügen würde«.

Trotz seiner Mönchsliebe war Illimar in dieser Hinsicht

kein besessener Monomane, er sah die Unumgänglichkeit der Fortpflanzung und des täglichen Brotverdienstes ein. Auch Frauen waren bestimmt notwendig. Über Frauen sprach und schrieb er im Allgemeinen wenig – offenbar aus dem gleichen Grund, weswegen er wenig über Kunst schrieb. Er hielt sie schon vom Wesen her für romantisch, sie wiesen Überschneidungen mit der Vollkommenheit auf. Daher wurden sie gleichsam ausgeklammert und bedurften keiner gesonderten Behandlung mehr. Die Parallelität zur Kunst war umso größer, als Frauen zwar in der Lage waren, den geistigen Strömungen ein zweites Paar Flügel zu verleihen, sie aber ebenso auch auf kleinliche irdische persönliche Dramen reduzieren konnten.

Als Mann kannte Illimar – so schien mir wenigstens – die Frauen nicht sehr gut, aber er ignorierte sie auch nicht, wenn sie seinen Weg kreuzten. Der Umgang mit Frauen war ihm nicht zuwider, aber es gab Wichtigeres für ihn.

Bei mir war der Eindruck entstanden, dass Illimar vorhatte, nach der Universität seine Arbeit fortzusetzen. An das Verlegen von Büchern und die Verteidigung von Doktorarbeiten dachte er dabei womöglich gar nicht, denn er wurde von einer globalen Vision beflügelt. Ich weiß zum Beispiel, dass sein ferner Wunsch war, ein eigenartiges Register oder eine Enzyklopädie zusammenzustellen von allem, was in der Geschichte der Menschheit von der »geistigen Flamme« getragen worden ist. Als Titel für dieses Kompendium hatte er sich *Wackenbuch des Geistes* ausgedacht, nach dem historischen Namen der Rechnungsbücher der Güter in Estland, in denen die Arbeitsnormen der Bauern und ähnliches verzeichnet wurden. Ihm wurde allerdings klar, dass so etwas die Kräfte eines Einzelnen übersteigen würde. Deswegen hegte er den Gedanken von der Gründung eines Zentrums oder einer Arbeitsstelle. Vorbild waren ihm dabei – und zwar gleichermaßen – sowohl das Soziologielabor, das damals an der Universität existierte und alsbald von den Behörden geschlossen wurde, als auch die Arbeitsstelle für kommunistische Erziehung (die es bis zur Perestroika gab). Zwischenzeitlich träumte er sogar vom Aufbau eines weltweiten Netzwerks von Mitarbeitern. Sachkenner aus allen Ländern und Kulturen würden die historischen Perioden des geistigen Enthusiasmus ihrer Gesellschaft zu Papier bringen, deren allgemeine Charakterisierung, die herausragendsten Vertreter, wichtigsten Ereignisse, die geistige und materielle Infrastruktur mit allem, was dazugehörte, und so weiter. Wenn mein gelehrter Freund davon sprach, war sein Blick nach oben gerichtet (»an die Grenze der Wolken«) und seine schmalen, listigen Augen strahlten. Zwanzig Sekunden später seufzte er glücklich, bildete mit den Händen (Pranken!) eine Faust und schlug sich damit auf die Stirn und auf die Brust.

»An die Arbeit«, rief er. »Wir müssen arbeiten!«

Zunächst führten seine grandiosen Pläne zu nichts, denn der Geheimdienst mischte sich ein. In seiner jugendlichen Naivität hatte Illimar sich ernsthaft daran gemacht, für sein Zentrum Mitarbeiter einzuwerben. Selbstverständlich las man seine Briefe an ausländische Wissenschaftszentren und Privatpersonen (darunter die Carnegie Institution, das gerade eröffnete Centre Pompidou, der Dalai Lama und Bob Dylan) und Illimar wurde vorgeladen.

Im lokalen Hauptquartier des Geheimdienstes in der Vanemuine-Straße gelangte man recht schnell zu der Erkenntnis, dass man es hier nicht mit einem aktiven Gegner, sondern mit einem Exzentriker zu tun hatte. Desungeachtet bedeutete ihm Hauptmann Ivar Sidorow, der Leiter der dritten Abteilung, die die Intellektuellen kujonierte, mit besonderem Nachdruck, dass die romantischste Sache der Welt die Sowjetmacht sei, und wenn er seinen »Stuss« nicht unterlasse, er auf keine Gnade mehr rechnen könne.

»Romantik findet man letztlich auch in Workuta, da sind schon einige Visionäre vor dir gelandet«, schmunzelte Hauptmann Sidorow, der sich für einen Intellektuellen hielt und in dessen Auffassung »Visionär« ein ebenso übles Schimpfwort war wie »Päderast«.

Damit war einstweilen ein Schlussstrich unter das Zentrum und die Enzyklopädie gezogen, aber in seinen Gedanken ist der Mensch frei. Einem unscheinbaren Dorflehrer, der Illimar bald wurde und beinahe zehn Jahre lang blieb, konnte niemand verbieten zu Hause für Privatzwecke seinem Hobby nachzugehen, ob es nun das Schwarzbrennen von Schnaps war oder der Traum davon, dass sich die Welt dem Licht der Romantik zuwandte. Und mit letzterem befasste sich Illimar, die dazwischen liegenden Jahre hatten seinen Glauben nicht ins Wanken gebracht. Er hoffte nach wie vor, dass die Menschheit sich wieder vergeistigte und dass »große Dinge zu erwarten waren«. Er behielt seinen Glauben jedoch für sich, weil die Zeit noch nicht reif sei. Ebenso war er sich nicht sicher, wo »die Sache losgehen würde«. Selbst erwähnte er mit keinem einzigen Wort, dass in Estland etwas geschehen könnte. Wenn also Naaskel ihm seine Frage gestellt hätte, hätte die Antwort offensichtlich »nein« gelautet. Illimar glaubte nicht, dass Estland unabhängig werden würde. Eigentlich war ihm das nicht wichtig – wie alles, was nicht im zentralen Brennpunkt seiner Gedankenwelt stand.

Warum schrieb er mir jetzt? Offenbar bekommt ein Mensch, egal wie isoliert und introvertiert er lebt, hin und wieder den Wunsch, seine Gedanken mit jemandem zu teilen. Möglicherweise korrespondierte Illimar auch mit anderen, danach habe ich nicht gefragt. Ebenso wenig wusste ich, ob jemand unsere Briefe mitlas.

Als der Geheimdiensthauptmann Sidorow Illimar gesagt hatte, dass die Sowjetmacht die romantischste Sache der Welt sei, wollte er Illimar offenbar ins Lächerliche ziehen. Ohne es zu wissen, hatte er damit aber beinahe den Nagel auf den Kopf getroffen, denn Illimar glaubte mehr oder weniger dasselbe! Nun gut, vielleicht nicht die romantischste Sache – Illimar stellte keine Rangfolge von Zeitaltern und Situationen auf –, und sicherlich nicht während ihrer gesamten Dauer, aber romantisch sicherlich. Illimar hielt die russische Revolution und die ihr unmittelbar vorausgegangenen und folgenden Jahre für bewundernswert. (Übrigens lag auf seinem Nachttisch ein völlig zerlesenes Exemplar von Nikolai Ostrowskis *Wie der Stahl gehärtet wurde*.)

Nach seinem Verständnis gab es damals in der Gesellschaft ungeheuer viel Enthusiasmus. In den zwanziger und dreißiger Jahren des 20. Jahrhunderts glaubten die Menschen aufrichtig daran, dass sie eine Sonnenstadt bauten. Dass deren Name zufällig Kommunismus lautete, hatte weiter keine große Bedeutung. Sie lebten im Namen der Zukunft. Ungeachtet der Stalinschen Repressionen, die allmählich anfingen, war das Leben als ganzes nicht entfremdet oder verfälscht, man stieß noch lange nicht überall auf starre staatliche Bürokratie. Ein erhebendes romantisches Lebensgefühl soll es sogar noch zur Zeit von Chruschtschows Tauwetter gegeben haben.

Zusätzlich interessierte Illimar sich für die Russen im

engeren Sinne und ließ sich in seinen Briefen lang und breit über sie aus. Er fand, dass ihm als Europäer, also selbstverständlich einem Vertreter aufklärerischer Ideen, vieles im russischen Seelenleben fremd war. Gleichzeitig standen ihm die andächtige Religiosität des russischen Volkes und die allgemeine Anhänglichkeit an seelischen Werten nahe. Er meinte, dass die Religion der Russen ein integraler Bestandteil ihrer Psyche sei, sie seien mit ihr auf einzigartige Weise verwoben, und das unterscheide sie von Westlern. Die Sowjetmacht rottete den orthodoxen Glauben nicht mit Stumpf und Stiel aus, sondern ersetzte ihn durch einen anderen Glauben. Es wurde lediglich eine andere Birne in dieselbe Fassung geschraubt.

Dabei muss man natürlich sagen, dass Illimar eigentlich niemals richtig in Russland gewesen war, sein Wissen beruhte auf Autoren vom Anfang des Jahrhunderts (Solowjow, Rosanow, Florenski, Berdjajew) oder noch älteren (Katkow), die mehr oder weniger Slawophile waren. Die orthodoxe Konfession hielt er in jeder Hinsicht für tiefer und fortgeschrittener als die römisch-katholische (besondere Bewunderung genoss bei ihm die *Theosis*, das sich lebenslange Annähern an Gott). Im Protestantismus dagegen fand er beinahe nichts Interessantes. Der war seiner Meinung nach einerseits nur eine abstrakte Gedankenspielerei auf der Ebene des Bewusstseins, andererseits entsetzlich anspruchsvoll, weil man sich an seinen eigenen Haaren aus dem Sumpf ziehen musste, wozu der Mensch nicht fähig war (oder wenn er glaubte, dass er es war, war das Selbstbetrug). Sogar Kierkegaard, auf den er sich seinerzeit mit Eifer gestürzt hatte, bereitete ihm letztendlich eine Enttäuschung. »Krittelt herum«, sagte er kopfschüttelnd, »krittelt trocken herum. Obwohl er schreibt wie ein junger Gott.« Er hatte sogar erwogen zum orthodoxen Glauben überzutreten, fand dann aber, dass das nicht ehrlich wäre, denn eine bloße Romantikschwärmerei sei kein hinreichender Grund für einen solchen Schritt. Aber er spazierte gerne in der Nähe von kleinen zwiebeltürmigen Holzkirchen umher, lehnte sich an die hölzernen Pfosten an ihren Eingängen und schloss dann selig seine kleinen listigen Augen.

Von Mitte Juni bis Mitte August, wenn die Lehrer Sommerferien hatten, konnte man Illimar am Peipsi-See finden von Mustvee bis Varnja, wo er in den Dörfern der Altgläubigen umherwanderte, ohne sich mit jemandem zu unterhalten oder irgendwen zu belästigen.

Warum nutzte der Geheimdienst ihn nicht aus? Ein junger estnischer Intellektueller, der die Revolution und das russische Seelenleben in Ehren hält – wäre so jemand nicht prädestiniert für Propaganda? Auf den ersten Blick hätte man den Organen vorwerfen können, sie würden wenig Flexibilität an den Tag legen und in Stereotypen verharren. Aber wenn man gründlicher nachdachte, handelten die Organe von ihrem Standpunkt aus betrachtet klug. Illimars Glaube und Liebe waren nur scheinbar richtig, weil sie mit der Glanzwahrheit der Losungen übereinstimmten. In Wirklichkeit – nach dem Wesensgedanken eines totalitären Regimes – war ihre Ausgangsposition im Kern falsch und gefährlicher als irgendeine Art von gemäßigter Opposition oder Gleichgültigkeit. In erster Linie weil Totalitarismus ein starrer und beständiger Zustand war und nicht Sturm und Drang – Statik war sein Hauptmerkmal, nicht Dynamik. Selbst auf die strahlenden Gipfel des Totalitarismus (falls solche existieren sollten) durfte man nicht begeistert und in gehobenem Gemütszustand streben. Man musste sich Schritt für Schritt zu ihnen hocharbeiten, indem man sich mit dem Skalpell durch Leichenberge grub. Jeder Inquisitor wusste, dass ein allzu eifriger Gläubiger verdächtig war. Das gleiche galt für einen ernsthaften Kommunisten im letzten Viertel des zwanzigsten Jahrhunderts.

Illimar führte während des Studiums und später das Leben eines Einsiedlers, und das kam ihm zugute, denn man darf davon ausgehen, dass es zum offenen Streit mit unseren »Finnougriern« gekommen wäre, wenn er seinen Standpunkten größere Verbreitung hätte angedeihen lassen. Das wäre aber ungerechtfertigt gewesen, denn er hatte nicht entfernt etwas gegen das Estentum, auch wenn er kein aktiver Nationalist war. Er behandelte das Estentum schlicht als Forschungsobjekt, kritisch und in vollem Maße das anerkennend, was es dort an Anerkennenswertem zu finden gab. Und das war gar nicht so wenig.

In seiner Auffassung gab es diverse romantische Perioden in der Geschichte Estlands, beispielsweise das Herrnhutertum des 18. Jahrhunderts (obwohl er vor allem den sozialen Aspekt der Brüdergemeinde schätzte, die neue Geistigkeit unter der Bauernschaft und die begeisterte Eigeninitiative, nicht den religiösen Inhalt), das nationale Erwachen im 19. Jahrhundert (das noch mit anderen Aktionen verbunden wurde, wie das Geldsammeln für den Bau des Estonia-Theaters), dann noch der Freiheitskrieg und die Waldbrüder. Seine Aufmerksamkeit richtete sich auf die Begeisterung für den Sport und die Mäßigkeitsbewegung, die von den Großtaten Lurichs, Abergs und anderer Schwerathleten inspiriert worden waren. Aus der späteren Zeit hielt er unsere Theatererneuerung und die maschinenschriftlichen Almanache für bemerkenswert (was in der zweiten Hälfte der 1960er-Jahre begann und womit in seiner späteren Phase auch Mati Tõusumägi verbunden war). Als Ganzes hatte er Respekt vor der Beständigkeit des Estentums, obwohl es in seinen Augen nicht sonderlich attraktiv war, fünftausend Jahre an einem Ort zu leben und Roggen anzubauen.

»Moos ist älter als wir«, pflegte er zu sagen.

So begann also unser Briefwechsel. Im Durchschnitt schrieben wir einmal im Monat. Ich weiß nicht, warum gerade in diesem Rhythmus, warum nicht häufiger oder seltener. Ein solches Intervall erschien uns schön, altmodisch und solide. So entstand der Eindruck, als wäre jeder Brief die Frucht von einem Monat Gedankenarbeit, ausgewogen, sorgfältig und von Überflüssigem befreit.

Während der Studienzeit hatte ich meinen Umgang mit Illimar nicht tiefer analysiert und uns auch nicht vom Typ her miteinander verglichen. Ich fand es einfach gut und interessant, einen solchen Menschen zu kennen. Offenbar war das Nährstoff für meine Eitelkeit, die man als junger Mensch hatte, denn jede seltsame Bekanntschaft war für einen geisteswissenschaftlichen Studenten in einem bestimmten Alter wie ein zusätzlicher Stern auf den Epauletten. (Ich gebe ehrlich zu, dass die Existenz dieser Bekanntschaft mein Selbstwertgefühl auch später noch lange Zeit beflügelte und ich meinen Gefährten absichtlich nicht von meinem gelehrten Freund erzählte, sondern ihn besitzergreifend für mich selbst behielt. Mati erinnerte sich natürlich an Illimar, aber in erster Linie in seiner Eigenschaft als Sonderling. Er lachte nicht über ihn, sondern schmunzelte gutherzig, aber auch das selten.) Jedenfalls dachte ich jetzt, da ich um einige Erfahrungen reicher war, gründlicher über Illimar nach, analysierte ihn und sortierte ihn ein. Ich kramte auch einige seiner alten

Briefe hervor, die ich glücklicherweise aufbewahrt hatte. Zusammengefasst ergab sich ein Bild, das einen verwirrte und das man auch bewundern konnte, aber an sich war seine Weltsicht nicht die meinige. Wenigstens fand ich, dass man sie ergänzen müsste um eine andere, in gewisser Hinsicht gegensätzliche Denkungsart.

In diesem Zusammenhang kann ich über mich selbst sagen, dass mich seinerzeit die so genannte »Theorie der kleinen Taten« faszinierte. In der Schule war uns beigebracht worden, dass das ein Charakteristikum der so genannten *Raznotschinetsy* der zweiten Hälfte des 19. Jahrhunderts war, einer sich aus verschiedenen Ständen zusammensetzenden Gruppe russischer Intellektueller. Aber ich würde das nicht auf den slawischen Kontext beschränken, weil es allgemeinmenschlich ist. Nach dieser Weltanschauung musste man konsequent handeln, ständig arbeiten – von Tag zu Tag, Schritt für Schritt, ohne Tamtam, mit aufeinandergebissenen Zähnen. Nicht von oben auf dem Podest, von wo aus man dirigierte, sondern unten im Chor, in seinem eigenen Abschnitt. Ohne Lob zu erwarten, ohne Preise zu erhalten, ohne Reichtümer anzuhäufen, als Entgelt nur das Wissen, dass man eine notwendige Sache vorantrieb, dass du im Namen von Gesellschaft und Menschheit tätig warst. Obwohl du ein kleiner Mensch warst, warst du notwendig, denn im Endeffekt brachten Tausende deinesgleichen das Leben voran. Wahrlich, wahrlich, infolge der Anstrengungen solcher Menschen konnte sich allmählich sogar mehr ändern als durch die Selbstaufopferung einer einzelnen herausragenden Seele.

Auf jeden Fall waren die Ergebnisse der kleinen Taten im Endeffekt beständiger als die Luftblasen vorübergehender Veränderungen, die visionäre Schaumschläger zustandebrachten.

Nicht dass man mich falsch versteht: Auch mir gefallen die dynamischen geistigen Perioden, die Illimar auf den Schild hob. Wem würden die nicht gefallen! Aber genau darum geht es, sie zu lieben und auf den Schild zu heben ist das Einfachste der Welt. Viel schwieriger ist es, den Menschen der kleinen Taten zu lieben, den unermüdlichen bienenfleißigen Winzling des grauen Alltags.

So waren Illimar und ich also in mancherlei Hinsicht Gegensätze. Und meiner Meinung nach war das großartig. Wo wäre die Gedankenfreiheit ansonsten geblieben! Außerdem ging es hier in erster Linie um ästhetische Vorlieben, denn keiner von uns lebte in vollem Ausmaß nach seinen eigenen Ansichten. Tatsächlich war es gerade Illimar, der das Hohe und Erhabene vergötterte, der in seinem Vana-Põgioja knechtete wie ein früherer Semstwoaktivist und dabei rein äußerlich nicht aus der Masse hervorstach. Während ich, der ich ein Verteidiger der Theorie der kleinen Taten war … Na ja, ich schuftete schon auch ein wenig, schließlich trug ich mit meinen Übersetzungen zum Bau der großen Kulturmauer bei. Aber zwischenzeitlich war ich auch ein Höhlenmensch, und dort schwebte man über den Dingen.

Was Illimar von mir hielt und ob er überhaupt eine Meinung hatte, weiß ich nicht. Wir korrespondierten nur auf der Ebene von Ideen. Hier einige Themen, mit denen er sich in den folgenden Jahren befasste: »Gibt es noch Literatur?«, »Ist es möglich nur an der Erhabenheit der eigenen Seele zu sterben?«, »Die Erbsünde: Mythos oder Wirklichkeit?« Weil er einen Hang zu den Naturphilosophen der Antike verspürte (»in der Antike sind alle Möglichkeiten durchgespielt worden«, beliebte er zu schreiben), erörterte er in einem seiner Briefe das Thema, ob es möglich wäre, sich eine so große Erdbeere vorzustellen, dass eine Schnecke davor erschräke und sich nicht an sie heranwagte, weil sie sie nicht mehr für eine Erdbeere hielt.

Von dem gelehrten Freund wird man auf den folgenden Seiten noch viel hören. Nun aber für einen Moment zurück zur Hauptperson, die wir sonst aus den Augen verlieren.

MATIS NEUE EHE

Dass Matis Familienleben schon eine ganze Weile nicht in bester Ordnung war, ahnte die Mehrheit seiner Freunde. Viele, die ihn nicht von früheren Zeiten her kannten, waren gänzlich überrascht, als sie hörten, dass er verheiratet war, weil er nicht so aussah. Er trat mit seiner Frau sehr selten in der Gesellschaft auf, und in der Höhle hatte man Piibe vermutlich niemals gesehen. Und wenn ein Mann fortwährend allein in der Kneipe sitzt, trinkt und singt, ist es kein Wunder, wenn eine Nymphe ungläubig und gedehnt sagt: »Wie-ie-ie? Du hast eine Frau?«

Im Interesse der Wahrheit sei gesagt, dass Mati in den Anfangsjahren seiner Ehe seine Frau überall mit hinnahm und sie in seinen Freundeskreis einbringen wollte. Er ließ dann aber davon ab, als er merkte, dass es nicht zur Lebenseinstellung seiner Frau passte, in größeren Gesellschaften herumzusitzen – selbst wenn die Gesellschaft zufällig gut war. Hier waren also auch weltanschauliche Gründe im Spiel und die Behauptung von Spöttern, der Pullover (Mati trug häufig Pullover) und der gewebte Rock (Piibe fertigte sich viele Kleidungsstücke selbst) würden sich anöden, umso mehr, als es zwischen ihnen nie Liebe gegeben habe (stattdessen sei es ein Zusammenschluss auf Basis der nationalen Idee gewesen), braucht nicht zu stimmen oder zumindest nicht die ganze Wahrheit zu sein. Der Hauptgrund lag wohl darin, dass Piibe, die schon vorher gläubig war, in ihrem Glauben wuchs und immer fester darin verwurzelte und sich immer mehr von der Welt abwandte. Mati dagegen, dessen offene Einstellung zur Kirche in erster Linie ein Protest gegen die Sowjetmacht war, fühlte seinen eher knappen Grundglauben mit den Jahren schwächer werden. Vermutlich konnte er nicht ganz verstehen, warum gerade jetzt, da der politische und andere Druck allmählich schwächer wurden, jemand noch heftiger an Gott zu glauben anfing. Ich kann also nicht sagen, wer welchen Anteil an der gegenseitigen Entfremdung hatte, von wem die Initiative kam. Jedenfalls ließen sie sich scheiden.

Nach der Scheidung traf ich Piibe einmal zufällig auf der Straße. Sie ging langsam und aufrecht, bewegte ihre Arme beinahe gar nicht und schaute mit einem streng melancholischen Blick starr vor sich hin. Sie kam mir vor, als würde sie einen Schleier tragen, obwohl das nicht der Fall war. Vorweg sei gesagt, dass auch Piibe nach einer Zeit erneut heiratete, und zwar einen auf der Durchreise befindlichen Missionar, mit dem sie bald nach Ägypten zu den Kopten zog. Das häufige Dilemma, das sich in Freundeskreisen nach der Scheidung eines bekannten Paares auftat, nämlich wer auf welcher Seite blieb und mit wem man in Zukunft weiterhin Kontakt haben würde, trat bei ihnen also nicht auf. Wir sahen Piibe einfach nicht mehr. Ihre Kinder kamen später nach Estland zurück (eins übersetzt aus dem Arabischen, das andere ist als Kaufmann tätig), aber ihre Mutter ist angeblich ins Kloster gegangen.

Gleichzeitig ist völlig logisch, dass Matis neue Beziehung die Trennung beschleunigte. Piibe war gläubig, und Gläubige trennen sich im Allgemeinen nicht so einfach wie Ungläubige. Dazu bedurfte es eines starken Impulses.

Agnes Aadler war eine schöne und begabte Frau, der man auf ihrem Gebiet eine große Zukunft prophezeite (ein paar Jahre später verteidigte sie siebenundzwanzigjährig ihre Kandidatendissertation, was für die damalige Zeit früh war), ebenso war sie in bescheidenem Maße eine Freiheitskämpferin – das allein schon wegen ihres Fachgebiets, denn Ethnografie gehört zu den so genannten Nationalwissenschaften. Sie war etwa zehn Jahre jünger als Mati, obwohl man rein äußerlich ihren Altersunterschied nicht für so groß gehalten hätte. Ohnehin kam sowieso niemandem in den Sinn, dass Mati jemals alt werden könnte. Er war so überaus vital, und an der Seite seiner jungen schönen Frau schien er noch vitaler zu werden.

Warum heiratete Agnes gerade ihn? Sie hatte zur gleichen Zeit einen Haufen anderer Bewunderer, darunter einen sehr anständigen und klugen Mann, Timmu hieß er, der halb zu unserer Gesellschaft gehörte (nach der Heirat von Agnes und Mati zog er sich zurück und stürzte sich in Arbeit, momentan verbringt er seinen Lebensabend als Junggeselle). Timmu war vollkommen fixiert auf Agnes, die sicherlich die große Liebe seines Lebens war. Auch Timmu war ein bisschen ein Freiheitskämpfer, er erforschte die wepsischen Lehnwörter im Estnischen und konnte im Schatten dieses Forschungsprojekts die Sache der Ingermanländer vorantreiben. Er stand nicht auf den Barrikaden, weil das nicht seinem Wesen entsprach. (Aber wer von uns stand da schon? Manche schrien bloß ein wenig lauter als der Rest.) Timmu war gutmütig, versöhnlich und nahm immer auf andere Rücksicht. Wenn er zum Beispiel mit jemandem gleichzeitig an der Kasse ankam, trat er zur Seite und sagte: »Bitte schön!« Er drängelte sich niemals vor, sparte sich für die Zukunft auf ehrliche Weise Geld zusammen, rauchte nicht und trank mäßig. In vielerlei Hinsicht war er beinahe das Gegenstück zu Mati. Auch der war ja kein Grobian, aber doch weniger feinfühlig. Dafür hatte er Elan und Lebenskraft, was Timmu abging, und das war dann entscheidend. Im Interesse der Wahrheit muss gesagt werden, dass Timmu sich diesmal überwand und nicht freiwillig zur Seite trat und zu Mati »Bitte schön!« sagte, als sie gleichzeitig vor der Tür zu Agnes' Herz angelangt waren. So eine Angelegenheit muss die Frau entscheiden. Sie schaut, wer den Elan hat und mit wem man lebensfähigere Nachkommen bekäme. Unter Umständen begnügt sich eine Frau ja auch mit dem Kind, wenn der Mann nicht so recht will und sich nichts aus der Ehe macht. Hauptsache, das Leben und das Geschlecht gehen kraftvoll weiter. Die Behauptung also, Mati habe sich »das Schäflein des armen Mannes« geschnappt, braucht nicht vollständig der Wahrheit zu entsprechen. Das Schäflein wird schon selbst geschaut haben, mit wem und wie.

Agnes' Einstellung zum Glauben war wie bei der Mehrheit der jüngeren und im mittleren Alter befindlichen Intellektuellen eher oberflächlicher Natur. Dank ihrer volkskundlichen Arbeit war sie mit der estnischen Kirchengeschichte ein wenig in Berührung gekommen, aber der Gedanke an eine kirchliche Trauung kam zwischen ihnen keinen Moment auf, sie schlossen ihre Ehe schlicht auf dem Standesamt in der Pärnuer Chaussee. Wo sollte man das Fest feiern? Im Institut, wo Agnes arbeitete, oder bei Mati im Zoo, wo er inzwischen wieder arbeitete? Man fand, dass es im Institut ungefährlicher war. Der Tisch wurde in dem Zimmer gedeckt, in dem tagsüber außer Agnes noch zwei Wissenschaftler arbeiteten; der eine war ein Spezialist des Selkupischen, der andere des Kamassischen.

Es kamen viele Leute, die Flure und Fensterbänke waren voller Festgäste, die ein Glas in der Hand hielten und eine Zigarette im Mund hatten. Naaskel fragte Agnes im ungünstigsten Moment: »Entschuldigen Sie, glauben Sie, dass Estland frei wird?« (Als Antwort lachte Agnes nur bezaubernd.) Auch Manglus kam im Institut vorbei und setzte ein Gesicht auf, als bräuchte er nur mit dem kleinen Finger zu winken, und schon würde Agnes Mati verlassen und ihm folgen, er aber würde das gnädigerweise nicht tun. (Am nächsten Tag ließ er in der Höhle in engerem Kreise wie nebenbei fallen, dass Agnes nicht sein Typ sei und dass Mati zu runde Augen habe.) Klaus war extrem gut drauf, konnte sich nicht beherrschen und kletterte aufs Dach des Instituts (ein Teil der Leute hoffte, oder befürchtete ehrlich gesagt, dass er dort die blauschwarz-weiße Flagge hissen würde). Sie wären gerne, natürlich kostenlos, mit ihrer Band aufgetreten, aber dazu war zu wenig Platz, in den engen Fluren wäre der Klang ohrenbetäubend verstärkt worden.

Es war sicherlich das beeindruckendste Hochzeitsfest, auf dem ich gewesen bin. Die Hochzeitsgäste waren mehrheitlich noch relativ junge, aber kluge Menschen, die durch gleiche Werte verbunden waren und sich auch sonst gegenseitig mochten. Braut und Bräutigam waren eine Augenweide und passten zueinander.

Mati und Agnes hatten noch kein gemeinsames Zuhause, also übernachteten sie an Ort und Stelle auf einem Ecksofa, aus dessen Teilen man kein breites Hochzeitsbett zusammenstellen konnte, weshalb einer auf einem Ende, der andere auf dem anderen Ende schlafen musste. Ich glaube, sie schliefen Kopf an Kopf, denn schließlich waren es junge Leute, die sich noch etwas zu sagen hatten. Alte würden vielleicht mit den Füßen zusammenliegen, obwohl es deprimierend ist sich Menschen vorzustellen, die so arm sind, dass sie sich auch im Alter noch keine andere Schlafstatt haben beschaffen können als ein Ecksofa. Aber woher soll ich das wissen, vielleicht schläft man nach der Heirat sogar auf dem Fußboden – wenn die Liebe sehr groß ist.

Jedenfalls weckte die Putzfrau Mati und Agnes am frühen Morgen brummig-meckernd auf – sie wusste nicht, was sie davon halten sollte, denn man hatte versäumt, sie zur Hochzeit einzuladen.

Ein paar Monate später fanden Mati und Agnes endlich ein Zimmer. Ich war zum Einweihungsfest dort. Wir schenkten ihnen einen Heizlüfter, eine lettische Kaffeemaschine, deren Tülle prustete und spritzte, und anderen Haushaltskram. Jemand schenkte etliche alte Jahrgänge der Taschenbuchreihe »Loomings Bibliothek«. Ich wundere mich bis heute darüber, dass die Menschen es übers Herz brachten, sich davon zu trennen. Was aber das wichtigste war, der Direktor von Agnes' Institut kam mit einer abgenutzten, aber noch brauchbaren Schreibmaschine, damit Mati seine Arbeiten zu Hause erledigen konnte (bislang hatte er nachts im Büro des Zoos getippt).

»DAS IST ROMANTIK«

Ungefähr zu jener Zeit (genauer am 18. Februar 1986) bekam ich mal wieder einen Brief von Illimar. Eigentlich war es ein eigener Essay, und zwar einer der widersprüchlichsten, den er mir je geschickt hat. Weil er sozusagen mit seinem Grundthema zusammenhängt, bringe ich ihn hier ungekürzt.

HITLER UND STALIN

(*So wie es Illimar Robinson, Lehrer allgemeiner Fächer an der vierklassigen Schule in Vana-Põgioja, gesehen hat.*)
Die beiden Diktatoren sind in zahllosen Abhandlungen miteinander verglichen worden. Viele Forscher haben dabei vor allem auf ihre Ähnlichkeit hingewiesen. Dazu ist eine Auswahl von faktischen und persönlichkeitspsychologischen Übereinstimmungen ihrer Lebensläufe angeführt worden. Gestützt auf diese beziehungsweise deren Herkunft sind Spekulationen aufgestellt worden, die ihrerseits den Fund neuer Übereinstimmungen inspirieren oder generieren. Ohne eine solche Methode rundweg abzulehnen, sollte man konstatieren, dass man hierbei größtenteils von einer deduktiven Methode ausgeht, als würde eine Art universales Diktatorenmuster befolgt werden. Uns scheint, dass obwohl einige Übereinstimmungen zweifellos vorhanden sind (beispielsweise fehlte beiden Personen beinahe vollständig die Fähigkeit zur Empathie, Untertanen oder Mitbürger waren für beide in erster Linie Material zur Umsetzung ihrer Ideen), man sich von ihnen nicht in die Irre leiten lassen darf und äußerliche Ähnlichkeiten in den Vordergrund rückt, wo doch unter der Oberfläche viel wesentlichere Unterschiede zu finden sind.

Es genügt, die Augen zusammenzukneifen und in die Geschichte zurückzublicken, und schon sieht man den Unterschied im allgemeinen Imago. Stalin war wie ein Insekt oder ein Nagetier, eine Tarantel oder eine mystische Riesenratte, bei Hitler schießt einem als erster Vergleich eine böse Hexe oder ein hysterischer Satan durch den Kopf. Stalin ist gekennzeichnet durch fahle Monotonie. Obwohl in seinem Verhalten reichlich viel Unberechenbarkeit vorkam, war der Bereich, worin sich das äußerte, irdisch und verhältnismäßig beschränkt. Auf einer so genannten breiteren Skala führte er keine Bewegungen aus, die man als Gesten hätte bezeichnen können. Ihm fehlten Großmachtvisionen, abgesehen von der allgemeinsten – dass man Russland fürchten müsse. Stalins Lieblingsbetätigungsfeld waren Kader- oder Personalfragen, einfacher ausgedrückt die Welt der Intrigen. Bei ihm hat man von einer Paranoia gesprochen, weswegen er überall Verräter vermutete. Anfangs hat er das vielleicht wirklich geargwöhnt, denn die Macht der Bolschewiken war nicht gefestigt und auch unter ihnen selbst gab es Diskrepanzen. Dementsprechend beseitigte Stalin einen Gegner nach dem anderen. Zwischen Gegner und Feind gab es damals keinen wesentlichen Unterschied. Aber Stalins spätere Repressionen gingen nicht im Geringsten von einer realen Gefahr aus. Stalin saß so fest im Sattel, wie man sich nur denken kann, eine ernst zu nehmende Opposition fehlte. Dennoch wurden die Repressionen heftiger. Das war keine Paranoia, sondern da schwelgte ein Besessener in einem von extremem Voluntarismus getragenen Genuss: »Ich tue, was ich will, und zwar weil niemand anders als ich beschlossen hat, es so zu wollen!«

Stalins höchstes Niveau war nämlich die Demonstration seines subjektiven Willens, so dass er sich direkt wider jegliche Logik benahm, die die Normalsterblichen, die ihn umgaben, von ihm naiverweise erwarteten (und deren Fehlen sie eben auch dazu veranlasste, alle möglichen fantastischen Interpretationen für das Verhalten des »Hausherrn« zu suchen).

Zu dem Grundgedanken eines absoluten Autokraten gehört nämlich, dass er an nichts gebunden und durch nichts gebändigt wird. Von allem kann er sich nicht losreißen (von der Materie und den Naturgesetzen ist jedes Geschöpf abhängig), aber alles, was möglich ist, muss man abstreifen. Und die Logik des normalen Benehmens kann man zweifellos abstreifen. Es wird dementsprechend ersetzt durch ein »Ich will, dass …« Deswegen vernichtete Stalin beispielsweise seine besten Militärs. Es gibt keinerlei Beweis dafür, dass die Militärs illoyal gewesen wären. Nun gut, in manchen Fällen mag es einen Moment von persönlicher Rache gegeben haben. So hatte der eine oder andere Heerführer im Bürgerkrieg die militärischen Schnitzer, die Stalin zu verantworten hatte, ausgebügelt und musste jetzt mit dem Leben dafür bezahlen, denn Stalin liquidierte die Zeugen seiner eigenen Schwächemomente. Aus diesem Grund fielen auch die so genannten »alten Bolschewiken« der Vernichtung anheim, die sich noch an Stalin erinnerten, wie er vor seinem Aufstieg war. Aber das kann keine Begründung sein für die Vernichtung von Tausenden von Führungsoffizieren.

Müsste man an dieser Stelle nicht eine Parallele dazu sehen, wie auch Hitler Führungsmilitärs, die Offiziere alter Schule, nicht ausstehen konnte? Nein, denn die Ähnlichkeit ist äußerlich. Zweifellos wurde Hitlers Einstellung zur Wehrmachtsführung auch von dem Minderwertigkeitsgefühl des Bauerntölpels gegenüber Gentlemen und dem Komplex des Autodidakten gegenüber geschulten Spezialisten bestimmt. Aber das war trotz allem nicht die Hauptsache. Hitler glaubte nämlich aufrichtig, dass es der Obersten Heeresleitung an Fantasie fehlte, weswegen diese seine (Hitlers) Pläne nicht nachvollziehen konnte. Dieses Gefühl verwandelte sich in Berauschtheit, als seine unkonventionelle Taktik in der Anfangs-

phase des Krieges von Erfolg gekrönt wurde. Und vergessen wir nicht, dass Hitler im Laufe des Krieges zwar viele (höhere) Offiziere entließ, aber in der Regel waren sie keinen Repressionen ausgesetzt.

Die Auffassungen, dass Stalin jemanden liquidierte, weil er eine gegen sich gerichtete Konspiration fürchtete, sind bestenfalls die halbe Wahrheit. Um Stalins Wesen zu begreifen, muss man auch seinen Umgang mit Individuen betrachten. Es ist bekannt, wie sehr es Stalin liebte, Menschen vorzuladen und sie dann zu beruhigen, dass mit ihnen nichts passiere. Die fragliche Person seufzte erleichtert – wenn schon der »Hausherr« selbst es gesagt hat … Am nächsten Tag ließ Stalin sie inhaftieren.

Das ist reinster Sadismus. Oder konnte wirklich jemand glauben, dass Stalin Molotows Frau ins Lager schickte, weil er glaubte, die schöne Polina sei eine Feindin? Auch dass er Molotow auf diese Weise als Geisel nehmen wollte, kommt nicht in Frage, denn der war ihm sowieso bis in den Tode treu. Nein, hier haben wir es mit der Grille eines Psychopathen zu tun.

Ebenso sind Fälle bekannt, wo Stalin die »Fehltritte« eines Menschen übersah, weil er es so wollte. Klassisch ist in diesem Zusammenhang das Beispiel, bei dem er ein ihm zur Unterschrift vorgelegtes Todesurteil nicht bestätigte, weil die Namensform der entsprechenden Person (von deren Existenz er zuvor nicht einmal etwas gehört hatte) ihm irgendwie »interessant« vorkam. (Das ist schon ein waschechtes ästhetisches Argument!) Mit einem Wort, sein Verhalten entbehrte jeder Logik, und nicht zufällig, sondern wissentlich.

Auch Hitler intrigierte, betrog und brach Verträge – sowohl innenpolitisch als auch im Umgang mit dem Ausland. Er tat dies mit mehr Methode und im Endeffekt häufiger als die

Mehrheit der Staatsmänner, und doch beruht seine Ruchlosigkeit nicht darauf. Hitler war ein großer Bluffer, dessen Bluffs bis zum Herbst 1939 gelangen. Und vielleicht wären sie auch weiterhin gelungen, wenn er Russland damals in Ruhe gelassen hätte. Geschichte ist Siegergeschichte. Wichtig ist im gegebenen Fall, dass Hitler im Allgemeinen die loyalen Personen, die ihn umgaben, für ihre Dienste entlohnte, und umgekehrt. Sein Verhalten entsprach als Ganzes mehr den Erwartungen, war berechenbarer und logischer als das Stalins.

Einer der großen Unterschiede zwischen Hitler und Stalin war die Einstellung zum eigenen Land. Dazu ist die nationale Marginalität beider Akteure herausgestrichen worden. In einem Fall sei ein Österreicher an die Spitze des deutschen Imperiums gelangt, im anderen Fall würde ein Georgier die Russen kommandiert haben. Eine solche Behauptung ist extrem oberflächlich. Österreicher und Preußen sind sowohl von der Rasse, als auch von der Sprache und allem anderen her ja ein und dieselben Deutschen. Hitlers Traum war die Durchführung dessen, was der Vertrag von Versailles verboten hatte, nämlich ein Verbund von Preußen und Österreich, damit alle Deutschen vereinigt seien.

Stalin war aber wirklich marginal. Georgier und Russen sind weder genetisch, kulturell, sprachlich oder in sonst einer Hinsicht nahe Verwandte. (Obwohl beide Christen sind, gehört man verschiedenen Kirchen an.) Stalin verachtete die Russen meistens. Aber er liebte auch die Georgier nicht, weil er seine Kindheit und Jugend nicht mochte. Ihm war nichts lieb.

Während der eine Diktator vereinte und patriotischen Stolz empfand, rächte sich der andere. Daraus folgt, dass wir bei Stalin selten Äußerungen von Stolz über sein Vaterland antreffen (teilweise ist allerdings auch seine allgemeine Emo-

tionsarmut der Grund hierfür). Er kannte keine brennende Begeisterung, die wurde von seinem Hofstaat generiert, der ja den Mythos Stalin geschaffen hat.

Stalin ähnelte einem Aufseher oder Speicherwächter, der auf den Kaiserthron geraten war. Was kann so einer tun? Im Allgemeinen nur etwas Niedriges und Alltägliches. Die Idee und Durchführung der Fünfjahrespläne gelangen großartig, aber das war nicht Stalins Verdienst. Man könnte sagen, dass die Epoche extrem romantisch war, aber nicht dank Stalin, sondern ungeachtet seiner, ihm zum Trotz. Im günstigsten Falle kann man Stalin sehen als einen, der etwas ermöglichte, als einen Lehrer oder Trainer, der die Tür aufschließt und ein paar Bälle aus seinem Verschlag herausgibt, mit dem die Jungs in der Sporthalle oder auf dem Bolzplatz spielen können.

Hitler lärmte im Namen der ruhmreichen Zukunft seines Staates und seines Volkes. Diese Zukunft war grauenvoll, denn sie sah die Auslöschung vieler anderer Völker vor. Aber Mangel an Patriotismus kann man ihm bis in die letzten Kriegsmonate hinein, als der Führer von seinem Volk »enttäuscht wurde«, nicht vorwerfen.

Das Romantische der Schicksalskonturen des jüdischen Volkes steht für uns außer Zweifel. Auf seine eigenartige Weise anerkannte das (wenigstens während einer bestimmten Periode) auch Hitler, dem zufolge es zu seinen Lebzeiten auf Erden nur noch zwei alte, »unvermischte« und kräftige Völker gab, das deutsche und das jüdische Volk, von denen eines sterben musste. Wenn es den Antisemitismus und den Holocaust nicht gegeben hätte, welche Einstellung hätte die Nachwelt dann zu Hitler? Ich glaube, nicht schlimmer als zu Peter dem Ersten oder Napoleon. Wenn sogar Dschingis-Khan verehrt wird, wenn nicht einmal mehr der Hunnenkönig Attila als besondere belfernde Bestie dargestellt wird, warum dann für Hitler ein Ausnahme machen?

Es wurde versucht, Parallelen zwischen den beiden Diktatoren im Hinblick auf ihre Einstellung zu den schönen Künsten zu ziehen, leider ist aber auch dies oberflächlich geschehen. Bei Hitler war diese Beziehung viel tiefer und ernster. Er wollte schließlich in die Kunstakademie eintreten, und bei anderer Zusammensetzung und Ausrichtung der Zulassungskommission wäre er unter Umständen sogar aufgenommen worden. (Und hätte dann vielleicht auch gelernt, Menschen zu zeichnen!) Irgendwas muss er gehabt haben, er bot seine Bilder ja sogar in (allerdings billigen) Kneipen feil. Stalins Kunstinteresse beschränkte sich aber auf das Schreiben von Gedichten – wie bei vielen jungen Menschen, und auf demselben Durchschnittsniveau. Das lässt sich nicht als künstlerische Neigung klassifizieren, sondern als altersbedingte Besonderheit.

Hitlers Bildung war im Allgemeinen lückenhaft, aber vom staatsmännischen Standpunkt wurde sein Verhältnis zur Geschichte schicksalhaft. Er begeisterte sich für Geschichte und hielt sich für ihr Werkzeug, aber er kannte sie nur schlecht und verzerrt. Das schlimmste war, dass er sich mit Geschichtsforschung befasste und schon vorher wusste, was er dort zu finden wünschte, er suchte eine Bestätigung für seine Vorurteile. So ein Mensch findet die dann immer. Die sozialgeschichtlichen Visionen eines Adolf Schicklgruber waren eschatologisch, aber doch die eines Künstlers, in ihnen lag Vorstellungsvermögen und die große Geste. Was sind daneben die Visionen eines Iosseb Dschughaschwili? Wo treten sie bei ihm überhaupt in Erscheinung? Stalin mochte das Leben von Millionen von Menschen verändern, aber dahinter stand weder eine Vision noch eine Vorstellung, es gab nur Spott, krankhafte Verdächtigungen, Hohn.

Wenn wir die beiden Diktatoren nebeneinander betrachten, sehen wir auf der einen Seite eine unkontrolliert brennende und Ruß ausstoßende Fackel, auf der anderen einen trübe glänzenden riesigen morschen Holzblock. Auf der einen Seite ist ein Drachen, auf der anderen eine Riesenspinne oder eine in der Dunkelheit lauernde Riesenqualle. Hitler war ein ungebildeter Bauerntölpel, aber er hatte auch eine gewisse seelische Feinfühligkeit. Stalins seelische Feinfühligkeit äußerte sich darin, dass er Menschen gegeneinander ausspielte, und darin erwies er sich in den Windungen des psychologischen Alltags als ein wahrer Meister. Hitler erhielt Antrieb von Nietzsche. Wir wissen nicht, wer Stalins Lieblingsphilosoph war oder ob er jemals einen Philosophen gelesen hat. Den einen rührte Wagners Musik, der andere war ergriffen von einem simplen Volkslied. Mein Kampf *ist schwachsinnig, aber was hat Stalin vorzuweisen? Die Broschüre* Der Marxismus und Fragen der Sprachwissenschaft, *die ja von anderen geschrieben ist. Hat Stalin auch nur einen Artikel selbst verfasst? Oder stattdessen andere geistige Errungenschaften vorzuweisen?*

Beide sollen in ihrer Kindheit übel von ihren Vätern verprügelt worden sein. Stalin vermutlich sogar noch mehr. Aber ist diese Tatsache maßgeblich? Viele haben Prügel bezogen, auch Tschechow zum Beispiel, aber das hat ihn nicht zum Diktator gemacht.

Stalin war kein Self-made-man durch und durch. Obwohl auch er sich am Anfang aus eigener Kraft durchbeißen musste, konnte er sich beinahe sofort auf die Partei stützen, die schon vor ihm existierte und ihn in ihrem Schoß aufnahm. Auf den Schultern der Partei bewegte er sich auf der Karriereleiter nach oben, innerhalb der Partei und auch durch sie intrigierte er. Hitler fehlte eine solche Struktur, Hilfstruppen und Mit-

streiter entstanden erst deutlich später. Er musste alles auf Graswurzelniveau und ganz alleine erschaffen. Obwohl auch Stalin kümmerliche Tage gehabt hat, war der Tiefstand von Hitlers Leben deutlich erbärmlicher.

Kommen wir zurück zum Visionären. Für Stalin war die Macht ein Ziel an sich. Nach den dreißiger Jahren des zwanzigsten Jahrhunderts hatte er keine großen Ziele mehr, weil man sich von den Vorbereitungen auf die Weltrevolution offiziell verabschiedet hatte. Für Hitler dagegen waren Macht und die Führungsposition im Staat Voraussetzung für die Verwirklichung seiner globalen Vision. Letztendlich. Auch über einen Verbrecher kann man sagen, ob er sein Verbrechen mit größerem oder kleinerem Effekt ausführt. Ich ziehe in dieser Hinsicht Hitler Stalin vor. Obwohl sich seine Visionen in der Nähe zu Halluzinationen befinden, sind sie – man entschuldige eine derartig ästhetische Herangehensweise – sozusagen gleichsam spannender. Stalin ist langweilig wie Fließbandarbeit, bei der man von morgens bis abends Konserven füllt. Man braucht nur den beiden Diktatoren bei einem öffentlichen Auftritt zuzuhören, und alles wird klar. Hitler verfügte über einen Schuss Mesmerismus. Eine derartige Fähigkeit, Menschen anzuspornen, kann man in der Geschichte suchen. Schade, dass es für die falsche Sache verwendet wurde. Stalin hingegen fehlte jeglicher Mesmerismus. Deswegen war sein Aufstieg zur Macht oberflächlich betrachtet so unerwartet – schließlich waren seine Konkurrenten (vor allem Trotzki und Bucharin) großartige Redner und auffällige Persönlichkeiten. Aber genau deswegen glaube ich auch, dass alle Diktatoren der Welt der neueren Zeit Stalin mehr bewundert haben als Hitler. Orwells Inspirationsquelle für den Großen Bruder war nicht das Dritte Reich, sondern Sowjetrussland. Der große Vorsitzende Mao war si-

cherlich mehr Stalins als Hitlers Lehrling. Hitler kann wegen seiner persönlichen Eigenschaften niemals zur Regel werden, sondern wird bis ans Ende der Zeiten eine Ausnahme bleiben. Von ihm gibt es wenig zu lernen, an ihm kann man sich nicht orientieren, ihn kann man nicht nachmachen. Aber Stalin – das ist ein ganzes System, ein Handbuch und ein Paradigma.

P.S. Hierin liegt ein großer Widerspruch verborgen und eine große Ironie. Stalin war das Symbol einer Epoche, und die Menschen agierten, kämpften und starben mit seinem Namen auf den Lippen. In Stalin selbst war kein Fünkchen Idealismus, während die Gesellschaft von ihm durchdrungen war. Die Menschen wussten nicht, was wir heute wissen – dass das alles eines Tages den Bach runtergehen würde. Deswegen waren ziemlich viele Menschen damals verhältnismäßig glücklich.

Man muss Illimar lassen, dass er die Lebensläufe der beiden Diktatoren ziemlich gut kannte, besonders wenn man die damaligen Zeitumstände berücksichtigt. Das bestätigt noch einmal, dass man auch hinter dem Eisernen Vorhang trotz allem in der Lage war, sich fortzubilden und auf dem Laufenden zu halten. Alles hing von der Motivation und von der Beständigkeit ab. So hörte Illimar beispielsweise die russischsprachigen Sendungen von Radio Liberty und BBC, die in Estland nicht gestört wurden (Anatol Goldberg war seine Lieblingsstimme im Radio) und die estnischsprachige Ausgabe der »Voice of America«. Er las Deutsch und Polnisch, ganz zu schweigen von den klassischen Sprachen.

Ich glaube zu verstehen, was Illimar umtrieb und warum er mir diesen Essay schickte. Ihm tat leid, dass Hitlers Glanz und Elan auf die falsche Sache verwendet wurden. Und ihm gefiel die bürgerliche deutsche Mentalität, die bisweilen mit dem Ausdruck *Bier, Bratwurst und Bumsen* zusammengefasst wird, nicht im Geringsten. Das Thema Deutschland lag ihm am Herzen, und als er in einem späteren Brief darauf zurückkam, vertrat er die Meinung, dass wenn er die Möglichkeit gehabt hätte, mit Hitler unter vier Augen zu reden, es ihm gelungen wäre, ihn umzustimmen und seine Energie in eine andere Richtung zu lenken. Ich versuchte, mir Illimar Robinson als Berater Hitlers vorzustellen. Dazu musste ich meine ganze Fantasie aufbringen. Doch ihn sich als Berater Stalins vorzustellen, war völlig unmöglich.

Illimars wahres Objekt der Bewunderung waren aber die Juden und der Staat Israel. Er war begeistert von der starken Identität der Juden, die ihnen ermöglicht hatte, dreitausend Jahre zu bleiben, wer sie sind, und eine Auflösung zu vermeiden. Wie viele größere und mächtigere Völker hatten sich nicht während dieser Zeit assimiliert und waren aus der Geschichte verschwunden! Dass die Juden aßen, heirateten und alles andere von der Geburt bis zum Tode gemäß alten Vorschriften taten, war ein Zeichen von der unermesslichen Bedeutung des geistigen Ursprungs in ihrem Leben. Ohne den wäre es schlechterdings nicht möglich gewesen, seinen Glauben zu bewahren und sogar die Reinheit der Rasse, umso mehr, als sie schon seit zweitausend Jahren kein gemeinsames Heimatland und keine gemeinsame Muttersprache hatten.

Dass jüdische Väter wenigstens einem ihrer Söhne eine höhere Bildung angedeihen lassen wollten, damit er ein Rabbi werde, ein kluger Mensch, und dass ein solcher Sohn, auch wenn er in materieller Hinsicht arm sei, ein willkommener Schwiegersohn war, rief in Illimar Ehrfurcht hervor.

Oder wie der neue israelische Staat geschaffen wurde! Er war aus einem Geistesblitz heraus entstanden. Aus der Kulturgeschichte sind auch schon frühere derartige Fälle bekannt, aber all die Sonnenstädte, Phalansteriums und andere Utopien blieben kuriose Luftschlösser oder unterentwickelt in ihren Reagenzgläsern. Aber die Juden haben es fertiggebracht, der von ihnen geschaffene Staat fing an zu funktionieren. Sie erweckten dort das Hebräische wieder zum Leben, eine Sprache, die sich innerhalb von nur einer Generation von einer Museumssprache zu einer gemeinsamen Umgangssprache aller Bürger wandelte – klang das nicht unglaublich und betonte das nicht einmal mehr die Besonderheit des Volkes? (Illimar wusste, wie viel weniger es beispielsweise den schottischen und anderen keltischen Patrioten gelungen war, ihre – höchstens erst vor ein paar hundert Jahren verschwundenen – Muttersprachen auf den britischen Inseln wieder zum Leben zu erwecken.)

Die Hingabe der Juden bei der Verteidigung ihres Staates war außerordentlich. Illimar kannte bis ins Detail hinein den Verlauf der Kriege von 1948, 1967 und 1973 auswendig. Er bewunderte sowohl die Hagana wie die Irgun, den Mossad wie den Schabak.

Illimar, der vom Charakter her ein Individualist und vom Lebensstil ein Eigenbrötler war, mochte gleichwohl die Kibbuze. Auch in der Sowjetunion gab es alle möglichen Lager, Pionier-, Komsomol- und andere Lager, wo ein gemeinschaftliches Leben propagiert und ein Kollektivgeist erzeugt werden sollte. Und wahrscheinlich ist irgendwann (vor dem Zweiten Weltkrieg bestimmt) in diesen Unternehmungen auch mal der Funke übergesprungen. Vielleicht war dies auch noch in der zweiten Hälfte der fünfziger Jahre der Fall gewesen, wenn man zum Beispiel nach Kasachstan aufs Neuland reiste. Möglicherweise hatte der eine oder andere BAM-Bauarbeiter noch einen festen Glauben. Aber jetzt gehörte das alles der Vergangenheit an, und die heutigen Formen von gemeinschaftlichem Leben in der Sowjetunion wirkten wie eine Parodie, die man nicht ernst nehmen konnte. Die Kibbuze aber waren kein entfremdetes slawisches Zeugs, auch nicht Kommunen einfältiger Hippies oder fanatischer Weltuntergangsprediger am Rande einer amerikanischen Wüste, sondern ein freiwilliger Zusammenschluss von entwickelten Individuen, der Wunsch der Nachkommen eines der Kernvölker der westlichen Kultur, gemäß einem höheren ethischen Code zu leben. Im Kibbuz waren keine Dummköpfe beieinander, keine Herdenmenschen, sondern junge Menschen, die die Hochschule besucht hatten und ihre Fremdsprachen beherrschten. Die Lebensform war weder ein Anachronismus noch ein Archaismus, sie war auch nicht entstanden in einer Aufwallung infolge von Kriegen und Revolutionen, in der die Emotionen hochkochten. Gewiss, Israel befand sich in einer ständigen arabischen Umklammerung, der Staat war in Gefahr. Dennoch ist das Wesen der Kibbuze nicht direkt daraus entstanden. Die Kibbuze wären auch ohne die angespannte internationale Lage entstanden, sie basierten auf der Entscheidung der Beteiligten, dass ein Leben auf diese Art richtig ist. Ein Kibbuz war ja so etwas wie das Himmelreich auf Erden. Die Menschen lebten im Einvernehmen, sorgten füreinander und unterwarfen ihr Ego den Regeln des Gemeinwesens. Illimar war davon begeistert, dass im Kibbuz alle gleich waren, arbeiteten, Kinder erzogen und gemeinsam andere Tätigkeiten verrichteten. Und sie missrieten dabei nicht wie ehemalige Kammerdiener, die nach der Revolution zu Herren mutierten, sie legten sich nicht auf die faule Haut und wälzten die Last auf die Schultern anderer, sondern sie erfüllten alle ihre Pflicht, weil sie beseelt waren von der Demut und von der Ehrfurcht vor dem Fortbestand ihres Volkes. Selbst wenn sie nicht sehr gläubig waren, spürten sie die ganze Zeit, dass es etwas gab, das größer und wichtiger war als sie. Genau das faszinierte Illimar.

Diese Sache mit dem Kibbuz ist – wenn auch in etwas abnehmendem Tempo – bis heute vital. »Die Juden sind ja größere Kommunisten als die Russen! Warum kommen sie untereinander nicht klar?«, hatte Illimar überrascht ausgerufen, als er zum ersten mal von den Kibbuzen gehört hatte. Über Kibbuze wurde in der Sowjetunion tatsächlich kein Wort verloren. Teilweise lag das an dem allgemeinen Bild von Israel. Aber man kann davon ausgehen, dass auch nicht davon gesprochen worden wäre, wenn die offizielle Propaganda Israel nicht als zionistischen und imperialistischen Staat und »größten Feinde der friedliebenden Welt« gebrandmarkt hätte. Moskau war einfach neidisch, dass in Israel offenbar mit Leichtigkeit gelungen war, was der Kreml gewollt hatte, wofür man alle Anstrengungen unternommen hatte, was aber in die Hose gegangen war.

Illimar hatte sich Tonbandkassetten mit den lebhaften Liedern der Kibbuzbewohner besorgt und spielte sie manchmal um Mitternacht ab, wobei er den Kopf zwischen den Händen hielt und fröhlich mitsummte (Gesangtalent hatte er nicht). Er wollte zwischenzeitlich selbst Jude werden, ließ dann aber davon ab, wie er auch davon abgesehen hatte, zur orthodoxen Kirche überzutreten. Die Möglichkeit, Nationalsozialist zu werden, bestand für ihn natürlich nicht, und das wollte er auch gar nicht. Doch gefiel ihm neben den Kibbuzen die Wandervogelbewegung, die um die vorletzte Jahrhundertwende in Deutschland entstanden war. Kinder und Jugendliche wanderten durch die freie Natur und sangen am Lagerfeuer. Illimar mochte die mystische Begeisterung des deutschen Volks für den deutschen Wald, ihm gefielen auch Fackelumzüge und noch so manches mehr, was in den dreißiger Jahren in Deutschland stattfand. Leni Riefenstahls *Triumph des Willens* schaute er sich viele Male an (der erste Teil war seiner Meinung nach der bessere). Das hinderte ihn jedoch nicht daran, den anderthalb Jahre dauernden heldenhaften Widerstand der Verteidiger der Masada-Festung gegen die römische Belagerung zu bewundern, hinderte ihn auch nicht daran, Theodor Herzl zu bewundern, Zeev Jabotinsky, Ben Gurion und Golda Meir. Am liebsten hätte er es gesehen, wenn Riefenstahl einen eigenen Film über die Großtaten der Juden gedreht hätte. Und natürlich hätte er sich gewünscht, dass Hitler die Juden besonders geliebt und sie positiv diskriminiert hätte (von dieser Notwendigkeit hätte er auch als Hitlers Berater seinen Vorgesetzten zu überzeugen versucht). Denn er und die Juden hatten nach Illimars Meinung etwas gemeinsam, was sich in der Stärke des geistigen Ursprungs äußerte. Sie alle waren größtenteils spirituelle Figuren, sie alle hatte eine Seele, Kraft, Vorstellungsvermögen. Nach Meinung von Illimar hätte Hitler der König der Juden sein müssen. Irgendwo war etwas schief gegangen, aber wo?

Ich schrieb Illimar, er solle seinen Artikel vernichten. Aber das vergaß er wahrscheinlich.

Gleich zu Beginn der Gorba-Periode gab es ein aufsehenerregendes Literaturereignis: Ein Unbekannter hatte den Roman *Die Quellen des Lebens* publiziert und dafür den Preis für das beste Prosawerk des Jahres bekommen.

Recht bald verbreiteten sich Gerüchte, dass sich hinter dem Namen Merlin August Mati Tõusumägi verberge. Als erstes kamen diejenigen darauf, die Matis Lebenslauf kannten, es gab auffällig viele Übereinstimmungen. Die inhaltliche Achse des Romans bildeten die in Sibirien verbrachte Kindheit der Hauptperson, die Rückkehr nach Estland und die Eingewöhnung in die neue Umgebung. Am Beginn des Werks trifft der kleine Junge auf dem Schulweg einen Klassenkameraden und wundert sich, als er hört, dass in dessen Familie kein Weihnachten gefeiert wird. Die Situation war mit fotografischer Genauigkeit bis zu den Fellen der vom Nachbarsalten geschossenen Zobel und der Mütze, die dem Jungen daraus genäht worden war und um die ihn die neuen Mitschüler (besonders aber deren Mütter) beneideten, verewigt worden. Es gab viele farbenfrohe Details – beispielsweise lernte das Kind des Deportierten im Hause eines wohlhabenderen Schulfreundes ein Wasserklosett und Toilettenpapier kennen. Obwohl alles mit den Augen eines Minderjährigen gesehen wurde, handelte es sich nicht um ein Kinderbuch, ständig war die Haltung des Erzählers spürbar, die nicht direkt die Weisheit eines alten Menschen durchblicken ließ, aber von der allgemeineren historischen Perspektive ausging. Das Buch endete mit dem Tod des Vaters der Hauptperson, während der Junge selbst noch auf der Oberschule war.

Wie konnte ein solches Buch den ersten Preis bekommen,

wo es doch noch ein paar Jahre dauerte bis zum gesellschaftlichen Tauwetter? Weil die Ausrichtung des Buches nicht offen politisch war. Nur zwischen den Zeilen konnte man erahnen, warum und wie die Personen nach Sibirien geraten waren, dass der Vater des Jungen ein Waldbruder gewesen war, wurde kein einziges Mal direkt ausgesprochen.

Fast alle waren begeistert von dem Buch. Wie frisch, wir reich, wie sehr zu Herzen gehend! Einige Altmodische, die eher negativ oder jedenfalls skeptisch eingestellt waren, wurden ein wenig versöhnt von dem linguistischen Mehrwert des Textes: auf besondere Art und Weise waren russischsprachige Begriffe eingeflochten, die in Sibirien auch unter den deportierten Esten verwendet werden.

Mati stritt seine Urheberschaft keineswegs ab, bloß drängte er sich nicht ins Rampenlicht. Das Buch wurde sofort übersetzt und in den Übersetzungen figurierte der Autor bei den Erscheinungsangaben schon mit seinem richtigen Namen. Auf jeden Fall war Mati nun über Nacht ein berühmter Schriftsteller und offiziell ein gemachter Mann.

ILLIMAR IN DER HÖHLE

Als die Perestroika anfing und die Gesellschaft lebendiger wurde, ein paar Jahre später die Bürgerkomitees und die Volksfront entstanden, erwachte auch Illimar zu Leben. Zwar befasste er sich nicht mit Politik und war nicht einmal ein Aktivist auf Ortsniveau, sondern blieb bei der ihm eigenen Haltung eines Beobachters; nach wie vor lebte er als halber Eremit in einem Flügel des Schulhauses von Vana-Põgioja, das aus dem letzten Jahrhundert stammte und wo im Winter der

Schnee ins Treppenhaus stieb. Aber seinen Briefen konnte ich entnehmen, dass er die allgemeinen Prozesse gefühlsmäßig miterlebte, wie folgender Auszug aus einem Brief vom 21. Juli 1987 verdeutlichen mag. (Im Weiteren werden die Briefe nicht mehr in voller Länge zitiert.)

Verehrter Chronist!

Ich habe eine neue Gewohnheit. Seit ich hier wohne, gehe ich einmal in der Woche ins Zentrum zum Laden. Bisher war es so, dass ich sofort wieder aufs Fahrrad gesprungen bin, sobald ich meine Einkäufe beisammen hatte; nun aber bleibe ich ein wenig länger beim Laden. Ich stehe da und betrachte die Menschen, mit manchen wechsele ich sogar ein paar Worte. Aber weil das sonst ein wenig wunderlich aussieht, nehme ich mir eine Flasche Bier in die Hand wie die anderen Männer und trinke zum Spaß. Ich mag kein Bier, ich bin nicht daran gewöhnt, aber es ist gut, so dazustehen. Ich höre gerne zu, wie die Menschen miteinander beratschlagen. Was haben sie sich verändert! In ihnen spürt man jetzt mehr Leben als bisher. Sie sprechen über Themen, die sie vorher nie berührt haben, wie etwa Freiheit, Selbstständigkeit und Eigenstaatlichkeit. Ich finde das sehr erquickend. Das Volk ist auf dem rechten Weg. Vielleicht irre ich mich, aber ich höre eine wunderbare Geschichtsmusik. Wie in Vivaldis »Frühling« kleine Rinnsale laufen, fließen jetzt dort beim Laden Bäche von Begeisterung, Leidenschaft und Glauben. Ist's wirklich möglich, dass das Zeitalter der Geistigkeit, der Ideen und der Ideale anbricht? Es hat den Anschein. Was kommen muss, wird werden.

In diese Zeit fällt das erste der beiden Male, die ich Illimar Robinson nach der Universitätszeit persönlich traf. Er war in die Hauptstadt gekommen, wo ein landesweites Pädagogenseminar stattfand. Schwer zu sagen, warum die Bildungsabteilung der Kreisverwaltung beschlossen hatte, ausgerechnet ihn dorthin zu schicken. Illimar war bei ihnen bestimmt nicht gut angeschrieben, er wurde geduldet und durfte seine Anstellung nur behalten, weil auf dem Land Lehrermangel herrschte. Allerdings war denkbar, dass einige Amtspersonen eine feine Nase hatten und spürten, dass sich etwas in der Gesellschaft veränderte, dass neue Prozesse in Gang gekommen waren und dass es daher sinnvoll war, diesen »Kauz aus Põgioja« abzukommandieren – mögen sie doch in der Hauptstadt sehen, dass es auch in der Provinz originelle Typen gab, vielleicht sogar solche, die »ganz dem Geiste der neuen Zeit« entsprachen.

Wieso wollte ich ihn treffen? Illimars letzter Brief, der von erhabenen Stimmungen getragen war, und der Umstand, dass er überhaupt eingewilligt hatte, aus seiner Höhle herauszukommen, hatten mir Grund zu der Annahme gegeben, dass er »in Gang gekommen« war. Ich beschloss ihn in die »Höhle« in unsere Gesellschaft mitzunehmen. Ich konnte mir vorstellen, dass er das interessant fand – er würde neue Menschen treffen, hören, worüber man spricht, und mit jemandem seine Gedanken austauschen können. Generell wurden gegen Ende der Sowjetzeit immer mehr Menschen in die »Höhle« mitgenommen, die nichts mit der Kunstwelt zu tun hatten. Immer häufiger kam es vor, dass jemand eintraf und einen Rattenschwanz von Exilesten oder einfach nur Ausländern bei sich hatte. Beim Eintreten schaute so einer dann garantiert wichtigtuerisch in die Runde, um kundzutun: »Seht her, ich komme mit Exilesten, folglich bin auch ich bei der Sache.« Warum nicht auch Illimar dorthin bringen, der ja ein handverlesenes Exemplar war, viel seltener als die Mehrheit der Exilesten?

Weil Illimar und ich uns beinahe ein Dutzend Jahre nicht gesehen hatten (und auch vorher hatten wir uns menschlich nicht nahe gestanden), war ein gewisses Befremden, als wir uns vor dem Café Moskau trafen, verständlich. Ich fragte ihn, wie es um seine Zeit bestellt sei. Er zuckte unbestimmt mit den Schultern und antwortete mit Goethe »mein Acker ist die Zeit«.

Als wir losgingen, stellte ich fest, dass Illimars Gliedmaßen sich immer noch asynchron bewegten, immer noch schwenkte das rechte Bein gemeinsam mit dem rechten Arm nach vorne, dann wieder umgekehrt. Diese Besonderheit schien sich sogar noch verstärkt zu haben und rührte mich auf sonderbare Weise.

In der Höhle schaute sich Illimar anfangs genau um, als würde er alles für sich abspeichern, und erinnerte dabei ein wenig an einen Zoobesucher, der Goldfische, eine Python, eine Schildkröte und andere Wesen im Amphibienhaus untersuchte. Illimar fragte den Portier nach der Uhrzeit, und als er sie erfahren hatte, schrieb er sich etwas in sein Notizbuch. Zum Glück waren ziemlich viele unserer Leute anwesend.

Wir nahmen Platz. Illimar schwieg, hatte die Augen zusammengekniffen und den Mund hochmütig gestülpt. Er trank wenig, lachte auch nicht über die besten Scherze und reagierte nicht auf die Reize der wollüstigsten Nymphen. Er ehrte sie nicht einmal mit seiner höflichen Aufmerksamkeit. Meine Bekannten versuchten anfangs, sich mit ihm zu unterhalten (viele von ihnen waren in der Lage, auch bei philosophischen Themen auf einem achtbaren Niveau mitzureden), aber sie gaben es auf, sobald sie von Illimar auf ihre Gesprächseröffnungen hin eine affektierte einsilbige Antwort bekommen hatten, was wirklich schade war, denn an sich war es ein geistreicher Abend.

Als die Höhle schloss, gingen wir ins Atelier des Künstlers Muis, das sich im selben Gebäude befand, um dort den Abend zu beschließen. Wie immer waren in der Gruppe Alte und Junge, Männer und einige Frauen. Im Atelier ging's richtig los. Der siebzigjährige, aber ewig junge, geradezu kindliche Dichter Vanasaba kletterte dem Kritiker Sõrgats auf den Rücken und wollte mit ihm durchs geöffnete Fenster in die Mainacht fliegen. Mit uns gekommen war auch – offenbar aufgrund des Unvermögens eines Betrunkenen, sich aus der Gesellschaft zu verabschieden – ein Mann vom Geheimdienst mittleren Dienstgrades und mittlerer Gefahrenstufe. Die übrigen zogen ihn zur Abwechslung auf, wenn auch nicht allzu aggressiv – eher in dem Stil: Schaut mal, wie wir mit dem Feuer spielen, wir sind furchtlose, gleichzeitig aber auch geschickte und lebensfrohe Typen. Der Geheimdienstmann ließ sich hänseln, ließ aber von Zeit zu Zeit durchblicken, dass er auch seine Zähne zeigen könnte; wenn ihn die Lust anwandelte, könne er schon am nächsten Tag alle auf fürchterliche Weise in die Scheiße reiten. Und vielleicht täte er es nur nicht, weil er den Geist der Gesellschaft zu schätzen wüsste und selbst über geistige Fähigkeiten verfügte. Eine gewisse Spannung war jedenfalls vorhanden und das gab der Sache noch mehr Pikanterie.

Ich schaute von Zeit zu Zeit zu Illimar hinüber um herauszubekommen, ob er die Schönheit des Spiels auch goutieren konnte, aber er schien nicht gerade viel davon zu halten.

Als er aufs Klo ging, fragte Mascha, wo ich einen solch ungehobelten Kerl aufgegabelt hätte, und die Dichterin Alja flüsterte: »Sag mal, in welchem Bergwerk hat der denn seinen Stollen?«

Illimar stieg am frühen Morgen unzufrieden in den Bus. In seinem nächsten Brief erwähnte er unser Treffen nur flüchtig, indem er sagte, dass er in der Höhle und im Atelier nichts anderes gesehen habe als eine Handvoll Hähnchen und brünstige Hühner, die »wer weiß was von sich hielten«, aber in Wahrheit »Spielzeuge des Schicksals« waren.

TEEDU UND DIE WAFFELN

Teedu Tärn schloss seine Vorlesung ab – seine letzte in diesem Studienjahr. Im Chemiegebäude, wo er sie gehalten hatte, befand sich einer der beiden großen Rundhörsäle der Universität. Sie wurden für die Pflichtvorlesungen für alle Studierenden genutzt, und dazu gehörten zum Beispiel die gesellschaftspolitischen Fächer. Teedu wischte die Kreide von seinen Fingern (gerade hatte er ein Diagramm über die Ausweitung der parteiinternen Demokratie in der Periode zwischen den letzten Parteitagen auf die Tafel gezeichnet), wobei er die Hände vorsichtig vom Körper entfernt hielt, um den schwarzgrauen Anzug zu schonen, den er im Auditorium für gewöhnlich trug – sogar jetzt, im Frühsommer. In dem Anzug, der zu sechzig Prozent aus Wolle und zu vierzig Prozent aus Trevira bestand, war es schon ein wenig warm, aber das zählte nicht, denn gute Sitten kosteten eben. Ein Professor musste angemessen gekleidet sein, das heißt korrekt, akademisch, Hochachtung erheischend. Teedu war zwar erst Dozent, Professor zu werden konnte er sich frühestens in rund zehn Jahren erträumen, wenn die älteren Kollegen nach und nach pensioniert sein würden, aber er bereitete sich schon jetzt darauf vor, indem er sich an gute Sitten gewöhnte.

Er stopfte seine Notizen in eine schwarze, dünne Schatulle, die man Diplomatenkoffer nannte. Ein solches Köfferchen hatten viele Dozenten, außer sie waren völlig vergreist, dann bevorzugten sie eine traditionelle Aktentasche aus Schweinsleder. Teedu verabschiedete sich korrekt und distinguiert, indem er nur mit dem Kopf nickte – auch das war das Merkmal eines echten Professors –, obwohl das in dem Auditorium, in dem der Geräuschpegel angestiegen war, kaum jemand bemerkte. Einen Moment später trat Teedu aus der Tür des Chemiegebäudes auf die Straße.

Es war Ende Mai und schönes Wetter, bald fingen die Prüfungen an, danach aber lockten zwei Monate voller Angel- und Sommerfreuden. Teedu war schon einige Zeit lang mit Merle an den Wochenenden in ihr Sommerhaus in Rannahänna gefahren, hatte dort die Sträucher beschnitten, geharkt und gesät. Jetzt spazierte er gemessenen Schrittes zum Emajõgi, dem durch Tartu fließenden Strom. Er wohnte in Annelinn, dem Stadtteil auf der anderen Seite des Flusses, sie hatten dort vor drei Jahren eine komfortable Vierzimmerwohnung in einem Individualprojekt in zentraler Lage bezogen. Für die Arbeit holte er das Auto nicht extra aus der Tiefgarage, Teedu ging gerne zu Fuß nach Hause.

Die frische, warme Luft liebkoste sein Gesicht, und Teedu wurde so leicht ums Herz, dass er genüsslich die Augen schloss. Wie liebte er doch diesen einen Quadratkilometer rund um das Hauptgebäude der Universität! Zehn Monate im Jahr wimmelte es hier von energiegeladenen Jungen und

Mädchen, und auf Schritt und Tritt traf man Bekannte. In den schmalen Straßen und auf den kleinen Plätzen, beim Springbrunnen vor dem Rathaus, vor dem Theater, sogar im Umkreis der Markthalle und des Busbahnhofs – überall konnten sich überraschende und flüchtige, aber immer herzliche und bereichernde Gespräche mit Kollegen von verschiedenen Fachgebieten ergeben. Auf diese Weise erfuhr der Mensch ständig, dass er ein Teilchen von etwas Größerem war, dass er zum gemeinsamen Kreislauf der *Alma Mater* gehörte. Auch das kleinste Detail auf diesem alltäglichen Weg hatte sich tief in Teedus Gedächtnis eingegraben und erzeugte ein heimisches Gefühl. Die Häuser am Rathausplatz waren dieselben wie in seiner Kindheit, wenngleich sich in den Läden im Erdgeschoss die eine oder andere Änderung vollzogen hatte. Aber das Café zum Beispiel, wo er gemeinsam mit seiner Mutter Pastetchen gegessen hatte, gab es noch, außerdem den Briefmarken- und Notenladen links daneben. Auch das Haushaltswarengeschäft an der rechten Seite existierte noch in seiner ursprünglichen Funktion. Wenn man von der Universität kommend diagonal über den Platz ging, befand sich an der Ecke zur Oktober-Chaussee eine Eisbude, vor der er mit seiner Großmutter in der Schlange gestanden hatte. Daneben hatte sich Ende der sechziger Jahre ein improvisierter Verkaufsstand etabliert, bei dem an Neujahr oder zu den Mai- oder Oktoberfeierlichkeiten Mandarinen, Konserven mit Erbsen oder roten Paprika und im Frühjahr manchmal frische Gurken verkauft wurden. In der übrigen Zeit stand die Theke ungenutzt da, so dass man sie eigentlich kaum bemerkte.

Im Moment wuselte aber eine kleine Menschenmenge um den Ladentisch herum. Teedu spürte, wie sich seine gute Laune plötzlich verzog. Er spazierte über den Platz näher heran und konnte sich davon überzeugen, dass seine Ahnung richtig war: Unter dem Schirm, der über dem Verkaufsstand aufgespannt war, machten sich zwei junge Männer zu schaffen, die Waffeln verkauften. Teedu hatte sie selbst schon einmal probiert. (Er war ein Leckermaul. Alkohol trank er mit den Jahren immer weniger, dafür fing er, wenn er in ein Restaurant kam, auf der Speisekarte häufig bei der Nachspeise an, und in seiner Jackettasche hatte er ständig einen kleinen Vorrat an Kalev-Schokoladenpralinen.) Die Waffeln hatten ihm geschmeckt. Und doch beunruhigten diese mit Buttercreme gefüllten knusprigen Dinger Teedu in diesem Moment auf unerklärliche Weise. Es lag natürlich nicht an den Waffeln in ihrer Eigenschaft als Konditoreiprodukt, sondern daran, was sie symbolisierten. Die Waffeln waren ein Zeichen von etwas Größerem, in diesem Größeren lag etwas Verdächtiges, Gefährliches, beinahe Apokalyptisches. Die Waffeln entstammten nicht dem staatlichen Vertriebssystem, es waren so genannte Kooperative, die sie hier anboten, Privatunternehmer. Na und, hätte man meinen können, Kommissionsläden existierten schon seit ewigen Zeiten, einer war hier gleich um die Ecke, fünfzig Meter von der Eisbude Richtung Rathaus. Und auf dem Markt wurden saure Gurken verkauft, die zu Hause eingelegt worden waren, nicht im Kombinat. Es wurden Beeren und Pilze verkauft, Blumen und Tomaten und bisweilen sogar Welpen und Ferkel. Die Zulassung von privatem Handel bedeutete an sich noch keine Gefahr und war sogar wünschenswert. Die Waffeln waren gewissermaßen die Fortsetzung davon. Die Kooperativen waren von der Partei selbst voriges Jahr ins Leben gerufen und abgesegnet worden, das wusste Teedu ganz genau, denn er hatte in seiner Vorlesung davon gesprochen. Und doch ahnte er im Herzen, dass die Waffeln ganz und gar nicht dasselbe waren wie Pilze und Ferkel, Markt und Kommissionsgeschäfte. Letztere waren brav in das Staatssystem integriert, sie waren von ihm »umgeben« und friedlich an ihrem Platz. Aber bei den Neuen war etwas im Verborgenen oder im Entstehen – etwas, zu dem Teedu gerne das Wort ergriffen und den Menschen die Augen geöffnet hätte – ja, er hätte die Partei gerne gewarnt.

Verdacht erregte allein schon die Tatsache, dass die Verkäufer ganz junge Leute waren, im gleichen Alter wie die, die in seinen Vorlesungen saßen, während auf dem Markt alte Mütterchen handelten. Die waren dort tätig, weil sie ihr Leben lang woanders gearbeitet hatten und nun im Rentenalter ihre Energie in den Markt einbrachten. Aber diese jungen Männer hier – wollen die etwa ihr ganzes Leben mit Schacherei verbringen statt zu arbeiten, wie alle es taten? Teedu war für die Gleichberechtigung der Geschlechter und teilte Berufe nicht nach männlichen und weiblichen ein, aber hinter einer Ladentheke zu stehen und zu verkaufen war doch keine Tätigkeit, die eines Mannes würdig war, männliche Verkäufer und Ladengesellen gehörten eher dorthin, in den Westen. Und was die Hauptsache war – die alten Mütterchen würden nie und nimmer den nächsten Schritt tun, sie blieben ihren Kohlfässern und Pfifferlingkrügen treu. Sie waren einfach schon viel zu alt. Aber diese Jungen hier, wenn die heute eine Kooperative machen, machen sie dann in fünf Jahren nicht schon etwas ganz anderes? (Was dieses »andere« war, konnte Teedu nicht näher bezeichnen und er wollte nicht einmal daran denken.) Wo hören sie dann auf? Kann man sie stoppen?

Auf der einen Seite war Teedu für die Waffeln, denn er war nicht blind und begriff, dass man sehr viele Dinge in den Läden nicht bekam. Der Glaube seines ehemaligen Russischlehrers Kulu, demzufolge wir alles hatten (oder hätten), und dass jemand daran Schuld war, wenn wir etwas nicht hatten – dieser Glaube hatte bei Teedu mit den Jahren abgenommen. Nein, wir hatten bestimmt nicht alles. Und dass der ständige Mangel an Waffeln die Schuld eines einzigen war, glaubte Teedu schon mal gar nicht. Auch hegte er keine großen Hoffnungen, dass die Effizienzsteigerung der Produktionsplanung zu Resultaten im Bereich der Waffeln führen würde. So gesehen war Privatinitiative begrüßenswert. Auf der anderen Seite war Teedu aber ein sehr friedliebender Mensch und schätzte Stabilität auf allen Ebenen sehr hoch ein. Er war vom Charakter her zurückhaltend, was alle möglichen Veränderungen betraf. Deswegen überlegte er auch, ob Stabilität ohne Waffeln nicht doch besser wäre als Unruhe mit Waffeln und allerlei anderem Luxus? Es ging doch bislang auch ohne Waffeln, vielleicht könnte es auch so weitergehen, fragte sich Teedu kopfschüttelnd.

Brauchten denn alle ständig Waffeln? Wenn man die Waffeln nur den Tüchtigeren, sozusagen als Stimulans, gäbe? Das waren ernst zu nehmende Fragen und Teedu hätte sie sehr gerne mit jemandem erörtert. Aber es gab niemandem, mit dem er das hätte besprechen können. Teedu seufzte, bemerkte, dass er zwischenzeitlich sogar stehengeblieben war, und setzte seinen Weg fort.

Ach was, macht nichts, vielleicht geht das alles vorbei, versuchte er sich zu beruhigen, während er die Bogenbrücke entlang über den Emajõgi schritt. Aber aus intellektueller Sicht musste er sich – wenn auch mit Widerwillen – eingestehen, dass die Waffeln ein Zeichen des Widerstands waren, ja, das waren sie tatsächlich.

Er traf zu Hause ein, öffnete leise die Tür und blieb stehen, um sich das Bild in aller Ruhe anzusehen: Am Ende des geräumigen Flurs befand sich ein kleines Zimmer, das als Garderobe genutzt wurde und dessen Schiebetür offen stand. Merle bügelte gerade. Heute war ihr freier Tag. Das Radio war an, seine Frau war in ihre Arbeit vertieft und hatte ihn nicht gehört. Ein sonderbarer Gedanke schoss Teedu durch den Kopf: Sollte tatsächlich eine Wende kommen und alles auf den Kopf gestellt werden, würde Merle ihn dann verlassen? Dann wäre für sie bei Teedu ja nichts mehr zu holen. Er würde dann nicht mehr ein paar Mal im Monat in seine Kantine gehen und Fleischstücke, Bananen oder anderen defizitären Kram mit nach Hause bringen. Im neuen Leben würde Teedu keine große komfortable Wohnung mehr erhalten und auch kein hohes Gehalt mehr bekommen. Er wäre ein ausgerittenes Pferd, eine nutzlos gewordene Trägerrakete. Merle war aber erst sechsunddreißig – eine Frau in den besten Jahren, wie es so schön hieß. Teedu wusste, dass ihn so mancher Mann um Merle beneidete und der Meinung war, dass Teedu eine zu gute Frau bekommen hatte. Aber das war doch nicht wahr! Wer das behauptete, wusste nicht, wie sehr Teedu sich angestrengt hatte, um Merles Herz zu gewinnen. Aber sicher war, dass seine Frau ohne ihn ein neues Leben anfangen könnte. Mit wem? Mit einem Waffelverkäufer? Teedu verspürte einen Schmerzstich in der Seele. War er, Teedu, der zwar in seinen Vorlesungen alles Mögliche erzählte, woran er selbst nicht glaubte – denn wer konnte das alles schon glauben? –, war er denn kein Krümchen besser als diese Waffelverkäufer? Denn einen gewissen geistigen Aspekt hatten seine Vorlesungen doch schon. Hatte eine Waffel einen intellektuellen Aspekt? Nein, da war nur Buttercreme drin.

Er hatte mit seiner Frau niemals weltanschauliche Dinge diskutiert, obwohl sie beide Gesellschaftswissenschaftler waren (Merle arbeitete im Parteiarchiv). Niemand hatte jemals den anderen gefragt, ob er selbst auch an etwas glaubte. Arbeit war Arbeit, und wenn du sie gut machtest, lebtest du besser. Aber wenn man mit Waffeln mehr verdiente? Teedu war sich nicht sicher, ob es ihm gelingen würde, ohne Merle ein neues Leben anzufangen. Sie waren jetzt zwölf Jahre verheiratet. Der elfjährige Margus und die zehnjährige Tiina saßen im Wohnzimmer vor dem Fernseher und knabberten irgendwas. Sie waren gute, Teedus Meinung nach beinahe altmodisch gute Kinder, die ordentlich lernten und nicht übertrieben viel herumnörgelten. Komisch, sie hatten sogar eine gewisse kindliche Weichherzigkeit. Ein Gefühl der Wärme durchfloss Teedu. Merle hob nun ihren Blick, sah ihn und lächelte vertraut.

»Merle, wenn mit mir etwas passieren sollte, was tust du dann?«, hätte Teedu am liebsten gefragt. Aber er tat es nicht. Vielleicht hätte Merle zurückgefragt: »Meinst du, wenn Estland sich von Moskau trennt und du in den Knast geworfen wirst, ob ich dir dann Pakete bringen werde?« Nein, Teedu wusste, dass seine feinfühlige Frau das niemals so direkt gefragt hätte. Vielleicht geschieht ja doch nichts Verrücktes, dachte Teedu, als er den Diplomatenkoffer unter die Garderobe stellte. Aus der Küche kam ein appetitanregender Duft.

Verehrter Chronist!

Ich spüre in der Luft die gleichen Winde, die in der Sankt-Georgsnacht und der Zeit des nationalen Erwachens bliesen, in den Tagen von Koidula, Hurt und Jakobson. Es hat den Anschein, dass eine geistige Aktivität entsteht und in Estland eine neue Heldenzeit anbricht, die von ihrem romantischen und ideellen Wesen her auf einen würdigen Platz neben das Herrnhutertum und die Waldbrüder tritt. Estland, du stehst an der Schwelle zu großen Veränderungen und einem wunderbaren Anfang, die Quellen deines Lebens haben sich geöffnet.

Zeichen des neuen Lebens sieht man überall. Letztes Wochenende habe ich eine große Wanderung durch unser Hier und Jetzt gemacht. (Es sei angemerkt, dass Illimar niemals häufiger als einmal im Jahr in Tartu war, es gab auch Jahre, in denen er dieses eine Mal vergaß. In der Hauptstadt war er nach dem Abschluss der Universität kein einziges Mal mehr gewesen, abgesehen von jenem Lehrerseminar, das bereits Erwähnung fand.) *Ich sah am Busbahnhof und noch an einigen anderen Stellen ein neues Phänomen – Straßenhandel. Es wurden Waffeln verkauft. Ich kaufte mir was. Was haben die gut geschmeckt! Aber die Hauptsache ist nicht ihr kulinarischer Wert, sondern die symbolische Bedeutung. Waffeln sind das Manna des estnischen Volkes, das man auf der Wanderung durch die Wüste der Übergangszeit essen muss, um sich zu kräftigen, damit man in das gelobte Land der Unabhängigkeit gelangt. Auch Zuckerwatte dient dem gleichen Ziel, obwohl sie für meinen Geschmack ein bisschen fade ist.*

Das nächste Bürgerkomitee ist zehn Kilometer entfernt von hier, aber trotzdem sind die Einwohner unseres Dorfes eifrig dabei, sich registrieren zu lassen. Viele Männer sind bereit, in den Schutzbund oder die Heimatverteidigung einzutreten. Die Hauptfrage lautet: Wo könnte man Waffen bekommen? Hast du da vielleicht einen Tipp? Waffen sind nötig für den Fall, dass die russischen Panzer kommen. Ein paar ältere Männer haben aus ihren Beeten Maschinenpistolen aus der deutschen Besatzungszeit ausgegraben. Ich bereue jetzt, dass ich mich während des Studiums nur halbherzig mit der militärischen Ausbildung befasst habe und den Bürgern nun nicht mit Rat und Tat zur Seite stehen kann (allerdings lese ich ein Traktat zur Kriegskunst von einem alt-chinesischen Theoretiker, Sunzi, das hast du bestimmt gelesen). Peeter vom Bethaus kam zu Hilfe und wird für die Männer Marschier- und Schießübungen organisieren (bevor er sich dem Glauben zuwandte, war er bei den Fallschirmjägern in Afghanistan).

Das Volk tritt bei uns massenweise in die gemischten Chöre ein, alle Stimmen haben Zuwachs bekommen. Der allgemeine Idealismus ist groß. Nur der Lehrer, der alte rote Kustas, warnte die Menschen vor dem angeblichen Paradies, das sie erwarte, es würden nur neue Vorgesetzte kommen, die euch das Letzte nehmen, und so weiter. Aber ihm wurde auf der Versammlung das Maul gestopft. Der Jass Sepp hat ein Schwein geschlachtet und es im Dorf verteilt. Dazu sagte er: So werden wir in der Freiheit alles verteilen!

Dafür, dass ein neues Zeitalter anbricht, spricht auch, dass man in letzter Zeit gar nicht mehr davon hört, dass jemand eine Abtreibung gemacht hätte (solche Dinge werden hier in Vana-Põgioja gleich bekannt). Stattdessen haben gleich drei Männer eine schwangere Frau, was seit langem nicht mehr vorgekommen ist. Eine heilige Begeisterung ist in jeder Hinsicht besser als ein ruhiges bequemes Leben.

Dein gelehrter Freund

MATIS ZWEITES BUCH

Dreieinhalb Jahre nach seinem Debüt erschien das zweite Buch von Mati Tõusumägi, das sich in einigen Aspekten vom ersten unterschied. In ihm ging es nicht um die Kindheit, sondern um die Gegenwart und Zukunft, genauer gesagt um das Schicksal der Welt. Der Blick des Erzählers oder der Ichperson war nicht mehr unschuldig und frisch – und so ganz nebenbei war eine höhere Weisheit und eine zeitliche Umkehrperspektive wie in den *Quellen des Lebens* dazugekommen.

Die Hauptfigur in *Der Hilfslehrer im Sternbild Aldebaran* war ein reifer Mensch mit gequälten Gesichtszügen, ein Denker und Beobachter (traditionelle Handlung gab es in dem neuen Roman wenig), der abwechselnd in Fotoalben über die Ruinen der Antike blätterte und eine reale Wanderung im gegenwärtigen Europa unternahm, wobei er beschrieb, was er sah, während er gleichzeitig über das Schicksal der Alten Welt nachdachte. Der Protagonist war im Übrigen ein ehemaliger Hochschuldozent für Parteigeschichte, der aus Enttäuschung seine Karriere an den Nagel gehängt hatte. Einst hatte er aufrichtig an das, was die Staatsführer erzählten, geglaubt, hatte sich verliebt in den Aufbau einer neuen Gesellschaft (der Sonnenstadt) und in die Romantik, die mit der Gestaltung des neuen Menschen einherging, wobei er sich auch mit dem Eurokommunismus befasste, und in der Nähe von Nõo hatte er ein Hippielager begründet. Jetzt durchzog er alle wichtigen Orte Europas, von Stonehenge bis zum Petersdom, nickte und sprach: »Ja, ja.« Manchmal lachte er dämonisch und spröde, aber es war zu spüren, dass sich dahinter eine empfindsame und leidende Seele verbarg. Obwohl nicht direkt ausgesprochen wurde, dass er emigriert sei, konnte man das erahnen. Etwas unklar blieb, wer ihm seine großangelegte Rundreise finanzierte, ob es ein Verlag war oder die »Voice of America«.

Der Stil des Buches war geschliffen pathetisch und elegant, stellenweise geradezu alttestamentarisch. Wenn der Autor das Philosophieren unterließ und beschrieb, was seine Figur im entsprechenden Moment sah oder hörte, war sofort das Poetisch-Visionäre aus den *Quellen des Lebens* herauszulesen, der aufgeweckte Sinn fürs Detail und der geschmeidige Stil, aber derlei Seiten gab es nicht allzu viel.

Was den Hintergrund aus dem wirklichen Leben des Autors betraf, so war Mati während der Abfassung des Werks nur einmal in Europa gewesen, auf einer Busreise in Polen. Da Polen ein sehr katholisches Land ist, mag das Alttestamentarische am Stil des neuen Romans vielleicht daher rühren, umso mehr, als die Hauptfigur sich nach der Rückkehr (es blieb allerdings ein wenig unklar, wie die Sowjetmacht das tolerierte) zu einem neuen Glauben bekannte (welche Konfession, wurde nicht präzisiert), die entsprechenden Kurse absolvierte und ein Amt als Hilfsgeistlicher in einer kleinen Dorfkirche antrat. Und damit endete das Werk auch, wie er an einem Sonntagmorgen, nachdem er zum ersten Mal seine neuen Arbeitsaufgaben erledigt hat, das Pastorat betritt, wo seine junge Frau die örtliche Bevölkerung mit selbst gebackenen Semmeln und Kaffee bewirtet. Abends aber schaut er zum Himmel und erblickt dort das Sternbild Aldebaran.

Die Aufnahme des Buches war nicht so einmütig wie die des ersten. Ein Teil der Leserschaft war nach wie vor begeistert, manche fanden es sogar besser als die *Quellen des Lebens*, aber diese waren in der Minderheit. Die Freiheitskämpfer bemängelten, das Buch befasse sich nicht mit der Gegenwart, in der Estland an der Grenze von zwei Epochen und an der Schwelle zu einer großen Zukunft stehe. Und dass es die Aufgabe eines national denkenden Schriftstellers sei, diesem Moment einen Sinn zu geben und die Menschen vorzubereiten auf das, was kommen würde. In dieser Hinsicht bot das Buch tatsächlich nicht sonderlich viel, es rief nicht auf die Barrikaden, sondern grübelte im Allgemeineren vor sich hin. Stellenweise konnte man eine Resignation herauslesen, wie sie seinerzeit dem Prager Frühling folgte, an anderer Stelle konnte man meinen, die Handlung spiele sich in einer fernen Zukunft ab, in der vom heutigen Tag ein halbes Jahrhundert verstrichen war. Von Estland war nur durch die Blume die Sprache, gelegentlich wurde es das blau-schwarz-weiße Land Kanaan genannt.

Einige waren der Meinung, dass man nicht Mati die Schuld geben dürfe, sondern der sowjetischen Druckindustrie, die immer noch sehr langsam arbeitete. In den anderthalb Jahren, die von der Abgabe des Manuskripts beim Verlag bis zum Erscheinen des Buches auf den Ladentischen verstrichen waren, hatte sich im gesellschaftlichen Leben enorm viel verändert. Vermutlich war es so, dass nicht einmal Mati eine derartige Beschleunigung vorhergesehen und daher nicht alles preisgegeben hatte, sondern während des Schreibprozesses Selbstzensur geübt hatte. Persönlich bezweifele ich das, denn Mati wusste ganz genau, dass der estnische Staat kommen würde, und er war gerade so offen, wie er es für nötig hielt, das heißt, er schrieb für ein freies Volk.

Vielleicht lag es nur daran, dass Mati sich zu sehr um Kunst bemühte und noch besser schreiben wollte als beim ersten Mal, und dabei hatte er den Bogen ein wenig überspannt. Trotz allem war sein Buch deutlich besser als die Mehrheit der besten Bücher anderer Autoren. Bloß waren die Erwartungen des Publikums mit dem ersten Buch dermaßen hoch geschraubt, dass jetzt alle ein Wunder erwarteten. Das ist das typische Syndrom des zweiten Buches, wie mir erklärt wurde.

Die Mehrheit von uns, dem Höhlenvolk, die wir Sachkenner waren, begegnete dem Buch mit herzlicher Neutralität, weil alle Mati mochten und wir froh waren, dass es ihm gut ging und dass er sich nicht als Ein-Buch-Mann erwies. Auch dieser Roman wurde eifrig übersetzt. Jetzt war Mati als Schriftsteller sozusagen »verbucht« und fand wahrscheinlich bald Eingang in die Schulbücher.

Mati glaubte anfangs wohl auch selbst, dass sein neues Buch ein Wunder war. Als aber allmählich deutlich wurde, dass dem nicht so war, kümmerte ihn das nicht besonders, und er fing nicht mit dem Trinken an. Ich weiß nicht, was er tief im Inneren empfand, aber in unserer Anwesenheit lachte er sogar über einige Kritiker, die aus seinem Werk wer weiß was herausgelesen hatten. Und er hätte auch gar keine Zeit gehabt, seine Wunden zu lecken, weil sich das gesellschaftliche Leben immer rasanter wandelte, und was dort geschah, war für Mati wichtiger als die Literatur. Soweit ich weiß, schrieb er in den folgenden Jahren nicht besonders viel. Ich verlor ihn für einige Zeit sogar aus den Augen. In der Höhle tauchte er immer seltener auf, und am Ende kam er gar nicht mehr.

Matis langjährige Beziehungen zu den Kreisen der Freiheitskämpfer waren in der Zwischenzeit nicht eingeschlafen, und nun war er durch ihre Vermittlung aufgegangen in einer neuen gesellschaftlichen Bewegung. Tatsächlich gab es zahlreiche solcher Bewegungen, und im Allgemeinen fanden sie außerhalb der Höhle statt. Mein eigenes Höhlenleben dagegen intensivierte sich in jener Periode, ich kann nicht sagen, warum. Da ich kein sonderlich politisches Wesen bin, hatte ich keinen nennenswerten Umgang mit den politischen Kreisen der neuen Strömungen, obwohl ich natürlich auf dem Laufenden war und die Daumen drückte. Ich hatte wahrscheinlich Angst, dass das alles zu schön war, um wahr zu sein. Aber vielleicht dachte ich auch nichts Besonderes, sondern versuchte weniger nachzudenken.

Ich stelle mir vor, dass Mati sich in jenen Jahren ganz der Wiederherstellung der staatlichen Kontinuität Estlands auf verfassungsmäßiger Basis widmete. Ich sage das ohne jedwedes Pathos. Da Mati sich nicht in den Vordergrund drängte, keinen persönlichen Vorteil oder Ruhm suchte, war von ihm wenig zu hören. Aber ich zweifele nicht daran, dass sein Einsatz viel höher war als äußerlich sichtbar. Er machte keine halben Sachen, sondern gab alles, wenngleich auch manchmal auf dem Niveau der kleinen Taten.

Warum strebte er nicht nach dem Großen? Auch das kann ich nicht sagen. Die Voraussetzungen dazu hatte er sicherlich zur Genüge (obwohl er kein großer Redner war). Ich räumte kürzlich meine Schubladen auf und entdeckte ein einfaches Stück weißes Papier, fünfzehn mal acht Zentimeter groß. Darauf stand in blauer Druckschrift: »Estnische Bürgerkomitees. Dokument Nr. 0438-16. 30. Juni 1989, Tallinn.« Die Unterschrift ist undeutlich, aber wenn man eine Lupe zur Hilfe nimmt, kann man dort unstrittig »M. Tõusumägi« herauslesen. Mit diesem Dokument wurde ich als Staatsangehöriger der Republik Estland auf Grundlage der Kontinuität registriert und als Bestandteil der künftigen Republik Estland angesehen.

Ich weiß noch, wie ich das Dokument abholte. Das war in einem Haus in der Harju-Straße. In dem Raum standen drei oder vier Tische, an denen Büroangestellte saßen. Mir wurde das Dokument von einer großen, mageren Frau mittleren Alters überreicht, sie hatte kurzgelockte blonde Haare und trug eine Brille. Sie drückte mir feierlich die Hand und gratulierte mir zur Registrierung als Bürger der Republik Estland. Diese Frau war nicht Mati, dessen bin ich mir sicher. Wahrscheinlich hatte er das Dokument am Ende eines langen Arbeitstages unterschrieben. Keine Ahnung, ob er im Moment des Unterschreibens dachte, dass dieser Juhan Raudtuvi, dessen Name auf dem Dokument stand, ich war, einer der Höhlenmenschen? Ich stelle mir vor, dass er in jenen Jahren nur jeden dritten Tag schlief, und auch das in Uniform, wie in den Tagen des Bürgerkriegs (nein, natürlich nicht in Uniform, sondern im Pullover). Und dass Agnes ihm in einem Henkelmann – einer Thermoskanne – Suppe (nein, natürlich nicht Suppe, sondern Pommes Frites oder sogar Waffeln) ins Büro des Bürgerkomitees brachte. Aber ich greife vor.

III
Neuzeit

DIE FAULENZER IN DER SINGENDEN REVOLUTION

Ein Augustnachmittag im Jahre 1988. Wir lungerten den zweiten Tag bei Ott in Kalamaja herum. Die Höhle war für fünf Wochen geschlossen wie jeden Sommer, und bis zur Wiedereröffnung dauerte es noch eine Woche. Alle Leute, in deren Ateliers oder Kellern wir uns gewöhnlich zum Feiern trafen, hatten wie auf Kommando die Stadt verlassen. Sie versteckten sich in ihren Sommerhäuschen, tauchten ihre Beine ins Meer, fingen Flusskrebse, schwitzten beim Heumachen oder imitierten im Wald Vogel- und Tierstimmen, um bei ihren Frauen Pluspunkte zu sammeln. Wir, die wir der Stadt die Treue gehalten und heldenhaft ausgeharrt hatten, wussten keinen Ort mehr, wohin wir hätten weiterziehen können, aber sich einfach zu trennen und nach Hause zu trollen, dazu verspürte niemand die geringste Lust. Außerdem kamen viele gerade richtig in Form, und es wäre schade gewesen, das verpuffen zu lassen. Deswegen hatten wir beschlossen, die vor uns liegende Woche durchzuhalten, denn der Leidensweg würde nicht mehr lange dauern, das normale Leben flimmerte schon am Horizont. Wir tranken einen Cocktail, der aus polnischem, in Literflaschen verkauftem Spiritus und einem billigen Saftkonzentrat aus Finnland namens Saftkatze bestand und der mit einem Schuss Leitungswasser abgerundet wurde. Fast alle tranken diese Mischung: das einfache Volk, wohlhabendere Menschen, geistige und körperliche Arbeiter, Männer und Frauen, Spitzel und Bespitzelte, Esten und Russen, vielleicht tranken auch Lehrer und Milizionäre das Gesöff, denn es war billig, hatte einen gar nicht mal so schlechten Geschmack und stieg einem ordentlich zu Kopfe. Außerdem hatte die Mehrheit von uns seit Jahrzehnten nichts anderes als Schnaps und Saft getrunken, abgesehen von Brandy (wenn man mehr Geld hatte), Bier (wenn es welches gab), in Ausnahmefällen Whiskey (wenn jemand aus dem Ausland zu Besuch kam), sowjetischen Champagner (zum Jahreswechsel, wenn man pro Haushalt eine Flasche bekam) und allem anderen, was man kriegen konnte. Damals war man nicht zimperlich. Vor langer Zeit wurde auch trockener Wein getrunken, aber das lag für mich in allzu ferner Vergangenheit.

Zunächst waren wir drinnen und lümmelten uns auf Matratzen, die auf dem Boden lagen und uns an die Ställchen aus der Kinderkrippe erinnerten, und so nannten wir sie auch. Weil aber schönes Wetter war, beschlossen wir rauszugehen. Ott wohnte in einem frisch renovierten zweigeschossigen Holzhaus mit einem Steinsockel, das über ein gemauertes Treppenhaus verfügte. Von der Straße aus betrachtet sah das Haus in jeder Hinsicht zivilisiert aus, so dass der große altmodische Garten, wohin man durch die Hintertür des Erdgeschosses gelangte, im Gegensatz dazu wie aus einer anderen Welt erschien. Er machte einen verwilderten Eindruck, auch wenn hier und da kleine Beete mit Zwiebel- und Mohrrübenansätzen sichtbar waren und am Wegesrand Goldregen und Gladiolen wuchsen. Die Regentonne vor der alten Waschküche lugte kaum über die hohen Farnsträucher hinaus. Unter den Bäumen stand ein morscher Tisch mit einfachen Bänken, die im Laufe der Zeit blankgesessen waren und vermuten ließen, dass die Bewohner hier abends Karten oder Domino spielten. Die hohen alten Linden und Eichen standen noch in vollem Grün und boten angenehmen Schatten. Die Pforte zum Nachbargarten stand offen, und irgendwann kam hinter dem Schuppen der Nachbarn ein Russe mittleren Alters hervor, der weder Geld noch Schnaps hatte. Wir sahen, dass der Mann es schwer hatte, und winkten ihn in aller Ruhe herbei, er könne sich bei uns ausruhen. Der Mann freute sich und brachte seinerseits ein Stück Kochwurst und einen Brocken Brot als Zubiss mit. Alle waren ganz entspannt, die Stimmung war gemütlich und unbeschwert. Naaskel, der in seiner Kindheit Sport getrieben hatte, kletterte auf einen Baum und blieb dort eine Minute lang wie ein Faultier hängen, bevor er sich auf einen dickeren Ast wuchtete, wo er ungefähr eine halbe Stunde verharrte.

Ott hatte keinen Fernseher und keine Zeitungen. Das einzige Radio des Hauses, eigentlich nur eine Transistorgerät, befand sich an der Wand des Klos und konnte nur abgeschaltet werden, indem man die Leitung herauszog. Weil die Verbindung danach aber schwierig wieder herzustellen war, lief das Ding leise die ganze Zeit vor sich hin. Deswegen brachte jemand, der längere Zeit dort verharrte, dem Rest der Gesellschaft meistens Nachrichten aus der großen weiten Welt. So auch jetzt.

»Ich glaube, wir müssen zum Liederfeld gehen«, verkündete Endel, der von der Toilette kam.

»Was gibt's da?«, fragte jemand. »Da waren wir doch gerade. Der ›Blaue Pavillon‹ wird noch renoviert.«

»Nein, da läuft im Moment was«, sagte Endel. »Die Massen sind da.«

»Was für Massen?«

»Oh, wird dort jetzt Revolution gemacht?«, flüsterte die Dichterin Alja.

»Sieht ganz danach aus«, meinte Endel. »Da soll sogar die Blau-schwarz-weiße gewedelt worden sein.«

»Mutige Männer!«, meinte jemand. »Trinken wir einen darauf.«

»Gehen wir hin«, insistierte Endel. »Stellt euch vor, später stellt sich plötzlich heraus, dass tatsächlich was Historisches geschehen ist. Und dann heißt es, wo warst du zu jener Zeit?«

»Das hat nichts zu bedeuten«, meinte jemand anders. »Wir können immer sagen, dass wir da waren. Wer kontrolliert das denn?«

»Okay, aber vor einem selbst ist es doch peinlich.« Endel ließ nicht locker.

»Vielleicht filmt dort ja jemand ...«, sagte der Filmkritiker Sõrgats.

»Klasse, dann schauen wir uns diesen Film an und erzählen unseren Kindern später, wie wir auf dem Liederfeld waren und den Staat umstürzten. Wir sind bloß leider nicht ins Bild gekommen, Pech gehabt, weiter nichts. Oder noch besser, wir sagen, dass wir es waren, die gefilmt haben. Unsere Hand hielt die Kamera. Das erzählen wir dann auf Pionierversammlungen.« Und Ott ließ sein berühmtes homerisches Gelächter hören.

»Dann gibt's vielleicht keine Pioniere mehr«, ließ sich jemand vernehmen.

»Mach dir keine Sorgen, irgendwas wird's schon geben,« sagte Ott abwinkend. »Irgendwelche Blagen laufen immer rum. Blau-schwarz-weiße Pioniere! Ja, solche Dinge ändern sich nicht«, seufzte er lebenserfahren und fertigte sich mit Hilfe eines Apparats, den er aus Schweden erhalten hatte, eine Selbstgedrehte an.

»So primitiv realistisch muss man nun auch wieder nicht sein, dass man da persönlich aufkreuzen muss«, bemerkte Andrus. »Wozu ist uns denn das geistige Auge gegeben?«

»Ich sehe, in dir spricht die Stanislawski-Schule«, sagte Sõrgats. »Du bist halt ein Schauspieler. Ihr müsst euch jeden Abend was vorstellen. Den einen Abend tust du so, als hättest du dich in eine alte Schachtel verliebt, ein andermal leidest du wegen des Schicksals des Königreichs. Dir fällt es leicht, dir die Revolution auf dem Liederfeld vorzustellen. Wir sind andere Menschen. Ich würde schon gerne mit eigenen Augen sehen, was dort läuft.«

»Wozu hast du das nötig?«, fragte Andrus. »Was fängst du damit an? Bringt dich das in irgendeiner Weise in deiner Selbstverwirklichung voran?«

»Egal wozu. Ich bin ein Dokumentarfilmer. Ich bin das Auge von Dziga Vertov. Ich muss alles sehen.«

»Und ich möchte das malen«, unterstützte ihn Pepe.

»Der Name des Bildes wird lauten ›Untergang der gemischten Chöre auf dem Liederfeld‹. Sängerinnen und Sänger in Volkstrachten und Kniestrümpfen sind auf Kanonenmünder gebunden, daneben steht der Onkel vom Geheimdienst, mit zum Befehl erhobenem Arm. Im Hintergrund finden allerlei andere Hinrichtungen statt. Volkstänzer werden von Pferden gevierteilt. Jawohl, und unter dem Bogen der Konzertmuschel sind die Präsidenten des Liederfestkomitees und die Chefdirigenten aufgeknüpft.«

»Wird ein bisschen viel«, murmelte jemand. »So viel passt gar nicht auf ein Bild.«

»Unsinn«, bekundete Pepe. »Das wird im Stile Bruegels des Älteren, ein Panorama mit vielen Figuren und Handlungssträngen, ohne Perspektive.«

»Ihr seid wirklich zynisch, Jungs«, mischte Mascha sich ein. »Ihr redet, als müsste man ständig an allem etwas verdienen, alles gleich versilbern. Braucht ihr das nicht für eure Seele? Überlegt mal, was ihr möglicherweise verpasst. Vielleicht wird dort tatsächlich Geschichte gemacht. Denkt nach, euer Volk ist dort! Da muss doch ein Feeling da sein.«

Ott überlegte. »Natürlich müsste man hingehen«, sagte er dann. »Als ob ich das selbst nicht begreifen würde. Bloß … das alles führt doch zu nichts. Moralisch, meine ich. Solange nichts ist, kann ich wenigstens davon träumen, dass einst etwas gemacht werden wird. Wenn es aber schief gegangen ist, dann habe ich nicht einmal mehr die Möglichkeit zu träumen. Verdammt noch mal, das zieht mich dermaßen runter, dass ich in eine Depression dritter Ordnung sinke!« Und mit diesen Worten stand er auf, strich sich die Hosen glatt und sagte: »Jungens, schauen wir da mal vorbei. So geht es auch nicht. Wir lassen es uns hier schmecken, aber da ist vielleicht wirklich der Krieg ausgebrochen.«

»Es besteht wohl keine Hoffnung, ein Taxi zu bekommen«, gab jemand zu Bedenken.

»Taxi? Ach was, die Taxifahrer sind auch alle auf dem Liederfeld und funkeln mit ihren Deckenleuchten. Nur wir hängen hier rum.«

Vor dem Aufbruch nahmen wir noch einen Schluck für den Weg, und da die Gefahr bestand, dass es unterwegs keinen Ort gab, wo man seinen Durst löschen konnte, nahmen wir in unseren Limonadeflaschen eine fertige Mischung als Wegzehrung mit. Wir traten aus dem angenehm kühlen und dämmrigen Garten hinter dem Haus auf die Straße in die grelle Sonne und machten uns auf die lange Reise durch die stickige Stadt Richtung Kadriorg. Die Umgebung erschien gespenstisch menschenleer. Auch auf den nächsten beiden Straßen stießen wir auf keine Menschenseele. Sogar in der Innenstadt schienen sehr wenige Leute zu sein. Das konnte natürlich auch daran liegen, dass es ein sonniger Sonntag Anfang August war und die Menschen von der Möglichkeit Gebrauch machten, aufs Land zu fahren. Wir gingen die Narva-Chaussee entlang, die wenigen Straßenbahnen und Busse sausten vorbei, aber Menschen gab es immer noch sehr wenige. Erst bei der Russalka-Statue konnte man mehr Leute sehen. Die Mehrheit ging in die gleiche Richtung wie wir.

Schon bald hörte man vom Liederfeld her ein dumpfes Getöse. Beim Eingang war ein so großer Andrang, dass wir beschlossen, hintenrum reinzugehen. Als wir auf die Böschung in Lasnamäe stiegen, hörten wir aus den Lautsprechern Redefetzen und Publikumsgegröle. Aber gesehen haben wir immer noch nichts. Die Menschen wuselten mit einem verklärten Gesichtsausdruck durcheinander. Wir kamen am Rand des Hügels an. Dort eröffnete sich uns ein atemberaubender Anblick. Der gesamte riesengroße Platz stand dichtgedrängt voller Menschen, sie standen auch in den Mittelgängen zwischen den Bänken und am Rande des Platzes. Ich hatte noch nie im Leben so viel Menschen auf einmal gesehen. Jemand hielt vorne auf der Bühne eine Rede, und als er aufhörte, rief das Volk etwas. Ich verstand nicht, was. Aber es war auf keinen Fall »Hurra!« Schon das kam mir komisch vor, denn beinahe immer, wenn das Volk etwas im Chor geschrien hatte, war das meiner Erinnerung zufolge »Hurra!« gewesen.

Ich schaute mich um und erblickte bald einen ersten Bekannten. Das war mein Kollege Sven, ein anerkannter und gebildeter Übersetzer, der im Rollstuhl saß. Wir gingen zu ihm und unterhielten uns mit ihm.

»Jungs, was meint ihr?«, fragte er aufgeregt. »Ist es nicht noch ein wenig zu früh? Oder müssen wir gerade jetzt tüchtig einheizen?« Sven sprach über seine Hoffnungen und Zweifel. Er befürchtete, dass es sowohl Provokateure geben könnte, die sich in die Reihen der Volksbewegung eingeschlichen hätten und absichtlich die Ereignisse forcierten, als auch einfältige Heißsporne, die den Bogen überspannten. In beiden Fällen könnte alles einstürzen. Im Moment dürfe man jenen Teil der Führungsriege der Republik und der KP nicht vergraulen, der die Erneuerungen bislang mitgemacht hatte, der aber vorsichtig und Schritt für Schritt vorgehen wollte. Ihr Plan bestand darin, Moskau vorzubereiten, damit man sich dort an den Gedanken unserer Unabhängigkeit gewöhnen konnte. Es sei nicht klug, mit der Faust auf den Tisch zu schlagen. »Andernfalls bleibt Moskau nichts anderes übrig, als mit Panzern auf uns loszugehen, allein schon um sein Gesicht zu wahren«, meinte Sven. »Deswegen müssen wir momentan nebeneinander stehen. Wenn es unter uns selbst einen Zwiespalt gibt, kann das für Estland schicksalhaft werden«, sagte er überzeugt. »Unser Volk ist so klein, dass wir uns einen Bürgerkrieg russischen Stils nicht leisten können. Die Zeit wird schon kommen, da jeder einzelne gewogen wird, aber jetzt müssen wir zusammen stehen.«

Naaskel, der als einziger mit mir bei Sven geblieben war – die anderen waren weitergegangen –, fragte: »Glauben Sie, dass die Estnische Republik kommt?«

Sven war ein sehr ehrlicher Mensch und antwortete nicht sofort. Er dachte ziemlich lange nach, ehe er leise sagte: »Das sollte wohl doch der Fall sein.« Naaskel und ich gingen wieder zu den anderen.

Auf der Bühne löste ein Redner den anderen ab, aber der Inhalt der Reden blieb mehr oder weniger der gleiche. Die Texte waren recht allgemein gehalten und hochtrabend, national-patriotisch und romantisch. Das Publikum war in einer besonderen Stimmung, geradezu elektrisiert, jede Person wurde begrüßt, so dass die Luft bebte, egal ob es ein Freiheitskämpfer war, ein Nationalkommunist, ein Kunstmensch oder eine Landpomeranze.

»Ich erkenne das estnische Volk nicht wieder«, sagte Tobi verwirrt.

»Schaut, da ist Mati«, rief Ott plötzlich.

»Und Klaus auch!«, fügte Sõrgats hinzu.

Ja, da standen sie auf der Bühne, und es erfüllte mich mit einem guten Gefühl und mit Stolz. Auf der Bühne standen zwar noch andere Menschen aus der Kunstszene, darunter einige sehr wichtige, aber sieh an, auch wir, die Höhlenbewohner, waren mit zwei Männern vertreten, somit waren wir gleichsam in den Mittelpunkt der Ereignisse gerückt. Tatsächlich war Klaus nicht allein, sondern alle »Herzen aus Gold« waren da. Offenbar waren sie eingeladen worden mit dem Ziel, für Unterhaltung zu sorgen, schließlich darf auf einer solchen Veranstaltung eine Band nicht fehlen, und sei es nur, damit sich das Volk ein wenig von den klugen Reden erholen konnte. Gerade war eine Pause angebrochen und die »Herzen« traten nach vorne. Das Publikum begrüßte sie mit Jubelrufen. Klaus war in der Mitte und trat ans Mikrofon. Ich dachte, dass er vielleicht etwas Programmatisches sagen würde, aber er wünschte allen nur Glück. Dann spielten sie einige ihrer populärsten Lieder und ein neues dazu, das zwar nicht das lustigste war, aber es war einzig zu diesem Anlass geschrieben worden und wurde sehr gut aufgenommen. Einige Zuschauer fingen auf dem Rasen vor der Bühne sogar an zu tanzen – soweit sie genug Bewegungsfreiheit hatten.

Dann trat ein korpulenter Mann mittleren Alters zu den Herzen, ein in letzter Zeit sehr populär gewordener Aktivist. Er sprach ins Mikrofon, dass das ganze Volk nun zusammenstünde, die Sache ginge voran, und wir würden sowieso gewinnen. Und er fügte hinzu: »Das wichtigste ist, dass wir jetzt in unserer Seele frei sind. Wir haben keine Angst mehr. Wir müssen unsere Gedanken nicht mehr verbergen, denn die Freiheit zieht am Horizont auf. Jetzt hat auch mein Freund Klaus hier neben mir die Freiheit, zu schreiben und zu singen, was er will!«

Und dann umarmte er Klaus. Worauf der erstarrte. Wir alle wussten, wie sehr Klaus physischen Kontakt mied. Ich hatte selbst erlebt, wie er aufschrie, als jemand ihm von hinten einmal unerwartet auf die Schulter klopfte. Aber jetzt, in diesem Moment, konnte er der Umarmung des dicken Mannes nicht entkommen, denn das Volk hätte dies als einen Mangel an Eintracht unter den Freiheitskräften interpretieren können. Deswegen ließ der schmächtige Klaus sich von dem beleibten Volksführer umarmen, der dreimal größer war als er. Das Volk brüllte vor Begeisterung. (Später verriet Klaus, dass ihm beinahe schwarz vor Augen geworden war. »Aber für das estnische Volk habe ich durchgehalten«, fügte er stolz hinzu.)

Auf der Bühne folgte eine Rede nach der anderen, wobei es den Anschein hatte, als versuchte jeder neue Redner seinen Vorgänger an Pathos zu übertrumpfen, um beim Publikum, dessen Konzentration ansonsten wahrscheinlich nachgelassen hätte, Eindruck zu schinden. Deswegen wurden die Phrasen immer hochtrabender, das Nationalbewusstsein stieg in den Himmel und die Zukunft erschien wie ein Märchenland.

Dann trat Mati nach vorne, ob geplant oder ex tempore, ich weiß es nicht. Die Stimmung war elektrisch geladen und die Menschen Feuer und Flamme, es war gut möglich, dass alle in diesem Moment ihrem Volk etwas sagen wollten. (Vielleicht bekam auch jeder, der sich auf der Bühne befand, das Gefühl, dass er ein »eigenes« und teures Volk hatte, mit dem er persönlich sprechen musste.) Ich hatte ein bisschen Angst, denn Mati redete sehr gerne, aber ein großer Redner war er meines Wissens nicht.

Zuerst stand Mati nur da und schwieg eine ganze Weile ins Mikrofon. Stand da und sprach dann ins Blaue hinein: »Was soll man hier noch sagen!« Hier und da fing das Publikum an zu kichern, dann immer lauter, und schließlich wurde applaudiert. Die Leute fassten es so auf, dass man ja allerlei Reden schwingen und Aufrufe machen könnte, aber irgendwann war es genug, alles Wesentliche war gesagt, jetzt müssten Taten folgen. Mati trat neben Klaus und kam mit ihm erneut zum Mikrofon zurück.

Vielleicht erwartete jemand, dass sie nun gemeinsam von wer weiß was redeten. Stattdessen fing Mati mit vor Aufregung leicht zitternder Stimme an zu singen. Und das konnte er. *Mein Vaterland lieb, da bin ich geboren …* – aber was hatte er für eine gute Stimme, wie ein Profi! Klaus fiel sofort ein. Sie sangen zweistimmig wie unser aller Lieblinge Simon and Garfunkel, wobei der kleine Mann tiefer sang. Ich habe immer bewundert, was für eine gewaltige Wirkung die einfachsten Lieder auf Menschen entfalten können. Offenbar haben wir alle tiefere Schichten in uns, die nur von gewissen Melodien und Worten erreicht werden. Ein derartiges Singen habe ich weder davor noch danach je wieder gehört. Das Lied hob die Stimmung des Volks endgültig und das Publikum jauchzte geradezu vor Freude.

Mit diesem Höhepunkt endete die Veranstaltung auch. Vielleicht hatten die Organisatoren noch etwas geplant, aber nach solchen Momenten hätte das offenkundig überflüssig gewirkt, und das verstanden sie.

Mati sah uns und winkte uns zu, hinter die Bühne zu kommen, wo ziemlich viel Leute herumliefen. Jemand begrüßte uns – es war Agnes, doch wir erkannten sie nicht sofort. Sie hatte eine Volkstracht von der Insel Muhu an und ein blau-schwarz-weißes Tuch um den Hals. Sie sah ausgesprochen gut aus, und sie konnte wirklich stolz auf Mati sein! Vielleicht war es auch nur ein Trugbild, aber plötzlich blitzte in der Ferne unter den Organisatoren auch das Gesicht von Manglus auf. Mati stellte uns dem dicken Volksführer, der Klaus umarmt hatte, vor und sagte dabei nacheinander unsere Namen.

»Schon gehört, na klar,« sagte dieser auf jeden Namen hin sehr zufrieden und schüttelte uns die Hand.

Als die Reihe an Naaskel kam, fragte der: »Glauben Sie, dass der estnische Staat kommt?«

»Ja,« sagte der dicke Volksführer voller Inbrunst. »Das glaube ich.«

»Meine Güte, und beinahe wären wir nicht hingegangen«, seufzte Mascha auf dem Rückweg in die Stadt.

»Verdammt, wirklich, das hat schon Eindruck gemacht«, sagte Endel trocken und steckte sich eine Zigarette an. Ich bemerkte, dass seine Hand ein wenig zitterte, als er das Streichholz entzündete.

Bei Ott setzten wir uns wieder hin, aber keinem von uns war mehr so richtig nach Trinken. Egal welches Thema wir anschnitten, immer kam es uns hohl und unangemessen vor, so dass wir bald auseinandergingen und uns eine ganze Woche nicht mehr trafen, bis die Höhle wieder aufmachte.

TEEDUS ABGRUND

Auch Teedu hatte an jenem Sonntag auf der Böschung in Lasnamäe gestanden. Alleine, ohne sich mit jemandem zu unterhalten (und doch redeten ja in einer solchen Atmosphäre auch Wildfremde miteinander) oder mit den Umstehenden begeisterte Blicke auszutauschen. Er sprang nicht, jauchzte nicht und warf seine Arme nicht hoch, sondern hielt sich still am Wegesrand unter einem Baum verborgen und versuchte so wenig Aufsehen wie möglich zu erregen.

Er war halb geheim in die Hauptstadt gefahren. Nicht einmal Merle wusste, dass er hier war. Er hatte seiner Frau gesagt, dass er nach Nõmme führe – zu einem Schulkameraden auf Besuch, um »Hauptstadtdinge« zu erörtern. Das war eines der sehr wenigen Male, dass er seine Frau angelogen hatte. Warum er das tat, konnte er sich selbst nicht erklären, noch weniger, welche Not ihn auf das Liederfeld trieb, aber er konnte sich dem Drang nicht widersetzen und hatte das Gefühl, dass ihn etwas unaufhörlich dorthin zog, mit geradezu übernatürlicher Kraft. In dieser Anziehungskraft lag sowohl der Genuss an dem Nervenkitzel, wenn man in einen Abgrund schaute, wie auch Neugier und der Reiz, zu erfahren, in welche Richtung und wie weit sich die Dinge entwickelt haben. Auch wollte Teedu wissen, ob über seinem Kopf ein Fallbeil hing, wie weit man schon mit der Unterzeichnung seines Todesurteils war. Er wollte es wissen und fürchtete sich gleichzeitig davor. Ein wenig hatte Teedu sich auch ganz konkret davor gefürchtet zum Liederfeld zu gehen, obwohl er sich klarmachte, dass das eine kindische Angst war. Er war ein zu kleines Licht, als dass jemand aus dem Volk ihn erkennen könnte und lynchen wollte. Aber selbst wenn er ein größeres Licht gewesen wäre – nein, heute war nicht der Tag, heute sicher nicht …

Die Eindrücke, die Teedu an diesem Spätnachmittag bekommen hatte, erschütterten ihn bis auf den Grund seiner Seele. Eine derartige Äußerung der Volksstimmung rührte ihn – emotional, wie er war – an sich schon zu Tränen, so dass er beinahe vergessen hätte, wofür diese riesige Menschenmasse demonstrierte und was seine eigene Position vor dem Hintergrund der vom Volk angestrebten Veränderungen war. Aber als er sich eine Träne aus dem Augenwinkel gewischt hatte und der nüchterne Verstand wieder eingekehrt war, erfüllte ihn der Anblick von eben mit Sorge. Und nicht nur im Hinblick auf seine persönliche Sicherheit. Teedu glaubte nicht, dass auf politischem Gebiet etwas passieren konnte. Wenn überhaupt, dann bestimmt nicht jetzt. Von vollständiger staatlicher Unabhängigkeit zu träumen hatte keinen Zweck, mit dieser Idee zu flirten war seiner Meinung nach unverantwortliche Volksverdummung. Nationale Kulturautonomie, größere wirtschaftliche Unabhängigkeit – das waren realistische Ziele, und das würde auch reichen. Dagegen konnten dem, wozu hier angestachelt und Anlauf genommen wurde, herbe Rückschläge folgen. Das Imperium war noch keineswegs verschwunden (Teedu ertappte sich mit Schrecken dabei, dass er – wenn auch nur im Stillen – das Wort »Imperium« verwendete, was bestimmt ein Tabu war), es war zwar ein wenig eingerostet, aber aus Eisen und kräftig. Es lohnte sich nicht, auf das weiße Schiff zu warten. Und doch, was er gesehen hatte, machte einen unerklärlichen Eindruck auf ihn, und er war einen Moment lang beinahe neidisch auf alle, die das Schicksal nicht dazu bestimmt hatte, Hochschuldozent für Parteigeschichte zu sein.

Wie nebenbei kam ihm aus seiner Erinnerung ein Bild vor Augen von einem triefenden Jungen an der Bushaltestelle in der Nähe ihrer alten Schule vor dreißig Jahren.

Auf der Rückfahrt war Teedu zerstreut und hätte bei der Abzweigung nach Lustivere beinahe eine Katze überfahren.

1989

Mit jeder Woche mehr schien es Teedu, als würde es in einem großen Gebäude knirschen. Ganz am Einstürzen war es noch nicht, denn äußerlich erschien das Gebäude als Monolith wie seit ehedem. Aber irgendwo war offensichtlich etwas zusammengesackt und aus den Fugen geraten, in dessen Folge gewisse Spannungen größer geworden waren, mit dem Resultat, dass eine andere Verbindung nachzugeben drohte, und im Endeffekt schien dies Auswirkungen auf die Sicherheit der Gesamtkonstruktion zu haben. Im Zimmer war die Trennlinie zwischen den Deckenpaneelen plötzlich schärfer geworden, als hätte jemand mit dem Bleistift eine krumme Linie auf die Decke gemalt, und von dort bröselte hin und wieder weißlich grauer Staub oder sogar Putz herunter. An den Wänden waren Risse unter der Tapete, die sie an einigen Stellen zum Bersten brachten. Zwischen den Bauplatten waren offenkundig Luftkanäle entstanden, und deswegen konnte es einem plötzlich so vorkommen, als herrsche Durchzug, obwohl Türen und Fenster geschlossen waren. Und wenn man das

Haus von außen etwas eingehender untersuchte, konnte man zu seinem Entsetzen entdecken, dass im Fundament und den Wänden Spalten mit merkwürdigen Formen auftraten, von denen man nicht wusste, wie und wann sie entstanden waren.

Es wurde Herbst und an der Universität begann das neue Semester. Zum ersten Mal seit seiner Hochzeit hatte Teedu den Sommer nicht in vollen Zügen genossen. Die Sorge um die Zukunft meldete sich alle Nase lang in seiner Seele und wurde immer größer. Die Atmosphäre an der Alma Mater war äußerlich ruhig, im Inneren aber angespannt, was in seinem Institut zu spüren war. Es gab nichts mehr, woran man sich orientieren, niemanden, dem man Glauben schenken konnte. Aus den Zeitungen wurde man nicht mehr schlau. Bisweilen wurde dort im alten Stil geschrieben, es gab nach wie vor die KPdSU und die EKP und das Stadtkomitee, es gab Vollversammlungen und Beschlüsse, den Komsomol und Arbeitsaktivisten, die schöpferischen Intellektuellen wurden zu Volkskünstlern der ESSR oder sogar der UdSSR ernannt, und diese Ehrentitel lehnten sie nicht ab. Die Publikationen selbst waren ihrem Titel zufolge nach wie vor die Sprachrohre der örtlichen Machtorgane. Wenn man aber zu lesen anfing, stieß man auf jeder zweiten Seite auf dermaßen ketzerische und wilde Geschichten, dass einem die Haare zu Berge standen. Dort wimmelte es von Ausdrücken, von denen vor zwei Jahren ein einziger gereicht hätte, um den Chefredakteur an die Luft zu setzen.

Es entstand der Eindruck, dass niemand wusste, was erlaubt war und was nicht. Nur ein ständiges Mahnen herrschte: Manchmal mahnten die einen die anderen, mutiger zu sein, gleichzeitig ermahnten letztere die ersten, den Bogen nicht zu überspannen. Um die Zeitungen herum entstand eine abgehobene und unbestimmte Aura, ein dämmerhafter Dunstschleier wie ein Sumpf. Ein Teil derjenigen, die in diesem Sumpf kauerten, schien den entscheidenden Moment abzuwarten, um in die richtige Richtung zu springen und eine günstige Position einzunehmen. Bis dahin versicherten sie Fragenden gegenüber nichtssagend, aber resolut: »Es gärt, es gärt, und wie!« Der andere Teil derjenigen, mit denen Teedu zehn Jahre lang am Institut und in den mit ihm verbundenen Einrichtungen Kontakt gehabt hatte, machte ein Gesicht, als sei alles wie immer, und wenn sich etwas änderte, dann würde das im Einvernehmen mit der Parteilinie geschehen.

Trotzdem merkte Teedu, dass viele Kollegen, insbesondere jene auf höheren Positionen, die bislang ziemlich unnahbar waren, plötzlich sehr zugänglich und geradezu Männer des Volkes geworden waren, die mit allen reden wollten. Sie setzten dazu einen fröhlichen Gesichtsausdruck auf, mitunter direkt liebenswürdig, aber sobald sie sich alleine wähnten, senkte sich ein beunruhigter, nachdenklicher und bleierner Ausdruck auf ihre Miene.

Der Lehrbetrieb ging weiter, doch niemand kontrollierte, was in den Vorlesungen oder Seminaren gesagt wurde, in welchem Licht die Geschichte, die Gegenwart und die Zukunft serviert wurden. Das war nun jedermanns eigene Sache, jeder musste selbst wissen, was er sagte und welches Risiko er dabei einging, welche Brücken er hinter sich verbrannte oder welche Wege er ebnete.

Teedu wurde von einer existenziellen Angst ergriffen, die viel größer war als die, welche er empfunden hatte, als bekannt wurde, dass seine Gedichte in den maschinenschriftlichen Almanachen erschienen waren, oder wenn er an sein heimliches Hobby dachte, das Erforschen der Hausmarken (ganz zu schweigen von der Befassung mit chinesischen Dynastien). Dafür mochte man eine Parteistrafe bekommen, aber so etwas wurde nach einer gewissen Zeit getilgt – wenn man in den entsprechenden Instanzen zu der Überzeugung gelangt war, dass man eigentlich doch einer von ihnen war und sich an die Spielregeln hielt. Nun aber wurde Teedus Existenzberechtigung generell in Zweifel gezogen.

Er merkte, dass einige jüngere Kollegen ebenso empfanden. Sie sprachen nicht direkt darüber, aber es lag ihnen auf der Zunge. Die Zeit verstrich, und sie schien nicht zu ihrem Vorteil zu arbeiten. Und plötzlich wurde – ganz nebenbei – auf dem Korridor der gesellschaftswissenschaftlichen Abteilung beschlossen, ein Wochenende in der Sportanlage der Universität in Kääriku zu verbringen. »Entspannung« lautete der Vorwand. Das war an sich nichts Ungewöhnliches, in Kääriku waren sie auch früher schon mal gewesen. Sie bildeten eine Gruppe, die manchmal »unter Männern« etwas besprach. Dazu gehörten Leute von diversen Instituten und ein paar von außerhalb der Universität. Aus seiner Altersgruppe kamen diesmal Aivar, Rein, Andrus, Gunnar, Kaupo und Vladimir nach Kääriku, von den Älteren waren Peek und Norman dabei, außerdem der Laborant Joobel, der Bier besorgte und sich ganz allgemein um die praktischen Dinge des Aufenthalts kümmerte.

Wer nicht kam, war Miller. Insgeheim bedauerten das alle, denn Hasso war ein kluger Kopf und hätte ihnen das eine oder andere erklären können. Natürlich war abzusehen gewesen, dass Miller nicht kam. Wie immer, so bewegte er sich auch jetzt in anderen Sphären. Miller hatte seine Kollegen immer mit betonter Höflichkeit behandelt, aber es war klar, dass er damit bloß eine Mauer zwischen sich und ihnen errichten wollte. Ja, er verachtete sie vermutlich. Miller war kein Eurokommunist, sondern etwas Feineres. Einige ältere Kollegen hatten seinerzeit halb öffentlich gesagt, dass Miller ein Wolf im Schafspelz sei. Trotzdem wurde er nicht von der Universität geworfen, und Klatschmäuler behaupteten, dass er dies seinen Vorfahren zu danken hätte. (Das wird kaum der einzige Grund gewesen sein. Man wusste zu berichten, dass Miller privat die höchste Garde der Parteielite der Republik beriet, aber das war eher ein Gerücht.) Offenbar legte Miller keinen Wert auf eine offizielle Karriere und drängte sich nicht in administrative Ämter. Nicht einmal den Kandidatengrad hatte er erworben. Merkwürdigerweise war gerade das etwas, was manchen Kollegen beleidigte, weil Miller damit zu zeigen schien, wie wenig er sich um allgemein anerkannte Hierarchien und Werte scherte, folglich auch um die Menschen, die sich danach richteten.

Teedu hatte mit Miller nur einmal unter vier Augen gesprochen. Sie hatten sich völlig zufällig auf dem Flughafen Arlanda getroffen, als ein Gewitter tobte und alle Flüge aufgeschoben waren. Sie hatten in der Bar Kaffee und Cognac getrunken. Teedu hätte an sich keinen Alkohol bestellt, aber in diesem Moment schien ihm das passend. Er wollte mit Miller sprechen, weil er ihn bewunderte. Tatsächlich lieferte Miller wie nebenbei allerlei interessante Informationen, ganz andere Dinge, als die, mit denen Teedu tagtäglich in Berührung kam. Miller war kein Dissident, aber was er sagte, wirkte wissenschaftlich begründet und unparteiisch. Teedu merkte im Gespräch, wie er mit jeder Minute klüger wurde, und er fand es schade, als sein Flug aufgerufen wurde. Übrigens war auch Teedus Institut kurz zur Sprache gekommen. Über einen Kollegen hatte Miller gesagt: »Sieh zu, dass du mit dem nicht zu viel zu tun hast.« Ohne weiteren Kommentar. Jahre später stellte sich heraus, dass das die Person war, die dem Geheimdienst Informationen über ihr Institut verschafft hatte.

In Kääriku wurde zunächst Ski gelaufen, danach ging man in die Sauna. In den Pausen wurde über Land und Leute gesprochen, über das neue Studentencafé, die Basketballmannschaft von Kalev, das letzte Quizturnier und über Frauen.

»Warum sprechen wir denn nicht über die Sache«, jammerte Teedu im Stillen. »Wir schleichen bloß um den heißen Brei herum. Gehen wir wirklich so wieder auseinander?«

Aber nein, zum Glück nicht. Als sie später im Kaminzimmer Bier tranken, sprach Kaupo aus, was allen am Herzen lag. Was wird, wenn Estland sich von Moskau löst? Würden solche wie sie dann an die Wand gestellt? So schlimm würde es wohl nicht werden, befand man. Dann müssten in Estland ja hunderttausend an die Wand gestellt werden, beinahe jeder achte oder zehnte Erwachsene. Nun gut, die niederen Parteisoldaten konnte man abziehen, die würde kaum jemand anrühren, aber gut und gerne zehntausend müsste man schon »zum Schweigen bringen«. Aber das war nicht real und würde der Wunschtraum einiger Ultranationalisten bleiben. In Wahrheit würden nicht einmal so viele »zum Schweigen« gebracht werden, denn selbst einen kleinen Aderlass würde eine so kleine Gesellschaft nicht überleben. Und deportieren konnte man einen hier in Estland ja auch höchstens auf die Insel Ruhnu oder nach Värska im Südostzipfel des Landes. Vielleicht würde es gar keine Repressionen geben und würde, im Gegenteil, manche Last aus der Vergangenheit zu einem Trumpf werden, wenn untereinander die Rechnungen beglichen würden, was sicherlich geschehen würde. Darauf musste man vorbereitet sein, aber das war normal, denn das Leben war ein ständiger Kampf.

»Seien wir nicht naiv«, sagte jemand, »wir sind doch alle gegenseitige Konkurrenten. Das Leben ändert sich äußerlich, aber der Inhalt bleibt derselbe.«

So gesehen würde das alles nicht so tragisch werden. Die einzigen, über denen wirklich das Fallbeil hänge, seien die Leute mit Verbindungen zum KGB. Daraufhin schmunzelten alle Anwesenden, aber ein wenig nervös, und wandten sich umso eifriger ihrem Bier zu.

SPRECHCHOR DER SCHRIFTSTELLER

Selbstverständlich erreichten die Stimmungen oben auch die Höhle, schließlich verkehrten dort ja nicht nur Bohemiens, die ernsthaften Menschen waren dort vielleicht sogar in der Überzahl. Letztere waren jetzt auch vielfältig gesellschaftlich aktiv und in die Sache involviert. Aber auch wir, die wir uns für den Kern oder die Denkfabrik der Höhle hielten, wurden aktiver. Voller Erwartung und Ehrfurcht lauschten wir denen, die etwas von der Sache wussten, unterbrachen sie nicht (wie wir es bislang gelegentlich getan hatten) und machten uns nicht über sie lustig. Auch uns ergriff ein unbestimmtes, erregtes Zittern, wenn sie betonten: »Es geht los, keine Frage!« Und wenn die Klügeren – die bei der Sache waren – den Tisch verlassen hatten, beratschlagten wir untereinander lange über die Kultur, die estnische Gesellschaft und den estnischen Staat und ihr gegenseitiges Verhältnis.

Im Interesse der Platzersparnis habe ich aus all dem eine kleine Montage oder Collage zusammengestellt. Die folgenden Gedanken sind sicher nirgendwo kompakt und von denselben Personen geäußert worden, möglicherweise waren es auch nicht exakt diese Formulierungen. Meines Wissens sind sie niemals aufgeschrieben oder als Manifest präsentiert worden. (Ich habe das Ganze ein bisschen literarischer und »packender« gemacht. Vielleicht bin ich dabei von den Losungen beeinflusst worden, die seinerzeit für die offiziellen Demonstrationen gedacht waren und jeweils vor den Oktober- oder Maifeierlichkeiten in der *Jungen Stimme* und der *Volksstimme* erschienen. Ebenso spiegelt sich in ihnen die damalige Tradition der Schülersprechchöre wider und natürlich – wie immer – meine eigene Erfahrung am Volkstheater, wo ich Dialoge bearbeiten musste.) Zur Charakterisierung der Epoche ist eine solche Kristallisierung vielleicht notwendig:

»Wir stehen an der Schwelle zu einer ruhmreichen Zukunft.«

»Alle Menschen werden in Zukunft die Künste und die Lyrik lieben, Bücher und Zeitungen werden in Myriadenauflage erscheinen, die Theater-, Konzert- und Ausstellungssäle werden brechend voll sein, die Fernseh- und Radiostationen jagen unaufhörlich Sendungen in den Äther, deren moralischer Tiefgang Erleuchtung bringen wird und deren Bandbreite den Horizont auf unterhaltsame Weise erweitert.«

»Die massive Lesebegeisterung in Sowjetrussland, die man von den Rolltreppen der Metro sowie von den Schlangen, in denen man für Toilettenpapier ansteht, kennt, rührte nicht von einem echten Interesse her, sondern vom Mangel an Wahlmöglichkeiten. Die Menschen hatten nichts anderes zu tun. In Estland aber wurde aus wahrer Kulturliebe gelesen. Deswegen wird bei uns auch weiterhin gelesen werden, wenn wir unseren eigenen Staat haben. Mit Estland wird es nicht so laufen wie im Ausland, wo das Leseinteresse unter Einfluss der Konsummentalität schwindet. Die Auflagen unserer Bücher werden nicht sinken, unsere guten Prosaisten und Lyriker werden in Zukunft genauso viel gelesen werden wie jetzt. Unter den Bedingungen der Wahlfreiheit wählt unser Volk die Geistigkeit.«

»Überhaupt läuft es bei uns nicht so wie bei den anderen. Wir wiederholen nicht die Fehler der anderen. Macht euch da bloß keine Hoffnungen, wir werden sie ganz bestimmt nicht wiederholen! Wir lernen aus den Fehlern anderer. Wir bauen einen auf Solidarität beruhenden Wohlfahrtsstaat auf. Wir schreiten gemeinsam fort und helfen den Schwächeren.«

»Wir knüpfen feste Beziehungen zu den Exilesten, die ihren Beitrag zur Entwicklung Estlands leisten wollen. Ihr Enthusiasmus, ihr Wissen und ihre Erfahrung mit dem Leben in der freien Welt dürfen nicht ungenutzt bleiben.«

»In unserem Nationalstaat werden Minderheiten und Fremde respektiert, auch sie arbeiten zum Wohle der Gesellschaft Estlands, auch ihr Einsatz darf nicht ungenutzt bleiben.«

»In Estland lernen alle und bekommen alle ein Stipendium. Ein kleines Volk kann es sich nicht leisten, dass auch nur einem einzigen begabten Kind aus materiellen Gründen die Möglichkeit verwehrt wird, seine Begabung voll zu entwickeln, wodurch es nicht seinen Beitrag zum allgemeinen Wohl leisten könnte. Für die Alten wird Sorge getragen. Aber auch die Alten lernen und leisten entsprechend ihren Möglichkeiten ihren Beitrag.«

»Niemandes Kraft darf vergeudet werden, wenn die Gesellschaft Estlands zur Blüte gebracht wird.«

»So erhebt sich unser Staat auf einer Welle der Begeisterung, vom Idealismus getragen, bislang gehemmt, aber nun von Tatkraft entfesselt schnell in eine nie dagewesene Höhe und wird eine strahlende Stadt auf dem Berg.«

»Wir werden neue Nutzflächen in Gebrauch nehmen. Wir füllen das Land mit Leben. In jeder Ecke Estlands muss man fröhlichen Lärm und Sangesstimmen hören.«

»Wir werden das beste Klima für Unternehmer schaffen.«

»Wir werden Wald und Fisch exportieren.«

»Wir werden die urtümliche und reine Natur Estlands erhalten und neue Naturschutzgebiete gründen. Von überall her wird Vogelgesang erklingen. Die Frösche kommen zurück in die Teiche und Sümpfe. Vögel und Frösche sind unsere Freunde. Aus dem verschmutzten Europa wird man zu uns kommen und Urlaub machen wie im Paradies.«

»Alle sind voller Würde.«

Und nachfolgend zur Verdeutlichung noch einen kleinen Dialog:

»Wer wird das alles denn organisieren?«, fragt der ungläubige Thomas, nachdem er das Vorangegangene durchgelesen hat. Er hat ein intelligentes Äußeres, trägt einen Schlips, der an einen Hering erinnert, und sieht aus wie ein Archivar.

»Na wir selbst natürlich«, schmunzelt ein noch nicht dreißigjähriger Mann in einem Pullover mit Volkstrachtenmuster.

»Wir, die Esten.«

»Aber warum ist denn bislang niemandem, keinem einzigen Volk auf der Welt, das sich der Fremdbestimmung entledigt hat, etwas derartiges gelungen?« Der ungläubige Thomas lässt nicht locker. »Warum sind ihr Idealismus und ihre hochtrabenden Ideen alsbald verpufft und an deren Stelle Materialkult sowie das Streben nach banalsten Annehmlichkeiten getreten? Warum wird nicht mehr gelesen, nachgedacht oder sich in etwas vertieft, warum kümmert man sich nicht mehr umeinander und will nicht mehr gemeinsam weitergehen, warum herrscht statt Solidarität ein rauer Individualismus?«

»Die Esten sind ein besonderes Volk. Das ist nun einmal vom Schicksal so eingerichtet worden und in der Geschichte zu sehen«, sagt der Pullover mit einem selbstsicheren Lächeln.

»Wie bitte, sind die Esten nicht wie alle anderen Völker?«, fragt der ungläubige Thomas besonders ungläubig.

»Nein«, antwortete der überzeugte Pullover ganz besonders überzeugt.

Nationalbewusstsein wurde in der Höhle sehr wichtig. Das sah man beispielsweise daran, dass es bei einem heftigen Streit genügte, wenn ein Dritter sagte: »Sind wir nicht alle Esten?« Und sofort beruhigten sich die Streithähne.

Geheimdienstler sah man in der Höhle nun nur noch selten. Vielleicht befassten sie sich damit, den kommenden Ereignissen vorzubeugen.

Wenn es Nacht wurde, tanzte man in der Höhle den Lambada, den neuen Modetanz mit dem nostalgisch stöhnenden und ermüdenden Rhythmus und den ausschweifenden Stampfbewegungen.

FJODOR WLADIMIROWITSCH. IWAN IWANOWITSCH. WASSILIJ

Ein weiteres Jahr ging ins Land – glanzlos, erwartungsgeladen, voll zunehmender Spannungen mit Moskau, aber auch in innenpolitischer Hinsicht. Wenn jemand sich jetzt zu diesem Thema mit Teedu unterhalten hätte, hätte dieser ernsthaft behauptet, dass er schon zu Sowjetzeiten ein estnischer Nationalist gewesen sei. Hatte er es zum Beispiel nicht schon immer als unangenehm empfunden, wenn Iwan Iwanowitsch ihn kniff?

Iwan Iwanowitsch war der Parteisekretär des Stadtkomitees, der sich mit Ideologiefragen befasste. Er war knapp fünfzig und hatte Stahlkronen. Kneifen war seine Angewohnheit. Er kniff alle, sogar Frauen (hohe Vorgesetzte allerdings nicht). Mit besonderem Vergnügen kniff er estnische Parteimitglieder – in seinen Worten »die kleinen Brüder, die am Tisch des großen Bruders mitmischten«. Er vertraute ihnen nicht. »Bei euch ist immer irgendwo eine Schlange versteckt«, sagte er und drohte den Esten scherzhaft mit dem Zeigefinger. Er nannte sie immer bei Vor- und Vatersnamen. Teedus Vater hieß Voldemar, also war Teedu Fjodor Wladimirowitsch. Iwan Iwanowitsch machte auch spöttische Bemerkungen über Teedus Russisch. Da Teedu gedient hatte, sprach er die »zweite Muttersprache« (wie das Russische halboffiziell hieß) ziemlich flüssig, aber mit einem sehr weichen Akzent (was man zum Teil Lehrer Kulu ankreiden konnte). Iwan Iwanowitsch war beinahe völlig einsprachig und konnte auf Estnisch nur »Hallo, hallo« sagen und »Vana munn«, was ein grober Fluch war. Er hatte die Esten nämlich sagen hören »Leih mir deine Harfe, Vanemuine« – die erste Zeile ihres Nationalepos'. Und von diesem Vanemuine, der mit der Harfe Musik machte, sangen sie auch. Eine bestimmte Klangkombination war Iwan Iwanowitsch also in Erinnerung geblieben, aber eben nicht exakt. Ihm war aufgefallen, dass man um ihn herum immer zu kichern anfing, wenn er diesen Ausdruck benutzte, und so tat er es weiterhin – auch in der Gegenwart von Damen. Für Teedu aber war dieses Lied ein Teil der Vergangenheit des estnischen Volkes, sein Vater und seine Mutter hatten es gesungen, alle seine Vorfahren hatten es gesungen, die zur Zeit der nationalen Bewegung gegen die deutschen Gutsherrn gestritten hatten. Daher war er nun selbstverständlich in seinen tiefsten Empfindungen beleidigt, wenn der schlüpfrige Iwan Iwanowitsch dieses schöne Lied nachäffte wie das »barbar« von Wilden. Warum musste so ein Flegel im städtischen Parteikomitee sitzen? Er bereitete der Sowjetmacht Schande. Teedu hätte es in jedem Fall vorgezogen, mit estnischen Parteimitgliedern zu arbeiten. Wie soll er da kein Nationalist gewesen sein?

Oder nehmen wir Wassilij, mit dem Teedu noch bis vor kurzem bei jeder Begegnung über die politischen Entwicklungen diskutiert hatte. Wassilij war sein »Hausrusse«, der ein paar Häuser entfernt von seiner alten Wohnung gewohnt hatte. Er sprach fließend Estnisch, weil seine Eltern schon vor der russischen Revolution hierhergezogen waren.

Wassilij war Rentner und hatte früher in der Staatsanwaltschaft gearbeitet, und seine Frau war eine Freundin von Teedus Mutter gewesen. Nicht dass Teedu ihn besonders mochte, aber Teedu hatte das Gefühl, dass russische Freunde nützlich sein konnten. Irgendwo würde das sicherlich registriert werden und die Dinge in einer für ihn günstigen Richtung beeinflussen. Deswegen war er ziemlich häufig bei Wassilij zu Besuch und hatte ihn seinerzeit auch mit Merle bekannt gemacht, als es so weit war, gleichsam als erwarte er dessen Einverständnis.

»Was ist das denn jetzt?«, fragte Wassilij während der Singenden Revolution mit ausgebreiteten Armen. »Die ganze Zeit haben wir freundschaftlich zusammengelebt, wir wohnten nebeneinander, alles war in Ordnung, niemand hat über so etwas wie nationale Unterdrückung geklagt. Aber jetzt sollen mit einem Mal die Esten und die estnische Sprache diskriminiert sein? Also sag mal, hat es jemals Unterdrückung gegeben?«

»Nein«, antwortete Teedu automatisch. Wozu sich streiten? Im Stillen dachte er: »Woher zum Teufel willst du wissen, ob wir wirklich freundschaftlich zusammen lebten oder nicht? Vielleicht glaubtet ihr bloß, dass es so war, in Wirklichkeit war es aber nicht so, wir hielten bloß den Mund.«

Er wollte nicht ungerecht sein, denn Wassilij war ein ehrlicher Mensch, eine schlichte und offenherzige russische Seele. Aber natürlich wurden die Esten unterdrückt, das war klar. Sogar Wassilij unterdrückte ihn, völlig unbewusst, allein schon dadurch, dass er kein ausreichendes Vorstellungsvermögen hatte, er konnte nicht verstehen, wie er und seinesgleichen Teedu und das ganze estnische Volk allein schon durch ihre großvölkische Anwesenheit unterdrückten.

Wenn Teedu gegen halb vier Uhr morgens nicht mehr schlafen konnte – das kam jetzt häufig vor –, ertappte er sich bei dem Gedanken, dass er sich mit Nationalisten stritt. Mögen sie bloß nicht glauben, dass nur sie … Als ob ein estnischer Mann es leicht habe, in der russischen KP zu sein. Dieser verdammte »Vana munn«… unser schönes Lied verhunzen … Und derlei »Vana munns« gab's haufenweise, je weiter man nach oben kam, desto mehr.

Teedu wünschte sich eine Welt ohne Iwan Iwanowitschs. Eigentlich wünschte er sich auch, dass es keine Wassilijs gäbe, obwohl er sich das nicht einzugestehen traute. Er wollte einen sozialistischen Nationalismus. Estland hätte eine unabhängige sozialistische Republik sein müssen, wo die Menschen Arbeit und Brot hätten und Frieden auf Erden. Das war das Höchste. Wollte er selbst Iwan Iwanowitschs Position einnehmen? Er hütete sich davor, so weit zu denken. Miller hätte da bestimmt besser hingepasst, wenn ... wenn er ein wenig freundlicher gewesen wäre. Wenn er von seinem vornehmen Podest heruntergekommen wäre und sein hochnäsiges Priestergehabe, wie es Leuten anhaftet, die vermeintlich über höheres Wissen verfügen, abgelegt hätte. Dieser verdammte Miller. Mit solchen Gedanken schlief Teedu, nachdem er eine Stunde wach gelegen hatte, wieder ein und schlummerte bis halb acht.

Tagsüber ließen die Ängste für gewöhnlich nach, aber am Abend plagten sie ihn wieder. Er war ein Nationalist, aber er war dies nur in seinem Innersten gewesen. Äußerlich war er ja in erster Linie ein ehrlicher Lektor für die Geschichte der KPdSU gewesen. Er war in beide Richtungen ehrlich gewesen. (Aber eine der beiden Richtungen könnte sich jetzt als überflüssig erweisen. Wie entsetzlich, warum musste diese Entscheidung unbedingt zu seinen Lebzeiten geschehen!) Einerseits dachte er mit Rührung und Bedauern an seinen Vater und seine Mutter, die gezwungen waren, viele Hoffnungen wissentlich zu begraben, und die bis an ihr Lebensende nicht gewagt hatten, Weihnachten zu feiern. Und selbstverständlich war alles, was momentan geschah, einfach schön, denn wer will nicht gerne Herr im eigenen Haus sein – und diese Möglichkeit schien nun greifbar zu sein.

Andererseits hatte er auch sein eigenes kleines Leben zu leben, und er wusste sowohl aus der Geschichte (auf Grundlage der chinesischen Gesellschaft zur Zeit der Ming-Dynastie) wie auch aus persönlicher Erfahrung, dass man unter jeder Herrschaft ein angenehmes, geregeltes und sicheres Leben führen konnte. Es war möglich, nützlich für die Gesellschaft zu sein und gerade so viel zu arbeiten, dass man es noch ertragen konnte, während man den Rest der Zeit genoss. Es war möglich, den Menschen Gutes zu tun, und das war das Wichtigste. Bisher war es so gewesen, aber er war sich nicht sicher, ob das auch so bleiben würde. Aller Wahrscheinlichkeit nach lag der größere Teil seines Lebens noch vor ihm. »Habe ich doch die falsche Wahl getroffen?« fragte er sich schmerzhaft. (Nochmals, wäre er bereit gewesen, Iwan Iwanowitschs Posten zu übernehmen? Nicht den alten, sondern den »neuen Iwan Iwanowitsch«? Wenn das Volk es verlangen würde? Nein, bei Licht besehen sagte sich Teedu entschieden: »Du, Teedu, hast nur das Teedu-Niveau, drängele dich nicht weiter nach oben, als deine Flügel dich tragen!«)

Teedu beschloss, den Ball flach zu halten. Wer weiß, wie weit diese neuen Patrioten sonst noch gingen. Direkte Feinde hatte er zwar, soweit er wusste, nicht. Der Dissident Kribalds, ein ehemaliger Kollege auf dem Gebiet der Parteigeschichte, der aus der Partei ausgeschlossen worden war – und an der Versammlung, auf der das beschlossen wurde, hatte Teedu teilgenommen –, war kein Feindtyp, sondern in erster Linie ein Theoretiker, ein Kämpfer für Wahrheit und Recht. Er wollte seinerzeit den Kommunismus läutern und verbessern, davon ausgehend, dass Kommunismus seelische Erhöhung und Wahlfreiheit bedeutete. Das wurde höheren Ortes selbstverständlich als größte Sünde angesehen. Kribalds hatte einen Antrag an das Parteikomitee der Universität für einen einjährigen Studienaufenthalt in Paris gestellt, um die französische Variante des Kommunismus kennenzulernen. Dabei war er vollkommen aufrichtig gewesen. Aber der Antrag war der Grund für seinen Ausschluss aus der Partei. Danach tendierte er auf seiner Suche nach seelischer Freiheit zum Lager der Nationalisten, und derzeit hielt man ihn für einen Andersdenkenden und Märtyrer. Dass er einst aufrichtig an den Kommunismus geglaubt hatte, wusste mittlerweile niemand mehr. So betrachtet hatte Teedu mitgeholfen, den größten Kommunisten außer Gefecht zu setzen, was man ihm eigentlich als positive Tat hätte anrechnen können. Aber Teedu spürte, dass im Moment eine solche Logik nicht gelten würde und seine Unterschrift unter dem Versammlungsprotokoll ein Fleck auf seinem Gewissen war. (Persönlich hätte er Kribalds nicht ausgeschlossen, aber es hatte natürlich keinen Sinn, sich gegen die Mehrheit zu stellen. Rausgeflogen wäre er sowieso, denn das war höheren Orts so beschlossen worden. Und dann wäre Teedu ein gezeichneter Mann gewesen. Ja, jetzt käme ihm das sehr zugute, aber damals wäre das einem Selbstmord gleichgekommen.) Nein, Kribalds wird ihn nicht angreifen ...

Weiter fiel Teedu niemand ein, der ihm gefährlich werden konnte. Aber wer weiß das schon. Zum Beispiel könnte ihm immer noch jemand missgönnen, dass er die vollbusige Schönheit Merle zur Frau bekommen hatte. (»Zu gut für einen wie ihn. Für den wäre eine abgenutzte hagere Laborantin mehr als genug gewesen!«) Teedus ernsthaftester Konkurrent auf dem Weg zu Merles Herz war damals im Komsomolkomitee der Universität gewesen. Einer mit dem gleichen Namen war in letzter Zeit immer häufiger öffentlich aufgetreten. Gerade noch hatte Teedu seinen Namen unter einem kollektiven Aufruf gesehen. Er hatte ein unangenehmes Schaudern verspürt und gedacht: »Oh, lass es Zufall sein.« Aber etwas sagte ihm, dass es sich um denselben Menschen handelte, einen zwischenzeitlich ausgebooteten Intellektuellen. Es gab ja nicht so viele, die Aaberkukk hießen. Könnte Aaberkukk ihm einen Knüppel zwischen die Beine werfen?

ILLIMARS BRIEF VOM AUGUST 1991

Verehrter Chronist!

Obwohl wir in der Provinz leben und allein schon deswegen bemitleidenswert sind, sind auch wir auf dem Laufenden, was in der Republik geschieht. Wir haben gehört, dass der Tallinner Fernsehturm von russischen Sondereinheiten belagert wird und dass man momentan von Moskau alles erwarten kann. Ich habe mit den Männern beim Dorfladen darüber gesprochen. Sie sind der gleichen Meinung wie auch ihr in der Hauptstadt. Durchhalten und nochmals durchhalten! Tod hier oder in Sibirien, aber tun wir's! Es wurden Pläne geschmiedet, wie man nach Tallinn zu Hilfe eilen könnte.

Der örtliche Parteisekretär, Jõgever aus Klaasikoja, verkündete öffentlich, dass er seine Mitgliedschaft in der Partei ruhen lassen werde. Danach ließ man auch ihn beim Laden mit den Männern gemeinsam Bier trinken.

Der kleine Kusti, ein Spaßvogel, fragte: »Wie hast du das gemacht, dies Ruhenlassen?«

Jõgever überlegte einen Augenblick, sah dann einen Stecker an der Wand und zog ihn mit einem Ruck raus. »So habe ich das gemacht«, sagte er.

Alle verstanden.

Jõgever vergaß, den Stecker wieder reinzustecken, so dass all das bisschen Butter, Milch und die Kochwurst, was sich die Verkäuferin Mai für die nächsten Tage besorgt hatte, verdarb. Dazu sagte Kusti, Parteisekretär bleibt Parteisekretär, ob er nun ein- oder austritt. Aber die anderen widersprachen, was verulkst du ihn, er wollte nur Gutes, einem Menschen muss doch die Möglichkeit gegeben werden, sich zu bessern.

IV
Neueste Zeit

EIN WICHTIGER TAG

Als die Republik Estland ausgerufen wurde, saß Teedu im Institut. Bis zum Beginn des Lehrbetriebs blieben weniger als zwei Wochen. Das Radio lief. Als er die Abstimmungsergebnisse des Obersten Sowjets hörte, brach Teedu der Schweiß aus, und er begriff, dass er auf so eine Nachricht doch noch nicht vorbereitet gewesen war, dass er immer noch gedacht hatte, »ach, wer weiß«. Außer ihm war der Laborant Joobel im Institut, ein Russland-Este und ein sechzigjähriger, pflichtbewusster, kleiner und hagerer Glatzkopf. Sie standen wie verabredet auf, gingen in Habachtstellung und reichten einander die Hand.

»Herzlichen Glückwunsch, Geno– ... Herr Tärn.« Joobel konnte sich gerade noch korrigieren.

»Herzlichen Glückwunsch, Herr Joobel«, sagte Teedu.

An diesem Nachmittag ging Teedu wie benebelt nach Hause, ohne auf seinem Weg irgendetwas oder -jemanden wahrzunehmen. Er hatte einen fröhlichen, andächtigen und ein wenig dämlichen Gesichtsausdruck, wie bei einer Heiligen, die in Ekstase geraten war. In kurzen Intervallen rief er: »Oh, wie gut mir ist! Oh, wie glücklich ich bin!« Er rief das allerdings nicht richtig laut, aber auch nicht nur für sich selbst. Er wieherte glücklich in sich hinein, während er gleichzeitig versuchte, ein politisches Gesicht aufzusetzen. Teedu hatte entsetzliche Angst davor, dass man denken könnte, ihm würde das, was geschah, nicht gefallen.

Zu Hause angekommen schloss er beide Schlösser der Wohnungstür um und legte auch noch die Kette vor, ohne darüber nachzudenken, wie die anderen reinkommen sollten. Er stürmte in sein Arbeitszimmer, verriegelte auch das und sackte aufs Sofa, wo er fünf Minuten bewegungslos verharrte in Erwartung, dass seine Denkfähigkeit sich wieder einstellen möge. Nach vielen Jahren hatte er mal wieder Appetit auf ein Gläschen Cognac, aber leider hatten sie keinen Alkohol im Haus. Sein erster Gedanke war zu kündigen. Den Entlassungsantrag hatte er sicherheitshalber schon fertig geschrieben. Vor einiger Zeit hatte er sich einmal nachts, als Merle und die Kinder schliefen, aus Plastik und Stoff ein Geheimfach in seinen Diplomatenkoffer eingebaut, und seitdem trug er den Antrag ständig bei sich, um ihn bei Bedarf sofort vorlegen zu können. Notwendig könnte das werden, wenn es »ans Austeilen« ging und Köpfe rollten. Der Antrag existierte in zweifacher Ausfertigung. Das eine Exemplar ließ das Datum offen, das andere war zwei Jahre vordatiert. Er hatte es sich sogar notariell beglaubigen lassen. Teedu stellte sich das so vor, dass man im Bedarfsfalle damit vielleicht nachweisen könnte, dass er schon früher seine Meinung geändert hatte und die Kanzel der falschen Lehre verlassen wollte, – nicht erst, als alle das taten, um ihre Haut zu retten. Versteckten Hinweisen entnahm er, dass ein paar Kollegen mehr oder weniger wortgleiche Anträge in der Hinterhand hatten. Ein Kollege bewahrte seine Anträge in einem Schließfach im Bahnhof, ein anderer hatte sie bei seinem Sommerhaus vergraben.

Nun schien der Zeitpunkt gekommen, den Antrag abzuschicken. Fünf Minuten lang meinte Teedu, dazu in der Lage zu sein. Aber dann fielen ihm Merle und die Kinder ein. Wie für ihren Unterhalt sorgen? Teedu hatte nie eine andere Arbeit gemacht und konnte nichts anderes. Mehr noch, er wollte auch gar nichts anderes machen. Geschichte faszinierte ihn, er war nicht bereit davon zu lassen. Parteigeschichte war zwar nicht richtig Geschichte, das kapierte er natürlich schon, aber lieber das als gar nichts. Und was seine seelischen Bedürfnisse betraf, da hatte er seine Hausmarken und die Ming-Dynastie. Nachdem er das Für und Wider gründlich abgewogen hatte, beschloss Teedu abzuwarten, was die anderen tun würden. Allein durfte man keine überhasteten Schritte unternehmen. Er nahm die Kette von der Wohnungstür und entriegelte das Sicherheitsschloss.

Als die Kinder vom Tennistraining kamen, versuchte Teedu heimlich herauszubekommen, ob sie ihn mit Verachtung oder irgendwie anders betrachteten, doch er konnte nichts feststellen.

Nachts vor dem Einschlafen sagte Merle zu ihm beinahe beiläufig: »Du bist ja an nichts schuld!«

Diese Bermerkung erfüllte Teedus Herz mit Dankbarkeit.

»Was für eine gute und kluge Frau habe ich«, dachte er glücklich.

In den folgenden Tagen schien sich niemand für seine Person zu interessieren, und Teedu brachte das Thema bei seinen Kollegen vorsichtig zur Sprache.

»Schauen wir mal, warten wir ab«, war die allgemeine Meinung.

Teedu beruhigte sich ein wenig, aber nicht vollständig. Am Samstag lenkte er seine Schritte zum Raadi-Friedhof im Stadtteil am anderen Ufer des Flusses, um herauszufinden, ob die Bestattungsinstitute vielleicht etwas zu bieten hätten. Etwas Klügeres fiel ihm im ersten Moment nicht ein, und einfach mit den Händen im Schoß dasitzen wollte er auch nicht.

Vielleicht bestand die Möglichkeit, einen Posten bei einem Bestattungsinstitut zu bekommen? Natürlich nicht als echter Wissenschaftler, aber vielleicht etwas auf Heimatkundeniveau? Er könnte die wichtigsten Gräber auf dem Friedhof untersuchen, Überlieferungen sammeln, sie mit anderen Grabplätzen vergleichen und dergleichen mehr. Immerhin war er diplomierter Historiker, und die Verstorbenen gehörten ja nun ganz und gar in die Geschichte, bei ihnen hatte man unumkehrbar mit vergangenen Zeiten zu tun. Die Geschichte der Verstorbenen und Parteigeschichte hatten so betrachtet etwas gemeinsam. Teedus langjährige Befassung mit dem einen hätte sich günstig auswirken müssen auf die Befassung mit dem anderen.

»Was mir doch für Parallelen einfallen«, wunderte Teedu sich.

Gut, dass niemand seine Gedanken hörte.

»Aber nein«, schoss es ihm im nächsten Moment durch den Kopf. Genau umgekehrt, *schade*, dass niemand sie hörte. Denn das waren jetzt ja die richtigen Gedanken.

Teedu hätte sich gewünscht, dass alle gehört hätten, wie korrekt er dachte. Gleichzeitig dachte er aber auch, dass es vermutlich niemanden wirklich interessierte, wie er dachte. Dieser Gedanke erfüllte ihn mit Ruhe.

Aber warum sich denn nicht der reinen Wissenschaft widmen, überlegte er, während er in Richtung Raadi schritt. Auf der Welt gab es alle möglichen Theorien. In ihrem System waren sie bislang geächtet gewesen, aber jetzt soll sich doch alles ändern? Vielleicht könnte man sich eine neue Theorie aneignen und sich in deren Licht mit den Toten beschäftigen? Wie wäre es vielleicht mit Foucault? Oder Baudrillard? Über beide hatte Teedu kritische Artikel auf Russisch gelesen. Schon malte er sich aus, wie er in dem eingeschossigen Haus, das sich im Hof des Bestattungsinstituts befand, ein kleines warmes Arbeitszimmer hätte, wo er sich wie in Abrahams Schoß an die Arbeit machte. Wenn nur das Hämmern aus der Sargwerkstatt nebenan ihn nicht zu sehr störte ... So ein Arbeitsplatz um die Ecke wäre eigentlich keine schlechte Variante. Viel schlimmer wäre, wenn er für die Altstoffstelle Altpapier sammeln müsste. Er wusste, dass einige Intellektuelle, die zu Volksfeinden abgestempelt waren, Anfang der fünfziger Jahre gezwungen waren, das zu tun, um sich über Wasser zu halten. Anderswo bekamen sie keine Arbeit. Das würde Teedu nicht überleben. Er müsste sich auf den Weg machen und an fremde Türen klopfen, dort würde man ihm aber den »Schnellkurs der Geschichte der KPdSU« und den »Wissenschaftlichen Kommunismus« ins Gesicht schleudern oder diese kleine Broschüre, die er selbst im Matrizendruck an der Universität als Lehrmittel herausgegeben hatte (»Methodologische Leitfäden zur Aneignung des Kurses der Geschichte der KPdSU«), und ihn angrinsen: »Scheißkommunist, da hast du was zum Lutschen!«

Aber nein, das war nicht möglich, heutzutage wird Altpapier nicht mehr auf diese Art und Weise eingesammelt. Aber wie macht man das denn heutzutage?

»Das muss ich herausbekommen, koste es was es wolle«, beschloss Teedu, ohne sagen zu können, wozu er dieses Wissen gebraucht hätte.

Die zwischenzeitlich eingetroffene Ruhe war verflogen und er fühlte sich im Fieberrausch. Was hatten die Dissidenten in den Achtzigern gemacht, als sie entlassen worden waren? Einige versuchten sich wohl als Totengräber. Jetzt waren die Dissidenten, wie man hörte, drauf und dran, an die

Macht zu kommen, folglich müssten ihre Plätze auf den Friedhöfen ja frei werden. Ob man es da versuchen sollte? Wer physische Arbeit leistet, ist in den Augen der Macht immer vertrauenerweckender als ein geistiger Arbeiter, weil er weniger denkt. Aber hatte er die Knochen für das Totengräberamt? Teedu hatte nie Sport getrieben und auch mit der Morgengymnastik schon vor Jahren aufgehört.

»Ich muss wieder damit anfangen«, nahm er sich vor. »Ohne Physis hat man keinen Bestand im Wirbel der Zeiten. Auch im Zwangsarbeitslager braucht man Muskeln. Liegestütze ... Hanteln ... Spagat ... Nein, Spagat ist ein überflüssiger Luxus, den braucht man hinterm Stacheldraht nicht. Aber man muss in der Lage sein, einigen eins auf die Zwölf zu geben, wenn jemand einem seine Brotration streitig machen will.«

Teedus Gedanken waren tatsächlich durcheinander und sprunghaft.

Nun war er also tatsächlich auf dem Raadi-Friedhof. Der Beginn fiel anekdotisch aus. Er fragte im Bestattungsinstitut, ob sie eine Stelle frei hätten, und die ältere Dame am Schreibtisch, die ein klassisches Kostüm trug und einen Friseurschnitt hatte, dachte, er wolle einen Grabplatz bekommen. Als Teedu das Missverständnis höflich korrigiert hatte, schüttelte die Dame den Kopf, versprach aber, nachzufragen.

»Momentan ist so eine Zeit, dass niemand weiß, was der morgige Tag bringt. Vielleicht kommen auch solche Stellen. Persönlich finde ich, dass so jemand, ein Biograf oder Historiograf, durchaus beim Friedhof angestellt sein sollte. Schließlich ist das alles unsere gemeinsame Geschichte.«

Teedu ahnte, dass die ältere Dame gebildet war, sich im Wirbel der Zeitläufte aber ebenfalls ein wenig unsicher fühlte, und das brachte sie Teedu näher. Er war schon drauf und dran, ihr seine Visitenkarte zu geben, damit sie Verbindung aufnehme, sobald eine entsprechende Stelle in Aussicht sei, entschied aber im letzten Moment, es doch nicht zu tun. Wer weiß, wer wen kennt und wohin die Geschichten am Ende gelangen.

Als Teedu aus dem Bürohäuschen nach draußen trat, war er mit sich sehr zufrieden, weil er nichts Unüberlegtes getan hatte, und er beschloss, sich ein wenig auf dem Friedhof umzuschauen. Er betrachtete mit Kennerblick die Epitaphe auf den berühmten Gräbern, berührte vorsichtig das eine oder andere besondere Monument, stellte eine umgefallene Kerze vor einem frischen Kreuz wieder auf. Er spazierte noch ein wenig umher und verließ den Friedhof in einem recht feierlichen Gemütszustand. Ihm war schon früher aufgefallen, dass ein Spaziergang über den Friedhof bei ihm die Stimmung hob.

Ein Monat nach dem anderen verstrich. Keiner der Dozenten von seinem Katheder kündigte, auch niemand vom bisherigen Katheder für historischen Materialismus oder vom Katheder für wissenschaftlichen Kommunismus (einige gingen zwar in Pension, aber das hätten sie wahrscheinlich sowieso getan). Wegzugehen kam nicht zur Sprache, weder untereinander noch in der Öffentlichkeit. Unter sich machte man ein Gesicht, als würde alles normal weitergehen, und in der Öffentlichkeit hatte man andere und dringlichere Probleme. Allmählich wurde klar, dass es offenbar gar nicht zum »Austeilen« kommen würde und dass keine Köpfe rollen würden. Teedus Kollegen traten einer nach dem anderen aus der KPdSU aus. Das tat auch Teedu – ohne größeres Brimborium. Danach übermannte ihn eine Zeitlang ein seltsames Gefühl, in dem sich Unzurechnungsfähigkeit und Absurdität vermischten, die wachsende Selbstsicherheit eines Menschen, der bei einem Gaunerstück nicht erwischt worden und ungestraft davongekommen ist, und die frühlingshafte Ist-doch-völlig-egal-Stimmung eines Jungen, der sich im Klaren darüber war, dass er so oder so sitzenbleibt.

»Geschieht das alles wirklich und mit mir?«, fragte er sich in diesen Momenten.

Im Allgemeinen versuchte er, seiner Umgebung nicht allzu viel Sinn zu verleihen und auch nicht darüber nachzugrübeln, was an dem, was geschah, gut war oder wie es richtig war. Leben, leben musste man, sagte er sich selbst immer und immer wieder, und wenn es nur von einem auf den anderen Tag war. Wenn die anderen Lehrkräfte an der Universität blieben, würde er das auch tun.

»Es hat viel, viel größere Schweine als mich gegeben«, versicherte er sich.

Mit gewissenhafter Arbeit galt es, seine Sünden zu verbüßen, obwohl er seiner Meinung nach so gut wie gar keine hatte. Aber das zählte nicht. Die Geschichte war anders verlaufen, und wenn man büßen musste, dann war er bereit, dies zu tun, um »der gerechten Vergeltung des Volkes« zu entkommen. Und warum sollte eine Person mit den Fähigkeiten eines Lektors nicht auch in der Republik Estland gebraucht werden?

Auf den Lehrplänen der Universität wurden die Fächer ausgewechselt, die Fakultäten wurden zu Instituten, die Katheder zu Lehrstühlen, und noch viele andere Dinge erhielten einen neuen Namen. Neu war auch, dass Dozenten nicht mehr auf Lebenszeit angestellt wurden. Für jede Stelle gab es eine Ausschreibung, auf die man sich bewerben konnte, und wer das Rennen gewann, bekam einen zeitlich befristeten Vertrag. Nach fünf Jahren konnte man es wieder versuchen. Aber einstweilen brauchte man sich in dieser Hinsicht noch keine Sorgen zu machen, denn in den Kommissionen, wo die entsprechenden Entscheidungen getroffen wurden, saßen mehrheitlich alte Bekannte. Teedu wurde leicht im Amt bestätigt, er wurde Dozent für jüngste Geschichte. Im Gehalt büßte er kaum etwas ein.

Die Inflation jedoch berührte natürlich auch ihn. Ganz allgemein war ein wirtschaftlicher Rückgang spürbar, denn die Nachschubkanäle der so genannten Nomenklatura (wozu auch er ganz am Rande gehört hatte) waren versiegt. Die normalen Geschäfte waren leer. Aber er bezog nach wie vor Lohn vom Staat, und das gab Sicherheit. Teedu gefiel es, ein staatliches Gehalt zu beziehen. Er fühlte sich zusehends besser, sein Schlaf kehrte zurück. Diese neue estnische Zeit war doch gar nicht so schlimm, wie er befürchtet hatte. Umso mehr, als es nun keinen Iwan Iwanowitsch mehr gab, der ihn mit seinen knöchernen Fingern kniff – der war, wie man hörte, nach Moskau umgezogen. Wassilij aber war schlicht ins Jenseits gezogen.

»Er war in seinen letzten Lebensjahren bestimmt verbittert gewesen«, dachte Teedu.

Nach der Wiederherstellung der Unabhängigkeit hatte er keinen Umgang mehr mit Wassilij gehabt und empfand daher leichte Gewissensbisse. Aber gleichzeitig fühlte er Erleichterung.

»Dass ich Erleichterung verspüre, zeigt noch einmal, dass ich ein rechter Este bin. Dass ich aber auch Gewissensbisse habe, bedeutet, dass ich darüber hinaus noch ein Mensch bin«, sagte er sich.

Im Endeffekt geriet er in dermaßen gute Laune, dass er

die zweihundertfünfzig Schwedenkronen, die er sich von den Tagegeldern einer Konferenz in Göteborg abgespart hatte und die seine gesamten Valutareserven darstellten, vom Boden seiner Schublade hervorkramte und sich im Laden eines amerikanisch-estnischen Gemeinschaftsunternehmens einen schönen bunten Schlips kaufte, wodurch er sich nachgerade verjüngte.

ILLIMARS BRIEF VOM OKTOBER 1992

Verehrter Chronist!

Ein Rekord! Es hat sich herausgestellt, dass bei uns sage und schreibe fünf Frauen in anderen Umständen sind! Ich befinde mich momentan in einem besonderen Seelenzustand. Eine sonnige Frische, Visionäres, Entschlossenheit. Wir leben in einer bemerkenswerten Zeit. Jetzt, da die Freiheit auch offiziell erreicht ist, bringen wir die Dinge erst richtig in Gang. Unser Volk und unser Staat sind klein – was für einen Mobilitätsvorteil verschafft uns das! Wie leicht ist es, den Staat in eine bestimmte Richtung zu lenken, alles zu ändern, selbst die großartigsten Reformen durchzuführen. Und das alles liegt in unseren Händen. Bleibt uns nichts anderes als die neuen Systeme zu installieren, dann holen wir den Rest der Welt ein und überholen ihn sogar. Sollen doch alle Völker auf uns schauen und uns beneiden, dieses kleine Wundervolk, wie ihnen doch alles gelingt! Das Thema kam auch beim Laden zur Sprache. Die Männer sagten wie aus einem Munde, dass sie bereit sind, den Gürtel enger zu schnallen, Hauptsache, dass sie jetzt einen eigenen Staat und Freiheit haben. Tõiv, versprach aus alten Stiefeln eine Suppe zu kochen. Diese Opferbereitschaft spricht von einer höheren romantischen Einstellung. Menschen handeln im Namen von etwas, das größer ist als sie.

Bevor der Laden schloss, war das Bier alle. Peedu, Lall und Volli teilten sich zu dritt eine Flasche.

Ich lese das fünfte Buch Mose.

ILLIMARS BRIEF VOM MÄRZ 1993

Verehrter Chronist!

Beim Dorfladen waren nicht viele Männer, mit denen ich mich hätte unterhalten können. Im Übrigen gab es auch kein Bier.

Peedu und Meos befassen sich mit der Rückgabe ihres Eigentums. Peedu hat Recht auf einen Bauernhof, aber da wohnt im Moment ein Zootechniker, und der möchte den besseren Teil des Grundstücks für sich behalten. Er hat sich in der Sowjetzeit mitten auf dem Hof einen neuen Stall gebaut, deswegen. Peedu wird einen Prozess führen. Meos will eine Entschädigung für die Mühle seines Großvaters bekommen.

Alle bekommen Privatisierungsgutscheine. Auch ich habe vor, meine Einzimmerwohnung in Eigentum umzuwandeln.

Was wird aus den Kolchosen werden? Es gab sie einmal, aber jetzt nicht mehr. Man glaubte, dass die Landwirtschaft trotz allem erhalten bleiben muss.

Mancher hat plötzlich einen Traktor zu Hause.

Ich lese Lermontov. »Weiß schimmert ein einzelnes Segel« ist ein gutes Gedicht.

Am selben Abend, als die Republik ausgerufen worden war, kam Mati in die Höhle. Wir hatten ihn eine Weile nicht gesehen. Mati erschien auf der Treppe in einer blauen Bügelfaltenhose und einem schwarzen Pullover, in dessen Ausschnitt ein weißes Hemd mit dunkelblauem Schlips sichtbar war. Eine Aktentasche hatte er diesmal nicht in der Hand, aber seine Taschen waren ein wenig ausgebeult. Aus seinem breiten übermütigen Gesicht schauten zwei fröhliche runde Augen hervor. Er blieb stehen, ließ seinen Blick durch den Raum schweifen und schmunzelte dann, als wolle er sagen: »Alle sind da wie immer!« Wir winkten ihm zu und rückten näher zusammen.

»Liebe Freunde, auf die Freiheit«, sagte Mati und hob das Glas.

Alle hoben ihr Glas, schweigend oder Zustimmung brummend.

»Wir haben's getan. Eigentlich sind wir echte Glückspilze«, sagte Mati, nachdem er einen Schluck genommen hatte.

»Sind wir das?«, fragte Manglus und schaute mit einem Gesicht in die Runde, als würde er nicht verstehen, wovon wir sprachen.

Aber niemand kümmerte sich um ihn, alle waren ergriffen von der neuen Stimmung. In jener Nacht wurde in der Höhle voller Begeisterung gesungen, bis es draußen hell wurde. Vermutlich kamen alle richtigen estnischen Lieder an die Reihe. In der Morgendämmerung hüpften wir auf dem Rasen vor der sich in der Nähe befindenden Kirche den Kaerajaan, einen alten estnischen Volkstanz, und auch anderswo erklangen in jener Nacht Festgesänge, während fremde Spaziergänger einander fröhlich grüßten.

Das Leben nahm ein rasantes Tempo an. Schon wurden neue und völlig freie Ausstellungen organisiert, neue und völlig freie Verlage gegründet, selbst Komponisten von Opern und Filmmusik genossen die neue Schaffensfreiheit in vollen Zügen.

»Ich habe jetzt Telefon zu Hause«, verkündete Mati eines Tages. »So können wir mehr Kontakt haben.«

»In Finnland wird auch viel telefonisch geregelt«, nickte Pekka warmherzig, der natürlich da war und mit uns mitfieberte.

»Bald werden wir besseres Essen bekommen«, träumte jemand leise vor sich hin, wobei die anderen das nicht kommentierten, als ob diese Hoffnung etwas Ungehöriges sei.

Die Monate verstrichen. Die Menschen überzeugten sich mit Freude davon, dass ihre geheimen Befürchtungen hinsichtlich einer möglichen Vergeltung aus Moskau oder eines innerstaatlichen Chaos' unbegründet waren. Man kam »von der Front« zurück und gewöhnte sich an das Leben im Frieden.

Mati trat eine Stelle als Chefredakteur einer Zeitschrift an. Es handelte sich um ein literarisch-publizistisches Periodikum, das sich auf Materialien aus dem historischen Bereich konzentrierte, mit besonderer Betonung nationaler Probleme. Die Redaktion befand sich in einer märchenhaften historistischen Villa in der Nähe der Altstadt, die in ihren zwei Stockwerken insgesamt siebzehn Zimmer beherbergte, alle mit Parkett- oder Mosaikfußboden, weißen Kachelöfen, Kaminen und anderem Luxus. Allerdings befand sich die Villa nicht mehr im allerbesten Zustand, hier und da waren Anzeichen des Verfalls sichtbar, was die vorherigen Eigentümer zu verantworten hatten. Schon früher, das heißt bis Anfang der siebziger Jahre, hatten sich hier Redaktionsräume befunden. Auch ich war ein paarmal in der Villa gewesen, und ich erinnerte mich, dass damals noch alles schön und heil war. Aber ungefähr zu jenem Zeitpunkt hatte die Staatssicherheit ein Auge auf das schöne Objekt geworfen und natürlich ihren Willen bekommen. Die Redaktionen mussten umziehen. Und nun sah alles danach aus, dass die neuen Eigentümer während des vergangenen Vierteljahrhunderts keinerlei Renovierungsarbeiten an dem Haus ausgeführt hatten.

Zusätzlich zu Matis Zeitschrift fanden hier nun noch zwei weitere Redaktionen und eine Dachorganisation Unterschlupf. Der neue Posten gefiel Mati, denn Geschichte und nationale Fragen waren ihm immer eine Herzensangelegenheit gewesen. Gleichzeitig war das Redigieren einer Monatszeitschrift nicht unbedingt Knochenarbeit, es blieb hinreichend Zeit sowohl für das eigene literarische Schaffen als auch für das gesellige Leben. Mati plante zunächst gar keine größere Arbeit, sondern entschied sich dafür, von einer ermüdenden Periode seines Lebens ein wenig auszuruhen, ehe er sich an die Abfassung eines großangelegten epischen Werkes machte. Darin plante er die ganze Übergangszeit samt Vor- und Nachgeschichte zu verewigen, um aufzuzeigen, wie sich im Wirbel der Zeiten das Seelenleben der Menschen änderte. Ihn interessierte, wie die eine oder andere soziale Gruppe die Geschehnisse miterlebte, wen die neue Zeit stimuliert, wen sie traumatisiert hatte, wer die Sieger und wer die Verlierer waren. Im weiteren Sinne – wie viel Gerechtigkeit gab es und wie viel Ungerechtigkeit, und kann man den Begriff Gerechtigkeit angesichts solcher Prozesse überhaupt anwenden?

Mati hatte mittlerweile ein wenig zugenommen, aber das verteilte sich gleichmäßig über ihn, so dass er nach wie vor in guter Verfassung schien. Er war allen gegenüber gutherzig und lächelte wie ein Buddha. Wenn er manchmal abends spät in eine Kneipe kam, sang er wie früher, mit dem Unterschied, dass nun die schöne Agnes neben ihm saß – so häufig die Arbeit als Ethnografin ihr das erlaubte – und ihren Mann verliebt anschaute.

Warum auch sollte Mati nicht mit einem seligen Gesichtsausdruck umherlaufen? Etwas Großes war geleistet worden, er hatte seine Ziele erreicht, sowohl in der Gesellschaft im weiteren Sinne als auch in seinem Schaffen. Es schien, dass von nun an die Dinge von alleine weiterlaufen würden, und immer bergauf. *Heiho, heiho, wir sind vergnügt und froh!*, so hätte Mati singen können.

Doch war ihm eine lange wolkenlose Freude nicht vergönnt. Das erste Mal zog er die Augenbraue in der neuen Zeit hoch, als ein früherer Eigentümer ihrer Villa auftauchte – ein Vertreter eines in Botswana lebenden Exilesten. Glücklicherweise stellte sich bald heraus, dass es sich um einen Betrüger handelte, einen Winkeladvokaten, der versuchte, im trüben Wasser einen großen Fisch zu fangen. Mati konnte erleichtert aufatmen. Aber alsbald stellten sich wirtschaftliche Probleme ein. Der Quadratmetermietpreis der Villa war zwar nicht astronomisch hoch, aber es gab eine ganze Menge dieser Quadratmeter, auch die Rechnungen für Strom, Wasser und anderes wuchsen schnell. Die anfangs sehr hohe Auflage der Zeitschrift ging allmählich zurück. Wenn früher aus dem Verkaufserlös beinahe die Hälfte der Summe zusammenkam, die für den Betrieb nötig war, so war es nun nur noch ein Viertel. Gemeinsam mit der Summe, die er vom Kulturministerium als Förderung erhielt, kam man zwar mit Müh und Not über die Runden, aber die Gehälter der Angestellten waren kümmerlich und hielten nicht Schritt mit der Teuerungsrate der Lebenshaltungskosten, und das Autorenhonorar konnte man allenfalls symbolisch nennen.

Mati ging auf den Domberg zu einem Gespräch beim Minister, einem alten Bekannten von ihm.

»Wir denken eigentlich schon lange an euch«, sagte der Minister, als er sich Matis Sorgen verständnisvoll nickend angehört hatte. »Und wir haben einen Plan. Wir geben euch das Haus als Eigentum. Nehmt es, es ist nun euer Haus. Ihr braucht niemandem mehr Miete zu zahlen. Ihr habt völlige Freiheit.«

»Oh, wirklich?« Mati begann zu strahlen.

»Ja, wirklich«, sagte der Minister und weidete sich an Matis Überraschung. »Nicht wahr, du würdest es nicht glauben, wenn ich selbst es nicht gesagt hätte? Weißt du, Mati« – der Minister sprach die Kunstmenschen beim Vornamen an – »Kultur ist für unsere Regierungskoalition als Ganzes und für meine Partei im Besonderen sehr wichtig. Unsere kleine Republik beruht schließlich auf Kultur. Wir müssen durch den Geist groß werden!«

Eine Weile war Mati glücklich, aber nicht lange. Die Preise stiegen, so dass die Menschen beinahe ihr gesamtes Einkommen auf Lebensmittel und andere alltägliche Notwendigkeiten verwenden mussten. Weil das Leben schwer war, wollte man in erster Linie leichtere Kost lesen, die Entspannung und Vergessen bot. Die Auflagenhöhen von Zeitschriften mit ernstem Inhalt sackten noch weiter in den Keller. Durch Abonnements und Verkauf verdiente Mati nicht mehr als knapp zwanzig Prozent des Notwendigen. Auch die Werbeeinnahmen schrumpften. Nach einem halben Jahr war klar, dass trotz des Wegfalls der Mietzahlungen die anderen Kosten dermaßen gestiegen waren, dass Mati seinen zehn Angestellten kein Gehalt mehr auszahlen konnte. Von einer Renovierung der schönen Villa, was nach Jahren noch viele Male teurer geworden wäre, brauchte man gar nicht erst zu träumen.

Mati machte sich abermals auf den Weg zum Domberg, doch der Minister war nicht da oder hatte keine Zeit, Mati zu empfangen. (Mati kam wie gehabt unangemeldet.) Aber das hielt ihn nicht ab. Wenn er schon einmal auf den Berg zum Schloss gekraxelt war, dann musste er auch seinen Willen bekommen. Er hatte massenweise Bekanntschaften in den oberen Etagen, denn viele von denen, mit denen er gemeinsam die Unabhängigkeit wiederhergestellt hatte, bekleideten nun wichtige Ämter. Er ging einfach immer weiter über die Korridore des Schlosses und schließlich wurde er auch freundlich empfangen vom beinahe höchsten Beamten persönlich, der gerade eine Beratung abschloss. Der Minister, den Mati eigentlich hatte sprechen wollen, saß auch dort. Mati redete sich vor dem gesamten Kabinett emotional seine Sorgen vom Herzen. Man hörte ihm aufmerksam zu und machte sich sogar Notizen.

»Ja«, hieß es, als Mati geendet hatte. »Die Lage ist kompliziert. Aber wo sollen wir das Geld hernehmen?«

»Natürlich aus der Staatskasse«, meinte Mati. »Wir haben diesen Staat doch gemacht. Formal haben wir zwar den alten Staat wiederhergestellt, aber inhaltlich haben wir doch einen neuen gemacht. Deswegen ist es geradezu natürlich, dass wir Geld bekommen. Ich will das ja nicht für mich, es ist im Interesse der Allgemeinheit.«

Man nickte ihm verständnisvoll zu. Natürlich sei Kultur für einen Nationalstaat von äußerster Bedeutung. Und doch – obwohl ihm keiner seinen Versuch direkt ausschlug, bar auf die Hand bekam Mati nichts. Es hieß, man würde sich die Sache anschauen, abwarten, wie hoch die Steuereinnahmen im Herbst seien, wie der Etat ausfallen würde, – er möge in ein paar Monaten wiederkommen, dann würde der Etat aufgestellt werden.

Ein paar Monate später war die Lage so, dass wenig Geld in der Staatskasse war, es aber entsetzlich viele gab, die es benötigten. Die Rentner lebten in Armut, die Kinderarbeitsgemeinschaften vegetierten vor sich hin, Säuglinge bekamen keine Milch, die Ärzte drohten den Staat zu verlassen, Lehrer gaben ihren Unterricht halb aus Missionsgefühl heraus, die Unternehmer mussten stimuliert werden, damit die Wirtschaft in Gang kam und Waren produzierte, damit der Export sich vergrößerte und die Gehälter stiegen.

»Was sollen wir dann machen?«, fragte Mati ratlos.

»Vermietet einen Teil des Hauses«, lautete der Rat. »Ihr habt dort siebzehn Zimmer, aber drei Redaktionen und die Verwaltung einer Dachorganisation – wenn ihr ein wenig näher zusammenrückt? Und müsst ihr wirklich so viel Leute angestellt haben?«

Mati machte daraufhin keinen Mucks – so beleidigt war er. Umso mehr als – wie sich zufällig herausstellte – bereits ein Mietkandidat vorhanden war! Ein Teil des Hauses, besser gesagt das gesamte Obergeschoss, hätten die Norweger gerne gehabt, genauer gesagt Samen, die dort ein Samisches Kulturinstitut errichten wollten. Es würde um einen Langzeitvertrag gehen, und die Miete sei sehr einträglich. Trotzdem brachte dieser Gedanke Matis Blut in Wallung. Warum sollten sie ihr

Haus hergeben? Im Moment hatten sie es dort geräumig und bequem, auf jeder Etage gab es zwei Toiletten, einige Zimmer hatten sogar ein Privat-WC. Die meisten der Redakteure hatte ein eigenes Arbeitszimmer, wo es im übrigen auch noch ein Sofa gab, auf dem man sich mit Gästen unterhalten konnte, sich aber auch selbst mal ausstrecken und nötigenfalls sogar die Nacht verbringen konnte. Warum sollten sie jetzt zu zweit oder gar zu dritt in ein Zimmer zusammenziehen? So kann man sich ja nicht mehr ordentlich mit schöpferischer Arbeit befassen, ganz zu schweigen vom Übernachten.

Mati lief in diesen Tagen sehr aufgeregt umher.

»Ein Institut wollen sie in unseren Räumen einrichten! Uns wegnehmen und irgendwelchen Ausländern geben. Wir sollen zusammenrücken. Das lasse ich mir nicht bieten!«

Er ging diesmal bis zum höchsten Beamten persönlich, kam jedoch unverrichteter Dinge wieder zurück. Ihm wurde empfohlen, das Angebot der Samen anzunehmen. Eigentlich war das schon geschehen, denn außer Mati gab es in der Villa noch andere Chefredakteure, und die waren mit dem Handel einverstanden.

»Das ist ein moralischer Bankrott. Das ist erniedrigend. Eine Schande für den estnischen Staat«, wütete Mati lautstark.

Pekka versuchte ihm zu widersprechen: »Hast du das wirklich gut durchdacht, braucht ihr wirklich so viel Platz?«

»Was heißt – braucht? In diesem Haus sind immer Redaktionsräume gewesen, die waren dort schon in der Zeit der ersten estnischen Republik. Das ist unser Haus, Punkt.«

»Ja, aber das Haus wird euch doch gar nicht weggenommen. Ich meine nur, dass man überflüssigen Platz ja zu Geld machen kann. Darin liegt nichts Erniedrigendes«, beruhigte Pekka ihn.

»Was tut das denn zur Sache?!«, erwiderte Mati verständnislos. »Ihr dort habt so eine Moral, immer nur verdienen, verdienen. Aber wenn es um Kultur geht, muss man nicht an allem verdienen. Begreifst du? Das ist eine Frage des Prinzips. Verdammt noch mal, in der Sowjetzeit konnten sich die Kommunisten breitmachen, eine Sache nach der anderen wurde uns abgenommen. Die Staatssicherheit hat sich hier in diesem Haus ihr Nest gebaut, die Ochrana hat es der Kultur gestohlen. Ist das kein Schikanieren? Jetzt nehmen die Ausländer es sich. Ist das normal? Ist das der Staat, den wir gemacht haben, oder nicht?«

»Was tun dir die Ausländer?«, fragte Pekka überrascht. »Diese Angst vor ihnen, die du zu haben scheinst, ist das nicht eine Nachwirkung der Sowjetmacht? Ist Estland ein freies Land oder nicht? Wenn ein Haus zum Verkauf oder zur Vermietung steht, dann ist das so. Warum haben die Samen nicht die gleichen Rechte wie die anderen? Das ist eine in jeder Hinsicht solide Gesellschaft. Wäre es besser, wenn dort ein Freudenhaus eingerichtet würde oder etwas anderes Zweifelhaftes?«

Bei Erwähnung des Wortes Freudenhaus schmunzelte Mati kurz, aber seine Miene verfinsterte sich sofort wieder.

»Außerdem wird euch das Institut eine gute Miete zahlen und damit direkt die estnische Kultur unterstützen. Dafür könnt ihr eure Gehälter zahlen, Honorare austeilen und sogar das Haus renovieren.«

»Ich bin einverstanden«, gab Mati nach. »Und ich bin dankbar dafür, ohne Ironie. Nur verstehe ich nicht, warum unser eigener Staat uns nicht unterstützen kann. Wozu haben wir ihn dann gemacht?«

»Der Staat hat vielleicht kein Geld.«

»Wieso kein Geld? Wo ist es denn hin? Jetzt gehört das doch alles uns, es muss Geld geben.«

»Geld braucht man für alles. Schau dir an, wie die anderen Menschen leben. Die Mehrheit lebt in großer Armut. Komm mal runter auf den Boden.«

»Junge, komm du nicht hierher, um uns Lektionen zu erteilen! Alle Ausländer können von mir aus auf den Mond geschossen werden!« Mati geriet nun in Fahrt.

»Aber das sind doch unsere Ausländer«, murmelte jemand. »Gute Ausländer.«

»Ja, das sind sie«, stimmte Mati zu, nachdem er einen Moment überlegt hatte. »Aber trotzdem gefällt mir das nicht.« Das war ohne Hass gesagt und die am Tisch Sitzenden schmunzelten wohlwollend.

»Außerdem braucht ihr vielleicht wirklich nicht so viele Angestellte«, meinte Pekka vorsichtig, goss damit aber nur Öl ins Feuer.

»Aha, wir müssen also auch einen Teil der Angestellten entlassen. Und wieso bitte?«, fragte Mati.

»Man kommt auch mit weniger Leuten aus. Schau dir doch an, wie ich seinerzeit meine Zeitschrift allein herausgegeben habe«, rief Pekka in Erinnerung.

»Komm mir jetzt nicht mit solchen Vergleichen! *Hui s paltsem sranvil.*« Das war ein unflätiger russischer Fluch, der zwei miteinander unvergleichbare Dinge bezeichnete. Teilweise hatte Mati Recht, denn Pekkas Zeitschrift war nur ein schmales Heft gewesen.

»Das streite ich nicht ab«, sagte Pekka. »Aber trotzdem – so viele Angestellte braucht man auch wieder nicht. Ich habe meine Hefte neben der anderen Arbeit her gemacht. Ich schätze, bei euch würden drei Angestellte reichen, wenn sie die ganze Zeit arbeiten. Die könnten dann auch ein anständiges Gehalt beziehen. Momentan sind eure Redakteursposten ja halbe Sinekuren.«

»Und was ist dagegen einzuwenden? Warum dürfen in einem Nationalstaat die Intellektuellen keine Sinekuren haben, damit sie sich bilden und den Sinn des Daseins erforschen können?«

»Natürlich dürfen sie das, wenn das Geld dazu da ist. Aber ihr habt es nicht.«

»Siehst du, dann können wir wieder von vorne anfangen ... Wer sagt, dass es kein Geld gibt? Das gibt es schon. Es wird nur für die falschen Sachen ausgegeben«, sagte Mati resolut.

»Du fängst wieder von vorne an, wie ein kleines Kind.«

»Scheißkapitalisten«, stöhnte Mati. »Die kapieren überhaupt nichts.« Alle mussten lachen.

»Wie bitte? Kannst du das bitte wiederholen, habe ich richtig gehört?« Pekka legte sich sogar demonstrativ die Hand hinters Ohr.

»Scheißkapitalisten«, grölte Mati.

Ich konnte nicht ausmachen, ob das spielerisch oder ernst gemeint war.

Pekka winkte ab: »Dich kann man auch nicht zur Vernunft bringen. Ihr seid doch verdorben durch dieses halbe Jahrhundert.«

»Sack!«, brummte Mati darauf hin. »Finnischer Sack.«

Daraufhin erhoben die anderen in der Runde Protest.

»Wieso ist er ein Sack?«, flüsterte die Dichterin Alja.

»Sack ist so ein-deu-tig«, sekundierte ihr die ewig treue Mascha.

Und so ging der Abend weiter. Übrigens wurde es Mati zur Gewohnheit, andere zu beleidigen. Es kam vor, dass er etwas sagte und erst danach überlegte.

Die Samen gründeten ihr Institut in der Villa. Ich war ein halbes Jahr nicht in dem Haus gewesen und erkannte es im Inneren auf den ersten Blick gar nicht wieder. Alles war renoviert und in Ordnung gebracht worden, angefangen bei einer neuen Eingangstür mit Gegensprechanlage und einer elektrischen Schuhputzmaschine dahinter. Im Erdgeschoss befanden sich jetzt drei Redaktionen auf einem Flur, so dass im großen Zimmer vier Menschen arbeiteten. Das Institut befand sich im Obergeschoss. Dort war man eifrig bei der Arbeit, aber man hetzte sich auch nicht – wie Skandinavier eben so sind (wobei keiner der Angestellten ein Same war). An der Wand des kleinen Saals (ein Teil der Zwischenwände war entfernt worden) befand sich ein Steinmosaik: Rentiere und ein Schlitten, auf dem kleine Figuren in Tierfellen saßen.

Eigentlich hatte Mati gar nichts dagegen, ein wenig enger zusammenzurücken. Pekka hatte Recht gehabt – seine Untergebenen hatten keinen Acht-Stunden-Tag und ließen sich überdies im Allgemeinen nur jeden zweiten Tag blicken. So hätten sich also zwei Personen leicht ein Zimmer teilen können – unter der Bedingung, dass sie abwechselnd anwesend waren. Sogar Übernachten wäre möglich gewesen. Aber Mati hätte am liebsten noch ein Heim der Schönen Künste, ein Hinterzimmer der Erinnerung und diverse andere Einrichtungen oder Verbände, die sich um die »estnische Sache« kümmerten, in der Villa, für sie wollte er die Räume freihalten. Wer diese neuen Institutionen finanzieren sollte, fragte er sich nicht. Sein Prinzip war, dass man die notwendigen Einrichtungen erst einmal auf die Beine stellen müsste, später würde sich schon ergeben, woher man das Geld nahm. Das war die idealistische und kühne Herangehensweise der Revolutionszeit. Mati begriff nicht, warum bei seinen ehemaligen Mitstreitern diese Herangehensweise immer seltener zu werden schien und den neuen Machern fast vollständig fehlte. Alle schienen sich in ängstliche Rechner verwandelt zu haben, in Pfennigfuchser. Mati fühlte sich verraten und verfluchte insbesondere die Neuen, und manchmal tat er das in etwas merkwürdiger Gesellschaft.

ILLIMARS BRIEF VOM MAI 1993

Verehrter Chronist!

Die Männer sind in Verwirrung. Jõgever aus Klaasikoja, dieser ehemalige Parteisekretär, hat mit den Deutschen ein Gemeinschaftsunternehmen gegründet. Es ist in der ehemaligen Sägemühle untergebracht, die geschlossen wurde. Wie ist der daran gekommen? Woher wusste er das? Warum sind keine anderen eingeladen worden?

Utu fragte Jass, ob er denn Geld gehabt hätte, das er in die Firma stecken könnte. Jass gab zurück, woher sollte er das Geld haben? Aber Jõgever hatte es und steckte es in die Firma. Woher er es bekam? Von der Bank, hatte er gesagt. Jemand behauptete, das sei der Lohn gewesen, der ihm noch von der Sägemühle zustünde, aber andere wussten, dass der Lohn am Ende ausbezahlt worden war.

Viel wütender macht die Menschen aber, dass Jõgever überhaupt einen Kredit bekam. Die Männer sind empört – wie kann eine Bank der Republik Estland einem ehemaligen Parteisekretär einen Kredit gewähren? Die Männer sagten, dass sie Jõgever vernichten und ihr Geld nicht zur Bank bringen würden.

Das Gemeinschaftsunternehmen produziert allerlei Sorten von Knaufen und Griffen, für Möbel, Türen, Schachteln und andere Behälter, unter anderem auch für die Deckel von Trockenklos. Die Knaufe werden mit besonders starkem Klebstoff befestigt. Die gesamte Produktion wird exportiert, kein einziger Este kriegt diese Griffe zu kaufen.

Der Schullehrer, der alte rote Kustas, hetzt die Leute auf, das sei eine historische Ungerechtigkeit und die Deutschen würden uns wieder unterdrücken. Ich glaube nicht, dass das die Männer besonders interessiert. Was ihnen übel aufstößt, ist, dass Jõgever an der Sache beteiligt ist. Selbst hätten sie zwar auch keine Lust sich in dieser Knauffabrik abzuplagen. Aber egal, Jõgever jedenfalls war fehl am Platz. Wer sollte es dann tun? Es müsste ein Fremder kommen, jemand, der sauber und ohne Sündenregister ist, auf einem weißen Pferd und in einem hellen Anzug, und der würde dann die Knauffabrik in Vana-Põgioja leiten. Das wäre natürlich sehr romantisch.

Es gab sogar zwei Sorten Bier im Laden, aber noch weniger Männer als das letzte Mal.

BEGEGNUNG MIT KLAUS. GELD

Seit geraumer Zeit stellte ich fest, dass Klaus sich verändert hatte. Nicht dass er auffällig schlechter Stimmung war. Er war nach wie vor bei allem dabei, kam in die Höhle und ging sogar auf Reisen, und schien äußerlich völlig zufrieden. Er ließ immer noch geistreiche Bemerkungen fallen, und wer sich mit ihm auf ein Gespräch einließ, wurde bald von einer Salve von feinen, schneidenden Repliken niedergestreckt und schnappte nach Luft. Auch in seiner Kleidung hatte Klaus wie früher seine persönliche Note – eine Mischung aus Dandy, Bohemien und südestnischem Bauern. Er war nicht jemand, der die khakifarbenen Hemden und Pullover der Revolutionäre trug – das heißt er folgte keinem allgemeinen Trend. (Dabei hatte er immer eine Haltung, woraus hervorging, dass er sich der Besonderheit seiner Kleidung bewusst war und dies genoss.)

Und doch schien das fröhliche Funkeln in seinen Augen seltener geworden zu sein, und bisweilen presste er die Kiefern fest aufeinander – diese Angewohnheit hatte er früher nicht. Anfangs dachte ich, er sei einfach physisch erschöpft. Die »Herzen« waren in der Übergangszeit, als die Freiheitsbewegung ins Rollen kam, mit ihrer Band jahrelang durchs Land getingelt und auf zahllosen Propagandaveranstaltungen aufgetreten. Sowohl bei Veranstaltungen der Volksfront als auch der Bürgerkomitees, weil sie beiden helfen wollten (und häufig verlangten sie nicht einmal Geld für ihren Auftritt), ohne sich in das eine oder andere Lager herüberziehen zu lassen, sondern unter Wahrung ihrer Unabhängigkeit.

Ich kannte Klaus ganz gut, aber doch nicht so gut, dass mich sein halb zufälliger Besuch bei mir nicht überrascht hätte. Es war am Ende eines Arbeitstages in der Redaktion. (Später dachte ich, dass er gerade gegenüber einem wie mir, der kein allzu guter Freund war, aber der die Situation dennoch begriff, sein Herz erleichtern wollte und sich etwas von der Seele reden wollte.) Desungeachtet war ich, als ich ihn sah, aufrecht erfreut.

Mir fiel sofort auf, wie fahrig er war, als käme es von einer inneren, bedrückenden Anspannung heraus. Er nahm das erstbeste Buch aus dem Regal und betrachtete es, ohne wirklich zu sehen, was er sich da anschaute. Gleichzeitig wurde er geradezu aufdringlich unruhig, vermutlich ohne selbst zu wissen, warum. Dann schlug er verschämt und von einem irrsinnigen, komischen Lächeln begleitet den Blick nieder. Es kam mir so vor, als wolle er mir etwas Außergewöhnliches und Unumstößliches verkünden, was für ihn jedoch gleichzeitig nahezu ein Ding der Unmöglichkeit war, wodurch er sich innerlich widersetzte. Er machte schon Anstalten aufzustehen und wegzugehen, weil das, was er sagen wollte, offenbar nicht seiner würdig schien.

Aber plötzlich hob er den Blick und schaute mich so fest und tiefsinnig, gleichzeitig so unerwartet und mit einem rätselhaften Gesichtsausdruck an, dass ich beinahe zusammenzuckte. Aus diesem Blick konnte man herauslesen, als wäre er ganz sicher, dass ich wüsste, weshalb er gekommen war, obwohl er niemandem davon erzählt hatte. Dass er aber wartete und nicht als erster den Mund aufmachte in der Hoffnung, dass ich Erbarmen mit ihm hätte und ihm die Erniedrigung ersparte.

Doch dann versank er wieder abrupt in einen unbestimmten Zustand des Nachdenkens. Über sein Gesicht (er hatte große Augen, eine hohe Stirn, eine etwas zu lange Nase und einen breiten Mund) lief ein nervöses Zittern, was ich bei ihm in der Sowjetzeit nie bemerkt hatte.

»Ich weiß wirklich nicht, warum ich hierhergekommen bin«, sagte er schließlich, als würde er erwachen, entschuldigend und verächtlich, und stand auf. Aber nach ein paar Schritten machte er kehrt, kam zurück, und war gebrochen. Seine Mundwinkel zuckten plötzlich auf, nervös und schnell, als er plötzlich und beinahe tonlos, aber auch leidenschaftlich flüsterte, wobei er den Kopf noch weiter gesenkt hatte:

»Ich habe kein ...« Er geriet in Verlegenheit und brach

den Satz ab. Es war zu sehen, wie schwer es ihm fiel weiterzureden. Trotzdem beendete er, fast wispernd, den Satz: »Geld. Ich habe kein Geld mehr!« Stieß er heraus und sackte in sich zusammen.

Ich kapierte rein gar nichts: Was heißt hier Geld? Fantasiert er? Ich hatte etwas Großes erwartet, das Eingeständnis einer Blutschuld, Enttäuschung über die estnische Republik, ein Mord aus Leidenschaft oder wenigstens, dass er ein KGB-Spitzel war.

Um etwas zu sagen und die Stille, die peinlich zu werden drohte, zu brechen, fragte ich: »Hast du denn keine Nebenverdienste mehr wie früher?«

Er winkte ab. »Wer lädt einen denn noch ein? Es interessiert doch keinen mehr.«

Ich konnte es nicht fassen. Der Mann hatte offenbar eine Depression. Als ich mich aber zu erinnern versuchte, fiel mir auf, dass ich tatsächlich eine ganze Zeit lang schon nichts mehr von einem Auftritt von ihnen gehört hatte. Und genau das war es: Ich musste darüber nachdenken. Von selbst war mir (und vermutlich anderen auch) das nicht aufgefallen, zum Teil sicher auch, weil mir persönlich Flügel gewachsen waren und meine Lebenskurve nach oben wies. Ich hatte keine Zeit, darüber nachzudenken, was Klaus und seine Gefährten taten oder wovon sie lebten. Alle schlugen sich ja irgendwie durch, alle hatten sich neue Strukturen gebastelt.

Ich bat ihn, wieder Platz zu nehmen und stellte ihm einige Orientierungsfragen. Er beruhigte sich, fing an zu reden, und allmählich konnte ich mir ein Bild machen. Ich war verblüfft. Auch wenn ich mich wiederhole – es gibt Dinge, auf die kommt man nicht so leicht. Zunächst einmal war Klaus' Ruhm in den Wandelgängen nach wie vor groß. Früher wollte jeder sein Freund oder Bekannter sein oder wenigstens sagen können, dass er mit ihm in der gleichen Gesellschaft verkehrt hätte, und so war es im Prinzip immer noch. Er hätte eigentlich keinen Grund zu klagen, dass sein Publikum ihn verlassen hätte (Klaus war eitel und dürstete nach Liebe wie die meisten Artisten). Mir stand Klaus' Auftritt vor fünf Jahren auf dem Liederfeld vor Augen. War er damals nicht zu einem wahren Volkstribun geworden und wurde er nicht auf Händen getragen? Und jetzt war auch noch die Freiheit gekommen! Ich betone letzteres, denn in meinem Bekanntenkreis war Klaus einer derjenigen, die sich die Freiheit am meisten und ernsthaft ersehnten. Seine Seele verlangte geradezu danach – in einer altmodischen oder zeitlosen Bedeutung, beinahe im Geiste der deutschen Romantik vom Anfang des 19. Jahrhunderts, und er hatte sich von Herzen über ihre Erlangung gefreut, nicht nur aus der Mode heraus wie manch andere.

Als die Unabhängigkeit wiederhergestellt und die Republik ausgerufen war, war es Klaus eine Zeitlang so ergangen wie seit eh und je. Feste wurden gefeiert, und man beglückwünschte sich gegenseitig. Aber die Flitterwochen verstrichen schnell, und das Leben änderte sich rasch. Alle stürzten sich auf eine neue Arbeit, jeder einzelne fing eifrig an, seinen Abschnitt zu beackern. Die geistige Erregung ließ allmählich nach und wich einem sachlichen Pragmatismus.

Die »Herzen aus Gold« wurden weniger eingeladen – wie übrigens die anderen Ensembles auch. Und Klaus hätte eigentlich auch gar keine Lust und Energie mehr gehabt, im alten Tempo weiterzumachen. Ein wenig ausruhen musste man sich schließlich auch, ein wenig entspannen und das Leben genießen. Aber die Monate zogen ins Land, ausgeruht war man zur Genüge, jetzt hätte man sich wieder ein wenig anstrengen können. Einladungen zu Auftritten kamen aber nach wie vor selten. Gründe dafür gab es mehrere. Mit dem Wegfall der Zensur war eine freie Presse entstanden, wo man über alles direkt sprechen konnte. An Couplets, die etwas durch die Blume mitteilten und mit denen die »Herzen« auf ihren Touren das Volk zum Lachen gebracht hatten, bestand kein Bedarf mehr. (Es gab auch keine Parteisekretäre mehr, die sie vor dem Auftritt zu freundlichen Ermahnungen in ihr Büro gerufen hätten!) Das Publikum schmunzelte zwar über die Kritik an der alten Ordnung und lachte über alte Idiotien, weil sie ihm noch frisch in Erinnerung waren, aber nicht mehr aus vollem Herzen so wie früher. Was soll das Alte, jetzt musste man zusehen, wie man im neuen Leben einen Fuß zwischen die Tür bekam, um nicht auf dem Trockenen zu bleiben. Und weil der Staat und die Ordnung nun einem selbst gehörten und deshalb Befürwortung fanden, war Kritik allgemein nicht besonders populär, weder in der Zeitung noch im Liedtext. Zerstreuung benötigten die Menschen selbstverständlich nach wie vor, bloß erschienen jetzt dutzendweise alle möglichen Gestalten auf der Bildfläche, und die »Herzen« mussten mit ihnen konkurrieren. Wobei nicht mehr (und nicht in erster Linie) geistiger Witz zählte, sondern wie gut sich zu den jeweiligen Musikstücken tanzen ließ.

Die wirtschaftliche Lage des Volks war mies. Selbst wenn die »Herzen« einmal eingeladen wurden, gab es ein niedriges Honorar, wofür man sich manchmal sogar entschuldigte. Die kürzlich eingeführte Krone war teuer, die gab man nicht so locker aus der Hand wie den Okkupationsrubel. Mit dem Geld konnte man nun alles machen, das war genauso gut wie früher der Dollar oder das Pfund. Bloß, tja, es war so wenig davon da. Besonders arm waren die älteren Menschen und die mittlere Generation, die den »Herzen« in gewisser Hinsicht treu geblieben waren. Klaus beichtete, dass er mitunter den Eindruck hatte, als würden sie schief angeguckt werden, weil sie überhaupt Geld für ihren Auftritt forderten. Vermutlich kam das daher, dass sie zwischenzeitlich gratis aufgetreten waren, und das war in Erinnerung geblieben.

»Muss ich wirklich … arbeiten gehen?«, fragte Klaus mehr sich selbst.

Was konnte ich ihm darauf antworten? Ihm den Vorschlag machen, für unsere Zeitung zu schreiben? Er hätte mich bestimmt ausgelacht – er und ein Gesellschaftsjournalist!? In diesem Amt hatte er sich nie versucht, und selbst wenn er es gelernt hätte, wäre er doch nur einer unter vielen gewesen, nicht ein Star wie bisher. Ganz abgesehen davon, dass ich keinerlei Befugnisse hatte, ihm Arbeit anzubieten. Wie konnte ich ihm helfen? Für einen Moment durchschoss mich der Gedanke, ihm hundert Kronen als Kredit anzubieten. Vielleicht hatte er tagelang nichts gegessen? Aber ich ließ diesen Gedanken sofort wieder fallen, denn das konnte ihn bis auf den Grund seiner Seele beleidigen. Stattdessen sagte ich ihm (wobei ich mich nicht verstellen musste, denn ich erinnerte mich gut daran, was ich einst zu der kleinen Marje gesagt hatte, als sie mich in die Ecke drückte), dass Arbeit an sich nichts Erniedrigendes sei und dass die künstlerischen Intellektuellen eine falsche Scham vorm Geldverdienen hätten. Arbeit sei ein sehr weiter Begriff, man müsse nur die passende Arbeit für sich finden, und so weiter.

»Du sagst das nur … aus Mitleid meiner Situation gegenüber und um etwas zu sagen«, stöhnte Klaus.

Ich musste zugeben, dass es für einen wie ihn schwieriger war Arbeit zu bekommen als für manch anderen, weil er so berühmt war, und nicht auf jeden beliebigen Posten passte.

»Wie eine entlassene Wetterfee vom Fernsehen«, platzte es aus Klaus heraus. »Überqualifiziert!«

Ich lachte mit. Wir redeten noch weiter, allmählich schien seine Niedergeschlagenheit nachzulassen und er wurde wieder ganz der Alte, machte ironische Scherze über sich und andere. Klaus verließ die Redaktion beinahe in ruhiger Stimmung, nachdem er mich zuvor eindringlich gebeten hatte, niemandem ein Sterbenswörtchen von unserem Gespräch zu sagen.

Dieser Besuch stimmte mich nachdenklich. Etwas prickelte. Ich wiederhole, es ist sehr schwer zu glauben, dass jemand Klaus ausbooten oder es »ihm zeigen« wollte. Am wahrscheinlichsten ist, dass schlichtweg niemand darauf kam, was in seinem Leben vor sich ging. Denn wenn das der Fall gewesen wäre, hätte es bestimmt einen landesweiten Spendenaufruf gegeben, der selbst in geldarmer Zeit Klaus und noch ein paar andere wie ihn zu wohlhabenden Menschen gemacht hätte. Wenngleich Klaus eher im Erdboden versunken wäre, als so etwas zuzulassen. Eine Spendenaktion hätte ihn in seinen Augen in die Position eines Gemeindebedürftigen katapultiert. Sich selbst erniedrigen, das konnte er nicht.

»Das Gelächter überlebe ich nicht«, sagte er (er, der größte Ironiker!) einmal. Über Geld zu reden war ihm sogar mit mir außerordentlich unangenehm, geradezu peinlich gewesen. Deswegen hätte man ihm das Geld heimlich zustecken oder zufällig beschaffen müssen, so dass es ihm erst später bewusst geworden wäre. Beispielsweise hätte man ihm einen Umschlag mit einem Fünfhundert-Kronen-Schein ohne den geringsten Hinweis auf seinen Besitzer auf den Weg schmuggeln müssen, und dann unbedingt an einem menschenleeren Ort, am besten in der Wüste oder Tundra, im verlassenen Zoo oder einem aufgegebenen Weltraumbahnhof.

Vielleicht ist es unsere Schuld, dass wir das nicht zu organisieren wussten. Aber wiederum bin ich überzeugt, dass es einfach niemandem in den Sinn kam, dass einer wie er kein Geld hatte. Vielleicht stellte man sich vor, dass er wie ein Staatsoberhaupt war, der zwar kein offizielles Einkommen hatte, dies aber auch nicht brauchte, weil für ihn alles kostenlos war, Restaurantbesitzer sahen es als Ehre an, wenn er bei ihnen speiste, Taxifahrer beförderten ihn gratis, Ladenbesitzer winkten ihn herbei, damit er sich Geschenke aussuchte, und so weiter.

Aber es stellte sich heraus, dass für Klaus nichts kostenlos war, alles war so wie auch für andere Normalsterbliche. Der Preis für das, was es bisher gegeben hatte, stieg, und Dinge, auf die man sein Geld verwenden konnte, kamen ständig hinzu. Sowohl in Gestalt von neuen Steuern und Rechnungen als auch als Verlockungen. Nur ein Detail: Klaus war ein leidenschaftlicher Raucher, und eine besondere Schwäche hatte er für dünne braune Mentholzigaretten. (Die gleiche Marke, die auch Hasso Miller bevorzugte – More – obwohl die eigentlich für Damen gedacht war). Wenn er in der Sowjetzeit Devisen bekommen hatte, verwendete er sie immer darauf. Jetzt waren More und Dutzende anderer Marken frei erhältlich, aber sie waren nicht billig.

In den vergangenen Jahren hatte Klaus gut verdient, aber offenbar hatte er nichts auf die hohe Kante gelegt, dies entsprach nicht seinem Charakter, denn Geld an sich interessierte ihn nicht. Es war relativ leicht zu ihm gekommen und noch leichter wieder gegangen. Klaus hatte gerne mit Geld um sich geworfen, viele erinnerten sich daran, wie er in der Höhle manchmal eine ganze Runde geschmissen hatte, indem er eine Flasche Cognac und Schaumwein an jeden Tisch schickte und die liebenswürdige Anordnung gab: »Ich bitte alle, sich im Laufe von einer Stunde in einen fröhlichen Zustand zu versetzen!«

Ebenso erinnere ich mich daran, wie Klaus sich über Ausländer wegen ihres Verhältnisses zum Geld erhoben hatte. »Das ist Kriecherei,« hatte er behauptet. Ich erinnerte mich auch an dieses angenehme Beisammensein, als wir einmal im August mit einer kleineren Gesellschaft am Stroomi-Strand waren, damals einer unserer Lieblingsplätze, ein schäbiger Ort ohne richtigen Badestrand, im Schilfrohr und auf den Grasbüscheln lärmten Penner, und Zufallsbekanntschaften trieben es miteinander. Wir machten ein Lagerfeuer. (Nein, das klingt unglaubwürdig, wir waren wohl doch auf einem Gartenfest in Mähe bei Swjatoslaw, denn warum hätten wir am Strand ein Lagerfeuer machen sollen? Lagerfeuer gehörten nicht zu unseren Gewohnheiten. Aber Swjatoslows Frau Veronika war eine Feueranbeterin und machte überall Lagerfeuer. Oder war Veronika damals mit uns zusammen in Stroomi? Nein, warum sollte sie …) Jedenfalls ist mir noch vor Augen, wie Klaus sich nach vorne beugte, um am Feuer seine dünne More anzuzünden. Dabei fiel ihm ein Fünfzigrubelschein aus der Brusttasche und blieb am Rand des Feuers liegen. Klaus hatte sich schon wieder zurückgelehnt und keine Lust mehr, sich erneut aufzurichten. Der grüne Geldschein war schon leicht angekokelt, aber man hätte ihn noch in der Bank eintauschen können. Jemand machte Klaus darauf aufmerksam, aber er schob den Geldschein nur abfällig mit der Fußspitze weg.

Dieses Bild von der Spitze seines finnischen Pomarfin-Schuhs und des verkohlten Geldscheins steht mir bis heute vor Augen. Fünfzig Rubel waren damals für mich eine ganze Menge Geld, fast ein halber Monatslohn. Einen solchen Geldschein hatte ich nur ein paarmal in der Hand gehabt.

Was habe ich in jüngster Zeit nicht alles über Künstler und Geld reden hören! So machte ich zum Beispiel eine Dienstreise ins Dorf N., wo am gleichen Abend einige berühmte Bühnenkünstler auftreten sollten. Ich nahm einen Imbiss in der örtlichen Kneipe, und unwillkürlich bekam ich mit, was um mich herum geschwatzt wurde.

»Dichtern darf man gar kein Geld geben, dann sind sie beleidigt,« meinte jemand.

»Sie essen ja auch gar nicht«, ergänzte ein anderer. »Sie sitzen eine Weile in der Bibliothek und laden sich dort auf wundersame Weise wieder auf.«

Eine Frau, offenbar eine Krankenpflegerin, wusste zu berichten, dass ein Dichter einmal zwanzig Tage nichts gegessen hatte, aber dass man keinerlei Anzeichen von Schwäche oder einer Verschlechterung der Gesundheit bei ihm feststellen konnte. Im Gegenteil, er sei immer schöner geworden! Und wenn es im Allgemeinen so ist, dass bei Leuten mit einer langen Diät der Atem schlechter würde, weil die Körpergifte freigesetzt würden, so sei aus dem Mund dieses Poeten ein Chanel Nr. 19-Aroma gekommen. Und als er schließlich starb, habe sein Leichnam außergewöhnlich gut gerochen, denn er war von Poesie durchtränkt.

Neben solchen Weisheiten gibt es noch das »sichere« Wissen des Volkes, das ich in zahllosen Varianten gehört habe, zum Beispiel dass Künstler ein staatliches Gehalt bezögen, ein geregeltes Einkommen vom Kulturministerium, dass sie von der Steuer befreit seien und dergleichen und dass man ihnen deswegen gar kein Geld anzubieten bräuchte. Umso mehr, als für einen Dichter ein Treffen mit dem Volk gar keine Arbeit oder gar Verpflichtung sei, sondern eine äußerst angenehme Unternehmung, ungefähr so, wie wenn sich eine Braut mit einem Bräutigam trifft.

Klaus probierte dies und das. Freunde besorgten ihm Gelegenheitsarbeiten. Seine Stimme konnte man in einigen Werbespots für Hundefutter erkennen (was uns zum Lachen brachte, weil Klaus' Katzenliebe und gleichzeitige Abneigung gegen Hunde legendär waren), und beim landesweiten Festakt zum Muttertag las er in dem Oratorium, das der Akademische Männerchor vortrug, Koidulas Gedicht *Kennst du das Mutterherz?* vor. Er versuchte sich auch als Zeremonienmeister bei einer Hochzeit, wurde aber ohnmächtig angesichts der Plattheit der Veranstaltung. Glücklicherweise flößte ihm der Brautwerber unter dem Tisch einen Löffel Brandy ein, so dass Klaus wieder zu Bewusstsein kam, einen besonders glänzenden Sketch hinlegte und alle dachten, der Anfall sei inszeniert gewesen. Künftig machte Klaus den Zeremonienmeister dann auch nur noch, wenn er unter Strom stand.

Als hätte Klaus nicht Sorgen genug, wurde sein Leben auch noch durch folgenden Umstand verkompliziert: In den Tagen der Volksfront (oder ging es um die Bürgerkomitees?) hatte er eine Beziehung zu einer patriotisch eingestellten jungen Frau aus den Revolutionsbrigaden. Im Verlauf von Revolutionen ist es normal, dass man Verbindungen mit Damen eingeht (häufig mit idealistischen Aristokratinnen), die dank ihrer seelischen Erhabenheit den Drang verspürten, sich im Wirbel der Veränderungen mitzudrehen.

Die junge Dame von Klaus war eine Mischung aus Celia Sanchez, Tania Bunke und der Hauptperson aus Alexei Tolstois Erzählung *Die Kreuzotter*. Nicht gerade unendlich schön, aber angenehm und mit einem tiefen Seelenleben – so eine, die sicherlich bereit war, ihr Herzblut zu opfern. Alles in allem eine ziemlich rührende Erscheinung. Sie hatte vier Jahre eine Beziehung mit Klaus und zog mit ihm durchs ganze Land. Sie heiratete ihn nicht und gründete keine Familie, sondern opferte alles im Namen der Idee.

Klaus war seit langem verheiratet. Er und seine Tiia kannten sich seit der Kindheit. Ihr Sohn Gustav war schon so alt, dass er eine eigene Band hatte. Und Klaus war in eine Lebensphase eingetreten, in der sich die meisten scheiden ließen. Für ihn war es also höchste Zeit, ein neues Leben anzufangen. Umso mehr, als Tiia einige Jahre älter als er war und in patriotischer Hinsicht eher lau (sie arbeitete in einem estnisch-schwedischen Gemeinschaftsunternehmen und war häufig im Ausland).

Solange man »auf dem Maschinengewehrwagen umherjagte«, störte das Doppelleben Klaus nicht weiter. Als aber die Friedenszeit anbrach, musste sich das unweigerlich als Problem erweisen. Die junge Dame zwang ihm die Ehe nicht auf, und Groupies brauchte man ja auch nicht zu heiraten. Die ganze Groupie-Kultur war bei uns noch nicht richtig etabliert. Bekanntlich umschwärmen Groupies einen Künstler und einige auffälligere von ihnen helfen ihm im praktischen Leben, indem sie so etwas wie seinen Manager darstellen. Aber tja, so ganz umsonst macht das Groupie all dies nun auch wieder nicht, ein Groupie braucht Geld und schöne Dinge. Geld hatte Klaus nicht. Die junge Dame war ehrlich gesagt kein Groupie, sondern etwas mehr, aber trotzdem.

Da Tiia ein Spross der sowjetischen Wissenschaftselite war, wohnten sie in der Innenstadt in einem so genannten Haus für Akademiemitglieder, einem pseudoklassizistischen Gebäude mit Säulen und anderen Übertreibungen. (In der Sowjetzeit saß sogar ein Milizionär am Eingang.) Das Groupie dagegen war das Kind einfacher Eltern aus Abja-Paluoja und wohnte in Mustamäe. Klaus konnte sie allein schon aus diesem Grunde nicht verlassen, weil sonst der Eindruck hätte entstehen können, als würde er auf der Seite der Reichen stehen. (Er war trotz seines aristokratischen Äußeren sehr egalitär.) Das Groupie hatte die medizinische Fakultät absolviert und kurz vor der Singenden Revolution seinen Abschluss als Röntgenologin gemacht. In diesem Beruf arbeitete sie nun und verdiente dabei relativ gut. Sie erledigte ihre Arbeit mit ruhiger Selbstverständlichkeit, war voller Optimismus und hatte keine innerlichen Kämpfe durchzustehen. Klaus hätte sie auch um Geld angehen können, sie hätten eine Zeitlang vom Gehalt der jungen Dame leben können. Ich weiß, dass sie sogar indirekt auf eine solche Möglichkeit hingewiesen hatte. Aber Klaus fand, dass er sie dazu doch hätte heiraten müssen. Obwohl man bezweifeln kann, dass das etwas geändert hätte, denn Klaus war sehr altmodisch, und tief in seiner Seele hockte die Einstellung, dass der Mann das Familienoberhaupt sei mit der Pflicht, die Frau zu ernähren.

In seinem früheren Leben hatte er schon einmal in einer vergleichbaren Situation seinen Stolz überwinden müssen. Das war, als er mit Tiia ging. Klaus war ein bettelarmer Bohemien, der sich mit seinen Eltern zerstritten hatte, und seine künftige Frau fütterte ihn heimlich in der Küche durch, wenn ihre Eltern nicht zu Hause waren. Damals waren beide jung und bis über beide Ohren verliebt, außerdem handelte es sich um eine andere Gesellschaft, so dass Klaus sich möglicherweise gar nicht mal so erniedrigt gefühlt hatte. Das Schuldbewusstsein entstand im Nachhinein, als er zwanzig Jahre später mit dem Groupie von einer Versammlung zur anderen über die Dörfer zog und sich nicht einzugestehen getraute, dass er eine Frau verraten hat, die ihn einst im wahren Wortsinne mit den besten Leckerbissen aus ihrer Hand aufgepäppelt hatte. Klaus konnte weder von dem Groupie noch von Tiia lassen.

Einmal unterhielt ich mich mit Klaus zufällig über dieses Thema.

»Man muss sich zum richtigen Zeitpunkt trennen«, sagte er und fügte hinzu, dass der richtige Zeitpunkt dann ist, wenn die Frau noch so frisch ist, dass sie Blicke auf sich zieht.

Jetzt hatte er vermutlich Angst, dass bei Tiia dieser Zeitpunkt vorbei war. Er war der Meinung, seine Frau würde keinen neuen Partner mehr finden, wenn er sie nun verließe, und dann müsse sie die zweite Hälfte des Lebens alleine verbringen, und das belastete natürlich Klaus' Gewissen. Gleichzeitig wusste er, dass wenn er selbst sich jetzt nicht losrisse, er das aller Wahrscheinlichkeit nach nie mehr tun würde und bis an sein Lebensende in Tiias Gesellschaft verbringen müsste. Das gemeinsame Altern zweier Menschen, die sich einander entfremdeten, erfüllte ihn ebenfalls mit Grauen. Eine kleine Erleichterung für ihn wäre gewesen, wenn er sich von seiner Frau hätte freikaufen können (obwohl die in einem Gemeinschaftsunternehmen arbeitende Tiia das in finanzieller Hinsicht bestimmt nicht nötig hatte).

Das Schlimmste war, dass Klaus sich offenkundig auch nicht mehr viel aus dem Groupie machte, anderenfalls hätte er sich ja ein wenig von dem Röntgenologengehalt aushalten lassen können – wenn da Liebe ist, bräuchte man sich doch nicht zu schämen? Aber offenbar war es mit der Liebe allmählich vorbei. Die Seele eines Künstlers ist ruhelos, er fliegt von Blume zu Blume. Die Ruhe und Festigkeit des Groupies, die in der Übergangszeit Klaus so bewundernswert erschienen waren, wirkten im Alltagsleben monoton und glanzlos und gingen ihm allmählich auf die Nerven. Wie hätte er sein weiteres Leben in einer solchen Tonart verbringen können?

Möglicherweise hatte Klaus auch sein Auge schon wieder auf eine andere geworfen. Jedenfalls gab es Gemunkel von einer Tussi, die den »alten« Mann ausnutzen wolle. Ich habe sie mal gesehen: ein schönes Mädchen, aber ein kleines Modepüppchen.

Dann stellte sich heraus, dass das Röntgengroupie von Klaus schwanger war. Klaus wollte die Zukunft der Mutter seines Kindes absichern, er wollte sich von seiner Frau loskaufen, und er wollte ein Ehrenmann sein. Gleichzeitig wollte er sich in ein neues Abenteuer mit der Gesellschaftstussi stürzen. Er hätte dreimal so viel Geld wie früher gebraucht, aber er hatte um ein Vielfaches weniger als damals.

Mahvalda, unser Chefredakteur, hatte die Idee, Klaus als Ehrengast zum Fest der »Sexy Schönheiten« einzuladen (bei uns findet einmal im Jahr so ein Fest statt), und erkundigte sich bei mir, ob Klaus kommen würde: »Er müsste nur ein paar Worte vor dem Volk ins Mikro sagen ...«

Ich antwortete ihm, dass er Klaus nicht direkt engagieren könne, er müsse es durch die Hintertür probieren.

»Aber er bekommt doch ein Honorar. Du hast doch selbst gesagt, dass er momentan in Schwierigkeiten ist?«

In Mahvaldas Stimme war ein Fünkchen Ratlosigkeit. Er hatte seine Journalistenkarriere in der Sowjetzeit begonnen, und etwas von der damaligen Ehrfurcht vor Künstlern lebte in ihm offenbar bis heute. Aber als würde er sich dessen schämen, fuhr er trotzig fort: »Was ist dann so besonders an ihm?«

Tja, was war an ihm … Ich versprach, ihm die Einladung persönlich zu überbringen und die notwendigen Erläuterungen hinzuzufügen.

Klaus las sich die Einladung durch und schaute mich zutiefst erschüttert an: »Sag mal, will man mich zum Narren halten?!« Ich versuchte es ihm zwar zu erklären, aber vergeblich. Er ließ sich nicht dazu herab, den Narren zu spielen. Aber genau das war, wie sich herausstellte, etwas, wofür man von nun an bereit war, ihn zu bezahlen.

Schon bald kamen Gerüchte in Umlauf, dass die Gesellschaftstussi Klaus verlassen wolle, weshalb die Sache immer komplizierter wurde, und Klaus' Nerven, die schon immer empfindlich gewesen waren, vollends überstrapaziert wurden. In dieser Zeit soll er angefangen haben zu koksen oder – wie es damals hieß – Streifen zu ziehen. (Von welchem Geld er sich das Zeug gekauft haben mag? Hat er Schulden gemacht?)

Ich sprach mit Mati über Klaus. Mati schlug vor, zum Dicken zu gehen. (Das war jener ehemalige Volksführer, der gar nicht mehr so dick war, weil er in der stressigen Zeit stark abgenommen hatte.) Der Dicke bekleidete einen sehr wichtigen Regierungsposten. Wir fragten ihn, ob es nicht möglich wäre, für Klaus eine Unterstützung aus dem Reservefonds zu finden, den wir unter uns Revolutionskasse nannten und in dem es meines Wissens auch eine Abteilung für Volkskultur gab. Könnte man ihm nicht ein minimales Stipendium verleihen oder ihm formal für einen geringen Lohn einen kleinen Job anbieten, beispielsweise als Berater für Kunst?

Der Dicke erinnerte sich natürlich vom Liederfeld an

Klaus und war bestens im Bilde, was seine Konzertaktivität während der Übergangszeit betraf.

Er bot uns Platz an und setzte uns die allgemeine Lage auseinander: »Seien wir ehrlich – auf dem Lande herrscht Hunger. In Järva-Jaani und Virtsu muss eine Schmalspurbahn gebaut werden. Es sind zahlreiche Gruppierungen auf der Bildfläche erschienen, die der estnischen Republik gegenüber feindselig eingestellt sind.« Der Dicke klang resolut und beinahe drohend.

Als er fertig war, wagte ich ihm unser ursprüngliches Anliegen in Erinnerung zu rufen: »Also, mit Klaus … Wie verbleiben wir da?«

Der Dicke legte mir die Hand auf die Schulter: »Ich sage dir ehrlich von Este zu Este. Die Künstler haben besondere Probleme. Sie haben zwischendurch immer wieder ihre Krisen. Ich weiß genauso gut wie ihr, dass er nicht verhungern wird. Er geht von einer Verehrerin zur nächsten, da wird er zu Essen bekommen, und nicht nur das.« Der Dicke lachte zweideutig. »So kann er sein Leben leben. Wir aber müssen uns momentan darum kümmern, wie wir die estnische Durchschnittsfamilie unterstützen. Schließlich sind bald Wahlen, dazu muss man Wahlkampf machen. Die Mehrheit ist zwar auf unserer Seite, aber es muss um jeden Parlamentssitz gekämpft werden.«

Hilfe von oben bekam Klaus also nicht, und Mati schien sich nach dem Besuch sehr mies zu fühlen. Auch bei mir blieb ein schaler Nachgeschmack, und seitdem habe ich »höheren Orts« mir niemals mehr etwas erbeten, weder für mich noch für andere.

Zusätzlich zum Geldmangel und dem Unvermögen, Entscheidungen in seinem Privatleben zu treffen, kam bei Klaus die Angst hinzu, neuen und unbekannten Rauschmitteln in die Fänge zu geraten. (Er war vor Jahren ein paar Mal auf »Gentleman-Entzug« gewesen, aber immer wieder zu Kräften gekommen.)

Offenbar war das alles zusammen zu viel, und eines Tages verbreitete sich die unglückliche Nachricht wie ein Lauffeuer, Klaus sei aus dem Leben geschieden, er habe eine Überdosis Schlaftabletten genommen. Alle seine Bekannten wussten natürlich, dass er Tazepam, Imovane und Stilnox schluckte, aber für einen Menschen, der nur aus Nerven besteht, ist das beinahe normal.

Wie auch immer, es waren sich mehr oder weniger alle sicher, dass es sich bei dem Ereignis nicht um einen Unglücksfall handelte. Jemand wollte sogar von einem Brief wissen, den Klaus für die Presse hinterlassen habe, aber der sei »beiseite geschafft« worden, weil er brisante Aussprachen über die Politiker der neuen Zeit enthielte. Die Fans von Klaus untersuchten einige seiner letzten Liedtexte und lasen dort alle möglichen Hinweise und Vorahnungen heraus, aber meiner Meinung nach war das unwissenschaftlich.

Zwischendurch sei bemerkt: Mich, der ich hinreichend häufig über Selbstmorde habe schreiben müssen (für einen Gesellschaftsjournalisten ist das unumgänglich), verwundert, wie unbeholfen sie ausgeführt werden. Klar, wenn das Ziel darin besteht, jemandem Gewissensbisse zu verschaffen, sich in Erinnerung zu rufen oder die Aufmerksamkeit auf sich zu lenken, dann muss er natürlich auch misslingen. Aber selbst wenn der, der den Versuch unternimmt, aufrichtig zu sein scheint und tatsächlich ins Jenseits befördert werden möchte, gelingt es häufig nicht. Der Versuch wird unbeholfen ausgeführt, weil man sich nicht im Voraus die Mühe gemacht hat zu untersuchen, wie man es genau anstellen muss. Beim Selbstmord muss man seine Hausaufgaben machen! Du liebe Güte, heutzutage bekommt man im Internet sogar die Anleitung zum Bombenbauen, über Selbstmord kann man sich bestimmt viel leichter Informationen besorgen. Stattdessen tut man es aus einem plötzlichen Impuls heraus, aus dem Stegreif, nimmt die Sense von der Wand und versucht sich damit die Kehle durchzuschneiden. So einfach ist das nicht. Wenn jemand, der es ernst meint, sich im Voraus ein wenig Mühe gäbe, sich informiert und ein paar Trockendurchläufe gemacht hätte, dann läge der Prozentsatz der erfolgreichen Selbstmordversuche bei achtundneunzig, und nicht bei siebenundvierzig, wie jetzt.

Wenn Arbeit und Talent einhergehen, kann dem Selbstmord etwas Majestätisches anhaften, denn eine Meisterhand verleiht auch einer noch so kleinen Handlung eine neue Dimension. Natürlich gibt es Menschen, die von Geburt an begabt sind. Beim Kunstvolk trifft man solche Menschen aber selten an, die stümpern beim Selbstmord wie bei jeder praktischen Handlung.

Die Zeremonie auf Klaus' Beerdigung wurde von einem sehr kreativen und geistreichen Grabredner und Bestatter besorgt (einem Bachelor). Er gehörte zwar kirchlichen Kreisen an, kannte aber die zeitgenössische Kultur und die globalen Probleme gut und redete so, wie es ein gebildetes Publikum heutzutage gerne hört, das heißt er übertrieb es nicht mit Gott, aber eine Ewigkeitsdimension war spürbar vorhanden.

Ohne dem Publikum gewaltsam auf die Tränendrüsen zu drücken, bewirkte er, dass am Ende die meisten feuchte Augen hatten. Seine Rede gefiel so sehr, dass er wiederholt zurückgerufen wurde. Das Grab war schon zu und der Grabredner hatte sich in seinen alten Volkswagen gesetzt, aber er musste immer wieder rausklettern. Zuerst gab er als Zugabe ein paar neue Gedanken, dann aber hielt er die ganze Rede noch einmal von Anfang an. Als sie endete, waren alle zufrieden, applaudierten noch einmal heftig, aber nicht mehr skandierend, und machten sich auf den Weg.

Ich erinnere mich an keine vergleichbare Beerdigung.

Übrigens traf ich hier auch Jürka, einer der »Herzen aus Gold«. Ich fragte ihn, ob er immer noch in seinem alten Beruf arbeitete, also in der Unterhaltungsindustrie beziehungsweise im Showbusiness.

Er schmunzelte und winkte ab: »Schon seit Jahren nicht mehr.« Er sei zur Zeit in einer kleinen Firma angestellt, die Knöpfe herstellt – für Hemden, Jacken, Hosen, sogar Haken für Büstenhalter würden sie zur Abwechslung anfertigen. »Von der Musik habe ich mich völlig entfernt«, sagte er.

»Wieso machst du Knöpfe?«, fragte ich.

»Aber was ist denn fasch daran?«, fragte er zurück.

»Werden die gekauft?«

»Der Löwenanteil der Produktion geht nach Frankreich. Aber das ist Sache meiner Vorgesetzten. Bislang habe ich meine Familie ernähren können.«

»Familie?«, fragte ich und zog die Augenbraue hoch. »Du hast Familie? Wieder? Die wie vielte?«

»Die fünfte«, sagte er und kratzte sich am Kinn.

Mir wurde warm ums Herz. Sieh an, da haben wir einen Mann, der nicht jammert und klagt. Hat in jedem System Kinder gemacht, und vielleicht sind diese Säuglinge, die er mit seinen Knöpfen gerade ernährt, für Estland momentan genauso notwendig wie die Lieder, mit denen er seinerzeit die Sowjetunion untergrub.

Wir gingen zwischen den Gräbern des Waldfriedhofs hindurch zum Parkplatz. Die Füße sackten hin und wieder in den Boden, ich spürte das federnde Gewicht des feuchten Sandes unter den Sohlen. Über unseren Köpfen flog ein einsamer Hubschrauber, und wir begleiteten ihn mit unseren Blicken, bis er dröhnend hinter den Kiefernwipfeln verschwand. Zurück in die Stadt fuhren wir in dem neuen Audi von Manglus (»ein Mittelklassewagen mit einigen Attributen eines Luxuswagens«, wie er sich ausdrückte). Er hielt das Lenkrad nicht zwischen den Knien, denn wir waren in der Stadt, und es war viel mehr Verkehr als früher, außerdem hatte Manglus zugenommen, auch seine Oberschenkel waren dicker geworden, und allein schon deswegen war es ihm nicht möglich, seinem alten Trick treu zu bleiben.

Im Autoradio sang Tõnis Mägi: *Schön bist du, schön bist du, Vaterland …*

»Schade um Klaus, den Spielmann«, seufzte Pepe.

Manglus war still, damit alle verstanden, wie klug er war.

»Gefährlich ist nicht eine hohe Geschwindigkeit, sondern eine hohe Beschleunigung«, sagte er dann allegorisch.

»Hast du das aus deinem Physiklehrbuch?«, fragte Pepe.

»Das ist aus dem Lebenslehrbuch«, sagte der neben ihm sitzende Kirill.

Ich dachte darüber nach, wie viel Geld meine Mitreisenden wohl haben. Nicht konkret jetzt bei sich, sondern im Allgemeinen. Pepe machte sich nicht viel aus Geld, musste aber auch niemanden versorgen, und für ihn reichte es. Kirill hatte im Stadtteil Kalamaja zwei Häuser zurückerhalten. Manglus hatte viel Geld, er war jetzt noch reicher als in der Sowjetzeit. In den Wandelgängen hieß es, dass er kürzlich seiner geschiedenen Frau als Schmerzensgeld ein Geschäft gekauft hatte und seiner Tochter als Mitgift ein Fotolabor.

Klaus war unter der Erde.

Der Leichenschmaus fand in einem Restaurant statt, und hier lag ein Konflikt in der Luft. Klaus war überaus berühmt gewesen, und obwohl er zwischenzeitlich ein wenig in Vergessenheit geraten zu sein schien, begleitete ihn auf seinem letzten Wege eine sehr große und buntgemischte Gesellschaft. Die Anwesenheit der künstlerischen Intelligenz und der Freiheitskämpfer war selbstverständlich. Aber auch ein Teil der ehemaligen Nomenklatura, die sich heute auf die verschiedensten politischen Parteien und die Geschäftswelt verteilt hatte, zählte zu seinen Bewunderern. Sie erschienen gleichfalls auf der Beerdigung, weil sie empfanden, dass Klaus ebenso einer »von ihnen« war. Die Alten und die Neuen, die »Ehemaligen« und die »Wahrhaftigen« kamen meistens nicht miteinander aus, die Vergangenheit war noch zu frisch in Erinnerung.

Schon auf dem Friedhof hatten die Gesellschaften voneinander getrennt gestanden. Die Künstler und Freiheitskämpfer standen für sich, ein Teil der Politiker in ihrer Nähe. Abgesondert standen auch die ehemaligen Komsomol- und Baubrigadeaktivisten, die Direktoren und Firmenleiter, an deren Seite sich auch einige Politiker hielten, natürlich aus dem anderen Lager. Es war beinahe wortwörtlich so: die einen auf der einen Seite, die anderen auf der anderen Seite, und Klaus' offenes Grab wie ein Schützengraben zwischen ihnen. Aber auf dem Friedhof fielen die Spannungen noch nicht richtig auf, weil es genug Platz gab und die Situation Beherrschung erforderte. Jetzt, im Restaurant, wurde die Sache peinlich, als man Platz nehmen musste. Denn nicht jeder wollte neben jedem sitzen.

»Diese Scheißkommunisten«, sagte sogar Mati, der ein wenig zu spät gekommen war und am Kopfende des Tisches platziert werden sollte, wo die Adjutanten des Dicken saßen. »Zu denen setze ich mich bestimmt nicht.«

Völlig unschuldige Beerdigungsbesucher, die sich schon hingesetzt hatten, wurden beinahe mit Gewalt von ihren Plätzen vertrieben, weil sie »auf der falschen Seite« waren. Der Mittelteil des Tisches drohte ganz unbesetzt zu bleiben. Manche blieben sogar hinter den Stühlen »ihrer« Leute stehen, um dadurch ihre Gruppenloyalität zu demonstrieren, und erwarteten vermutlich, dass ihnen dort Bouillon und Pastete gereicht würden, die sie dann im Stehen essen würden. Kurz, man benahm sich wie Drittklässler. Die Kellner fühlten sich unbehaglich, sagten aber nichts, weil viele wichtige Leute anwesend waren.

Als nach langem Hin und Her endlich jeder saß und man dazu übergehen konnte, Erinnerungstoasts auszubringen, wurden noch über den Tisch hinweg Spitzen ausgetauscht. Hat der und der das Recht über Klaus solche Worte auszusprechen? Normalerweise streitet man sich auf Beerdigungen nicht. Glücklicherweise nahm die Spannung nach dem dritten Nachruf ab und die Stimmung wurde freundlicher. Das hätte noch gefehlt, dass man nach dem Leichenschmaus um die Ecke gegangen wäre, sich die Ärmel aufgekrempelt und wie nach einem Dorffest geprügelt hätte!

Wir jedoch gingen in die Höhle.

Manglus schwieg nachdenklich. Als wir schon eine Weile dagesessen hatten, sagte er: »Das ist nicht der richtige Weg.«

Er sagte das augenscheinlich zusammenhanglos, ganz unversehens, aber natürlich begriffen alle, dass es auf Klaus gemünzt war. Manche meinten, dass es sich nicht gehöre, so etwas zu sagen, und man den freien Willen eines Menschen, diese Welt zu verlassen, respektieren müsse.

»Wenn du selbst so stark bist, dann könntest du ein bisschen Mitgefühl aufbringen für die, die nicht so stark sind«, sagte Mascha und wischte eine Träne weg, denn sie war ein guter Mensch.

Manglus nickte ernst, aber das war heuchlerisch, ich hätte wetten können, dass in seiner Seele kein Raum für Mitleid war.

»Findest du es nicht schade«, fragte ich ihn.

»Ich fühle von ganzem Herzen immer mit den Schwächeren mit, aber mit dem Verstand halte ich mich auf der Seite der Stärkeren«, sagte Manglus, ohne mit der Wimper zu zucken. »Nur die Starken bleiben auf dieser Welt am Leben.«

»Bist du stark?« fragte ich.

»Natürlich.« Er lächelte suggestiv und väterlich. »Wer, wenn nicht ich?«

Ja, wer sonst …

Auch der Jurist Karl Maiden saß damals an unserem Tisch. Es war jene Zeit, als er anfing, die Höhle zu besuchen.

Er sagte über Klaus: »Selbst hat er es getan, selbst wollte er es so, was jammert ihr jetzt?«

Daraufhin sagte niemand etwas, denn Karl gehörte noch nicht richtig zu unserer Gesellschaft, und was soll man sich mit einem Fremden streiten. Außerdem war er Besitzer einer goldenen American Express.

Vom Restaurant waren in unserem Schlepptau noch ein paar Parteipolitiker mitgekommen. Vielleicht aus dem sentimentalen Wunsch heraus, mit denen zusammen zu sein, die Klaus näher gekannt hatten, vielleicht weil sie mal wieder in der skandalösen Höhle sein wollten, aber vielleicht auch, weil sie einfach noch einen Schnaps trinken wollten. (Überhaupt war die Grenze zwischen Kunst- und Parteimenschen nicht mehr so klar wie früher. Einige Künstler waren in eine Partei eingetreten, weil sie hofften, Porträt- oder Denkmalaufträge zu bekommen. Oder sie hofften, das Dach ihres Theaters zu reparieren, ihrem Orchester neue Cellos zu kaufen oder einfach Geld zu kriegen. Umgekehrt schrieben auch Parteimitglieder schon mal einen Artikel über Geschichte oder ein Gedicht.)

»Sagen Sie mir, was war eigentlich Klaus' Problem?«, fragte jetzt einer dieser Parteipolitiker. Ihm wurde ausweichend geantwortet, man verwies auf eine seelische Krise, eine Dreiecksbeziehung und allgemeine Schwierigkeiten.

Der Lieder-Lullu sagte, dass Klaus aus dem Leben geschieden sei, weil er Angst vor der entstandenen Konkurrenz gehabt hätte, aber er wurde sofort niedergezischt, denn etwas noch Dümmeres konnte man sich kaum vorstellen.

Jemand bot einen interessanten Vergleich. Klaus war von den Dilemmas seines persönlichen Lebens und seiner Auffassung vom Ehrenmann her wie der Mann, der Wolf, Ziege und Kohlkopf über einen Fluss bringen musste. Klaus musste seine Frau herüberbringen, seine Geliebte aus Revolutionszeiten und seine Tussi, und alle sollten gesund und am Leben bleiben. Über eben diesen Fluss (Pedja, Lethe), von dem Jaak Joala gerade sang: *Der Fluss des Vergessens hat ein Ufer an beiden Seiten!*

Woraufhin sich einer der Parteipolitiker (ein »ehemaliger«, der nach der Wende im Handel tätig und unendlich reich geworden war) dafür entschuldigte, falls er etwas Unpassendes sagen sollte, aber seiner Meinung nach ging es »einzig und in erster Linie« um Geld: »Dieser Mann, von dem Sie sprechen, dieser Kohlfahrer, oder was er auch war – was fehlte ihm denn? Doch nur Ressourcen. Wenn er Ressourcen gehabt hätte, hätte er sich noch zwei Boote mieten können, und von einem Dilemma wäre keine Rede mehr. Was heißt hier Boote, er hätte sich drei ordentliche Jachten oder Motorboote gekauft, jedes mit eigenem Kapitän und malaiischem Diener an Bord, unten eine Bar, wo sich der Wolf mit Tullamore Dew die Kante gegeben hätte, und die Ziege hätte vom Likör das Kotzen gekriegt. Der Kuchen, Entschuldigung, der Kohlkopf wäre in aller Ruhe über den Fluss gelangt. Wenn ein Mann Geld hat, kann er sich viele Frauen halten, egal in welcher Gesellschaftsordnung. Ich zum Beispiel habe fünf Frauen …« Und er nannte die Orte in Estland, wo er eine Familie hatte.

Jemand fragte kritisch nach, woher der Politiker denn über Klaus' Geldangelegenheiten im Bilde sei. Er antwortete daraufhin, dass Klaus ihn in den letzten Monaten seines Lebens häufig mitten in der Nacht betrunken oder beschwipst angerufen und um Geld gebeten hätte. Nicht mehr und nicht weniger als zwei Millionen Kronen, womit er der Mutter seines Kindes ein kleines Häuschen und seiner Tussi eine Wohnung kaufen wollte.

»Haben Sie es ihm gegeben?«, fragte Tobi.

»Nein.«

»Warum nicht?«

»Warum hätte ich das tun sollen?«, antwortete der Politiker, der allmählich einen Rausch bekam. »Er machte mich und meinesgleichen doch nur lächerlich. Immerzu hieß es

›Ehemalige‹, ›Ehemalige‹. Ich gab ihm höflich zu verstehen, er möge doch die fragen, mit denen er gemeinsam den Staat gestürzt hatte. Schau mal, ob dir die neuen Machthaber ein Stück Brot vorwerfen oder nicht.«

Karl Maiden brach in homerisches Gelächter aus. Manglus schmunzelte, Alja bekam einen hysterischen Anfall, und Mascha schleuderte dem Parteipolitiker ihr geringschätzigstes »Du bist so ein-deu-tig!« ins Gesicht. Es gab einen fürchterlichen Aufruhr, und der Parteimensch wurde mit Schimpf und Schande vom Tisch gejagt.

(Ich bin mir übrigens nicht mehr ganz sicher. Sehr gut möglich, dass der Vergleich mit dem Kohlkopf, dem Wolf und der Ziege und dessen Zusammenhang mit Geld von Anfang bis Ende von Manglus kam. Ja, das wäre sicherlich ein Gedankengang nach seiner Art, geistreich und zynisch. Und er tat das sicherlich in kleinerem Kreise, als keine Damen zugegen waren. Und der Parteimensch wurde damals vom Tisch gejagt, weil er anfing, Mascha zu begrapschen.)

Einige Monate nach der Beerdigung publizierte der Essayist Maulwurf in der Kulturzeitung einen Artikel, in dem er Klaus mit Hamlet verglich. Er ging von der Fragestellung »Sein oder nicht sein?« aus. Bei Shakespeare folgen diesem Ausspruch bekanntlich die Zeilen, in denen erörtert wird, was erhabener ist, die Waffen zu erheben und gegen das Sorgenmeer zu kämpfen oder aus dem Spiel auszusteigen oder die Sorge zu beenden. Letzteres kann man auch so interpretieren, dass das Spiel in einer solchen Form dich in jedem Fall beschmutzt.

Weiter sagte Maulwurf, am meisten sei Klaus in Furcht versetzt worden von der Perspektive, in Zukunft mit den Lieder-Lullus konkurrieren zu müssen, aber nicht im künstlerischen Sinne. Das kam einer Beleidigung gleich. Er hätte zur Eigenwerbung mit ihnen im Possenreißen um die Wette krähen müssen, um die rohe Neugier eines unsachkundigen Publikums zu wecken.

Wie auch immer, Maulwurfs Gedanken erregten weiter kein Aufsehen.

RUI IN DER ESTNISCHEN ZEIT

Was Geld betrifft, stand es bei mir auch nicht gerade zum Besten. Eines Morgens holte ich mir nach längerer Zeit mal wieder mein Honorar ab. Der Betrag war verglichen mit den früheren um ein Vielfaches niedriger ausgefallen, besonders wenn ich die Steigung der Lebenshaltungskosten berücksichtigte. Die Auszahlung erfolgte an einem anderen Ort, nicht mehr in der Pikk-Straße. Trotzdem stieß ich auf dem Rückweg wieder einmal auf Rui. Er trug immer noch seine langen strähnigen Haare und seine kleine Nickelbrille, die enganliegenden ausgefransten Jeans und einen Rucksack. Die dicke Umbu war nach wie vor als unzertrennliche Gefährtin an seiner Seite. Alles wiederholte sich, als hätte es die dazwischenliegende Zeit nicht gegeben.

Ruis Begrüßung klang abermals so, als hätte er mich jahrelang gesucht und als fiele ihm nun ein Stein vom Herzen, da er mich gefunden hatte.

»Da bist du ja!«, flüsterte er verzückt.

Ich nickte und versuchte, ihm zu verstehen zu geben, dass ich nicht beabsichtigte, mich mit ihm auf ein Gespräch einzulassen. Aber Rui stellte sich mir in den Weg. Umbu begriff die Situation nicht sofort und starrte mich an.

»Ich habe einen entsetzlichen Kater«, verkündete Rui. »Dagegen muss unbedingt etwas getrunken werden, könnten Sie mir einen kleinen Kredit geben? Wir können natürlich auch gemeinsam irgendwo reingehen, um das Erscheinen Ihrer unsterblichen Übersetzung zu feiern. Dann könnten Sie selbst für Ihr eigenes Geld auch etwas trinken.«

Ich überlegte, wie ich reagieren sollte. Sollte ich mich vielleicht freikaufen? Rui schien meine Gedanken zu lesen.

»Gib mit fünfzig Kronen«, sagte er suggestiv. »Mir muss man etwas geben, das ist wie ein Opfer auf dem Altar.«

Ich merkte an, dass dies eine Menge Geld sei und ob denn fünfundzwanzig nicht reichen würden, um sich in der Kneipe ein paar Bier hinter die Binde zu gießen?

»Fünfundzwanzig?«, rief Rui aus, so dass sich die Passanten umdrehten und uns neugierig betrachteten. Umbu brach in Lachen aus. Ich kam mir schäbig vor, aber genau darauf hatte Rui es abgesehen.

»Fünfundzwanzig!«, rief er erneut aus. »Dafür gibt's im ›Palace‹ ja nicht mal einen Humpen!«

(Das »Palace« war eine der ersten noblen und teuren Kneipen in unserer Stadt.)

Dann ließ Rui Luft ab und nahm wieder seine ursprüngliche Haltung ein, das heißt er spulte wieder seine kameradschaftlich-beschützende Leier ab.

»Widersetz dich nicht. Das ist jetzt Schicksal. Wem viel gegeben wird, dem wird auch viel abverlangt.« Er lachte, so dass man seine langen Zähne sah.

Ich musste schmunzeln. Aber er gab auch jetzt die Höhe meines Honorars beinahe auf die Krone genau an. Was für ein Typ, dachte ich, dass er anderer Leute Geld zählt. Aber den Fünfziger gab ich ihm.

Offenbar wollte Rui mir als Dank eine Freude bereiten und so erzählte er über die neuen politischen Kräfte: »Die vom Vaterlandsbund haben die Kraft von zwölf Männern. Sie können überall als Regen, Nebel oder Ratten erscheinen. Aber sie müssen von Zeit zu Zeit den Keller ihres Parteihauptquartiers aufsuchen, um dort an ihrem ovalen Konferenztisch zu sitzen. Wenn sie eine Weile nicht dort gewesen seien, verlören sie ihre Kraft.«

Als ich wieder alleine war, fühlte ich überraschend, dass ich sogar ein bisschen froh war. Die Ruis gab es noch.

DIALOG ZWISCHEN EINEM EHEMALIGEN DISSIDENTEN UND ZWEI KÜNSTLERN

Bevor ich mit den Schicksalsgeschichten fortfahre, wende ich noch einmal die Montagetechnik an. Nichts zu machen, die Instinkte eines ehemaligen Laienschauspielers und Texters brechen eben doch hervor! Und ein Drama muss einen zweiten Akt haben, andernfalls kann das Publikum in der Pause nicht an die Sektbar. Ich ergänze den oben dargestellten Sprechchor der Schriftsteller um ein kleines Streitgespräch – in einem Atelier oder einer Kneipe.

DISSIDENT: *Ihr Kunstmenschen hattet euch in der Sowjetzeit an die Kommunisten verkauft. Und Gegenleistungen habt ihr dafür auch erhalten. Was ihr jetzt zwischenzeitlich getan habt, Fackelträger der Freiheit oder wie ihr euch nanntet, war also nur ein Teil der Buße für eure große Schuld. Ein Abspülen des Taufwassers des Verrats. Auch wer im vergangenen halben Jahrhundert die Machtha-*

ber nicht direkt pries, muss jetzt doch Büßerdienste leisten, weil sie ihre Stimme nicht deutlich genug gegen die Machthaber erhoben und deswegen nicht ins Straflager kamen.

ERSTER KÜNSTLER (ein älterer Herr): *Ins Straflager? Ja, ich verstehe, zwei Onkel von mir und noch etliche Verwandte sind auch dort gestorben … Aber ist es nicht ein bisschen viel, das von allen zu verlangen? Wer hätte denn den Geist des Volkes am Leben erhalten, wenn wir alle hinterm Stacheldraht gesessen hätten? Sei doch vernünftig …*

DISSIDENT (als hätte er nichts gehört): *Klar, ihr hattet Angst davor, euch hinter den Stacheldraht zu begeben, also seid ihr den Machthabern in den Arsch gekrochen …*

ERSTER KÜNSTLER: *Was soll das heißen, in den Arsch kriechen? Wir haben die Machthaber schließlich nicht gepriesen. Wir spielten die ganze Zeit an der Grenze, ständig tasteten wir sie ab. Mehr zu tun war praktisch nicht möglich.*

ZWEITER KÜNSTLER (ein Mann Ende dreißig): *Diese Anschuldigung bezüglich der Arschkriecherei betrifft Parteimitglieder. Sie genossen damals Privilegien und Vorzüge und sollten nun einer gerechten Strafe durch das Volk nicht entgehen. Gerade sie sollten durch ehrliche Arbeit ihre Sünden büßen.*

DISSIDENT: *Hier irrst du, junger Mann, denn du stellst hier keine Rechnungen aus. Ich als ehemaliger Theologiestudent weiß in Seelenangelegenheiten Bescheid. Sieh mal, Parteimitglieder glaubten gar nichts, sie halfen eigentlich nicht einmal bei der Umsetzung der Losungen, die sie selbst verkündeten, und lebten mehrheitlich in ihren Kolonien wie Maden im Kadaver – nach den dort aufgestell-*

ten Regeln. Und sie genossen niemandes Ansehen. Wenn überhaupt, dann nur das gegenseitige. Vor ihrem Antlitz wurde sich zwar gebückt und geschleimt, aber hinter ihrem Rücken machte man sich über sie lustig. Privilegien und Macht, ja, das hatten sie, aber mehr auch nicht. Ihr dagegen bekamt in materieller Hinsicht vergleichsweise viel, und zusätzlich wurdet ihr auch noch vom Volk innig geliebt. Begreift doch endlich, wer ihr im Sowjetland wirklich wart – die glücklichsten Menschen, die man sich dort vorstellen konnte! Die Männer schätzten euch und die Frauen liebten euch – liebten euch, ohne eine Gegenleistung zu verlangen. Das war aufrichtige romantische Liebe, ihr wurdet um eurer selbst willen geliebt. Ist das vielleicht nichts? Vergleicht euch daher nicht mit Parteimitgliedern. In Wirklichkeit war die Sowjetzeit nicht das Paradies der Parteimitglieder, sondern das der Künstler.

ERSTER (zum Dissidenten): *Nun übertreib mal nicht. »Die Künstler lebten besser als die Parteimitglieder – das ist ja unerhört.* (Er steht erregt auf und beginnt im Zimmer auf und ab zu gehen.) *Unerhört, unerhört …*

ZWEITER: *Und jetzt hat die Mehrheit der ehemaligen Parteimitglieder wieder eine Führungsposition bekommen und genießt erneut Privilegien, diesmal bereits zusammen mit Ansehen, mit einer anderen Art Ansehen, aber doch mit Ansehen – wie kann man also sagen, dass es ihnen schlecht ergangen ist?*

DISSIDENT: *Diese beiden Dinge hängen nicht miteinander zusammen. Im Moment leben sie gut dank ihrer Ausgangsposition und ihren persönlichen Eigenschaften, nicht dank des Kremls.*

ERSTER KÜNSTLER: *Hör doch auf mit diesen Kommunisten …*

Mich interessieren sie nicht, und ich beneide sie nicht … Aber eines ist schon richtig: Die heutige Einstellung zu den Künstlern kann man nicht mit der früheren vergleichen.

ZWEITER KÜNSTLER (grinst freundlich, ein wenig auch mit der Überheblichkeit des jüngeren Mannes): *Du meinst jetzt, wie du von Frauen belagert wurdest?*

ERSTER KÜNSTLER: *Nein. Das meinte ich nicht! Ich habe die idealistische Seite vor Augen, die Unterstützung durch das eigene Volk. Genau das, was du* (weist auf den Dissidenten) *erwähntest. Wie ein Künstler damals die Menschen erreichte, wir er in Ehren gehalten wurde und wie man in seinem Rhythmus atmete. Für mich war dieses Gefühl wichtiger als materielle Vorzüge. Dieses Gefühl, genauer gesagt diese Erinnerung an eine uneigennützige Liebe, kann mir niemand nehmen.*

DISSIDENT (erbost): *Na dann lebt doch mit dieser Erinnerung, was jammert ihr! Ihr habt sie einst bekommen, und nun ist es gut, jetzt lutscht am Daumen wie normale Menschen!*

ZWEITER KÜNSTLER: *Was für ein ungezogener Typ! Ist es ihre* (weist auf den älteren Kollegen) *Schuld, dass der Sowjetstaat war, wie er war? Haben sie ihn errichtet? Was konnten sie denn tun? Hätten sie auf ihre Honorare verzichten sollen? Das war doch nicht möglich.*

DISSIDENT: *Sing nur, sing nur, Pfaffe!*

ERSTER KÜNSTLER (quasselt in seliger Niedergeschlagenheit): *Ich weiß, dass ich für immer verdorben bin. Und doch, ich habe es am eigenen Leibe erfahren! Ich weiß, dass hier bei uns vielleicht einer der letzten Orte auf der Welt war, wo ein Mensch des Abendlandes ein solches Gefühl erfahren konnte.*

ZWEITER: *Warum ist das alles so gekommen? Wie fingen die Veränderungen an? Mir ist das nicht aufgefallen.*

ERSTER: *Wer weiß das schon genau! Vielleicht sind wir zu staatsorientiert geworden. Genau: am eigenen Staat orientiert. Wir waren so eifrig damit beschäftigt, den estnischen Staat wiederherzustellen, dass wir unser wirkliches Wesen vergaßen. Wir waren plötzlich nur noch Bürger und verloren uns als Künstler und kritisch denkende Intellektuelle. Aber ein Künstler kann nicht lange staatsorientiert sein, das ist sein Tod, sogar wenn es sich um seinen eigenen Staat handelt. Er muss in der Opposition sein, am Rande leben oder auf des Messers Schneide. Er darf sich nicht länger am staatlichen Fortschritt berauschen als einen Augenblick. Er muss ständig stochern, zweifeln, zögern. Auch mit seinem eigenen Volk darf sich ein Künstler und Geistesmensch nur für eine fest umrissene Zeitspanne identifizieren, nicht für immer, andernfalls verliert er seine intellektuelle Ehrlichkeit.*

ZWEITER KÜNSTLER: *Hätten wie dann bei der Befreiung Estlands nicht an vorderster Front stehen sollen?*

ERSTER: *Natürlich war das korrekt. Aber wir haben den richtigen Moment verschlafen, in dem man hätte zur Seite treten und daran denken müssen, welche Rolle Kunst und Kultur in der neuen Gesellschaft spielen sollten. Wir sind aus der Opposition fließend übergegangen in eine Position* (lacht), *bis sich herausstellte, dass man uns dort gar nicht mehr brauchte. Wir hofften naiv, dass sich alles von selbst ergäbe, weil es unser freier Staat war. Wir waren nicht fähig, uns in Würde zurückzuziehen, zu verstehen zu geben, dass unsere Arbeit getan war, und ins Kloster zu gehen – im übertragenen Sinne natürlich, in unser geistiges Kloster. Wir wären dort im Kloster genauso arm gewesen wie jetzt, denn das ist in einem kleinen und armen Staat wie dem unseren unumgänglich, aber wir hätten unsere Würde und unsere Ehre bewahrt, die hätten wir bis auf den heutigen Tag, und wir wären trotz allem auch weiterhin eine strahlende Stadt auf dem Berg. Wir aber hofften auf ich-weiß-nicht-was. Wir, die Künstler eines kleinen Bauernvolks, gerieten zu sehr in Fahrt und haben uns verspielt.*

ZWEITER: *Also haben wir selbst Schuld?*

ERSTER: *Vermutlich schon. Du siehst es ja selbst. Deine Altersgenossen scheinen nicht den geringsten Berufsstolz zu haben. Den Künstlern ist schnurzpiepegal, ob sie Esel oder Gedichtbände verkaufen.* (Hinter der Bühne könnte auf Wunsch des Regisseurs Eselsgeschrei zu hören sein.) *Hauptsache, man macht Lärm. Wie sollten sie dann erwarten, dass das Volk zu ihnen eine andere Einstellung hat als zu Eselshändlern, die auf dem Marktplatz lärmen?*

ZWEITER: *Besteht irgendeine Hoffnung, das zu ändern?*

ERSTER: *Theoretisch könnte das eine Generation dauern. Praktisch ist es unmöglich.*

DISSIDENT (hat inzwischen Erbarmen und versucht die Künstler zu trösten): *Hört mal, so schlimm stehen die Dinge nun auch wieder nicht … Wir sind doch alle Esten!*

ERSTER KÜNSTLER (nachdenklich): *Wenn wir die Geschichte betrachten, dann haben Künstler immer ihren Unterhalt von den Herrschern und den Reichen bekommen. Die Medicis, Tretjakow, Rockefellers … Das Volk hat niemals wahre Kunst gefördert.*

ZWEITER: *Nur die derzeitigen Herrscher tun es nicht. Der der-*

zeitige Hof liebt uns nicht, sondern betrachtet uns eher als etwas Lästiges. Eine Bauernbande! Ach, ich möchte in einer Zeit leben, in der die Machthaber den Künstler bezahlen und die Menschen ihn in Ehren halten. Ich wäre bereit in der Sowjetzeit zu leben!

ERSTER: *Weiche zurück, Satan!*

DISSIDENT (spuckt wütend aus): *Verdammte Wichser!*

PROFESSOR FÜR POLITISCHE ANALYSEN

Im Juni 1992 fand die Währungsreform statt, jeder durfte einhundertfünfzig estnische Kronen einwechseln. Danach tauchten allmählich wieder Waren in den Geschäften auf, und das Leben änderte sich schnell.

So auch für Teedu. Ein paar Jahre nur, und er hatte sich vollkommen umorientiert. Seine Berufsbezeichnung lautete jetzt »Professor für politische Systeme«. Wie aberwitzig fühlten sich im Nachhinein seine Ängste an, wie wenig Grundlage hatten sie doch! Hin und wieder gab es hier oder dort ein wenig Gemecker, seltener in der Presse oder im Radio, eher in privaten Gesprächen oder in dieser neuen Sache, dem Internet, aber die Hexenjagd stieß nicht auf größere Resonanz. Teedu konnte sich gar nicht genug über seinen damaligen Besuch auf dem Raadi-Friedhof amüsieren. Das kam ihm jetzt dermaßen verrückt vor, geradezu anekdotisch, dass er es nicht fertigbrachte, es für sich zu behalten und es ein paar Kollegen erzählte, natürlich solchen, von denen er annahm, dass sie ihn begriffen. Er erzählte es … und bereute es gleich wieder. Nicht dass die Kollegen die Geschichte möglicherweise weitererzählten (und selbst wenn sie das getan hätten, was soll's), sondern einfach so, aus Prinzip. Vergessen, vergessen war nötig. Die alte Welt musste verschwinden, auf den Boden des Ozeans sinken – spurlos.

Seinerzeit hatte es ihn sehr geschmerzt, dass er keine lockere Feder hatte. Nicht dass er nicht gerne geschrieben hätte, im Gegenteil, er freute sich, wenn ihm treffende Vergleiche und andere Ausdrücke einfielen, und auch jetzt noch, anderthalb Dutzend Jahre, nachdem er seine Liebesverse zu Papier gebracht hatte (und danach mit dem Dichten aufgehört hatte), ertappte er sich manchmal bei dem Wunsch, etwas in Versform auszudrücken. Aber das beschränkte sich, wie Kritiker sagen würden, auf Satz und Absatz, längeres konzeptionelles Denken und – was vom Standpunkt der Parteigeschichte besonders wichtig war – dessen Ausformulierung in einer wissenschaftlich monotonen Erzählweise mit zahlreichen Fußnoten bereitete ihm Schwierigkeiten. Teedus Artikel beschränkten sich auf die Veröffentlichungsreihe der Universität, wo die Wahrscheinlichkeit gering war, dass sie später jemandes Aufmerksamkeit erheischen würden. Die einzige Ausnahme war jene Broschüre, von der er gefürchtet hatte, dass man sie ihm ins Gesicht schleudern würde, wenn er Altpapiersammler hätte werden müssen. Aber wie stolz war er seinerzeit auf sie gewesen! Er hatte Merle – selbst schämte er sich – fünfundzwanzig Exemplare kaufen lassen und sie an Kollegen verschenkt. Er hatte einige Exemplare mit Widmung an ausgewählte Personen geschickt, darunter auch an die Redaktion der Zeitschrift *Estnischer Kommunist*. Jetzt hätte er viel darum gegeben, diese Broschüre ungeschehen zu machen. Trotzdem war sein Ruf auf diesem Gebiet im Vergleich zur Mehrheit seiner Kollegen beinahe inexistent, denn die Eifrigeren hatten gegen Ende der Sowjetzeit viel umfangreichere und teilweise sogar gebundene Druckwerke vorzuweisen. Teedus Name stand auf keinem einzigen der Lehrwerke, die breitere Verwendung fanden, und hatte sich daher nicht in die Erinnerung von Hunderten von Studierenden eingefressen. Niemand hätte seinen Namen im Schlaf, aus dem Stegreif, mit etwas Altem und Verdammenswertem assoziieren können. Je mehr Jahre ins Land gingen, desto weniger Menschen gab es, die seine Vergangenheit überhaupt näher kannten. Er konnte praktisch als unbeschriebenes Blatt neu anfangen.

Die Fähigkeit zu schreiben brauchte man natürlich auch in der neuen Zeit, wissenschaftliche Produktion wurde geradezu gefordert. Aber Wunder oh Wunder, in ihm war plötzlich eine Quelle hervorgetreten, und die Artikel flossen ihm viel leichter aus der Feder als früher. Zunächst behandelten sie Hausmarken, später ergriff er das Wort auch schon zu allgemeinen sozialen Themen, wobei er die echte Politik klugerweise mied. Nach einer Weile wurde er zum Mitglied der einheimischen Hausmarkengesellschaft gewählt, bald aber schon zum Vertreter Estlands in einer internationalen Organisation. Er gab viele Bücher heraus, und sein Ansehen stieg. Danach näherte er sich einer Bewegung an, die nicht fundamentalistisch patriotisch war, sondern eher demokratisch orientiert und für Pluralismus und Meinungsfreiheit eintrat. Bald getraute Teedu sich schon öffentlich zu sagen, dass es zusätzlich zum nationalen auch ein allgemein humanistisches Niveau gebe, das man nicht vergessen dürfe. Das alles geschah sehr schnell, innerhalb von fünf Jahren. Teedu war erst zweiundvierzig, ein Mann im besten Alter.

Aaberkukk hatte er auf der Straße mehrmals getroffen, und sie hatten einander gegrüßt. Ihm schien, dass Aaberkukk ihm gegenüber nicht feindselig eingestellt war, aber desungeachtet beschloss er nach wie vor auf der Hut zu sein.

Bei Teedus seelischer Gesundung, die auch ihn selbst als angenehme Überraschung überkam, hatte eine Veranstaltung einen kleinen, aber sicherlich katalysierenden Anteil gehabt. Offiziell handelte es sich um den Sommertag oder ein Sommerseminar der Archiv- und Museumsangestellten wie sie nun viele landesweite Dachorganisationen für die Angestellten ihres Fachgebiets organisierten. Zum Programm gehörten Fachseminare und allgemeine Vorlesungen, die den Horizont erweiterten, aber auch Schwimmen und Sonnenbaden. Abends fand man sich am Lagerfeuer ein, wo man sich ungezwungen unterhielt und Gedanken austauschte.

Der Zufall wollte es, dass diesmal sowohl Teedu als auch Professor Hasso Miller auf der Liste der Vortragenden standen, und dies sogar an ein und demselben Tag. Teedu war natürlich eingeladen worden, um über Hausmarken zu sprechen. Er hielt sein Hobby schon lange nicht mehr geheim, im Gegenteil, gerne sprach er jetzt überall darüber und gab damit zu verstehen, dass die Befassung damit seinerzeit seine Art des stillen Protests gegen die herrschende Ordnung war. Miller war vor kurzem aus Amerika zurückgekehrt, wohin er unmittelbar nach dem Machtwechsel gereist war, um an einer dortigen Universität Vorlesungen über Systemforschungen zu halten. Gleichzeitig hatte er dort schnell seinen Doktor gemacht, als wolle er damit zeigen, dass so etwas für einen wie ihn nicht einmal in der freien Welt ein Problem war, wo man sich »ernsthaft« mit diesen Dingen beschäftigte, und dass er innerhalb des Sowjetsystems sich einfach nicht die Mühe machen beziehungsweise sich nicht so weit erniedrigen wollte.

Miller war vor Teedu an der Reihe. Ein festes Thema war nicht angekündigt worden, Miller, ein gewandter Redner, sollte einfach reden. Als er ihm zuhörte, spürte Teedu abermals, wie er mit jeder Minute klüger wurde. Wie einfach und klar, gleichzeitig aber auch gelehrt und interessant Miller sprach! Warum kann ich das bloß nicht, dachte Teedu Kopf schüttelnd. Das Publikum lauschte dankbar. Als aber die Zeit für Fragen kam, geschah etwas Überraschendes. Es war nämlich kein normales Publikum, die Berufe der Anwesenden hatten alle mit Gedächtnis und Erinnerung zu tun. Und diese Gedächtnisse enthielten so manches, was die Mehrheit in Begriff war zu vergessen. Übrigens arbeiteten in den Archiven damals auch ehemalige Freiheitskämpfer, die nicht in die Politik gegangen waren oder anderweitig öffentlich Karriere gemacht hatten. Denen und einigen Bohemiens, die ebenfalls im Archiv gelandet waren, war die Person Miller schon seit langem ein Dorn im Auge, und jetzt machten sie sich mit Genuss über ihn her.

Es sei gesagt, dass Miller nach der Rückkehr aus Amerika kurzzeitig im Außenministerium gearbeitet hatte – als stellvertretender politischer Direktor oder auf einem vergleichbaren Posten. Außerdem hatte er eine komplizierte Berufsbezeichnung, er war beinahe eine Art Sonderbevollmächtigter einer mit der Regierung verbundenen Kommission oder eines Instituts, wobei es um Soziologie, Psychologie, die Medien und den Staatsschutz ging. Es hieß, dass es sich hierbei um das Propagandaministerium handelte, was es in einem demokratischen Staat vom Namen her nicht geben durfte, obwohl alle wussten, dass es in der einen oder anderen Form doch existierte. Miller sei der Ideologe dieses Braintrusts und würde dadurch wie gehabt der Machtelite sehr nahe stehen, ohne jedoch selbst auch nur ein einziges Mal ins Rampenlicht zu treten. Und genau das schien die Freiheitskämpfer und Bohemiens am meisten zu empören.

»Damals warst du an der Macht, und jetzt bist du wieder an der Macht. Damals warst du ein Herr, und jetzt bist du wieder ein Herr«, brummte Tarmo Truks, ein ehemaliger Dissident und Heizer, der auch Erzählungen veröffentlichte.

»Würde mich schon interessieren, was für eine Macht ich früher hatte?«, fragte Miller mit aufrichtiger Verwunderung.

»Ach«, schnaufte Tarmo. »Als ob wir das nicht wüssten. Obwohl du vielleicht offiziell keine Macht hattest, wussten doch alle, dass du sie hattest.«

»Ich kapiere nichts.« Miller schien sehr ratlos. »Vielleicht bringst du hier zwei Dinge durcheinander, Macht und Mächtigkeit? Sie haben ja den gleichen Wortstamm. Die kann man tatsächlich verwechseln, wie Kochtemperatur und einen rechten Winkel. Beides wird in Grad gemessen, obwohl das eine hundert, das andere neunzig sind, kein großer Unterschied. Wessen habe ich mich schuldig gemacht – dass ich begabt bin? Oder stimmst du mir nicht zu, dass bei verstandsmäßiger Betrachtung die bessere Gesellschaftsordnung diejenige ist, in der die Klugen und Fähigen die übrigen anleiten, und nicht umgekehrt?«

»Mit dem Verstand«, fauchte Tarmo Truks geringschätzend, »mit dem Verstand wird hier rein gar nichts gelöst. Faktisch magst du Recht haben, aber moralisch hast du kein Recht. Du hättest dich nicht wieder in den Vordergrund drängeln dürfen.«

»Ich bin mir nicht dessen bewusst, dass ich mich irgendwo besonders hingedrängelt hätte, wenn du darunter verstehst, dass man sich seinen Weg mit Ellenbogen bahnt und über Leichen geht. Trotzdem würde ich gerne hören, warum gerade ich das nicht darf.«

»Wieso begreifst du das denn nicht? Du hast schon einmal zur Elite gehört und Privilegien genossen, von Kind an hast du Fleisch und Bananen bekommen und auch später nur das Beste.« Das war natürlich ein Hinweis auf die Eltern von Miller, die altgediente Revolutionäre waren.

Aber Miller gab spitz zurück, dass niemand für seine Eltern zur Verantwortung gezogen werden könne: »Möchtest du sagen, dass ich als Fünfjähriger hätte verlangen müssen, mich in einen besonders heruntergekommenen Kindergarten zu stecken? Dass ich zu Hause speziell schlechtere Nahrung, als die anderen hatten, für mich verlangen und dass meine Eltern ihre Wohnung gegen eine Wohnküche in einer Baracke hätten eintauschen sollen? Das kannst du von einem Fünfjährigen wohl kaum erwarten?! Das ist nicht logisch.«

»Genau«, sagte Tarmo, der nicht nachgeben wollte. »Solche wie du sprechen von Logik. Aber mit normaler Logik kann man hier nichts anfangen. Alle haben das Recht, einmal etwas zu bekommen – das ist das einzige, was gilt, die einzige Logik. Daher liegt der größte Trost der Heiligen Schrift für die Armen auch in dem Versprechen, dass die Ersten die Letzten sein werden. Du und deinesgleichen zieht das aber mit eurem Leben ins Lächerliche. Ihr habt in der vorigen Ordnung euren Wohlstand bekommen, eure Beute, eure Ananas, Bananen und Datschas. Jetzt sind die anderen an der Reihe. Wieso meinst du, dass nur die einen das Recht hätten, ständig etwas zu bekommen? Seid ihr aus besserem Holz geschnitzt oder was? Sind wir, die übrigen, denn keine Menschen?« Tarmo redete sich in Rage.

»Ja, bist du ein estnischer Mann oder nicht?«, mischte

sich Pelle Angerjas ein, ein Taara-Anhänger und Rocker, der zwischendurch eingedöst war.

»Was hat das denn damit zu tun?« Miller hob beinahe ungehalten die Augenbraue.

Das Gespräch schien unweigerlich in ein typisches Unsinnsgeschwätz der künstlerischen Intelligenz abzugleiten, was Miller auf den Tod nicht ausstehen konnte.

»Wenn du nationale Überzeugungen hättest, dann würdest du freiwillig auf dein Amt verzichten und es mir überlassen«, meinte Angerjas.

»Ach, sei du doch ruhig!«, herrschte Tarmo ihn an. »Wir führen hier ein philosophisches Gespräch.«

»An meinen Händen klebt keine Schuld, und Blut schon mal gar nicht«, sagte Miller und musste gähnen. »Sag mir einen Grund, warum ich mich in der heutigen Gesellschaft nicht mit dem befassen sollte, was mich interessiert, oder, wenn du unbedingt meinst, dass das der Fall ist, nicht an der Spitze stehen sollte.«

»Denk mal an den Vater von Jüri. Er kam im Lager um. Weil er dort umkam, allein schon aus diesem Grunde, hättest du nicht Minister werden dürfen. Die Schreie seiner Witwe und seiner Kinder gelangen nicht an deine Ohren, aber ihr Blut fällt auf dich.« Tarmo war nun völlig außer Rand und Band.

»Erstens bin ich nicht Minister«, parierte Miller. »Zweitens, wenn du es unbedingt wissen willst, habe ich neulich Jüris – ich gehe davon aus, dass wir hier von Jüri R. reden –, ich habe seinen Sohn vor einiger Zeit eingestellt. Er ist mein Berater. Ein kluger Bursche. In ein paar Jahren schicken wir ihn in ein europäisches Amt. Er gehört zur künftigen Elite Estlands und vielleicht auch zur europäischen. Ja, ehemalige

Mitglieder der kommunistischen Partei fördern die Söhne von Freiheitskämpfern. Übrigens ist das nicht entfernt das einzige Beispiel. Einige Leute haben sich geradezu systematisch darum gekümmert. Das ist meine Auffassung von nationaler Aussöhnung und nationaler Einheit. Ich würde das an sich gar nicht ansprechen, aber du zwingst mich ja dazu. Ich begreife bloß nicht ganz, ob du jetzt von der Bibel oder von Bananen ausgehst. Egal, weil dich zu stören scheint, dass ich in wirtschaftlicher Hinsicht normal situiert bin ...«

»Na, jetzt wird er auch noch affig ... si-tu-iert«, brummte Tarmo dazwischen, aber Miller ließ sich nicht beirren.

»So kann ich darauf hinweisen, dass ich in der Sowjetzeit den Familien geholfen habe, die direkt unter den Repressionen gelitten haben. Es gibt da einen geheimen Fonds von mir und einigen Gesinnungsgenossen, über den niemals irgendwelche Informationen verbreitet werden.«

»Und mir hast du nichts gegeben?«, wunderte sich Tarmo.

»Man muss ja nicht jedem Versager etwas geben. Du warst früher schon einer und bist es auch heute«, sagte Miller und nahm seine Computertasche vom Stuhl, um damit zu verstehen zu geben, dass die Vorlesung beendet sei.

Auf dieser Veranstaltung befand sich auch Aaberkukk, der Teedu freundschaftlich zunickte.

»Er ist also darüber hinweggekommen«, sagte Teedu erleichtert aufatmend. Ihm schien sogar, als wolle Aaberkukk ihm etwas sagen, aber in dem Moment trat jemand an ihn heran und sie begannen ein Gespräch.

Verehrter Chronist!

Ich war im Ausland, vornehmlich in Paris auf den Spuren von Tuglas. Weil wir nicht gerade viel Geld hatten, übernachteten wir bei Guido, der in Saint-Germain wohnt. Vielleicht hast du von Guido gehört, er ist Anfang der achtziger Jahre ausgewandert. Momentan arbeitet er bei einem Reisebüro und ist parallel dazu freiberufliches Model. Er hatte zwei Zimmer, von denen er uns eines zur Verfügung stellte. Er zeigte uns auch die Sehenswürdigkeiten. Wir waren im »Bienenstock« (Rotonde). Tja, hier saßen sie und träumten, und die ganze Welt stand ihnen offen. In »Jung-Estland« lag sehr viel Idealismus. Der übertrug sich nun auch auf mich – über die Stühle, auf denen wir saßen. Es waren zwar nicht die Originale, sondern moderne Plastikstühle, aber einige Schwingungen hatten sich im Raum erhalten und waren in die Stühle gedrungen.

Wir besuchten auch andere Cafés. Im »Flore« soll Sartre gesessen haben. Wir schauten zur Tür hinein – eine interessante Innengestaltung. Dieses alte Café, in dem Voltaire verkehrte, kennst du natürlich. Paris ist von Kultur durchdrungen. Auch äußerlich ist es überraschend angenehm. Ich hatte doch befürchtet, dass Paris vom Glanz der alten Zeit lebt, snobistisch, museal und hohl ist. Sicher, von dem lebendigen, progressiven Elan ist wahrscheinlich weniger da als früher, aber desungeachtet ist die Stadt sehr angenehm. Wie eine überreife Erdbeere, kurz bevor sie verfault.

Wir waren am Grab von Eduard Wiiralt und stellten Hundskamille auf den Sarkophag. Wir waren auch am Grab von Oscar Wilde. Ich bin nicht homosexuell (im Unterschied zu Guido), wie du weißt (woher sollte ich das wissen?), aber Wilde war eine selten dynamische und geistige Persönlichkeit. Schwule sind häufig sehr geistvoll, wenngleich auf ihre eigene Art.

Ich war überrascht. Der gelehrte Freund war aus seinem Schneckenhaus Vana-Põgioja herausgekommen und fing an, in der Weltgeschichte herumzuwandern. Ich überlegte, was wohl der Grund dafür sein konnte. Doch nicht am Ende eine Frau? Er hatte nicht präzisiert, wen er mit »uns« meinte.

MANGLUS' TUN UND LASSEN ZU BEGINN DER ESTNISCHEN ZEIT

Ich muss ein wenig in der Zeit zurückgehen. Manglus' Schicksal ist völlig außen vor geblieben, und doch ist es ungeheuer wichtig.

Wie bei Mati wurden auch bei Manglus in der Übergangszeit die Besuche in der Höhle seltener. Manchmal kam er spät abends, wie nach einem langen Arbeitstag. Blieb auf der Schwelle oder davor stehen, trat zur Seite und schaute durch die Glasscheibe in den Saal. Es kam vor, dass er gar nicht weiter rein kam, woraus man schlussfolgern konnte, dass er nicht zum fröhlichen Feiern hergekommen war, sondern jemanden suchte, von dem er etwas wollte. Bisweilen saß er allein im Saal, dachte nach oder las in Dokumenten. Er war der erste, der an einem Tisch in der Höhle einen Laptop aufklappte. Der soll zweitausend Dollar gekostet haben, eine kolossale Summe.

Später wurde dann tatsächlich deutlich, dass er sehr

viel gearbeitet hatte. Er hielt sich auf dem Laufenden, was die Winde, die in der Welt wehten, betraf (möglicherweise nahmen auch hier die Gerüchte ihren Anfang, dass er alle seine Ideen, die Konzeptionen seiner Werke und seine Bildung beim Durchblättern ausländischer Journale erhalten hätte), und kalkulierte zurecht, dass sie auch bald in Estland wehen würden. Und zwar sowohl im weiteren Sinn im Bereich von Politik, Geld und Macht, als auch im engeren Sinn – angefangen damit, wie man den Künstlern Aufträge erteilen und sie entlohnen würde, bis dahin, was man ganz allgemein von moderner Kunst halten würde. Er war schneller als die viel Jüngeren, obwohl man hätte meinen können, dass letztere, die vom alten System noch nicht korrumpiert waren, die neue Zeit mit offenen Armen empfangen würden.

Manglus knüpfte Kontakte zu ausländischen Schwesterorganisationen, Kunstlehranstalten und anderen kulturellen Institutionen, lange bevor Estland formal unabhängig war. Er suchte nach Finanzierungsmöglichkeiten für die neue notwendige Infrastruktur und fand tatsächlich zahlreiche Sponsoren und Investoren. Von Zeit zu Zeit sah man ihn in der Stadt mit grauköpfigen Herren in eleganten Anzügen herumlaufen, oder in der Gesellschaft von leger gekleideten Leuten, über die solche, die es wissen mussten, im Brustton der Überzeugung sagten, dass genau so junge ausländische Millionäre aussähen.

Als der estnische Staat unter »Dach und Fach« war, gründete Manglus ein komplettes neues Multimedia-Zentrum, wo man sich in visueller Form mit Paradigmen, Narrativen, Diskursen, Metempsychose, Selbstkolonialisierungen, dem psychophysischen Kontrapunkt und anderen modernen Dingen befasste. Dafür fuhr er nach Brüssel (Estland war noch nicht Mitglied der Europäischen Union, es gab aber schon das so genannte Partnerschaftsprogramm) und eiste dort Geld los. Weil es in Estland wenig Menschen gab, die etwas von diesen Theorien verstanden, übernahm er selbstverständlich höchstpersönlich die Leitung des Zentrums, obwohl der Form halber eine öffentliche Ausschreibung erfolgte.

Das Zentrum lieferte bald Produkte, bei denen Manglus' eigener Anteil eine herausragende Position einnahm, was nur logisch schien. Er ging damit auf Tournee in die Kunstzentren anderer Länder und lud von dort Gastvortragende zu uns ein. Manglus beteiligte sich auch im Ausland an großen Ausstellungen, war auf Biennalen und Triennalen und allerlei Kongressen zu Gast. So ging das drei oder vier Jahre lang. Im Laufe dieser Zeit stellte er viele junge begabte Menschen ein, wobei er sorgfältig darauf achtete, dass sie nicht begabter als er selbst oder zu ambitiös waren.

Früher hatte es in der Kunstwelt feste Regeln gegeben, die allen bekannt waren. Jetzt musste man im Dunkeln umhertasten oder Manglus fragen, der freundlich, aber äußerst sparsam, Informationen erteilte. Gewiss, allmählich wachten auch die anderen auf, und die Klügeren waren nicht mehr von Manglus abhängig. Der aber hatte einen Vorsprung, so dass die anderen ihn nicht einholten. Im Endeffekt ging Manglus aus der Übergangszeit noch gestärkter hervor, als er es vorher schon gewesen war. Um der Wahrheit die Ehre zu geben, lag das zusätzlich zu seiner guten Intuition und der Fähigkeit, die Epoche regelrecht zu umarmen auch daran, dass er in der alten Hierarchie eine hohe Position eingenommen hatte und diese Hierarchie inhaltlich nicht angetastet wurde. Manglus war zwischenzeitlich der Sekretär seiner Organisation, später lautete die Amtsbezeichnung Präsident. Am Ende der alten

Epoche war er Rektor eines Instituts geworden, jetzt gab es stattdessen eine Akademie. In wirren Zeiten, als andere keinen rechten Überblick über die Sache hatten und sie nichts kontrollierten, konnte er die Dinge koordinieren und sie in eine für ihn günstige Richtung lenken. Aber ohne seinen persönlichen Magnetismus und seinen glänzend kalkulierenden Verstand wäre ihm das nicht gelungen.

Ich hatte es damals richtig bemerkt – Manglus war tatsächlich auf dem Liederfeld, als wir von Ott aus dorthin aufgebrochen waren und Mati und Klaus *Mein Vaterland lieb …* gesungen hatten. Aber er wogte nicht Schulter an Schulter mit den Massen und winkte ihnen auch nicht von der Bühne aus zu. Als wir einer nach dem anderen die Hand des dicken Volksführers drückten, stand Manglus ein Stück entfernt von uns, sozusagen im Stab, wo er nachdenklich mit mehreren Leuten redete, die später zur Führungsriege der Republik gehören würden. Wenn ein Politiker in der Zukunft etwas über Kulturpolitik wissen wollte, wandte er sich meistens an Manglus.

Im Zusammenhang damit habe ich mir überlegt, was wohl aus Manglus geworden wäre, wenn die Sowjetmacht fortgedauert hätte. Wahrscheinlich wäre alles in groben Zügen so verlaufen wie jetzt. Manglus wäre auf jeden Fall ein Vollblutkünstler gewesen, ein Rabelais-artiger Mann, der viel isst und trinkt, tiefschürfend nachdenkt und großartige Kunstwerke schafft, tüchtig Geld verdient, eine ganze Herde von Frauen liebt und dabei auch Witwen und Waisen hilft und Karriere in seinem Fachgebiet macht. Am Ende wäre er so oder so eine Koryphäe gewesen. Nun gut, in der alten Zeit wäre er ohne Eintritt in die Partei nicht Rektor geworden, geschweige denn Kulturminister. Er wäre wahrscheinlich auch in die Partei eingetreten, und niemand hätte ihm das sonderlich übel genommen. Ein Ministersessel wäre also in beiden Systemen in Reichweite gewesen. Aber danach? Man nahm an, dass Manglus sich auf hin zur Europäischen Union orientieren und dort Abteilungsleiter werden würde. Danach würde er unser Staatspräsident werden – wenigstens gingen einige ihm treu ergebene Damen davon aus. Auf dem Präsidentenstuhl dürfte Manglus die gesetzlich vorgeschriebenen zwei Amtsperioden verbringen. Danach würde er sich abermals Europa zuwenden, aber vielleicht auch einem weltweiten Netzwerk. Das alles galt für den Fall des unabhängigen Estlands. Wenn die Sowjetzeit fortgedauert hätte, wäre höchstwahrscheinlich mit dem Amt des Kulturministers Schluss gewesen (wenn man ihn nicht auf irgendein halbes Ehrenamt gestopft hätte, wie etwa Stellvertretender Präsident des Obersten Sowjets).

Wenn Manglus selbst dazu befragt wurde, kicherte er bloß gutherzig, lächelte sein gewinnendes Lächeln und winkte ab, aber auf eine Weise, dass alle begriffen, dass es genau so laufen musste und die unglaublichsten Varianten dazu bestimmt waren, in seinem Leben auf die natürlichste Weise in Erfüllung zu gehen.

Die Jahre verstrichen. Die erste Legislaturperiode des Parlaments der wiedererstandenen Republik war zu Ende gegangen und die zweite hatte von den vorgesehenen vier Jahren schon drei auf dem Buckel. Der Wahlkampf kam auf Touren. Es war zu hören, dass ein Teil der älteren Freiheitskämpfer diesmal abtreten und nicht mehr kandidieren wollte, und es hieß, man brauche neue Gesichter in der Politik. Es kursierten Gerüchte, dass Manglus in eine politische Partei einträte.

Ich fragte ihn, ob er ans Parlament dachte.

»Natürlich«, antwortete er, als würde er sich darüber wundern, dass jemand so etwas fragen könnte.

»Und, meinst du, du kommst auch rein?«, fragte ich für alle Fälle.

»Natürlich«, antwortete er in einem Ton, als wäre die Sache schon entschieden – wie konnte man daran zweifeln! Er, das Sonntagskind, hatte alles bekommen, was er wollte. Jetzt machte er mal einen Abstecher in die Politik, und auch da würde er bekommen, was er wollte. Er fügte präzisierend hinzu, er schlösse sich nicht formal einer Partei an, sondern kandidiere bloß auf ihrer Liste.

Dann aber gab es Widerstände. Die altgedienten Politiker (die »Sesselfurzer«), die Manglus ins Boot geholt hatten, schienen mit einem Mal Zweifel zu bekommen. Die Politiker ließen sich gerne mit Berühmtheiten sehen, weil das der Öffentlichkeit signalisierte, dass die Partei eine breite Basis hatte, mächtig und volkstümlich war. Aber in den inneren Kreis ließ man Manglus nicht, der Kern hatte an sich selbst genug. Die »alten Hasen« fanden, dass es ihr Staat war, den sie vom Himmel herunter auf die Erde geholt hatten, und folglich war es ihr Vorrecht, ihn zu regieren. Vielleicht war es auch simpler und alle Plätze waren schon besetzt. Jedenfalls gab es in der Politik und drumherum zahlreiche lukrative Pöstchen, die in erster Linie jenen angeboten werden mussten, die länger in der Partei waren und »gearbeitet hatten«. Gleichzeitig schienen die Berichte über ein Abtreten der »Sesselfurzer« voreilig gewesen zu sein. Nur einer von ihnen, der älteste »Sesselfurzer«, ging in Ruhestand. Viele Männer unter ihnen hatten erneut geheiratet, sie hatten kleine Kinder und anspruchsvolle Frauen, deren Unterhalt ein ordentliches Gehalt voraussetzte.

Die Sache endete damit, dass Manglus' Name auf der Kandidatenliste der Partei fehlte. Ich bin mir ganz sicher, dass er anfangs dort draufstand, aber nicht auf einer so hohen Position, die einen Sitz im Parlament garantiert hätte. Manglus nahm sich selbst im letzten Moment von der Liste, weil er meinte, es würde sich negativ auf seinen Ruf auswirken, wenn er nicht ins Parlament gewählt würde. Überhaupt hätte er die ganze Sache am liebsten totgeschwiegen, was ihm beinahe auch gelang. Weiteren Umgang mit dieser Partei hatte Manglus dann nicht.

Der Vorfall hätte Manglus vorsichtiger machen müssen, weil er der erste Rückschlag auf seinem Weg war. Er hätte sich eingestehen müssen, dass er eine Fehleinschätzung begangen hatte, indem er sich so leichtfertig auf diese Parteisache einließ. Und dass sich die Situation von früheren unterschied. Bislang war alles in seinem Leben relativ kompakt und überschaubar, klar und deutlich gewesen. Jetzt war das Spiel aber in die Breite gegangen und es waren neue Symbiosen entstanden, andere Hierarchien, an denen er nicht teilhatte. Wenn er sich aktiv bemüht hätte, wäre ihm sicherlich auch hier der Durchbruch gelungen. Aber er unternahm keinerlei Anstrengungen, weil er es für selbstverständlich hielt, dass auch jene neuen Cliquen und Hierarchien ihn für sich gewinnen wollten und ihm einen roten Teppich ausrollten, auf dem sie ihn mit der Mütze in der Hand erwarten würden. Wenn Manglus ein bisschen weniger selbstsicher gewesen wäre und es fertig gebracht hätte, in aller Ruhe ein paar Jahre abzuwarten, hätte er höchstwahrscheinlich seinen Willen bekommen und wäre nach den nächsten Wahlen ins Parlament gelangt. Und wer weiß, vielleicht wäre er dann Kulturminister geworden. Stattdessen schlug er die Tür zu und macht sich vom Acker. Wie kam es zu dieser Fehleinschätzung? War er einfach alt geworden und funktionierten seine Fühler nicht mehr? Hatte er angefangen zu viel zu trinken?

Rein äußerlich schien er sich das Geschehene nicht zu Herzen zu nehmen. Uns gegenüber ließ er sich seine Enttäuschung nicht anmerken und sprach nie mehr über seinen Ausflug in die Politik. Er stürzte sich auf sein altes Aktionsgebiet und machte noch mehr Öffentlichkeitsarbeit, um mit noch stärkerem Relief sichtbar zu sein. Aber dass er ein starker Trinker war, ist unbestritten.

DER IDEALISTISCHE GESELLSCHAFTSJOURNALIST

Ich habe bislang nach Möglichkeit vermieden, von mir selbst zu schreiben. Nicht aus Zurückhaltung, sondern weil mein Leben nur ein normales Menschenleben war, keine Schicksalsgeschichte, ich verkörperte nicht die Epoche. Jetzt komme ich aber nicht mehr an mir vorbei, denn ungefähr zu der Zeit, von der hier die Rede ist, wandelte ich mich vom Erzähler zum Akteur.

Wie bereits angedeutet, arbeitete ich bei einer Gesellschaftszeitschrift. Und das kam so: Seit Mitte der achtziger Jahre schickte ich hin und wieder Textproben an Zeitungsredaktionen, anfangs alle möglichen Konferenzberichte und andere Neuigkeiten aus meinem Gebiet (zum Beispiel von Ferienlagern der Esperantisten). Als die Republik Estland wieder errichtet war, schrumpften meine Übersetzereinkünfte innerhalb von vier bis fünf Jahren abrupt, weil in der Sprache, aus der ich übersetzte, vergleichsweise wenig Unterhaltungsliteratur publiziert wurde. Auf der Suche nach neuen

Möglichkeiten schickte ich einige Kurzgeschichten an die so genannte unabhängige Presse, in denen ich mit abgeändertem Namen über heutige Berühmtheiten, mit denen ich in meiner Jugend Kontakt gehabt hatte, berichtete. Einer meiner ehemaligen Kommilitonen, Marten Uljas, der die Redaktion einer Gesellschaftszeitschrift übernommen hatte, fragte mich, ob ich die Geschichten nicht mit den richtigen Namen veröffentlichen wollte. Ich antwortete, es hinge davon ab, um wen es ginge und aus welcher Perspektive das geschehe. Die Zustimmung der Beteiligten sei notwendig, denn ich wollte niemanden kompromittieren, obwohl ich zu einem unschuldigen Scherz immer bereit war. Obwohl diese Geschichten nicht publiziert wurden, ermunterte Marten mich trotzdem dazu, bei ihm in der Redaktion einzusteigen. Ich war zunächst völlig perplex, aber dann probierte ich es, und nun gefällt es mir sehr. Mittlerweile bin ich schon über ein Dutzend Jahre Gesellschaftsjournalist und damit ein alter Hase.

Manchmal herrscht die Meinung vor, ein Gesellschaftsjournalist sei ein oberflächlicher und eitler Mensch, der sich in die tieferen Widersprüche einer Epoche gar nicht einleben könne. Aber ganz so einfach ist es nicht, auch ein Gesellschaftsjournalist kann für eine Sache kämpfen und im Endeffekt nützlich sein. Genau darum geht es mir. Vielleicht ist es auch eine Art persönlicher Komplex – aber auch ich habe meinen genialen Moment gehabt, als ich plötzlich durchschaute, was sich um mich herum abspielte. Kurz gesagt: Ich merkte, dass die künstlerische Intelligenz in Begriff war, ihre gesellschaftliche Position einzubüßen. Bislang war ihre Bedeutung ebenso natürlich gewesen wie die Tatsache, dass die Sonne im Osten auf- und im Westen untergeht. Anfangs war es nicht leicht, die Veränderung festzustellen, denn nichts wies darauf hin. Genauer gesagt, niemand dachte daran und analysierte die Lage. Es gab so viele neue und wichtige Dinge im Leben, über die es nachzudenken galt. Möglicherweise wäre einem bei anständigem Nachdenken aufgefallen, dass von jetzt an das Umgekehrte natürlich war, dass der Untergang im Osten war, nicht im Westen, und dass es nicht um die Sonne ging, sondern um einen anderen Himmelskörper. Offenbar kümmerten sich die Künstler selbst am wenigsten um die bevorstehenden Veränderungen. Warum hätten sie das auch tun sollen? Seit beinahe fünfzig Jahre waren sie daran gewöhnt, dass sich das Volk für sie interessierte. Gerade eben hatten sie ihren Höhepunkt erlebt und den größten Erfolg verbucht, indem sie das Volk wie Moses ins gelobte Land führten. Danach verschnauften die Künstler, und als der Kater nach dem Siegesfest vorüber war, ging die Mehrheit wieder zurück an ihre Schreibtische oder in ihre Ateliers und fing mit der Arbeit von vorne an, im Prinzip auf die gleiche Art wie seit Alters her. Einige verkündeten sogar zufrieden, dass es erst jetzt richtig losginge, denn bislang sei man immer von außerkünstlerischen Umständen abhängig gewesen. Die Sowjetmacht, vor der man sein wahres Gesicht habe verbergen müssen, sei es vor allem gewesen, die einem die Flügel gestutzt hatte. Ein Künstler musste als Nebenbeschäftigung auch noch die freie Presse ersetzen, die bekanntlich ganz fehlte. Ebenso enthüllte die eine oder andere schöpferische Person, dass das Vertrauen und die Sympathie des Volkes sich hemmend ausgewirkt hätten, weil die Erwartungen zu hochgeschraubt worden seien. Nicht wenige Veterane behaupteten, dass das der Grund dafür war, dass seinerzeit die künstlerische Suche abgebrochen und keine Experimente ausgeführt wurden. Ständig musste man sich aufs Äußerste anstrengen und sozusagen auf Nummer sicher gehen, denn wenn man einen Reinfall erlebte, war das keine persönliche Angelegenheit, sondern Verrat am Volk. (So beschrieb mir beispielsweise eine Dichterin, wie ihr im Traum ein großer Mann vor dem Bett erschienen sei – wer anders, als Kalevipoeg! – und gefragt habe: »Und was dichtest du für mich?« Danach habe er mit seiner Keule dreimal anspruchsvoll auf den Boden geklopft und versprochen wiederzukommen.) Und die Singende Revolution, das Plenum der schöpferischen Verbände und die anderen wichtigen Ereignisse waren zweifellos erhebende Momente, aber sie gehörten doch in die Politik und waren nicht das, wozu ein Künstler berufen war. Von nun an sollten sich die Profis mit der Politik beschäftigen, die Künstler waren frei, ihrem eigenen Selbst nachzugehen – warum sollten die Ergebnisse nicht noch gewaltiger und die Sympathie des Volkes nicht noch größer sein? So dass ihnen in Kungla, dem Land des Glücks in der estnischen Mythologie, ein goldenes Monument errichtet werden würde – natürlich im übertragenen Sinne.

Woher nahmen sie das bloß? Wenn sie sich auf der Welt umgeschaut hätten, hätten sie gesehen, dass es nirgendwo so war. Ein gebildeter Mensch hätte allein schon auf dem Wege der Analogie begreifen müssen, dass die Berühmtheit von Dichtern und anderen in Sowjetestland durch die konkreten Umstände bedingt war und nicht von der Besonderheit des Seelenlebens des Volkes herrührte. Wenigstens so jemand wie Mati Tõusumägi, der eine Ausbildung als Historiker hatte, hätte das begreifen müssen. Vermutlich glaubten sie in ihrer großen Begeisterung tatsächlich, dass das estnische Volk nicht wie normale Völker sei, sondern etwas Besonderes. Ich aber begriff, dass sie sich irrten, weil sie Idealisten und Romantiker waren. Dieses Volk war überhaupt nicht das Volk, für das sie es hielten. Alles, was wir an Idealen aus der estnischen Geschichte kennen, war meistens ein Mittel zur Durchsetzung eines bestimmten materiellen Zieles, und sobald das Ziel erreicht war, brauchte man die Ideale nicht mehr so sehr, weshalb sie allmählich in den Hintergrund gerieten. Also ein ganz gewöhnliches Volk wie alle anderen auch, nicht besser und nicht schlechter, auch die Esten brauchen Pommes frites mit Ketchup.

Diese Einsicht war für mich die Stunde der Wahrheit. Noch bliesen alle in ihrer Freiheitsbegeisterung die Posaunen, doch mir war klar, in welche Richtung die Gesellschaft sich bewegte. Ich empfand keine Schadenfreude, im Gegenteil, ich ahnte Böses, denn viel Tragik würde aus all dem hervorgehen. Letztendlich war ich ja ein Mensch des Geistes und hielt Geistigkeit für die wichtigste Sache der Welt. Deswegen dachte ich, statt mich in Schadenfreude zu aalen, darüber nach, was man tun könnte. Denn bloß um sich frei Pommes frites und Ketchup reinzuziehen – genauer gesagt, um das Recht, diese Fritten auf Estnisch und nicht auf Russisch zu bestellen –, dazu hätte man sich vielleicht doch nicht so heftig anstrengen, singen und auf die Barrikaden steigen müssen. Ich sah, dass man auf jede Situation mit adäquaten Mitteln reagieren musste. Und wenn man die Umstände nicht ändern konnte, musste man versuchen, sich die Umstände nutzbar zu machen. Dabei musste man Denkmuster, die einem lieb geworden waren, über Bord werfen und seinen Snobismus unterdrücken. Wenn man dazu in der Lage war, konnte man immer etwas bewirken.

Ich fand nicht gleich den richtigen Ansatz. Wenn Marten mir nicht den Vorschlag gemacht hätte, bei ihm in der Redaktion einzusteigen, wäre ich nie zu meiner Mission gelangt.

Ich war schon ein Dreivierteljahr auf meinem Posten und erledigte kleinere Aufträge, wie bei Anfängern eben üblich. Ich machte ein paar kürzere Interviews (eines mit einem Waldhändler, ein zweites mit einem exilestnischen PR-Mann, der eine Personalvermittlungsfirma in Tallinn gegründet hatte) und begleitete einen Fotografen, um später die Bildunterschriften zusammenzubasteln. Redakteur Mahvalda schien mit mir zufrieden zu sein und schlug mir vor, mich schon mal an einem Porträt zu versuchen.

»Von wem?«, fragte ich.

»Von einem Menschen, den du kennst«, sagte er, »das ist für einen Anfänger sicherer.«

»Vielleicht jemand aus der Kunstszene?«

»Warum nicht«, meinte er. Künstler nahm man noch ernst.

Ich hatte einen Dichter im Visier. Ein spezieller Typ, der gelegentlich Skandale veranstaltete, ansonsten aber tiefsinnig war. Ich konnte mir nur mit Mühe seine Zustimmung einholen, weil er ständig betrunken war, aufgebracht schnaubte und herumnölte. Es war eine Zeit, als die Auflagenhöhen von Gedichtbänden und generell von Literatur bereits in den Keller purzelten. Endlich stand unsere Verabredung. Während des Interviews antwortete der Dichter nicht auf meine Fragen, sondern murmelte etwas von der Bedeutung des Geistes, vom komplizierten Weg der Erkenntnis und vom »Zeug, das durch Gott geht«. Im Endeffekt war die Geschichte nicht sonderlich originell, und, was viel schlimmer war, auch ziemlich verworren. Ich versuchte, sie für die Leserschaft sprachlich etwas klarer zu formulieren.

Als der Artikel erschienen war, ging der Dichter mit der Zeitschrift in der Hand durch die Stadt, zeigte sie allen und klagte darüber, wie schlecht er behandelt worden sei, wie seine Gedanken banalisiert und verfälscht worden seien, und verfluchte unsere Zeitschrift in Grund und Boden. Aber ein halbes Jahr später, als ich ihn zufällig in der Höhle traf, kam er zu mir und gestand verlegen ein, dass ihn nach Erscheinen der Geschichte einige Leute bemerkt hätten. Er wurde sogar zu Auftritten eingeladen, was schon jahrelang nicht mehr geschehen sei. Er hatte die Leute, die ihn eingeladen hatten, gefragt, warum sie gerade auf ihn gekommen seien. »Wir sahen Ihr Bild in der Zeitschrift,« hatten sie ihm süßlich lächelnd geantwortet.

Als der Dichter mir das erzählte, bekam ich den Eindruck, dass er sich einerseits zwar schämte, andererseits aber ehrlich überrascht war – und im Endeffekt ziemlich zufrieden.

In dem Moment bekam ich meine großartige Idee. Wenn es mir gelungen war, diesem Dichter Wind in die Flügel zu blasen, so dass er bemerkt wurde, warum sollte ich dasselbe nicht auch mit anderen machen können? Wieso bin ich nicht gleich darauf gekommen, sagte ich mir kopfschüttelnd. Und warum kommen meine Kollegen nicht darauf? Warum hört man nirgendwo die Losung »Gesellschaftsjournalisten aller Länder, vereinigt euch zur Propagierung der Kultur«? Offenbar liegen ihnen die Dinge nicht so sehr am Herzen wie mir. Egal, ich fasste den Entschluss, dann eben allein in den Kampf zu ziehen.

Ich begann mit den Vorbereitungen. Ich kaufte mir ein glänzendes lila Jackett, um mich damit auf Veranstaltungen blicken zu lassen und mir ein extravagantes Image zu verschaffen. Ich ließ mir eine Handvoll farbige Halsbinden (Schals, Fliegen und dergleichen) anfertigen. Ich besorgte mir jugendliche Schuhe. In Sachen Parfum beratschlagte ich mich mit meinen Homofreunden. Danach stellte ich eine Liste derjenigen zusammen, die ich propagieren wollte.

Der Normalbürger denkt vielleicht, dass ein Gesellschaftsjournalist sich dort herumtreibt, wo etwas Interessantes geschieht, und schaut, wer ihm ins Auge sticht. Dass er also einen Blick auf die Besucher in ihrer Gesamtheit wirft und an Ort und Stelle entscheidet, wen er nimmt und wen nicht. Wie ein Schmetterlingsjäger, Naturfotograf oder Pilzesammler. Normalerweise ist die Angelegenheit komplizierter und der Journalist weiß vorher, worauf er aus ist oder wen er sucht. Die Gründe, warum man einer Person seine Aufmerksamkeit schenkt, einer anderen nicht, warum einer auf die Glanzpapierseiten gelangt, ein anderer nicht, sind vielfältig. Manches rührt von den allgemeinen Prinzipien der Redaktion her, anderes hängt von den persönlichen Präferenzen des Journalisten selbst ab. Das ist beinahe fifty-fifty, abhängig von der Redaktion. Auf jeden Fall hat der Journalist einen gewissen Spielraum, den er entsprechend seinem geistigen Niveau nutzt. Darin äußert sich, je nachdem, wie erhaben oder wie niederträchtig jemand ist.

Die allgemeinen Prinzipien der Zeitschrift gehen von dem Faktum aus, dass es nicht möglich ist, den gesamten Platz nur mit Politikern oder Mädchen »vollzukleistern«. Auch wir müssen die Gesellschaft in ihrer ganzen Bandbreite widerspiegeln. Eine Redaktion beschäftigt viele Journalisten, die alle ihre eigenen Interessen haben. Der eine hat sich auf Leute aus der Wirtschaft spezialisiert, ein anderer auf Sportler, der dritte hält ein Auge auf die Glamourgirls und so weiter. Bei uns ist die Arbeit so organisiert, dass die Redakteure aus ihrem Gebiet gewisse Themen auswählen und sie auf der Redaktionskonferenz vorschlagen. Dort werden sie besprochen und gegeneinander abgewogen, bis man zu einer Entscheidung darüber gelangt, wer diesmal die Titelseite bekommt, wer die letzte Seite, und so weiter. Im Allgemeinen versuchen wir es so einzurichten, dass niemand leer ausgeht. Ich muss aber sagen, dass es mit fortschreitender Zeit immer schwieriger geworden ist, Leute aus der Kunstszene durchzudrücken. Früher waren sie ein sehr gut gehender Stoff, jetzt nicht mehr. Heute müssen sie im Zusammenhang mit einem Skandal oder sonstigem Aufsehen stehen, egal ob im positiven oder negativen Sinn. Andernfalls »ist es nicht attraktiv«, sagt Chefredakteur Mahvalda (leider hat er sich mit den Jahren verändert). Meine Bekannten aus der »Höhle« und anderen Kreisen (denn die neuen Kreise findet man nicht mehr unbedingt in der Höhle) machen sich keine Vorstellungen davon, was für Schlachten ich schlagen muss, ehe Otto Normalverbraucher unter Vermittlung meiner Seiten auch nur ein bisschen von ihrem Leben erfährt.

Wenn ich einen Schriftsteller für das Titelblatt vorschlage, behaupten die anderen neckend, die kenne doch niemand. Natürlich stimme ich ihnen in der Regel zu, aber man solle sie kennen, weil sie interessant seien, viel interessanter als viele andere. Meistens kümmert man sich nicht um meine Begründungen, und aufs Titelblatt kommt irgendeine Hexe, Hure oder ein Luftikus. Ich habe mir ziemlich viele Vorwürfe anhören müssen. Manchmal stelle ich mir vor, dass ein Redakteur in der Sowjetzeit von seinem Chefredakteur ebenso viel Prügel bezog.

Dennoch ließ ich mich nicht entmutigen. Ich dachte, wenn nicht direkt, dann indirekt. Ich eignete mir einige Kniffe an und handelte im Verborgenen. So brachte ich meine Kandidaten als Schmuggelware in die Zeitschrift, allerdings war das mit Texten schwer zu machen; außerdem konnte der Schlussredakteur jeden Moment noch einen Absatz rausnehmen. Mit einem Foto war das was anderes, ein Foto ist heutzutage ja die Hauptsache. Der gute Ton verlangt, dass unter einem Bild alle auf ihm befindlichen Personen aufgelistet sind. Normalerweise sind die wichtigste Person oder die wichtigsten Personen im Vordergrund oder in der Mitte, wo sie sich miteinander unterhalten. Neben und hinter ihnen sind weniger bekannte und auch völlig unbekannte Gestalten. Und bei einigen von ihnen kann es sich auch um ein Mitglied der schöpferischen Intelligenz handeln. Anfangs war ich noch naiv und versuchte ehrlich aus den Fotos des einen oder anderen Ereignisses jene für die Veröffentlichung auszuwählen, auf denen zufällig auch jemand aus der Kunstwelt war. Bald begriff ich, dass man so etwas nicht dem Zufall überlassen durfte. Man musste die Ereignisse inszenieren!

Natürlich konnte ich dies nicht direkt und öffentlich machen, sondern ich musste der Person, die mich interessierte, leise zuflüstern: »Geh und stell dich für einen Moment zu dem Grüppchen da, neben den und den, wir machen ein Foto.«

Und so spielte sich langsam ein, dass gemeinsam mit Geschäftsleuten, Politikern und Glamourgirls oder anderweitig gewichtigen Personen auf dem Foto auch ein Bohemien oder ein Künstler zu sehen war. Im Interesse der Korrektheit waren auch ihre Namen in der Bildunterschrift genannt. In der Redaktion interessierte sich niemand dafür, wie die aufs Bild geraten waren. Spazierte eben gerade vorbei und lief vor die Linse! Bei größeren Ereignissen wie Präsentationen oder Eröffnungen waren ja viele Leute, und selbst wir Sachkenner des Gesellschaftslebens wussten nicht bis ins letzte Detail, wer wen kannte und mit wem Umgang hatte.

Anfangs erledigte ich meine Inszenierungsarbeiten alleine, später versuchte ich Hilfskräfte anzuwerben. Eine Zeitlang hatte ich sogar zwei junge energische Burschen. Ich nannte sie insgeheim »Treiber«, denn sie trieben die »Beute« an den notwendigen Ort, wo der Fotograf Koit und ich sie dann aufs Bild einfingen.

Eines der Grundprinzipien eines Fotoredakteurs ist, auf den Bildern Trauben von interessanten und gewünschten Personen darzustellen. Aber das ist nur die erste Stufe. Die höhere Schule ist es, wenn man eine derartige Harmonie ein wenig verfremdet und auf dem Bild eine Gesellschaft zu sehen ist, zu der beispielsweise ein religiöser Führer, ein Gewerkschaftsbonze, ein General, ein Politiker und dann jemand aus einer ganz anderen Oper gehört – zum Beispiel eine Unterweltgröße oder ein Rapper. Oder wenn es in einer Diskussionsrunde einen Förderer des Landlebens gibt, einen Bankpräsidenten, den Vater des Jahres, einen Olympiasieger und … einen Dichter! Das erzeugt einen eigenartigen Effekt und fügt eine Farbtupfer hinzu.

Ich erzählte den Jungs zunächst nichts von den Hintergründen meiner Mission, sondern beschloss, in ihnen einfach den Kunstsinn anzustacheln. Und gut tat ich daran, denn obwohl die Burschen begabt waren, merkte ich nach einer Weile, dass sie mitnichten an der »farbenfrohen Ergänzung« der Gesellschaft auf dem Bild interessiert waren, ganz zu schweigen von geistigen Idealen, sondern nur daran, wozu die Ergänzung gehörte, also an Macht, Geld, Schönheiten und dem allgemeinen Glamour. Eine richtige Hilfskraft hatte ich an keinem von beiden.

Um der Wahrheit die Ehre zu geben, muss ich gestehen, dass auch ich meine Arbeit nicht nur aus Missionsgefühl machte. Es geht auch um schöpferische Kunst. Ich inszeniere interessante Kompositionen. Ich gebe zu, dass ich gelegentlich ziemlich scharf an der Grenze entlangging und ohne Absprache besondere Personen (ich nannte sie Fotomodelle) zu einer Veranstaltung einlud. Wenn wir dann später in der Redaktion die Fotos durchsahen, wunderten sich alle, was das denn um Himmels willen für Personen waren, und wie waren die da bloß hineingeraten, und so weiter.

Ich habe auch anderes als Inszenierungen versucht, die digitale Entwicklung ist nicht an mir vorbeigegangen. Ich holte mir Rat bei einem Computergrafiker, einem Bekannten von Koit. Und siehe da, es ist überhaupt nicht schwierig, per Fotomontage jemanden auf einem Bild zu ergänzen. Ein paar Mal taten wir das. Beispielsweise montierte ich einen Semiotiker, der nicht auf einem bestimmten Fest war, in die Gesellschaft hinein. Glücklicherweise las der Semiotiker unsere Zeitschrift nicht. Aber man muss vorsichtig sein. Als ich mir wieder einmal diesen Trick erlaubt hatte, behauptete einer meiner Kollegen, dass der Typ auf dem Bild gar nicht auf der dargestellten Veranstaltung gewesen war, er wisse ganz genau, wo und in wessen Gesellschaft sich diese Person zum gleichen Zeitpunkt befunden hätte. Die Angelegenheit drohte brenzlig zu werden. Also wurde die Person selbst gefragt. Anfangs behauptete er, wirklich nicht auf dem Fest gewesen zu sein, aber danach gab er zu meinem Glück zu, er sei so besoffen gewesen, er könne sich nicht mehr erinnen, es sei durchaus möglich, dass er auf dem Fest vorbeigeschaut habe. Danach manipulierte ich nie wieder ein Bild.

Es mag überraschend klingen, aber genauso schwer, wie jemanden in die Zeitschrift zu schmuggeln oder dazuzumontieren, ist es, jemanden rauszuhalten. Aber auch das ist hin und wieder notwendig. Man reißt sich ja nicht gerade darum, eine abstoßende Person zu exponieren und ihr durch unsere Zeitschrift zu noch mehr Bekanntheit zu verhelfen, obwohl die Vorgesetzten es fordern. Jemanden von einem Foto zu entfernen ist kompliziert, denn dann bleibt ein leerer Fleck, wenn man nicht das Risiko eingehen will und jemand anderen an die Stelle setzt. Deswegen muss man vorbeugend agieren. Ich habe die »Treiber« auch als »Zerstreuer« verwendet, das heißt, ich ließ sie an eine Person herantreten und vertraulich-feierlich mitteilen: »Mein Herr, der Präsident wünscht sie zu sprechen!« Oder etwas Derartiges. Daraufhin wird die Person sofort hibbelig und eilt unter Zurechtzurren des Schlipses in die angewiesene Richtung. Das ist dann der richtige Moment um die restliche Gruppe zu fotografieren. Aber es kommt auch Extremeres vor. Einmal schloss ich wie aus Versehen eine Person, die in der nationalen Frage gleichgültig war, auf dem Klo ein, damit sie nicht in die Spalten der Zeitschrift gelangte!

Ist mein Handeln moralisch und fühle ich mich meinen Redaktionskollegen gegenüber schuldig? Nein, nicht im Geringsten. Ich befinde mich zwar in der inneren Emigration, aber im Dienste des Lichts. Auf den ersten Blick mag es scheinen, dass meine Tätigkeit nicht gerade hochtrabend oder würdevoll ist. Unser Blatt ist ja nicht für Highbrows, sondern für ein Massenpublikum. Aber ist es nicht so, dass es nicht mehr möglich ist, das Volk zu entwöhnen, wenn es einmal zur Routine gehört, die Zeitschrift in die Hand zu nehmen? Also bleibt nur, im Rahmen der Möglichkeiten anständigeren Kram in den Trog zu werfen. Wie sonst kann man die Menschen dem Hohen und Erhabenen zuführen?

Manchmal scheint mir, dass in mir das Schicksal des von uns gegangenen Klaus spukt, dass gerade sein Schicksal mich angespornt hat, mit meiner Mission wirklich einen Anfang zu machen. Ich machte ihm damals zwar den Vorschlag, auf das Fest der »Sexy Schönheiten« zu kommen, aber vielleicht war ich dabei nicht energisch genug. Er lehnte ab, aber ein höflicher und diskreter Mensch lehnt beim ersten Angebot immer ab. Ich verhielt mich ebenfalls höflich und diskret und drängte mich ihm nicht weiter auf. Wenn ich aufdringlicher gewesen wäre, hätte ich ihn vielleicht retten können. Mit Feinfühligkeit allein kommt man in diesem Bereich nicht weit. Je weiter die Zeit verstreicht, desto empfänglicher sind die Menschen geworden, die Klaus vom Typ her in gewisser Hinsicht ähneln (obwohl keiner richtig in seine Nähe kommt), was die Möglichkeiten und Angebote der Presse betrifft. Natürlich gibt es immer noch Leute, die sich widersetzen. Nein, nicht die älteren, wie man vielleicht annehmen könnte. Die kapieren meistens nicht, worum es geht. Sie begreifen nicht, was der Unterschied zwischen *Die Sowjetfrau* oder *Kultur und Leben* und etwa *Die Gesellschaft* oder *Cosmopolitan* ist. Sehr ehrenwerte betagte und kulturell interessierte Ehepaare sind auf dem Titel unserer Zeitschrift gewesen. Dagegen sind gerade die Leute mittleren Alters, sie haben ihre eigene Vorstellung davon, was sich für Intellektuelle ziemt und was nicht. Sie zieren sich und finden das für sie erniedrigend. Oder sie sind einfach völlig unmöglich gekleidet. Aber die Mehrheit versteht sehr gut. Je jünger sie sind, desto besser.

Ein aufsteigendes Talent päppele ich also auf, öffne ihm Türen, ebne ihm den Weg. Leider gibt es von denen, denen man helfen will, viel mehr, als Möglichkeiten dazu bestehen. Man kann nicht allen entgegenkommen, ich muss ständig schmerzliche Entscheidungen treffen. Bisweilen komme ich mir vor wie eine Mutter, die viele Kinder hat, für die aber Essen und Kleidung nicht ausreichen. Umso größer ist das Glück, wenn du siehst, dass manche deiner Schachzüge Nutzen gebracht haben und ein begabter, aber schüchterner Mensch auf seinem Gebiet zu einem energischen und selbstsicheren Anführer avanciert ist.

Einmal probierte ich auch, Mati ins Bild zu schubsen.

Aber Mati lächelte nur und sagte: »Du bist sonst ja ein netter Junge, Juku, aber jetzt begehst du wirklich eine Dummheit. Belästige mich nicht mehr mit solchen Angelegenheiten. Nicht dass ich verurteile, was du tust, aber persönlich habe ich das nicht nötig.«

Natürlich hatte er das nicht nötig, weil er so berühmt war.

Ich hatte ihn nötig, nicht umgekehrt.

Manglus musste man gar nicht schubsen. Er begriff auch so, was Sache war.

Anfangs dachte ich, nur die Karriere von künstlerischen Menschen zu fördern. Dann aber flimmerte vor meinem geistigen Auge ein größerer Plan als Teil eines größeren Themas auf. Als hätte ich einen Koller bekommen, verliebte ich mich plötzlich in meinen Staat. Ich wollte ihm Nutzen bringen und ihn besser machen. Ich dachte: Warum sollte ich mit meiner Methode nicht junge Politiker fördern? Ich hoffte die richtigen Menschen auswählen zu können – ehrliche, begabte und idealistische – und sie zu lenken, ihnen den Weg hin bis zum Parlament zu ebnen, und wenn nötig, auch noch weiter. Ich träumte davon, wie hieraus eine nationsweite Unternehmung erwuchs. Von unserer Redaktion konnte etwas Großes ausgehen, wir würden Estland umorganisieren und so weiter. Ich wäre gerne bereit gewesen meine Erfahrungen und Ansichten zu teilen. (Dabei schloss ich nicht aus, dass so etwas auch höheren Orts registriert würde, obwohl das sicherlich nicht das Wichtigste für mich war.)

Oh Jugend, oh was für romantische Vorstellungen! Nichts Grandioses oder Großes ist daraus geworden, ich bin bis heute allein aktiv, ein einsamer Wolf, wie man in der Unterwelt sagen würde.

Generell ist nicht alles so glatt gelaufen, wie ich es mir vorgestellt hatte. Die Popularität, die ich den Künstlern verschafft hatte, wurde von ihnen nicht immer richtig genutzt. Auch sie scheint es zu den Fleischtöpfen zu ziehen. Es kommen sehr ernsthafte Rezidive vor, wie Psychiater sagen würden. Und was die jüngeren Politiker betrifft, so habe ich ehrlich gesagt noch keinen einzigen zu einem national und ethisch denkenden Akteur aufziehen können. Sobald ihnen Wind unter die Flügel fuhr (egal ob mit meiner Hilfe oder ohne sie), fingen sie an, sich mit etwas anderem zu befassen, ihre persönliche Karriere oder die Interessen der Clique voranzutreiben, aber staatliches Denken – das war so eine Sache.

Gleichzeitig bin ich aber nicht verbittert, nicht die Spur. Die Rückschläge haben mich gestärkt, und ich weiß, dass nichts von selbst kommt. Ich habe die Grenzen der Möglichkeiten erkundet und begriffen, was realisierbar ist und was nicht. Es gibt Dinge, die ich niemals durchzuführen fähig sein werde. (Zum Beispiel zu unserer Hochglanzausgabe eine Serie mit philosophischer Literatur zu gründen. Denn wozu sollte man so eine Serie ausgerechnet bei unserer Zeitschrift gründen?) Geduld, große Dinge kommen auf Taubenfüßen. Und ich ebne ihnen den Weg, denn ich bin ja ein alter

Semstwoarbeiter, ein unauffälliger Malocher des Alltagslebens. Mag diese Arbeit noch so wenig direkt sichtbare Folgen haben – ein Ding habe ich längst begriffen, und diese Erkenntnis gerät durch Nichts ins Wanken: Mehr als all diese hochtrabenden Prediger, Mahner und Rhetoren mit ihren wahren, aber völlig überholten Geschichten von der Bedeutung der Kultur im Allgemeinen und von der Kultur als der strategischen Ressource des estnischen Volks, von einem geöffneten und ungeöffneten Nationalismus und so weiter und so fort – mehr als diese Geschichten erreiche ich mit meinem glänzenden lila Jackett! Ich bin a und ein wenig auch schon b.

Für einen Moment kam mir der Gedanke, dem gelehrten Freund von mir und meinen Aktivitäten zu schreiben. Mal schauen, ob er meine Mission in das Register seiner idealistischen und romantischen Phänomene aufnimmt. Insgeheim hoffte ich das natürlich. Dann tat ich es aber doch nicht. Ich hatte wohl Angst, dass er es nicht tun würde. Er, der die Kreuzzüge, die französische Revolution, den jüdischen Glauben, deutsche Marschmusik und die russische Seele liebte – hätte ich mit meinen bunten Fliegen und jugendlichen Schuhen ihm da Konkurrenz bieten können?

MILLER AUF DEM FEST DER »SEXY SCHÖNHEITEN«

Ich hab das Fest der »Sexy Schönheiten« bereits erwähnt, eine Zusammenkunft unserer Klientel und gleichzeitig eine Art Jahresrückblick. Kürzlich besuchte auch Professor Miller das Fest. »Auch du, Brutus«, war mein erster Gedanke. Obwohl man sich hier eigentlich nicht zu wundern brauchte.

Miller war ein theatralischer Mensch, ein blaublütiger Freidenker, der sich auf vielen Festen sehen ließ. Natürlich hatte Miller zu verstehen gegeben (ich hörte das von einem Kollegen, der ihn interviewte), dass er aus rein soziologischem Interesse gekommen sei, um zu sehen, wer solche Feste besuchte, aber mich kann er nicht hinters Licht führen. Ich erinnere mich daran, wie früher Schriftsteller und Künstler unter dem Vorwand in den Puff gingen, dort das Milieu für ihre Romane oder Gemälde zu studieren. Jetzt war also für die Millers die Zeit gekommen, das reiche und kräftige Milieu zu studieren, das sich wie Humus auf dem Boden der neuen Gesellschaft ansammelte.

Wo immer Miller auch hinging, um ihn herum versammelte sich jedes Mal eine begeisterte Gruppe von vierzigjährigen Frauen, für die er in einfacher Sprache die Tagespolitik, Alltagsphilosophie, Ökologie und andere Probleme kommentierte. Diesmal fehlten auch einige Herren nicht, die den Professor in ehrerbietigem Ton um seine Meinung baten. Ich richtete mich klammheimlich in ihrer Nähe ein und spitzte die Ohren. Wirklich, der Mann hatte es drauf.

Die Damen kreischten: »Sagen Sie, Herr Miller, wann war das Leben besser, in der Sowjetzeit oder in der estnischen Zeit? Sie wissen doch alles!«

Miller improvisierte sofort eine kleine Vorlesung, die ich hier zusammenfasse. Es handelt sich zum Großteil um eine Pseudofrage. Zur Bewertung fehlt ein allumfassendes objektives Kriterium. Möglich sind nur Eindrücke eines außenstehenden Betrachters. Nehmen wir zum Beispiel die damaligen Schwierigkeiten im alltäglichen Leben, dann malen wir uns unwillkürlich aus, wie grausig es für uns wäre, sich darin zurechtfinden zu müssen, jetzt da wir inmitten aller möglichen Annehmlichkeiten leben. Aber das ist nicht die korrekte Herangehensweise, denn für jemanden, der ständig in Schwierigkeiten lebt, erscheinen sie gar nicht mehr so groß. Sein Bewusstsein ist deformiert, oder genauer gesagt: hat sich angepasst. Dasselbe gilt für einen Menschen, der lange krank ist; er ist subjektiv nicht so unglücklich, wie sich das ein gesunder Mensch, der neben ihm steht, vorstellt, wenn er sich in Gedanken in die Lage des Kranken versetzt und vor Grauen erschaudert. Der Kranke hat bereits sein Krankenbewusstsein, das alles abschwächt. Daher ist es nicht korrekt, die Leiden eines Menschen der Sowjetzeit zu sehr zu heroisieren und Mitleid mit ihm zu haben. Wir können nur die sein, die wir sind, hier und jetzt, unter den konkreten Bedingungen und in einer einmaligen Ausgabe. Über das Glück oder Unglück anderer Leben können wir schwerlich etwas sagen. Miller zitierte dazu Alliksaar – »Es gibt keine besseren, schlechteren Zeiten. / Nur den Moment, in dem wir verweilen« –, womit er die Bewunderung der Damen einheimste, und fuhr fort.

Unsere Bewertung sowohl der Vergangenheit als Ganzes als auch der Gegenwart wird von drei Faktoren bestimmt. Erstens, in welcher Position befand sich die urteilende Person in der damaligen oder der gegenwärtigen Hierarchie, das heißt, reich oder arm, auf einer höheren oder niedrigeren Stufe der Macht und so weiter. Zweitens hängt viel vom biologischen Alter und vom Gesundheitszustand ab. In der Jugend war es natürlich besser! Korrekter wäre zu sagen, dass schlimme Dinge sich damals weniger schlimm anfühlten, wohingegen gute Dinge im Alter sich weniger gut anfühlten. Als drittes kommt etwas ins Spiel, das man Charakter nennen könnte, den Persönlichkeitstyp und die daraus resultierenden Vorlieben. Den einen gefällt unmäßige Freiheit, weil sie Risiken auf sich nehmen und aktiv handeln wollen. Ihnen passt das Leben in einer offenen Gesellschaft und einer liberalen Marktwirtschaft. Andere bevorzugen Stabilität und sind glücklicher, wenn sie nicht ständig etwas riskieren und Entscheidungen treffen müssen. Sie wünschen, dass sie in Ruhe gelassen werden. Gleichzeitig sind sie weniger anspruchsvoll. Sicherheit ist für sie das höchste Gut. Für die ist eine starke soziale Gesellschaft passend. Glück ist, wenn Persönlichkeitstyp und Gesellschaftstyp zusammenfallen. Alles andere, wie die Startposition, die Wünsche der Eltern bei Berufswahl und Heirat, Arbeitslosenquote der Gesellschaft und so weiter, leitet sich von diesen drei Punkten ab.

Miller duftete gut nach Baldinini, er trug eine echte Cartier-Armbanduhr, und neben dem goldenen Armband auf der gebräunten Haut sah man schwarze Härchen. Ich erwog ernsthaft, ob ich nicht mal eine seiner öffentlichen Vorlesungen besuchen sollte, die er von Zeit zu Zeit abhält. Der Andrang soll sehr groß sein, beinahe wie bei einer Opernuraufführung. Miller ist ein sehr moderner Mensch.

Sohvi war auch auf dem Fest, eine Schauspielerin und Hausfrau, die in der Sowjetzeit die erste war, die sich vor der Kamera ausgezogen hatte. Sie sagte, sie habe dies im Namen der Freiheit der Kunst getan, als Protest gegen die Kreml-Satrapen. Sie wurde in der ganzen Sowjetunion bekannt. Sohvi war zwischenzeitlich ein wenig versackt (schluckte zu viel), aber jetzt war sie wieder in Form und strahlte. Sohvi ist eine meiner Idole. Sie macht im Fernsehen ihre eigene Show über das Sexleben von Fünfzigjährigen. Die DVDs ihrer Sendungen kommen demnächst in den Handel, und ihnen wird großer Erfolg vorausgesagt.

ILLIMARS BRIEF VOM APRIL 1996

Verehrter Chronist!

Unsere Knauffabrik musste schließen. Der letzte Lohn wurde den Männern in Griffen ausgezahlt. Alle erhielten etliche Tausend Stück. Jass bekam Schubladengriffe, Tõiv welche für Schmucketuis, der kleine Kusti bekam Griffe für Trockenklodeckel und so weiter. Du kennst natürlich diese östliche Parabel von der Ewigkeit. Was ist Ewigkeit? Stellen wir uns einen Diamantenberg vor. Alle tausend Jahre fliegt ein kleines Vögelchen dorthin und schärft seinen Schnabel. Wenn der Berg auf diese Art und Weise aufgebraucht ist, dann ist eine Sekunde von der Ewigkeit vorbei. Ich wäre nicht so pessimistisch. Ich würde sagen, wenn die Finger des kleine Kustis und seiner Nachkommen all die Tausende von Klodeckelgriffen abgenutzt haben, dann ist eine Sekunde von der Ewigkeit vorüber.

Die Fabrik war der größte lokale Arbeitgeber. Die Männer fahren jetzt nach Tartu, da gibt es Arbeit.

Im Laden gab es drei Sorten Bier, aber wenige, die es trinken wollten, denn die Männer sind in Tartu und die anderen haben kein Geld.

Jõgever ist in eine Partei eingetreten und sitzt im Gemeinderat.

Ich habe einige meiner Erörterungen an einige Redaktionen geschickt, es hat aber den Anschein, dass sie dort nicht auf Interesse gestoßen sind.

Zur Abwechslung las ich die Offenbarung und begriff, dass all das gar nicht dazu bestimmt ist, momentan in Erfüllung zu gehen, die Zeit kommt später. Die Offenbarung beweist deutlich, dass bald eine aktive Epoche der Ideen beginnt. Es kommt die Zeit, in der man alles untersuchen wird, völlig neutral. Alles, was um uns herum ist. Sie wird kommen, diese Zeit, sie kommt!

KOIT. EIN BILD AUS DEM ALLTAGSLEBEN EINES GESELLSCHAFTSJOURNALISTEN

Nun auch ein Wort zum Fotografen Koit, mit dem ich zusammenarbeite und der in meinem Auftrag die schöpferische Intelligenz als Konterbande in die Glanzpapierausgaben schmuggelt. Ich glaube, er versteht meine Mission, obwohl ich mit ihm nie direkt darüber gesprochen habe. Auch Koit verkörpert die Epoche, indem er ihr seinen kleinen, aber persönlichen und ausdrucksvollen Stempel aufdrückt.

Als ich während der Arbeit das erste Mal mit Koit zu tun hatte, war er nicht mehr ganz jung. Die Singende Revolution hatte ihn im Christusalter getroffen. Zu dem Regenbogenblatt war er achtunddreißigjährig gekommen, jetzt war das Fünfundfünfzigste angebrochen. Er spürte den Atem der Jüngeren im Nacken – mehr als ich, denn Leute, die fotografieren konnten, gab es mit einem Mal massenweise. Koit war ein sehr guter Fotograf und liebte das Fach von Kindesbeinen an. Als Schüler soll er sich im Haus der Pioniere schon im Fotoarbeitskreis engagiert haben. Seinen ersten Arbeitsplatz bekam er in den Siebzigern bei einer Jugendzeitschrift des Komsomol. Ich erinnere mich an ihn auch vage von einer Veranstaltung, wo er mit dem Belichtungsmesser in der Hand herumlief, um die Helligkeit festzustellen. Bei den damaligen Kameras musste man ja noch alles von Hand einstellen.

Koit war ein stiller Mensch, aber neugierig, er wollte das

Leben kennenlernen. Deswegen hatte er viele Dienstreisen mitgemacht und war durch die halbe Sowjetunion gereist. Er war bei der BAM, bei Ölbohrungen in Surgut und sogar auf Sachalin. Er war nicht politisch aktiv, aber als sich für Estland die Freiheit abzeichnete, erwachte Leben in ihm wie bei vielen anderen, die früher ruhige, ordentlich und äußerlich staatstreue Bürger waren. Wie sie hatte auch Koit bislang nicht öffentlich protestiert, aber als die Unabhängigkeit kam, freuten sie sich aufrichtig und wurden vielleicht die opferbereitesten Förderer der neuen Gesellschaft – gerade dank ihrer Anständigkeit und Loyalität.

Bald brach dann der Balkankrieg aus, gefolgt von der Kosovokrise. Koit beichtete mir, dass er gerne dorthin wolle. Seit seiner Kindheit sei es nämlich ein Traum von ihm gewesen, Frontfotograf zu werden. Das war ein bisschen schwierig zu glauben, ein so ruhiger Mensch – er konnte dich gutherzig durch seine runden Brillengläser anschauen und eine halbe Stunde lang kein Wort sagen – wollte aufs Schlachtfeld, um dort zwischen Granatenexplosionen im Kugelhagel herumzukriechen und die Gesichter der Verwundeten und Sterbenden zu verewigen, während Gliedmaßen und anderes Surrealistisches durch die Luft flogen. Aber genau so wird es gewesen sein. (Ich hatte übrigens einen anderen guten Bekannten, noch sanfter und angenehmer, der keinen einzigen Boxkampf auf Eurosport ausließ.)

»Man muss in den Kosovo«, sagte Koit manchmal völlig aus dem Zusammenhang heraus. Oder ihm entfuhr: »Wenn ich im Kosovo gewesen bin, dann ...«

Daran merkte ich, wie herzensnah ihm dieses Anliegen war, und wie es sein ganzes Seelenleben formte. Für Koit ließ sich das Leben teilen in eine Zeit vor und nach Kosovo.

Leider war es nicht leicht, auf den Balkan zu reisen. Es gab auch andere, die das wollten, und die außenpolitische Lage war unübersichtlich. Koit arbeitete weiter bei seinem Klatschblatt und wartete seine Stunde ab.

Es war vermutlich im Jahr 1999. Wir sollten gemeinsam zum Künstler Peet Lumepart gehen. Er hatte einen staatlichen Preis bekommen, und ein solches Ereignis konnte auch unser Glamourblatt nicht stillschweigend übergehen. Lumeparts Sternstunde war in den Siebzigern und Achtzigern gewesen, als in seinem kräftigen männlichen Stil eine Ausdrucksform des nationalen Freiheitskampfes gesehen wurde. Nun war sein Ruhm ein wenig verblasst, wie bei der Mehrheit seiner Generation, und wer jünger war als fünfunddreißig, machte sich vermutlich nichts mehr aus Lumeparts Bildern. Ich verspürte, dass es meiner Mithilfe bedurfte, Lumepart wieder sichtbar zu machen.

Nun waren wir bei ihm. Der Künstler wohnte eingangs der Pärnuer Chaussee im fünften Stockwerk eines Hauses aus der Zwischenkriegszeit. Wir kannten uns zwar, aber keiner von uns war bislang bei dem Künstler zu Hause gewesen. Koit schaute sich sofort mit professionellem Blick um, wo er sein Objekt platzieren könnte und was er aufnehmen wollte. Die Wohnung hatte drei Zimmer, außer uns war niemand da. Ein Zimmer schien die Funktion einer Rumpelkammer zu erfüllen, das zweite verwendete der Künstler für seine Malarbeiten. In der Küche stand ungespültes Geschirr von vielen Wochen, entsprechend stank es auch. Wir nahmen im Wohnzimmer Platz, das mehr oder weniger aufgeräumt war. Ich fing mit meinem Interview an, wobei Koit mit nachdenklichem Blick umherstrich, so dass Lumepart mir von Zeit zu Zeit fragende Blicke zuwarf.

Nach vierzig Minuten machten wir eine Pause, und Koit bat um Erlaubnis, mit dem Fotografieren beginnen zu dürfen.

»Vielleicht stellen Sie sich mal hierher«, sagte er und zeigte auf die Kloschüssel im Badezimmer.

»Wie bitte? Ins Klo?« Der Künstler glaubte seinen Ohren nicht zu trauen.

»Ja, und sie könnten sich die Schuhe ausziehen, wenn es Sie nicht stört, und sich auf die Schüssel stellen. Und wenn Sie nichts dagegen haben, könnten Sie Pinsel und Palette in die Hand nehmen, sehen Sie, so ...«

Lumepart war einer der wenigen Künstler, der noch keine Computertechnik verwendete, sondern altmodisch mit Ölfarbe malte.

»Warum?« Lumepart dachte vermutlich, dass Koit den Verstand verloren hatte. »Wer malt denn auf einer Kloschüssel? Warum kann ich nicht vor meiner Staffelei stehen? Früher wurden immer Bilder gemacht, auf denen der Künstler vor seiner Staffelei steht.«

»Ja, das schon, stimmt, das habe ich auch so gemacht«, sagte Koit und rieb sich das Kinn. »Aber diese Aufnahmen vor der Staffelei waren von oben vorgeschrieben, das hängt inzwischen allen zum Halse heraus. So hat das keinen Sinn mehr. Es sollte natürlicher aussehen«, erklärte er. »Wir haben jetzt doch schöpferische Freiheit.«

»Schön und gut, machen wir es aber trotzdem so, dass ich vor der Staffelei stehe, und du schießt ein Foto vom Klo aus, und Juku macht ein Foto von uns beiden. Ich habe auch eine Kamera. Dann bleibt die Kirche im Dorf.«

Der Gedanke gefiel Lumepart dermaßen, dass er vor Lachen prusten musste. Koits Sinn für Humor war ehrlich gesagt durchschnittlich.

»Der Redakteur hat gesagt, dass wir es vielleicht auf die Titelseite bringen, wenn es ein attraktives Bild wird«, sagte er und versuchte damit Lumepart Honig um den Bart zu schmieren.

Ich sah ein, dass Koit ein Opfer seines Berufs war und nicht kapierte, dass die Gesetze, die in seiner Welt galten, in der Welt der Kunstmaler vielleicht nicht galten. Das Wort »Attraktivität« hat auf ältere Menschen keine magische Wirkung. Auf Lumepart jedenfalls nicht.

»Schämst du dich nicht«, fuhr er den Fotografen an. »Du bist doch kein kleiner Junge mehr, der solchen Unsinn macht. Wie reagieren denn deine Kollegen, wenn sie deinen Namen unter einem Bild sehen, auf dem ich im Klo stehe?«

»Ach, da brauchen wir uns keine Sorgen zu machen,« sagte Koit abwinkend und schöpfte wieder Hoffnung. »Die machen noch viel verrücktere Dinge.«

»Aber deine berühmten Vorbilder aus dem Fotografenhimmel? Zum Beispiel diese Kriegsfotografen, die du so verehrst und deren Bilder du dir früher mit Stecknadeln übers Bett gehängt hast. Was sagen die wohl zu solchem Quatsch?«

Lumepart wusste Bescheid über Koit und den Balkan. Sein Vorwurf war ernsthaft, aber Koit schwieg hartnäckig. Lumepart schwieg ebenso, wechselte mit mir einen Blick und schnaubte ab und zu. Dann ging er ins Badezimmer und blieb vor dem Klo stehen. Er bückte sich sogar und prüfte kritisch die Kloschüssel, als hoffte er dort etwas zu finden, was Koits Vorhaben eine ästhetische Legitimation verschafft hätte.

Dann kam er zurück und sagte resolut: »Nein. Und überhaupt – ich kann auf das alles verzichten. Das betrifft auch den Artikel. Wir können Freunde bleiben, aber …«

Koit seufzte und gab sich geschlagen: »Okay, machen wir dann ein normales Foto.«

Er fotografierte den Künstler gewissenhaft in allerlei Posen, aber lustlos, während er die ganze Zeit dabei stöhnte.

»Was stöhnst du denn so?«, fragte Lumepart und öffnete eine Weinflasche. Unsere Arbeit war mehr oder weniger fertig.

»Es gibt Gerüchte, dass bei uns Leute entlassen werden«, antwortete Koit kraftlos. »Niemand kann sich sicher fühlen. Heute bist du noch da, und morgen ... Deswegen bräuchte ich eben mal einen richtigen Knaller. Wenn du dich da auf die Kloschüssel gestellt hättest, dann wäre das etwas gewesen, wodurch ich garantiert meinen Arbeitsplatz behalten würde.«

Koit war in zweiter Ehe verheiratet, und die Kinder waren noch klein. Manchmal bedauerte er, dass er seine Enkelkinder wohl nicht sehen würde. Er könne von Glück reden, wenn er noch den Universitätsabschluss seiner Kinder erlebte, aber mehr nicht.

»Heutzutage kriegen Frauen Kinder mit Vierzig«, fügte er weise hinzu.

Lumepart mochte äußerlich ein wenig ruppig erscheinen, hatte aber eigentlich ein gutes Herz. Natürlich tat ihm Koit leid. Ich sah, wie er mit sich rang. Er ging sogar unter irgendeinem Vorwand ins Nebenzimmer oder die Rumpelkammer, um dort in aller Ruhe mit sich zu beratschlagen.

Dann kam er zurück, schnaubte nochmals und sagte: »Okay, was kostet mich das. Wer von den Meinigen wird das schon sehen. Machen wir's. Ich will nicht, dass jemand meinetwegen seine Arbeit verliert.«

Koits Gesichtsausdruck klärte sich mit einem Schlag auf, und es sprudelte aus ihm heraus: »Ich habe gar nicht mehr so viel Zeit bis zur Rente. Sechs oder sieben Jährchen noch, dann sind die Kinder schon auf dem Gymnasium und kommen vielleicht selbst zurecht, heutzutage gründen manche in der Schule Schülerfirmen, das ist nicht so wie zu unserer Zeit ...«

So ging es unaufhörlich weiter im gleichen Stil. Mit Leidensmiene machte Lumepart sich daran, auf die Kloschüssel zu steigen. Die eine Socke hatte er schon ausgezogen, an der anderen fummelte er gerade herum. In diesem Moment wurde Koit unvorsichtig, als hätte er das Bild schon in seiner Kamera.

Er sagte: »Früher musste man sich vor allem um die Technik sorgen, dass die einen nicht im Stich ließ. Heutzutage gibt es ganz andere Sorgen, man muss den Widerstand der Leute brechen und sich mit dergleichen anderem herumplagen, die Menschen sind ja widerspenstig wie Hammel ...«

Als er das hörte, schrie Lumepart auf: »Nein!« Und zog sich die Socke wieder an.

»Was? Bitte? Doch nicht?«, fragte Koit und wurde wieder ganz bleich im Gesicht.

»Nein«, bestätigte Lumepart feierlich.

Wir saßen noch eine Viertelstunde beisammen, bis die Weinflasche leer war – hauptsächlich war es Lumepart, der trank.

Als wir aufbrachen, rief Koit auf der Schwelle aus: »Niemals, niemals werde ich in den Kosovo fahren!«

Der Artikel über Lumepart erschien, aber nicht auf der Titelseite, sondern weiter hinten.

»Wieso?«, fragte ich, als ich Koit traf.

»Urmas wollte es nicht«, antwortete er. Urmas war der Chef vom Dienst.

In den Kosovo ist Koit tatsächlich nie gefahren, weil er Probleme mit seinem Bein bekam. Die gingen nicht vorüber, und zwei Jahre später kam er mir auf der Straße einmal humpelnd entgegen. Mit so einem Bein reißt man sich natürlich nicht darum, im Kugelhagel herumzulaufen.

Lumepart aber trank nach unserem Besuch aus lauter Sentimentalität etliche Tage lang. Im Endeffekt war also niemand glücklich.

ILLIMARS BRIEF VOM JUNI 1999

Verehrter Chronist!

Ich war auf der ESTO – zum ersten Mal in meinem Leben. Das Festival fand in den Vereinigten Staaten, im Mittleren Westen statt. Ich war sehr angenehm überrascht. Obwohl es auch zu Hause schön ist und man viele enthusiastische, idealistische und romantische Menschen trifft, hat man das dort alles noch im Quadrat. Einen solchen Geistesbrand habe ich noch nirgendwo gesehen. Die haben dort ein halbes Jahrhundert mit einer Idee, mit einer Sehnsucht in ihrem Herzen gelebt, in deren Namen sie gehandelt haben, und nun sehen sie, wie sie in Erfüllung geht. Wir, die wir zu Hause leben, selbst die hingebungsvollsten Patrioten in unseren Reihen, entdecken an dem neuen Estland auch Fehler, sie aber sehen nur Gutes. Wir sind wie Eltern von Kindern, die an ihren Nachkommen auch Dinge bemerken, die nicht zum Angenehmsten gehören. Aber die Exilesten sind wie Großeltern, die ihr Enkelkind hauptsächlich sonntags oder in den Schulferien sehen, also von der besten und sonnigsten Seite, und es restlos lieben. Und das auch immer noch tun, selbst wenn sie Fehler sehen sollten, denn sie haben schon einmal Kinder aufgezogen und sind in der Lage, die Dinge in einem größeren Zusammenhang zu sehen und in die Zukunft zu schauen – in eine Zeit, in der die Fehler korrigiert sind und das Schlechte sich zum Guten gewendet hat. Auch Enkelkinder werden eines Tages groß und treten ins College ein. So gesehen ist die Liebe der Exilesten zu Estland zwar ein wenig unkritisch, aber dafür erhabener.

Von der äußerlichen Ähnlichkeit her, auf der Ebene der Funktion oder der Proportion wäre das estnische Exil gleichsam der Vater und das Estland zu Hause die Mutter, weil sie schließlich vorrangig für die Entwicklung des Neuen ist. Aber von ihrer Einstellung her sind die Dinge umgekehrt. Wir hier sind eher die strengen Väter, die bekritteln und bemängeln, dass sich der Spross nicht schnell genug entwickelt und auf einen grünen Zweig kommt, wohingegen die Exilesten Estland mit zärtlicher Mutterliebe lieben, bewundern und über Gebühr verhätscheln.

Wie du meinem Brief entnehmen kannst, habe ich das familiäre Paradigma als Vergleichsgrundlage verwendet. Warum das so ist, wirst du vielleicht bald hören.

Dein gelehrter Freund.

Meine Ahnung hatte sich als wahr erwiesen. Illimar hatte vor zu heiraten – zum ersten Mal in seinem Leben. Er war zweiundvierzigjährig Vater geworden. Ich wagte nicht zu fragen, ob dahinter die Notwendigkeit stand, die Einwohnerzahl Estlands zu vergrößern oder etwas Persönlicheres.

Bis zum Jahrestag der Republik waren es noch ungefähr zwei Monate, als Teedu eines Morgens, als er zur Arbeit kam, neben den Zeitungen und anderen Postsendungen einen sehr prätentiösen Umschlag vorfand, auf dessen oberem Rand »Kanzlei des Präsidenten der Republik« gedruckt war. Teedu erstarrte: Verhaftete der Präsident ihn tatsächlich persönlich? Mit zitternden Händen öffnete er den Umschlag. Auf einem großen weißen Blatt stand in feierlicher Schrift, dass der Präsident ihm einen Orden verliehen hätte! Teedu spürte eine dermaßen starke Erleichterung, dass er sich aus Versehen auf seinen Diplomatenkoffer setzte. Aber sogleich wurde er von neuer Panik ergriffen. War das nun nötig? Nicht dass der Orden wer weiß wie hoch gewesen wäre, so dass jemand neidisch werden könnte. Nein, er war bescheiden, Weißer Stern fünfte Klasse, im Prinzip derselbe Orden, den Volkssängerinnen und Heimatforscher bekamen. (Tatsächlich erfuhr Teedu bald, dass er die Ehrung für seine Beschäftigung mit den Hausmarken bekommen hatte. Das Wissen darum verschaffte ihm einigermaßen Erleichterung.) Aber es ging nicht um die Qualität des Ordens, sondern ums Prinzip – um die Tatsache, dass er ihm überhaupt verliehen wurde. Damit wurde die Aufmerksamkeit auf Teedus Person gelenkt, er wurde gleichsam in die Öffentlichkeit gezerrt – da schaut her, es gibt da einen Teedu. Er wäre aber lieber weiterhin unsichtbar geblieben.

Teedu hatte ein Gefühl, als würde seine Vergangenheit ausgegraben, eine Vergangenheit, von der er gehofft hatte, dass sie in Staub zerfallen wäre und sich verflüchtigt hätte. Er versank in eine Depression und verlor den Appetit. Merle erzählte er zunächst nichts, er ging in sich und schwieg beinahe zwei Wochen lang. Dann traf ein zweiter weißer Umschlag ein, ebenfalls mit dem Aufdruck »Kanzlei des Präsidenten der Republik«. Er enthielt eine Einladung zum feierlichen Empfang anlässlich des Jahrestags der Republik im Estonia-Theater. Jetzt musste er Merle in die Sache einweihen, zumal die Einladung für zwei galt. Dann musste er Merle aber auch den Grund der Einladung nennen. Also erzählte Teedu seiner Frau von dem Orden, und die wollte von den Zweifeln ihres Mannes nichts hören, sondern umarmte und beglückwünschte ihn stattdessen. Teedu verspürte abermals Erleichterung, obwohl er insgeheim die Kurzsichtigkeit und Unbesonnenheit seiner Frau verurteilte. Hatte Merle denn wirklich keine Angst, dass ... Aber er hielt es für besser zu schweigen.

Für Merle – sie arbeitete übrigens schon lange nicht mehr im Parteiarchiv, sondern in der Stadtverwaltung – war das aufregend, und es galt, an das Kleid und andere Accessoires zu denken, handelte es sich doch immerhin um einen Empfang des Präsidenten. Teedu hatte keinen Frack und auch nicht vor, sich einen anzuschaffen. Es kam ihm leichtsinnig vor, für ein einziges Mal eine derartige Ausgabe zu machen. Der Lebensstandard ihrer Familie war verglichen zu der Sowjetzeit relativ wenig gesunken, aber das war nicht die Hauptsache. Nach Teedus Meinung wäre der Kauf eines Fracks ein böses Omen gewesen. Denn wenn man schon einmal einen Frack besitzt, dann werden sich auch Möglichkeiten ergeben, ihn zu tragen. Er würde noch mehr in die Öffentlichkeit gezerrt werden. Teedu wollte das Schicksal nicht herausfordern.

Teedu saß im Estonia-Theater auf dem dritten Seitenrang in der letzten Reihe. Anstelle des Geschehens auf der Bühne sah er nur die Gesichter ihm gegenüber auf der anderen Seite des Saales. Er hörte auch beinahe nichts, denn neben ihn hatte man Journalisten und Bohemiens aus der Kunstwelt platziert, die sich lautstark miteinander unterhielten und zu Teedus Ärger schmutzige Witze rissen. Einige schienen sogar leicht beschwipst zu sein. Macht ist Macht, und Ordnung muss sein, das muss man respektieren, dachte Teedu stirnrunzelnd. Hier oben, hoch unter der Decke, war wenig Sauerstoff, worunter Merle ein wenig zu leiden schien, obwohl sie das tapfer zu vertuschen versuchte.

Als die Reden und das Konzert vorbei waren, begann die Handschlagzeremonie des Präsidenten. Es verstrichen ein und drei Viertel Stunden, ehe der oberste Rang an der Reihe war. Eine Ordnungshüterin – die Protokollchefin, klein und schlank und gut gestylt wie eine elegante Schachfigur – bat sie, sich in der Reihe, die sich auf der Treppe schlängelte, anzustellen. Teedu wartete, bis die lärmenden Bohemiens vor ihnen gegangen waren. Wer weiß, am Ende tritt noch jemand auf ihn zu und fragt: »Oha, ist das nicht unser Dozent für Parteigeschichte, der Breschnew so sehr gelobt hat?«

Als Teedu in den Saal kam, der für die Handschlagzeremonie umgebaut war, reichte er seine Einladungskarte dem Mann, der die Namen der Besucher laut herausposaunte und erläuterte, um wen es sich handelte. Für eine Sekunde erstarrte Teedu: Wie wird man ihn vorstellen? Aber da wurde schon »Erforscher von Hausmarken« gesagt. Sie waren unter den letzten, die vor das Präsidentenpaar traten. Merle strahlte. Teedu fürchtete, die Hand der Präsidentengattin zu fest zu drücken und berührte sie daher kaum. Ihm schien, als würde die Präsidentengattin schmunzeln.

Schließlich gelangten sie in den Festsaal, und es herrschte bereits Hochstimmung unter den Anwesenden, die Tische mit den Häppchen am Rande des Saales waren schon fast leer. Ein Kellner mit streng gekämmtem Haar bot ihnen auf einem Tablett kleine Muscheln an, die auf einen Strohhalm gesteckt und mit Kamacréme gefüllt waren. Es war ein Rezept der Präsidentengattin.

Ihnen kam ein Gesicht aus dem Fernsehen entgegen, das so berühmt war, dass Merle erbleichte. Unterhalten konnte man sich mit niemandem, um sie herum waren wildfremde Menschen. Teedu begrüßte den Rektor der Universität und Professor Miller, der eine winzig kleine schlitzäugige Dame am Arm hatte, die auch der Kleidung nach zu urteilen eine Orientalin war. Sein Mitschüler Mati Tõusumägi huschte vorbei, aber den wollte Teedu um keinen Preis der Welt treffen. In der Ferne stand Aaberkukk in Gesellschaft von zwei höheren Offizieren und lächelte Teedu vielsagend zu, als wolle er ihm Mut zusprechen.

Dann fand er aber doch einen Bekannten in der Volksmenge. Elmar Sikupere kam aus der gleichen Gegend, wo sie ihr Sommerhaus hatten. Elmar stand im Korridor bei der Gipsstatue der Nationaldichterin – unbeholfen wie ein Bauerntölpel, der sich in die Stadt verirrt hat. Er erzählte, dass er auf den Empfang geladen worden war, weil er jemanden vor dem Ertrinken gerettet hatte. Dafür hatte er die Heldenmedaille bekommen, leider nur zweiter Ordnung. Elmar hatte jemanden im Stausee um Hilfe rufen hören und den Ertrinkenden herausgeholt. Aber der Mann war trotzdem gestorben. Elmar versicherte, dass er nicht ertrunken war, sondern am gleichen Abend starb, als er mit anderen Männer Methylalkohol trank.

»Ich habe doch keine Leiche aus dem Wasser gezogen, er war noch quicklebendig«, sagte Elmar.

Aber irgendwo waren die Papiere, das Formular über die Heldentat und die Sterbeurkunde des Mannes, »durcheinander geraten«, und deswegen bekam er nur die zweite Ordnung.

»So gesehen kann man sich fragen, wozu ich ihn gerettet habe?«, philosophierte Elmar. »Er war dem Tode schon geweiht. Wenn er den Abend nicht den Fusel getrunken hätte, wäre er am nächsten Tag unter den Traktor gekommen.«

Teedu und Merle tat Elmar leid.

Auf dem Rückweg nach Tartu atmete Teedu, der am Steuer saß, erleichtert auf. Nichts Schlimmes war geschehen und würde vielleicht auch nicht mehr geschehen, dachte er.

»Ja, die vierte Klasse wäre doch verdient gewesen!« Merle schien seine Gedanken gelesen zu haben. »Vielleicht solltest du dir doch einen Frack anfertigen lassen? Vielleicht brauchst du den in Zukunft noch.«

Teedu drückte dankbar den Ellenbogen seiner Frau und lächelte, schüttelte aber im Dunkeln den Kopf. An einen Frack dachte er wirklich nicht. Leben, leben musste man. Das konnte man auch ohne Frack.

Und doch nahmen die Dinge eine unerwartete Wendung, und Teedu schien, als hätte Merle das vorausgesehen. Nämlich wandte sich ein paar Wochen nach dem Empfang beim Präsidenten Sten Karotar an ihn, der im inneren Kreis einer bestimmten Partei eine einflussreiche Figur war und auch sonst in der Öffentlichkeit ein bekanntes Gesicht. Karotar war vor einem Dutzend Jahren Teedus Student gewesen und hatte in den Vorlesungen gesessen, die dieser damals noch über

Parteigeschichte hielt. Jetzt trafen sie sich zufällig (wenn es wirklich Zufall war) im alten Unicafé.

Karotar begrüßte ihn und fragte, ob Teedu ein wenig Zeit habe und ob er sich setzen dürfe. Teedu mampfte ein Butterbrot und hatte den Mund voll, daher nickte er entgegenkommend und versuchte, seine Aufregung zu unterdrücken (er geriet generell wegen jeder kleinen Sache in Aufregung), indem er den Henkel seiner Kaffeetasse verkrampft festhielt.

Karotar plauderte zunächst über Allgemeines.

»Wie Leute vom Geheimdienst«, schoss es Teedu durch den Kopf. »Die redeten auch erstmal um den heißen Brei herum, bevor sie zuschlugen.« Er selbst hatte keine Erfahrungen in diesem Bereich, aber er kannte die Taktik der Anwerber von Erzählungen anderer. Geduldig wartete er ab, wann Karotar ihm den wahren Grund seines Kommens erklären würde. Er wird sich kaum zu Teedu gesetzt haben, um sich mit ihm über das geistige Niveau der Studenten und die Organisierung des Lehrbetriebs zu unterhalten.

Und alsbald kam er in der Tat zur Sache. »Übrigens habe ich Sie neulich im Fernsehen gesehen,« sagte er. »Sie waren auf dem Empfang des Präsidenten.«

Teedu winkte ab, ach ja, ist doch nichts Besonderes.

»Nein, nein«, fuhr der andere mit einem anerkennenden Lächeln fort. »Das ist großartig. Obwohl wir ein kleines Land sind, wo sich alle untereinander kennen, ist der Präsident immerhin der Präsident. Damit wollte ich eigentlich auch beginnen ... Sehen Sie, ich begreife, dass Sie im Moment mit Ihrer wissenschaftlichen Arbeit ganz und gar zufrieden sind, Sie können sich selbst verwirklichen. Ich habe auch gehört, dass die Studierenden Sie schätzen. Aber ... sollten wir nicht alle hin und wieder auch im weiteren Sinne an die Gesellschaft denken? Wir sind ja so wenige. Sollte daher nicht jeder, der über die entsprechenden Voraussetzungen verfügt, seinen konkreten Beitrag an der Gesellschaft leisten, ich meine auf politischem Niveau? Natürlich nicht unendlich lang. Denn die Wissenschaft ist offenbar Ihre Berufung. Aber das eine schließt das andere nicht aus. Wenigstens nicht – korrigieren Sie mich, wenn ich die Sache falsch verstehe – auf Ihrem Fachgebiet. Ein Chirurg oder ein Violinist, so jemand kann schon in wenigen Jahren seine Qualifikation verlieren. Aber Ihr Fachgebiet grenzt ja geradezu an die Politik oder ist zumindest damit verbunden. Das kann direkt ein Vorteil sein. Aber was soll ich um den heißen Brei herumreden: Wir haben in der Partei über Sie gesprochen. Wollen Sie nicht für den Stadtrat kandidieren?«

Teedu verschlug es die Sprache. Wie, er …? Unmöglich, dass sie nicht wussten … Aber wenn sie es merkwürdigerweise tatsächlich nicht wussten und die Wahrheit dann später ans Licht käme, wäre es seine Schuld, weil er es im rechten Moment nicht erwähnt hätte. Das konnte man als große Sünde ansehen und ihn daraufhin zum Feind erklären. Blitzschnell reifte in Teedus Kopf die Entscheidung, nicht zu zögern, sondern sofort ehrlich zu sein, hier und jetzt.

»Hören Sie, ich war doch in der Partei, geht das denn?« Das fragte er und wunderte sich gleichzeitig über seinen eigenen Mut.

Sten Karotar lächelte. »Natürlich wissen wir das. Wie – entschuldigen Sie – können Sie überhaupt annehmen, dass wir das nicht wüssten? Wir wissen so manches von Ihnen. Aber es ist gut, dass Sie es selbst gesagt haben, denn es zeigt, dass Sie das Herz auf dem rechten Fleck haben. Was die inhaltliche Seite der Sache betrifft, so muss es in einer so kleinen Gesellschaft wie Estland doch unbedingt eine nationale Aussöhnung geben. Anders kommt man schließlich nicht weiter. Wir können fähige Menschen nicht bis in alle Ewigkeit ausschließen, nur weil sie einmal etwas anderes waren. Schauen Sie sich um – Sie sehen doch, wie viele Ehemalige in Führungspositionen sind.« (Das hatte Teedu natürlich bemerkt, aber er hatte trotzdem angenommen, dass sie alle über persönliche Bekanntschaften verfügten oder von anderen Flügeln getragen worden waren.) »Außerdem muss man an jeden Fall individuell herangehen. Es gibt keine Kollektivschuld. Sie begreifen selbst, dass wir uns nicht an Sie wenden würden, wenn wir nicht zu der Erkenntnis gelangt wären, dass in Ihrem Fall das Faktum Ihrer einstigen Parteimitgliedschaft kein Hinderungsgrund ist. Auch Aaberkukk war der Meinung. Wir sind alte Kampfesgenossen. Übrigens müssen Sie nicht in unsere Partei eintreten. Jedenfalls nicht sofort.« Er schwieg, bevor er nachdenklich hinzufügte: »Wir müssen alle gemeinsam weiterleben.«

Vier Monate später kandidierte Teedu für den Stadtrat. Sehr viele Stimmen erhielt er nicht, einige andere bekamen ein Vielfaches von ihm, aber es gab auch solche, die weniger als er bekamen. Und zu seiner eigenen Überraschung wurde Teedu Mitglied des Stadtrats.

Auf den ersten Sitzungen hielt er sich zurück und hob lediglich die Hand, wenn es auf der vorangegangenen Koalitionssitzung so beschlossen war, und in einer unerwarteten Situation richtete er sich nach Karotar, der vor ihm saß.

Er wurde zum Mitglied der städtischen Kulturkommission ernannt.

Ein weiteres Jahr ging ins Land. Karotar fragte, ob er nun nicht in ihre Partei eintreten wolle, und Teedu stimmte zu. So begann seine Politikerkarriere. Ein paar Monate später fragte Karotar ihn vor der regulären regionalen Jahresversammlung der Partei, ob Teedu nicht mit einem Wortbeitrag auftreten wolle, wobei die Frage so formuliert war, dass sie einer Aufforderung glich.

Teedu plagten erneut Appetit- und Schlaflosigkeit, nicht einmal Schokopralinen schmeckten ihm mehr. Er überlegte fieberhaft, worüber er reden könnte. Um sich von seiner Seelenpein zu befreien, entschied er sich für die Flucht nach vorne. Nun war alles egal, wenn schon, denn schon.

Als er ans Rednerpult trat, flimmerte es Teedu vor Augen, und seine Stimme zitterte bei den ersten Worten: »Ich bin ein ehemaliger Kommunist und daher ein niederer Mensch, und ich hätte überhaupt kein Recht, hier den Mund voll zu nehmen.« Teedu hatte diese Worte zu Hause lange einstudiert, und ganz bestimmt kamen sie nun von reinem Herzen. Er hatte sich gedacht, dass das eine passende Einleitung sei und dass die Zuhörer dies als höfliches Eingeständnis nehmen würden, ungefähr so wie die Entschuldigung eines Amateurs gegenüber Profis. Sofort wurde ihm mit Entsetzen klar, dass er etwas Ungewöhnliches gesagt hatte. Alle schienen die Ohren zu spitzen. Karotars Gesichtsausdruck verriet Aufregung – will der neue Mann am Rednerpult ein Spielverderber sein? Versagt er schon bei der ersten Aufgabe? Einige im Publikum schauten Teedu sehr finster an, man hörte sogar Gezischel und unterdrückte Rufe wie »Raus! Weg da!«. Es gab aber auch solche, die kicherten, weil sie es offenbar für eine besondere Art von Humor hielten. Allmählich klärte sich auch Karotars Gesicht auf. Und als Teedu seinen Wortbeitrag beendete, wurde relativ heftig applaudiert. Kein schlechter Beginn für einen Neuling!

Nach der Versammlung trat Karotar an ihn heran und sagte schmunzelnd: »Nein, nein, im Endeffekt war das ein ganz interessanter Schachzug. Die Menschheit verabschiedet sich lachend von ihrer Vergangenheit. Marx hatte in manchen Dingen Recht.«

Teedu wiederholte seinen Eröffnungssatz auf der nächsten – und etwas wichtigeren – Versammlung ein halbes Jahr später. Diesmal kicherten mehr als das vorige Mal. Zwar gab es erneut ein paar, die mit versteinertem Gesicht dasaßen, aber »Weg da!« rief niemand.

Dagegen kam aus einer der hinteren Reihen der Zwischenruf: »Dafür brauchst du dich nicht zu entschuldigen!«

Auch diesmal war der Applaus überdurchschnittlich. Einige Leute kamen nach der Versammlung sogar zu Teedu und schüttelten ihm die Hand. Erleichterung durchströmte sein Herz.

Bald kam ihm das Getuschel zu Ohren, dass er in Nationalistenkreisen den Spitznamen »ehemaliger Kommunist und niederer Mensch« erhalten hatte, aber seltsamerweise ließ ihn das kalt. Er hatte im Kulturblatt über einen Gesprächskreis gelesen, an dem Freiheitskämpfer, Politiker und Gesellschaftswissenschaftler teilnahmen, unter anderem Miller. Letzterer hatte betont, dass es einen Menschenschlag gab, der immer mehr auffiel als andere, einerlei in welcher Gesellschaftsordnung, weil er unternehmender, fähiger und effizienter war. Teedu kam es allmählich so vor, dass er zu dieser Gruppe gehörte.

Ein weiteres Jahr verging. Die nächste große Versammlung der Partei wurde abgehalten, diesmal war es der Landesparteitag.

Teedu trat ans Rednerpult und hob an: »Ich bin ein ehemaliger Kommunist und daher ein niederer Mensch, und ich hätte überhaupt kein Recht, hier den Mund voll zu nehmen.«

Er sagte das nicht mehr verlegen, sich entschuldigend, sondern im Stil eines guten Dramas, gesetzt und mit Pausen. Nicht wie ein Amateur vor Profis, sondern wie ein Profi unter seinesgleichen, der sich durch scheinbare Erniedrigung in Wirklichkeit erhöhte und damit allen anderen Profis zu verstehen gab, wie professionell sie tatsächlich waren, was deren Selbstsicherheit ins Unermessliche steigerte. Und siehe da, ein herzliches Gelächter zog sich durch die Reihen, und es erhob sich sogar Applaus – schon zu Beginn der Rede, bevor er überhaupt etwas anderes gesagt hatte. Im Endeffekt erhielt lediglich der neue Parteivorsitzende Karotar mehr Applaus als er. Das konnte nicht ohne Folgen bleiben!

Abermals standen Wahlen vor der Tür. Teedu reiste kreuz und quer durchs Land und hatte jeden zweiten Tag einen Auftritt, manchmal auch zwei an einem Tag. Aber das war ihm nicht unangenehm und bereitete ihm keine Schwierigkeiten, hier kamen ihm seine Erfahrungen als Universitätslektor zugute. Heute hatte er auf einer Veranstaltung der örtlichen Abteilung des Rentnerbundes seiner Heimatstadt gesprochen. Wie überall, hatte er auch dort das Parteiprogramm vorgestellt und den Vorteil betont, den die Älteren hätten, wenn sie für seine Partei stimmten. Eine Stunde war unbemerkt verstrichen, es kam die Zeit für Fragen, und schon war die Veranstaltung vorbei. Als Teedu seine Papiere zusammenpackte und sich zum Gehen anschickte, trat ein älterer Mann zu ihm. »Jemand möchte eine persönliche Audienz,« dachte Teedu ein wenig genervt, aber mitfühlend. Es geschah häufiger, dass man ihm nach einem Vortrag ansprach. Was die Leute in solchen Fällen sagten, war normalerweise nicht wichtig, wesentlich war, dass sie wie Kinder zu ihm kamen. Mit Menschen musste man empathisch sein und sie anhören, man musste sie ermuntern. Teedu war daran gewöhnt.

Dieser Mann hier schien ziemlich aufgeregt zu sein, er fuchtelte sogar ein wenig mit den Armen: »Ich bin Kulu, Lehrer Kulu, erinnern Sie sich an mich? *Mein Herz ist erregt, denn in die Ferne lockt der Weg.*« Lehrer Kulu sang mit der etwas knirschenden Stimme eines alten Menschen ein paar Takte.

»Mein Gott«, dachte Teedu und versuchte seine Erregung zu beherrschen. Wenn sich sein ehemaliger Lehrer nicht vorgestellt hätte, hätte er ihn kaum erkannt. Kulu schien kleiner geworden zu sein. Das war sonderbar, denn obwohl Teedu in der Schulzeit relativ schnell ausgewachsen war und in der Turnstunde eher vorne als hinten in der Reihe stand, hatte er nie den Eindruck gehabt, dass Lehrer Kulu kleiner war als er. Aber so war es, bemerkte er jetzt. Vorgesetzte und Lehrer kommen einem immer größer vor, als sie tatsächlich sind. Gleichzeitig verliert ein Mensch im Laufe seines Lebens seine Konturen. Die Füße werden größer, die Hüften breiter, als würde der »Inhalt« nach unten sacken wie bei einer alten Matratze oder einem Sack.

Lehrer Kulu schaute ihn von unten an, ergriff dann Teedus Hand und drückte sie.

»Ich danke Ihnen für alles, was sie zum Wohle unseres Staates und unseres Volkes tun«, sagte er, als hätte er jemandem Bericht erstattet. »Ich bin immer ein estnischer

Patriot gewesen. Ich freue mich, dass aus dem Schüler, auf den ich seinerzeit die meisten Hoffnungen setzte, eine so herausragende Person geworden ist. Sie machen uns Ehre! Aber Sie haben noch viel zu tun. Mögen die Stürme und der Höhenflug andauern!« Bei den letzten Worten kam Kulu näher an Teedu heran, drehte den Kopf zur Seite, schaute Teedu unverwandt an – seine blinzelnden weißlichen Augen sahen offenbar schlecht – und schüttelte noch einmal überraschend kräftig Teedus Hand. Dann wandte er sich um und entfernte sich langsamen und schwankenden Schrittes.

»Bye-bye, Lehrer Kulu«, dachte Teedu melancholisch.

Teedus Partei fusionierte mit einer anderen Partei, um bei der Wahl besser dazustehen. Und das Ergebnis war wirklich glänzend. Auch Teedu gelangte ins Parlament, als siebtletzter auf der Liste seiner Partei. Er war nicht in der Spitzengruppe derjenigen, die am meisten Stimmen gefangen hatten, aber auch nicht einer, der nur dank der Umverteilungskombinatorik der Stimmen reinkam.

Das Wahlergebnis wurde vor Mitternacht bekanntgegeben, und dann konnte das Fest losgehen. Es kamen viele Leute, da die Umfragen ein gutes Ergebnis vorhergesagt hatten und die Menschen sich entsprechend vorbereiten konnten.

Gegen ein Uhr winkte Karotar Teedu zu sich und fragte ihn, ob er nicht mitkommen und den künftigen Verbündeten Glück wünschen wolle. Es sei ja klar, wer die neue Regierungskoalition bilden würde. Teedu zögerte einen Moment, weil er wusste, dass es in beiden Parteien Leute gab, die so eine Koalition lieber nicht gesehen hätten. Für die andere Partei, die man nun beglückwünschen wollte, soll die Nominierung von solchen Leuten wie Teedu ein Dorn im Auge gewesen sein. Aber musste Teedu sich denn bis in alle Ewigkeit darum scheren? Er sagte zu.

In dem Restaurant, wo sich die Anhänger der anderen Partei eingefunden hatten, wurden sie wie liebe Gäste empfangen. Niemand zeigte Befremden.

Plötzlich bemerkte Teedu Mati Tõusumägi, womit er nicht gerechnet hatte, denn soweit er wusste, hatte Mati gar nicht kandidiert. Er schien seine Nase nicht in die Politik zu stecken. Sie grüßten einander von Ferne und verunsichert wie Menschen, die sich nicht sicher sind, ob sie einander wirklich kennen. Teedus erster Gedanke war, mit Mati zu reden. Im nächsten Moment spürte er aber, dass er fürchterliche Angst davor hatte. Er hätte sich sehr zusammenreißen müssen, aber heute fühlte er sich dazu nicht stark genug. Deswegen hielt er sich in der Nähe von Karotar und hörte sich an, worüber dieser mit den Spitzen der anderen Partei sprach.

Als Teedu sich eine Stunde später anschickte, das Fest zu verlassen, erblickte er im Foyer Mati. Der schien schon ein wenig unsicher auf den Beinen zu sein und zu überlegen, was er weiter tun sollte. Er saß mit dem Rücken zu Teedu und sah ihn nicht. Teedu ging in aller Stille vorbei und zog sich hinter eine Ecke zurück. Als Mati herauskam, folgte er ihm. Mati hielt alle Naselang an und führte halblaute Selbstgespräche. Einmal sah es so aus, als würde er auf eine Bank plumpsen, auf der tagsüber die Blumenverkäufer saßen. Aber er ging weiter. Bald merkte Teedu, wohin Mati seine Schritte lenkte, in die Höhle natürlich. Teedus erster Gedanke war, ihm hinterherzugehen, er verspürte geradezu einen unbezwingbaren Wunsch danach. Das Gefühl war beinahe ebenso stark wie das, das ihn vor zehn Jahren auf das Liederfeld getrieben hatte – um herauszubekommen, wie es denn »wirklich war«. Jetzt konnte er seinen Wunsch aber bezwingen. »Soll er gehen?«, dachte Teedu. Um keinen Preis der Welt wäre er bereit gewesen sich einzugestehen, dass er auch Schadenfreude empfand.

ILLIMARS BRIEF VOM AUGUST 2000

Verehrter Chronist!

Wo einst unser Laden war, hat jetzt eine Kneipe eröffnet. Sie ist gut besucht, aber praktisch nicht von Einheimischen. Stattdessen sind dort romantische Wanderer mit entblößtem Oberkörper, die die Welt entdecken. Die Kneipe gehört Jõgever. Daneben werden bald ein Touristenheim und eine Wanderroute eingerichtet.

Jõgever hat angeblich Heilquellen entdeckt und will dort einen Kurort gründen. Derlei Vorhaben sind zweifellos von Visionen großen Maßstabs getragen. Bis zum nächsten Laden sind es für uns nun acht Kilometer. Der Weg dorthin führt durch den Wald, wo man auf sehr einsame und romantische Plätze stößt. Dort kann man auf einem Stubben oder Stein seine Füße ausruhen und sich seinen Gedanken hingeben. In jenem Laden gibt es viele fremde Menschen, unter ihnen auch romantische Wanderer. Das Warenangebot ist größer als in unserem alten Laden. Die Männer von uns, die nicht in Tartu arbeiten, sitzen in ihrer Freizeit vor dem Postamt auf der Treppe. Das Postamt weckt großspurige Vorstellungen von einem Postillion mit Posaune und von Postkutschen und lässt einen generell an den Zusammenhang der Zeiten denken.

Ich lese Die Geschichten von tausend und einer Nacht.

ILLIMARS BRIEF VOM OKTOBER 2000

Verehrter Chronist!

Das Postamt ist geschlossen. Die Männer sitzen jetzt an der Bushaltestelle, denn irgendwo müssen sie ja sitzen. Das ist sehr romantisch – da zu sitzen und einem vereinzelten wegfahrenden Bus hinterherzuschauen. Wohin mag er fahren und wen mit sich führen? Zweifellos kommen einem dann melancholische Vorstellungen in den Sinn, die einen erheben und verfeinern. Lange sitzen die Männer da nicht. Erstens kommen hier pro Tag nur vier Busse vorbei, zwei in die eine, zwei in die andere Richtung. Zweitens hängt dort auch die Dorfjugend herum, und sich mit der abzugeben schickt sich für einen Erwachsenen nicht. Die Männer sind streng, wortkarg, in sich zurückgezogen – echte Nordländer, mit einem unendlich weiten Innenleben.

HABT IHR GEGLAUBT?

Als die Republik Estland wiederhergestellt war, fing Naaskel an, seine Frage in einer anderen Form zu stellen. Statt seines »Wird Estland jemals frei werden?« fragte er jetzt: »Hast du geglaubt, dass der Staat Estland jemals wieder frei wird?« Auch jetzt stellte er seine Frage niemals ein und derselben Person zweimal.

Leider starb der arme Naaskel bald darauf. Man munkelte, er sei das erste Aids-Opfer unter dem Höhlenvolk. Während der russischen Zeit und sogar noch zu Beginn der estnischen Zeit wurde über diese Krankheit nur geflüstert, weil sie noch als unanständig galt.

Da es Naaskel nun nicht mehr gab, fing ich zum Spaß selbst an, die Menschen zu fragen, ob sie geglaubt hätten, dass Estland wieder unabhängig würde. Ich kann mir das erlauben, besonders wenn ich einen lila Anzug von Boss anhabe. Dann hält man diese Frage sogar für erotisch. Ich bekomme meistens bejahende Antworten. Die Unterschiede liegen darin, mit welcher Überzeugung oder Begeisterung das »ja« erklingt. Im Allgemeinen ist es so, dass je schöner die Damen sind, desto heftiger und aufrichtiger sie daran glaubten. Obwohl ich schon in dem Alter bin, in dem es mit der Feststellung des Alters von Damen ein wenig Schwierigkeiten gibt, erscheinen mir manche positiven Antworten verdächtig jung. Und ein paar junge Frauen, die mir geradezu ekstatisch erzählten, wie sehr sie daran geglaubt haben, waren damals noch nicht einmal geboren. Wenn ich ihr Augenmerk darauf lenkte, waren sie beleidigt: Kann etwa das Fehlen eines materiellen Körpers einen am Glauben hindern? Ob ich denn nicht an eine astrale Seele glaube, an Karma und dergleichen, und wie könne ich denn dermaßen *flat* sein?

Tatsächlich redet man im Falle meiner Frage viel aneinander vorbei. Lassen wir die Gesellschaft mal beiseite, mich interessiert die Sache von der kognitiven Seite her: Wünschen ist nicht mit Glauben zu verwechseln. Die Mehrheit wünschte sich die Freiheit, das ist klar, aber wie konnte man daran glauben? Nun gut, man konnte daran glauben, dass auf lange Sicht die Gerechtigkeit siegen würde, denn das sagt einem der Logos. Ich denke an Gerechtigkeit im Sinne von »Recht, zu existieren«. Aber trotzdem, wessen Gerechtigkeit? Die Gerechtigkeit aller kann nicht gleichzeitig triumphieren, die Gerechtigkeiten konkurrieren miteinander. Das zeigt ja die Geschichte. Wie viele Völker sind untergegangen? Galt für sie vielleicht keine Gerechtigkeit? Und warum sollten wir das Pflanzen- und Tierreich außen vor lassen? Hatten die Dinosaurier nicht das Recht, am Leben zu bleiben? Vielleicht geschah vor sechzig Millionen Jahren die größte Ungerechtigkeit der Geschichte? Nein, Dinosaurier haben kein Logos …

Miller meint, dass die Menschen nicht flunkern, wenn sie sagen, dass sie an einen künftigen estnischen Staat glaubten. Sie glauben, dass sie glaubten. Miller beehrt unsere Gesellschaft nun regelmäßig mit seiner Anwesenheit, wobei er es aber in einer Weise tut, die nicht den Eindruck entstehen lässt, als wolle er ein festes Mitglied werden.

Die Frage, ob man daran geglaubt habe, wurde häufig in der Höhle erörtert. Ich erinnere mich an einen Abend, als unter anderem Lumepart, Sõrgats, Vanasaba, Endel, Tobi, Alja und Mascha am Tisch saßen.

»Ich weiß nicht, ob ich daran glaubte oder nicht«, gab Lumepart zu.

»Ja, aber hast du daran gedacht?«, fragte Tobi. »Ich hoffe doch sehr, dass du intensiv daran gedacht hast.«

»Naja, manchmal dachte ich schon daran, aber nicht konkret«, sagte Lumepart resigniert.

Sõrgats fragte, wie ihm der estnische Staat gefalle.

Lumepart sagte, dass er ihm ehrlich gesagt nicht sonderlich gefiel, was für mich eine Überraschung war, denn Lumepart hatte den Ruf, ein Mann mit Rückgrat zu sein, und in der russischen Zeit hatte er staatliche Auftragsarbeiten abgelehnt.

»Weshalb das denn, wir haben doch jetzt die Freiheit?«, fragte Sõrgats aggressiv.

»Naja, mag ja sein«, sagte Lumepart, »aber was fange ich damit an?«

»Wieso, du kannst doch jetzt alles malen, was du willst?«

»Weißt du, das habe ich die ganze Zeit getan.«

»Aber blau-schwarz-weiß konntest du doch nicht malen?« Sõrgats ließ nicht locker.

»Ach«, sagte Lumepart und winkte ab. »Warum sollte ich blau-schwarz-weiß malen? Andere Farbkombinationen sind auch schön. Weißt du, früher war es so, da malte ich ein Bild, das wurde gekauft, und davon habe ich dann sparsam ein halbes Jahr gelebt. Ich konnte reisen! Ich sparte Geld und konnte jedes zweite Jahr ins Ausland. Wie das möglich war? Mit so einer Touristengruppe, wie das damals halt war. Ich war in Spanien, Griechenland, Italien – ich bin an allen Orten gewesen, die etwas mit Malerei zu tun hatten. Alle Museen dort habe ich mir angeschaut. Aber jetzt kann ich nicht mehr reisen. Niemand kauft etwas. Auch die Museen kaufen nichts. Ich helfe gelegentlich bei bekannten alten Frauen aus, mähe Gras oder hacke Holz. So verdiene ich mir Geld. Kraft habe ich, Gott sei Dank, ja noch.«

»Hast du denn keinerlei vaterländischen Gefühle?«, fragte jemand.

»Naja, warum soll ich die nicht haben, wer hat die nicht. Aber warum ermöglicht mir dieser Staat denn nichts? Wie lange ruft man in einen Wald hinein, aus dem nichts zurückschallt?«, fragte Lumepart sehr ernst.

ILLIMARS NEUER VERSUCH

In den dazwischenliegenden Jahren war Illimars bisherige – abstrakte oder kontemplative – Art und Weise sich mit den Erscheinungsformen des Lebens zu befassen in den Hintergrund geraten. Er wurde zwar kein gesellschaftlicher Aktivist, aber er kartierte die romantischen Erscheinungen in Zeit und Raum nicht mehr so aktiv wie in der Sowjetzeit. Das ist verständlich. Man kann sich vorstellen, dass man keine allzu große Lust mehr hat, sich Krimis anzusehen, wenn die alltägliche Umgebung ausgesprochen kriminogen ist. Im Falle einer großen Liebe ist es nicht nötig das Liebesgeschwätz anderer zu lesen. Und wenn das eigene Leben ein Märchen ist, entsteht kein Bedürfnis nach erdachten Märchen.

Im Leben des von der Okkupation befreiten Estlands gab es Elan, die Menschen strahlten, die Nähe des gelobten Landes begeisterte. Illimar sah, wie seine eigenen Hoffnungen in Erfüllung gingen und nahm an, dass das ewig so andauern würde. Und dann hatte er auch noch geheiratet.

Aber die Grundhaltung eines Intellektuellen ändert sich nicht von heute auf morgen. Als sich der Staub gelegt und sich das Leben mehr oder weniger in einer gewohnheitsmäßigen Form eingeschaukelt hatte, fand Illimar, dass er sich wieder mit normalen Dingen befassen müsste. Normal bedeutete für ihn Idealismus und ideelle Fortbewegung. In seinem Kopf spukte wieder die alte Idee von der Gründung eines Zentrums zur Erforschung der entsprechenden Lebensbereiche im weitesten Sinne – derselbe Plan, weswegen Hauptmann Sidorow ihn seinerzeit zur Ordnung gerufen hatte.

Die Gründung eines Zentrums müsste jetzt ohne weiteres möglich sein. Obwohl im Leben Materie und Prosa die Oberhand gewonnen hatten, gab es ja die Freiheit, so dass niemand Illimar ideologische Beschränkungen auferlegen, ihm schon gar nicht drohen konnte. Illimar schrieb mir: *Das Zentrum muss errichtet werden. Es ist notwendig für die Zukunft Estlands. Andernfalls erlahmt unser Elan, und unser Projekt als das eines Wundervolks wird in Zweifel gezogen.*

Eine schwierige Frage war natürlich das Geld. Das war nicht leicht zu finden, denn der Staat war arm, und es fehlte an allen Ecken und Enden. Im Kulturministerium hörte man sich ihn an, lächelte und versprach Unterstützung bei den formalen Dingen, das heißt beim Eintrag des Zentrums ins Handelsregister. Aber Geld gab es nicht, mit der Begründung, dass es sich hier um ein Hobby handelte, und dies gehöre wenn überhaupt in den kommunalen Bereich. Niemand auf dem Niveau der Führungsorgane wagte es, ein Internationales Forschungszentrum für Romantische Erscheinungen zu unterstützen, wenn man das auf Kosten der Rentner, der Schulmahlzeiten oder der Aidshilfe hätte machen müssen. (»Ufos fördern wir nicht«, so drückte sich ein Beamter aus.)

Illimar beschloss, sich an allerlei Fonds zu wenden. Er stellte einen Antrag bei der neugegründeten Integrationsstiftung und beschrieb darin, wie sein Zentrum bei der Integration von Esten und Russen mithelfen würde (unter anderem zitierte er Mereschkowskis Roman über Peter den Ersten und Bloks Poem *Die Skythen*). Aber bei der Integrationsstiftung hielt man ihn für einen Wolf im Schafspelz, für einen radikalen Nationalisten. Beim Kulturkapital fand man nicht die richtige Sparte für ihn, weil es in dem Zentrum weder um Literatur noch um nationale Kultur ging. (Jemand empfahl Illimar den Antrag in der Abteilung »Sport« einzureichen und das Projekt mit Stabhochsprung in Verbindung zu bringen, wobei sich in der Flugbahn des Sportlers Idealismus finde.) Private Investoren, so wenige es von ihnen bei uns auch gab, zeigten vereinzelt Interesse, aber Illimars Vorhaben wollten sie in erster Linie als Kunstwerk begreifen. Ein sehr reicher Transitkaufmann antwortete Illimar, dass er bereit sei das Zentrum zu kaufen, wenn es einmal fertig ist, und sich an die Wand zu hängen.

In Estland war also offenbar kein Geld aufzutreiben. Dann empfahl – möglicherweise scherzhaft – eine Person mit Fliege Illimar, sich an die Europäische Union zu wenden. Estland war gerade Mitglied geworden, und warum sollte man sich das nicht nutzbar machen? Diese Person mit der Fliege sagte gewichtig und geheimnisvoll, während er seine Pfeife schmauchte: »Öhöm, dort hat man für noch viel fantastischere Zwecke Geld ausgegeben, öhöm!«

Illimar verwendete beinahe ein Vierteljahr auf die Abfassung des Antrags. Anfangs probierte er es alleine und schwitzte mit zusammengebissenen Zähnen über den Formularen, aber trotzdem gelang es ihm nicht, alle Felder auszufüllen. Schließlich gab er es auf und suchte sich jemanden, der mit derlei Arbeiten sein Geld verdiente. Die Projektbeschreibung wurde siebzig Seiten stark. Nachdem er sie eingereicht hatte, musste Illimar auf etliche Nachfragen antworten, um die Zweifel zu zerstreuen, dass sein Projekt nationalistisch sei und den Nationalstaat propagiere. Illimar betonte, dass sein Ziel eine globale Geistigkeit auf höherem Niveau sei, Nationalismus sei ein Glied in einer langen Kette.

Schließlich erhielt er tatsächlich Geld aus dem Regionalfonds, der auch Geld für Laubwiesenzüchter, Ökonahrungsproduzenten und Schafzüchter bereitstellte. Im engeren Sinne handelte es sich hier um einen Unterfonds, der dafür gedacht war, Heilungsmaßnahmen von Zauberern, Hexenbeschwörungen, Filmaufnahmen des »Bösen Blicks« und andere Erscheinungen lokaler Kultur zu bewahren.

Stell dir vor, schrieb Illimar mir. *Ich dachte, dass das, womit ich mich beschäftige, eine europaweite Angelegenheit ist, die die ganze Menschheit betrifft, aber jetzt stellt sich heraus, dass es auf demselben Niveau wie Wollkniestrümpfe ist.*

Aber natürlich freute er sich darüber, dass er überhaupt Geld bekam. Er spazierte durch die Stadt und wählte sich einen Ort aus, wo er sein Zentrum errichten wollte. Er war sich sicher, dass jetzt alles unter Dach und Fach war. Dann bekam ich den nächsten Brief von ihm.

ILLIMARS BRIEF VOM JULI 2004

Verehrter Chronist!

Die Europäische Union – kann es etwas noch Großartigeres geben, etwas Idealistischeres als diese aus einem Geistesblitz heraus geborene Idee?! Diese Beschwingtheit macht einen geradezu betrunken. Ich weiß nicht, wie praktisch diese Idee ist, das heißt, wie weit man diesen Weg beschreiten kann, denn es ist schwer zu glauben, dass die Völker so schnell auf ihr nationales Ego, das sich in Jahrhunderten oder sogar Jahrtausenden herausgebildet hat, verzichten könnten. Aber wenigstens haben sie ein Zeichen gesetzt, dass sie in diese Richtung streben, und das ist die Hauptsache. Das markiert den Versuch, in sich den tierischen Keim zu überwinden und ein aufgeklärtes Subjekt zu werden. Wieder einmal sehen wir, wie die Geistigkeit die blinde Materie angreift, wie eine Welle von Ideen den Menschen auf ihren Kamm hebt. Estland muss Mitglied der Europäischen Union sein, um auf das große Fest der Romantik zu gelangen. Eine andere Wahl haben wir nicht.

Der Euro als Geld ist sehr romantisch, er genießt meine restlose Zustimmung. Das ist abermals die Frucht einer mächtigen Vision, etwas, das aus einer Erscheinung, aus einem Geistesblitz heraus entstanden ist. Auch wir müssen in diese

Zone gelangen. Dann sind wir ebenso starke Typen wie die Deutschen oder Franzosen, unser Geld ist genauso gut wie ihr Geld. Schön ist die Eurozone! Schön ist die NATO! Der fünfte Paragraph – Romantik im Quadrat. Wie schön ist die Landwirtschaftliche Registrations- und Informationsbehörde! Der Strukturfonds – Garten der Wunder!

Leider freute sich Illimar zu früh. Im weiteren Sinne war es die Entwicklung der Informationstechnologie, die ihm einen Strich durch die Rechnung machte. Schuld hatte das Internet. Illimar hatte nicht die Geduld gehabt abzuwarten und hatte bereits eine Homepage des Zentrums ins Netz gestellt, als es das Zentrum noch gar nicht gab. Dort hatte er zusätzlich zu programmatischen Aufrufen auch seine eigenen Artikel angehängt. Ich bezweifele, dass er sie alle noch einmal durchgesehen hat. Und so konnte es geschehen, dass die ganze Welt seinen Artikel über den Vergleich von Hitler und Stalin zu lesen bekam. Beinahe direkt lenkte die russische Homepage *gen.ru* die Aufmerksamkeit darauf (was bedeutet, dass sie dort ein Auge auf Illimar hatten). Der Artikel wurde als Erscheinungsform des Faschismus in den Baltischen Staaten angeprangert und als Versuch, die Geschichte umzuschreiben. Das wäre nicht weiter schlimm gewesen, denn alle wussten, dass *gen.ru* eine Propaganda-Seite ist, hinter der Russlands Geheimdienste stehen. Aber bald wurde auch in intellektuellen Kreisen Deutschlands über Illimars Artikel diskutiert, und er wurde sogar auf ihrem Kulturzeitschriftenportal *signandsight.com* referiert. Die Reaktionen waren beinahe ausnahmslos verurteilend, denn auch westliche Linksintellektuelle fanden, dass Illimar den Nazismus glorifiziert. Die Welt begriff seine weiträumige und vielschichtige

Seele nicht, in der die Anerkennung von Hitlers unbestreitbarem, wenn auch degeneriertem Charisma und die Liebe für die Juden gleichermaßen Platz fanden. Es erschien eine Reihe von unangenehmen, einseitigen und sehr böswilligen Artikeln, worin unter anderem unsere Waffen-SS und das Militärmonument in Tori zur Sprache kamen, selbst der Marsch der lettischen Legionäre wurde in die Sache mit hineingezogen. Die entsprechenden Instanzen in Estland teilten mit, dass bei uns Meinungsfreiheit herrsche und dass die fragliche Schrift in keiner Weise die Verbrechen Hitlers rechtfertigen würde, eher liefere sie eine Analyse, wie es ihm gelungen sei, so viele Menschen zu täuschen. Aber wer hörte auf uns! Kraftlos blieb unser Stimmchen. (Miller sagte aus diesem Anlass gleichsam im Vorbeigehen, dass Estland ein Propagandaministerium bräuchte.)

Das ist wirklich seltsam: gerade die Deutschen, die sich seinerzeit durch einen wie Hitler am meisten haben blenden und wahnsinnig machen lassen, so dass es im Nachhinein wirklich geradezu lächerlich und erbärmlich anzuschauen ist, können oder wollen es nicht begreifen, wenn jemand anders heute bei dieser Person auch nur ein Krümchen findet, das eine gewisse Anziehungskraft hat. Was für eine Logik gibt es da?

Natürlich gelangte die Sache nach Brüssel. Die für Illimar gedachte Förderung blieb irgendwo stecken (obwohl ein kleiner Betrag anfangs wohl sogar ausgezahlt wurde), und dann wurde mitgeteilt, dass das ganze Projekt inakzeptabel sei, weil die »Europäische Union nicht die Gründung eines Zentrums für Nazismus unterstützen« könne.

Für Illimar lag die einzige ein klein wenig positive Seite des ganzen Zwischenfalls darin, dass seine »Kollektion« angefüllt wurde. Ja, mein gelehrter Freund bewahrte sich auch in dieser Situation seine intellektuelle Ehrlichkeit und blieb seiner Grundüberzeugung treu, die in der Registrierung von höchst geistigen Erscheinungen bestand. So nahm er in seine Liste der romantischen Erscheinungen die Bußfertigkeit des deutschen Volks auf. Er schrieb:

Andererseits sind die Deutschen doch bewundernswert. Ist aus der Geschichte ein anderes Volk bekannt, das in corpore *und in so großem Maße zur Buße fähig wäre? Das ist schon ein metaphysisches, beinahe ontologisches Sich-Asche-aufs-Haupt-Streuen. Dass ein Volk fähig ist, eine solche Schmach und eine solche Reue zu empfinden, zeigt Geistesgröße, seelische Feinheit und eine generelle Intaktheit der Gewissenswirtschaft. Ein unanständiges Volk, wie auch ein unanständiger Mensch kann Schmach nicht über einen längeren Zeitraum hinweg ertragen. Wo ist zum Beispiel die Bußfertigkeit des russischen Volks angesichts der Dutzende von Völkern, die in Sibirien ausgerottet wurden? Wo ist die Bußfertigkeit der Türken wegen der Armenier und Kurden? Derzeit wird geschrieben, dass es für die Deutschen an der Zeit wäre, aufzuhören im Büßerkleid herumzulaufen, dass sie schon hinreichend gebüßt hätten. Aber ich glaube, dass das bei ihnen niemals vollständig vorübergehen wird. In ihrem kollektiven Unterbewusstsein, in ihrer »Arché«, streckt diese Buße die Hand aus nach der Tragik, nach der Selbstaufopferung des Helden, vermischt sich dort völlig unbegreiflich und unlogischerweise mit Siegfried. Vielleicht wollen sie gar nicht, dass diese Zeit der Buße vorübergeht.*

Aber von der Europäischen Union, genauer gesagt von dem Geist, der durch Brüssels Flure wehte, war Illimar von nun an enttäuscht. *Stalins Leiche vergammelt dort bei ihnen allmählich im Schrank*, schrieb er. *Die Sporen seiner Stiefel lugen in Straßburg aus einem Türspalt hervor. Über alles legen sich maßvolle Beschränkung, Bürokratie, hündische Treue, Gequassel und Saufkumpanen.*

Eine Zeitlang versuchte er sein Zentrum virtuell zu errichten, über eine Homepage, aber auf seine Initiative klinkten sich nur Palästinenser und somalische Piraten ein, mit denen Illimar sich nicht auf der gleichen Wellenlänge fühlte.

Armer Illimar! Er war sich so sicher gewesen, dass die neue Zeit auch ihm neue Perspektiven in interessanten Sphären eröffnete. Von diesem Schlag hat er sich niemals wieder richtig erholt.

Ein halbes Jahr später bekam ich von ihm einen der verbittertsten Briefe überhaupt.

Verehrter Chronist!

Alles ist voll mit Harry Potter. Tatsächlich ist bereits in der Offenbarung von ihm die Rede. Harry Potter ist der fünfte Reiter – der, der das Land mit Dunkelheit überzieht. Ganz sicher versinkt die Menschheit momentan in der Dunkelheit. Wir kehren wieder zurück zur alten Stammeseinteilung, in das Zeitalter der kollektiven Trugbilder. Das Internet machte den Anfang mit einem neuen Gemeinschaftswesen, und die sozialen Medien führen das weiter. Vor langer Zeit, in den Anfangszeiten der Menschheit, konnte das Individuum nicht alleine sein, denn dann wäre es dem Untergang anheimgefallen. Es musste wohl oder übel im Stammesverband leben. Dort fand alles vor aller Augen statt, nichts konnte man vor den Blicken der anderen verbergen, und das hielt man für normal. In dem Maße, in dem sich die materielle Seite des Lebens weiterentwickelte, vergrößerte sich allmählich auch die Privatsphäre. In der An-

tike verfügten die freien Menschen bereits darüber, wenn auch in geringerem Ausmaße, als man gemeinhin annimmt. Für die größeren Massen wurde die Privatsphäre erst in der späten Neuzeit erreichbar, als in den Städten der Bau von kleinen und verhältnismäßig preisgünstigen Häusern in Gang kam und die Warenherstellung begann. Seitdem ist die Tendenz bis in die neueste Zeit hinein in ein und derselben Richtung verlaufen, immer auf eine Ausweitung der Privatsphäre zu. Daran, dass die Isolation in der Zwischenzeit nie dagewesene Ausmaße erreichte, hatte der Verlust des Glaubens an Gott seinen Anteil. Die Menschen empfanden sich nicht mehr als Brüder und Schwestern, sondern alle waren losgelöst von allen, sowohl physisch als auch seelisch.

Diese Zeit geht nun vorbei, der Individualismus zieht sich zurück, und es entsteht eine Kollektivität in einer neuen Dimension. Aber das funktioniert nicht über eine geistige Substanz, auf Seelenniveau, ebenso wenig durch Vermittlung kollektiven Gemeinschaftseigentums wie im Phalansterium, sondern über irgendeine perverse Verlängerung des Körpers und der Sinne. Die Sphäre, worin dieses zum Ausdruck kommt, ist das Alltagsleben, die normalen Lebensumstände. Alles, was bisher mit dem Schleier des Anstands bedeckt war (zum Beispiel der Stoffwechsel), wird Schritt für Schritt öffentlich und zur gegenseitigen Freude beobachtbar. In den neuen Wohnungen gibt es keine abgeschiedenen Badezimmer, Küchen oder Toiletten mehr, alles ist in einem riesigen Raum zusammen. Das hält man für überaus natürlich. Gleichfalls hat jeder Mensch grenzenlose Möglichkeiten, sein gesamtes Intim- und Stoffwechselleben im Internet zur Schau zu stellen. Während man auf der Straße eine Geldbuße bekommt, wenn man einen Haufen oder eine Pfütze hinterlässt, verbietet einem niemand, sich im virtuellen Park hinzuhocken. Und so ist denn auch jeder davon auf dem Laufenden, was der andere isst und wie er scheißt. Alles ist darauf zurückzuführen. Der Kreis hat sich geschlossen. Das neue Niveau ist augenscheinlich besonders sophisticated, aber das ist nur eine Frage der Technik, der Inhalt ist alt, das Wesen der Sache hat sich nicht geändert. Alle sind wieder zusammen wie in einem Stamm.

Ein paar Zeilen zum WORT. Die Vermittlung eines Gedankens, seine Lostrennung von dem, der ihn denkt, seine Verfremdung auf einer Steintafel, einem Pergament oder Papier war ohne Zweifel verbunden mit der Isolation im allgemeineren und philosophischen Sinn, wobei diese sowohl eine ihrer Verursacher als auch deren Resultat war. Das zwischenzeitliche Zeitalter des geschriebenen Wortes war gleichzeitig ein Isolationszeitalter oder richtiger eines seiner Ausdrucksformen. Aber das Wort selbst als solches braucht nicht unbedingt Isolation zu bedeuten. Wir sehen heutzutage ja, wie dasselbe Wort auch das Zusammensein ermöglicht. Das Wort ist auf eine neue Runde gegangen, auf die Runde des Geschwätzes. Dabei ist es wichtig zu verstehen, was für eine Willkürlichkeitsstufe die Sprache des fraglichen Zeitalters aufweist, wie metaphorisch und indirekt sie ist. Je stärker der entsprechende Aspekt vertreten ist, desto größer ist auch die Isolation. Wenn dagegen das Wort mit seinem Produzenten (dem Sprecher oder dem, der die Tastatur bearbeitet) eins ist, ohne Peinlichkeit und (falsche) Scham zu verspüren, dann ist das Wort mitnichten isolierend, sondern in erster Linie verbindend. Ein solches Wort nähert sich dem Prusten und anderen Tönen an, deren Grundlage mit dem Körper verbundene Lebensäußerungen sind. Mit einem Smartphone kann man Parasiten im Pelz einer tausendköpfigen Herde suchen. Die heu-

tige große Tendenz liegt denn auch gerade darin, dass das Wort sich aus der geschriebenen, vermittelten Sphäre zurückzieht und sich auf die direkte mündliche eins-zu-eins Sphäre hin bewegt. Dass das Wort rein äußerlich zwar geschrieben ist, beispielsweise als SMS auf dem Handy, bedeutet nicht, dass es das auch vom Wesen her wäre. Das Wort kommt zurück in den Schoß seines einstigen urtümlichen Synkretismus, wo es sich in Gemeinschaft mit der Musik, dem Tanz, der visuellen Kunst und dem Theater befand. Im Zusammenhang damit ist es unmöglich, die gestiegene Bedeutung des Tanzes in der neueren Zeit zu übersehen. Nicht in erster Linie als Volkstanz, der vielerlei verschiedene Funktionen hat, auch nicht separat als Gesellschafts-, Turnier- oder anderer Tanz, ganz zu schweigen vom Ballett, sondern vor allem in Gestalt von allen möglichen freien Formen, als Alltagstanz, zusammengefasst also doch TANZ als solcher. Der Tanz bringt die allgemeinsten Strömungen direkt zum Ausdruck. So war das beim Sippentanz ums Lagerfeuer. Auch heute tanzen Menschen mit traditioneller Lebensweise sehr häufig, und sie können im Tanz beinahe alles ausdrücken, was mit ihrem alltäglichen Leben verbunden ist (unter anderem staatliche Unabhängigkeit). Natürlich tanzen sie keine besonders komplizierten Sachen, deren Sinn schwierig exakt weiterzugeben wäre. Das haben sie auch gar nicht nötig, denn in ihrem Leben gibt es solche Kompliziertheiten nicht, und die Tänzer selbst denken nicht kompliziert. Der Tanz gibt Gefühle weiter, Begierden, Wünsche.

Die große Verbreitung des Tanzes in der heutigen Welt ist kein Zufall. Seine Verbreitung ist überdeutlich auf Kosten des Worts erfolgt (ich habe hier das exakte, artikulierte und theoretische Wort im Sinn), auf Kosten des strahlenden Werkzeugs des Fortschritts, wie Settembrini es ausgedrückt hätte.

Mit der Verbreitung des Tanzes geht die neue Primitivität auch im Seelenleben einher. Der Mensch windet sich und weist auf seine Kehle – das heißt er will trinken, er schüttelt sich und weist auf seine Lenden – ein klares Bild, was er nötig hat, usw. Genau wie in der Urzeit.

Ich behaupte nicht, dass die Menschen in den dazwischenliegenden Jahrhunderten viel komplizierter gewesen wären. Aber das Ideal war doch die Entwicklung der geistigen Fähigkeit und eine Verfeinerung der Psyche. Jetzt nicht mehr. In den dazwischenliegenden Jahrhunderten wurde unter dem Fenster gesungen und wurden ausgefeilte Liebesbriefe geschrieben, jetzt kommt man mit deutlich weniger aus. Sich selbst zu öffnen ist wichtiger, als sich selbst zu vervollkommnen. An einem bestimmten Punkt kommen der Tanz und die sozialen Medien zusammen. Ein fröhliches neues Stammeswesen hat das Sagen.

Dein gelehrter Freund.

MANGLUS' KÄMPFE

Ein wahrer Schöpfer, dem im persönlichen Leben Rückschläge widerfahren sind, findet gewöhnlich immer in seiner Arbeit Trost. Auch Manglus stürzte sich in Arbeit, nachdem sein Abstecher in die Politik missglückt war, indem er sein Zentrum noch energischer auszubauen begann. Letzteres wurde unter seiner Hand immer perfekter und berühmter, in der Kulturwelt redete man von nichts anderem mehr als vom Zentrum. Man fing sogar an, es mit Großbuchstaben zu schreiben (wogegen die Puristen vergeblich protestierten) und es war für die estnische Gesellschaft beinahe genauso wichtig geworden wie das Oper- und Balletttheater Estonia oder der nationale Männerchor. Ausländische Diplomaten wurden dorthin gebracht, und Politiker erwähnten es in ihren Festreden, wenn sie die Errungenschaften der neuen Unabhängigkeit auflisteten (allerdings normalerweise im Schlussteil der Rede).

Als im Februar alle möglichen Preisjurys wieder einmal ihre Arbeit abgeschlossen hatten, ergab es sich, dass Manglus für seine große Personalausstellung (wie er sie jedes Jahr organisierte) der Staatspreis zuerkannt worden war – die wichtigste Auszeichnung, die man vor dem Lebenswerkpreis erhalten konnte. (Letztere wurde verliehen, wenn man davon ausging, dass die fragliche Person ihre Hauptarbeit bereits verrichtet hatte, was aber in Manglus' Fall niemand annahm.) Danach erschien im Kunstverlag sogar eine Monografie über ihn. Vor dem fünfzigsten Geburtstag war das bislang nur mit einem unserer Künstler passiert, aber das war in der Stalinzeit, und die Anordnung dazu kam von oben.

Wie ich weiter oben erwähnt habe, stellte Manglus in seinem Zentrum begabte Menschen ein und protegierte sie. Und so mancher seiner Schützlinge fing schon an, mit den Flügeln zu schlagen. Zwei seiner jungen Assistenten, Lellep und Helonainen, waren herausragende Künstler geworden, die ihrerseits bereits Bewunderer und Nachahmer hatten. Man kann gewiss sagen, dass in beiden jungen Männern – in der einen oder anderen Form – der Funken eines originalen Genies vorhanden war. Leider wurde gerade das ihnen zum Verhängnis.

Manglus tolerierte und liebte Talente, aber Genialität war ihm selbst vorbehalten. Er schien zu befürchten, dass ihm in Lellep und Helonainen Konkurrenten erwüchsen, und beschloss sie davonzujagen, bevor es zu spät war.

Lellep konnte er ausschalten, indem er sich auf das Disziplinargesetz berief, weil dieser ein Liebesdrama mit seiner Frau Ave hatte (Ave arbeitete im selben Zentrum als Assistentin). Indem er den Gerüchten Glauben schenkte, denen zufolge seine Frau untreu geworden war, sprang Lellep im Affekt aus dem Fenster im fünften Stock, überlebte aber. Damit nicht genug, krabbelte er sofort wieder in den fünften Stock zurück (der Fahrstuhl war kaputt) und polierte seiner Frau die Fresse. Manglus sagte, dass er innerhalb der vier Wände seines Zentrums nicht tolerieren könne, wenn eine Frau geschlagen würde, und entließ Lellep auf der Stelle. In dem Moment, da er seine Worte aussprach – so wird es erzählt – brachen Lelleps Beine mit einem lauten Krach, dieselben, auf denen er kurz zuvor nach oben gekrabbelt war. (Aber vielleicht war er gar nicht gekrabbelt, sondern geflogen? Wer weiß, wer weiß …)

Helonainen hatte kein Sündenregister vorzuweisen, mit dem man etwas anfangen konnte, so dass man sich seiner in aller Stille entledigte, unter dem Vorwand von Sparmaßnahmen. Eine analoge Stelle wurde umgehend wieder eingerichtet, aber Manglus wusste, dass Helonainen nicht von seinem gesetzlich garantierten Recht Gebrauch machen würde, sich als Vorzugskandidat zu bewerben, weil er ein feinfühliger Mensch war. Helonainen wurde in dieser Angelegenheit sogar von einem unserer Konkurrenzblätter interviewt, aber es gelang ihnen nicht, daraus einen Skandal zu konstruieren, weil Helonainens Antworten sehr beherrscht und humorvoll waren. Es entstand der Eindruck, als würde er die Motive von Manglus' Verhalten vollkommen begreifen und ihn sogar geradezu rechtfertigen. Die Geschichte war mit einem Bild ausgestattet, auf dem Manglus und Helonainen auf einem See (angeblich war es der Pühajärv) gemeinsam im Boot saßen und angelten.

Nachdem er sich seiner möglichen Konkurrenten entledigt hatte, stellte der »Häuptling« an ihrer Stelle zwei energische junge Frauen ein, Mirva und Tonnensen. Letztere war relativ unbekannt, hinterließ aber einen normalen und friedlichen Eindruck. Ihre Freundin Mirva, die niemals ihre riesige Sonnenbrille mit Plastikbügeln und grünen Gläsern abnahm, war lauter, ehrgeiziger und liebte es über alles, von Selbstkolonialisierung zu reden. Sie arbeitete ein Dreivierteljahr im Zentrum, danach zog sie ins Ausland, wo sie überall von ihrer Verbindung zum Zentrum herumerzählte, es gleichzeitig aber kritisierte. Schließlich lockte sie auch Tonnensen fort, und beide ließen sich in London nieder.

Es war etwas nie Dagewesenes geschehen. Bislang hatten Frauen Manglus niemals verraten, sie waren ihm immer vollkommen loyal gewesen. Jetzt aber hatten diese beiden mit seiner Unterstützung aufsteigen wollen, um dann selbst Karriere zu machen und wer-weiß-wohin fortzufliegen. Eine derartige Frauenemanzipation kratzte sicherlich an Manglus' Selbstwertgefühl. Und doch ging das Leben weiter, und sogar ziemlich befriedigend. Manglus konnte seine Gefühle verbergen und hinterließ in der Höhle und in der Öffentlichkeit den Eindruck eines sorglosen Menschen, bei dem alles gut lief und der sein Schicksal bei den Hörnern packte. Dann aber brach der Skandal los.

Ein Journalist der Regenbogenpresse mit Spitznamen Mink – nicht gerade besonders begabt und eigentlich mit einem etwas düsteren, fast schmierigen Hintergrund behaftet – war eines Nachts gnadenlos verprügelt worden.
Ein zufälliger Zeuge, der die Polizei alarmiert hatte, beschrieb in seiner Aussage, wie Mink an Armen und Beinen festgehalten und in beide Richtungen geschwenkt wurde, bis

er ordentlich Schwung hatte und gegen die Mauer des Journalistenhauses gedonnert worden war. Und das mehrmals nacheinander (sogar die Alarmanlage des Gebäudes sei daraufhin ausgelöst worden).

Mink wurde auf die Intensivstation gebracht. Seine Verletzungen waren erheblich – Risse, Brüche, Hirnschädigung. Seltsamerweise wurde das Geschehene von Anfang an mit Manglus in Zusammenhang gebracht. Und doch war er während des Vorfalls gar nicht in Tallinn, sondern hielt sich in Gesundheitsgewässern auf (nach eigener Aussage machte er eine Klistierkur). Dass er sich physisch an der Schlägerei beteiligt hätte, war uns, seinen Gefährten, vollkommen absurd erschienen. Manglus kannte Mink und stritt das nicht einmal ab. Auf den ersten Blick war es natürlich schwierig, einen Aristokraten wie ihn mit einem Mink-artigen Typ in Verbindung zu bringen, weil Mink ein heruntergekommener Mensch war, ein journalistischer Aasgeier und alles andere als vertrauenswürdig.

An dieser Stelle muss ich aber einen merkwürdigen Aspekt in Manglus' Charakter erwähnen. Er hatte Kontakte auf einem besonders weiten Feld und pflegte Umgang mit den verschiedensten Personen. Das an sich ist noch nichts Besonderes oder Verdammungswürdiges. Als Manglus noch am Anfang seines Höhenflugs stand, war man der Meinung, dass derlei Bekanntschaften die ersten stürmischen Ausbrüche einer reichen Schöpfernatur waren, ein junger Mensch wollte allerlei verschiedene Varianten ausprobieren. Bei Manglus gingen derlei Neigungen aber nicht mit der Jugend vorbei, sondern vertieften sich eher. Wobei es bei ihm immer durch die Filter des Bewusstseins lief, niemals direkt. Ganz bestimmt mochte Manglus physische Unsauberkeit als solche nicht. Wenn er

Umgang mit solchen Menschen hatte, schien er sagen zu wollen: ich bin ein so gewaltiger Bursche, dass ich auch mit diesem Abschaum Umgang haben kann, ohne dass es mir schadet. Ich kann im Präsidentenpalast zu Abend essen, dann in einer Spelunke versacken, aber am nächsten Morgen wieder sittsam und kleinbürgerlich im Dienst sein.

Ein solches Pendeln zwischen den Extremen wurde in unseren Kreisen, denen der Höhlenmenschen, durchaus wohlwollend aufgenommen. Es war nur ein wenig schwierig zu akzeptieren, dass es Manglus mehr in niedere Gefilde, in die Nähe des Abschaums, als in höhere Sphären zog. Es gab Perioden, in denen die Gosse Manglus sehr attraktiv erschien, und es wurde in den schillernsten Farben beschrieben, wie er sich dort suhlte. Es kam vor, dass er sich tagelang mit dem Tallinner Auswurf herumtrieb, wozu Vagabunden aus der Gegend von Kopli gehörten und Lumpendichter, die einen ständig um Geld für ein paar Bier anschnorrten, heruntergekommene ehemalige Leistungssportler, die sich zu Anfang der neuen estnischen Zeit mit Schutzgelderpressungen befasst hatten, aus dem Gefängnis entlassene Wiederholungstäter und andere Ausgestoßene, an deren Orgien er teilnahm. Er hatte keine Angst vor Pennern und konnte sorglos seine Zeit mit ihnen vertreiben. Er konnte das Verhalten und den Sprachgebrauch von Knackis so gut nachahmen, dass mir manchmal unheimlich wurde. Ich hatte davon gehört, dass es einen echten Knacki am meisten erbost, wenn jemand, der in Wirklichkeit kein Knacki ist, ihn nachäfft und sich somit mit fremden Federn schmückt.

Manglus liebte das Risiko, aber verrückt war er nicht. Obwohl er auffallend kräftig war und sich in seiner Jugend mit Kampfsport befasst hatte, war klar, dass die Dinge bisweilen eine traurige Wendung für ihn hätten nehmen können. Ich war einmal Zeuge einer solchen Situation. (Manglus liebte es, gelegentlich seine Höhlenbekanntschaften mit auf diese Orgien zu schleppen, um sie zu schockieren, wobei er sich an der Unbeholfenheit der künstlerischen Boheme weidete, wenn sie in die Gesellschaft von echten Pennern und Nutten geraten waren.) Sobald Manglus merkte, dass die Männer ihn argwöhnisch betrachteten, gab er mir heimlich ein Zeichen, das bedeutete »Hauen wir ab«. Wenn wir ihn zu seinem Lotterleben befragten, brach er in Lachen aus und antwortete ausweichend, dass man dort einen »Kick« bekäme (das Wort »Thrill« wurde damals noch nicht verwendet).

Die Folge von derartigen Kontakten war, dass im Vorzimmer seines Büros, das sich im Gebäude des Zentrums befand, hin und wieder merkwürdige Gestalten auftauchten, angesichts deren Wesen und Äußeren die sexy Sekretärin (Manglus hatte immer sehr sexy und sehr pfiffige Sekretärinnen, die er als Verehrer der James-Bond-Filme Moneypennys nannte) nach Luft schnappte und unter der Tischplatte den Alarmknopf für die Sicherheitsfirma suchte. Solche Kellergestalten erschienen dort, weil Manglus ihnen in irgendeiner Spelunke seine elegante Visitenkarte mit den rotgoldenen Buchstaben in die Hand gedrückt hatte mit den Worten: »Wenn du mal Zeit hast, komm vorbei!« (Gleichzeitig sich selbst gegenüber frotzelnd: »Wen lade ich da bloß ein, das ist ja total unmöglich, ist das nicht fantastisch!«) Wenn sich herausstellte, dass der Ankömmling genau wusste, was er wollte, rümpfte die Sekretärin die Nase, meldete Manglus aber dennoch pflichtbewusst per Haustelefon, dass er einen Besucher habe. Dem Ankömmling war in der Zwischenzeit normalerweise das Herz in die Hosen gerutscht, weil er gehofft hatte, auf einen halbdunklen Lagerraum, einen Schuppen oder das Hinterzimmer eines Ladens zu stoßen. Stattdessen fand er eine weiträumige, weiße und schicke Einrichtung vor, die Manglus nach seinem Geschmack ausgewählt hatte, wobei hier und da auch einige seltsame und wertvolle Objekte aufgestellt waren.

Der Besucher war schon drauf und dran das Weite zu suchen, da fragte die Sekretärin drängend: »Ihr Name?« Und ins Telefon sagte sie »Joska«, »Pobi« oder »Schura« – wie es sich gerade ergab.

Manglus antwortete selbstverständlich und einfach: »Ich erwarte ihn. Führe ihn bitte herein … oder halt! – ich komme selbst.«

Und die Sekretärin sah, wie ihr vergötterter Vorgesetzter (denn all diese Moneypennys vergötterten ihn) dem Knacki zwei Hände entgegenstreckt, dessen schmierige Vorderpfoten in seine edlen Hände nahm, ihn schüttelte und warme Begrüßungsworte sprach. Danach bat er ihn nach hinten und trug an der Tür der Sekretärin noch auf, Kaffee und Markencognac zu servieren.

Normalerweise saßen sie nicht lange beisammen, die ursprüngliche Courage des Ankömmlings kehrte nie wieder ganz zurück – trotz des warmen Empfangs. Aber Pobi oder Schura ging immer mit einem besonderen, mit sich selbst zufriedenen Gesichtsausdruck weg. Manche versuchten vorher sogar noch Moneypenny anzubaggern, die dann all ihre Kräfte zusammennahm und säuerlich lächelte. In der Regel öffnete sie das Fenster, sobald der Besucher verschwunden war, um den Raum zu lüften, und atmete zur Beruhigung tief durch. Bald erschien dann ein vor Liebenswürdigkeit strahlender Manglus, umarmte sie und gab sich ihr ganz hin. Am

Ende bekam die Sekretärin für gewöhnlich eine Nervenkrise und weinte.

Wie gesagt war Manglus kein schöner Mann, nicht im Entferntesten, eher guter anständiger Durchschnitt. Aber man kann auf keinen Fall behaupten, dass sich das unregelmäßige Leben auch nur annähernd auf sein Äußeres ausgewirkt hätte. Im Gegenteil, Manglus sah jünger und frischer aus als er an Jahren war. Keine Spur von erschlafften Gliedmaßen oder einem von frühen Falten heimgesuchten Gesicht, ganz zu schweigen von einem nach Alkohol riechenden Atem, heruntergekommenen Zähnen, ungepflegten Nägeln oder anderen Nachlässigkeiten. Und was die Art und Weise seines Verhaltens betrifft, so stellte er sich gegenüber den Kollegen immer dar als sachlicher und dynamischer Mensch, der gerne mit Problemen in Berührung kam und sie auch lösen konnte – er trat nicht auf als jemand, der routiniert und flüchtig in seinem Büro vorbeischaute, eigentlich aber nur den Wunsch hegte, seinen Kater so schnell wie möglich herunterzuspülen und sich wieder ins Kneipenleben zu stürzen, wie das bei ausgebildeten Trinkern häufig der Fall war. Es ist also kein Wunder, dass viele die zotigen Geschichten nicht wahrhaben wollten, die über ihn erzählt wurden.

Also, er und Mink sind gemeinsam gesehen worden – auf dem Weg irgendwohin oder irgendwoher kommend, manchmal auch, wie sie im Sperlingscafé etwas besprachen. Laut Zeugenaussagen hatte Minks Erkennungszeichen, eine Offiziersfeldtasche, am Fuße des Tisches gelegen.

Was hatten sie miteinander zu besprechen? Vielleicht quasselten sie einfach so über Gott und die Welt, wobei Mink es ernst meinte, Manglus aber nur ein ernstes Gesicht dazu aufsetzte. Hinweise darauf, dass hier Homosexualität im Spiel sein konnte, erschienen nicht glaubwürdig. Selbstverständlich, zu Manglus' Lebensstil hätte es gepasst, alles auszuprobieren und durchzuspielen. Schon die Tatsache, dass er mühelos so viele Frauen bekam, konnte seine Gedanken als die eines Menschen mit einem flexiblen Geist in die andere Richtung leiten. Aber gerade Mink? Wenn es wenigstens ein nach Blumen duftender Balletttänzer oder ein Modedandy mit farbigen Schwanzfedern wäre. Wie kann ein Mann wie er einen solch schmierigen Liebhaber haben? Niemand wäre darauf gekommen. Und wenn es sich wirklich als wahr herausgestellt hätte, wäre ein Aufschrei durch sein Umfeld gegangen. Aber hätte nicht gerade das Manglus Vergnügen bereitet, denn das hätte im Einklang gestanden mit den Grundzügen der Welt seiner Begierden – je größer der Kontrast, desto süßer? Trotzdem hatte ich den Eindruck, dass der Homoaspekt auf Manglus' Palette fehlte, er hatte nicht die entsprechenden Leidenschaften. Er machte zwar mitunter Scherze in die Richtung (zum Beispiel einmal auf einer Ausstellung vor einem Gemälde, das einen griechischen Jüngling darstellte), aber das war nur so dahingesagt, im Vorbeigehen – um den Nebel der Zweideutigkeit um seine Person zu verdichten. (Etwas anderes hatte es mit dem Sadismus auf sich. Für SM hatte er meiner Meinung durchaus etwas übrig.)

Auch kann man schwerlich glauben, dass Mink ihm Frauen beschafft hätte, wie manche tuschelten. Was hätte Mink ihm für Frauen besorgen können, die Manglus nicht sowieso hätte bekommen können? Selbst letzte Schlampen und ungewaschene Schlunzen konnte er in den Spelunken treffen, so viel er wollte.

Wichtiger scheint eine andere Sache. Es machten Geschichten die Runde, dass Mink früher ein Informant, ein

Spitzel oder eine »Viper« war. Und vielleicht war er das auch heute noch. Bei uns wurde in aller Öffentlichkeit darüber spekuliert (allerdings ziemlich selten), ob es in der Zeit der neuen Ordnung die entsprechenden Personen noch gab oder nicht. Einfältigere Menschen haben die Meinung geäußert, dass die Geheimdienste und ihre Handlanger nicht mehr nötig seien, sobald es die Unabhängigkeit und einen eigenen Staat gäbe. Aber wie kann man denn ohne Spitzel auskommen?! Dann würde ja die Ordnung den Bach runtergehen. Ebenfalls ist behauptet worden, dass ein Mensch, der früher ein Informant war, dies in der neuen Zeit nicht mehr sein könne. Als müsse man im Falle eines Informanten eine ideologische Weltanschauung voraussetzen und als könne er nur für Regierungen mit einer bestimmten politischen Ausrichtung herumspionieren. Wie einfältig! Erstens setzt Spitzeln selbstverständlich gewisse Charaktereigenschaften voraus, aber die sind allgemein ethisch, nicht politisch-ideologisch. Zweitens, gerade damit, dass jemand früher ein Spitzel gewesen ist, kann man ihn in der neuen Ordnung erpressen und erneut zum Spitzel zwingen, indem man ihm andernfalls droht, seine frühere Spitzeltätigkeit öffentlich zu machen. Dabei braucht man solchen Personen als Gegenleistung nicht einmal mehr Auslandsreisen oder eine Bevorzugung bei der Zuteilung eines Telefons zu versprechen, ganz zu schweigen von Gehaltszahlungen – wie es in früheren Zeiten bei der Anwerbung von Geheimdienstmitarbeitern üblich war.

Manglus scherte sich nicht um die Gerüchte und verweigerte jeglichen Kommentar. Er hatte Journalisten nie sonderlich ausstehen können – selbst dann nicht, wenn sie um ihn herumscharwenzelten und schleimten. Momentan verhielt er sich ihnen gegenüber schroff, um nicht zu sagen ungehobelt, obwohl er sich bemühte, dies zu verbergen (er lieferte sich ihnen schlichtweg nicht physisch aus). Uns sagte er, dass man den Journalisten ihren Platz zuweisen müsse und dass die Jüngeren viel unverschämter seien und gar nicht wüssten, was Sache sei. Er ließ Moneypenny die Journalisten nach Strich und Faden beschimpfen. (»Haben Sie überhaupt eine Ahnung, mit wem Sie es hier zu tun haben, Sie könnten mal ein wenig Kulturgeschichte studieren, bevor Sie sich ans Telefonieren machen!«) Manglus war sich sicher, dass sich die Angelegenheit beruhigen würde.

Und vermutlich wären die Gerüchte auch verstummt, wenn nicht das Folgende geschehen wäre. Während Mink nun also nach dem brutalen Angriff auf der Intensivstation lag, behauptete eine der diensthabenden Schwestern, Manglus habe sie gebeten, bildlich gesprochen, bei Mink den Stecker rauszuziehen! Ein Bericht darüber erschien auf der ersten Seite eines Regenbogenblatts, wobei sich allerdings herausstellte, dass die Frau nicht vollkommen vertrauenswürdig war. Sie war früher wegen Betrugs (alte Leute um Geld prellen) vor Gericht gewesen, aber freigesprochen worden. Vor ein paar Monaten hatte sie in der Notaufnahme angefangen, davor war sie arbeitslos gewesen und hatte von der Stütze gelebt. Verständlicherweise entstand der Verdacht, dass sie mit einem bestimmten Ziel vor Augen die Arbeit im Krankenhaus angetreten hatte … möglicherweise im Auftrag von jemandem. Sie hatte zwar ein Diplom, in dem ihr die medizinische Ausbildung mittlerer Stufe bestätigt wurde. Aber unsere investigativen Journalisten enthüllten bald, dass eine Person dieses Namens niemals auf der Tartuer Medizinschule gelernt hatte. Also war das Diplom gefälscht. Des Weiteren fanden die Journalisten heraus, dass man diese Krankenschwester (übrigens ein sehr attraktiver vierunddreißigjähriger Rotschopf) gemeinsam mit Manglus gesehen hatte … im Sanatorium von Värska.

Manglus verweigerte nach wie vor jeglichen Kommentar und machte sich auch nicht die Mühe, besagte Frau wegen Verleumdung anzuklagen, weil er, wie er sagte, sich nicht die Hände schmutzig machen wollte. Selbst in dieser Phase wäre die Mink-Saga im Schatten neuer und aufregender Ereignisse bald im Sande verlaufen, weil es keinerlei Beweise gegen Manglus gab.

Doch dann verschwand besagte Frau! Und nicht einfach so, sondern dergestalt, dass ihre langen Schenkel, die in Armani-Jeans steckten, eines Morgens in einer Wohnsiedlung im Stadtteil Tiskre aus einem Müllcontainer ragten. Der Straßenfeger, der sie entdeckte, wurde beinahe ohnmächtig. Nun wurde die Sache für Manglus brenzlig, weil er kein überzeugendes Alibi für die Nacht aufweisen konnte, in der die Krankenschwester vermutlich verschwunden war. Es tauchten zwar Dutzende von Frauen auf, die Manglus ein Alibi anboten, indem sie behaupteten, er sei in der fraglichen Nacht bei ihnen gewesen. Das war rührend mitanzusehen, aber Manglus nahm ihre helfende Hand nicht an. Zwei halb geheime Vereinigungen behaupteten, dass Manglus sich auf ihren Versammlungen befunden und an diversen Ritualen teilgenommen hätte, aber keine der beiden Vereinigungen stand in besonders hohem Ansehen, so dass Manglus jegliche Verbindung zu ihnen abstritt.

Wenn man mich gefragt hätte, ob Manglus fähig gewesen wäre, mit einem wie Mink etwas zu unternehmen, um die eigene Karriere zu retten, dann muss ich das schweren Herzens mit Ja beantworten. Manglus hätte ihn platt gemacht. Sowohl ihn wie auch die Krankenschwester.

Mink erwachte aus dem Koma, aber es stellte sich heraus, dass sein Gehirn Schaden genommen hatte, die Aufschläge auf die Mauer des Journalistenhauses waren zu heftig gewesen. Er konnte nicht mehr schreiben und lesen und kam nach Meinung der Gerichtsmediziner als Zeuge nicht mehr in vollem Umfang in Frage.

In den Medien wurde wild spekuliert, was Mink wohl zu sagen gehabt hätte. Jemand behauptete, dass er über Listen mit ehemaligen KGB-Mitarbeitern verfügte. Und dass er gerade drauf und dran war, sie in seinem Blatt zu publizieren. Aber das war Blödsinn, wo sollte Mink die herhaben? Selbst wenn er selbst ein Spitzel war, dann bedeutete das noch nicht, dass er andere gekannt hätte. Die entsprechenden Dokumente waren zeitig nach Moskau verfrachtet worden.

Dann aber stellte sich heraus, dass einige dieser Listen doch noch verfügbar waren, wenn auch in indirekter Form. Die Litauer waren vorausschauender als die Esten gewesen und hatten es geschafft, einen Teil ihrer entsprechenden Dokumente zu kopieren. Im Interesse des nationalen Friedens wurden sie nicht vollständig veröffentlicht, sehr wohl aber wurden sie in den historischen Publikationen eines Instituts kommentiert. In den Papieren der Litauer tauchten auch Namen von Nicht-Litauern und Ausländern auf, darunter der von Manglus. Es dauerte nicht lange, und diese Information gelangte nach Estland. Die Journalisten stürzten sich auf das Material und witterten Blut. Sie wurde jedoch enttäuscht, denn Manglus wurde tatsächlich nur am Rande erwähnt, wobei er als Künstler und als Mensch gepriesen wurde (!). Eine direkte Verbindung zwischen ihm und den Geheimdiensten konnte man da nicht herauslesen. Wiederum schien die Sache damit ausgestanden zu sein. Aber gleich danach ging in der Öffentlichkeit die nächste Bombe hoch. Für die, denen nach Manglus' Blut dürstete, war das nichts Besonderes, aber die Sache selbst war ausgesprochen saftig – beinahe wie in einer Seifenoper.

Die Angelegenheit betraf eine Dame, mit der Manglus seinerzeit ein Verhältnis gehabt hatte. Wir erinnerten uns gut an sie, sie hieß Maige und hatte in Moskau Theaterwissenschaften studiert. Sie war ein sonniges Mädchen, klein, schlank und blond, anmutig und pfiffig (als ich sie das letzte Mal sah, war sie vierzig und sah aus wie siebenundzwanzig). Maige war zu jener Zeit verheiratet mit einem deutlich älteren russischen-jüdischen Dissidenten, den sie in Moskauer Kreisen kennengelernt hatte. Maige kochte für ihn, korrigierte seine Manuskripte, die vom Lagerleben berichteten und im Westen unter Pseudonym erschienen (kürzlich sind sie auch ins Estnische übersetzt worden), schlief mit ihm und zog ihr gemeinsames Kind auf. Maige kümmerte sich um den Dissidenten, als der allmählich gebrechlich wurde (jedes im Lager verbrachte Jahr zählt bei manchen für zwei), und sagte, dass sie das aus einem Missionsgefühl heraus täte. Darüber wurde geschmunzelt, aber ein wenig neidisch war man auch. Als Frau schien Maige unnahbar. Natürlich konnte Manglus dem Drang nicht widerstehen, Maige zu verführen, derartig schwierige Aufgaben reizten ihn. Und so war Maige dann viele Jahre lang Manglus' Geliebte. Der Dissident war zu jener Zeit schon sehr krank und segnete bald das Zeitliche. Ein Jahr nach seiner Beerdigung endete auch das Verhältnis zwischen Maige und Manglus. Das Mädchen hatte vermutlich begriffen, dass sie nur eine Trophäe in der Kollektion eines berufsmäßigen Jägers war und dass sich hieraus nichts Beständiges entwickeln würde. Maige selbst hatte auch jüdische Vorfahren, und Anfang der achtziger Jahre verließ sie Estland. Zunächst war sie in Deutschland und am Ende gelangte sie nach Amerika, wo sie einige Jahre bei einem Radiosender arbeitete, ansonsten war sie aber im Filmgeschäft tätig, und wie zu hören war erfolgreich. Jetzt hatte eben diese Maige Doluchanov einen offenen Brief an die estnischen Medien geschrieben, in dem sie mitteilte, dass sie lange Zeit Informantin des Geheimdienstes war, wobei sie bereits in Moskau angeworben war.

»Ich musste schließlich davon sprechen, für meinen Seelenfrieden, bevor ich vor das Antlitz des Allmächtigen trete«, so endete der Brief.

Zunächst schenkte man ihr keinen Glauben. Manche meinten, Maiges Geständnis hätte seinen Grund in einer Spiellaune nach den Wechseljahren oder in Rachsüchtigkeit. Aber Rache an wem, erwiderten andere schulterzuckend. Doch nicht an Manglus? Wieder andere hielten Maige für abgedreht.

Die Geschichten von Manglus' KGB-Vergangenheit bekamen neue Nahrung, und es erschienen viele Artikel. Ich hatte trotz allem den Eindruck, dass deren Autoren ihre Anschuldigungen selbst nicht ernst nahmen, eher nutzten sie die Gelegenheit, um Krach zu schlagen und einer Koryphäe an den Karren zu fahren. Manglus und Maige hatten ihr Verhältnis geheimgehalten, selbst vom Höhlenvolk hatten es nur wenige gewusst. Was jetzt nicht alles ausgegraben wurde! Wir bekamen zum Beispiel zu lesen, dass sie auf der Straße auf verschiedenen Straßenseiten gegangen waren oder dass »einer hinterherkam«. Wenn sie ins Estonia zum Konzert gingen, saßen sie auf getrennten Plätzen, manchmal war einer im Parkett und der andere auf dem Rang. In der Schlange am Büfett standen sie wie zufällig hintereinander, um flüsternd ein paar Worte zu wechseln, aber sie riskierten es nicht, sich gemeinsam an einen Tisch zu setzen. Später trafen sie mit getrennten Taxis bei Manglus' Atelier ein, und das von Maige hielt immer hundert Meter entfernt, und dergleichen mehr – was für wichtige Informationen!

Die Presse hatte ganz allgemein gute Tage. Das Publikum interessierte sich für die psychologischen und philosophischen Aspekte der Geschichte. War das Mädchen nur aus dem Grunde die Lebensgefährtin des Dissidenten, um ihn zu überwachen und bei den Organen Bericht zu erstatten, oder liebte sie den Dissidenten wirklich und sorgte sie uneigennützig für ihn? Ist es möglich, jemanden wahrhaftig zu lieben, ohne dass man dafür etwas zurückbekommt oder einen Nutzen hat? Wie groß ist die Seele des Menschen und was passt da hinein? Ist es möglich, dass Maige beinahe gar keine Berichte über ihren Mann geschrieben hat und dies »kompensierte« durch reichhaltige Angaben über die Bekannten des Mannes? Von hieraus logisch fortfahrend: Wenn sie Manglus aufrichtig liebte, ist es dann möglich, dass sie gleichzeitig den Mann als Sprungbrett gebrauchte, um in den inneren Kreis des Höhlenvolks vorzustoßen und dort Informationen zu sammeln? Schließt das eine das andere aus? (Ich erinnere mich sogar an einen Zeitungsartikel zu diesem Thema, der mit der Zeile *Heiho, heiho, wir sind vergnügt und froh!* begann.) Einige wagten anzunehmen, dass die Geheimdienstmädchen doch auch wirklich geliebt hätten, dass bei ihnen Arbeit und Gefühle getrennt waren wie bei männlichen Gynäkologen.

(Wir werden das schwerlich jemals wissen. Ich könnte den Onkel vom Geheimdienst aufsuchen und ihn fragen. Obwohl nicht sicher ist, dass er es sagen würde. Nicht dass er das nicht dürfte, aber er würde es absichtlich verschweigen –

das ist seine kleine Rache an der ganzen Welt. Und wie den finden? Zuletzt arbeitete er im Stab der Zivilverteidigung. Das war einer dieser Orte, eine Sinekure, wohin man einen Teil der KGBler nach Erreichen des Pensionsalters abschob. So war das in der Sowjetzeit, vor zig Jahren.) Ich selbst schrieb auch einen Artikel zum Thema. Als Überschrift wählte ich »Das Gefühlsleben – neues und altes Valuta«, aber damit kam ich nicht durch, weil Mahvalda meinte, die Bankleute würden dadurch verwirrt. Stattdessen nannte er den Artikel: »Die heiße Liebe eines Spitzels mit Busen.« Ich protestierte nicht, denn das war reißerischer.

Von Manglus erschienen viele Karikaturen. In den entsprechenden Rubriken der Blätter war er »das Gesicht der Woche«, »der Verlierer« und dergleichen mehr. Die Presse hatte sich zu jenem Zeitpunkt schon ganz anständig auf ihn eingeschossen, man schlug einen überheblichen und sogar spöttischen Ton an. Winzige unfähige Schreiberlinge nahmen es sich heraus, sich auf seine Kosten zu vergnügen. Sehr viele Details aus seinem Privatleben wurden ans Tageslicht gezerrt. Ich hörte Hinweise von Kollegen anderer Redaktionen, dass jemand irgendwo den Chefredakteuren die Empfehlung gegeben habe, die Sache ständig am Köcheln zu halten. Es wurde sogar der Begriff »Musterfall« verwendet. Miller sagte, das alles sei gar nicht gegen Manglus persönlich gerichtet. Es bestand bloß das Bedürfnis, einen Prominenten aus der Kunstwelt fertig zu machen, und Manglus kam ihnen im passenden Augenblick ins Visier.

Wozu war das nötig? Auch dazu hatte Miller eine zynische Theorie. Höheren Ortes wünsche man nicht, dass das Volk gegenüber den Künstlern zu positiv eingestellt sei und sie für ihre eigenen Leute halte, wie es in den Zeiten der Singenden Revolution war. Den Platz der Künstler im Herzen des Volkes müssten die dafür vorgesehenen politischen Kräfte einnehmen, die so genannten professionellen, »weißen« Parteien. Das dürfe aber nicht direkt geschehen, denn das würde auffallen, sondern indirekt, über die Vermittlung von Medienstars und Meinungsmachern. Die Künstler dagegen müsse man gettoisieren und aufzeigen, dass sie Gaukler, billige und käufliche Handwerker oder Clowns seien. Dazu müsse man ihnen einen negativen Stempel aufdrücken, und die Affäre Manglus eigne sich dafür geradezu ideal. Soll das Volk doch sehen, dass sich hinter einem respektablen Äußeren ein Dreckloch verbirgt, statt Würde und Erhabenheit, Prinzipienlosigkeit und Hedonismus. (Wenn dieses größere Programm oder dieser Masterplan wahr sein sollte, dann hinkten deren Urheber allerdings der Zeit hinterher und war ihre Vorsicht sinnlos.)

Wie wirkte sich das Geschehen auf Manglus' Ansehen aus? Bislang war er eine sehr auffällige Persönlichkeit gewesen, moralisch und fortschrittlich. Wir, das Höhlenvolk, wussten auch anderes, aber das posaunten wir nicht heraus. Im engeren Kreis wusste man auch seine neuen Abenteuer zu schätzen, sie erschienen aufregend. Aber wie viele von uns sind denn echte Feinschmecker? Für die Mehrheit der Gesellschaft waren Manglus' Verbindungen mit irgendwelchen Minks der reine Alptraum, und sein Ansehen sank in den Keller. Zweifellos hat er auch vorher schon Feinde gehabt, weil es ihm gelungen war, mit seiner kühlen Arroganz viele zu beleidigen. Und die meldeten sich jetzt zu Wort.

Weil das Zentrum staatlich finanziert war, trat Manglus, sobald er offiziell verdächtigt wurde, vom Posten des Direktors zurück. Tatsächlich wäre sein Vertrag sowieso nach einem Jahr abgelaufen.

Manglus drohte ein Prozess. Das erschien uns unmöglich, und er selbst lachte – das könne ja wohl nicht sein, dass es für ihn keinen Ausweg gebe. Wahrscheinlich glaubte er schon zu wissen, wen er anrufen und was er tun müsse, ganz bestimmt rief er auch an und tat etwas.

Aber der Prozess kam trotzdem, und Manglus erschien dort mit einem Lächeln auf dem Gesicht. Sein Verteidiger war der Jurist Karl Maiden – derselbe, der kurz vor der Beerdigung von Klaus angefangen hatte, die Höhle zu besuchen. Es war nicht das erste Mal, dass Karl an solchen Prozessen beteiligt war. Hinterher wurden sie häufig berühmt, und man sprach sogar im Ausland über sie. Weil es sich um eine bekannte Person handelte, war das Interesse an dem Prozess überdurchschnittlich hoch, zumal auch noch unklare Umstände hinzukamen. Einige der Zuschauer waren gleichgültig eingestellt, was Manglus anbetraf, aber nicht im Hinblick auf den Prozess selbst, weil sie sich allgemeinere Enthüllungen erhofften, und wünschten all »denen«, also den Künstlern, die für sich wer weiß für Sonderrechte einforderten, eine Lehrstunde zu erteilen. Andere wiederum – ganz im Gegenteil – wünschten sich eine strenge Strafe für Manglus, weil er den guten Namen der Künstlerzunft in den Schmutz gezogen hatte, die schöpferischen Intellektuellen müsse man in Ruhe lassen. Eine dritte Gruppe war allgemein mürrisch, weil sie nicht wollte, dass alte Geschichten ausgegraben wurden, man hätte bei uns ohnehin schon die Neigung, »es mit dem Gedächtnis zu übertreiben«. Und dann gab es noch ein paar Juristen, die als Leute vom Fach nicht am moralischen, sondern einzig und allein am juristischen Aspekt interessiert waren.

Eine unangenehme Überraschung war für mich, dass der Prozess öffentlich und damit der Gerichtssaal rappelvoll war. Manche der Anwesenden waren geradezu auf leichtfertige Weise lustig gestimmt, als wären sie davon überzeugt, dass diese ganze Absurdität jetzt schnell ein Ende haben würde. Andere waren ernst und sorgenvoll, wieder andere spielten Blasiertheit. Manglus, der normalerweise in gewählter und teurer, aber oberflächlich betrachtet unauffälliger Kleidung auftrat, hatte sich zu meinem Entsetzen für die Sitzung als Künstler gekleidet – wie zum Karneval. Er trug ein schwarzes Samtjackett, ein rotgoldenes Halstuch, enge dunkelgrüne Hosen, die auf den Knien und auf dem Gesäß aufgenähte Lederflicken hatten (wie auch die Ellenbogen seines Jacketts), Schuhe mit hochgebogener Spitze und ein »Rembrandt-Barett«. (Wo er das jetzt alles ausgegraben hatte? Hat er wirklich vor der Verhandlung im Theaterfundus vorbeigeschaut – gemeinsam mit einer Schauspielerin?) Es war eine schlechte Wahl, er hätte sich zurückhaltender oder vielleicht sogar in eine Art Büßergewand kleiden sollen. Zur Krönung hing ihm noch eine geschwungene Pfeife im Mundwinkel, die zwar nicht brannte, die er aber mit einer spielerischen Bewegung des Daumens »stopfte«. Für die Zeit der Verhandlung steckte er sie sich in die Brusttasche.

Er schien seine Situation zu genießen und antwortete auf die Fragen des Richters präzise und geistreich, so dass wir uns nur mit Mühe ein Lachen verkneifen konnten. Die Staatsanwältin war eine jüngere Frau von strenger Schönheit. Manglus verhielt sich ihr gegenüber überheblich gutmütig, stellenweise flirtend, stellenweise väterlich, nickte auf die Behauptungen der Dame hin, korrigierte in einigen Fällen ihre Grammatik – mit einem Wort, er benahm sich wie ein Übungsleiter mit seinem Studenten, nicht wie ein Angeklagter.

Die Staatsanwältin sprach über Mink, einen kleinen Jungen aus dem Kinderheim, an deren Formung die sowjetische Ordnung Schuld gewesen sei, dagegen beschrieb sie Manglus als herzlosen Karrieristen, der in der russischen Zeit Mitglied der Nomenklatura war und sich auch in der estnischen Zeit da hineingemogelt habe. Er sei ein Wolf im Schafspelz, dem jene Ideale fremd sind, für die Künstler das Volk auf die Barrikaden gerufen haben. Das hörte sich völlig irrsinnig an: ein heruntergekommener, jetzt schwachsinniger Mensch sollte vor Gericht mit Hilfe der Medien zu einem Volkshelden stilisiert werden, während der Künstler in düstersten Farben gezeichnet wurde.

Karl machte die Anschuldigungen der Staatsanwältin selbstverständlich zu Kleinholz. Aber sie hatte noch ein Paar Trümpfe im Ärmel. So bewies sie zum Beispiel, dass Manglus wahrscheinlich gewusst hatte, dass Maige eine Informantin war. Aber das war nur so nebenbei gesagt. Am Ende konzentrierte sich doch alles auf Manglus' Alibi in der Nacht, als die Krankenschwester in den Müllcontainer gestopft wurde.

Um den Ausgang der Geschichte kurz zu fassen: Manglus hatte seine Version dargestellt, aber die Staatsanwältin brachte einen Zeugen bei, der seinem Alibi widersprach. Da seufzte Manglus theatralisch und sagte, dass er die Untersuchungsbehörden unterschätzt habe und man ihnen offenbar nun auch schon schwierigere (!) Aufgaben anvertrauen könne. Und er legte sein neues Alibi vor, das von zwei Zeugen bestätigt wurde. Warum er nicht gleich sein richtiges Alibi genannt habe? Er habe es schlichtweg so gewollt. Er stand ja über ihnen. Warum er nicht wenigstens seinen Anwalt über seine

Pläne in Kenntnis gesetzt habe? Weil er auch über ihm stand. Im Endeffekt bedeutete das, dass er bewusst eine Falschaussage gemacht und die Behörden in die Irre geführt hatte.

In der Pause wurde in den Fluren heftig diskutiert.

»Diese Journalisten muss man zügeln. Man kann nicht zulassen, dass jeder Schreiberling dich mit seinem Schmutz besudeln kann.«

»Aber so geht's ja auch nicht, dass man gleich draufschlägt! Wir haben einen Rechtsstaat! Sind denn nicht alle vor dem Gesetz gleich?«

»Natürlich. Aber denkt doch mal nach, wozu haben wir unseren eigenen Staat gemacht? Wenn früher jeder Kommunist oder KGBler dich dank seiner Verbindungen in den Dreck treten konnte, kann jetzt jeder miese Schreiberling mit dir dasselbe tun, haste da noch Töne!«

»Egal, trotzdem darf man keine Selbstjustiz zulassen. Verdammt noch mal, sind wir in Europa oder nicht?«

»Selbstverständlich, aber unsere Journalisten scheinen zu denken, dass sie nur Freiheit haben, Verantwortung empfinden sie nicht. Was uns Jannsen und Juhan Peegel beigebracht haben, dass ein Journalist dem Volk einen kleinen Schritt voraus sein muss, das ist bei denen nicht angekommen.«

»Ich gebe zu, dass dies die Schattenseite unserer jungen Demokratie ist. Aber wir dürfen das Kind nicht mit dem Bade ausschütten, Zensur wäre noch schlimmer.«

»Was soll man also machen?«

»Jeder Mensch hat das Recht, auf einen verleumderischen Artikel hin eine Erwiderung zu schreiben und seinen guten Ruf wiederherzustellen.«

»Haha, ihr sonnigen Gemüter, ihr seid anscheinend nicht

vertraut mit den Gesetzmäßigkeiten der Massenkommunikation. Wenn ein negativer Nachrichtensplitter losgelassen ist, dann ist es praktisch unmöglich, ihn zu widerlegen. Der gute Name wird niemals vollständig wiederhergestellt, von dem Dreck bleibt immer etwas haften.«

Und im gleichen Geiste immer so weiter.

Wir waren sicher, dass Manglus freigesprochen würde, im Extremfall würde er eine Geldbuße aufgebrummt bekommen. Am sichersten war sich Manglus selbst, denn als man die Urteilsverkündung verlas, schien er dafür auffallend wenig Interesse aufzubringen. Anstatt mit demütigem Gesichtsausdruck zuzuhören, suchte er mit seinem Blick jemanden im Publikum und winkte ihm zu. Als die Worte des Richters erklangen »vier Monate, davon einen Monat Schockhaft, die übrigen auf Bewährung mit einem Jahr Probezeit«, drang der Sinn des Gesagten offenbar nicht zu ihm durch, denn er schmunzelte überheblich.

Nach Bekanntwerden des Urteils rieben sich Manglus' Feinde beinahe öffentlich die Hände, die Freunde und sonstigen Unzufriedenen wirkten niedergeschlagen, zuckten mit den Schultern, tuschelten miteinander, waren immer noch unversöhnlich.

»Dem haben sie's gezeigt, unserem Mang«, hörte ich jemanden auf der Treppe des Gerichtsgebäudes sagen, als ich fortging. Und ich konnte nicht ausmachen, ob das bloß so dahingesagt war, als Konstatierung, oder aus Schadenfreude oder gar aus Mitleid.

Selbstverständlich erörterten wir die Geschehnisse am Abend in der Höhle. Pekka war auch dort, und wir fragten ihn nach seiner Meinung.

»Sag, dass das eine Farce ist«, forderte ihn jemand direkt auf. »In der freien Welt darf es solche Dinge nicht geben.«

Pekka wand sich ein wenig und sagte, dass er die Einzelheiten nicht kenne.

»Einzelheiten sind auch gar nicht wichtig. Wir reden hier über Prinzipien!«

»Und um welches Prinzip geht es dann?«, wollte Pekka wissen.

»Aber er hat doch so viel geleistet, er vereint das Lebenswerk mehrerer Männer. Es geht doch hier nicht um irgendeine beliebige Figur«, sagte Endel empört.

»Ich weiß nicht, wie das hier mit dem Rechtsstaat ist,« sagte Pekka vorsichtig. »Dass jemand eine wichtige und verdienstvolle Persönlichkeit ist, zählt nicht unbedingt etwas. Jedenfalls bei uns nicht.«

»Also muss er deiner Meinung nach ins Gefängnis? Meinst du das?«, keifte Mascha.

»Er ist doch ein Zauberer, ein Zauberer«, flüsterte Angelina, die ein wenig zu viel getrunken hatte.

Pekka wechselte das Thema.

Natürlich gingen sie in Berufung. Als Folge davon wurde der eine Monat tatsächliche Haft ersetzt durch eine insgesamt auf Bewährung ausgesetzte Haftstrafe. Die Staatsanwältin wollte das neue Urteil nicht anfechten, angeblich hat sie in engeren Kreisen gesagt, dies würde ihm (Manglus) vorerst (?) als Lehrstunde reichen.

Als das Urteil des Staatsgerichtshofs bekannt gemacht wurde, triumphierte Karl am Abend in der Höhle und schmiss großzügige Runden. Manglus zeigte sich nicht. Er ließ mitteilen, dass er sich erst in einem Monat wieder in der Gesellschaft sehen lassen würde, denn die Schockhaft sei für die Gesellschaft bestimmt gewesen, die jetzt einen Monat ohne ihn auskommen müsse. Das war wirklich ein Scherz nach Manglus' Art und ich freute mich, und ich kam zu dem Schluss, dass nichts ihn brechen könne.

Vor und nach der Abänderung des Urteils wollte man verständlicherweise Interviews von Manglus, und er wurde in viele Fernsehsendungen eingeladen. Er nahm sie an und verhielt sich ausgesprochen hochmütig. Nicht gegenüber seinen Prozessgegnern und den Gerichtsbehörden, was der Presse vielleicht sogar gefallen hätte, sondern wie gehabt gegenüber den Journalisten. Und doch hätte er wenigstens jetzt ein freundlicheres Gesicht zeigen müssen, da es die letzte Möglichkeit war, seinen guten Namen zumindest ein wenig wiederherzustellen. Was nun geschah, erschien mir nicht mehr logisch. Natürlich hatte Manglus von der Mehrheit der Journalisten keine hohe Meinung. Aber er hatte ja immer eine höchste, geradezu wollüstige Freude daran empfunden, Menschen gegenüber extrem höflich zu sein, die er im Innersten zutiefst verachtete. Und vor der Geschichte mit Mink war er auch mit Journalisten äußerlich höflich umgegangen. Jetzt hatte es den Anschein, als wäre ihm die ständige Selbstbeherrschung lästig geworden, die Maske wurde seinem Träger zur Last. Manglus ließ sich gehen, wie jemand, der mit allem Schluss machen wollte. Gleichzeitig kann natürlich sein, dass er die Situation schlichtweg nicht richtig einschätzte, seine Fühler waren im neuen sozialen Kontext nicht mehr so empfindsam wie früher. Vielleicht schien ihm, dass er auch über den Medien stünde und sie in sein Netz einfangen könnte.

Ich erinnere mich zum Beispiel daran, wie ein Journalist ihn in einer Sendung fragte: »Wie fühlen Sie sich nach einem so tiefen Fall?«

Manglus fing an zu kichern: »Machen Sie sich keine Sorgen. Ich stehe bald wieder auf. Sehr bald.«

»Oh ja?«, sagte der Journalist mit einem ungläubigen Ausdruck.

»Im übrigen mit Ihrer Hilfe«, fügte Manglus hinzu und wies mit dem Finger auf seinen Gesprächspartner. Und grinste wieder. So sehr war er von sich überzeugt, alle um eben jenen Finger wickeln und nach seiner Pfeife tanzen lassen zu können.

Und darin irrte er sich. Denn es waren neue Journalisten, die von Manglus eigentlich nichts wussten, weder von seinen Verdiensten noch von seinem Anhang, ganz zu schweigen von seiner Berühmtheit in internen Kreisen. Für sie war er bloß ein Mensch aus einer früheren Periode, dessen Weg in die Politik misslungen war und der jetzt in die Räder der Justiz geraten war.

Im Nachhinein ist es schrecklich, daran zu denken.

Die Presse zog ihm das Fell über die Ohren.

Als Manglus seine nächste große Ausstellung organisierte, wurde dies lediglich im Kulturblatt erwähnt. Früher waren seine Ausstellungen immer in allen Zeitungen sehr gut sichtbar angekündigt. Gut, ein Boulevardblatt brachte auch jetzt eine Geschichte von einer Seite Länge, aber die Ausstellung wurde dabei auffällig übergangen, das Schwergewicht lag auf Mink und Maige.

Nach einer Weile wurde nirgendwo mehr über ihn geschrieben. Wenn überhaupt, dann tauchte sein Name auf wie ein Refrain mit negativer Konnotation, ein auf der Hand liegendes und abgenutztes Beispiel vom Wesen des Rechtsstaats, der alle gleich behandele, arrogante Beamte wie hochrangige Mitglieder der geistigen Elite. Manglus' Name wurde in der

Öffentlichkeit das Sinnbild für die Korrumpierung und den seelischen Niedergang der Kulturmenschen. Das schien den Neuen zu passen, gefiel aber auch den Ehemaligen. »Diese Künstler haben die Nase zu hoch getragen«, schienen sie zu sagen. »Ihre Rolle bei der Erlangung der Republik war gar nicht so groß. Da gab es auch andere, die aktiv waren, und wichtigere als sie.«

Der »Musterfall« hatte sich gerechtfertigt.

Obwohl Manglus als Direktor des Zentrums zurückgetreten war und auch nicht dessen Beratungsgremium angehörte, war sein Name doch dermaßen eng damit verbunden, dass bald alle Sponsoren des Zentrums absprangen, die politisch nicht gegen den Strom schwimmen wollten. Auch von der Regierung bekam das Zentrum nicht einmal mehr die Hälfte der Förderung, die es bisher erhalten hatte (teilweise hing das natürlich mit der allgemeinen Wirtschaftskrise zusammen, die gerade in dem Moment ausbrach.) Das Zentrum verfiel rasch, und ein Dreivierteljahr später wurden an seiner Statt zwei gemeinnützige Vereine gegründet.

Und doch versuchte Manglus immer noch gute Miene zu machen, wenigstens jene Male, bei denen er sich mit uns traf. Allerdings geschah das immer seltener. An seinen Prozess wollte er nicht erinnert werden, und über das Zentrum schwieg er. Zwischenzeitlich hatte es den Eindruck, als wolle er in seinem Leben eine völlig neue Seite aufschlagen.

»Meine Arbeit ist getan. Ich habe eine Schule begründet. Alles um mich herum ist fertig«, sagte er und wies unbestimmt auf seine Umgebung. »Jetzt kann ich selbst leben, reisen und mich des Lebens freuen.«

In Wahrheit trank er ziemlich viel, das sah man schon von weitem.

Ein halbes Jahr später saßen wir zu zweit in einem Straßencafé vor der Höhle. Unbehagen und Mitleid übermannten mich. Manglus war im Gesicht aufgedunsen und generell nicht mehr in Form, sein einstmalig athletischer Körper wirkte plump. Er sprach beschwerlich, stockend und geriet beinahe ins Keuchen. Eine Dame mittleren Alters mit bekanntem Gesicht ging in einem Abstand von ein paar Metern an uns vorbei und grüßte als erste, wobei sie die Höflichkeit eines Kulturmenschen aufzeigte. Sie trug eine lange dunkle Hose.

»Kennst du die?«, fragte Manglus. »In langer Hose – hm. Die hat sie selbst genäht.«

»Ja und?«

»Ach, nur so … selbstgenähte Hosen haben immer was Grauenvolles. Das ist meine Idiosynkrasie. Schon seit meiner frühen Jugend.«

Ich sagte nichts, denn Menschen können sehr verschrobene Idiosynkrasien haben.

Manglus fuhr fort: »Ich erinnere mich noch an mein erstes Treffen mit Lembe – du weißt doch, dass sie Lembe heißt? –, da hatte sie ebenfalls eine selbstgenähte Hose an.«

Ich wusste immer noch nichts Vernünftiges daraufhin zu sagen, und Manglus fing an zu kichern. »Ich weiß, wovon ich spreche. Ich habe sie ihr ja selbst ausgezogen und mir die Nähte angeschaut. Das war in der russischen Zeit.« Er schwieg nachdenklich. »Und jetzt hat sie wieder solche Hosen. Es gibt einfach Menschen, die es niemals schaffen, unter keinem einzigen Regime, sich anständige Hosen zu kaufen, sondern sie sich immer selbst zusammenstümpern.« Er beugte sich näher zu mir heran. »Sieh zu, Juku, dass du dir niemals deine eigenen Hosen nähst. Das passt nicht zu dir.« Und er lachte teuflisch.

Manglus war kein Gay, aber Lasterhaftigkeit gefiel ihm. Und doch freute es mich, dass er über den Dingen stehen konnte. Doch mit dem Übermut hatte es ein Ende, als kurz darauf Mae aufkreuzte, seine letzte Geliebte. Sie war schizophren, aber eine ehrliche Haut, eine Programmiererin, die barfuß herumlief. Ich wollte Mae aufheitern und referierte ihr das Gespräch, das ich gerade mit Manglus geführt hatte.

Aber statt fröhlich zu werden wurde Mae beinahe hysterisch, griff Manglus am Latz und kreischte: »Was gehen dich denn diese Hosen an? Wie kann ein Mensch wie du so tief sinken?«

(Ich bereute sofort, dass ich das erzählt hatte, aber ich wollte wirklich nur das Beste.)

»Was für Hosen? Einen Sterbenden darf man nicht so schütteln«, sagte Manglus, seine Augen waren seltsam glasig.

Eine Woche später verließ er sein Haus nicht mehr.

Warum hat Manglus sich zu Tode gesoffen? Offenbar wollte er nicht ein legendärer Opa aus einem vergangenen Zeitalter werden, der in der Höhle in der Ecke sitzt und vor sich hin knurrt. Anfangs würde man ihn ehrfurchtsvoll betrachten, aber je mehr Zeit ins Land geht, desto mehr würde man Witze über ihn reißen, denn die Spuren seiner Berühmtheit sind auf längst geschmolzenen Schnee geschrieben, so dass ein Mensch von heute auch beim besten Willen nicht mehr an die Quellen seines vergangenen Ruhmes gelangen könnte. Manglus soll gesagt haben, lieber einmal Champagner trinken als sein Leben lang Schei… essen. Dieser Gedanke ist freilich nicht originell, und diese banale Formulierung hatte er offenbar von einer Figur aus Kopli gehört. Aber was weiß ich schon. Ich bin ja eine Feldmaus. Feldmäuse trinken keinen Champagner – obwohl sie es gerne täten.

Manglus' Beerdigung war gut besucht, sehr gut sogar, obwohl ich noch mehr erwartet hätte, sozusagen etwas ganz Besonderes. Die Zeremonie verlief friedlich, teilweise vielleicht weil keine Nationalisten und keine »Richtigen« da waren und insofern keine Spannungen mit Ehemaligen entstehen konnten. Man gab sich die Hand und bekundete sein gegenseitiges Beileid. Das Publikum war stattlich, besonders für einen Kunstmenschen.

Obwohl ich gewusst hatte, dass Manglus' Wirkungsfeld sich nicht nur auf die Kunstwelt beschränkt hatte, kam es für mich gewissermaßen als Überraschung, dass es bis zuletzt noch so breit gefächert war. Auf dem Friedhof erschienen schon ziemlich merkwürdige Gestalten – und das in jederlei Hinsicht. Vielleicht spiegelte das nicht die tatsächliche Amplitude von Manglus' Bekanntenkreis wider, so war Kopli meiner Meinung nach schwach vertreten, aber trotzdem – manche der Beerdigungsgäste erinnerten an Mafiosi, andere an Freimaurer, wieder andere an Transsexuelle. Ein Kranz hatte ein dreifarbiges Band, auf dem etwas Arabisches geschrieben stand. Zwei Kränze hatten russische Widmungen. Für einen Moment salutierten am Sarg stiernackige Männer mit Totenköpfen auf Ärmeln und Kragen. Ich hätte aufgrund meines Berufs herausbekommen müssen, wer sie waren, hatte aber das Gefühl, dass es klüger wäre, damit ein wenig zu warten. Aus dem Geschäftsleben gab es bemerkenswert viele Vertreter. Ich war nicht überrascht, als ich zahlreiche Politiker bemerkte, die einst hohe Posten bekleidet hatten – darunter auch solche, die man Nationalkommunisten nannte. Außerdem gab es noch eine ziemlich große Gruppe mir beinahe unbekannter Menschen, denen nichts Glamouröses anhaftete. Sie hielten sich abseits, und einige von ihnen weinten. Aus den Gesprächen der Kollegen schloss ich, dass es sich dabei um Beamte handelte, die mal unter Manglus gearbeitet hatten und sich seiner als eines guten, legendären Chefs erinnerten.

Selbstverständlich waren zahlreiche Künstler da und anderes Höhlenvolk. Die Frauen erwähne ich lieber gar nicht – so viele gab es da. Angefangen mit säuselnden Damen mittleren Alters, die mehrheitlich schlecht gekleidet waren und mit denen Manglus vor Urzeiten gemeinsam an der Kunsthochschule studiert hatte, bis hin zu blutjungen Barbies mit verweinten Augen, die offenbar seine letzten Studentinnen an der Akademie gewesen waren. Dazwischen passte eine ganze Reihe verschleierter Witwen in vollendeten Trauergewändern und deutlich wohlhabende rotwangige Geschäftsfrauen. Die eine oder andere war eine Geliebte von Manglus gewesen. Interessanterweise geriet aber niemand deswegen mit jemandem in Streit, niemand versuchte im Nachhinein den Titel der Einzigartigkeit oder den Thron zu ergattern. Manglus' Sarg war geschlossen, und er hätte sich uns auch nicht zeigen wollen.

Einen kleinen Skandal gab es dann aber doch. Die Leute waren schon aufgestanden, drängten sich im Mittelgang und bildeten eine Schneise für das Hinaustragen des Sarges, wozu der Pastor gerade das Zeichen gab, da erschien Mink in der Kapelle. Er ging schnurstracks auf den Sarg zu, und sein Auftauchen war dermaßen unerwartet, dass niemand auf die Idee kam, ihn zurückzuhalten. Unversehens hob Mink ein Bein und machte eine Geste, als wolle er wie ein Hund an den Sarg pinkeln, dabei grinste er bösartig. Als die ersten Aufschreie zu hören waren, wurde Mink schließlich vom Sarg fortgezerrt.

Auf der Beerdigung war auch Rui, der ein eigenartiges Cape trug, nach mittelmäßigem Parfüm roch und Manglus' Witwen und Bräuten mit sehr tiefer Stimme sein Beileid bekundete. Während die Reden gehalten wurden, entfernte er sich und ging mit einem tiefsinnigen Gesichtsausdruck, mit auf dem Rücken verschränkten Armen und den Blick zum Himmel gerichtet, zwischen den Gräbern umher.

Als wir den Friedhof verließen, flog wieder ein einsamer Hubschrauber über uns hinweg, alle warfen ungewollt den Kopf in den Nacken und blickten ihm hinterher, bis er dröhnend hinter den Kiefernwipfeln verschwand.

Der Leichenschmaus fand in einem Restaurant statt, das schon zu Sowjetzeiten berühmt war und vor ein paar Jahren unter der Führung neuer Eigentümer wieder sehr nobel geworden war. Hier verlief alles, wie es sich gehörte. Die Beerdigungsgäste nahmen Platz, ohne dass man sich gegenseitig schubste, obwohl verständlicherweise gewisse Lager entstanden. Aber Gehässigkeiten über den Tisch hinweg wie bei Klaus' Beerdigung gab es nicht. In der Zwischenzeit waren alle zivilisierter geworden.

Nach dem Leichenschmaus ging unsere Gesellschaft in die Höhle, wo wir uns ein wenig ungezwungener fühlen konnten, schließlich war Manglus ungeachtet seines Rufes als Lebemann auch in unserer Gemeinschaft eines der auffälligsten Mitglieder, und obwohl niemand es aussprach, spürten wir doch, dass wir die Erinnerung an ihn nicht anderen überlassen wollten. Wir tranken maßvoll Schnaps, riefen uns lustige und rührende Abenteuer in Erinnerung, derer es im Falle von Manglus niemals mangelte, und manch einer drückte sogar eine Träne weg. Mati hielt eine kurze, aber bewegende Ansprache. Eigentlich war es in der Höhle nicht üblich,

Reden zu schwingen (stattdessen pflegte man dort kleine Gesprächsrunden oder schwatzte bloß miteinander), aber Mati konnte sich das herausnehmen. Er sagte, Manglus sei ein guter Künstler und eine der wenigen wahren originellen Persönlichkeiten unserer Zeit gewesen.

Spät am Abend tauchte Mirva in der Höhle auf, mit einem lila Bubikopf und schlaffen Wangen, die grüne Sonnenbrille auf der Nase. Ihrer eigenen Aussage zufolge kam sie direkt aus dem Ausland, ich weiß nicht mehr, ob es das Künstlerhaus in Jessentuki war oder Baltimore, wo sie an einem internationalen Projekt teilgenommen hatte. Sie hatte von Manglus' Schicksal noch nichts gehört. Als man ihr erzählte, weshalb wir uns heute hier versammelt hatten, nahm sie einen tüchtigen Schluck Vana Tallinn und zündete sich eine Zigarette an.

»Uff«, sagte sie dann tiefsinnig. »Was ist das Leben doch schnell gegangen. Schaust einen Moment zur Seite oder bist kurz mal weg, und schon liegt deine alte Flamme auf dem Friedhof.«

Auch Rechtsanwalt Karl traf ein und behauptete um Mitternacht, dass all die Kränze mit arabischen und russischen Texten und der andere Kram von Manglus selbst bestellt worden seien. Er habe ihm bei der Aufstellung des Testaments geholfen. Warum hatte Manglus das getan? Nur so, dass man seinen Spaß habe. Mit dieser Mitteilung verdarb Karl so manchem die Stimmung, aber in den Augen der Jüngeren blitzte eine Flamme der Begeisterung auf: Echt stark, der Alte! Hat den Tod vor Augen, arrangiert aber immer noch Inszenierungen. Aber Karl kühlte ihre Begeisterung sofort ab, in dem er präzisierte, dass Manglus das Testament schon vor zwei Jahren gemacht hätte, als von der ganzen Mink-Geschichte noch keine Spur zu erahnen war. Er hätte das bloß einfach so zum

Zeitvertreib getan – als sie einmal zufällig gemeinsam gezecht hatten.

»Und Mink? Das konnte ja wohl nicht im Testament stehen«, protestierte jemand und meinte damit das Beinheben des Idioten.

»Ja«, stimmte Karl zu. »Das hatte Manglus nicht zu verantworten, das war das Leben selbst.«

Wenn ich an das Geschehene zurückdenke, steigt mir immer eine Metapher oder ein Sinnbild vor Augen: ein Tauziehen. An dem einen Ende stehen der Tod oder das Verderben und am anderen er, Manglus. Dazwischen ist ein Fluss, Lethe, Pedja – egal. Über das Wasser führt das Seil, das das Leben des Menschen symbolisiert. Beide halten ihr Ende fest und versuchen möglichst viel von dem Seil auf ihre Seite zu ziehen. Manglus ist stärker. Der Tod ist noch jung, er hat noch kein Anrecht auf Manglus, seine Zeit ist noch nicht gekommen. Er wird zwar mit jedem Jahr ein wenig kräftiger und bekommt damit auch ein wenig mehr Seil auf seine Seite, aber bislang ist das längere Ende fest in gegnerischer Hand.

Deswegen spielt Manglus mit dem Tod wie die Katze mit einer Maus, hänselt ihn, gibt ein wenig nach, dann noch ein wenig – tut so, als seien seine Kräfte am Ende. So, dass er nur noch ein ganz kurzes Ende in der Hand hält, und es sieht aus, als würde das gleich ins Wasser gleiten, aber ... dann zerrt er wieder mit voller Kraft, und mit ein paar Rucken hat er wieder das längere Ende des Seils in der Hand! Was immer auch geschieht, er ist immer so stark, listig und wachsam, dass er im rechten Moment aufpasst und das Seil auf seine Seite zieht.

Aber einmal läuft es anders. Er hat wieder einmal das Seil weit aus der Hand gegeben, so dass er nur noch ein kurzes Ende festhält. Denn schließlich ist das ja ein sehr erregendes Gefühl, auf diese Art und Weise mit dem Leben zu spielen. Normalerweise ist er gerade in diesem Moment besonders aufmerksam und erwischt genau diesen Bruchteil einer Sekunde, in dem man nicht weiter nachgeben kann. Aber plötzlich ist er unaufmerksam oder zu selbstsicher und mit einem Mal ... schwups! ... das Seil entwischt seiner Hand und gleitet ins Wasser. Er kriegt das Ende nicht mehr zu fassen. Wie bitte, das ist doch nicht möglich, das ist nicht in Ordnung, will er jemandem zurufen. Natürlich ist das nicht möglich, schreien auch andere verwundert. So jung stirbt man einfach nicht mir nichts dir nichts. Und doch, genau das geschah.

Aber ist das die richtige Interpretation? Der Tod ist in Wahrheit ja ein Fortgang. Mir schien manchmal, als hätte Manglus über uns, die Hinterbliebenen, ein wenig gespottet.

Jedenfalls hatte mit Manglus ein kleiner Teil einer Epoche sein Ende gefunden.

RUIS VERÄNDERUNG

Abermals kam ich von einer Beerdigung. Ein wirklich netter Videokünstler, der sich den Künstlernamen Pelmeni zugelegt hatte, war überraschend verstorben. Er war noch relativ jung gewesen, erst zweiundfünfzig. Eine Weile hatte Pelmeni die Höhle besucht und zu unserer Gesellschaft gehört. In letzter Zeit hatte man ihn aber selten gesehen, es hieß, dass er hart arbeiten und in schöpferischer Hinsicht einen zweiten Frühling erleben würde. Niemand wusste genau, woran Pelmeni gestorben war. Ein Teil behauptete, er sei an Aids gestorben, andere, an Armut. Wir schickten den Videokünstler Pelmeni im Krematorium von Pärnamäe auf seine letzte Reise.

Da ich eine Beziehungsgeschichte fertigschreiben musste, blieb ich nicht zum Leichenschmaus, sondern machte mich auf den Weg in die Redaktion. Ich ging gerade durch die Nunne-Straße, als ich mit einem Mal in der Ferne eine Gestalt erblickte, die mir einerseits bekannt vorkam, andererseits auch wieder nicht. In dem Maße, in dem sich unser Abstand verkleinerte, konnte ich mich davon überzeugen, dass es, ja, tatsächlich, Rui war … in gewisser Hinsicht. Vom alten Rui waren die kleine runde Nickelbrille und die langen Haare geblieben, die jetzt gewaschen und zu einem Zopf zusammengebunden waren. Anstelle der enganliegenden ausgefransten Jeans und des Rucksacks waren ein leichter hellblauer Wollpullover und eine weiße Flanellhose getreten. In der Hand trug Rui ein Köfferchen – ein Mittelding zwischen einem Diplomatenkoffer und einer altmodischen Hebammentasche.

Ich rechnete mit seiner alten Angewohnheit, mich um Geld anzuschnorren, weil er seinen Nachdurst löschen musste, und dass er dazu sagen würde »Wem viel gegeben, dem wird auch viel abverlangt«. Stattdessen grüßte er mich mit einer Würde, die vermutlich gräflich sein sollte, aber eher wie die eines Chefbutlers wirkte.

»Was ist passiert?«, fragte ich.

»Ach«, sagte er und winkte ab. »Es reicht mit den Strapazen des Lebens. Ich will auch auf die Sonnenseite.«

»Was machst du denn jetzt?«, fragte ich neugierig.

»Ich gehe auf eine Privatuniversität und studiere Jura«, teilte er mir mit. »Schon nächstes Jahr kann ich Vertreter am Gericht sein, aber ich will doch lieber in Richtung Anwaltschaft. Mein Ziel ist die Spezialisierung auf große und einträgliche Strafprozesse. Ebenso würden mir Sexualstraftaten und Spionagegeschichten gefallen.«

Plötzlich erklang der siegreiche Hit des letzten Eurovisionfestivals. Ich dachte, dass in der Nähe ein Autofenster offen stünde, aber nein, Rui fingerte an seinem Smartphone herum, dessen Erkennungsmelodie es war.

»Äh, ja, wohin warst du auch wieder unterwegs?«, fragte Rui. Ich nannte einen willkürlichen Ort.

»Ich habe noch ein wenig Zeit bis zur Vorlesung. Ich komme ein Stück mit, wir haben uns ja ewig nicht mehr unterhalten«, sagte Rui und ergriff meinen Arm.

Unterwegs erzählte er mir alles Mögliche, zum Beispiel, dass er nicht mehr zusammen mit Bohemiens gesehen werden wolle, weil das »schlechte Werbung« sei. Des Weiteren, dass »wer Eigentum hat, auch Verantwortung hat« und dass »Estland ein verlässlicher Partner für seine Verbündeten sein muss«. Man konnte den Eindruck bekommen, dass er angefangen hatte, Zeitung zu lesen. Ferner erzählte er, dass er ein Auto leasen wollte. Und er habe sich einige Aktien besorgt. Schließlich belehrte er mich, wie man am besten einen Schnellkredit aufnahm.

»Am Ende heiratest du auch noch, was?«, fragte ich.

»Aber warum nicht?«, antwortete Rui, ohne meine Ironie zu verstehen. »Warum soll nicht auch in meinen Lenden ein Vatergefühl pulsieren? Warum soll nicht auch mein Leib nach Kindern schreien?«

Ich wollte zur Redaktion abbiegen und mich verabschieden. Rui schien aber etwas auf dem Herzen zu haben – deswegen hatte er mich wohl auch begleitet.

»Hör mal, du hast doch deine Finger in der Medienwelt, oder was heißt hier Finger, du steckst ja mittendrin«, er musste über seine eigene Formulierung lachen. »Wäre es nicht möglich, eine kleine Fotoserie von mir zu organisieren? Die Reichen lesen eure Zeitschrift. Wenn sie mich da sehen, kriege ich schneller einen Fuß in die Tür.«

Ich antwortete, dass er dazu auf eine Präsentation oder Vernissage gehen müsse.

»Genau daran habe ich gedacht«, sagte Rui. »Kannst du mir nicht eine Einladung verschaffen?«

Ich nickte, weil ich keinen Aufruhr riskieren wollte.

»Übrigens«, er schaute sich um, als hätte er Angst, dass wir belauscht würden. »Dir kann ich es ja sagen, wir sind alte Freunde. Es ist nämlich so, dass ich mich noch nicht endgültig entschieden habe. Rechtsanwalt bei Sexualprozessen ist natürlich stark, aber wir sind doch in Estland. Estland ist aber so klein, ach so klein. Ich will die Welt sehen, ich will all die von Gott gesegneten Orte kennenlernen, die man sonst nur im Fernsehen zu Gesicht bekommt. Wie lange soll ich nur Zuschauer sein und am Daumen lutschen? Wer kann mich hier mit Gewalt festhalten? Die Republik Estland kann mich nicht fesseln. Im Zusammenhang damit habe ich folglich auch an ein Ding gedacht. Wie wäre es, wenn ich die Diplomatenschule probieren würde? Sag mal ehrlich, hätte ich deiner Meinung nach dazu das Format?« Ich antwortete mit angemessener Unbestimmtheit, die er in eine ihm angenehme Richtung interpretierte, indem er fortfuhr: »Ich würde gerne meine Tage als Kulturattaché auf einer Südseeinsel beschließen, zwischen Püppchen in Baströckchen. Das hätte doch Niveau, oder?« Und ohne eine Antwort abzuwarten, brach er in ein triumphierendes Lachen aus. »Aber diese Fotoserie«, fuhr er fort und wurde wieder ernst, »die machen wir.«

Als ich wieder alleine war, dachte ich: »Ach Rui, auch du.«

Auch das ist ein Zeichen vom Ende einer Epoche. Wenn schon die Ruis sich nach einem warmen Plätzchen im Leben umsehen, sich ein Nest bauen, an ihrer Karriere basteln und an ihre Pension denken, dann hat sich die Gesellschaft ganz sicher verändert. Die Rasse der übermütigen Lumpenträger, der geistreichen Schwätzer, der Leute mit der großen Geste, denen alles egal ist, und allerlei anderer Menschen, die für den Moment leben, ist im Aussterben begriffen. Es gibt keine echten Bohemiens mehr. Der heutige Bohemien ist einer, der sich darum kümmert, ob er auch genügend fotografiert wird, wenn er den Bohemien spielt. Um in eine Diskussionsrunde im Fernsehen zu kommen, in der ein Platz für einen Bohemien vorgesehen ist, streitet er selbstvergessen mit Seinesgleichen und wendet dabei völlig unbohemiensche Mittel an, er intrigiert geradezu nach guter alter Art der KP-Mitglieder. Um dann im Fernsehen nach Art eines Bohemiens herumzumeckern und aufgrund dessen später irgendwo in Gesellschaft als bekanntes Gesicht einem Püppchen mit weit aufgerissenen Augen an den Hintern zu grapschen.

Bald wird es so sein, dass die einzigen, denen alles egal ist, Homos sind, die sich geoutet haben. Aber auch von denen schaut manch einer sich zuerst dreimal um, ob er auch wirklich fotografiert wird.

TEEDUS STERNENSTAUB

Wieder stand der Unabhängigkeitstag vor der Tür. Teedu überlegte, wie oft er sich bereits jährte. Die meisten Menschen hätten es wahrscheinlich nicht auf Anhieb sagen können, so lange währte die neue Unabhängigkeit bereits. Eine ganze

Weile schon, das bestimmt, aber an eine größere runde Zahl konnte sich keiner recht entsinnen.

Mit dem Unabhängigkeitstag gingen die üblichen Zeremonien und gebräuchlichen Rituale einher, Empfänge wurden organisiert und Orden verliehen. Dieses Jahr musste Teedu an die Reihe kommen. Er hatte noch keinen richtigen Orden, den eines Staatsmannes. Der große Jaan, Vorsitzender ihrer Partei (Karotar war in die Wirtschaft gegangen), hatte zu verstehen gegeben, dass zunächst die alten Kämpfer einen Orden bekämen, und danach erst »die Neuen«. Das sei so, um die öffentliche Meinung nicht gegen sich aufzubringen und das Gerechtigkeitsempfinden des Volkes nicht zu verletzen. Und was Teedu betraf, so war er ja doch Dozent für Parteigeschichte gewesen – auch wenn das schon eine Ewigkeit her war, wie in einem anderen Leben oder auf einem anderen Planeten, so dass Teedu bisweilen wirklich empfand, dass nicht er das gewesen war, sondern ein ganz anderer Mensch. Niemand von seinen Parteigenossen erwähnte jemals diesen Tatbestand. Auch begann Teedu schon eine Zeitlang seine Wortbeiträge nicht mehr mit dem Satz, der vor einem Dutzend Jahren berühmt geworden war. (In einer Tageszeitung war damals sogar eine Karikatur erschienen, auf der man in der Sprechblase, die aus dem Mund des Sprechers kam, lesen konnte: »Ich bin ein ehemaliger Kommunist und daher ein niederer Mensch, und ich hätte überhaupt kein Recht, hier den Mund voll zu nehmen.«) Der Satz funktionierte nicht mehr, die nachwachsenden Generationen verstanden ihn nicht. Für sie war das kein Scherz, keine Ironie, vom wörtlichen Auffassen ganz zu schweigen. Was heißt hier Kommunist, warum ein niederer Mensch? Die Welt war voll mit Sozis, unter ihnen gab es auch ein paar Kommunisten, die erschienen beinahe schon wieder interessant! Die Gleichberechtigungsbeauftragte, eine junge Frau, hatte in den Medien für ihn das Wort ergriffen. Aber Teedu fand nach wie vor, dass es besser sei, sich im Hintergrund zu halten.

Mittlerweile hatten die alten Kämpfer ihre Orden bekommen, und nun war die nächste Garnitur an der Reihe. Dazu gehörte auch Teedu. Und genau so lief's. Mit Genugtuung las Teedu in der Zeitung die Liste. Obwohl ihm vom Parteihauptquartier schon längst mitgeteilt worden war, dass die Sache entschieden sei, war er sich bis zuletzt nicht sicher gewesen.

Der Orden wurde in Kadriorg überreicht. Die Medaille selbst war nichts Besonderes, Orden des Staatswappens Zweite Klasse, aber doch etwas Solides, dessen man sich nicht zu schämen brauchte. Die Erste Klasse wurde nur an Ausländer und vereinzelte Auserwählte verliehen. Eigentlich ist es doch sehr gut gelaufen, dachte Teedu.

Selbstverständlich ging er zum Unabhängigkeitsempfang des Präsidenten. Alle Parlamentsabgeordneten waren geladen. Teedu hatte in letzter Zeit ohnehin kaum einen Empfang ausgelassen. Er erinnerte sich noch daran, wie der vorige Präsident, ein hohes Tier in der Sowjetzeit, nach der Handschlagzeremonie mit seiner Frau umherspaziert war. Viele Menschen liebten ihn mehr als den neuen Präsidenten, der ein Exileste war. Diese Erinnerung hob Teedus Stimmung und verlieh ihm Sicherheit, als er mit Merle im Getümmel umherging, nach rechts und links grüßte und mit den Gläsern anstieß.

Bei jedem Kopfnicken überlege Teedu, ob die Person, die er grüßte, in die alte oder in die neue Zeit gehörte. Sie schienen sich die Waage zu halten. Also war alles ganz normal verlaufen. Die Gesellschaft war stabil. Wie in der Ming-Dynastie. Keine Brüche, neuen Besen oder unbeschriebenen Blätter. Das erfüllte sein Herz mit Frieden.

Noch ein paar Jahre später gab Teedu ein Interview. Es waren viele Journalisten da, vom Fernsehen, vom Rundfunk, von den Tageszeitungen und den Onlinemedien. Er saß bequem in einem Sessel und hatte seinen nachdenklichen Blick über die Kamera auf die Rückwand des Studios gerichtet. Das Timbre seiner Stimme war vorbildlich, seine Haltung nachdenklich optimistisch, wie es sich für einen älteren Staatsmann geziemt. Über Schauspieler sagt man manchmal, dass sie in ein Alter gekommen sind, in dem sie sich »ein Gesicht angetrunken haben«. Teedu war kein Schauspieler und trank auch nicht. Aber er war mit seinen sechsundfünfzig Jahren einfach plastischer geworden. Nun war die Zeit angebrochen zurückzublicken auf seinen Kampfesweg.

Teedu sprach: »Die Existenz Estlands und die des estnischen Volkes waren an den Rand der Katastrophe gebracht worden. Mit dem geplanten Phosphoritabbau drohte eine Verseuchung des Bodens. Die demografische Situation war aufgrund der Zwangsimmigration sehr angespannt geworden. Es bildete sich ein zweisprachiger Kontext heraus, der in Begriff war, das Estnische schrittweise auf ein Küchenniveau zurückzudrängen. Unter diesen Bedingungen bliebt der national eingestellten Elite keine andere Wahl, als den verborgenen Widerstand zu stärken und den richtigen Moment abzuwarten, an dem man die Unabhängigkeit wiederherstellen konnte. Im Namen dessen waren sowohl die Stadt- als auch die Landbevölkerung sowie die künstlerischen Intellektuellen aktiv, deren Bestrebungen vom freisinnigeren und national denkenden Flügel der bislang an der Führung des Staates beteiligten Menschen koordiniert wurden. Wenn von den Intellektuellen und den Freiheitskämpfern die Begeisterung und der Idealismus kamen, der die Massen ansteckte, dann wussten die, die über praktische Erfahrungen in der Staatsführung verfügten, wie man diese Emotionen richtig kanalisierte, um zu einem optimalen Ergebnis zu kommen.«

Er erinnerte sich daran, ehrlich, er erinnerte sich an all das aus eigener Erfahrung!

Der Interviewer, ein Anchorman des Fernsehsenders, trug anlässlich des heutigen Tages statt einer Jeansjacke einen Anzug und hatte seinen üblichen aggressiven Ton abgelegt, stattdessen nickte er tiefsinnig auf jeden Satz von Teedu hin. Die jungen Journalisten von den Printmedien neben der Kamera lasen Teedu jedes Wort von den Lippen und kritzelten es in ihre Notizbücher.

»Ist das nun eine Sternstunde?«, überlegte Teedu, als er nach der Aufnahme nach Viimsi fuhr. Vor seinem inneren Auge sah er sich schon als Vorsitzender seiner Fraktion. Und warum sollte er nicht als stellvertretender Parlamentspräsident kandidieren? Weiter brächte er es vermutlich nicht. Aber auch diese Gedanken wiesen auf eine lichtvolle Zukunft, so dass er vor sich hin summte:

Und der Wind und die Stürme und der Flug eines fernen Sterns, mein Herz ist erregt, denn in die Ferne lockt der Weg.

»Was ist das denn für ein Lied?«, fragte die neben ihm sitzende Madlään verwundert.

Verehrter Chronist!

Die Exilesten fangen an, genau wie die einheimischen Esten auszusehen. Sie sind nüchterner und sachlicher geworden als früher. Sie haben weniger Feuer in den Augen. Allerdings kann man das nicht gleichermaßen von allen behaupten. Es gibt da eine gewisse geografische Rangfolge im Leuchten ihrer Augen. Je näher jemandes Heimat ist, desto weniger glühen sie. Die der Exilesten aus Finnland und Schweden sind erlöscht. Die Exilesten der übrigen europäischen Länder sind in der Mitte angesiedelt. Die der Nordamerikaner aber brennen beinahe mit ungetrübter Helligkeit. Dort haben sich Eifer und Idealismus noch erhalten, ganz besonders bei älteren Leuten. Die mittlere und jüngere Generation nehmen auch dort die estnische Sache prosaischer, ohne besondere Emotionen. Am grellsten aber brennt die Flamme des Estentums an richtig entfernten Orten, zum Beispiel in Australien oder Argentinien. In den dortigen Estnischen Häusern kann man den Idealismus am meisten spüren. Ich ziehe derzeit auch Erkundungen ein, ob es nicht möglich sei, sich in einem dieser Länder niederzulassen. Ich möchte im Idealismus leben. Ich würde meine Tage gerne an einem Ort beschließen, wo man im örtlichen Estnischen Haus Hundertjährigen Gedichte von Anna Haava und Karl Eduard Sööt vorlesen kann. Ich will, dass die Zeit stehen bleibt.

Mein teurer Brieffreund! Er dürstete so sehr nach Romantik, sehnte sich nach seinem Idealismusbad, musste aber doch sehen, dass es das im praktischen Leben wenig gab und auch nicht geben konnte. Man kann doch nicht ewig in Hochstimmung bleiben. Natürlich ist er nirgendwohin gereist, denn woher sollte er das Geld dazu nehmen? Außerdem hatte er jetzt ja Frau und Kind.

MATI VERBRENNT BRÜCKEN

Meine Geschichte kommt jetzt in ihre entscheidende Phase.

Im Falle von Mati muss ich zunächst einige Jahre zurückgehen – in jene Zeit, als er wegen Klaus beim Dicken war. Es ist möglich, dass die dortige negative Erfahrung sich auf das, was folgte, auswirkte. Jedenfalls nahm er ein paar Monate später im Fernsehen an einer Talkshow teil. Mati hatte sich auch früher schon mal negativ über Politiker ausgelassen, aber das blieb am Kneipentisch oder in den Wandelgängen. Nun kritisierte er die Kulturpolitik der Regierung ziemlich scharf und im weiteren Sinne die Gesamtrichtung, in die sich unsere Gesellschaft nach der Wiedererlangung entwickelt hatte. Er meinte, dass diese Richtung die Gesellschaft eher spalte als vereinige. Weil es sich um eine kulturelle Sendung handelte, die obendrein zu einem Zeitpunkt mit niedriger Einschaltquote ausgestrahlt wurde, hätte Matis Aussage nicht unbedingt Aufsehen zu erregen brauchen, wenn nicht andere Medien seine Worte aufgebauscht hätten. Manche Kommentare ließen zwischen den Zeilen durchblicken, dass Mati sich in gehobener Stimmung im Studio befunden hätte, was eine Metapher war – klar wofür. Aber allgemein geriet die ganze Sache in Vergessenheit. Mati redigierte weiterhin seine Zeitschrift und schrieb, wie zu hören war, seinen dritten Roman.

Dann aber – ungefähr ein Jahr später – befand man offenbar irgendwo, dass man Mati besser »ausnutzen« müsse.

Es war bekannt, dass ihm an einer aktiven politischen Karriere nicht viel gelegen war. Dementsprechend ging es um die Zentralverwaltung der estnischen Spionage. Dort lief gerade die Amtsperiode eines Spitzenbeamten ab, und man suchte einen Nachfolger. Matis Kandidatur mag willkürlich erscheinen, aber das nur auf den ersten Blick. Der Staat war klein und immer noch sehr jung, geschulte Menschen fehlten an allen Ecken und Enden. Hierbei ging es um einen Posten, für den man neben Intelligenz und Offenheit auch unbedingte Ehrlichkeit und Patriotismus mitbringen musste. Mati gab inoffiziell sein Jawort. Vielleicht der Abwechslung halber, aus intellektuellem Interesse und – wie der neue Ausdruck hieß, der in Umlauf gekommen war – aus dem Wunsch heraus, sich neuen Herausforderungen zu stellen, aber sicherlich auch aus einer Art Bürgerpflicht heraus.

Aber dann geschah etwas Unvorhergesehenes. Es kamen einige Protokolle an die Öffentlichkeit (woher mochten die kommen und wer garantierte ihre Echtheit?), in denen die Rede davon war, der KGB habe seinerzeit versucht, Mati anzuwerben.

In dem Bericht des beauftragten KGB-Beamten waren Mati die folgenden Worte in den Mund gelegt worden: »Für euch hat es keinen Sinn mich anzuwerben, denn ich bin ein Mann, der jedem Erstbesten sofort alle eure Geheimnisse ausplaudert, sobald er einen Tropfen Schnaps bekommen hat.«

Das war auch für mich neu. Nicht dass man versucht hatte, ihn anzuwerben, denn das hatte Mati selbst erzählt. Auch in dem Vorwand der Weigerung war nichts Besonderes, denn eine ebensolche Begründung hatten damals Dutzende andere Personen ins Felde geführt. (Habe ich selbst das nicht auch getan? Nein, das war nicht der KGB, sondern als Schauspieler S. mir unbedingt von seinen Komplexen erzählen wollte, die ich gar nicht hören wollte, weswegen ich sagte, dass ich sie weitererzählen könnte. Leider hatte S. sich gerade das erhofft!) Die Überraschung lag darin, dass auch Mati diesen Vorwand benutzt hatte und die Werber nicht einfach mir nichts dir nichts zur Hölle gejagt hatte. Aus unerfindlichen Gründen hatten wir angenommen, dass Mati als sehr gradliniger Mensch mit Rückgrat nicht so laviert hätte. Einige jüngere Politiker schienen geradezu zu fordern, dass Mati und seinesgleichen die »Schlapphüte« unumwunden zur Hölle gejagt hätten. Ich weiß natürlich nicht, mit welchem Gesichtsausdruck Mati ihnen das sagte. Vielleicht hatte er es so getan, dass die »Schlapphüte« kapierten, dass er sie zum Besten hielt, und dann hätte es im Endeffekt wie ein Zur-Hölle-Schicken gewirkt. Leider geht das aus dem Papier nicht hervor. Aber das ist nicht die Hauptsache. Obwohl allen klar sein musste, warum Mati damals so etwas gesagt hatte, zumal er damals, was Alkohol betraf, wirklich maßvoll war, verwendeten seine Gegner das Papier nun gegen ihn. Kann man einem Menschen, der sich so »offenherzig zu seiner Schwäche bekennt«, einen Posten anvertrauen, in dem man sich hauptsächlich mit Geheimnissen befassen muss? Und natürlich wurde auf die bereits erwähnte Fernsehsendung verwiesen, in der Mati in gehobener Stimmung aufgetreten war. In einer Zeitung erschien ein Artikel mit der Überschrift »Ein Trinker als Chef der Gegenspionage?«. Schweren Herzens sagten Matis Freunde zu ihm, dass aus der Sache leider nichts würde.

Die Presse reagierte unterschiedlich. Es bildete sich die Meinung heraus – bei den einen mit Schadenfreude, bei anderen mit Bedauern –, dass Mati sich selbst ins Aus manövriert hätte und er den Regierenden eigentlich schon länger ein Dorn im Auge gewesen sei (man verwendete den banalen Ausdruck »Haltbarkeitsdatum abgelaufen«), und nun habe er selbst die Sache vereinfacht. Das war allerdings eine bösartige Übertreibung, denn im Allgemeinen brachte man auch in progressiven Kreisen Mati Sympathie entgegen, es gab keine kollektive Anfeindung. Wenn auch der eine oder andere seiner ehemaligen Mitstreiter sich allmählich aus der Öffentlichkeit zurückgezogen hatte, so gab es immer noch eine ganze Menge. Die Hauptfrage aber war, wieso Mati jemand sein sollte, den man »loswerden« musste? Er hatte weder einen wichtigen Posten noch Macht. Nein, hier versuchte ein Journalist das Bild eines Drachentöters zu malen oder jemanden zu dämonisieren.

Wohlwollende Journalisten nahmen an, dass die Sache vergessen werden würde und Mati in ein paar Jahren die Möglichkeit bekäme, seine Karriere fortzusetzen (erneut: welche Karriere?). Andere meinten, das würde ihm wohl kaum ermöglicht werden, weil er unberechenbar geworden sei. Dass man ihm vielleicht eine Sinekure bis zum Lebensende ermögliche, aber in die Öffentlichkeit würde er nicht mehr gelassen werden, höchstens im Pensionsalter. Dann könne er sich seine Memoiren von der Seele faseln, und selbst wenn er betrunken sei, würde es heißen, er sei gar nicht betrunken, sondern nur altersschwachsinnig. Wieder andere waren der Meinung, dass er nicht mehr (?) in die Politik wolle. Daran könnte insofern etwas Wahres sein, als Mati dem Beruf des aktiven Politikers schon in dessen Glanzzeit, nach der Wiederherstellung der Unabhängigkeit, nichts abgewinnen konnte, wie sollte er sich jetzt dafür erwärmen? Anstelle kühner Entscheidungen, aufopferungsvoller Kraftanstrengungen und erhabener Ergüsse war eine treu funktionierende Politikmaschine getreten. Auch in der obersten Etage der Macht waren jetzt Typen eines anderen Kalibers beschäftigt als früher – systematischer und formvollendeter, beherrschter, stressbeständiger und routinierter. Nach einer Weile hätten sie Mati sowieso als Fremdkörper aus ihrer Mitte verstoßen. Solange wäre er für sie eine Galionsfigur gewesen, der lebendige Beweis dafür, dass sie selbst mit der heiligen Unternehmung verbunden waren und die Kontinuität wahrten. Mati hätte jemand sein können, denn man ertragen musste, der aber nicht einer von ihnen war. Ich glaube, Mati langweilte das. Über die Neuen spottete er (indem er sie »Karrieref…cker« nannte). Und doch hätte er auch sie tolerieren müssen, solange er sich mit den alten politischen Ansichten identifizierte, weil die Alten mit den Neuen Koalitionen eingegangen waren. Das ging Mati offenbar auf die Nerven.

Ein paar Jahre später lief Matis Arbeitsvertrag aus, und eine Wiederbewerbung reichte er nicht ein, weil ihm, wie er selbst sagte, die Motivation fehlte. Er schien immer kritischer zu werden und fing an, provozierend aufzutreten. So wurde er beispielsweise in einer Stadtkneipe mit ein paar Ehemaligen gesehen. Einerseits trieb er dadurch seinen Spott mit den Neuen (sieh an, selbst die alten Knacker erscheinen ihm menschlicher und sympathischer als die langweiligen Parteibonzen), andererseits besteht kein Zweifel, das sich Mati mit diesen Ehemaligen auch etwas zu sagen hatte – egal ob er mit ihnen diskutierte oder sie einfach nur beschimpfte (letzteres geschah häufig, und sie ertrugen das aus unerfindlichen Gründen ziemlich geduldig). Sie hatten den gleichen historischen Hintergrund und den damit verbundenen Code. Mit den Ehemaligen konnte man sich wenigstens zanken, die Neuen entglitten seinem Griff.

Aus ihren Treffen resultierte dann das folgende Angebot

der Ehemaligen: »Unsere Firmen haben ein wenig Geld übrig, wir würden gerne einen Kunstpreis stiften.«

Mati musste zunächst darüber lachen: Sollte die Prämie dann Preis des Arbeiters und der Kolchosbäuerin heißen?

Aber ihm wurde erklärt, dass sie, die Ehemaligen, sich nicht einmischen würden, von ihnen käme nur das Geld, die Auswahl und alles weitere sollten die Leute aus der Kunstszene selber machen. Sie wollten bloß ein wenig aushelfen, wenn der Staat in Schwierigkeiten sei.

Mati schüttelte in der Höhle verwundert den Kopf: »Ich hätte nie gedacht, dass ein kommunistischer Industrieboss auch über Kunst reden kann.«

Die alte Nomenklatura kam ihm mit einem Mal kunstfreundlicher vor als die neue. (Konkret ging es um Taavi Rohejõgi, der zur Sowjetzeit im Planungskomitee gesessen hatte, und Jaan Väle, der im Versorgungskomitee gewesen war. Ich kannte keinen von beiden persönlich, hatte aber gehört, dass beide in der Stagnationszeit spröde und fischäugige Nomenklaturbürokraten waren. Jetzt war der eine in der Schifffahrt aktiv und der andere im Hoch- und Tiefbau, wobei beide sehr gewichtige Figuren und steinreich waren.)

Trotzdem hielt die neue Freundschaft nicht lange, und Mati zerstritt sich mit den Ehemaligen ziemlich bald; der Preis wurde dennoch verliehen. In einem Interview erwähnte er, dass noch nicht alle »kaltgemacht« worden seien, die es verdient hätten.

Ich überlegte in jener Zeit, was wohl Agnes von Matis Gebrüll hielt. Agnes war jetzt nur noch selten gemeinsam mit Mati in der Höhle. Er machte im Allgemeinen ein sehr ernstes Gesicht. Das war auch das erste Mal, dass Matis alte Gefährten anfingen, sich Sorgen um ihn zu machen, denn auch mit dem Schreiben schien es nicht recht voranzugehen. Man musste ihm wohl doch irgendeinen Posten organisieren.

So bot man Mati die Leitung des Kulturressorts unserer wichtigsten Tageszeitung an. Der Chefredakteur war zwar ein jüngerer Mann, gehörte aber zu jenen neuen Figuren, die mit den alten gut auskamen und sich mit ihnen intellektuell austauschten. Sehr bald hatte sich Mati dort ordentlich eingerichtet und konnte ungestört das Kulturfeld beackern. Anfangs sah es auch ganz danach aus, dass er zufrieden und eifrig bei der Sache war, doch leider hielt der Elan nicht lange vor. Mati kapierte vermutlich nicht richtig, was eine Tageszeitung ist. An dieser Stelle nehme ich mir die Freiheit, ihn auch ein wenig zu kritisieren, denn das Pressewesen kenne ich aus eigener Erfahrung besser als er. Kurz gesagt: Wenn Kunst und Idealismus in einer Gesellschaft sowieso in hohem Ansehen stehen, dann kommt beinahe jeder, der Geschmack und Gewissen hat, auf so einem Posten zurecht. Schwierig wird es, wenn die Verhältnisse anders sind – so wie es jetzt der Fall war. Die Sinne der Menschen wurden von völlig anderen Dingen in Anspruch genommen, aber Mati wollte nach wie vor von Kunst und Idealen reden. Aber die Kunst in ihrer traditionellen Bedeutung gab es eigentlich gar nicht mehr. Das heißt, ein wenig gab es sie natürlich schon, aber das war in den Hintergrund geraten, während neue Formen in den Vordergrund gerückt waren, und darüber wurde in der Zeitung in Rubriken mit den Überschriften »Aufsehen« und »Medien« geschrieben. Ich wiederhole mich an dieser Stelle: Man muss immer die Möglichkeiten nutzen, die die Epoche bietet, und nicht trotzig versuchen, gegen den Wind zu segeln oder gar sich beleidigt aus dem Staub machen. Anpassung ist die einzige Möglichkeit. Auch durch Aufsehen und Medien oder in deren Windschatten kann man den Menschen bilden und Ideale entwickeln. Aber nicht direkt und in aller Öffentlichkeit, denn dann wirst du nicht bemerkt. Daher darf man eine solche Position in einer Zeitung auch nicht jedem Beliebigen anvertrauen (nach dem Prinzip »Hauptsache ein Intellektueller«). So traurig es ist, alte Verdienste zählen hier nichts, Leute von gestern kommen damit im Allgemeinen nicht zurecht. (Hierzu fällt mir immer der Beginn des Zweiten Weltkriegs ein, als nach den ersten glänzenden Angriffen der deutschen Panzerarmee die alten französischen Kavalleriemarschalls in Pension geschickt wurden. Sie hatten nicht begriffen, in welche Richtung sich die Kriegsführung entwickelte.) Vom Standpunkt der Kulturverbreitung im weitesten Sinne betrachtet verfügen gerade die Tageszeitungen und andere Massenmedien über eine wahre Machtposition. »Marschall« Mati begriff das nicht.

Er versuchte es anfangs mit Elan, aber altmodisch. Dann sah er, dass er gegen eine Wand rannte, winkte ab und sagte, das alles sei verlorene Liebesmüh, das Volk sei heruntergekommen, die Politiker stumpfsinnig und so weiter. Und doch hätte er um ein Vielfaches bessere Möglichkeiten gehabt als ich in meinem lila Anzug. Mati hätte alles erreichen können, wenn er sich Mühe gegeben hätte. Aber er war offenbar nicht mehr der Mensch dafür. Überdies nahm er nicht gerne zweimal am Tag zu einem festen Zeitpunkt an einer Sitzung teil. Sein Charakter bäumte sich dagegen auf. Außerdem fing die zweite Sitzung um drei an, und gerade zu dem Zeitpunkt wurde es am Mittagstisch beim Bier richtig gemütlich. Ich war einige Male Zeuge, wie er mit sich ringen musste, um aufzustehen und wegzugehen. Und es kam vor, dass er nicht ging. Dann bekam er natürlich Schelte und wohl auch eine Abmahnung, aber das löste noch keine Alarmglocken aus. Er arbeitete auch so lange Jahre und im Endeffekt sicherlich gut.

Vor dem nächsten Unabhängigkeitstag wurde Mati ein wichtiger Orden verliehen. Das schien ihn nicht sonderlich zu interessieren, denn auf dem Empfang des Präsidenten hatte er am Revers seines Anzugs (von einem Frack wollte er nichts wissen, wie Agnes berichtete) nur das kleine Abzeichen, obwohl man nach der Etikette zu feierlichen Anlässen den Orden selbst tragen sollte.

Als ein Fernsehreporter ihn im Festgetümmel fragte, wie er sich fühle und wie die hohe Anerkennung sich auf seine weitere Tätigkeit auswirken werde, zuckte Mati vor der Kamera mit den Schultern und sagte in tragischem Tonfall, dass er nichts anderes mehr tun könne als sein eigenes Herzblut opfern.

Der etwas naive Reporter war von einer solchen Antwort sichtlich entsetzt. Mati aber fand Gefallen an diesem Ausdruck (der ihm offenbar im Moment der Antwort eingefallen war), denn er wiederholte ihn und beantwortete die zweite Frage nicht einmal. Gleichzeitig versuchte er, dem Reporter das Mikrofon wegzunehmen, um etwas hineinzusingen.

Endlich merkte der Reporter, dass Mati neben der Spur war, und ließ ihn in Ruhe. Niemand begriff, was Mati unter dem Opfern seines Herzbluts verstanden hatte, aber die Fernsehübertragung wurde von sehr vielen Menschen gesehen oder gehört.

Auch in der Höhle wurde die Sache erörtert. Miller äußerte die Ansicht, dass man denen, die ihr Herzblut gegeben haben, danken müsse, aber man müsse sie nicht vergöttern. Sie handelten, wie sie es für richtig hielten, und erfuhren dadurch auch seelische Befriedigung. Aber nicht alle müssen ihr Blut geben, dürfen es auch gar nicht.

»Hätte Tuglas sich weigern müssen, das eine oder andere warme Wort über die Sowjetmacht von sich zu geben, was er heuchlerisch ja tat, und sich stattdessen von den NKWDlern seine Finger in der Schublade einklemmen lassen sollen?«, fragte Miller rhetorisch.

Tuglas hätte man alles Mögliche sagen lassen können, wichtig ist, was er ansonsten schrieb. Wenn man grausam sein will, könnte man also sagen, dass wer als Opfer wirklich nichts anderes zu bringen habe als sein Herzblut, der möge dies dann auch tun. Wer aber etwas Besseres habe, der brauche dies nicht zu tun.

Miller sagte, ein Dissident sei hierzulande eigentlich ein glücklicher Mensch. Wenn er in einer offenen Gesellschaft geboren wäre, hätte er kein Dissident sein können. Genauso wie wir nicht wissen, wie viele potenzielle Bildhauer in der Wüste leben oder von wie vielen Napoleons das Talent in langen Friedenszeiten ungenutzt bleibt. Manch einer unserer jüngsten Dissidenten wäre heute beinahe ein Nobody, weil er seinerzeit nicht einmal Lust zu einem Schulabschluss hatte, jetzt aber sind es wichtige Figuren. Heutzutage bliebe, so Miller, einem Menschen mit Dissidentenneigungen nichts anderes übrig, als gegen die globale Erwärmung oder für die Rechte von Minderheiten zu kämpfen, und das sei doch nicht das Wahre.

»Verdammter Kommunist!«, donnerte Mati und wollte Miller eine langen. Aber Miller hatte Kampfsport betrieben und wich ihm aus.

Miller mag ein zynischer Opportunist sein, der sich auf Kosten der künstlerischen Intelligenz amüsiert. Aber seine Worte sind nicht falsch.

Irgendetwas war zwischen Mati und Agnes, das ahnten wir allmählich. Mati hatte abends keine Lust mehr nach Hause zu gehen, sondern saß in der Höhle und schwatzte. Er hatte mit der Zeit die Angewohnheit angenommen, in jeder Gesellschaft seine Frau beim Vornamen zu nennen, als müssten alle wissen, um wen es ging. So konnte es vorkommen, dass er um Mitternacht beliebigen Leuten erzählte, dass Agnes einmal dies gesagt habe, einmal das, und das Agnes' Geduld am Ende sei. Wir hatten Mitleid und konnten uns dabei nicht entscheiden, mit wem von beiden mehr.

Agnes war meiner Meinung nach eine ehrliche Frau, überdurchschnittlich intellektuell, ausgesprochen fähig und was das Nationalbewusstsein betraf, hatte sie das Herz auf dem rechten Fleck. Aber am Ende will auch eine solche Frau alles vom Leben bekommen, wozu sie glaubt, die Voraussetzungen und ein Recht zu haben. Wenn sie das Gefühl hat, dass die Dinge nicht mehr im Gleichgewicht sind und ein glückliches Ende kaum zu erwarten ist, während gleichzeitig (um eine Binsenweisheit aus der Sowjetzeit zu gebrauchen) ihre Zeit im häuslichen Dasein verrinnt, dann geraten Geist und Vaterland selbstverständlich in den Hintergrund. Bei uns Menschen scheint sich in einer gewissen Lebensphase die drängende Sehnsucht einzustellen, mit jemandem gemeinsam begraben zu werden (bei Frauen geschieht das gewöhnlich früher als bei Männern). Man schaut sich um, wo dieser Grabgenosse zu finden wäre, und macht sich Sorgen, ob wohl noch was geschieht. Eine Frau tut dann das, was sie zwischenzeitlich beinahe vergessen hatte – sie begibt sich allein in Gesellschaften, anfangs schüchtern, wie ein Kätzchen, das an einen neuen Ort gekommen ist, bald aber selbstsicherer.

Agnes hatte sich vom Leben nicht kleinkriegen lassen,

was zeigt, dass sie einen starken Charakter hatte, und umso mehr tut es mir um Mati leid, weil er so eine Frau verspielte.

Agnes ging für ein Jahr zum Studium nach Stanford, und danach bekam sie eine Anstellung in Brüssel, wo auf gemeinschaftliche Initiative des Internationalen Strafgerichtshofs, der UNO und der Europäischen Union eine Kommission gebildet worden war, die ein neues System erarbeiten sollte, mit dem man den Völkern mit traditioneller Lebensweise, also den Naturvölkern, die Prinzipien des Rechtsstaats erläutern könnte. Agnes' Erfahrungen in der Völkerkunde und ihre Herkunft aus einem totalitären Staat waren ihr großes Plus, und sie wurde stellvertretende Vorsitzende dieser Kommission. Die belgische Hauptstadt war fortan ihr ständiger Wohnsitz.

Faktisch bedeutete dies, dass ihre Ehe am Ende war. Mati folgte Agnes nicht. Er hätte es als erniedrigend empfunden, auf Kosten seiner Frau zu leben, und Arbeit hätte er dort nicht gefunden. Und offenkundig rief ihn Agnes auch nicht nachdrücklich dorthin.

So trennte sich Mati von seiner schönen und klugen Frau. Wenn er tüchtig einen sitzen hatte, fluchte er in der Höhle, dass Agnes eine Nutte sei, schon ihre Großmutter sei eine gewesen. Natürlich hatte er Agnes' Großmutter nie getroffen.

Danach verbrachte Mati noch mehr Zeit in der Höhle. Er wurde auch schneller betrunken, hatte die Neigung, vor sich hin zu brummen, und wurde unberechenbar. So konnte es vorkommen, dass er jemanden mir nichts dir nichts beschimpfte, dann aber plötzlich übersprudelnd herzlich wurde, oder umgekehrt.

Früher hatte er immer gejammert, dass die hektischen Zeiten im Leben doch vorbeigehen mögen, so dass er wieder mehr Zeit zum Lesen und sich zu bilden hätte. Jetzt hatte er Zeit in Hülle und Fülle, er hätte sowohl lesen als auch schreiben können, aber er schien zu keinem von beiden mehr Lust zu haben. Einmal bemerkte ich aus der Ferne, wie er etwas aus seiner Aktentasche nahm, sich die Brille aufsetzte und zu lesen begann. Als ich näher herantrat, sah ich, dass es unsere Zeitschrift war. Sobald er mich sah, verbarg Mati sie. Einerseits war ich geschmeichelt, dass auch Mati unsere Blatt las, andererseits muss ich zugeben, dass ich noch glücklicher gewesen wäre, wenn er etwas Kluges und Gelehrtes gelesen hätte. Aber offenbar hatte er keine Lust mehr, sich mit ernsthaften Problemen abzugeben oder sich auf sie zu konzentrieren. Wenn jemand, in der Regel ein Neuling in der Gesellschaft (die älteren Bekannten hatten keine Lust mehr dazu), sich zum Beispiel mit ihm über Philosophie unterhalten wollte, dann führte er ins Feld, dass er Latein gelernt und einen antiken Philosophen (ich glaube Anselm von Canterbury) im Original gelesen hätte. Wenn sich das Gespräch der Weltpolitik zuwandte, warf er als Trumpf auf den Tisch, dass er sich am politischen Leben beteiligt und den Staat umgestürzt hätte, was wir anderen nicht getan hätten, und das reiche ja wohl. Befanden sich Frauen in der Gesellschaft, war es schwer auszumachen, ob er sich an sie heranmachen oder sie beleidigen wollte, denn er tat beides gleichermaßen. Obwohl ihn Sex seiner eigenen Aussage zufolge nicht mehr interessierte und er darüber klagte, dass Geistesmenschen als Kavaliere nicht mehr in Mode seien, glaubte er aus einer trägen Gewohnheit heraus offenbar immer noch, dass Frauen wie früher an ihm kleben blieben und gerade auf ihm das Recht und die Pflicht lasteten, die »estnische Frauenherde« zu befruchten.

Immer häufiger saß er allein in der Höhle. Nicht weil jemand ihn bewusst gemieden hätte (auch die gab es, aber wenige). Die Freunde verließen ihn eher, weil sie überhaupt viel weniger als früher in der Höhle waren. Teilweise weil sie in die Jahre gekommen waren, manche waren ganz von dieser Welt gegangen, andere hatte Gesundheitsprobleme (im »Höhlenleben« hatte ein Jahr die Neigung, für zwei zu zählen). Wichtiger war aber eine Änderung im Lebensstil. Die Menschen hatten ihre Ziele und Vorlieben verändert. Der eine war in einer glücklichen oder in jedem Fall der letzten Ehe seines Lebens oder lebte einfach nüchtern und anständig, andere waren in der Wirtschaft tätig, wieder andere betätigten sich direkt oder indirekt in der Politik – für sie ziemte es sich nicht mehr, wie gehabt in der Kneipe zu hocken. Und selbst die, die ihrer bisherigen Tätigkeit treu geblieben waren und ihre Lebensgewohnheiten nicht geändert hatten – auch sie mussten sich mehr abstrampeln und herumwirtschaften, so dass ganz automatisch weniger Zeit für die Höhle blieb. Für die Jüngeren gehörte ein Besuch in der Höhle nicht mehr zu den Selbstverständlichkeiten, sie hatten ihre anderen Orte und Kanäle. Das Höhlenvolk hielten sie im Allgemeinen für vergangen und verhuscht. So konnte sich Mati seine Gesellschaft nicht mehr aussuchen, und er wies auch solche Leute nicht vom Tisch, mit denen er sich vor zehn Jahren um keinen Preis zusammengesetzt hätte. Mit ein paar verwitterten Greisen brummte er dort dann vor sich hin, man hörte einander nicht zu, jeder sprach für sich.

Es gab natürlich auch lichtere Momente – wie vereinzelte reine und klare Tage Ende September.

Zu einer solchen Gelegenheit erzählte uns Mati einmal,

dass er seit längerer Zeit von ein und demselben Traum verfolgt würde: »Zu mir kommen, ich weiß nicht woher, irgendwelche Leute. Eine unermessliche Menge von Männern, Frauen, Kindern, Greisen, alten Mütterchen – in jedem Alter. Alles findet auf offenem Feld statt. Es ist vermutlich ein früher Herbstmorgen, denn alles erscheint durch einen Nebel, das Gras ist feucht und kalt, die Gesichter der Menschen sind auf dieselbe Art grau und lehmfarben, ihr Ausdruck ist durch und durch traurig und ernst. Es sind unterworfene und kümmerliche, erbärmliche Bauern, Fabrikarbeiter und Hungerleider aus der Provinz. Sie bleiben stehen und schweigen zunächst ehrfurchtsvoll, dann aber fragen sie: ›Sind wir denn keine Menschen?‹ Und verstummen wieder, ohne eine Antwort zu erwarten, da die Antwort in ihrer Frage liegt. Warum fragen sie mich das, und was habe ich ihnen zu sagen? Ich werde dann jedes Mal von unendlicher Traurigkeit übermannt.«

Mascha riet ihm, zum Psychiater Doktor Muld zu gehen, der vielen Intellektuellen in schwierigen Momenten geholfen habe.

»Moment«, sagte Mati. »Ich habe das Ende noch nicht erzählt … Wenn diese Volksmenge dort auf der Weide noch dichter herankommt, sehe ich, dass es gar keine Menschen sind, sondern eine Rinderherde, die aus Neugierde an den Wegesrand gekommen ist, um den zufälligen Passanten zu betrachten. Wenn ich danach aufwache, ist der Kummer noch größer. Woran hat diese Herde Schuld, frage ich mich. Oder woran habe ich Schuld?«

Pepe riet Mati, sich in diesem Falle an einen Tierarzt zu wenden.

Bisweilen ist es interessant, sich auszumalen, was gewesen wäre, wenn ... Nun gut, Manglus wäre Kulturminister und stellvertretender Vorsitzender oder sogar Vorsitzender des Präsidiums des Obersten Sowjets geworden, der einem Urkunden in die Hand drückte, wie es der dicke Müürsepp mit Matis Großonkel getan hatte.

Aber was wäre aus mir geworden, wenn es in der Gesellschaft keine Wende gegeben hätte? Vermutlich hätte ich weiter übersetzt aus jener kleinen Sprache (warum soll ich es noch verheimlichen, es handelt sich um das Altpersische) und auch aus größeren Sprachen. Das Übersetzerhandwerk habe ich nie an den Nagel gehängt. Nein, nicht weil ich vielleicht Angst hätte, dass die estnische Zeit vorbei sein und die alte Ordnung wiederkehren könnte. Es gefällt mir schlichtweg, mich geistig in Form zu halten, mit dem Altpersischen kämpfe ich gegen die allgemeine Verflachung.

Woran merken wir, dass wir nicht mehr jung sind? Doch wohl daran, dass uns auf der Straße verdächtig viele ältere Menschen entgegenkommen, die wir nicht kennen, die uns aber grüßen. Ältere Herren schmunzeln wie alte Bekannte, alte Frauen schauen dich schelmisch an, als hätten sie ein Anrecht auf dich. Dann denken wir, was sind das wohl für Leute, wo haben wir sie getroffen, bis uns einfällt – ach ja... Und wenn wir in einem leicht zerstreuten Moment vor den Spiegel treten, denken wir in der ersten Sekunde, dass einer dieser Viertel- oder Halbgreise, die wir auf der Straße getroffen haben, da in den Spiegel gekrochen sind. Bloß ergibt sich dann ein Rätsel: Wenn wir selbst uns fremd vorkommen, wie haben die Greise und Mütterchen uns dann erkannt? Die Reaktionen sind asymmetrisch.

Es ist ein seltsames Gefühl: wie Schwerelosigkeit – sofern man das Gedächtnis als Gewicht empfindet. Ich komme mir selbst schon wie jemand vor, der wer weiß woher kommt. Niemand erinnert sich noch daran, was ich früher machte. Von mir als dem einstigen Übersetzer aus dem Altpersischen kann man keine Spuren finden – jedenfalls nicht auf die Schnelle. Wenn ich meinen Namen google, kommt dort meine Tätigkeit als Gesellschaftsjournalist bis ins letzte Detail, aber kein einziger Treffer verweist auf mein früheres Schaffen. Als ich aus dem Altpersischen übersetzte, gab es Google noch nicht. Und Google gab es auch nicht, als man an der Universität die Geschichte der Kommunistischen Partei unterrichtete, deswegen weiß auch niemand, wer Teedu Tärn seinerzeit war. Oder Mati Tõusumägi. Für die, die mit letzterem heute zum ersten Mal zusammentreffen, entsteht der Eindruck, als handele es sich um einen heruntergekommen, gealterten Literaten, der immer so gewesen ist.

Bei Orwell gab es ein Ministerium, in dem die Mitarbeiter ununterbrochen die alten Zeitungen umschrieben, um die dortigen Artikel mit den neuen Fakten in Einklang zu bringen. Im Ergebnis erschien die Gegenwart logisch und harmonisch aus der Vergangenheit hervorgegangen zu sein. Dieser Gedanke ist zwar ein schönes Bild und in seiner Zeit völlig zutreffend, aber tja, ein solches Ministerium bräuchte man wirklich nur in einer totalitären Gesellschaft, wo es wenig Publikationen und ein Grundnarrativ gibt. Dort müsste man wahrhaftig alles ständig umarbeiten, denn wenn das nicht getan wird – und in der Sowjetunion wurde das zum Beispiel nicht getan –, bleiben allem zum Trotz auch alternative Narrative oder wenigstens Erinnerungen an sie bestehen. Seit dem Hitler-Stalin-Pakt war ein Vierteljahrhundert verstrichen, aber der kleine Mati Tõusumägi machte sich ein Bild davon, das der offiziellen Version widersprach. Teilweise zwar durch mündliche Überlieferung, aber er sah auch Mikrofilme, die heimlich von alten Zeitungen angefertigt worden waren, und las verbotene Bücher aus dem Giftschrank. Das genau waren der Fehler und die Inkonsequenz des Systems. Es hätte keine Giftschränke geben dürfen. Jetzt bekam sogar Teedu eine Ahnung vom Hitler-Stalin-Pakt, obwohl er im Sinne der falschen Leere erzogen worden war.

Heutzutage ist das anders, ein Wahrheitsministerium wäre nicht nötig. Wozu sich Mühe geben mit dem Umschreiben alter Artikel, wenn sich doch sowieso niemand für sie interessiert? Im Google-Zeitalter sind die alten Zeitungen ebenso sicher in Vergessenheit geraten wie die Inschriften auf den Steinen im ägyptischen Wüstensand. Jetzt zählen nur Gegenwart und Zukunft. Ein solcher Zustand ist grotesk, denn eine Beschäftigung mit der Vergangenheit ist besser und gründlicher möglich als jemals früher (Angebot und Marktwirtschaft gelten auch in diesem Bereich). Aber nur wenige sehnen sich danach. Ein solcher Schutz ist tatsächlich am verlässlichsten. Freiwillige Knechtschaft ist immer die beste.

Ich verstehe dieses Ausblenden der Vergangenheit zum Teil. Erinnerung und Vergangenheit wirken bindend und einengend – wenn sich beispielsweise jemand verändern, erneuern oder überhaupt etwas werden will, und zwar nicht Schritt für Schritt »mit der ethischen Arbeit eines Protestanten«, sondern mit einem Sprung, mit Zauberkraft oder wie man gerade Lust hat. Dann kann die bisherige frühere Hypostase des Menschen oder sein Zustand ein Klotz am Bein sein, weil es immer jemand geben kann, der störend dazwischenruft: »Aber wir kennen diesen Menschen doch schon lange, früher war er ganz anders, wie kann er denn jetzt plötzlich so einer sein! Hier stimmt was nicht!« Mit einem Wort, er zieht das neue »Ich« des Menschen in Zweifel, indem er ruft oder warnt, dass der König nackt sei. Wenn sich aber niemand von früher an dich erinnert und das auch nicht will, denn Nicht-Erinnern ist ein ungeschriebenes Gesetz und gehört zum guten Ton, dann ruft niemand etwas, und dir steht frei, dich zu verändern oder unaufhörlich zu erneuern. Keinerlei Sanktionen werden dich treffen. Jeder darf sich für den halten, der er sein will, jeder ist frei sich sein eigenes Profil zu erschaffen. Und ist es nicht eine der Lieblingsbeschäftigungen des heutigen Menschen, sich ständig neu zu erfinden und umzubenennen? (Mit dem Umzug vom Dorf in die Stadt befreite sich der Mensch räumlich, jetzt befreit er sich auch zeitlich – in beiden Fällen kann er ganz von vorne anfangen.)

Für einen wie mich, der die Vergangenheit noch begreift, ist die Zeit etwas Gefährliches. Nicht konkret, sondern allgemein. Man kriegt kein Bein auf die Erde, jede noch so kleine Sache erscheint in zehn verschiedenen Perspektiven, und es gibt nur Ausnahmen und Paradoxe. Immer heißt es »einerseits betrachtet und andererseits betrachtet«. Zum Beispiel spukt in mir mitunter der Gedanke umher, ob ich in der russischen Zeit nicht doch ein Spitzel war. In einer ersten Aufwallung sage ich mir im Brustton der Überzeugung, nein, keineswegs, dann aber überkommen mich Zweifel, ob ich es nicht vielleicht doch war. Das kann man nirgendwo nachlesen (eben weil die Dokumente vernichtet wurden). Gewiss, ich habe mich nicht mit »Schlapphüten« unter vier Augen im Gebüsch oder in einem Hotelzimmer getroffen, niemanden denunziert und keinen Zusammenarbeitsvertrag unterschrieben. Und

Vergütungen als Entschädigung für meine möglichen Dienste habe ich auch nicht bekommen. Aber in der Höhle habe ich doch das eine oder andere Mal mit diesen Typen geplaudert. Was weiß ich, was sie sich da herausgepflückt haben? Vielleicht haben sie mich insgeheim für einen der Ihren gehalten? Denn einen häuslichen Telefonanschluss bekam ich doch vergleichsweise schnell, nach nur vier Jahren Wartezeit (andere mussten zehn Jahre warten). Haben die Organe da am Ende nachgeholfen? Nein, im Allgemeinen bin ich mir sicher, dass ich kein Spitzel war.

Aber andere Menschen sind sich wieder ganz anderer Dinge sicher. Zum Beispiel dessen, dass sie Freiheitskämpfer waren. Ich wiederum weiß von jemandem, dass er ganz bestimmt kein Freiheitskämpfer war. Wo hat er denn gekämpft? An welchen Aktionen hat er teilgenommen, welchen Manifesten seine Unterschrift gegeben? Nichts dergleichen. Aber er, siehe da, redet und schreibt jetzt, was für ein Freiheitskämpfer er war, und gibt mit einem würdigen Lächeln konspirative Hinweise, so dass man nicht weiß, ob man weinen oder lachen soll.

Das gerade ist es – meine Gewissheit gegen seine Gewissheit. Wie soll man sich da verhalten? Vielleicht liegt es daran, dass ich im Falle von ihm und anderen – anders als bei meiner eigenen Person – nach Taten entscheide, genauer gesagt auf Grundlage dessen, was sichtbar war, er aber wiederum nach dem, was er selbst dachte und in seinem Herzen empfand. Nach dem Selbstbild, das er von sich erstellt hat. Aber auch hier gilt, wie viele Spitzbuben sind vor ihrem eigenen Gewissen rechtschaffen, ihren Taten zufolge aber Schurken? Bin ich also in meinem Innersten meiner Meinung nach ein Schurke, den Taten nach aber ein ehrlicher Mensch? Nein, ich bin auch in meinem Herzen ehrlich ... beinahe. Denn wieso komme ich überhaupt auf die Idee, dass ich ein Spitzel gewesen sein könnte? Wenn ein Mensch hundertprozentig normal und seiner selbst sicher ist, dürfte er nicht einmal die Spur eines solchen Zweifels hegen.

Ich habe an meine Bekannten gedacht – gab es in meiner Kindheit und Jugend jemanden, der ein Spitzel war? (Darüber, wer heute, in der Zeit der estnischen Republik, ein Spitzel ist, denke ich lieber nicht nach, denn sonst würde ich wahrhaftig dem Suff verfallen.) Ich weiß, dass heutzutage viele von solchen Fragen gequält werden. Auf einer Afterparty nach einer Buchpräsentation setzte sich Junglane zu mir, ein kurz gewachsener Pykniker mit Pausbacken, Bart und strahlenden Augen – wie ein überproportioniertes Wichtelmännchen. Er machte ein Gesicht, als hätte er etwas auf dem Herzen.

Und tatsächlich, schon ging seine Beichte los: »Ich habe die ganze Zeit das Gefühl, in meinem früheren Leben ein Spitzel gewesen zu sein. Du verstehst, was ich mit früherem Leben meine ... Ich habe natürlich nicht direkt herumgeschnüffelt, aber auf eine geheimnisvolle Art und Weise war ich wohl doch ein Spitzel.« Das Wichtelmännchen verstummte und beobachtete mich aus dem Augenwinkel heraus, um dahinter zu kommen, ob ich ihn für einen Idioten hielt oder es sich lohnte weiterzureden?

Ich sagte: »Ich kenne dieses Gefühl sehr gut, Ervin, eine ganz bekannte Sache.«

Daraufhin hüstelte das Wichtelmännchen vor Wohlbehagen und fuhr mit seiner Beichte fort, die eine gute halbe Stunde dauerte. Am Ende legte er mir seine Hand auf den Ellenbogen (höher kam er nicht) und gestand: »Ich habe, glaube ich, sogar dich einmal angeschwärzt, alter Junge. Wo genau, das frag mal lieber nicht, ich könnte es ohnehin nicht mehr sagen. Und was ich über dich erzählt habe, weiß ich noch weniger.«

Er machte eine Pause, bevor er abschließend sagte: »Aber trotzdem bitte ich dafür vielmals um Entschuldigung!«

Und hops war er vom Stuhl gesprungen.

Manchmal wünsche ich mir, dass alles schon seinen Platz bekommen hätte. Dann möchte ich auf den Friedhof gehen und nachschauen, wohin ich gelegt werde. Ich möchte, dass alle meine Bekannten vorbeikämen. Aber nicht trauernd, sondern so wie man gute Freunde in seinen Garten einlädt, um einen neuen Strauch oder einen Außenkamin zu bewundern. (»Schaut her, hier ist mein Grab, ist doch niedlich, oder? Für das Geld, ein echtes Schnäppchen ... Nein, es war kein Sonderangebot ...«) Und danach zum Teetrinken in die Gartenlaube. Oder wie zu einem Richtfest. Genau – denn das Grab ist ja das Richtfest des Menschen, nur umgekehrt, nach unten. Eine Friedhofsreform ist vonnöten. Bei uns wird von Verwaltungsreform, Bildungsreform und vielen anderen Reformen, selbst von einer Reform im Denken geredet, aber über eine Friedhofsreform wird in keinem einzigen Parteiprogramm ein Sterbenswörtchen verloren (ich habe sie alle im Hinblick darauf durchgeblättert). Aber nützlich wäre sie schon. Das Problem ist natürlich größer. Bei uns wird immer darüber geklagt, dass es in der Gesellschaft wenig Gebundenheit gebe. Genau das ist es – die Menschen empfinden keine Verbundenheit mehr mit den vorangegangenen Generationen. Jeder steht für sich alleine auf der Welt. In dieser Hinsicht könnte man mit bescheidenen Mitteln so manches bewirken. Zum Beispiel könnte man alle zehn Jahre kollektiv all jener gedenken, die in der Zwischenzeit verstorben sind – auf staatlicher Ebene und im höheren Sinn. Zunächst würden spezielle Menschen von Haus zu Haus gehen, Totenzähler, und notieren, wer in der einen oder anderen Wohnung in der Zwischenzeit verstorben ist. (Natürlich könnte man das auch via Internet machen, aber menschlicher Kontakt wäre besser.) Deren Namen könnte man am Sonntag Morgen laut verlesen, zwischendurch würden zur Abwechslung die Glocken läuten. Nicht unbedingt in der Kirche. Mir gefällt sehr, wie in Amerika die Namen der Opfer der Terroranschläge vorgelesen werden.

ILLIMARS BRIEF VOM SEPTEMBER 2008

Verehrter Chronist!

Es ist regnerisch. In der Wohnung meines Schwiegervaters ist ein neuer Boiler eingebaut, an der Decke zwischen Badezimmer und Küche. Die Spüle ist bläulich. Aus Marts Geschäft ist nichts geworden, du erinnerst dich, ich sagte dir, dass es genau so enden würde. (Warum hätte er mir das sagen sollen?)

Leelo ist schon zwei Monate nicht mehr bei uns gewesen. Ich weiß nicht, kommt sie sich dafür zu gut vor? Die Krankheit von Maaritsa kommt offenbar vom übermäßigen Genuss von Brennnesselsuppe. Unser Institut hat seinen Mitarbeitern zum Jahresende ein Essen ausgegeben. Eine schöne Tradition. Davon hatte ich dir doch noch nicht geschrieben? Es war eine ganz anständige Unternehmung, jeder konnte sich selbst etwas aussuchen, Suppe oder Vorspeise, dann ein Hauptgericht, am Ende je nach Gusto ein Dessert oder Kaffee mit Wein-

brand. Angenehm. Am Abend versuchte ich Sophokles zu lesen. Langweilig.

Korrigiere mich bitte, wenn ich mich geirrt haben sollte.

Dein gelehrter Freund

ILLIMARS BRIEF VOM JANUAR 2009

Verehrter Chronist!

Ich war wieder in Paris. Seit dem letzten Mal sind zehn Jahre vergangen. Ich entschloss mich zu einer Pauschalreise. Im Hotel gab es ein ziemlich gutes Frühstück. Ich war ehrlich gesagt auf das Schlimmste gefasst, denn wie wir gehört hatten, frühstücken die Franzosen nicht vernünftig, sondern knabbern nur an ihrem Baguette. Minna und ich überlegten sogar, ob wir selbst etwas mitnehmen sollten (Schinken zum Beispiel, bei ihnen auf dem Land wurde am Michaelistag das Schwein Kessu geschlachtet und geräuchert). Aber zum Glück sind die Franzosen mit der Zeit gegangen und der Tisch war tipptopp. Siehst du, die Europäische Union ist doch von Nutzen, die Franzosen haben begonnen vernünftig zu essen. Da kannst du sagen was du willst, aber wenn es morgens im Hotel keine Eier (Rührei oder einfach in die Pfanne gehauen) und keine gebratenen Würstchen gibt, hat eine Auslandsreise für mich nicht den richtigen Geschmack, mögen sie da noch so wichtige Louvres oder Pyramiden haben.

Gegen deine wunden Füße – vom vielen Tanzen hatte ich zwischenzeitlich wunde Füße bekommen und Illimar darüber mein Leid geklagt – *empfehle ich wärmstens Bienenharz, das wird in der Apotheke bestimmt als Tinktur verkauft (es ist auf Spiritusbasis hergestellt und daher einigermaßen schmerzhaft), aber vor allem würde ich eine Salbe empfehlen, die Bienenharz enthält. Mein Kollege aus Vana-Põgioja, der auch so etwas wie ein Medizinmann ist, half mir, als ich mir einmal den Fuß verstaucht hatte und mir kein Schuh mehr passte. Die Bienenharzsalbe mit Schafbauchfett, die seine Mutter zu Hause hergestellt hatte, wirkte Wunder. Ich habe den Fuß dick eingeschmiert und fest verbunden. Die Schwellung verschwand innerhalb eines Tages! Ich habe mir vor zwei Monaten so eine Salbe in der Tartuer Markthalle, in der rechten Ecke beim Aufgang zur Fischabteilung, als Vorrat gekauft. Sie heißt »Wundsalbe« und enthält Bienenharz und Bienenwachs. Blaues Etikett, ein rundes Plastikdöschen von 50 Gramm kostete 40 Kronen. Hersteller ist der Pflanzenhof Mölleste im Landkreis Tartu. Das als Information für dich für alle Fälle, denn vielleicht sind die auch in Tallinn aktiv.*

Auf jeden Fall möchte ich mich vielmals entschuldigen.

Dein gelehrter Freund

Ich las mir den Brief mehrere Male durch. Irgendwas stimmte nicht. Mir wurde schwer ums Herz. Es sah ganz danach aus, dass es hier mit einem erhabenen Verstand zuende ging.

Ich wollte Illimar helfen und beschloss, ihn auf das Fest der »Sexy Schönheiten« einzuladen. Der erste Versuch ihn zu sozialisieren war vor einem Dutzend Jahren zwar daneben gegangen. Aber warum nicht noch einmal probieren? Die Zeiten hatten sich geändert. Ich hoffte, dass das Fest Illimar aufmuntern und seine Gedanken wieder in höhere Gefilde führen würde. Aber auch ohne das, rein von meinem Job her betrachtet, war ein Mensch, der Latein, Griechisch und Hebräisch konnte und aussah wie Graf Tolstoi, ja ein Unikum. Warum sollen in einer Gesellschaftszeitschrift und auf deren Partys nur Hexen, Huren, Spieler und Bankrotteure in Erscheinung treten? Ich nahm mir vor, Illimar eine Portion Popularität zu verschaffen.

Die Gelegenheit dazu ließ nicht lange auf sich warten, denn die Anzahl der Feste hat bei uns zugenommen. Früher fanden sie einmal pro Jahr statt, dann wurde beschlossen, sie zweimal zu veranstalten, Anfang Frühjahr und im Herbst. Jetzt sind sie noch häufiger und werden zu jeder Jahreszeit veranstaltet. Und man vernimmt schon Vorschläge, dass man sie sogar monatlich veranstalten sollte, weil die Nachfrage immer weiter steigt und es immer mehr sexy Schönheiten bei uns gibt.

Ich bin beinahe bei jedem dieser Feste mit von der Partie. Exklusivität ist seltener geworden, aber Arbeit ist Arbeit. Ich fragte Illimar, ob er kommen würde. Er wollte zunächst einmal wissen, ob es auch etwas zu Essen gebe. Als ich bejahte, war er einverstanden. »Ich hoffe doch, dass du mit deiner Frau kommst?« fragte ich der Form halber präzisierend. Nein, er lebe von seiner Frau getrennt. Minna habe ihn verlassen. Genauer gesagt habe er sie verlassen. Er wohne in einer Einzimmerwohnung außerhalb der Stadt (in Maardu).

Dann kam der Tag des Festes. Als ich eintraf, war meine Kollegin Julia von der Konkurrenz (die wir immer einluden, wie sie umgekehrt uns auch) schon da und posierte majestätisch auf dem Ledersofa im Foyer wie eine Maffia-Patin, die sich die Hand küssen ließ, oder eine beliebte Lehrerin, um die sich ehrfürchtig ihre ehemaligen Schüler drängten. Die

Damen der hohen Kunst und auch einige Idealisten wuselten um sie herum und schleimten selbstvergessen, erzählten mit honigsüßem Mund ihre Geschichten, lächelten und bettelten um Aufmerksamkeit – alles nur mit dem Ziel, von Julia, einer ehemaligen Kinderbuchautorin, in ihrer Zeitschrift erwähnt zu werden.

Bald traf Illimar ein, er trug ein rotes russisches Bauernhemd und Halbstiefel und strich sich fortwährend mit seiner Hand über den Bart. Er schaute sich die Umgebung nicht näher an, wie er es einst bei seinem Besuch in der Höhle getan hatte, sondern spazierte mit einem hochmütigen und konzentrierten Gesichtsausdruck und auf dem Rücken verschränkten Armen umher. Zu den Begrüßungsansprachen und Künstlerauftritten applaudierte er heftig und rief sogar leise etwas aus, aber Bekanntschaften knüpfte er nicht. Als zum Bankett gebeten wurde, langte er ordentlich zu (in der Schlange für den gegrillten Lachs stand er mindestens zweimal). Später sah ich, wie er den mit Flaschen umherlaufenden Kellner kommandierte: »Sie da, könnten Sie nicht …?« Ich rief ihn mal zu der einen, mal zu der anderen Gruppe, damit Koit ein Foto von ihm in einflussreicher Gesellschaft machen konnte (wobei Illimar von meiner Absicht nichts bemerkte). Weiter konnte ich nichts für ihn tun, ich war schließlich bei der Arbeit. Sobald er sich den Bauch vollgeschlagen hatte, ging Illimar, ohne weiteres Interesse für mich zu bekunden, nach Hause. Einige Nymphen sagten mir später, dass sie ihn für einen Teil des Dekors gehalten hatten.

Ich stand zufällig auf dem Rang, als ich Illimar im Foyer mit schweren Schritten zu Tür stapfen sah. Mir fiel auf, dass sich nun gemeinsam mit dem rechten Bein sein linker Arm nach vorne bewegte, und umgekehrt, nicht so wie früher.

Auf dem Fest sah ich unter anderem auch Teedu Tärn, was mich ein wenig überraschte. Obwohl Politiker sich mittlerweile (im Gegensatz zu den Anfangsjahren der Republik) immer häufiger auf solchen Festen blicken ließen – ihre Sekretärinnen erbettelten sich geradezu Einladungen von mir oder dem Chefredakteur –, hatte ich Teedu früher noch nie hier gesehen. Ich hatte gedacht, dass er vom Format her nicht für solche Unternehmungen geeignet sei. Es war keine Frage der Würde, sondern Teedu erschien mir einfach zu altmodisch. Er hatte zu wenig Glamour, um auf dem Fest der »Sexy Schönheiten« herumzuspazieren. Aber da war er nun, und nicht alleine, sondern mit einer jungen Frau, in deren Begleitung ich ihn das letzte halbe Jahr gesehen hatte. Zuletzt traf ich sie beim morgendlichen Joggen, als sie den Domberg nach oben schnauften. Teedu einen halben Schritt voraus, als wolle er zu verstehen geben, dass sie ein Arbeitsverhältnis hätten und weiter nichts lief. Heute trug die junge Frau ein schwarzes Kostüm mit weißer Bluse, was für die Leute vom Domberg eine Art Uniform war. Ihr Gesichtsausdruck war ernst und undurchdringlich. Auch das war charakteristisch für die Leute vom Domberg, damit drückten sie gleichsam die unermessliche Verantwortung aus, die auf ihren Schultern lastete und die es ihnen verbot, sich an einfachen Dingen zu erfreuen oder auch nur zu lächeln. Ich hörte von meinem Verbindungsmann auf dem Domberg, dass es sich bei der jungen Dame um Teedus Beraterin mit Namen Madlään Kirss handelte. Ebenfalls erfuhr ich, dass sie die Tochter der besten Freundin von Teedus Frau Merle aus Studienzeiten war. Ihre Mutter hieß Urve, an sie erinnere ich mich gut. (Urve sah aus wie Greta Garbo, aber ihr Körper kam, wie man so schön sagt, »nicht ganz mit«, ihre Beine waren ein wenig … nun ja, die Dorfleute sagten dazu Klavierbeine. Daher schaute ich sofort Madlään hinterher, um herauszubekommen, ob sie die Beine vom Vater oder von der Mutter geerbt hat. Und obwohl die Vererbung von Schönheit von einem Geschlecht auf das andere nicht gut gehen muss, war das bei Madlään geglückt: Sie hatte gerade und schlanke Beine, die offenbar von ihrem Vater stammten. Jetzt auf dem Fest der »Sexy Schönheiten« merkte ich, dass der Blick von Fräulein Madlään nicht mehr an einen negativen Magneten erinnerte, der Dinge von sich abstößt, sondern eher an zerschmolzene Butter. Und sie ging nicht einen halben Schritt hinter Teedu, sondern mit ihm auf gleicher Höhe. Sie gingen im Gleichschritt und wandten sich gemeinsam nach links und rechts wie Soldaten auf einer Parade, mit dem Unterschied, dass sie einander sogar an den Fingern festhielten. Und wenn jemand einen der beiden (meistens Teedu) etwas fragte, antworteten beide – fast im Chor. Es war sofort zu sehen, dass das Mädchen für ihren Vorgesetzten gesorgt hatte, denn Teedus Haare waren ordentlich zu einem Pferdeschwanz gebunden, und er trug ein glänzendes Jackett (beinahe so wie meins). Vielleicht war die junge Dame etwas zu weit gegangen, denn das Jackett wirkte bei Teedu etwas übertrieben, er sah aus wie ein runder Käfer aus der Ordnung der Hautflügler. Aber na ja, sie waren in Begriff ein Paar zu werden oder waren es schon, so viel war klar.

Ich dachte an die Ironie des Schicksals. Merle, die vollbusige Schönheit, Schwarm des ganzen Jahrgangs, heiratete den in geistiger Hinsicht ein wenig mit Mundgeruch behafteten Teedu, der aber verlässt sie am Ende wegen der Tochter ihrer besten Freundin. Wobei Merle Teedu ja selbst darum gebeten hatte, Urves Tochter als Sekretärin einzustellen.

Früher hieß es, jemand lebe mit »seiner Haushälterin

zusammen«. Manchmal heiratete man diese Haushälterin auch, aber das entsprach nicht dem guten Ton. So oder so schwächte ein solches Verhältnis die Position des Mannes in seinen Kreisen. Jetzt ist das kein Problem mehr, viele Parlamentsmitglieder heiraten ihre Haushälterin. So ist mehr Egalitarismus ins Leben gekommen. Wenn sich die Männer mit solchen Frauen zusammentun, fangen sie tatsächlich an Pferdeschwänze zu tragen und flechten sich die Gummis in ihre grauen Haare, mit denen normalerweise Geldscheine gebündelt werden. (Vielleicht stammen sie wirklich von Geldscheinbündeln, denn die Bündel muss man ja öffnen, weil auf eine Haushälterin viel Geld verwendet wird.) Sie besorgen sich die modernsten Smartphones, springen beschwingt die Treppe hinauf – hops, hops, hops – und machen generell sehr flinke Bewegungen, schütteln sich hin und wieder sentimental und verwenden viel Jugendslang.

Auf diesem Fest sah ich nach zwei Jahren auch Agnes mal wieder. Man hätte sie für zehn Jahre jünger halten können. Das lag offenbar sowohl an der Erleichterung, die dem Abstreifen der alten Fesseln folgte, dem Gefühl der völligen Unbeschwertheit (weil die Trennung von Mati zweifellos eine große Kraftanstrengung bedeutet hatte), der Hektik, die ein Neunanfang im Leben mit sich brachte, als auch an einer Schönheitskur. Sie befand sich in Gesellschaft eines älteren Herrn, den niemand von uns kannte, folglich musste es sich um einen Ausländer handeln.

Auch Rui war auf dem Fest der »Sexy Schönheiten«, Miller sowieso.

Teedu und Madlään kamen am nächsten Tag auf der Redaktionssitzung zur Sprache. Erst war man der Meinung, dass wir uns hier auf ein kleines Geflüster beschränken sollten, aber dann sagte der stellvertretende Chefredakteur Tommi, dass man es in Gestalt von Madlään mit einem aufsteigenden politischen Stern zu tun haben könnte und dass es auf längere Sicht vorrausschauender wäre, wenn wir ihr eine ganze Seite widmeten.

Woraufhin Jaanus, unser Querdenker, fragte, wie das denn sein könne, Teedu sei doch schließlich ein ehemaliger Kommunist? Er gab zu verstehen, dass er die Geschichte nicht schreiben würde, obwohl sie in seinen Bereich gefallen wäre, da er für Politiker zuständig war.

»Dann schreibt das eben jemand anders«, sagte Tommi schulterzuckend.

Ein paar Tage später – ich glaube nicht, dass es dabei nur um Teedu ging, die Chemie zwischen Jaanus und Tommi stimmte einfach nicht; eigentlich passte dieser Gesellschaftsjournalismus von Anfang an nicht zu Jaanus, er war eher an höherer Kunst interessiert – entließ der Chefredakteur Jaanus auf Tommis Vorschlag hin.

Tommi selbst war zwar einmal Mitglied der Nationalen Unabhängigkeitspartei gewesen, aber das zählte nicht.

Illimar – genauer gesagt wir – hatten aber kein Glück. Keines der Fotos, auf denen er war, kam in die Zeitschrift. Der Chef vom Dienst hatte diesmal seine eigenen Pläne, die er unbedingt durchboxen wollte.

OLIVIA

Ich kann keinen genauen Grund nennen, aber plötzlich überkam mich der Wunsch, in die Höhle zu gehen, ich war schon jahrelang nicht mehr dort gewesen – oder nur hin und wieder, so wie es für einen Gesellschaftsjournalisten normal war. Aber das war sozusagen beruflich gewesen, meistens um mich mit jemandem zu treffen, zu einer fest verabredeten Zeit und mit einem konkreten Ziel. Nicht so wie früher, wo ein Besuch in der Höhle alles und nichts bedeuten konnte, weil man nie wusste, was dort genau passieren würde. Die Hauptsache war damals, in die Höhle zu gehen und dort zu sein. Jetzt machte ich dort manchmal Interviews, denn in der Höhle war es normalerweise ruhig, besonders tagsüber. Und wenn ich fertig und die Person, die ich interviewt hatte, gegangen war, verspürte ich nicht den geringsten Drang, alleine zurückzubleiben, um mich noch ein wenig umzuschauen. Hin und wieder war ich auch zu einem eiligen Mittagessen in der Höhle.

Jetzt aber überkam mich eine Art Nostalgieanfall, und ich beschloss, einfach so in die Höhle zu gehen, denn ich hatte viele meiner einstigen Gefährten eine ganze Zeitlang nicht gesehen. Zum Glück waren in der Höhle viele Leute, das heißt, die Hälfte der Tische war besetzt, und ich erblickte so manch bekanntes Gesicht. An einem Ecktisch saß eine größere Gesellschaft, unter anderem mit dem lasterhaft lächelnden Architekten, der den Spitznamen Schlipsmodell trug, und dem betagten Avantgardekünstler Paplev, der zwischenzeitlich fünf Jahre trocken gewesen war, dann aber gesagt hatte, zum Beweise seiner Charakterfestigkeit reiche das, und nach alter Art weiterzechte. (Paplev wurde sehr leicht rührselig und weinte reichhaltig die salzlosen Tränen eines Betrunkenen.) Zu ihnen hatten sich der dichtende Trinker Jaan B. Kask und noch ein Poet gesellt, der ebenfalls wegen seiner selbstzerstörerischen Trinkleidenschaft berüchtigt war. Dann natürlich noch die unzertrennlichen Gefährten Kirill und Pepe, die Cellistin Malle, Alja, Mascha und ein paar alterslose Blaustrümpfe. Ich setzte mich zu ihnen und bestellte einen Wodka Orange – das trinke ich schon seit Jahren nicht mehr, aber nun tat ich es aus alter Gewohnheit. Für einen Moment wurde mir warm ums Herz. Ich fragte nach dem einen oder anderen ehemaligen Bekannten und erkundigte mich, was in der Zwischenzeit wohl aus ihnen geworden sein mochte.

Die anderen schienen meine Frage nicht zu begreifen. Was heißt hier »in der Zwischenzeit«?

Daraus schloss ich, dass sie meine mehrjährige Abwesenheit in der Höhle gar nicht bemerkt hatten. Einerseits erzeugte das in mir eine leise Irritation, andererseits eine sonderbare Erleichterung.

Ich hörte zu. Es wurde ungezügelt und leidenschaftlich geklatscht. Ich erfuhr, dass der Künstler Svante jetzt in Finnland auf dem Bau arbeitete. Er hatte früher grelle und sehr elegante Bilder gemalt, die die Mikrofauna darstellten. Inzwischen war der estnische Markt von ihm gesättigt, bei allen wohlhabenderen Menschen, die sich die Mühe machten, Kunst zu kaufen, hing bereits eines seiner glänzenden Pantoffeltierchen oder strahlenden Amöben im Wohnzimmer oder Schlafzimmer an der Wand. Der Durchbruch auf dem ausländischen Markt war ihm nicht gelungen. In Finnland verdiente Svante gut, weil er geschickte Hände hatte. Der legendäre Dichter und Dandy Aarne Õrnloo – ein Rosenknospenmund und ein lüstern klebender Blick wie ein Lutscher – hatte eine gut aussehende Witwe geheiratet, die von ihrem früh verstorbenen Mann eine Zementfabrik geerbt hatte. (Dementsprechend hieß es auch, der Dichter Õrnloo habe eine Zementfabrik geheiratet.) Desungeachtet soll Õrnloo im Kulturministerium gefordert haben, als Dichter von den Mietzahlungen befreit zu werden. Die reich begabten und vielseitigen Kirill und Pepe gaben beide Unterricht an einer Kinderkunstschule, der eine in Nõmme, der andere in Viimsi. Ich konnte mir das schwer vorstellen: Diese beiden Spielmänner und sonnigen Gemüter gaben regelmäßig Kindern Unterricht? Aber so war es.

»Jeden lieben Morgen begeben wir uns in Knechtschaft«, sagte Pepe mit einem Nicken. »Wir sind nicht so frei wie manch andere.« Und er wies auf Mascha.

»Ich wäre auch gern in Knechtschaft«, sagte Mascha mit unterdrückter Wut. »Und dass jemand die Sozialabgaben für mich bezahle. Ich muss zusehen, wie ich überhaupt über die Runden komme. Verdammt noch mal, so werde ich noch völlig ein-deu-tig!«

Kirill und Pepe schauten einander an und lachten, aber ihr Lachen war nicht fröhlich.

Das Gespräch wandte sich dem Regisseur Ain zu, der vor einiger Zeit dem Theater den Rücken gekehrt hatte und in eine Partei eingetreten war. Dort war er schnell zum Ministerialrat aufgestiegen, so dass ein Sitz im Parlament in Reichweite war. Aber vor kurzem war er mit zwei Promille erwischt worden. Das erregte vor den Wahlen unerwünschte Aufmerksamkeit, also entledigten seine Parteigenossen sich seiner und schoben ihn vorübergehend ins Fernsehen ab, wo er eine Spielshow moderierte.

Ich hatte Ain im Fernsehen gesehen. Meiner Meinung nach benahm er sich ein bisschen zu gespreizt.

»Er ist ja auch ein eitler Mensch«, stimmte Sõrgats zu.

»Aber was er für ein Säufergesicht er hat«, meinte Malle. »Und dann schminken sie ihn ja noch! Meine Güte, wie wird der erst ungeschminkt aussehen?«

»Ja, wirklich wie ein alter Mann«, stimmte Sõrgats zu. »Aber wie er immer so ein süßliches Lächeln aufsetzt.«

»Das ist Sexappeal«, erklärte das Schlipsmodell. »Männlicher Sexappeal.«

Es dauerte nicht lange, und Kirill erhob sich: »Ich muss jetzt gehen.«

»Musst du deine Stunden vorbereiten?«, hänselte ihn das Schlipsmodell, dem es in der neuen Zeit ziemlich gut ging, weil er reiche Klienten hatte, die bei ihm Entwürfe für kleine Paläste in Auftrag gaben.

Um halb sieben ging Tiina, eine fünfzigjährige Graphikerin, die in die Komische Oper musste, wie sie sagte, »um dort etwas zu lernen«.

Als ich kurz zum Telefonieren draußen gewesen war – im Keller war der Empfang schlecht – und zurückkam, hatte sich eine ältere Schriftstellerin unserer Tischgesellschaft angeschlossen. Ich kannte sie flüchtig, die anderen vermutlich gar nicht. Ich erinnerte mich auch nicht daran, dass sie früher häufig in der Höhle gesessen hätte. Aber jetzt war sie hier und hatte ein Glas Wein vor sich stehen. Meistens spürt man schon aus der Ferne, wenn ein Mensch sein Herz ausschütten will. Wenn irgend möglich (das heißt, wenn ich keine festen Termine habe und die Lage auch nicht so schlimm ist, dass ich das Gejammer von anderen nicht ertragen kann), muss man ihm Gehör schenken – das ist immer mein Grundsatz gewesen. Die Schriftstellerin hatte ein mageres intelligentes Gesicht, eine vornehme Stirn und graue gepflegte Haare, die Finger waren bestückt mit nicht sehr teuren, aber geschmackvoll ausgewählten Ringen, wodurch sie den Eindruck einer ordentlichen, aber verarmten Intellektuellen hinterließ. Hier kommt ihre sehr aufschlussreiche, die Epoche verkörpernde Geschichte.

Olivia Aristes Reifung zur Schriftstellerin war ungewöhnlich verlaufen, denn sie debütierte nicht – jedenfalls hatte sie nichts veröffentlicht – in ihrer Jugend, sondern erst im reiferen Alter. Vorher war sie Sprachredakteurin bei einer Landwirtschaftszeitschrift gewesen. Somit war ihr Eintritt in das literarische Leben in die Übergangszeit gefallen, in der die Gesetze, Sitten und Gewohnheiten aus der alten Zeit nicht mehr richtig galten, die neuen aber noch nicht ihren Platz eingenommen hatten.

»Früher wurdet ihr vergoldet«, sagte sie im resignierten Ton eines Menschen, dem alles egal war. »Ich kam zu spät, und niemand vergoldete mich. Ich habe niemals Riesenauflagen gehabt, und mit meinen Erzählungen und Romanen niemals so viel verdient, um davon leben zu können. Ich wohne immer noch, wo ich schon immer gewohnt habe, am Rande von Mustamäe in einer Zweizimmerwohnung in einem neungeschossigen Plattenbau, ich fahre immer noch mit dem Trolleybus zur Arbeit und muss zusehen, dass ich über die Runden komme. Mein Lebensstandard ist nicht gestiegen, und ich habe nichts bekommen.«

Ich wusste, worauf sie abzielte. Früher konnte man über einen schöpferischen Verband zum Beispiel eine Wohnung bekommen. Das dauerte seine Zeit, aber trotz allem gab es Bewegung auf der Warteliste. Auch Olivia war auf der Warteliste gewesen und schon ziemlich weit nach vorne aufgerückt. Hätte sie fünf Jahre eher debütiert, wäre sie auch fünf Jahre eher in den Schriftstellerverband aufgenommen worden und hätte ihre Vergünstigungen erhalten, wenigstens einen Teil davon.

Was geschieht nicht alles mit einem Menschen, wenn man hohe Ansprüche an sich selbst stellt! Als sie ein gewisses Gewicht erreicht hatte, gab es nichts mehr zu verteilen, da alles bereits nach den Regeln der Marktwirtschaft funktionierte. Mit ihrem derzeitigen Einkommen hätte sich Olivia kaum eine zentrumsnahe Wohnung kaufen können, und davon träumte sie. Dafür hätte sie Dutzende von Jahren sparen müssen.

»Ich hasse öffentliche Verkehrsmittel«, sagte sie wütend. »Wenn es das Wetter zulässt, gehe ich die acht Kilometer zu Fuß.«

»Warum fährst du nicht mit dem Auto?«, fragte ich, erkannte aber sofort die Unsinnigkeit meiner Frage. »Oder mit dem Fahrrad?«

»Wenn ich jünger wäre, dann bestimmt. Aber eine sich bei Glatteis abstrampelnde alte Ziege, ich weiß nicht …«

In gewisser Hinsicht war Olivias derzeitige Lebenssituation klassisch, denn genau so lebte die Mehrheit der Schriftsteller und Künstler auf der ganzen Welt und zu allen Zeiten. Gebildet wie sie war, musste sie sich darüber selbstverständlich im Klaren sein.

»Ich bin in der russischen Zeit zur Arbeit gegangen, und tue das auch jetzt. Freiberuflich zu sein, so dass man nur an sein schöpferisches Werk denken kann – das Glück war mir nicht beschieden. So gesehen habe ich es leichter, weil ich daran gewöhnt bin. Wer bislang von seinen Honoraren gelebt hat, kann sich schwieriger anpassen und mit einer anderen Tätigkeit seinen Lebensunterhalt verdienen. Für mich bedeutete Schreiben immer ›im Schein der Petroleumlampe‹, nach verrichtetem Tagewerk. Egal, so geht's auch«, sagte Olivia. Aber eine andere Sache belastete sie offenbar mehr. »Und Ansehen ist mir auch entgangen. Damals war ich noch nicht respektabel genug, weil es andere gab, die das sehr wohl waren, und jetzt, da ich es sein könnte« (sie bluffte nicht, ich wiederhole, sie war vergleichsweise gewichtig geworden), »steht eigentlich niemand mehr in Ansehen.«

Olivia hatte Recht. Was Schriftstellern gegenüber während der Okkupationszeit empfunden wurde, werden ihre derzeitigen jüngeren Kollegen niemals erfahren, möge ihr Leben auch sonst wer weiß wie viel interessanter sein. Hier gibt es also eine Art ausgleichende Gerechtigkeit. Aber Olivia fühlte sich zu alt dafür, noch die Vorzüge der neuen Zeit nutzen zu können.

»Als Rucksacktourist durch die Welt zu ziehen, kommt für mich nicht mehr infrage«, konstatierte sie. Auch ich konnte mir nicht gut vorstellen, wie eine ältere Dame mit ihrer Osteoporose und anderen verborgenen Krankheiten durch Berg und Tal kraxelte. Auch in übertragener Bedeutung.

Olivia deprimierte, dass sie Liebe und Ansehen nicht zu schmecken bekommen hatte, und doch hielt sich in ihr hartnäckig die Erinnerung daran, dass es möglich gewesen wäre. Bloß dass sie eben zu spät gekommen war. Wer von dieser Möglichkeit nichts ahnte, hatte es dementsprechend leichter.

Ich hätte sie damit trösten können, dass ihr ein Durchbruch im neuen Leben auch dann nicht gelänge, wenn sie jetzt jünger wäre, so mittleren Alters, weil sie nicht an die neuen Hierarchien und Vergünstigungen herangelassen würde. Die jüngeren Kollegen würden sie für ein Relikt aus alten Zeiten halten. Sie würden sie in einen Topf schmeißen mit jenen, die in jener fernen Zeit tatsächlich mit staatlichen Preisen und Geld überhäuft wurden, die via Moskau in die Sprachen der »Bruderrepubliken« übersetzt und über so genannte progressive Verlage nach Kräften auch im Westen verbreitet wurden. Für die es sowohl genügend Vergünstigung wie auch Ehre und

Liebe gab. (Dass deren Nutznießer auf einen Teil ihrer Freiheit verzichten mussten, kam einem im Nachhinein immer abstrakter vor.) Junge Leute schauen sich nicht jedes Dossier genau an, sie denken nicht bei jedem Menschen konkret darüber nach, ob er vielleicht eine Ausnahme war, die seinerzeit in der Warteliste übersehen worden war. Die Jungen würden denken, dass auch Olivia zur Haupttruppe gehörte und ihre Beute schon erhalten hätte. Jetzt sind die Jüngeren am Zuge, sie kommen und pochen auf ihr biologisches Recht. Sie wollen sich überall etablieren, Marktanteile ergattern, selbst entscheiden und bestimmen, wer einen Preis bekommt, wer in Mode und wer ein Klassiker ist. Olivia würde keine Chance mehr bekommen. Sie haderte also zu Recht mit ihrem Schicksal. Es ist grausam, zwischen zwei Perioden zu fallen!

Ich ging zur Bar, um etwas zu bestellen. Während die Dame am Tresen noch die Leute vor mir bediente, hörte ich ungewollt, wie ein zahnloser Alter, ein ehemaliger Solotänzer am Ballett, der den Rufnamen Understand hatte, sich mit einem jungen Mann am Nachbartisch unterhielt, der einen roten Schal trug und ein allgemein formvollendetes und künstlerisches Äußeres hatte.

»Früher war das System schlechter, aber die Menschen waren sozusagen besser, *understand?*«, sagte der Alte.

»Wie ist das möglich? Hängen die beiden nicht miteinander zusammen? Was ist das System denn anderes, als von Menschen ausgeführter Umgang miteinander?«, protestierte der Junge. »Bei uns in der Semiotikvorlesung ...«

Und er berichtete, was er in der Vorlesung gehört hatte.

»Tja, das kann man eben nicht so genau sagen«, sagte der Alte, der die Geschichte von dem Jungen zum einen Ohr herein, und zum anderen wieder hinausgelassen hatte. »Dieses System, das ist eine delikate Angelegenheit, es brachte bei den Menschen verschiedene Eigenschaften zum Vorschein. Es war ziemlich widerlich, dies System, direkt abstoßend. Deswegen gab es von denen, bei denen es das Schlechte betonte, relativ gesprochen weniger als von denen, bei denen das Gute betont wurde, weil die Menschen sich schlicht vor dem System zurückzogen, sie gingen nicht nahe heran, verstehst du. Dadurch entstand der Eindruck, dass es ziemlich viele Gute gibt. Vielleicht waren sie auch nicht durch und durch gut, aber es hatte den Anschein. Im Moment ist das System gut. Aber alle gehen ganz nahe heran, oder es kommt selbst nahe, so dass es keine Grenzen gibt und alles ein und dasselbe ist. Jetzt ist alles sichtbar. Aber der Mensch ist ja nicht nur gut. Dieses klein bisschen Gute bringt es natürlich auch ganz zum Vorschein, dieses System, aber das Schlechte auch, und davon haben die Menschen viel mehr. Und niemand verheimlicht das ja auch, alle lassen seelenruhig ihre schlechten Seiten sehen. Als würde man meinen, wenn es schon unser System ist, dann kann das Schlechte, das dadurch sichtbar wird, ja auch gar nicht so richtig schlecht sein, das eigene Schlechte ist besser als das fremde Schlechte. *Understand?*«

MATI

Dass mit Mati wieder etwas nicht stimmt, merkte ich, als ich mir in ihrem Blatt ein Interview ansah, welches mit einer Koryphäe an deren fünfundsiebzigstem Geburtstag geführt worden war (gleichzeitig hatte die Koryphäe den großen Dankes- beziehungsweise Lebenswerkpreis bekommen). Bei solchen Anlässen schaut man immer nach, wer die Fragen stellt. Mit

Koryphäen unterhält sich normalerweise ein sehr wichtiger Journalist, aus Anstand sozusagen (wie es schon bei Tammsaare im Wirtshaus war, ein Hofbauer gesellt sich nur zu Hofbauern). Natürlich wäre Mati die richtige Person gewesen. Die Koryphäe war einer jener Männer aus der estnischen Zeit, jemand aus kirchlichen Kreisen, der in Matis Tartuer Zeit sein Mentor gewesen war. Sie hatten einen gemeinsamen Hintergrund, die gleiche Gesinnung und den gleichen Kulturcode.

Als ich mich an die Lektüre machte, schaute ich also gar nicht nach, wer der Autor der Geschichte war. Aber das Interview kam mir merkwürdig dünn vor, alles war korrekt, aber abgegriffen und bekannt, so dass ich also doch relativ schnell am Ende nachguckte. Und da stand nicht Matis Name, sondern der eines ziemlich unbekannten Journalisten! Einerseits war ich beruhigt, denn es wäre traurig gewesen, wenn Mati mit einer solch kümmerlichen Geschichte gekommen wäre, anderseits wunderte ich mich auch, dass Mati nicht zu ihm geschickt worden war.

Ich ging der Sache über meine Kanäle nach und bekam heraus, dass ursprünglich durchaus Mati für die Geschichte vorgesehen war, aber dann becherte er tagelang vor dem Interview, so dass man ihn in diesem Zustand nicht zum Maestro lassen konnte, und jener unbekannte Journalist war der Ersatz in letzter Minute. Und ob ich denn nicht wüsste, wie es um Mati stünde.

Ein paar Tage später klickte ich mich im Netz durch die Seiten der Redaktion. Matis Name stand da noch, aber nicht mehr als Ressortleiter. Dann schienen die Gerüchte also der Wahrheit zu entsprechen, denn als ich darüber nachdachte, fiel mir auf, dass Mati in letzter Zeit ziemlich wenig geschrieben hatte, und auch das wenige war recht kurz und allgemein gehalten, eher im Mitteilungsstil. Jetzt hatte man ihn also endgültig aufs Abstellgleis geschoben. Da es sich bei ihm jedoch um eine ehemalige Berühmtheit handelte, wurde er nicht einfach fortgejagt, das hätte dem Blatt nur negative Publizität verschafft. Er wurde weiterhin als Angestellter geführt, möglicherweise für eine Art Minimallohn, inhaltlich aber ließ man ihn vor sich hin vegetieren.

Miller fragte, ob jemand von uns Mati nicht sagen könnte, dass man sich einen solchen Lebensstil nicht mehr leisten könne, weil das böse enden könne, worauf Mascha aggressiv zurückbellte: »Sie in Ihrer großen Weisheit haben wohl niemals Mitleid mit jemandem?«

»Doch, schon«, antwortete Miller diplomatisch (im Umgang mit Damen legte er immer Wert auf Ritterlichkeit), »ich habe Mitleid mit Katzenjungen und Bettlern. Aber ich verstehe ehrlich nicht, wie ein ansonsten so kluger Mensch in mancherlei Hinsicht dermaßen romantisch sein kann.«

Die Freunde ließen Mati auch jetzt nicht völlig im Stich. Ihm wurde abermals eine sanfte Landung arrangiert. Auf absurde Weise kam dabei nochmal die Zentralverwaltung der Estnischen Spionage ins Spiel. Eine echte Spionagetätigkeit, ob Gegenspionage oder aktive Spionage, kam für Mati selbstverständlich nicht in Frage. Ganz abgesehen von dem Lärm, den die Medien losgeschlagen hätten, war Mati für eine solche Aufgabe einfach nicht mehr in der richtigen Verfassung. Er brauchte einen Posten, wo man keine inhaltliche Arbeit zu verrichten hätte, obwohl man es bei Bedarf und Interesse vielleicht könnte. Und ein solcher Posten war die Position des Direktors des Spionagemuseums. Es ist fraglich, ob so ein Museum überhaupt existierte, denn normalerweise verfügen Geheimdienste nicht über Museen (im äußersten Fall haben sie vielleicht Statuen); vielleicht wurde das Museum speziell für Mati gegründet, aber wahrscheinlicher ist, dass es vollkommen fiktiv war.

Mehr konnten die Freunde nicht für ihn tun. Ein paar Menschen, die im Bildungswesen und bei Verlagen arbeiteten, sorgten dafür, dass ein kleiner Auszug aus Matis erstem Roman *Die Quellen des Lebens* regelmäßig in die Schulbücher aufgenommen wurde und die Kinder wenigstens seinen Namen kannten. Auch das war besser als gar nichts.

Das alles war für mich, Serenus Zeitblom, ein schmerzlicher Anblick.

ILLIMARS BRIEF VOM AUGUST 2009

Verehrter Chronist!

Ich habe in Tartu an einem geistlichen Seminar teilgenommen. War ganz nett, aber nicht besonders, einen geistigen Impuls bekam ich nicht. In der Pause war ein bescheidener Tisch gedeckt, wo es Kaffee und Kekse gab. Kekse aus Sandkuchenteig sind gut, weil sie schmackhaft sind und gleichzeitig den Magen füllen. Eine Propstgattin bot selbstgebackene kleine Fleischpasteten an, die auf der Zunge zergingen! Danach ging ich zum Tartuer Busbahnhof, kaufte einen Fahrschein (ich fragte nach einem für den nächsten Bus, weil ich sicher war, dass es nur noch dreiundzwanzig Minuten bis fünf Uhr waren, und das wäre dann eben der nächste). Während ich auf den Bus wartete, nahm ich in der Cafeteria eine Fleischpastete und einen doppelten Vana Tallinn. Die Pastete konnte natürlich nicht mit denen von der Propstgattin konkurrieren, aber ich hatte mittlerweile wieder Hunger. Dann wollte ich in den Bus einsteigen, aber es stellte sich heraus, dass es nicht der richtige Bus war, beziehungsweise genauer gesagt – ich hatte nicht den richtigen Fahrschein. Als ich an der Kasse um den Fahrschein gebeten hatte, kam ich gar nicht darauf, dass vor meinem Bus noch einer fahren könnte. Ich hätte von der Kasse sofort zum Bus rennen müssen. Eigene Schuld, obwohl sie einem das hätten sagen können. Jetzt musste ich einen neuen Fahrschein kaufen, wieder 120 Kronen in den Schornstein, sonst hätte ich mir noch eine Fleischpastete und einen doppelten Vana Tallinn geleistet.

Ich bereite mir täglich eine Mischung aus Honig und Knoblauch zu. Ich hacke den Knoblauch im Mixer fein und vermische ihn mit dem Honig im Glas. Ein Teelöffel davon passt zu jeder Speise.

Ich rate auch dir, Pilze sammeln zu gehen. Ich weiß einen Ort, am Ortsausgang von Aegviidu. Marinierte Milchlinge sind sehr gut, zart und ein wenig sauer.

Ansonsten bin ich zufrieden. Was zu tun war, habe ich getan.

Entschuldige, wenn ich von all dem schon geschrieben habe.

Jetzt noch ein dunkles Bier und dann helle Träume.

Dein gelehrter Freund

TEEDU

Teedu und Merle hatten sich getrennt. Die Wohnung überließ er natürlich der Frau, er behielt das Sommerhaus. Während der Sitzungsperioden des Parlaments wohnte Teedu im Hotel, einen Teil der Abende verbrachte er bei Madlään in Viimsi. Deren Eltern arbeiteten als Zahnärzte in Schweden (was gut war, denn Teedu hätte sich mit Schwiegereltern, die sein Alter waren, etwas unangenehm gefühlt), so dass Teedu ganz zu Madlään hätte ziehen können, aber er zog es vor, gemeinsam mit den anderen Parlamentsmitgliedern, die nicht aus der Hauptstadt stammten, im Hotel zu wohnen. So konnte man mit ihnen Kontakt haben und bei der Sache sein. Gleichzeitig machte ihm eine solche Lebensart auch weniger Gewissenbisse, als das bei einem neuerlichen Zusammenwohnen der Fall gewesen wäre, ganz zu schweigen von einer richtigen Ehe. Teedu empfand zweifelsohne Seelenpein. Die Kinder waren zwar schon groß, eines studierte in England, das andere in Norwegen; aber in der Vorstellung von Teedu war es für Merle leichter, wenn sie hörte, dass Teedu im Hotel lebte und nicht in einer Villa in Viimsi. Merle sah für ihr Alter zwar sehr gut aus – kürzlich war in einer Gesellschaftszeitschrift sogar eine ganze Seite mit ihr erschienen –, aber trotzdem.

Ansonsten erschien das Leben schön.

Leider war Teedu das sonnige Lebensgefühl nicht lange vergönnt. Madlään bedrängte ihn so lange, bis Teedu ihr auf den Weg half, der nach Brüssel führte. Das Mädchen fuhr dorthin und knüpfte eigenständig Kontakte. Bald bewarb sie sich erfolgreich auf eine Beamtenstelle in der Europäischen Union und wurde dementsprechend von Brüssel verschluckt. Für die Öffentlichkeit waren sie immer noch ein Paar, aber was für eine Beziehung war das, wenn die junge Frau nur alle zwei Monate nach Estland kam? Häufiger kam Madlään nicht. Sie hatte sich von ihrem Teedu mit dem ergrauten

Pferdeschwanz beschlafen lassen, um in die Hauptstadt der Europäischen Union zu gelangen und sich dort mit der Reform des Gerichtssystems zu befassen. Sie war Referentin in einem Büro, wo ihre direkte Vorgesetzte ebenfalls eine Estin war, Agnes Tõusumägi.

Es ergab sich, dass ich ungefähr ein Jahr, nachdem Madlään nach Brüssel gezogen war, ein Interview mit Teedu machen musste. Er war mal wieder an der Reihe, denn wie viele echte Politiker – solche, die was zu sagen haben – haben wir denn schon in unserer kleinen Republik?

Wir trafen uns im Parlamentscafé auf dem Domberg. Teedu sah älter aus, jetzt hätte man ihm anstelle seiner achtundfünfzig auch gut und gerne vierundsechzig gegeben. Aber er war sauber und korrekt, trug einem Anzug und hatte die Haare nicht mehr im Pferdeschwanz, sondern kurz geschnitten. Seine Gesichtszüge wirkten schärfer, denn seine Wangen hingen herunter, aber als Ganzes strahlte sein Wesen Befreiung aus. Ich sah, dass auf ihm nicht mehr die Notwendigkeit lastete, sich an der Seite eines schönen Mädchens in Form zu halten.

»Tee oder Kaffee?«, fragte ich, da ich der Einladende war.

»Kaffee«, antwortete er. »Obwohl ... eigentlich sollte ich das nicht. Herzklopfen und hoher Blutdruck. Aber man hat halt so seine Gewohnheiten. Weißt du noch, früher war es so, dass die Ärmeren Tee und die Reicheren Kaffee tranken. Ich bin da noch nicht drüber hinweg.« Er lächelte schuldbewusst.

Mir fiel ein, dass die Kellnerin in der Höhle vor ein paar Tagen Mati dasselbe gefragt hatte.

»Kaffee ... nein! ... Tee!«, hatte Mati geantwortet – beinahe gerufen. »Grünen Tee bitte!«

Vielleicht hatte auch er Gesundheitsprobleme. Obwohl

mir schien, dass die Art und Weise, wie er seine Bestellung mitten im Satz abänderte, in dem vagen Wunsch begründet lag, sich mit Andersdenkenden zu solidarisieren. Er wollte gegen den Strom schwimmen. Offenbar stand in seiner persönlichen Buchhaltung Tee dem Geben von Herzblut näher als Kaffee.

Als ich eine Dreiviertelstunde mit Teedu geplaudert und für die Geschichte genügend Material zusammen hatte – Koit war mit seinem Apparat wie üblich schon früher verschwunden –, wies Teedu auf meinen Rekorder.

»Mach dein Gerät jetzt bitte aus.« Ich tat es. »Was jetzt kommt, ist privat, verstehst du, *off the record*«, sagte er und spielte den Blasierten. »Ich sage ganz ehrlich: Mir fiel es schwer, mit Madlään zu reden. Wir verstanden einander häufig nicht, obwohl wir beide das sehr wünschten, wenigstens ich. Nur über Arbeitsdinge waren wir uns einig, aber wie lange kann man denn über die Arbeit reden? Und reden ist für mich wichtig, ich komme aus einer Zeit, in der vornehmlich geredet wurde. Derzeit ist es anders, die Menschen sind …« – er suchte ein Wort – »die Menschen sind berührungsempfindlich.«

»Dann bist du also stimmenempfindlich, das ist auch total innovativ«, versuchte ich scherzhaft zu antworten.

»Deswegen habe ich sie auch nach Brüssel geschickt«, fuhr Teedu fort und steckte sich ein Schokoladenkonfekt in den Mund.

»Du hast sie geschickt?«

»Weißt du, ich bin schließlich ein Ehrenmann. Sie hat sich auf mich vergeudet. Andere kaufen ihr dafür einen Lexus. Ich habe ihr keinen Fisch gegeben, sondern eine Angel. Aber schreib das nicht«, warnte er mich noch einmal und erkundigte sich dann, ob ich immer noch in Künstlerkreisen verkehre. Ihm sei der Gedanke gekommen, die Gedichte, die einst in dem maschinenschriftlichen Almanach erschienen waren, erneut herauszugeben – natürlich mit entsprechender Fußnote. Wäre das meiner Meinung nach vernünftig?

»Natürlich, warum nicht«, antwortete ich. Später dachte ich, dass es schon seltsam war, es gab eine Zeit, da hätte er wer weiß was dafür gegeben, um das Erscheinen dieser Gedichte ungeschehen zu machen, jetzt aber wollte er, dass sie unbedingt an die Öffentlichkeit gelangten.

Teedus Verse erschienen tatsächlich bald in einer Literaturzeitschrift. Wie gewünscht hatte die Redaktion eine Fußnote mit den Angaben zur Ersterscheinung hinzugefügt. Man konnte meinen, dass gerade dies das Wichtigste für Teedu war. Er wollte wohl kaum als Dichter Lorbeeren ernten – trotz der Tatsache, dass er Madlään verloren hatte und dass ältere Herren in solch einem Fall manchmal sentimental werden. Die Kommunalwahlen standen vor der Tür.

Trotz seiner Probleme brachte es Mati noch einmal zu einer Ehe; korrekter ausgedrückt eine Art Zusammenschluss. Es handelte sich dabei um eine seiner Verehrerinnen, die, gleichwohl sie in der gleichen Generation war wie wir, ein Dutzend Jahre jünger war. Unter anderem konnte die junge Dame die klassischen Gedichte der sechziger und siebziger Jahre auswendig. Anfangs wirkte sich die Paarung gut aus.

Einmal, als er gerade in Fahrt kam, aber noch nicht aggressiv betrunken war, erzählte er uns: »Ihr alle fragt euch, warum ich mit dieser Terje zusammen bin. Aber mit den Jüngeren habe ich mir nichts zu sagen. Die sind so beschränkt!«

Tobi warf ein, dass sie nicht beschränkt, sondern anders

seien, worauf Mati nickte und uns dann detailliert auseinandersetzte, wie »beschränkt die Jüngern doch wirklich waren«.

Wenige Zeit später erhielt Mati die höchsten staatlichen Auszeichnungen aus Lettland und Litauen und eine Verdienstmedaille aus Finnland. Das Kulturkapital verlieh ihm den Lebenswerkpreis. Er wurde zum Ehrenbürger der Stadt gewählt. Sowohl *Die Quellen des Lebens* als auch *Der Hilfslehrer im Sternbild Aldebaran* wurden ins Polnische, Bulgarische, Slowakische, Finnische und Lettische übersetzt, der erste Roman auch ins Französische und Deutsche.

Ganz selten sang er allein in der Höhle.

Ich machte meinen Computer an und schaute in meine Mailbox. Wieder eine Menge Spam. Die halbe Welt schien meinen Penis verlängern zu wollen, und die andere Hälfte hielt mich für hinreichend blöde zu glauben, dass irgendwo ein Computer eine Lotterie veranstaltete, blindlings Lose zog und mich als Gewinner von einer Million Euro auswies.

Aber es gab auch einen Brief von Illimar! (In den letzten zwei Jahren hatten auch wir uns von der traditionellen Postdienstleistung verabschiedet und waren auf die elektronische Kommunikation umgestiegen.)

ILLIMARS BRIEF VOM MÄRZ 2010

Verehrter Chronist!

Ich will mich auf jeden Fall vielmals entschuldigen. Solltest du Gurken einmachen, dann achte auf das Folgende. Die ersten ein-zwei Tage sollten sie in der Küche auf dem Boden ste-

hen, wo die Gärung beginnt, bis ein wenig Schaum am Rand des Glases entsteht. Unter das Glas stellst du natürlich eine Schüssel.

Jeder Hausfrau ihr eigenes Rezept, aber mein Lieblingsrezept ist, auf drei Liter die feingehackten Zehen von zwei Knoblauchknollen zu nehmen, zusätzlich zum Klassischen (d.h. Blätter der Schwarzen Johannisbeere, Meerrettich, Dillblüten mit Samen, gekochtes, abgekühltes und durchgeseihtes Salzwasser, dem ich auch ein wenig Zucker hinzufüge). Diesen ganzen grünen Mantsch zerkleinere ich, die Gurken werden eng Seite an Seite gelegt. Das Glas wird gefüllt, indem zunächst unten eine Schichte des Grünen kommt, dann eine Schicht Gurken (senkrecht Seite an Seite, dann passen mehr hinein), dann Grünes, dann wieder Gurken, usw. Zum Schluss gieße ich das Salzwasser drauf. Aber du musst es halt selbst ausprobieren.

Dieses Jahr habe ich allerdings keine Lust, mich damit abzuplagen, denn hier in Maardu ist kein normaler Keller und was soll man denn mit den kleinen Gläsern im Kühlschrank herumjonglieren.

Ich gehe jetzt erstmal was essen, dazu einen halben Liter Walter-Bier aus dem Supermarkt, und danach ruhe ich mich aus.

PS: Kartoffelbrei ist auch gut. Hast du daran gedacht Äpfel zu trocknen? Das kostet nicht besonders viel Zeit und dann hat man im Winter was zu knabbern oder kann Kompott davon kochen.

DAS GROSSE FEST

Ein großes Ereignis stand an, ein runder Geburtstag der Republik. Aus diesem Anlass wurde zusätzlich zu den alljährlichen Ritualveranstaltungen noch allerlei anderes geplant. So taten sich beispielsweise wohlhabende Transit- und andere Firmen zusammen und beschlossen, einen pompösen Empfang zu veranstalten. Der war nicht geplant als Alternative oder Gegengewicht zur Galaveranstaltung des Präsidenten, aber im Unterschied zu letzterem, zu dem ganz allgemein brave Bürger geladen wurden, war der Empfang der Geschäftsleute für alle jene gedacht, die einen besonderen Beitrag zur Wiederherstellung der Unabhängigkeit geleistet hatten. Eine Einladung bekamen die Freiheitskämpfer, Nationalkommunisten, energische Exilesten, Intellektuelle, Künstler und noch einige andere. Die Veranstaltung sollte ein Meilenstein werden. In letzter Zeit waren in der Presse und allgemein in der Öffentlichkeit immer wieder Aufrufe zu einer kompletten nationalen Aussöhnung laut geworden. Unter die Vergangenheit müsse ein Schlussstrich gezogen werden! In Worten war das längst geschehen, aber in Wirklichkeit wurde sich manchmal noch angegiftet und ein Unterschied zwischen Wahrhaftigen und Ehemaligen gemacht. Der Empfang sollte ein Versöhnungsfest werden. Daher wurde im Präsidium des eigens für dieses Ereignis gegründeten gemeinnützigen Vereins (der den symbolischen Namen »Salz der Erde« trug) im letzten Moment noch beschlossen (es wurde getuschelt, auf Druck der Regierungspartei), zu dem großen Fest auch Menschen aus dem anderen Lager einzuladen – diejenigen, deren Beitrag zur Wiedererlangung der Unabhängigkeit geringer war, oder die seinerzeit sogar mit Blindheit geschlagen und dagegen gewesen waren. Sie wurden zwar wahllos und nicht in ebenso großer Zahl eingeladen, aber eingeladen wurden sie doch (Spötter nannten die an sie verschickten Einladungen B-Einladungen).

Vor dem Empfang war ein Umzug durch die Stadt zum Liederfeld geplant. Aber weil aus beiden Lagern ziemlich viele Leute mit Stöcken und Krücken und allerlei sonstigen Gehhilfen aufkreuzten (schließlich war seit ihren Großtaten ein Vierteljahrhundert ins Land gegangen) und es obendrein kalt war, wurden Busse organisiert und die Menschen in sie hineingebeten. (Jemand sagte dabei mit Galgenhumor, jetzt gehe es auf Deportation.) Auf dem Liederfeld saß und sang man ein wenig, anschließend wurden auf den Friedhöfen Blumen niedergelegt. Bald sausten die Busse zurück in die Innenstadt, und das Fest konnte beginnen.

Ich war wie üblich als Journalist anwesend (wenngleich diesmal ohne mein lila Jackett). Ich ging umher und schaute mich um, schnupperte und lauschte, um vor allem ein Gefühl für die allgemeine Atmosphäre zu bekommen. Ich merkte, dass der Zahn der Zeit seine Arbeit getan hatte, alle Wahrhaftigen waren schon gar nicht mehr da, so fehlte zum Beispiel Aaberkukk, der, wie es hieß, in einem Pflegeheim war. Plötzlich sah ich, wie sich Mati und Teedu in einer Ecke unterhielten! Das kam mir so ungewöhnlich vor, dass ich beschloss, ihnen meine Gesellschaft aufzudrängen.

»Ja, das waren Zeiten«, sagte Teedu schon zum wiederholten Male. »Ach, Brüderchen, ja das waren Zeiten!« Er wurde ganze rührselig. *Und Wind und Stürme und nächtlicher Sternenflug* lagen ihm auf der Zunge, aber er verlor seine Selbstbeherrschung nicht, weil er einsah, dass das Lied nicht hierher passte.

Mati war schon beschwipst und brummte fröhlich: »Ja, ja ...« Von Zeit zu Zeit schlug er sich auf die Schenkel und schüttelte den Kopf. »Mensch, was haben wir für verrückte Dinge gemacht!« Dann aber zuckte er gleichsam zusammen, starrte Teedu an, schien ihn zu erkennen und bellte ihn an: »Was für Zeiten, von welchen Zeiten sprichst du!? Es gab keine Zeiten!«

»Wie das denn, es gab keine Zeiten?«, erwiderte Teedu erschrocken. »Gewisse Zeiten gab es ja wohl doch.«

»Na, was waren das für Zeiten?«, fragte Mati bösartig.

»Weißt du noch, wie wir früher an den Almanachen saßen?« Teedu geriet in Fahrt. »Mit der Schreibmaschine abgetippt, die ganze Nacht hämmerten wir auf ihnen herum, deine Schwester Anu war ja dabei ...« Er verstummte mitten im Satz. Als seine Gedichte vor zwei Monaten in der Literaturzeitschrift erschienen waren, hatte Teedu beim erneuten Lesen tatsächlich kurzzeitig das Gefühl, als wäre er selbst an der Anfertigung der Almanache beteiligt gewesen. Leider konnte er das zu Hause nicht überprüfen, denn er hatte sein einziges Exemplar vor fünfunddreißig Jahren heimlich in einen öffentlichen Papierkorb gestopft. Folglich war er am nächsten Tag in die Nationalbibliothek gegangen, um dort die Almanache durchzublättern. Aber so sehr er auch suchte, seinen Namen fand er unter den Herausgebern nicht. »Seltsam,« murmelte Teedu Tärn, ließ sich davon aber die Stimmung nicht verderben. Wenn nicht physisch und wortwörtlich, dann hatte er im weiteren Sinne und in übertragener Bedeutung, sozusagen mental, doch Almanache zusammengestellt – viele Almanache, massenweise geradezu. Und war das nicht die Hauptsache? Wenn er jetzt allerdings genauer überlegte, musste er sich eingestehen, dass er so richtig mit

Mati gemeinsam wohl doch nicht an den Almanachen gesessen hatte, weder physisch noch mental.

Mati aber brummte schon wieder fröhlich: »Ja, diese Almanache, das waren irre Sachen. Bist du ihretwegen nicht im gleichen Jahr wie ich exmatrikuliert worden? Oder haben sie dich noch bis zum nächsten Herbst gelassen?«

Teedu geriet in Verlegenheit. War er wirklich exmatrikuliert worden? Moment, Moment ... Aber schon tauchte ein neues Bild in seiner Erinnerung auf – derer gab es an einem Tag wie dem heutigen zur Genüge.

»Aber erinnerst du dich noch daran, wie wir damals auf der Parteiversammlung protestiert haben?«, fragte er Mati begeistert. »Wir sagten, das Gesetz sei so und so, aber der Parteiorganisator, das war noch der alte Tammemets, wetterte nur immer wieder, für einen Kommunisten sei das höchste Gesetz sein eigenes Gewissen als das Gewissen eines Kommunisten. Wir hätten beinahe einen Verweis bekommen. Und zwar einen mit Eintrag in der Personalakte. Erinnerst du dich noch?« Dann aber traf ihn offenbar doch die Erkenntnis, dass er mit dem Halbdissidenten Mati Tõusumägi nicht auf ein und derselben Parteiversammlung gewesen sein konnte. Mati hatte ihm aber gar nicht zugehört, sondern erzählte seine eigene Geschichte.

»Aber erinnerst du dich daran, wie wir die Russen verprügelt haben?«, kicherte er. »Die Kolpakov-Bande?«

Teedu machte ein Gesicht, als würde er sein Gedächtnis mit aller Kraft anstrengen, antwortete dann aber vorsichtig: »Entschuldige, aber wir haben diese Russen glaube ich nicht gemeinsam verprügelt. Wenn du jetzt an echte Handgreiflichkeiten denkst, denn in geistiger Hinsicht habe ich natürlich ...«

Mati glotzte ihn wieder eine Weile an und sagte dann entschieden: »Nun ja, du bist so ein Scheißkerl, dass wir uns bestimmt nicht gemeinsam geprügelt haben.« Sein Blick fiel auf mich. Mich durchzuckte es. Wenn er einen gehoben hatte, hatte Mati im Nachhinein auch mich manchmal zu einem Untergrundkämpfer gemacht. So auch dieses Mal.

»Aber guck, Juku und ich haben uns mit den Russkis geprügelt, dass denen die Zähne um die Ohren flogen!«

Ich bemerkte freundlich, dass er sich darin allerdings irre, ich hätte bestimmt nicht gemeinsam mit ihm jemanden verprügelt, weil ich weder damals ein Schläger war noch heute. Ich sagte das völlig aufrichtig, fast als wollte ich mich entschuldigen.

Mati betrachtete mich aufmerksam: »Ja, das stimmt, du warst das nicht. »Aber wer war es dann?«, fragte er nachdenklich. »Jemand war da, daran erinnere ich mich ganz genau.« Er schaute suchend in die Runde, als würde er versuchen in der tausendköpfigen Volksmenge denjenigen zu erspähen, mit dem er seinerzeit die Kolpakov-Bande vermöbelt hatte.

Ich musste kurz weg, um ein Foto zu arrangieren, auf dem ein junger Dichter, ein aufsteigender Stern mit dem Dichternamen Ao Staardom, neben dem legendären Waldbruder Elmar Rehvi zu sehen sein sollte. Als ich zurückkam, schwelgten Mati und Teedu immer noch in der Vergangenheit.

»Also nee, verdammt noch mal, so war das nun wirklich nicht«, sagte Mati.

»Doch, doch«, bekräftigte Teedu feurig. »Genau so war es.«

»Echt?«

»Wenn ich's doch sage!«

Mati nahm einen Schluck aus dem Weinglas, wischte sich den Mund ab und sagte: »Verdammt, wir hätten es eigentlich noch doller treiben können!«

»Ja, hätten wir, aber auch so war's klasse«, sagte Teedu zustimmend.

»Du bist eigentlich ein ganz netter Bursche«, sagte Mati nach einer Weile, worauf Teedu glücklich lächelte.

Da kam der Rapper Cuius Pots vorbei und ließ in verschwörerischem Ton fallen, dass die Afterparty in der Höhle stattfinde.

DASSELBE PALAIS, DASSELBE FEST

Der Spiegelsaal, die Foyers und die Korridore wimmelten von Menschen, die mit dem Glas in der Hand und einem glücklichen Gesicht eifrig ins Gespräch vertieft waren. Viele kannten einander, und die Zeit verging im Flug. Kling! Hallo, hallo, kling! Hallo, hallo – und so viele Stunden lang. Man schaffte es gar nicht, mit allen zu reden, mit denen man gerne ins Gespräch gekommen wäre. Ihren eigenen Tribut forderten die Interviews, die man der Presse geben musste, die vollständig, sogar mit drei Kameras vertreten war, und die Gruppenaufnahmen. So ergab es sich, dass zwei Männer, die alten Bekannten Jüri und Jaan, sich erst in der Garderobe trafen, als sie schon weggingen. Der eine war ein Dichter, der andere ein Schauspieler, beide hatten sich intensiv an den Ereignissen vor einem Vierteljahrhundert beteiligt.

»Komm, gehen wir noch irgendwohin«, schlug Jaan vor. Jüri war einverstanden.

Und so gingen die Männer in ihre alte Eckkneipe und bestellten sich einen Schnaps. Für einen Rentner war der ganz schön teuer, aber an so einem Festtag – sei's drum.

Am Nebentisch saß eine fröhliche Gruppe Jugendlicher, die mit ihresgleichen am anderen Ende der Welt über allerlei Apparate in Kontakt stand.

»Was diese jungen Leute heutzutage alles machen«, bemerkte Jaan schmunzelnd.

»Moment, sprich in mein rechtes Ohr, auf dem anderen höre ich nicht so gut«, entschuldigte sich Jüri.

Jaan wiederholte das Gesagte. »Und die Hauptsache ist, auch in der Politik stößt man schon auf die Jungen«, fügte er hinzu.

»Genau. Sie haben zwar noch keine Erfahrungen, aber sie lernen,« sagte Jüri nickend.

»Ja, das tun sie. Wer sonst sollte die estnische Sache vorantreiben!«, sagte Jaan schmunzelnd.

Der Kellner brachte die Schnäpse, die Männer wünschten einander Glück und stießen an.

»Darauf dass wir alles mit eigenen Augen gesehen haben!«, sagte Jüri und wischte sich den Mund ab.

»Ja«, sagte Jaan und tat dasselbe. »Auf die neue Zeit.«

»Wenn man daran denkt, was jetzt alles möglich ist«, meinte Jaan.

»Schon fantastisch, wie das alles weitergegangen ist«, sagte Jüri zustimmend.

»Und es wird immer besser«, bestätigte Jaan.

»Obwohl manche Dinge auch besser sein könnten«, meinte Jüri.

»Irgendwas kann immer besser sein«, schmunzelte Jaan, und beide lächelten gerührt.

Da über Geschichte und Kämpfe an diesem Tag schon

genügend geredet worden war, wandte sich das Gespräch der Männer alltäglichen Dingen zu, unter anderem gemeinsamen Bekannten. Jaan wusste von den einen etwas zu berichten, Jüri wiederum von anderen. Ersterer hatte gehört, dass der Maler Homusk für immer ins Ausland gezogen war, um dort, in einer kleinen Stadt in der Normandie, Blumen und Porträts zu malen – vom Apotheker, vom Friseur und dem Landvermesser und von der örtlichen Oberschicht. Er müsse jeden Tag ein Bild malen, um am Leben zu bleiben.

»Na, bei uns braucht man nicht so viel«, meinte Jaan. »Wir haben das Kulturkapital, das unterstützt einen.« Er wiederum erzählte von dem Musiker Anderson, der jetzt in einem Stadtorchester in Finnland spielte. Er habe seinen Eltern die Nachricht geschickt, dass er an jedem Lohntag denkt: »Wie gut, dass ich mein Brot nicht in Estland verdienen muss!«

»Auf solche können wir hier auch verzichten!«, sagte Jüri abwinkend. »Mit solchen Männern hätten wir den Freiheitskrieg nie gewonnen und die Unabhängigkeit nicht wiederhergestellt, dann würden wir immer noch in Russland wohnen.«

»Genau«, sagte Jaan und erzählte, dass sein Kollege Olof, einst ein Lieblingsschauspieler der Damen, in einer Werkstatt einer ehemaligen Fischereikolchose als Mechaniker beschäftigt sei.

»Der kommt doch aus Saaremaa«, wusste Jüri dazu zu sagen.

»Klar erinnere mich an ihn, der hatte goldene Hände. Einmal blieben wir auf einer Rundreise mit dem Auto liegen. Er nahm das Kurbelgehäuse heraus und reparierte es.«

Und Jüri berichtete von einem Kollegen, dem Schriftsteller Ohak, der jetzt Grundschullehrer sei. »Eigentlich schreibt er nichts mehr, und bloß von der Rente kann man nicht leben!«

»Ja, so ist das«, seufzte der andere. »Das Leben ist hart.«

»Wie ist es bei dir?«

»Ach, bei mir flutscht das Schreiben noch.«

»Wie viel bekommt man den heutzutage für eine Gedichtsammlung? Was hast du für deine letzte gekriegt?«

»Weiß ich nicht, ist noch nicht überwiesen worden«, antwortete der andere ausweichend. »Aber ich mache auch andere Auftragsarbeiten.«

»Für wen?«

»Ach, alles mögliche, manchmal auch für eine Werbeagentur.«

»Damit kann man Geld verdienen?«

»Gar nicht so schlecht.«

»Wofür hast du Werbung gemacht?«

»Das, also … äh … wie ausgelöscht! Aber ich habe es echt gemacht.«

»Hör mal, du hast also offenbar mehr Geld als ich, gibt's du vielleicht noch einen aus? Ich habe meine EC-Karte gerade nicht bei mir, in der Tasche des anderen Jacketts vergessen.«

Sein Gefährte schmatzte kurz mit dem Mund – musste man nun wirklich so protzen –, dann aber winkte er tapfer den Kellner herbei.

»Was machst du denn gerade so?«

»Ach, ich werde dann und wann zu Treffen eingeladen, was man halt so mit alten Schauspielern macht. Aber damit verdient man nichts. Das Publikum ist arm.«

Der Kellner brachte die Schnapse. Die Männer saßen ein Stündchen da, dann warf Jüri einen Blick auf seine Uhr: »Sag bloß, schon mitten in der Nacht. Wie die Zeit doch fliegt! Mein Arzt hat mir geraten, nicht so lange aufzubleiben. Bluthochdruck.«

»Tja«, sagte der andere zustimmend. »Ich habe auch noch einen weiten Weg.«

»Oh ja? Wo wohnst du denn jetzt? Früher warst du doch im Schriftstellerhaus?«

»Das haben wir schon vor langer Zeit verkauft. Ich bin nach Mustamäe gezogen. Ich habe einen ganz guten Schnitt gemacht, den habe ich als Festgeld angelegt, und so kann ich meine Rente ein wenig aufbessern. Und wo wohnst du?«

»Ich bin wieder aus Mustamäe weggezogen und wohne jetzt in Kolga. Da ist die Luft besser. Meine Knie sind am Ende. Doktor Maripuu sagte, die Seeluft sei gut für solche Beine.«

»Bis dahin ist es ja ein tüchtiges Stück Weg.«

»Wie oft bin ich denn schon in der Stadt? Und Miete und Heizung sind dort um ein Viertel billiger. Aber heute Abend gehe ich da nicht mehr hin. Für die Nacht bin ich bei meinem Enkel.«

Ein Stück hatten die Männer einen gemeinsamen Weg. Sie waren wortkarg geworden.

»Besuch mich mal.«

»Ja, treffen wir uns mal. Solange es uns noch gibt.«

Sie verabschiedeten sich per Handschlag. Nickten einander zu, ohne sich richtig anzusehen, und trennten sich wie auf der Flucht. Als er zehn Meter gegangen war, drehte sich Jaan um und rief Jüri hinterher: »Aber alles ist doch toll!«

»Ja, alles ist gut!«, rief Jüri zurück.

Als der Abstand zwanzig Meter betrug, rief Jüri seinerseits: »Genau, was wir wollten!«

»Wollten wir das etwa nicht?«, erklang Jaans Antwort.

»Das sage ich doch!«, rief Jüri.

»Ich dachte, dass dir irgendwas vielleicht nicht gefällt!«, hörte man nach einiger Zeit Jaans Stimme aus der Ferne.

»Nein, alles gefällt mir!«, klang es zurück.

Sie konnten einander nicht mehr sehen, als der Wind Jaans letzte Worte um die Ecke schickte: »Wir haben nicht umsonst gelebt!«

»Nein, wo denkst du hin!«, antwortete Jüri, aber diese Worte hörte Jaan nicht mehr.

Ein in der Ferne auf einer Bank sitzendes Paar hatte sie eine Weile beobachtet.

»Was rufen die da?«, fragte das Mädchen verwundert.

»Ach, wahrscheinlich haben sie sich an ihre Jugend erinnert«, meinte ihr Begleiter überheblich. »Quatschen über ihre einstigen Ideale. Das sind bestimmt Männer aus dem Schützenkorps.«

ILLIMAR ROBINSONS LETZTER BRIEF VOM APRIL 2010

Verehrter Chronist!

Ich brate mir gerade Koteletts. Wenn ich sie selbst zubereite, haben sie nicht den für mich inakzeptablen Fabrikgeschmack, den gekaufte Hühnerfleischkoteletts, Importware oder dergleichen immer haben, diesen typischen chemischen Beigeschmack. Ich bevorzuge Selbstgemachtes. Dann weiß ich genau, was drinnen ist und wie viel wovon. Ich hoffe mich einstmals so weit zu entwickeln, dass ich mir auch mein eigenes Hackfleisch bereite. Ich bin schon in Geschäften gewesen und habe mir Fleischwölfe angeschaut und korrespondiere mit Spezialisten auf diesem Gebiet in der ganzen Welt. Hackfleischzentren gibt es in vielen Ländern der Welt. Man müsste einen Dachverband für sie gründen. Das könnte man in Tartu machen. Ich werde einen diesbezüglichen Antrag ans Kulturkapital stellen. Du schriebst, dass du »reinhaust«. Kannst du bitte präzisieren, was du unter »reinhauen« verstehst? Ist das eher so etwas wie von sich stoßen (wie bei einem Vektor) oder ein Verschieben der Dinge mit ausgestrecktem Arm in horizontaler Richtung?

Die NATO ist etwas sehr Romantisches. Sie sind alle wie Musketiere. Einer für alle und alle für einen. Wir leben in einem großen Zeitalter! Wer immer sich diese NATO ausgedacht haben mag, muss auf jeden Fall ein pfiffiger Kopf gewesen sein, der die Romantik schrecklich geliebt hat. Estland muss in die NATO gelangen, dann werden auch wir wie echte Männer im Schloss verkehren. Und Wächter mit Hellebarden salutieren vor unseren Männern an der Tür und Dienerinnen eilen einem mit Tabletts entgegen und bieten Kaffee an.

Mir ist klar, dass ich dich beleidigt habe, dein Feingefühl! Aber ich bin ein simpler heruntergekommener Dorfschullehrer. Oh ihr zum Tode Verurteilten, merkt euch, Leber sollte man lieber mit Knoblauch als mit Zwiebeln braten.

Dein gelehrter Freund

Armer Illimar, er hatte schon vergessen, dass Estland ja seit einiger Zeit Mitglied der NATO war. Ich fragte ihn in meinem Brief: »Sag mal, Illimar, hast du geglaubt, dass Estland frei wird?« Aber auf diesen Brief antwortete er nicht mehr. Zuletzt arbeitete er als Operator im Gedächtnisinstitut, ich habe mehrmals Anläufe unternommen, mich dort nach ihm zu erkundigen, aber immer wieder kam etwas dazwischen.

Ich hatte am Nachmittag anderthalb Stunden frei und beschloss, statt in der Redaktion herumzuhängen, in der Stadt spazieren zu gehen. Unterwegs kam ich aber auf die Idee, in der Höhle vorbeizuschauen.

Der Ort rentiert sich offenbar nicht mehr. Deswegen wechseln die Pächter der Höhle häufig, wodurch oft umgebaut wird – am Anfang hat man Geld und Hoffnungen. Ich erinnere mich daran, dass nach der ersten Renovierung vor fünfzehn Jahren neue Pissoirs in den Toiletten waren, ganz glänzende, was das Luxuriöseste an der ganzen Kneipe war. Am Eröffnungsabend ging die Besitzerin umher, machte Stierkämpfergebärden und rief an jedem Tisch »Olé!« Sie wollte im Geist der neuen Zeit sein und dachte, in einer Künstlerkneipe müssten auch die Angestellten Artisten sein. Aber das ist längst Vergangenheit. Der nächste Eigentümer ließ bereits blaues Licht in den Toiletten installieren, damit niemand dort seine Venen finden konnte. Offenbar gibt es dort auch Kameraüberwachung, danach habe ich nicht gefragt.

Nach jeder Restaurierung kostet es mich normalerweise ein wenig Zeit, mich wieder in der Höhle zurechtzufinden. Wo ganz am Anfang die Telefonkabine war, war zwischenzeitlich die Toilette, momentan ist dort die Garderobe – ein paar Reihen mit Haken und ein Schrank. Anstelle der alten Toilette gab es eine Zeitlang eine Teetheke, danach eine Schachecke. Zwischenzeitlich war die Toilette wieder an ihrem alten Platz, aber die Telefonkabine wurde nicht wiederhergestellt, weil ja alle ein Handy haben. Stattdessen wurde eine Glaskabine mit Abzugshaube für Raucher eingerichtet.

Vor ungefähr fünf Jahren bekam die Höhle einen Anbau

auf Straßenniveau, der den Beinamen Straßenhöhle bekam – eine relativ kompakte Bar hinter einer Glaswand. Bei schönem Wetter stehen die Stühle und Tische direkt auf dem Gehsteig. In der Straßenhöhle gibt es viel Laufkundschaft. So beschloss ich, mich zunächst hierhin zu setzen und vielleicht auch gar nicht runterzugehen, weil es im Keller dämmrig und die Lüftung dort nach wie vor nicht grandios war. Ich bestellte mir meinen normalen Whiskey. Ich hatte mir allmählich das Trinken angewöhnt. Alkoholismus tötet langsamer als Stress.

Der Türsteher langweilte sich auf einem Stuhl neben der Tür. Wenn er wüsste, wie spannend das Leben seiner Vorgänger vor einem Vierteljahrhundert war! Fortwährend musste man Leute, die hineinwollten, abwehren. Noch vor sechs oder sieben Jahren kam manchmal ein Publikum in die Höhle, das sich im Raum umschaute, ob dort nicht die eine oder andere Berühmtheit saß. Das war aber nicht der Fall, das Publikum musste sich selbst anglotzen. Das Leben pulsiert anderswo, die Berühmtheiten sind an anderen Orten, niemand weiß das besser als ich, denn ich lebe ja vom Leben der Berühmtheiten. Tatsächlich wechseln die Prominenten den Ort. Um genau zu sein sind es auch nicht immer dieselben, denn sie verändern sich immer schneller.

Indem ich dies schreibe, fallen mir die Zeilen aus der sowjetestnischen Hymne ein: *Nun woge, Getreide, auf den Amboss schlage, Hammer!* Ich habe das Gefühl, dass das Getreide tatsächlich wogt und der Hammer schlägt – in allen möglichen alten Fabrikgebäuden, Künstlerzentren, geheimnisvollen Unterschlupfen und anderswo, wo Künstler aktiv sind, die kurz vor dem Durchbruch stehen.

Während ich an meinem Whiskey nippte, dachte ich an die, die einst hierher kamen und sich mehr und mehr von mir entfernten. Sie alle – sowohl die Mehrheit, die in Pflegeheimen verkümmerte oder anderweitig leise verlosch, als auch die wenigen, die noch voller Kraft weiter schufteten, egal, ob es aus Gewohnheit war oder weil sie noch voll künstlerischer Energie waren – erinnerten mich an Figuren aus einer antiken Tragödie. Sie sind im ästhetischen Sinne tragisch. Helden sind nicht selbst daran Schuld, dass sie untergehen, oder überhaupt an dem, was mit ihnen geschieht. Sie werden von Kräften geleitet und von Strömungen getragen, die größer sind als sie und die zu kontrollieren sie nicht fähig sind. Mehrheitlich erkennen sie sie nicht einmal, sie sind Spielbälle des Schicksals. Es mag ja sein, dass wenn sie diese Strömungen erkennen würden, sie ihr Verhalten korrigieren und nicht untergehen würden. Bloß wären sie dann keine Helden mehr, sondern kleine Figuren wie ich.

Meinesgleichen überlebt alles, geht nicht in direktem und auch nicht im übertragenen Sinne unter. Ich bin ein Gesellschaftsjournalist eines kleinen und gebildeten Mischvolks, der in seiner Freizeit Texte aus dem Altpersischen übersetzt, die niemand liest.

Ich betrachtete den Platz, der sich vor mir ausbreitet. Eine Stadt Anfang Frühling, Tauben und Touristen, Möwen und ein paar Skateboarder. Plötzlich erblickte ich eine bekannte Gestalt. Jeans, ein hellbeiger Pullover, ein Rucksack oder eine Tasche über der Schulter. Das war Pekka! Natürlich war er nicht alleine, er erläuterte gerade einer kleinen, um ihn gruppierten Menge, irgendeinen Sachverhalt. Touristen natürlich. Was für ein bekanntes Bild.

Ich musste an das Meer denken. Du stehst an der Küste und denkst, dass diese Wellen hier auch vor Tausenden von Jahren auf dieselbe Weise geplätschert haben – schon bevor die ersten Zivilisationen entstanden, und sie werden auch nach uns noch weiter plätschern. Pekka kam nach Estland, um finnischen Touristen das Liederfeld und das Freiluftmuseum in Rocca al Mare zu zeigen, als wir noch im »Reich der Finsternis« lebten, und kommt auch jetzt, da wir die Zivilisation haben, und vielleicht wird er auch dann kommen, wenn sich ganz Estland in ein Museum verwandelt hat, wenn alles ein einziges »al Mare« ist und die Touristen fragen, wann die Araber von hier fortgegangen sind.

Ich hatte gehört, dass Pekka sich jetzt mit Kulturtourismus befasste, und die Finnen zu den vorzeitlichen Befestigungen der Esten brachte, zu den Klosterruinen, zu Dorffesten, Rauchsaunas, Symphoniekonzerten und Galerien. Warum auch nicht, wer sonst, wenn nicht er, der in den letzten zwanzig Jahren mit der hiesigen Kultur und ihren führenden Persönlichkeiten in so engem Kontakt stand. Ich fragte mich, ob er hier gerade zufällig vorbeikam oder die Höhle in seine Route eingebaut hatte und sie Fachleuten servierte, die an Kulturarcheologie interessiert sind, am Stonehenge der Intellektuellen aus der Sowjetzeit.

Pekka sah mich noch nicht, und so konnte ich ihn in aller Ruhe betrachten. Äußerlich war er nur ein wenig älter geworden und sah nach wie vor gut aus. (Stopfen sie sich am Ende doch mit Vitaminen voll? Darüber müsste man mal in unserer Zeitschrift schreiben ...) So, nun trat Pekka zum Türsteher, der sich an der Tür langweilte. Ich spitzte die Ohren. Ich war mir natürlich nicht sicher, vielleicht hatte er sich ja mit Heiki abgesprochen, und der war ein Teil der Show – so wie bei Thomas Mann in den Alpen ganz zufällig ein Hirte mit einer idyllischen Schafherde, deren Tieren Glöckchen umgebunden sind, einer Wandergruppe begegnet.

»Ist das wirklich wahr, dass früher Künstler und Schriftsteller hierher kamen?«, fragt Pekka den Türsteher.

»Ja, so was ist mir zu Ohren gekommen«, antwortet dieser, während er sich durch die Hosentaschen an seinen Eiern kratzt.

»Ja, alle möglichen Dichter und Schauspieler und ...«

»Und nur die, keine anderen?«

»Ja, und es passten nicht einmal alle rein.«

»Unglaublich! Fantastisch!«, murmeln die Touristen begeistert und knuffen einander in die Seite. »Hier sind Künstler gewesen!«

»Vermissen Sie sie?«, fragt eine Dame den Türsteher.

»Naja, vermissen, ich weiß nicht. Jetzt ist es auch interessant. Junge Leute, aber andererseits, damals war das schon ein besonderer Ort.«

»Diese Künstler hatten also Geld, das sie vertrinken konnten?« Pekka baut nun ein informatives Gespräch auf.

»Ja, Geld hatten sie wie Heu. Der Staat zahlte ihnen ja Gehalt«, nickt Türsteher Heiki.

»Und jetzt nicht mehr?«, fragt dieselbe Dame.

Ich rieche, dass das eine von den finnischen Linken ist.

»Nein, jetzt zahlt der Staat nicht mehr. Aber angeblich bezahlen die Parteien. Einige Künstler stehen auf deren Gehaltsliste, das glaube ich bestätigen zu können.« (Woher hat er eine solche Phrase – »glaube bestätigen zu können...«?

Das Gesicht des Türstehers Heiki kommt mir irgendwie bekannt vor. Ist das wirklich derselbe Heiki Bern, der ... Ja, es scheint so. Zunächst war er in der Provinz, dort spielte er ziemlich große Rollen, dann kam er in die Hauptstadt, hier spielte er kleinere. Aber immerhin spielte er, gut und gerne zwanzig Spielzeiten. Fünf Jahre nach Wiedererlangung der

Unabhängigkeit gab es Einsparungen. Zwischenzeitlich war er im Immobiliengeschäft. Dann kam die Krise. Und jetzt ist er auf einem Türsteherposten gelandet. Nun ja, auch in diesem Beruf gibt es schöpferische Momente. Interessant, ob er in diesem Moment eine Rolle spielt oder nicht und wenn ja, ob er dafür bezahlt wird.

»Aber wieso bekommen sie denn ein Gehalt, haben sie soviel Macht?«, will die Dame wissen.

Der Türsteher bleibt die Antwort schuldig. So pfiffig ist er nicht. Selbst wenn er es wäre, zieht er es vor, zu schweigen. Der Türsteher hat sein eigenes Berufsethos.

»Achtung, wir gehen jetzt hinunter und schauen es uns an«, sagt Pekka und wirft einen Blick zum Kirchturm. »Ich kann natürlich nicht meinen Kopf dafür verwetten, dass da momentan ein Künstler sitzt, es ist noch ziemlich früh.« (Als würde es hier um Tier- oder Vogelbeobachtung gehen. »Nehmen Sie Ihre Ferngläser und begeben Sie sich in Position. Greifen Sie nach Schlinge und Mikroskop, denn vielleicht kommt ein Künstler. Taucht aus dem Gebüsch oder dem Unterholz auf oder krabbelt aus der Kanalisation nach oben. Machen Sie eine taxonomische Analyse. Lassen Sie ihn aus einem Glas trinken, schnappen Sie sich dieses und nehmen Sie eine DNA-Probe!)

In dem Moment sieht Pekka mich. Er schaut mich an, und ich begreife seinen Blick. Pekka scheint zu überlegen, ob er mich seiner Gesellschaft präsentieren, ob ich für die Touristen einen Künstler abgeben könne. Als feinfühliger Mensch kapiert er natürlich, dass ich von dieser Aussicht nicht gerade begeistert wäre. Aber vielleicht hält er mich auch für ein nicht hinreichend passendes Exemplar. Zwar ist die Grenze zwischen Journalist und Schriftsteller nicht mehr so klar wie früher, aber als Gesellschaftsjournalist bin ich ihm möglicherweise nicht reinrassig genug, außerdem jammere und bettele ich nicht, sondern habe mich arrangiert und komme in materieller Hinsicht ganz gut über die Runden (ich bin si-tu-iert!). Pekka winkt mir zu und geht hinunter, die Gesellschaft hinterher.

Ich möchte Pekka gegenüber nicht ungerecht sein, denn ich mag ihn. Umso mehr, als die Veränderungen auch ihn betroffen haben. Früher wollten alle bei ihm sitzen und sich mit ihm unterhalten.Er war niemals alleine. Er hatte eine gute und reine Aura, er war weder böse noch eitel, er war nicht so ironisch oder auf romantische Weise schlagfertig wie die Mehrheit von uns. Deswegen wirkte er gut auf uns. Er war ein natürlicher Mensch – ein Abgeordneter aus einer natürlichen Welt, wo man auch ein natürliches Leben führte. Auch jetzt war es nicht so, dass er gemieden oder abgelehnt wurde, eher umgekehrt. Wenn er in einer Gesellschaft auftaucht, rufen alle fröhlich »Hei« und »Hei«. Aber sich so lange mit ihm zu unterhalten wie früher, dazu hat heute keiner die Zeit mehr. Alle sind sehr optimistisch und energisch und hetzen irgendwohin. Man hört nichts anderes als:

»Ich muss die Ausstellung abbauen und an den neuen Ort bringen. Das Auto war gerade frei ...«

»Ich habe eine Verabredung mit einem Auftraggeber ...«

»An eine Stelle könnte man vielleicht ein kleines Fresko machen ...«

»Ich muss bis heute Abend noch eine Kolumne fertig schreiben ...«

»Ich habe ein Geschäftsessen ...«

»Der Regisseur wollte eine Szene noch ändern ...«

»Ich habe Montage ...«

Und so weiter und so weiter.

Immer erklingt als Abschiedsgruß ein »Moi« und nichts anderes. Alle schmunzeln ein wenig über dieses »Moi«.

Untereinander verwenden sie diese Abschiedsformel der nördlichen Nachbarn niemals, möglicherweise benutzen auch die Finnen sie nicht mehr, aber zu Pekka sagen es alle und schmunzeln dabei, weil sich das einmal eingebürgert hat, ihm gegenüber »Moi« zu sagen ist wie ein Ritual, dessen Ableistung Glück bringt. Sie sind freundlich zu ihm und lieben ihn vermutlich auch auf ihre Weise. Lieben ihn ... und weg sind sie mit ihrem »Moi«.

Ich glaube, Pekka würde sich gerne mal mit jemandem auch ein wenig länger unterhalten. Wie vielen guten Finnen, würden ihm lange und angenehme Arbeitsgespräche gefallen. Aber dazu hat hierzulande niemand mehr Zeit. Alle erörtern mit brennenden Augen etwas und wollen alles neu machen, aber auf alte Art Geld verdienen – *Nun woge, Getreide, auf den Amboss schlage, Hammer!*

Pekka ist schon lange nicht mehr der einzige. Dutzende von neuen Pekkas sind hier eingetroffen, die äußerlich noch viel pekkahafter sind als Pekka selbst. Ausländer gibt es massenweise und aus allen erdenklichen Sprachgebieten, manche sind reich und überheblich, die Mehrheit arm und unbekannt, dafür aber voll großer Hoffnungen. Und doch ist Pekka etwas Besonderes, zumindest für jene mittleren Alters und die Älteren, die noch bei Verstand sind. Ihnen scheint, dass Pekka die dazwischenliegende Zeit gemeinsam mit ihnen durchgemacht hat und zu ihnen gehört.

Eine Viertelstunde später taucht das Grüppchen Kulturtouristen wieder an der Erdoberfläche auf. Durch die geöffnete Tür höre ich, wie Pekka sie zur Kunstausstellung schickt und ihnen als Führer einen Kritiker mitgibt, den er unten glücklicherweise gefunden hat. Dann kommt er zu mir.

»Na, was hockst du hier? Gehen wir lieber runter, da können wir uns unterhalten und ein Bierchen trinken. Ach, ich sehe, du bist schon beim Whiskey. So früh, es ist noch nicht mal drei! Ein Gentleman trinkt vor fünf Uhr nichts Hochprozentiges. Aber komm, gehen wir runter. Kannst deinen Drink ja mitnehmen.«

»Warum?«

»Ich weiß nicht, mir kommt das romantischer vor. Früher sind wir doch immer dort gewesen. Hier ist alles so normal.«

Er weist in die Runde. Als wir die Treppe hinuntersteigen, lese ich die Plakate an den Wänden. Es sind unheimlich viele, ein A4-Blatt klebt neben dem anderen, die ganze Wand ist bedeckt. Einladungen zu Gedichtvorstellungen, Filmpremieren, Ausstellungseröffnungen, Tanztheatervorstellungen, Happenings, Performances, interdisziplinären Shows, öffentlichen Disputationen, Salonabenden, Diskos und anderen Veranstaltungen. *Nun woge, Getreide …*

Die Bar ist jetzt an der Stelle, wo früher das Kabuff war, in das die Schönheit Mati seinerzeit gezerrt hatte, um ihren Star im Dunkeln zu küssen.

Der Raum ist relativ leer, aber ein paar Leute kann ich im Dämmerlicht ausmachen. Den Juristen Karl mit seinem Hof. Ich versuche mich so zu verhalten, dass er mich nicht bemerkt. Ich kann ihn nicht gut ertragen. Wenn man nüchtern mit ihm unter vier Augen redet, ist er ein völlig vernünftiger Mann, aber sobald ein Dritter dabei ist, hat er die Neigung zum Prahlen. Und wenn er auch noch einen Sitzen hat, beschimpft er mich vor aller Ohren als »Journalist von gebrauchten Monatsbinden« und »Scheißhaufenschnüffler«. Wenn aber niemand anders dabei ist, gibt er mir zu verstehen, dass er gerne in unsere Zeitschrift käme. (Okay, er bettelt nicht, sondern lässt durchblicken, dass er bezahlen würde.)

Pekka und ich hören ungewollt, dass er morgen einen Prozess hat, der ihm im Falle eines Sieges zwei Millionen einbringt, aber vielleicht auch zweieinhalb. Wir schmunzeln. Es tut gut sich in der Gesellschaft eines Menschen zu befinden, mit dem man gemeinsame Erinnerungen teilt. Wir müssen einander nichts erzählen oder uns etwas beweisen. Für einen Augenblick hat es den Anschein, dass alles so gegangen ist, wie es gehen musste, und gar nicht mal so schlecht.

Ich nehme mein neues kleines Gedichtbuch aus meiner Tasche und zeige es ihm, eine Sammlung minimalistischer Texte. Ich habe es kürzlich rausgebracht, natürlich im Selbstverlag. Weil es mir ein seelisches Bedürfnis war. Ein junger begabter Künstler hat einige Vignetten dazu gemacht. Altmodisch wie ich bin, gefallen sie mir. Vielleicht hat der Künstler auch Nutzen davon. Als Honorar bekommt er eine Fotoserie über seine Individualausstellung in unserer Zeitschrift.

Nach einer halben Stunde schaut Pekka auf die Uhr und sagt, er müsse seine Gruppe noch zu einer anderen Kunstausstellung schicken. Währenddessen kommt eine Frau die Treppe herunter, macht es sich häuslich bequem und fängt an, sich mit dem Barkeeper zu unterhalten. Es ist eine Kellnerin, die ihren freien Tag hat. Sie war zwar zu meiner Zeit noch nicht hier – dazu ist sie zu jung –, aber sie kennt eine andere Kellnerin, die früher in der Höhle arbeitete und jetzt in Rente ist. Ich habe sie ein paarmal gesehen, wie sie sich in einer Bar in der Stadt unterhalten haben. Also erinnert sie sich an die Erinnerung der Erinnerungen von einem verschwundenen Kontinent.

Als ich sie danach fragte, wurde sie sehr lebhaft. Diejenigen, die die alte Zeit etwas angeht, sind also noch nicht völlig verschwunden.

Als Pekka zurückkommt, erfahre ich, dass Mati Tõusumägi oben im Café sei. Das ist eine Neuigkeit. Ich hatte gehört, dass er in letzter Zeit nicht mehr in die Stadt kam. Angeblich trinkt er lieber zu Hause oder in einer zufälligen Gesellschaft in einer drittklassigen Bar.

»Und wie ...?«, frage ich.

Pekka macht eine undeutliche Geste. Mir wird klar, dass Mati in keinem guten Zustand ist.

Eine Dreiviertelstunde später stehen wir auf, ich kann nicht länger bleiben. Sohvi hat einen Empfang, und ich habe ihr versprochen, bei ihr in der Garderobe vorbeizuschauen. Sohvi ist momentan in Topform.

»Für mich wird's auch Zeit,« sagt Pekka. »Wie lange können sie sich in der Galerie da denn schon diese zwölf Bilder anschauen.«

Als ich meine Tasche ergreife, denke ich mir, dass ich freiwillig die nächsten drei Monate nicht mehr hierherkommen werde.

Wir steigen die Treppe hinauf und werfen einen Blick in die Straßenhöhle. Ich sehe mit Entsetzen, wie die Dinge um Mati stehen, und seufze.

»Geh nur«, sage ich zu Pekka. »Ich sehe mal für alle Fälle nach.«

Pekka nickt verständnis- und sorgenvoll und entfernt sich schnell mit baumelndem Rucksack an seiner Schulter.

Ich trete an Matis Tisch.

»Der da ist also euer berühmter Schriftsteller?«, erklingt es hinter meinem Rücken. Karl ist hinter mir nach oben gekommen.

EPILOG

Bleibt noch zu sagen, dass während der Niederschrift des vorangegangenen Kapitels die Nachricht eintraf, dass Mati von uns gegangen ist. Dass seine Gesundheit ihn im Stich ließ, kam nicht unerwartet, es ging schrittweise, aber immer schneller. Mati selbst beschrieb das so, als würde man in einem Haus das Licht ausschalten. Zuerst im Keller und auf dem Dachboden, wo man ohnehin seltener ist, dann in den Zimmern und in der Küche, bis am Ende nur noch ein Lämpchen über der Außentreppe brennt. Und das geht nur an, wenn jemand den Radius des Bewegungsmelders betritt – das heißt, in Matis Fall: Wenn jemand ihn anspricht. Er selbst war dieses Haus, dieser Bewegungsmelder.

Mati hat sich totgesoffen, wenn man es banal ausdrücken will. Er hatte keine Lust mehr zu leben. Zu jung? Knapp achtundfünfzig. Überraschenderweise war er dabei nicht unglücklich. Das versicherten alle, die mit ihm in jenen letzten Monaten Kontakt hatten, als sein Ende abzusehen war. Viele sagten, dass er »das Jenseits ausgestrahlt« habe, so etwas wie die friedliche Seligkeit eines Heiligen und eine hypnotische Vertiefung. Mir gegenüber sagte Mati, dass in seinem Leben so viel passiert sei und dass es darin soviel Schönes gegeben habe, dass alles, was jetzt noch käme, einem wie ihm nichts mehr böte, weil es nicht einmal in die Nähe dessen komme.

»Ich will kein anderes Leben«, sagt er schlicht.

Er war wohl aufrichtig.

Die Sonne schien, dieselbe Sonne, dasselbe Meer, dieselbe Stadt.

Dort wurde Mati Tõusumägi beerdigt.

Die Beerdigung war gewaltig – eine schöne Beerdigung, wie ältere Menschen sagen würden. So viel Patriotismus! Als wäre alles, was davon noch übrig war, für einen Moment dort auf dem Friedhof zusammengeflossen. Ich hatte das Gefühl, als wäre ich auf einem nächtlichen Liederfest oder einer Miniaturausgabe der Singenden Revolution. Für einen Moment befand ich mich in einem anderen Zeitraum. Oder auf einem Retrofest.

Wer nicht alles kam! Der Boss persönlich erschien mit seinem Diplomatenkoffer, den er allerdings von seinem Adjutanten tragen ließ, einem hübschen jungen Mann, der blass war und steif, als hätte er einen Stock verschluckt. (»Ich hätte gerne ein Foto von ihnen für unsere Zeitschrift«, und dann gab Koit die entsprechenden Anordnungen. »Für das Titelblatt passt es nicht, weil wir über Beerdigungen normalerweise nicht berichten. Aber eine schöne Doppelseite im Innenteil gibt das her.«) Es kamen der militärische Oberbefehlshaber, der zweithöchste Leiter des Schutzbunds (der erste war gerade zur Fortbildung in West Point), ein führender Kleriker, zahlreiche Rektoren, allerlei Vertreter verschiedener gesellschaftlicher Organisationen, von Freunden und Mitstreitern ganz zu schweigen. Viele der Letztgenannten waren zwischenzeitlich jahrelang im Ausland gewesen. Die Zeit vergeht so schnell. Fast alle hatten dickere Wangen, manche hatten sich auch einen Bart stehen lassen, so dass ich sie auf den ersten Blick gar nicht erkannte. Ich wusste, dass der eine Bungeespringen machte, ein anderer hungernden Negern half, wieder ein anderer war im Ölgeschäft in Südamerika, ein Vierter hatte im Tschetschenienkrieg gekämpft. Ich habe nie das Kribbeln so recht begriffen, das Che Guevara nach Kuba noch plagte. Aber als ich mir jetzt diese Männer anschaute, begann ich zu begreifen.

Es waren auch viele Schönheiten da. Sowohl solche, die Mati seinerzeit gekannt hatte und die in ihn verliebt gewesen waren, als auch deren Töchter, die ebenfalls sehr schön waren, aber schon neuen Stils. Im Übrigen waren auch einige Mütter modern gepflegt (Botox, Implantate, Kunsthintern und dergleichen mehr). Einige hatten sich absichtlich im Stil der siebziger und frühen achtziger Jahre herausgeputzt, und dieser Überfluss an verschwindender, aber großartiger Schönheit verstärkte den Eindruck eines Retrofests nur noch. Die Töchter, aber auch einige der rüstigeren Mütter, hatten Bräutigams neben sich stehen, Politiker, Geschäftsleute oder andere stattliche Kerle.

In die Kapelle passte ich nicht mehr hinein Ursprünglich hatte das Bestattungsunternehmen ernsthaft erwogen, draußen eine Leinwand wie bei einer Fußball-WM aufzustellen, und eine Computerfirma wollte sich schon um die Technik kümmern. Dann hielt man das aber doch für zu neuartig.

Wer nicht reinpasste, unterhielt sich gesittet draußen. Viele standen einfach nur da, traten von einem Bein auf das andere, die Arme vor dem Unterleib verschränkt, den Kopf in ehrfurchtsvoll-andächtiger Kontemplation halb geneigt in Richtung Kapelle. Ich musste plötzlich daran denken, ob wir wohl näher oder weiter als sechs Meter von der Kapelle entfernt waren. Ich hörte von drinnen die Stimme eines Schauspielers, der das Gedicht *Die Kirchenglocke* rezitierte: »Die Seele, die zum Himmel strebt …« Danach begann ein Tenor zu singen – so klagend und leidenschaftlich, dass sogar mir, dem Gesellschaftsjournalisten im lila Jackett, der diesmal allerdings ein schwarzes Jackett trug, der ich aber in meiner Freizeit nicht an Gott glaubte, für den Bruchteil der Sekunde der Gedanke kam, dass Mati sich vielleicht bald wirklich mit seinem Schöpfer vereinen werde.

Ich sicherte mir frühzeitig einen Platz in der Nähe des Grabes und verlagerte das Gewicht auf ein Bein. Der Sarg wurde von acht Männern getragen, denn er war sehr groß. Ich habe wohl vergessen zu erwähnen, dass Mati eine Riesenstatur hatte, er war ein Koloss von Mann, wie auch sein Vater es gewesen war, Arnold Tõusumägi.

Eine betagtere blonde Frau schritt alleine hinter Matis Sarg her, ich nehme an, es war seine Schwester Anu. Über den Bruder kann ich nichts sagen, den habe ich nie gesehen, und ihn hätte ich auch nicht erkannt. Jemand stieß mich an, da schau mal, die beiden dort – eine Frau und ein Mann Anfang-Mitte Dreißig – sind Matis Kinder. Agnes konnte nicht aus Brüssel anreisen, sie hatte eine wichtige Sitzung.

Weil der Verstorbene so populär war, hatte man sich im Hinblick auf die Anzahl der Ansprachen geeinigt, damit die Zeremonie nicht endlos dauerte. Trotzdem traten immer neue – unangemeldete – Redner vor, und da es sich nicht ziemt, einen Mensch von einem Grab wegzuzerren, wenn er dem Verblichenen noch ein paar Worte sagen will, zog das Ganze sich hin. Den Pastor kannten einige von uns schon von Klaus' Beerdigung. Und obwohl er in der Zwischenzeit seine Fertigkeiten perfektioniert hatte und noch beeindruckender war als bei Klaus, wurde er diesmal im Interesse der Zeitersparnis nicht zurückgerufen, wenngleich einige es probierten. Beispielsweise rief ein Schwachkopf »Encore!«, aber der wollte damit wohl nur zeigen, dass er in Paris beim Ballett gewesen war. Die Sicherheitsleute führten ihn ab. (Ja, sogar Sicherheitspersonal weilte auf dieser Beerdigung!) Aber der Pastor war deswegen nicht beleidigt, sondern hinterließ einen sehr würdigen und konzentrierten Eindruck (er hatte gerade seine Doktorarbeit über Bultmann abgeschlossen).

Ich wäre sowieso zur Beerdigung gekommen, denn Mati war einer meiner ältesten Bekannten. Da ich nun aber doch schon mal draußen war, verrichtete ich gleichzeitig meine alltägliche Journalistenarbeit. So gesehen war es eine Arbeitsbeerdigung für mich – leider nicht die erste in diesem Jahr. Meiner Meinung nach konnte ich Mati auf diese Weise am besten meine letzte Hochachtung erweisen. Ich wollte auch einen jungen begabten Dichter neben den Ministerpräsidenten schieben, damit Koit ein gemeinsames Foto von den beiden machen konnte, aber der Dichter wollte nicht und widersetzte sich, der Blindfisch, so dass man ihn beinahe mit Gewalt dorthin bringen musste.

Ich stand am Friedhofstor auf dem Parkplatz und betrachtete den Himmel. Er war leer und wolkenlos. Einst hatte Mati sich gewünscht, dass seine Asche über Estland ausgestreut würde. Aber er hatte von dem Gedanken Abstand genommen, weil er sich nicht sicher sein konnte, dass einer der beiden Hubschrauber unseres Staates dann in gebrauchsfähigem Zustand wäre.

Plötzlich hörte ich ein lauter werdendes Dröhnen und über den Kiefernwipfeln erschien eine Flugmaschine. Er flog also doch.

Ich wartete auf Koit, der mich in die Stadt mitnehmen wollte. Ich ging nicht zum Leichenschmaus, da ich fürchtete, dass es mir zu voll werden würde. Alle hatten sich miteinander versöhnt und empfanden, dass der Tote einer von ihnen war und sie Anteil an ihm haben konnten und mussten. Im Übrigen stößt man auf so einem Leichenschmaus auf viele arme Künstler (auch aus den Reihen des Höhlenvolks), die sich bloß einmal satt essen und ein wenig Schnaps trinken wollen. Jeder quasselt mit jedem, und eigentlich kann man sich mit niemandem unterhalten. Außerdem hatte ich am Abend noch etwas vor. (Ich machte mal wieder ein Interview mit Sohvi für ihr persönliches Buch, das wird ein echter Hit!)

Ich betrachtete die Beerdigungsgäste, wie sie mit einem von Spannung befreiten Ausdruck der Erleichterung, den man normalerweise nach so einer Zeremonie hatte, in ihre Autos kletterten. Dabei musste ich an Matis Worte denken, warum er kein anderes Leben wollte. Auf der einen Seite bin auch ich glücklich, dass ich Zeuge einer so interessanten Zeit sein durfte. Schon in zehn Jahren wird sich niemand, wirklich niemand mehr vorstellen können, dass es einst ein solches Leben gab. Das Höhlenvolk ist in die Geschichte eingegangen und mit diesem seligen Wissen könnte auch ich irgendwann in die Grube fahren. Ich habe in einer Zeitmaschine gelebt, das weiß ich. Ich bin ein Auserwählter.

Auf der anderen Seite frage ich mich, warum im Leben einer einzigen Generation so viel passieren musste? Eigentlich wäre das nur zu ertragen, wenn man nicht darüber nachdächte. Am liebsten würde ich Verstand und Erinnerung verlieren. Ich weiß, was das für Möglichkeiten eröffnen würde. Ich weiß nicht, warum ich diese Möglichkeit nicht nutze. Ich muss gehen. Meine kleine Sohvi wartet. Die heiße Sohvi.

Ich bin bei Verstande.

Ich bin immer noch bei Verstande.

2009–2011

ÜBER DEN AUTOR

Mikhel Mutt wurde 1953 in Tartu, Estland, als Sohn des bekannten Übersetzers und Anglisten Oleg Mutt geboren. Er studierte estnische Philologie und begann seine Laufbahn als Kritiker und Redaktor. Unter anderem war er Chefredaktor der Kulturzeitung *Sirp* und bis vor Kurzem von *Looming*, der wichtigsten Literaturzeitschrift Estlands. Mutt machte sich als Essayist, politischer Kommentator, Literatur- und Theaterkritiker und Übersetzer einen Namen. Seit den 70er-Jahren hat er verschiedene Novellen, Essays, satirische Romane und ein Kinderbuch veröffentlicht. Er wurde mit zahlreichen Preisen ausgezeichnet.